의천도룡기 2

의천도룡기 2 – 빙화도에서 보낸 10년

1판 1쇄 발행 2007. 10. 8.
1판 19쇄 발행 2022. 5. 10.
2판 1쇄 인쇄 2023. 10. 16.
2판 1쇄 발행 2023. 10. 30.

지은이 김용
옮긴이 임홍빈

발행인 고세규
편집 임지숙 디자인 정윤수 마케팅 박인지 홍보 반재서
발행처 김영사
등록 1979년 5월 17일 (제406-2003-036호)
주소 경기도 파주시 문발로 197(문발동) 우편번호 10881
전화 마케팅부 031)955-3100, 편집부 031)955-3200 | 팩스 031)955-3111

값은 뒤표지에 있습니다.
ISBN 978-89-349-2072-4 04820
978-89-349-2079-3 (세트)

홈페이지 www.gimmyoung.com 블로그 blog.naver.com/gybook
인스타그램 instagram.com/gimmyoung 이메일 bestbook@gimmyoung.com

좋은 독자가 좋은 책을 만듭니다.
김영사는 독자 여러분의 의견에 항상 귀 기울이고 있습니다.

의천도룡기

倚天屠龍記

김용 대하역사무협

임홍빈 옮김

빙화도에서 보낸 10년

2

중국 문학의 원류 〈사조삼부곡〉의 완결판

오천 년 동양의 지혜와 문화를 꿰뚫는 역작

김영사

돌개바람에 놀란 소나기 휘몰아치니
飄風驟雨驚颯颯

꽃잎 떨어지고 눈발 날려 온 세상 아득하네
落花飛雪何茫茫

일어서서 벽을 향해 그치지 않는 손길
起來向壁不停手

한 줄에 두세 글자 크기가 됫박만 하구나
一行數字大如斗

황홀 간에 놀란 귀신의 통곡 소리 들리고
恍恍如聞鬼神驚

시시때때로 용사가 도망치는 모습 보이네
時時只見龍蛇走

좌우로 휘감고 오므린 자태 뇌성이 터지듯
左盤右蹙如驚雷

초패왕과 유방이 서로 들이치는 형국일세
狀同楚漢相攻戰

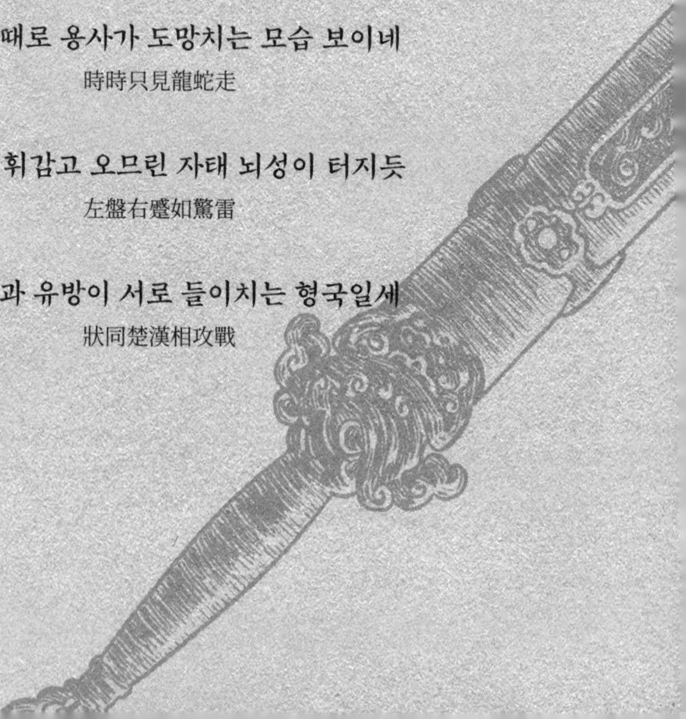

倚天屠龍記

2권

빙화도에서 보낸 10년

| 각권 차례 |

【5권】 광명정 전투

21. 분규를 해결하려 육대 문파 강적들과 맞서 싸우니
22. 군웅들의 마음은 약법삼장으로 귀일하네
23. 녹류장 나그네, 부용화 그윽한 향기에 담뿍 취하니
24. 이유극강의 태극 원리, 세상에 처음 전해지네
25. 호접곡에 높이 들린 횃불, 온 하늘 밝혀 비추니

【6권】 명교의 비밀

26. 고두타는 옥같이 준수하던 용모를 훼손했네
27. 100척 높은 보탑 위에서 새처럼 비상하니
28. 자삼용왕은 동문 형제들과 의절하고 은원마저 끊었다네
29. 네 처녀와 한배 탔으니 풍랑에 시달린들 더 바랄 게 무어랴
30. 견우와 직녀, 은하수에 가로막히니 영이별이라네

【7권】 의천검 도룡도를 잃고

31. 의천검 도룡도를 잃고 사랑하는 이마저 죽었는데
32. 억울한 누명 하소연할 길 없으니 미칠 것만 같네
33. 긴 퉁소 짧은 거문고 가락에 담황색 옷자락 나부끼는데
34. 혼례식 날 저 신부는 섬섬옥수로 면사포를 찢어 던졌다네
35. 누가 금빛 갈기털 사자를 도륙하려다 살신지화를 입으랴

【8권】 도사 영웅대회

36. 세 그루 소나무에 짙푸른 가장귀 울울창창한데
37. 천하 영웅 가운데 어느 누가 그 앞에 맞설 자 있으랴
38. 군자도 마음에 사무치면 업신여김을 사서 받는다네
39. 무학비급, 병법서는 바로 그 속에 감춰졌는데
40. 장무기, 내 임인 줄 알았더니 그 임이 아니었네

▲ **송나라 사람이 그린 〈전당강의 가을 사리錢塘秋潮圖〉**

서명이 하□(夏□)로 표기되었는데, 당시 명화가 하규夏珪의 작품으로 전해진다. 그림 왼쪽에 보이는 탑이 장취산과 은소소가 만나기로 약속했던 육화탑六和塔이다. 현재 쑤저우 박물관에 소장되어 있다.

◀ **원나라 사람의 〈사안도射雁圖〉**

활로 기러기를 쏘아 잡는 광경이다.

▲ 몽골 대군의 〈공성도攻城圖〉

프랑스 파리 국립도서관 소장. 고대 페르시아 화가의 작품이다.

◀ 조옹 〈인마권人馬卷〉 중의 한 폭

조옹趙雍(1289~?)은 조맹부의 둘째 아들이다. 왕몽은 그를 가리켜 "말을 그리는데 부친 조장군趙將軍의 필법을 많이 닮았다"고 칭찬했다. 말은 몽골족에게 '제2의 생명'이라 할 만큼 소중하다. 원나라 사람들은 말에 대한 관찰이 유별나게 정통한데, 원대의 화가들은 말을 그리는 데도 특별한 조예와 성취를 이루었다.

◀ 원나라 화가의 〈평사탁헐도平沙卓歇圖〉

몽골 사람이 사막 여행 도중 잠깐 쉬어가는 광경을 묘사한 것이다.

▲ 몽골 무사 수렵도

페르시아 화가의 작품으로, 이란 테헤란 황실 박물관에 소장되었다.

▲ **원나라 화가의 〈예빙도권禮聘圖卷〉 일부**

원화는 두루마리 한 폭인데, 서역 사람이 동녘 땅 원나라 수도 대도大都에 조공하러 오는 여행 도중의 정경을 그린 것이다. 화필이 세밀한데, 사실적으로 그린 작품이 분명하다. 원화는 랴오닝성 박물관에 소장되었다.

▲ 무당산 삼공봉三公峯

◀ 반천수 〈지강일절之江一截〉

지강은 곧 전당강이다. 그림 오른쪽이 육화탑이다. 반천수潘天壽는 근대 중국화가.

장취산이 두 글자를 새겨 넣고 나서 다시 잇따라 '지至' 자와 '존尊' 자를 새겼다. 글씨는 쓸수록 빨라지고 돌가루가 지면에 분분히 떨어져 내렸다. 필획은 여섯에서 열두 획, 감각이 예민한 독사가 똬리를 틀고 도사려 앉은 모습인가 하면 사나운 들짐승이 앞발톱을 치켜들고 우뚝 서 있는 모습을 연상시켰다.

무림지존 도룡보도　　武林至尊 屠龍寶刀
호령천하 막감부종　　號令天下 莫敢不從
의천불출 수여쟁봉　　倚天不出 誰與爭鋒

6.

뗏목에 오르니 북명의 망망대해 정처 없이 떠가는데

사손이 장취산에게 공개적으로 도전하는 것을 보자 은소소는 가슴이 철렁 내려앉았다. 아무리 무공이 뛰어나게 강한 장취산이라 하더라도 도저히 그의 적수는 되지 못했다. 눈앞에 백귀수, 상금붕, 원광파, 맥경, 과삼권이 시체가 되어 땅바닥에 널린 것만 봐도 알 수 있었다.

"사 선배님, 도룡도는 이미 당신 수중에 있고, 당신의 뛰어난 무공에 대해서 모두 탄복하고 있는데, 여기서 뭘 더 바라시는 겁니까?"

은소소의 항변에 사손은 싱긋 웃으며 되물었다.

"이 도룡도에 대해 옛날부터 전해오는 얘기를 알고 있나?"

"들어본 적은 있어요."

"진정 그 말대로라면 이 칼을 지닌 사람은 무림의 지존이라 천하를 호령하니 그에 따르지 않을 수 없다 했네. 그럼 도대체 이 칼에 무슨 비밀이 담겨 있어 천하의 영웅호걸을 복종시킨다는 것일까?"

"사 선배님은 모르는 것이 없는 분이니 이 후배에게도 가르쳐주시지요."

"아냐, 그건 나도 모르겠네. 그래서 어디 조용한 곳을 한 군데 찾아가서 시일을 두고 잘 생각해볼 작정일세."

"으음, 그것참 좋은 생각이시네요. 재능과 학식이 뛰어난 사 선배님께서 풀지 못할 비밀이라면 다른 사람이야 더 말할 나위가 있겠어요?"

그녀가 줄기차게 말꼬리를 잡고 늘어지자, 사손은 쓴웃음을 지으며 절레절레 고개를 내저었다.

"흐흐흐…… 이 사손을 자존망대自尊妄大한 위인으로 보지 말게. 무공 실력을 놓고 따지더라도 당세에 날 능가할 고수는 적지 않을 걸세. 소림파 장문이신 공문대사空聞大師도 계시고……."

여기까지 말하고 나서 그는 암울한 기색으로 고개를 끄덕였다. 그러고는 다시 하나하나씩 손꼽아가며 말을 이었다.

"소림사 공지空智, 공성空性 두 분 대사님과 무당파의 장삼봉 도장 어른, 그리고 또 아미파峨嵋派, 곤륜파의 장문인 두 분……. 그중 어느 한 분인들 일신에 절학을 지니고 계시지 않겠는가? 멀리 서역 땅 궁벽한 곳에 자리 잡고 있는 청해파青海派 역시 나름대로 독특한 무공을 창안해냈지……. 명교의 좌우 광명사자光明使者, 호교법왕護教法王도 하나같이…… 흐흐흐, 보통 얕잡아볼 사람들이 아니거든. 그대가 속한 천응교의 백미응왕 은 교주만 하더라도 당세에 만나보기 힘든 위대한 기재가 아니시던가? 나도 이런 분들을 이겨낼 자신은 없단 말일세."

은 교주 얘기가 나오자 그녀는 다소곳이 일어서서 허리를 굽혔다.

"선배님의 칭찬 말씀, 고맙습니다."

"내가 이 칼을 얻고 싶었으니 다른 사람들도 나처럼 똑같이 눈독을 들일 게 아닌가. 오늘 이 왕반산도에는 내 적수가 하나도 없어 다행이었네. 이번만큼은 은 교주가 큰 실수를 저지른 것 같군. 백 단주, 상 단주 두 사람의 능력이면 해사파나 거경방쯤은 거뜬히 처치하고도 힘이 남아돌아갈 거라고 예상했겠지만, 내가 이렇게 중도에 갑자기 들이닥칠 줄은 꿈에도 몰랐을 거야."

"은 교주님께서 판단을 잘못하신 게 아니에요. 단지 어떤 중요한 일이 생겨서 직접 오시지 못했을 뿐이지요."

"호오, 그랬던가? 그럼 됐군! 만약 은 교주가 여기 있었다면 칼을 빼앗지는 못했을 거야. 무공 실력도 그분과는 막상막하로 엇비슷할뿐더러 옛정을 생각해서라도 차마 공개적으로 빼앗을 수야 있겠나? 그럴 생각이었다면 나는 애당초 여기 오지도 않았을 거야. 은 교주가 평소 계획이 주도면밀해 빈틈없다고 자랑해왔는데, 오늘 이 칼이 내 수중에 떨어졌으니 그분 체면에 무척 손상이 갔겠구먼."

은소소는 그가 은 교주와의 '옛정'을 생각한다는 말을 듣자, 긴장된 마음이 다소 누그러졌다. 아무튼 그녀는 지금 장취산과 무공 대결을 하려는 사손의 집념을 흩어놓기 위해 얼토당토않은 얘깃거리를 가지고 필사적으로 대화를 이끌어나가야 했다.

"속담에 '사람이 꾸미는 일은 알기 어렵고, 하늘의 뜻은 헤아리기 어렵다'고 했는데, 어떻게 세상만사가 다 뜻대로만 되겠어요? 옛말에도 '일을 꾸미는 것은 사람 손에 달렸지만, 성사시키는 것은 하늘에 달렸다謀事在人 成事在天'•고 했죠. 이제 사 선배님은 복이 많으셔서 손쉽게 그 칼을 차지하신 것 아닙니까? 다른 사람이야 천만 가지로 계략을 다 짜냈더라도 그게 안 될 일이었으니 끝내 손에 넣지 못하게 된 것이지요."

"이 칼이 세상에 나타난 뒤로 그 주인이 얼마나 바뀌었는지 모르고,

• 어떤 일이든 꾸미는 것은 사람이지만 그 성공 여부는 하늘의 뜻에 달렸다는 숙명론적 관념. 이 구절은《삼국연의三國演義》에서 제갈량이 모처럼 심혈을 기울여 추진하던 작전이 부하 장수의 실수로 실패하자 하늘을 우러러 "일을 꾸미는 것은 사람의 손에 달렸으나, 일을 이루어주는 것은 역시 하늘의 뜻에 달렸구나!" 하고 탄식한 데서 나온 말이다.

또 이 칼로 말미암아 그 주인이 얼마나 많은 살신지화殺身之禍를 당했는지 모르네. 지금은 비록 내 손아귀에 있기는 하지만, 훗날 나보다 더 강한 고수가 나타나서 날 죽이고 이 칼을 빼앗아갈지 누가 알겠나?"

이 대목에서 장취산과 은소소는 서로 얼굴을 마주 바라보았다. 두 사람 모두 그 몇 마디 말 속에 무엇인가 깊은 뜻이 담겨 있음을 직감적으로 느낄 수 있었던 것이다. 장취산의 뇌리에는 셋째 사형 유대암의 처참한 몰골이 떠올랐다. 이 칼 때문에 그는 지금 죽느냐 사느냐 점칠 수 없는 형편에 놓여 있었다. 그뿐만 아니라 자기 자신도 이 칼을 그저 한 번 보았다는 죄로 말미암아 지금 한 목숨이 남의 손에 달려 있게 된 것이다.

그 속사정을 아는지 모르는지, 사손이 탄식을 한 모금 뱉어냈다.

"자네들 두 사람은 문무를 겸전한 데다 용모도 준수하고 단정해서 내가 죽인다면 진귀한 보배를 깨뜨리는 짓이나 다를 바 없을 걸세. 하지만 사세가 여의치 못하니 어쩌겠나? 죽여 없앨 수밖에……."

이 말에 은소소가 깜짝 놀라 물었다.

"사세가 여의치 못하다니요?"

"내가 이 칼을 가지고 떠난 뒤, 이 섬에 하나라도 입을 열 수 있는 자를 남겨두었다가는 며칠도 못 되어 천하 모든 사람이 알게 될 것 아닌가? 도룡도가 이 사손의 수중에 있다는 사실이 알려지면, 이놈도 찾아와서 집적댈 것이고 저놈도 찾아와서 빼앗거나 훔쳐내려 들 것이네. 내가 천하무적이 아닌 바에야 언제 어느 순간에 실수가 없다고 어떻게 장담할 수 있겠나? 다른 사람은 둘째로 치고 백미응왕 한 분만 보더라도 내가 그분을 꼭 이긴다는 보장이 없네. 더구나 천응교에는 유능한 인물도 많고 세력도 막강한데, 이 사손은 혈혈단신 홀몸이 아닌가? 나 혼자서 그 많은 무리를 어떻게 상대할 수 있겠는지 생각해보게."

그러고는 고개를 절레절레 내둘렀다.

"천응교주 은천정殷天正은 내공과 외공 양면에서 모두 강하고 군세기로 이 세상에 짝이 없는 고수일세. 그분의 무공에 대해서는 나도 적지 않게 탄복하고 있네. 생각해보면 당년에…… 으음……."

사손은 말끝을 맺지 못하고 입을 다물었다. 그러고는 다시 한번 한숨을 길게 내리쉬며 절레절레 고개를 내둘렀다.

장취산은 이제서야 천응교의 교주가 백미응왕 은천정이란 사실을 알고 속으로 고개를 끄덕였다. 하나 사손을 향해 내뱉는 말투는 차갑기 그지없었다.

"사람을 죽여서 입막음하겠다, 그 말씀입니까?"

"그렇다네."

"어차피 죽일 사람이었으면 당신 입으로 해사파, 거경방, 신권문 우두머리들의 죄상을 들먹인 것은 무슨 까닭이었습니까?"

날카롭게 따져 묻는 말에 금모사왕 사손은 껄껄대고 웃었다.

"그야 몰라서 묻나? 그 친구들이 죽더라도 여한이 없게 해주기 위해서였지. 죽음을 맞는 순간에라도 마음이 홀가분해지라고 말일세."

"흐음, 그나마 자비심은 있으셨군요!"

"세상천지에 어느 누군들 죽지 않고 영원히 살겠는가? 몇 년 일찍 죽으나 늦게 죽으나 그리 큰 차이가 없는 법일세. 그대 장 오협과 은소저는 묘령의 청춘 남녀인데, 오늘 이 왕반산도에서 목숨을 잃는 것이 애석하기는 하네. 하지만 100년이 지난 뒤에 보면 마찬가지 아닌가? 남송 말년에 진회가 악비의 목숨을 해치지 않았다고 해서 그 악비가 오늘날까지 살아 있었겠나? 충신을 죽이고 부귀영화를 누리며 영원히 살 것 같던 진회 역시 죽지 않았는가?"

사손은 두 남녀의 기색을 흘끗 살펴보더니 자기 할 말을 계속했다.

"세상에 죽지 않고 영원히 사는 자는 없네. 다만 누구든지 죽음을 눈앞에 두고 평생 도리에 어긋나지 않게 살아 마음 편하게, 그 지겨운 고통을 겪지 않고 죽을 수만 있다면 그것으로 행복한 걸세. 우리는 무학을 익힌 사람들일세. 죽더라도 진정 유감없이 죽는다는 것이 그렇게 쉬운 일은 아니지. 그렇기 때문에 나도 자네들과 무공으로 겨뤄볼 생각이네. 누구든지 지는 사람이 죽는 것이니까, 이보다 더 공평한 일은 없으리라 믿네. 자네들은 나이가 어리니 결정권을 줌세. 병기를 쓰든, 권법이나 각법脚法이든, 내공으로 겨루든, 암기를 쓰든, 경공신법으로 겨루든 자네들에게 유리한 무공을 한 가지 선택하게. 나는 자네들 의견대로 따를 테니까."

"입담 한번 크시네요. 어떤 무공으로 겨루든지 이길 자신이 있다, 그 말씀이시죠. 안 그래요?"

사손의 입에서 제안이 나오자, 은소소는 오늘 이 난관을 빠져나갈 방법이 전혀 없음을 깨달았다. 왕반산도는 절해고도絶海孤島라 어디다 구원을 요청할 곳도 없었다. 천응교에서는 백 단주, 상 단주 두 고수가 현장에 있는 만큼 차질이 없으리라 자만하고 있을 터이니, 더 이상 강력한 응원군을 보내지도 않을 것이다. 그녀는 말 한번 꿋꿋하게 했으나, 목소리는 미미하게 떨려 나오고 있었다.

사손 역시 은근히 걱정되기는 마찬가지였다. '만약 이 처녀가 바느질이나 자수, 얼굴에 분 바르고 연지 찍는 화장술 따위로 시합을 하자면 어쩐다? 그런 아녀자의 일에 대해서는 먹통인데 말이다.' 그는 궁리 끝에 목청을 드높여 시합 조건에 먼저 제동을 걸었다.

"우리 시합은 무공으로만 하는 것일세. 설마 술 마시고 밥 먹기로 겨루잔 말은 않겠지? 하긴 밥 먹기나 술 마시기로 겨뤄보았자, 자네들은 역시 나를 당해내지 못할 걸세. 내 배 속의 밥통과 술 주머니도 어지간히 크니 말씀이야. 또 한 가지, 단판으로 승부를 내기로 하세. 자네들이 지면 이 자리에서 스스로 목숨을 끊고 죽어야 하네. 허어, 참! 이렇게 보기 좋은 한 쌍을 내 손으로 죽이다니, 그건 참말 못 할 짓이야."

장취산과 은소소는 '보기 좋은 한 쌍'이란 말에 모두 약속이나 한 듯 얼굴이 붉어졌다.

은소소는 고운 이마에 주름살이 잡히면서 고개를 갸우뚱했다.

"당신도 지면 자결하실 건가요?"

이 물음에 사손이 벙긋 웃으면서 대꾸했다.

"내가 진다고? 그럴 리가 있나!"

"이기고 지는 것은 겨뤄봐야 아는 것 아닌가요? 더구나 이 장 오협께선 명문의 자제이시니 어느 무공 한 가지가 당신보다 더 뛰어날지 모르는 일 아닙니까?"

벙어리 웃음을 짓던 사손이 기가 막히는지 소리 내어 웃음보를 터뜨렸다.

"하하하! 장 오협이 그만한 나이에 무슨 공력을 얼마나 쌓았을라고? 초식이 제아무리 높다 하더라도 공력은 나만큼 깊지 못할 걸세!"

장취산은 두 사람의 입씨름을 듣는 동안 자기 나름대로 이 난관을 헤쳐나갈 방도를 궁리했다. '자, 어떤 무공을 써야 요행으로나마 이 괴걸과 최소한 무승부를 이룰 수 있을까? 경공신법 제운종을 써볼까, 아니면 새로 배운 장법을 써볼까?'

다음 순간, 머릿속에 퍼뜩 묘안이 떠올랐다. 그는 두 번 생각해볼 것도 없이 사손을 향해 한마디 던졌다.

"사 선배님, 정 그렇게 몰아붙이신다면 이 후배도 보잘것없는 솜씨나마 보여드리지 않을 수 없겠습니다. 만약 제가 질 경우에는 틀림없이 칼을 안고 자결하겠습니다만, 혹시 요행으로 비기게 될 경우에는 어찌하시겠습니까?"

그러자 사손이 사자 갈기털 같은 머리를 절레절레 내둘렀다.

"무승부는 없네. 첫판 시합에서 비긴다면 두 번째 판을 겨뤄야겠지. 몇 판이 되든지 승부가 나야 끝나는 것일세."

"좋습니다. 만일 이 후배가 일초 반식이라도 이겼을 때에는 선배님처럼 목숨 따위를 내놓으라거나 이래라저래라 요구하지는 않겠습니다. 다만 선배님께서 한 가지 약속만 해주시면 됩니다."

"됐네, 내 한마디로 약속함세. 자네가 방법을 정하게!"

사손의 입에서 시원하게 응낙이 떨어졌으나, 은소소는 이만저만 걱정되는 게 아니었다. 그녀는 목소리를 낮춰 속삭여 물었다.

"무엇으로 겨루실 건가요? 자신은 있어요?"

장취산도 소곤소곤 대답해주었다.

"자신이 있다 없다 말할 계제가 아니오. 힘닿는 데까지 최선을 다하는 수밖에."

"조금이라도 수틀린다 싶으면 신호를 보내세요. 눈치껏 도망이라도 쳐야지, 손발 묶고 앉아서 죽는 것보다는 낫지 않겠어요?"

장취산은 그저 쓴웃음만 지을 뿐 대꾸하지 않았다. 배는 이미 모조리 부서졌는데, 이 손바닥만 한 섬에서 어디로 달아날 수 있겠는가?

그는 옷매무새를 단정하게 가다듬고 나서 허리춤에 꿰어 찼던 빈철 판관필鑌鐵判官筆을 뽑아 들었다.

이것을 본 사손이 짐짓 눈을 휘둥그레 떴다.

"호오, 판관필이라! 강호에 은구철획 장취산의 칭송이 자자하던데, 오늘 이 사손의 낭아봉이 한 수 가르침을 받아보게 되었군! 한데 난은호두구爛銀虎頭鉤는 어찌 꺼내지 않는가?"

"저는 지금 선배님과 병기로 겨루려는 게 아닙니다. 그저 글씨 몇 자 쓰기로 시합해볼까 하는 겁니다."

이 말 한마디 던져놓고, 장취산은 천천히 걸음을 옮겨 왼쪽 산봉우리 앞을 가로막은 거대한 석벽 정면으로 다가섰다. 그러고는 숨 한 모금 깊숙이 들이마시기가 무섭게 두 발로 지면을 박차더니 훌쩍 몸을 솟구쳐 올렸다. 무당파의 경공신법은 애당초 각대 문파 중에서도 으뜸으로 손꼽히는 절기인 데다 지금은 죽느냐 사느냐를 판가름 짓는 중대한 갈림길에 있는 터라 장취산으로서는 털끝만치의 실수를 용납할 수도, 몸놀림을 소홀히 할 수도 없는 시점이었다. 첫 도약으로 10여 척 높이까지 솟구쳐 오른 그는 이어서 제운종의 절기를 구사해 최고 한계점에 도달하자마자 오른쪽 발끝으로 석벽을 떠받치는가 싶더니 어느새 그 탄력을 빌려 또다시 20척 높이까지 도약해 올라갔다. 그리고 손에 잡고 있던 판관필 끝으로 매끄러운 바위 면을 겨냥해 한 획을 부욱 그어나갔다.

"치잇, 칫! 치익!"

돌벽을 가로찢는 날카로운 소리가 몇 차례 울리자 석벽에는 이미 '무武' 자가 완연히 새겨져 있었다. 글자 한 자를 완성하는 순간, 장취산의 몸뚱이는 여력을 잃고 떨어지기 시작했다.

장취산의 왼손이 번뜩 휘둘리는가 싶었을 때 은빛 찬란한 호두구가 뽑혀 나오더니, 훌떡 뒤채는 자세로 석벽의 틈서리를 꽉 걸어 잡아 추락하는 몸무게를 보기 좋게 지탱했다. 그사이에 오른손의 판관필은 어느덧 다시 '림林' 자를 새겨 넣고 있었다. 이 '무림' 두 글자의 일필 일획은 순전히 장삼봉이 한밤중 고심참담해서 창안해낸 것으로 그 속에는 음과 양, 굳셈과 부드러움, 정신과 기세가 담겨 무당파 전체 무공의 절정을 이룬다고 할 수 있었다. 장취산은 비록 공력이 아직 얕아 필획이 석벽에 깊이 파고들지는 못했으나, 두 글자는 마치 용봉龍鳳이 춤을 추며 하늘로 날아오르듯 필력이 웅건해 쾌검快劍 장극長戟의 날 끝처럼 삼엄한 기상이 서려 있었다.

장취산이 두 글자를 새겨 넣고 나서 다시 잇따라 '지至' 자와 '존尊' 자를 새겼다. 글씨는 쓸수록 빨라지고 돌가루가 지면에 분분히 떨어져 내렸다. 필획은 여섯에서 열두 획, 감각이 예민한 독사가 똬리 틀고 도사려 앉은 모습인가 하면, 사나운 들짐승이 앞발톱을 치켜들고 우뚝 서 있는 모습을 연상시켰다.

무림지존 도룡보도	武林至尊 屠龍寶刀
호령천하 막감부종	號令天下 莫敢不從
의천불출 수여쟁봉	倚天不出 誰與爭鋒

스물넉 자는 그야말로 순식간에 가지런히 새겨졌다.

석벽에 아로새긴 이 글자들을 표현하라면 아마도 저 옛날 당나라 시대의 시성詩聖 이백李白의 시구로 대신할 수 있으리라.

돌개바람에 놀란 소나기 휘몰아치니	飄風驟雨驚颯颯
꽃잎 떨어지고 눈발 날려 온 세상 아득하네.	落花飛雪何茫茫
일어서서 벽을 향해 그치지 않는 손길,	起來向壁不停手
한 줄에 두세 글자 크기가 됫박만 하구나.	一行數字大如斗
황홀 간에 놀란 귀신의 통곡 소리 들리고	恍恍如聞鬼神驚
시시때때로 용사가 도망치는 모습 보이네.	時時只見龍蛇走
좌우로 휘감고 오므린 자태 뇌성이 터지듯	左盤右蹙如驚雷
초패왕과 유방이 서로 들이치는 형국일세.	狀同楚漢相攻戰

장취산이 '봉鋒' 자의 마지막 획을 쓰는 순간, 수직으로 내려 긋는 철필의 기세가 마치 갑작스레 울리는 천둥소리처럼 석벽을 가르고, 은빛 찬란한 호두구 갈고리와 강철의 판관필 붓끝이 그의 몸을 지탱하는 듯싶더니 훌떡 뒤챈 그의 몸뚱이는 날렵하고도 교묘하게 은소소 곁의 지상에 내려섰다.

사손은 석벽에 새겨진 석 줄, 스물넉 자를 뚫어져라 올려다보았다. 한참 동안, 아주 한참 동안이나 말 한마디 없이 쳐다보던 그의 입에서 끝내 무거운 한숨이 새어나왔다.

"저토록 훌륭한 글자는 내가 본 적이 없네. 나더러 쓰라고 해도 쓰지 못할 것일세. 내가…… 졌네."

'무림지존'에서 '수여쟁봉'에 이르기까지 스물넉 자는 바로 장삼봉의 의지가 신의 경지에 이르러 반복해서 퇴고推敲를 거듭한 끝에 필의筆意를 권법으로 창출한 것이었다. 가로 긋기와 모로 긋기一橫一直, 한 점 찍기一點, 치받아 올리는 일도一挑의 필획에 이르기까지 어느 것 하나 정교하고도 오묘한 무공 초식이 아닌 게 없었다. 하나 이제 장삼봉 자신이 이 자리에 있다 하더라도, 그날 밤에 쏟아부었던 고심참담한 정성과 그 당시의 심경 없이, 또 그만한 집중력의 여유를 지니지 않은 상태에서 지금 느닷없이 석벽에 스물넉 자를 새겨보라고 했다면 장담하거니와 아마도 장취산이 써놓은 것만큼 출신입화出神入化의 경지에는 결코 도달하지 못했을 것이다.

그 유래를 알 턱이 없는 사손은 그저 눈앞의 이 스물넉 자가 도룡도 쟁탈전에서 비롯된 무림의 전설을 장취산이 생각나는 대로 옮겨 새긴 것인 줄로만 알고 있었다. 또 장취산 입장에서도 이 스물넉 자를 제외하고 달리 몇 글자를 더 써보라고 했다면 그 수준이나 필력은 천양지차로 뚝 떨어졌을 것이다.

아무튼 장취산은 사손에게 패배를 인정하는 말을 끌어냈다.

누구보다 기뻐한 것은 역시 은소소였다. 그녀는 손뼉을 쳐가며 환호성을 올렸다.

"와아, 이겼다! 선배님, 분명히 졌죠? 딴소리하시면 안 돼요!"

사손이 장취산을 돌아보고 고개를 끄덕였다.

"장 오협이 서법으로 무학의 새 경지를 개척하다니 정말 내 안목을 다시 한번 활짝 열어주었네. 진정 탄복하는 바일세! 약속을 했으면 지키는 것이 도리겠지. 자, 무슨 분부든지 어서 말해보게."

언약한 바가 있는 만큼 이렇게 얘기할 수밖에 없었으나, 마음속으로는 적지 않게 자존심이 꺾였는지 말투가 시무룩했다.

"무슨 말씀을 그리하십니까? 후배는 말학末學으로 보잘것없는 솜씨를 보여 선배님의 칭찬을 듣게 되었을 뿐인데 '분부'라니오! 그저 선배님께 감히 한 말씀 부탁드릴 것이 있습니다."

"내게 뭘 요구하고 싶은가?"

"선배님께서 그 도룡도를 가져가시되, 대신 이 섬에 있는 사람들의 목숨만은 살려주십시오. 저 사람들이 비밀을 누설하지 못하도록 단단히 맹세를 시켜놓으면 굳이 죽여야 할 필요는 없지 않겠습니까?"

이 요구에 사손은 코웃음으로 무시했다.

"허튼소리! 내가 남의 맹세를 믿을 만큼 그렇게 멍청해 보이나? 난 그렇게 바보 멍텅구리는 아닐세."

그러자 곁에서 은소소가 윽박지르며 말했다.

"이제 봤더니 선배님은 자기가 한 말을 대수롭지 않게 여기시는 분이었군요. 시합을 해서 지면 상대방의 분부를 듣겠다고 철석같이 약속해놓고 이제 와서 딴소리하시는 거예요?"

"흥! 내가 딴소리하고 싶으면 딴소리할 수도 있는 것이지, 그렇다고 자네가 날 어쩌겠는가?"

퉁명스레 쏘아붙이고 나서 자기가 생각해봐도 너무 억지인 듯싶었는지, 사손은 이내 말을 바꾸었다.

"자네들 두 목숨은 살려주지! 하나 다른 사람들은 용서 못 해."

그러나 장취산은 한 사람이라도 더 살려보고 싶은 생각으로 간청을 했다.

"사 선배님, 곤륜파에서 온 두 청년 검객은 명문의 자제들입니다. 평소 악행을 저지른 것도 없는데……."

그러자 사손이 말끝을 가로채더니 성난 목소리로 쏘아붙였다.

"선행이든 악행이든 내 눈에는 아무런 차이도 없으니 두말하지 말게!"

그러고는 남이 알아듣지 못하게 목소리를 잔뜩 낮추었다.

"자네들, 어서 옷자락을 찢어서 귓구멍이나 틀어막게. 그리고 두 손으로 귀를 단단히 감싸고 있어야 하네. 목숨이 아깝거든 절대로 그르치지 말게!"

장취산과 은소소는 무슨 뜻인지 몰라 서로 얼굴만 마주 바라보았다. 그러나 말투가 정중한 것으로 보아 무슨 까닭이 있으려니 싶어 그 말대로 옷자락을 찢어 귓속에 틀어넣고 다시 두 손으로 귀를 꼭 감싸 쥐었다.

이윽고 사손이 가슴을 앞으로 불쑥 내밀고 숨을 한 모금 크게 들이켜더니 입을 쩍 벌렸다. 그다음 순간, 무슨 소리인가 크게 외쳐대는 것 같았으나 목소리는 들리지 않고 두 사람의 몸뚱이가 지진에 휩쓸린 것처럼 머리끝부터 발끝까지 격렬하게 뒤흔들렸다. 눈길은 저절로 천응교와 거경방, 해사파, 신권문의 무리가 엉거주춤 서 있는 쪽으로 향했다.

사람들은 저마다 입을 딱 벌린 채 혓바닥이 굳어져 있었다. 얼굴마다 경악한 기색이 피어오르고 온 몸뚱이로 혹독한 고문을 당하는 듯 고통에 몸부림치고 있었다. 그것도 잠시뿐, 하나하나씩 차례로 쓰러지더니 곧 몸을 뒤틀면서 땅바닥을 뒹굴었다.

곤륜파의 청년 검객 고칙성과 장립도 역시 무슨 소리를 들었는지 대경실색하면서 즉시 그 자리에 주저앉아 두 눈을 감고 내력을 끌어올려 이 무시무시한 괴성에 대항했다. 두 청년의 이마에는 콩알만 한 땀방울이 뚝뚝 떨어지고 일그러진 얼굴의 근육이 잔뜩 비틀린 채 쉴 새 없이 경련을 일으켰다. 두 사람은 벌써 몇 번이나 두 손으로 귓구멍을 막아보려 했으나, 그럴 때마다 양손은 귓불 두세 치 근처까지 올라갔다가는 이내 축 늘어지곤 했다. 이렇게 얼마쯤 지났을까? 돌연 고칙성과 장립도가 앉은 자리에서 용수철 튕기듯 동시에 공중으로 솟구쳐 오르더니 이내 땅바닥으로 곤두박질쳐 추락하고 말았다. 그러고는 두 번 다시 움직이지 않았다.

사손이 입을 다물고 두 남녀에게 손짓을 보냈다. 귓구멍에 틀어막은 헝겊 쪼가리를 이제 빼도 괜찮다는 시늉이었다.

"저놈들은 내 사자후獅子吼에 충격을 받아 모조리 기절했네. 죽지는 않겠지만 깨어나도 정신착란을 일으켜 미치광이가 되어 있을 걸세. 아무것도 기억하지 못하고 지난 일을 말하지 못하게 되었네. 장 오협, 이만하면 그대의 '분부'대로 한 셈 아닌가? 이 왕반산도에 있는 사람들의 목숨을 살려주었으니 말일세."

장취산은 묵묵히 대꾸가 없었다. 목숨을 붙여놓았다곤 하지만, 지금 이 사람들은 비록 살았어도 죽은 것이나 다를 바 없었다. 차라리 죽인 것보다 더 참혹한 꼴로 만들어놓은 것이 아닌가? 사손의 잔인무도한 행위에 대해서는 이루 말로 형언할 수 없는 통한痛恨을 느꼈으나, 그렇다고 자신의 처지에 무얼 어떻게 하겠는가?

고칙성과 장립도는 여전히 땅바닥에 널브러진 채 꼼짝달싹도 하지 않았다. 얼굴이 온통 금빛으로 누렇게 변한 것이 핏기라곤 한 점도 찾아볼 길 없는 끔찍한 몰골이었다. 금모사왕이 터뜨린 사자후를 직접 겪어보지는 않았어도 생사람을 이 지경으로 만들어놓은 신위神威야말로 경악의 도를 뛰어넘어 공포를 느끼게 했다. 만약 헝겊으로 미리 귓구멍을 틀어막지 않았던들 자신도 지금쯤 이런 꼬락서니로 나뒹굴고 있을 게 아닌가.

사손의 얼굴에는 아무런 감정도 나타나 있지 않았다. 그저 무뚝뚝하게 한마디 던졌을 따름이다.

"자, 우리 이만 떠나세!"

"어디로 말입니까?"

"돌아가야지! 이 왕반산도에선 할 일이 다 끝났는데, 여기 남아서 뭘 하겠는가?"

장취산과 은소소가 또 서로 얼굴을 마주 바라보았다. 생각 역시 한결같았다. 이 악마 같은 괴걸과 또 한배를 타고 하룻밤을 가야 하다니, 그동안에 무슨 변괴가 일어날지 몰랐다. 그들은 뭔가 모를 불길한 예감에 몸서리를 쳤다.

사손은 이들을 데리고 섬 서쪽 산등성이 뒤로 나갔다. 항만에는 돛대 셋 달린 배가 한 척 정박해 있었다. 그가 왕반산도에 잠입할 때 타고 온 배였다.

"자, 두 분은 배에 오르시게."

뱃전으로 걸어간 사손이 정중하게 손을 한 곁으로 내밀면서 두 사람에게 승선을 요청했다. 은소소는 차갑게 웃으면서 톡 쏘아붙였다.

"웬일이시죠? 갑작스레 겸손해지셨으니 말이에요."

"내 배에 오르는 귀빈이신데 예우를 차려 맞아들여야 옳지 않겠는가?"

셋이 배에 오르자, 사손은 손짓으로 선원들에게 닻을 올리고 출범시키라는 명령을 내렸다.

배 안의 수부들은 모두 16~17명. 그런데 이상하게도 선장인 듯싶은 키잡이는 시종일관 입 한 번 열지 않고 손짓 발짓으로 출항 지시를 내렸다. 수부들 역시 모두 벙어리처럼 말 한마디 없이 키잡이의 손짓 발짓에 따라 움직이고 있었다.

"재주가 좋으시네요. 귀머거리에 벙어리 선원들만 골랐으니 말이에요."

은소소가 빈정대자 사손은 무덤덤하게 웃으면서 대꾸했다.

"그게 뭐 어려운 일인가? 난 그저 글자 한 자 모르는 무식꾼 수부들만 데려다가 고막을 뚫고 아약啞藥을 먹여서 벙어리로 만들었을 뿐이야."

이 말을 듣고 장취산은 저도 모르게 몸서리를 쳤다. 멀쩡한 사람들을 강제로 귀머거리 벙어리를 만들어서 부려먹다니, 묵묵히 뱃일하는 수부들을 보고 있으려니 가슴이 저려왔다. 그러나 은소소는 손뼉까지 쳐가며 웃고 있었다.

"참말 기막힌 솜씨로군요! 귀머거리에다 벙어리, 게다가 글자 하나 모르는 무식꾼 수부들이라면 사 선배님이 하늘 같은 비밀을 지니고 계시더라도 누설할 방도가 없지 않겠어요? 아쉽게도 저 수부들이 배를 몰지만 않았더라면 두 눈까지 찔러서 장님을 만들어버렸을 텐데. 안 그래요, 사 선배님?"

장취산이 그 말을 듣고 그녀에게 눈을 흘기면서 나무랐다.

"은 소저, 명문의 규수가 어찌 그토록 잔인한 말을 하는 거요? 세상에 저렇게 비참한 일을 보고도 웃음이 나오시오?"

은소소는 혀를 날름 내밀며 뭐라고 대꾸하려다가 그 엄한 기색을 보고는 입속에서 맴돌던 말이 쏙 들어가버리고 말았다.

그러나 사손은 대수롭지 않게 한마디로 받았다.

"그도 괜찮겠군! 육지에 이르거든 저 녀석들의 눈마저 멀게 만들어 주지!"

눈앞에서 묵묵히 일하는 수부들을 바라보며 장취산은 측은한 마음이 들었다. 하룻밤 지나서 내일 아침이면 모두 소경이 될 것이라 생각하니 마음이 아파왔다.

이윽고 돛이 오르고 뱃머리가 천천히 돌아가기 시작했다. 장취산은 산등성이 너머에 남아 있을 사람들이 떠올라 사손에게 물었다.

"사 선배님, 이 섬에 남아 있는 사람들은 어떻게 되는 겁니까? 배란 배는 모조리 선배님 손에 부서졌으니 뭘 타고 육지로 돌아갈 수 있을까요?"

"장 상공! 자네, 사람은 괜찮은데 쓸데없이 웬 걱정이 그리도 많은가? 저 친구들이야 저 섬에서 제 명대로 살다가 죽으면 깨끗하지 않은가? 그들이 죽건 살건 자네하고 아무 상관도 없는 일인데, 자넨 참견하는 일이 너무 많아서 탈이야."

장취산은 더 얘기하지 않았다. 도리로 따져 일깨워봤자 아무 소용이 없음을 알았던 것이다. 묵묵히 타고 있는 배가 섬에서 점점 멀어져 가는 광경을 지켜만 볼 따름이었다. 안타깝지만 더는 어떻게 해볼 도리가 없었다. 섬에 남은 사람들이 비록 모두가 극악무도한 무리이기는 하지만, 이런 처지에 놓인 것이 너무나 불쌍했다. 마실 물도 먹을 것도 충분하지 않으니, 만약 구해주러 오는 이가 없다면 열흘 안에 한 사람도 살아남지 못할 게 분명했다. 하나 어쩌겠는가?

남도 남이지만 장취산 자신의 처지도 한심스럽기는 마찬가지였다. 지난 몇 년 이래 무당칠협은 강호를 종횡무진으로 누벼오는 동안 하는 일마다 순조롭지 않은 것이 하나도 없었다. 그런데 오늘은 무당칠협 가운데 다섯째라는 사람이 손발을 꼼짝 못 하게 묶여 남의 손에 목숨이 달린 채로 전혀 반항할 여지조차 없으니 답답할 정도가 아니라 분통이 터져 죽을 지경이었다. 의기소침해진 그는 고개를 숙인 채 조용히 분을 삭이면서 자신의 처지를 반성했다. 사손이나 은소소가 뭐라고 하든 그쪽은 거들떠보지도 않았다.

한참 고민을 하던 그는 고개를 돌려 선실 창문을 통해 내다보이는 바다 경치를 감상했다. 하루해가 벌써 저물녘이 되었는지, 석양이 파도 속에 잠겨들면서 물 위에 천만 가닥의 금빛 노을을 만들고 있었다. 잠시도 쉬지 않고 바뀌어가는 노을빛에 정신을 쏟고 있던 그는 다음 순간 퍼뜩 놀라고 말았다. 석양이 어째서 뱃고물 뒤쪽으로 지고 있는 것일까?

그는 사손을 돌아보고 큰 소리로 외쳐 알렸다.

"키잡이가 방향을 잃은 모양입니다! 이 배는 지금 동쪽으로 가고 있어요!"

사손이 고개를 끄덕였다.

"맞아, 동쪽으로 가는 게 틀림없지."

이 말에 은소소마저 화들짝 놀랐다.

"동쪽은 망망대해인데, 어딜 간다는 거예요? 어서 빨리 키잡이더러 방향타를 돌리라고 하세요!"

"내가 자네들한테 진작 얘기하지 않았던가? 도룡도를 얻었으니 어디 조용하고 외진 곳을 한 군데 찾아가서 시일을 두고 잘 궁리해보겠다고 말일세. 이 칼이 어째서 무림지존이 되고 또 무슨 까닭으로 천하를 호령하는 것인지, 그 비밀을 알아내야겠네. 중원 대륙은 분쟁과 소요가 그치지 않는 땅이라, 내가 이 보도를 가지고 있는 한 하루도 마음 편할 날이 없을 거야. 자네들도 생각해보게. 오늘은 이놈이 찾아와서 빼앗으려 들 테고, 내일은 저놈이 몰래 기어들어와 훔쳐가려 할 테니 그 조무래기들을 번번이 쫓아내려면 얼마나 귀찮고 번거롭겠나? 그런 일에 골머리를 썩이면서 마음 놓고 조용히 연구해볼 여유가 있겠는가?"

그러고는 지그시 두 남녀의 기색을 살펴보면서 말을 덧붙였다.

"게다가 찾아오는 사람이 무당파 장삼봉 선생이나 천응교주 같은 고수라도 되어보게. 나 사손이 그분들을 쫓아낼 수 있을 듯싶은가? 어림도 없는 일일세! 그래서 이 너르디너른 바다로 나아가 인적 없는 외딴섬을 찾아가서 그곳에 거처를 잡아볼 생각이네."

"그럼 저희들 먼저 돌려보내주셔야 할 게 아니에요?"

그녀의 항의에 사손은 그저 싱긋 웃을 뿐이었다.

"자네들이 중원 땅에 돌아가는 날에는 내 행적이 금방 누설될 게 아닌가?"

그러자 장취산이 벌떡 일어나 매섭게 소리쳤다.

"그럼 우리를 어쩔 셈입니까?"

"안됐지만 자네들은 그 무인도에서 나하고 살면 되는 것이지. 생각해보게. 호젓한 섬에서 우리 셋이 함께 살면 얼마나 즐겁겠나?"

"만약 당신이 10년이고 20년이고 그 칼의 비밀을 찾아내지 못할 때는……?"

"그 무인도에서 10년이 지나든 20년이 지나든 나하고 같이 살아야겠지. 만약 내가 평생토록 그 비밀을 생각해내지 못할 때에는 자네들도 나하고 같이 그곳에서 죽을 때까지 살아야 하는 걸세. 자네들은 정분도 나고 의기가 투합되어 썩 잘 어울리는 한 쌍이니까 아예 부부가 되어서 아들딸 낳고 기르는 재미도 있지 않겠나?"

"당치도 않은 소리 마십시오!"

장취산이 노발대발하며 탁자를 내리치면서 호통을 질렀다. 혹시 그녀도 터무니없는 소리에 질색을 하고 있지 않을까 두려워 흘낏 곁눈질로 살펴보았더니, 이건 또 웬일인가? 은소소는 두 뺨이 발그레하니 상기된 채 수줍음에 못 이겨 고개를 숙이고 있었다.

장취산은 속으로 찔끔 놀랐다. 이 처녀 역시 사손과 똑같은 상상을 하고 있음이 분명했다. 그는 어렴풋이나마 은소소와 더 이상 한데 있다가는 자신의 감정을 억제하기 어렵겠다는 생각이 들었다. 사손 같은 외부의 강적을 눈앞에 두고 자기 마음까지 들떠 있으면 장차 무슨 일이 벌어질지 누가 알겠는가? 그것은 사손보다 더 무서운 내부의 적이 아닐 수 없었다. 그야말로 사면초가四面楚歌인 셈이다. 그는 어떻게 해서라도 이 위기에서 벗어나야겠다고 생각했다. 빠르면 빠를수록 좋았다.

그는 속에서 들끓어오르는 분노의 불길을 억누르고 차분히 사손을 설득하기 시작했다.

"사 선배님, 절 믿어주십시오. 소생은 입 밖에 낸 말은 반드시 지킵니다. 선배님의 행적을 절대로 누설하지 않겠습니다. 지금 이 자리에서 맹세하겠습니다. 오늘 보고 들은 일에 대해선 어느 누구한테도 털어놓지 않겠다고 굳게 맹세하겠습니다. 그러니 어서 돌려보내주십시오!"

"장 오협이 한번 한 약속은 천금보다 값지고 한번 입 밖에 낸 말은 태산보다 무겁다는 것은 진작부터 강호에 소문이 나 있는 줄 아네. 하지만 나 사손은 스물여덟 살 되던 해에 독한 맹세를 했네. 자네, 이 손가락을 좀 보게."

그는 장취산과 은소소 앞에 왼손을 펼쳐 보였다. 새끼손가락이 뿌리째 끊긴 채로 네 손가락만이 남아 있었다.

"그해에 나는 내 평생 가장 존경하고 숭배하는 어떤 사람에게 배반을 당했네. 그 사람은 내게 차마 말로 형언하지 못할 수모를 안기고 패가망신을 시켰다네. 우리 부모님과 처자식을 포함해서 일가족이 하룻밤 새 그 사람 손에 모조리 죽임을 당했지……. 그래서 나는 손가락을 끊어 맹세했네. 나 사손은 살아 있는 한 그 어느 누구도 믿지 않겠노라고……. 올해 내 나이가 마흔한 살이니 지난 13년 동안 나는 오로지 날짐승 들짐승들과 어울려 지냈네. 자네들 혹시 금수禽獸가 배신하는 걸 본 적이 있는가? 나는 오늘날까지 사람을 숱하게 많이 죽였지만 짐승은 될 수 있는 대로 적게 죽였네. 짐승은 믿어도 사람은 믿지 않았으니까……."

장취산은 저도 모르게 몸서리를 쳤다. 사손이 일신에 절세무공을 지니고 있음에도 강호에서 전혀 그 이름을 뜬소문으로나마 들어보지 못한 까닭이 어디 있었는지 알 만했다. 이 사람은 고작 스물여덟의 젊은 나이에 인간 세상에서 보기 드문 참혹한 일을 당한 나머지 온 세상 모든 일에 분개해 증오심을 품고 뭇사람들 곁을 떠나 홀로 외로이 살아가면서 하늘 아래 있는 사람이라면 무조건 뼈에 사무치도록 한을 품어왔던 것이다. 그는 애당초 사손의 이렇듯 잔인무도하고 포학한 행위를 극도로 미워했으나, 이제 그 몇 마디 말을 듣고 보니 자기도 모르는 사이에 동정심이 우러나 깊은 신음 소리를 내뱉었다.

"사 선배님, 그 원수는 갚으셨는지요?"

사손이 절레절레 고개를 내저었다.

"아니, 아직 못 갚았네. 나를 해친 사람의 무공이 아주 뛰어나서 도무지 이길 수가 없었거든."

"저런!"

장취산과 은소소의 입에서 동시에 외마디 경악성이 터져 나왔다.

"선배님보다 더 무공이 높다고요? 그렇게 지독한 사람이…… 도대체 누굽니까?"

"자네들한테 그 이름을 대면 무엇 하겠나? 공연히 내 얼굴에 먹칠이나 하는 셈이지. 만약 그 깊고 큰 원수를 갚지 않겠다면, 내가 이 도룡도를 빼앗아 뭣에 쓰겠으며, 또 고심참담하게 이 칼의 비밀을 풀어서 뭘 하겠는가? 이 모두가 그 사람에게 복수를 하기 위해서라네. 아무튼 장 오협, 자네도 꽤나 운이 좋은 셈일세. 내 자네를 보자마자 마음에 들었으니 말이네. 그렇지 않았다면 평소 내 성미에 자네를 지금 이때까지 절대로 살려두지 않았을 거야. 내가 앞으로 자네들을 며칠이나마 더 살려두는 것만 해도 아주 파격적인 일일세. 뭔가 좀 꺼림칙한 느낌이 들기는 하지만 말이야."

그 말끝에 은소소가 펄쩍 뛰며 놀랐다.

"며칠이나마 더 살려둔다니…… 그게 무슨 뜻으로 하는 말씀인가요?"

사손은 덤덤하게 대꾸했다.

"내가 이 칼의 비밀을 알아낼 때까지만 살려둔다는 말일세. 도룡도에 감춰진 비밀을 알아내고 그 섬을 떠날 때는 자네들 두 사람을 죽여 없앨 작정이네. 그러니까 내가 하루라도 더 비밀을 풀지 못한다면 자네들은 하루를 더 살게 되는 셈이지."

은소소는 기가 막혀 코웃음이 절로 나왔다.

"흥! 그 칼은 무겁기만 하고 날카로울뿐더러 뜨거운 불길 속에서도 전혀 손상되지 않는다…… 그것뿐이지, 무슨 유별난 비밀 같은 게 있겠어요? '천하를 호령하니 감히 따르지 않을 자 없다'지만, 그것도 그 칼이 천하 병기 중의 패왕霸王이란 뜻으로 덧붙은 얘기일 따름이에요."

"만약 정말 그렇다면, 우리 셋은 황량한 무인도에서 평생 살다 죽는 수밖에……."

탄식 섞어 말하다가 돌연 사손의 얼굴빛이 암울해졌다. 서글픈 심정에 그는 더 이상 말을 이어가지 않았다. 은소소의 말대로 도룡도에 진짜 아무런 비밀이 감춰져 있지 않다면 자기 한목숨 다할 때까지 복수할 가망성이 전혀 없다는 것을 느꼈기 때문이다.

장취산은 그의 얼굴에서 절망과 낙담으로 침통해진 기색을 읽어내고, 차마 안됐다 싶어 한마디 위안의 말을 던지려 했다. 그런데 사손이 훅 하고 촛불을 꺼버렸다.

"잠이나 자세!"

이어서 기나긴 한숨이 흘러나왔다. 탄식 소리 가운데 무궁무진한 고통과 한없는 절망이 배어나왔다. 그것은 사람의 소리가 아니라 치명상을 입은 야수가 죽음에 임박해서 울부짖는 포효성과 같았다. 캄캄한 어둠 속의 한숨 소리는 선실 밖에서 거세게 파도치는 소리에 뒤섞여 더욱 처절한 느낌을 안겨주었다.

장취산은 선실 바깥을 내다보았다. 달빛이 내리비치는 바다 수면에 언젠가부터 흰 그림자가 펄떡펄떡 뛰고 있었다. 거대한 몸집을 지닌 물고기부터 중간치쯤 되는 크기의 물고기들이 그칠 새 없이 수면 위로 뛰어오르는데, 눈길 끝이 다하도록 몇천 몇만 마리인지 이루 헤아릴 수가 없었다. 실로 기막힌 장관이었다. 장취산은 해상에서 살아본 적이 없는 터라 그 수많은 물고기가 왜 한꺼번에 수면 위로 뛰어오르는지 그 뜻을 알 길이 없었다.

세찬 바닷바람이 선실 입구로 한바탕 한바탕씩 계속 불어닥쳤다. 은소소는 홑옷 차림이라 얼마 안 있어 점점 추위를 견디지 못하고 오슬오슬 떨기 시작했다.

"은 소저, 춥소?"

장취산이 나지막이 물었다.

"괜찮아요."

그녀는 괜찮다고 대답했으나, 장취산은 입고 있던 장포를 벗어 들었다.

"이걸 위에 걸치구려."

은소소는 격한 감동에 목소리마저 떨려 나왔다.

"안 입을래요. 당신도 추울 텐데……."

"난 춥지 않으니 걱정 말고 입어요."

그러고는 장포를 건네주었다. 은소소는 그것을 받아 어깨 위에 걸쳤다. 옷자락에 사내의 포근한 체온이 스며 있어 마음까지 따스해졌다. 어둠 속에서 그녀는 방그레하니 미소를 지었다.

날이 조금만 밝았더라면 장취산도 그 기쁜 미소를 볼 수 있었겠지만, 그는 지금 탈출할 궁리를 하는 중이었다. 이리저리 생각해봐도 방법은 오직 하나뿐, 사손을 죽이지 않고서는 이 곤경에서 벗어날 길이 없었다.

그는 선실 한구석으로 귀를 기울였다. 사나운 파도 소리에 간간이 사손의 코 고는 소리가 섞여 들려왔다. 깊은 잠에 빠져든 것이 분명했다. '이 사람은 평생토록 사람을 믿지 않겠노라고 새끼손가락까지 끊어가며 굳게 맹세했다. 그런데도 우리와 한배에 누워서 이렇듯 마음 편히 잠든 이유가 무엇일까? 설마 자기 무공 실력을 믿고 두려울 바 없어 우리가 해치는 것도 겁나지 않는단 말인가? 아무튼 기회는 한 번뿐이다. 조금이라도 머뭇거렸다가는 내 멀쩡한 한평생을 이 괴걸과 함께 망망대해 황량한 무인도에서 장사 지낼 수밖에 없을 것이다.'

그는 살그머니 은소소 곁으로 옮겨갔다. 그녀에게 귓속말로 자기 계획을 말해줄 생각에서였다. 한데 뜻밖에도 얼굴을 가까이 갖다 대는 순간, 그녀가 어둠 속에서 무슨 기미를 느꼈는지 갑작스레 고개를 이쪽으로 홱 돌리는 바람에 장취산의 입술이 귀를 찾지 못하고 엉뚱하게 그녀의 뺨에 닿고 말았다.

기겁을 하도록 놀란 장취산은 자신의 경박한 행동을 변명하려고 했으나, 도대체 무슨 말을 어떻게 해야 좋을지 생각나지 않았다.

한데 문제가 더 복잡해졌다. 그 행동을 오해한 은소소가 기쁨에 겨워 그의 어깨에 살포시 머리를 기대온 것이다. 그녀의 마음속은 삽시간에 정겨움과 꿀처럼 달콤한 느낌으로 가득 찼다. 그때 갑작스레 장취산의 입술이 또 귓결에 옮겨와 닿았다.

"은 소저, 미안하오. 딴 뜻은 없었소."

하나 은소소는 진작 부끄러움을 이기지 못하고 얼굴이 불덩어리처럼 발갛게 달아올라 있었다. 그녀 역시 모기 소리만큼 가늘게 속삭여 대꾸했다.

"당신이 저를 좋아하시니 저도 무척 기뻐요."

그녀는 무슨 일이든 제멋대로 저질러온 말괄량이였다. 게다가 외눈 하나 깜짝하지 않고 마구 사람을 죽이기도 했다. 하지만 이렇듯 아녀자의 정이 들끓어올랐을 때는 첫사랑을 맛본 묘령의 처녀와 다를 바 없었다. 그녀의 마음속에는 놀라움과 기쁨, 당혹스러움과 혼란스러움이 한꺼번에 뒤죽박죽으로 섞여 있었다. 만약 캄캄한 어둠 속이 아니었던들 방금처럼 그토록 대담한 고백을 하지 못했을 것이다.

장취산은 속으로 깜짝 놀랐다. 미안하다는 사과의 말 한마디 던졌더니, 그것이 오히려 진정을 토로하는 사랑의 고백으로 바뀌어 되돌아올 줄이야 누가 알았겠는가?

그는 마음이 산란해질 대로 산란해졌다. 은소소는 아름답고 요염한 처녀였다. 더구나 처음 봤을 때부터 그에게 말없이 은근한 정을 보여주었다. "당신이 저를 좋아하시니 저도 무척 기뻐요." 지금 이 대답 속에는 기울어진 그녀의 열정이 고스란히 드러나 있었다. 장취산도 혈기 방장한 젊은이였다. 비록 예의범절로 자신을 억제해왔으나 그녀의 진정 어린 사랑의 고백을 듣고 나자 마음이 흔들렸다. 그녀의 보드라운 목덜미 살결이 어깨머리에 와닿는 순간, 장취산은 그녀에게서 체취인지 향내인지 모를 담담하고도 그윽한 냄새가 풍겨오는 것을 느꼈다. 무어라 형언하기 어려운 묘한 감정에 그는 마치 꿈을 꾸고 있는 게 아닌가 하는 생각이 들었다. 그래서 몇 마디 부드러운 말을 건네려는 순간, 갑작스레 자신을 질책하는 양심의 소리가 들려왔다.

'장취산, 무서운 강적을 눈앞에 두고서도 네가 이렇듯 마음이 흔들려서야 되겠는가? 어느새 스승님의 가르침을 말끔히 잊었단 말이냐? 비록 이 여인이 셋째 사형에게 은혜를 베풀었다 하더라도 역시 사교 출신으로 행위가 올바르지 못한 사람 아니냐? 네가 이 처녀와 서로 좋아한다면 마땅히 스승님께 여쭙고 그 어른의 허락을 받은 다음 중매를 통해 정식으로 맺어져야 옳은 일인데, 어찌하여 어두운 방 안에서 도리에 어긋나게 외설스러운 행동을 저지르겠단 말이냐?'

생각이 여기에 미치자 그는 당장 자세를 바로 하고 낮은 목소리로 속삭여 그녀를 일깨웠다.

"은 소저, 우리가 저 사람을 제압해야만 여기서 탈출할 수 있소. 그 방도를 궁리해냅시다."

아련한 황홀경에 빠져 있던 그녀는 느닷없이 던져온 그 말을 듣고도 금방 알아채지 못하고 되물었다.

"뭐라고요?"

말귀를 못 알아들으니 장취산은 안타까운 마음에 다시 한번 목소리를 잔뜩 낮추어 사태를 설명했다.

"우리는 지금 아주 위험한 지경에 처해 있소. 만약 저 사람이 잠든 틈에 암습을 가한다면 대장부가 할 짓이 못 되고 또 너무 떳떳하지 못할 것 같소. 그래서 나는 저 사람을 깨워놓고 정정당당하게 장력으로 겨룰 생각이오. 당신은 내가 저 사람과 싸우는 틈에 즉각 은침을 쏘시오. 2 대 1로 싸우는 것은 이겨도 떳떳하지는 않겠으나, 우리 두 사람의 힘으로는 저 사람의 무공과 실력 차이가 너무 크기 때문에 어쩔 수 없이 편법을 쓰자는 거요."

그 몇 마디 말은 모기 소리처럼 가늘어 입술을 그녀의 귀에 찰싹 갖다 붙이고서야 겨우 들릴 정도였다. 그러나 뜻밖에 은소소가 미처 대답하기도 전에 사손의 호탕한 웃음소리가 선실 뒤 칸 쪽에서 먼저 들려왔다.

"으하하하! 자네가 급작스레 암습을 가했다면 이 사손이 비록 자네 수작에 넘어가지는 않았겠지만 그래도 한 가닥 기회는 있었을지 모르네. 한데 뭐라고 했나? 대장부로서 떳떳치 못하니까 정정당당하게 장력으로 겨루겠다고? 그래야 명문 정파의 가풍家風을 보전하실 모양인데, 그거야말로 사서 고생을 하는 짓이지!"

말끝이 입 밖에 나왔을 때, 그 몸뚱이가 번뜩하더니 어느새 장취산의 정면에 들이닥쳐 일장으로 앞가슴을 후려 때리고 있었다.

하나 장취산도 사손의 웃음소리를 듣는 순간, 벌써 진기를 응축시키고 암암리에 공력을 끌어모은 상태였다. 사손이 번개 벼락 치듯 일장을 후려쳐오자 그는 재빨리 오른 손바닥을 내뻗어 사문의 비전절기인 면장綿掌으로 반격해나갔다. 두 손바닥이 마주치면서 "철썩!" 하는 소리와 함께 상대방의 손바닥 압력이 태산이라도 무너뜨릴 듯 사납게 찍어 눌러왔다.

장취산은 상대방의 공력이 자기보다 훨씬 높다는 것을 뻔히 아는 터라, 오로지 수비에만 치중할 뿐 공격으로 나가지 않았다. 솜처럼 부드러운 면장으로 그저 한순간 한순간 버티기에만 전심전력을 다 쏟기로 한 것이다. 따라서 그는 쌍방의 손바닥이 마주쳤을 때, 상대방의 충격에 떠밀려 자신의 팔을 뒤쪽으로 여덟 치가량 움츠린 상태로 버티기 시작했다. 그러나 이 여덟 치의 차이로 그는 수비 면에서 상대방보다 한결 여유를 차지할 수 있었지만, 사손이 어떤 방향으로 힘을 쓰든 좀처럼 그의 방어 장벽을 밀어붙일 도리가 없었다.

사손은 연속 세 차례 압력을 가했으나, 상대방의 장력이 자기보다 훨씬 미약하다는 느낌만 들었을 뿐 그 미약함 속에 기력이 쇠퇴한다는 기미는 도무지 찾아볼 수 없었다. 자신의 장력이 급박하게 몰아붙일수록 상대방의 장력은 그만큼 사나워지고 털끝만큼이라도 기세가 늦추어지면 또 그만큼 상대방의 저항력도 부드럽게 풀리곤 했다. 장취산은 처음부터 끝까지 굳세게 버티고 있었다.

"호오, 대단한 장력이로군! 장법의 이름이 뭔가?"

사손이 찬사를 보내면서 왼 손바닥을 번쩍 치켜들더니 이번에는 상대방의 정수리를 겨냥하고 내리쳤다.

장취산은 왼 팔꿈치를 약간 구부린 자세로 들어 막았다. 횡가금량橫架金梁의 일초, 이름 그대로 금빛 대들보를 가로뉘어 막는 방어 자세였다. 무당파의 무공은 주도면밀했다. 따라서 여러 문파 중에서도 끈질긴 힘만은 그 짝이 없다는 평판을 듣고 있었다. 두 사람의 무공에는 비록 강약의 현격한 차이가 있으나, 장취산이 사문의 심법을 최대한으로 운기해 저항하고 있기 때문에 사손으로서도 좀처럼 그를 어쩌지 못했다.

일방적인 공세와 끈덕진 방어. 이렇듯 팽팽한 대치 상태가 이어지는 동안 장취산의 이마에서 땀이 빗방울처럼 떨어져 삽시간에 온몸을 흥건하게 적셔놓았다. 그는 꿋꿋하게 버티고 있었으나 속은 이미 탈 대로 타들어가고 있었다. 그는 속으로 비명을 질렀다. '은 소저, 왜 아직도 은침을 쏘지 않는 거요? 지금 이자가 전심전력으로 날 공격하는 틈에 은침으로 혈도를 쏘아 맞힌다면, 설령 손쉽게 제압하지는 못하더라도 최소한 이자가 장력을 풀고 수비로 전환할 수도 있을 텐데, 어째서 이 절호의 기회를 놓친단 말인가? 숨 한 모금 돌릴 순간이면 내 장력으로 즉각 반격해서 상처를 입힐 수 있단 말이오! 어서 은침을 쏘시오! 은침을 쏘라고……!'

하나 사손 역시 그 점을 염두에 두고 있었다. 처음 예상으로는 쌍장일격으로 장취산에게 중상을 입힌 다음 은소소를 요리할 생각이었다. 그런데 뜻밖에도 이 젊은이가 한창 어린 나이에 내공의 조예가 비범해 뜨거운 차 한 잔 마실 시각이 지나도록 굽힘 없이 꿋꿋이 버틸 줄이야 누가 알았겠는가? 시간이 지날수록 그는 은소소의 향배에 은근히 신경 쓰이기 시작했다.

그러다 보니 결국 두 사람은 서로 장력으로 겨룸과 동시에 쌍방이 모두 은소소의 동태를 눈여겨보는 형국이 되었다. 그러나 장취산은 진기를 가슴에 잔뜩 응축시켜놓은 터라 입을 열어 숨 한 모금 토해낼 수 없는 반면, 사손은 전혀 아랑곳없이 마음대로 입을 열 수 있었다.

"은 소저, 그 손발 꼼짝 않고 가만히 있는 게 신상에 좋을 거야. 손가락 하나 꼼지락거렸다가는 내 이 일장을 주먹으로 바꿔 내질러서 자네가 사랑하는 사람의 전신 근맥을 모조리 진탕震蕩시켜 결딴내버리고 말 테니까."

사손이 능글맞게 위협하자 은소소는 꼼짝없이 넘어가고 말았다.

"사 선배님! 우리가 당신 뜻을 따를 테니 그 장력을 거두어주세요."

"호오, 그래? 그럼 은 소저는 됐고, 장 상공의 생각은 어떤지 말해 보게."

사손이 다시 장취산을 돌아보고 물었다.

하나 장취산은 애가 탈 대로 타들어갔다. '은침을 쏘시오! 뭘 하고 있소? 은 소저, 어서 빨리 은침을 쏘라니까! 이 절호의 기회를 순식간에 놓쳐버릴 텐데, 붙잡지 않고 뭘 망설이고 있는 거요?'

은소소가 한 번 더 다급하게 간청했다.

"사 선배님, 어서 빨리 장력을 거두세요! 그러지 않으면 나도 목숨 걸고 당신과 싸우겠어요!"

"호오, 그럼 자네도 다치지……!"

말은 비록 그렇게 했으나, 사손도 실상 그녀가 느닷없이 은침으로 암습을 가할까 봐 적지 않게 꺼리고 있었다. 선실 면적이 워낙 협소한 데다 은침은 가늘고 작았다. 따라서 캄캄한 어둠 속에서 그것을 쏘았다가는 그림자도 형체도 보이지 않을뿐더러 소리나 냄새도 없을 테니 어떻게 막을 수 있겠는가? 당장 주먹으로 바꾸어서 장취산을 때려죽일 수도 있겠지만 어쩐지 그럴 마음은 들지 않았다.

그는 속셈을 굴려보았다. '요 어린 아가씨는 지금 내 위협에 눌려 함부로 손을 쓰지 못하고 있다. 그러지 않았다가는 한두 사람만 다치는 게 아니라 나까지 합쳐 삼패구상三敗俱傷을 당하는 일이 벌어질지 누가

알겠는가? 아무래도 일을 이쯤에서 마무리하는 게 좋겠군.'

생각이 정리되자 그는 시침 뚝 떼고 제안을 했다.

"자네들이 딴마음을 품지 않겠다면 나도 자네들의 목숨을 해치지 않겠네!"

은소소가 기다렸다는 듯이 대답했다.

"난 애당초 딴마음을 먹지 않았어요."

"그럼 이 친구를 대신해서 맹세하게!"

"으음…… 그래요, 그렇게 하죠! 장 오라버니, 우리는 사 선배님의 적수가 못 돼요. 선배님을 모시고 무인도에 올라가 1년이고 반년이고 함께 살기로 해요. 이분은 지혜롭고 총명하시니까 도룡도에 감춰진 비밀을 캐내는 것쯤은 어려운 일이 아닐 거예요. 자, 그럼 내가 장 오라버니를 대신해서 맹세할게요!"

말 못 하는 장취산은 속으로만 악을 썼다. '맹세는 무슨 도깨비 같은 맹세야? 어서 빨리 은침이나 쏘라고! 어서 은침을 쏘라니까!' 말도 못 하고 캄캄절벽 어둠 속에서 손짓 발짓 시늉도 못 하고…… 하물며 두 손바닥으로 적의 쌍장을 견제하고 있으니 아예 손짓 시늉조차 할 수 없어 안타까울 뿐이었다.

장취산이 시종 묵묵부답으로 아무 소리가 없자, 은소소는 곧바로 손가락을 하늘로 향한 채 맹세의 말을 하기 시작했다.

"천지신명이시여! 나 은소소와 장취산은 사 선배님을 따라 황량한 무인도에 가서 도룡도의 비밀이 밝혀질 때까지 함께 거처하기로 결심하나이다. 저희 두 사람이 딴마음을 품으면 도검刀劍 아래 죽어도 여한이 없으리다!"

사손이 피식 웃으며 말했다.

"우리처럼 무학을 익힌 사람이 도검 아래 죽는 게 뭐 그리 희한한 일이겠나?"

이 말을 듣자 은소소가 이를 악물고 다시 고쳐 맹세했다.

"좋아요! 그럼 내가 '스무 살까지 살지 못하게 될 것이옵니다!' 이러면 됐죠?"

"아하하하! 됐네, 됐어!"

사손이 껄껄대고 웃으면서 장력을 거둬들였다.

기력이 쭉 빠져버린 장취산은 물먹은 소금 자루처럼 선실 바닥에 스르르 나자빠졌다. 은소소가 황급히 화접자를 흔들어 켜서 등잔불을 밝혀놓고 보니, 사랑하는 이의 얼굴빛이 금빛 종잇장처럼 누렇게 뜨고 숨결은 실낱같이 가늘었다. 그녀는 덜덜 떨리는 손길로 품속에서 손수건을 꺼내 이마와 얼굴에 흐르는 땀방울부터 닦아주었다.

사손이 껄껄대고 웃으며 찬탄을 아끼지 않았다.

"무당 자제라, 과연 명불허전이로군! 정말 대단했어! 아주 훌륭해!"

장취산은 절호의 기회를 놓쳐버린 은소소를 원망했다. 은침을 쏘지 못하고 일을 이 지경으로 만들어놓은 그녀의 처사가 정말 원망스럽기 짝이 없었다. 하나 이제 눈물까지 글썽거리며 자기를 위해 얼굴 가득 걱정스러워하는 기색을 보이자, 저도 모르게 격한 감동이 앞서기 시작했다. 그는 한숨을 내쉬고 나서 그녀에게 위안의 말이라도 건네려고 입을 열었다. 그러나 다음 순간 눈앞이 캄캄해지더니 흐리멍덩한 의식 속에서 그녀의 앙칼진 목소리가 들려왔다.

"사손, 이 나쁜 놈! 네가 오라버니를 지쳐 죽게 만들었구나! 내 목숨을 걸고 네놈과 싸울 테야!"

"으하하핫! 지쳐 죽게 만들다니, 무슨 소릴……!"

그때 돌연 장취산의 몸뚱이가 기우뚱하더니 몇 바퀴 데굴데굴 굴렀다. 곧이어 사손과 은소소의 고함치는 소리가 동시에 울렸다.

"앗! 이거 큰일 났다!"

"아이고머니! 이게 웬일이야?"

뒤미처 질풍이 휘몰아치는 소리, 파도 후려치는 소리가 선체를 뒤흔들었다. 마치 산더미 같은 거대한 물의 장벽 수천 개가 한꺼번에 들이닥치는 듯싶었다.

"꽈다당! 꽈당! 꽈다당! 휘리릭! 쏴아아!"

선실 바닥에 나뒹굴던 장취산은 갑작스레 온몸이 차가워지는 것을 느끼고 정신이 번쩍 들었다. 세찬 바닷물이 덮쳐오면서 코와 입으로 온통 짜디짠 소금물이 흘러들었다. 파도에 밀린 배가 또 한 차례 기우뚱하는 찰나, 선실 안에 차 있던 바닷물이 다시 쏟아져 나갔다. 알몸뚱이에 갑자기 냉수를 끼얹은 듯 차디찬 느낌에 퍼뜩 정신을 차린 그에게 제일 먼저 떠오른 것은 '배가 침몰하는구나!' 하는 두려움이었다. 그는 헤엄을 칠 줄 몰랐다. 그런데 또 바닷물이 쏟아져 들어왔다.

당황한 그가 허우적대며 일어서려 할 때 발밑 선실 바닥이 급작스레 왼쪽으로 기울더니 방금 쏟아져 들어왔던 바닷물이 다시 바깥으로 쓸려 나갔다. 귀에 들리는 소리라곤 그저 미친 듯이 휘몰아치며 고막을 때리는 광풍 노도의 굉음뿐 온몸은 이미 바닷물에 흠뻑 젖어 있었다.

도대체 무슨 일이 일어났는지 몰라 어리둥절하고 있을 때 사손이 호통치는 소리가 귀청을 때렸다.

"장 오협! 빨리 고물 쪽으로 가서 키를 잡게!"

그 호통 소리는 광풍 노도가 휘몰아치는 속에서도 마치 뇌성벽력처럼 우렁차게 들려왔다. 입으로는 어떻게 형언하기 어려운 거역 못 할 위엄이 가득 서려 있었다. 조금 전까지만 해도 목숨 걸고 싸우던 적수의 명령이었으나, 장취산은 두 번 생각해볼 것도 없이 선실 바깥으로 뛰쳐나가 뱃고물 쪽으로 달려갔다. 희끄무레한 그림자 하나가 번뜩하더니 이내 시야에서 사라졌다. 수부 한 명이 거대한 파도에 휩쓸려 선체 바깥으로 20~30척이나 멀리 튕겨 날아간 끝에 물속으로 파묻혀 들어간 것이다.

방향타가 있는 곳까지 미처 다다르지도 못했을 때 또 한 차례 엄청나게 큰 너울이 덮치면서 뱃전을 강타했다.

"꽈다당!"

그것은 단단한 물의 장벽이었다. 고막을 때리는 굉음과 함께 배 안의 목재들이 마구 부서져 날아다녔다. 선체가 기우뚱하더니 금방이라도 뒤집힐 듯이 모로 기울었다. 장취산은 평생토록 단련한 천근추千斤墜의 공력을 써서 두 발로 갑판에 못 박힌 듯 꼼짝도 않고 단단히 버텼다.

머리 위부터 발끝까지 뒤집어씌우던 파도가 밀려나가자, 그는 쏜살같이 고물 쪽으로 달려가 키를 잡았다.

"우지직, 우지직! 꽈당! 우지끈!"

사손은 육중한 낭아봉으로 주 돛대와 앞 돛대를 차례로 후려쳐서 넘어뜨렸다. 연속적으로 타격을 받은 돛대 두 개가 기분 나쁜 소리와 함께 흰 돛폭을 맥없이 펄럭거리며 바닷속으로 떨어졌다.

광풍 노도의 기세는 실로 너무나 강대했다. 남은 것이라곤 뒤쪽 돛대 하나뿐이었으나, 바람을 가득 안은 돛폭이 금방이라도 찢겨나갈 듯 팽팽하게 부풀어 오른 채 배가 이리 기울고 저리 기우는 대로 너울너울 춤추었다. 돛폭뿐 아니라 배 전체가 한겨울 돌풍에 휩쓸린 가랑잎처럼 광란의 춤을 추고 있었다.

사손은 돛폭을 끌어내리려 안간힘을 썼으나, 엄청난 풍랑 앞에서는 그의 초인적 무공으로도 속수무책이었다. 그는 어두운 하늘을 향해 악담 저주를 퍼부었다. 돛대가 수평으로 기울어지면서 돛폭이 수면에 닿아 젖어들기 시작했다.

"이 원수 같은 하늘아! 지랄 같은 놈의 바람아, 제발 그치지 못하겠느냐!"

거센 풍랑을 향해 욕설을 퍼붓던 사손은 배가 전복할 지경에 이르자, 하는 수 없이 낭아봉으로 마지막 남은 돛대 하나마저 후려쳐 부러뜨렸다.

돛대 세 개가 고스란히 꺾여나갔으니 배는 거칠고 사나운 파도 앞에 주인 없이 떠도는 고혼孤魂처럼 바람 부는 대로 물결치는 대로 한 몸 떠맡긴 채 표류할 수밖에 없었다.

장취산이 큰 소리로 부르짖었다.

"은 소저! 은 소저! 어디 있소?"

목이 터져라 잇따라 몇 번 외쳐 불렀으나 대답이 들리지 않았다. 그래도 장취산은 여전히 고함쳐 은소소를 찾았다. 고함치는 목소리에 울음기마저 섞여 나왔을 때, 갑자기 손 하나가 그의 무릎을 부여잡고 올라왔다. 이어서 거대한 파도가 다시 한차례 머리 위부터 발끝까지 한꺼번에 덮쳐 씌웠다. 바닷물 속에서 누군가 그의 허리를 단단히 껴안았다. 발 밑바닥이 기우뚱하면서 파도가 선실 쪽으로 쓸려가는 찰나, 가슴에까지 안겨온 그 사람의 손길이 목덜미를 끌어안고 매달렸다. 이어서 부드럽게 속삭이는 목소리가 들렸다.

"장 오라버니, 그토록 제 걱정을 하셨나요?"

바로 은소소의 목소리였다.

장취산은 그녀가 살아 있다는 기쁨에 들떠 한 손으로 키를 잡은 채 또 한 손으로 그녀의 허리를 덥석 감싸 안았다.

"아이고, 천지 신령님 고맙습니다!"

순간순간, 언제 광풍 노도에 휩쓸릴지도 모르는 생사의 갈림길에서 자기보다 그녀를 먼저 걱정하고 있는 자신을 발견하고, 장취산은 깜짝 놀라지 않을 수 없었다. 하지만 그녀에 대한 관심이 자신의 안위를 능가하고 있음은 분명한 사실이었다.

"오라버니, 우리 함께 죽어요."

"그래, 소소. 우리가 죽든 살든 함께 있자고!"

평소에 두 사람은 정도正道와 사도邪道가 분명히 갈린 길을 따로 걷고 있었다. 그만큼 시일을 오래 두고 생각해볼 점도 많거니와 서로 사랑하는 마음이 있다 하더라도 삽시간에 한마음으로 뭉쳐지기는 절대로 불가능했을 것이다. 하나 지금 두 사람은 서로 포옹하고 있었다. 주위는 칠흑 같은 어둠 속, 배는 언제 부서질지 모르게 삐거덕삐거덕 소리가 그칠 새 없이 들려오지만, 두 사람은 설령 지옥에 떨어지더라도 꿀처럼 달콤한 희열과 기쁨에 빠져 있을 터였다. 장취산은 사손과 장력을 겨루느라 정신력은 지칠 대로 지치고 기력 또한 고갈된 상태였다. 그러나 이제 은소소가 보내주는 따뜻한 손길, 부드러운 정에 격려되어 이내 원기를 회복하고 정신력도 크게 맑아졌다. 광풍 노도가 왼쪽에서 오른쪽에서 쉴 새 없이 들이쳤으나, 그는 키를 단단히 붙잡은 채 조금도 흔들리지 않았다.

키잡이를 비롯해 선상의 귀머거리 벙어리 수부들은 모조리 파도에 휩쓸려 바닷속으로 사라진 지 오래였다. 그들은 꿈에도 모르고 있었으리라. 이번에 느닷없이 들이닥친 광풍 노도는 해저에서 돌발적으로 일어난 지진으로 말미암아 해상海床이 갈라지고 겹쳐지는 통에 해일海溢을 동반하고 기류가 격심하게 흔들려 대폭풍을 불러일으킨 탓이란 걸 말이다. 만약 사손과 장취산 모두 세상에 보기 드문 절세 무공의 소유자가 아니었던들 이 배는 진작 뒤집혀 바닷속에 가라앉았을 것이다. 천만다행히도 배는 견고하게 만들어진 편이어서 선실의 덮개 지붕이 날아가고 갑판이 여러 군데 부서지기는 했으나 선체만큼은 아무 탈 없이 건재했다.

온 하늘에 먹구름이 가득 끼더니 이번에는 억수같이 큰비가 쏟아졌다. 폭우가 쏟아지는 대로 물결 역시 더욱 거칠어졌다. 전후좌우 사면팔방 어디를 돌아보나 산더미 같은 파도의 장벽에 둘러싸여 있었다. 이런 아수라장에 동서남북을 분별한다는 것은 한마디로 어리석은 짓이었다. 설사 방향을 분별할 수 있다 하더라도 돛대가 모조리 꺾여나갔으니 배를 제대로 몰 수 없었다.

사손이 뱃고물 쪽으로 다가왔다.

"여보게, 아우님. 정말 잘했네! 이제 키는 나한테 맡기고 둘이서 선실로 들어가 좀 쉬도록 하게."

장취산은 말없이 키를 넘겨주었다. 그러고 나서 은소소와 손을 맞잡고 선실 쪽으로 향하려는데, 또다시 거대한 파도가 허공에서 들이닥쳐 이들 두 사람을 뱃전 바깥으로 날려 보냈다.

"아앗!"

너무나 돌발적으로 벌어진 상황이라 두 사람은 창졸간에 전혀 방비할 겨를조차 없이 당하고 말았다.

장취산이 경각심을 드높였을 때, 그 몸뚱이는 이미 허공에 붕 떠오른 상태였다. 이제 추락하기만 하면 발바닥 닿는 곳은 천길만길 아찔한 파도, 그 아래 끝도 모를 깊은 바닷속으로 빠져드는 수밖에 없었다. 그는 그 경황없는 와중에도 왼손으로 그녀의 팔목을 움켜잡았다. 마음속에는 오로지 이 여자와 함께 바다에 빠져 죽는 한이 있더라도 결코 헤어지지 않으리라는 생각밖에 없었다.

왼 손아귀가 은소소의 팔목을 움켜잡았을 때, 어디서 날아왔는지 돛줄 한 가닥이 오른 팔뚝에 휘감겼다. 그다음 순간, 몸뚱이가 "휙!" 하고 뒤로 낚아채였는가 싶더니 거센 파도를 뚫고 갑판 위로 이끌려 되돌아갔다. 그야말로 구사일생, 아슬아슬하게 바닷속으로 떨어지는 횡액을 위기일발로 모면하게 된 것이다.

밧줄을 던져 끌어들인 것은 사손이었다. 그들 두 남녀가 파도 속으로 추락하는 것을 본 그는 발치 아래 나뒹굴던 돛줄을 집어 들고 내던져 장취산의 팔뚝을 휘감아 끌어당기는 데 성공한 것이다.

"털썩, 털썩!"

두 사람의 몸뚱이가 갑판 위에 태질치듯 내동댕이쳐졌다. 죽음의 문턱에서 살아나온 장취산이 어리둥절한 기색으로 바라보았을 때, 사손은 고작 한마디만 던졌을 따름이다.

"천만다행일세!"

때마침 발치 아래 돛줄이 있었기에 망정이지, 그것이 아니었던들 두 사람은 지금쯤 파도에 휩쓸려 죽었을지도 몰랐다. 또 그것이 없었던들 사손의 무공 실력이 열 배가 넘는다 하더라도 그들을 구해내지 못했을 것이다.

장취산은 은소소를 부축해 선실로 들어갔다. 선체는 쉴 새 없이 높은 산꼭대기처럼 까마득한 파도 위로 솟구쳤다가 삽시간에 다시 아찔할 정도로 깊은 파도의 골짜기로 미끄러져 내리곤 했다. 그러나 방금 생사의 험난한 고비를 넘긴 그들은 이 모든 것을 무시할 수 있었다.

은소소가 그의 품 안에 기대앉은 채 귓속말로 속삭였다.

"장 오라버니, 만약 우리 둘이서 죽지 않는다면 영원히 당신 곁에 있고 싶어요."

장취산의 심정이 격하게 흔들렸다.

"나도 그대와 함께 있고 싶소. 천상으로 올라가든 땅속으로 들어가든, 인간 세상이든 바다 밑이든 우리는 언제나 함께 있을 거요."

두 사람은 서로 의지하고 기대앉았다. 조금씩 되살아나는 체온 덕분에 몸은 따뜻해졌고, 마음속은 선실 바깥처럼 격한 감동의 거대한 너울이 밀려들고 있었다.

뱃고물 쪽에서 키를 잡고 있는 사손은 속으로 끊임없이 비명을 질렀다. 무공 실력이 제아무리 높고 강해도 이 광풍 노도 앞에서는 반 톨이나마 효력을 발휘할 수 없기 때문이다. 이제 그는 하늘이 정해준 운명에 따라야 했다. 풍랑이 좌지우지하는 대로 맡겨둔 채 속수무책으로 기다릴 수밖에 없었다.

난폭한 대해일과 폭풍은 두 시진 남짓 발광을 떨고 나서야 차츰 가라앉았다. 하늘 위의 먹구름이 서서히 걷히자 별빛 달빛이 드러났다.

장취산은 뱃고물 쪽으로 걸어갔다.

"사 선배님, 저희 두 목숨을 구해주셔서 고맙습니다."

그러나 사손의 대꾸는 냉랭했다.

"고맙단 말을 하기에는 아직 이르네. 우리 세 목숨은 십중팔구 저 빌어먹을 놈의 하늘에 달려 있으니까."

'빌어먹을 놈의 하늘'이라니…… 장취산은 이날 이때껏 살아오면서 하늘에 '빌어먹을 놈'이란 말을 덧붙이는 사람을 처음 보았다. 금모사왕 사손, 이 사람은 세상만사를 미워하고 살아온 끝에 인간이든 사물이든 모든 것을 추호도 거리낌 없이 대하는 성격으로 바뀌고 말았다. 불세출의 무공 실력을 갖추었다 하더라도 사손은 역시 남에게 동정받지 못하고 동정하지도 않을 측은한 인간에 지나지 않았다.

하나 사손의 말처럼 아직은 안심할 단계가 아니었다. 끝도 모를 망망대해 폭풍우 속에서 외로운 일엽편주 한 척에 세 목숨을 걸고 있다니 요행으로 살아날 가망성은 아예 없다고 봐야 했다. 그는 방금 은소소와 마음을 기울여 사랑을 나누었다. 그만큼 이 세상에 대한 미련이 늘었다. 사랑하는 여인과 단 얼마간이라도 행복을 누리며 살고 싶다는 욕망이 커진 것이다.

사손이 말한 대로 이제 죽음이 닥쳐온다면 옥 술잔에 담긴 향기로운 술을 한 모금 맛보다가 남에게 빼앗기는 듯한 기분이 들 것이다. "천지의 풍운조화가 인간을 농락한다"더니, 그 말에 담긴 뜻을 이제는 조금 이해한 듯도 싶었고, 또 사손이 "빌어먹을 놈의 하늘"이라고 저주한 그 한마디를 더욱더 깊이 체험으로 받아들일 수 있었다.

그는 탄식 한 모금을 토해내면서 말없이 사손에게서 키를 넘겨받았다. 사손은 밤새껏 폭풍우와 싸우느라 지칠 대로 지친 끝이라 선실로 들어가 휴식을 취했다.

은소소는 사랑하는 이의 곁에 앉아서 고개를 쳐들고 하늘의 별을 우러러보았다. 북두칠성의 주걱 자루를 따라서 북극성을 찾아냈다. 배는 해류를 따라 곧바로 북쪽을 향해 나아가고 있었다.

"오라버니, 배가 쉴 새 없이 북쪽으로 떠가고 있네요."

"그렇군! 뱃머리를 서쪽으로 돌릴 수만 있다면 좋겠소. 그럼 우리도 고향으로 돌아갈 수 있을 텐데……."

선체가 서쪽으로 돌아서기만 바라고, 두 손아귀에 힘주어 키를 오른쪽으로 돌려보았다. 그러나 돛폭 한 조각 없는 배라 통제력을 잃어버리고 그저 바람 따라 물결 흐름 따라 북쪽으로 나아갈 따름이었다.

은소소는 넋을 잃은 채 보이지 않는 힘에 끌려가는 배의 항로를 바라보고 있었다.

"이 배가 쉬지 않고 동쪽으로 향한다면 어디까지 갈까요?"

"동쪽 끝은 영원히 끝닿는 데가 없는 망망대해요. 이렇듯 이레나 여드레 표류하다가 마실 물이 떨어지면……."

그러나 첫사랑의 맛에 도취한 은소소는 마치 꿈꾸듯 상상의 나래를 펼치고 있었다. 방금 장취산이 말끝에 흐려버린 그런 끔찍스럽고 살풍경한 일 따위는 생각도 하고 싶지 않았다.

"옛사람들 말로는 동해에 신선들이 사는 산이 있대요. 그 산에 장생

불로하는 신선들이 살고 있다는데, 어쩌면 우리가 그 신선도神仙島에 가서 당신은 준수한 신선이 되고, 나는 아리따운 선녀가 되어서 살지도 모르죠."

고개를 들고 은소소는 천상의 은하수를 바라보았다.

"아니, 어쩌면 이 배가 은하수까지 흘러갈지도 모르겠네. 은하수에 다다르면, 견우와 직녀가 오작교에서 만나는 광경을 볼 수 있지 않을까요?"

장취산이 빙그레하니 미소를 지었다.

"그럼 우리 배를 견우한테 줘야겠군. 직녀를 만날 때 이 배를 타고 은하수를 건너간다면 구태여 1년에 한 번 칠월칠석 때뿐 아니라 언제라도 만날 수 있지 않겠소?"

"이 배를 견우에게 주어버리면 내가 당신하고 만날 때는 뭘 타고 가죠?"

"천상에 오르거나 땅속으로 떨어지거나, 인간 세상이나 바다 밑바닥이나, 우리 어디서나 함께 있기로 했잖소? 함께 있는 마당에 은하수를 건너야 할 필요가 어디 있소? 배를 탈 것도 없고 말이오."

그 말을 듣고 은소소가 생긋 웃었다. 두 뺨에 파인 볼우물이 꽃떨기처럼 화사했다. 그녀는 사랑하는 이의 손을 끌어다 살포시 어루만졌다.

두 사람은 정겨운 마음에 가슴이 벅차올랐다. 그러고는 무슨 말인가 더 하려다 입을 다물었다. 한마디도 더 할 필요가 없었던 것이다.

한참 있다가 장취산은 고개를 숙이고 그녀를 굽어보았다. 어인 까닭인지 그녀의 부리부리한 두 눈망울에 이슬 같은 눈물이 방울방울

맺히고 얼굴에는 처량한 기색이 감돌았다.

"뭘 생각하는 거요?"

은소소의 목소리가 가늘게 떨려 나왔다.

"인간 세상이든 바다 밑바닥이든 당신하고 함께 있을 수만 있다면 더 바랄 게 없을 거예요. 하지만 장차 우리 둘이 죽고 나서 당신은 천당으로 올라가고, 나는…… 나는…… 지옥으로 떨어질 거예요."

"쓸데없는 소리!"

"아니에요, 난 알아요. 난 지금까지 살아오는 동안 나쁜 짓을 너무 많이 저질렀거든요. 함부로 사람을 숱하게 죽였고……."

장취산은 찔끔했다. 사실 그 역시 은소소의 심보가 모질고 악랄해 자기 배필이 되지 못한다는 것을 잘 알고 있었다. 하지만 정이 깊어질 대로 깊어졌고 망망대해에서 구사일생으로 함께 목숨을 건져낸 뒤인데, 훗날 죽어서 무슨 일을 겪게 될지 따져 뭣 하랴.

그는 은소소를 위안해주었다.

"이제부터라도 개과천선해서 좋은 공덕을 쌓으면 되지 뭘 걱정하시오? 옛 성현 말씀에 '자신의 허물을 알고 고칠 수 있는 것처럼 훌륭한 일이 없다知過能改 善莫大焉'고 하지 않았소?"

은소소는 묵묵히 있더니, 한참 만에 흥얼흥얼 노래 한 곡조를 부르기 시작했다. 곡명은 〈산비탈의 어린 양山坡羊〉이었다.

그 사람은 우리하고, 우리는 그 사람하고,	他與咱 咱與他
빗속에 걱정 많이 했다네.	雨下裏多牽掛
에이그 이 원수야,	

어쩌자고 인연을 맺었느냐.	冤家 怎能夠成就了姻緣
죽어서 염라대왕 앞에 끌려가	就死在閻王殿前
저 좋을 대로 끌려가 절구에 짓찧고,	由他把那杵來舂
톱으로 썰어내고, 맷돌에 갈고,	鋸來解 把磨來挨
끓는 기름 가마솥에 튀기는 형벌받겠구나!	放在油鍋裏去炸
아이고, 저 좋을 대로 하라지!	唉呀由他
산 사람 인연 때문에 죽을 고생하네.	只見那活人受罪
죽은 귀신 목에 칼 씌운 꼴 언제 봤어야지?	哪曾見過死鬼帶枷
아이고, 저 좋을 대로 하라지!	唉呀由他
불길에 눈썹 그슬려도	火燒眉毛
눈앞에 애인만 보는구나.	且顧眼下
아이고, 저 좋을 대로 하라지!	唉呀由他
불길에 눈썹 그슬려도	火燒眉毛
눈앞에 애인만 보는구나.	且顧眼下

"좋은 노래야! 아주 썩 좋은 노래야! 쓸데없이 이러쿵저러쿵 잔소리 늘어놓는 장 상공보다 은 소저가 내 마음에 더 드는군."

언제 나왔는지 사손이 큰 소리로 갈채를 쏟아냈다.

은소소가 대거리를 했다.

"나하고 당신은 모두 악한 사람이에요. 악한 사람 뒤끝이 좋은 거 보셨나요?"

그러자 장취산이 목소리를 낮춰 속삭였다.

"만약 당신의 말로가 나쁘다면, 나도 당신하고 똑같이 말로가 나쁠 거요. 당신이 지옥에 떨어진다면 나도 당신 따라 지옥으로 내려가리다. 염라대왕이 우리를 끓는 기름 가마솥에 집어넣고 튀겨내라지 뭐."

"오라버니!"

은소소가 놀라움과 기쁨이 엇갈려 외마디 소리와 함께 그의 목을 그러안았다.

다음 날 새벽 동이 틀 무렵, 사손은 뱃전에서 낭아봉으로 10근 남짓되는 커다란 물고기를 한 마리 때려잡았다. 낭아봉에는 갈고리처럼 생긴 못이 박혀 있어 고기 잡는 데 쓰기 매우 편리했다. 하루 종일 굶주렸던 세 사람은 생선 비린내를 맡으면서도 맛있게 뜯어 먹었다. 배에는 마실 물이 없어 생선의 육즙을 짜서 급한 대로 목을 축이고 갈증을 풀었다.

해류는 줄곧 북쪽을 향한 채 난파선에 가까운 배를 이끌고 밤낮없이 북쪽으로 흘러갔다. 밤에는 북극성이 뱃머리 앞에서 반짝이고, 태양은 줄곧 우현右舷에서 떠올라 좌현左舷으로 떨어졌다. 연속 10여 일 동안 풍향과 해류는 바뀌지 않았다. 뱃머리의 방향도 처음부터 끝까지 변함이 없었다. 사손과 장취산이 있는 힘껏 키를 잡아 돌려보았으나 방향은 털끝만큼도 바뀌지 않았다.

날씨는 하루가 다르게 추워지기 시작했다. 사손과 장취산은 내공이 깊고 두터워 그래도 견딜 만했지만, 은소소는 하루가 달리 초췌해졌다. 두 사람은 겉옷을 벗어 그녀에게 입혔으나 소용없었다. 억지웃음을 지으며 추위를 이겨내는 그녀를 보고 있으려니 장취산은 가슴이 말할 수 없이 아팠다. 배가 이대로 계속 북쪽으로 치닫는다면 은소소는 얼어 죽을 것이 분명했다.

천만다행히도 사람이 죽으라는 법은 없는지, 하루는 배가 느닷없이 바다표범 떼가 몰려 있는 해역으로 들어갔다. 사손은 낭아봉으로 바다표범 몇 마리를 때려잡았다. 세 사람이 바다표범 가죽을 벗겨 몸에 걸치고 보니 극상품의 털가죽 외투가 되었다. 더구나 바다표범 고기를 먹을 수 있어 모두 오랜만에 따뜻하고 배부른 하루를 보낼 수 있었다.

그날 저녁, 세 사람은 뱃고물에 둘러앉아 한담을 나누었다. 은소소가 방글방글 웃으면서 물었다.

"세상에서 제일 좋은 짐승이 뭐죠?"

"바다표범!"

질문을 던진 은소소까지 포함해 셋이서 일제히 웃음보를 터뜨리며 대답했다. 바로 그때, 뱃전에서 처음 들어보는 이상한 소리가 들렸다.

"땅그랑, 땅그랑! 띵똥, 띵똥!"

마치 구슬끼리 맞부딪는 것처럼 맑고 투명한 소리에 귀가 즐거울 지경이었다.

세 사람은 일순 어리둥절해졌다. 이 추운 바다에서 구슬이 맞부딪다니 이런 환상적인 소리를 언제 어디서 들어봤던가?

하나 그다음 순간, 사손의 얼굴빛이 싹 변했다.

"부빙浮氷이다!"

낭아봉 자루를 길게 내뻗어 바닷속을 두세 차례 휘저어보니 과연 딱딱한 얼음덩어리의 감촉이 와닿았다. 한갓지게 우스갯소리로 심심풀이를 하던 세 사람의 마음은 당장 얼음같이 차가워졌다. 그들은 알고 있었다. 배가 주야로 그치지 않고 북쪽으로 치달려왔으니, 북쪽으로 올라갈수록 더 추워지는 것은 당연한 일이었다. 이제 바닷속에 조그만 얼음덩어리가 나타났다면 머지않아 이 바다는 온통 얼음 천지가 되어버릴 테고, 배가 얼음에 갇혀 꼼짝달싹 못 하게 될 것은 불을 보듯 뻔한 노릇이었다. 배가 움직이지 못하는 날이, 곧 세 사람의 목숨이 끝나는 때인 것이다.

장취산이 침통한 기색으로 입을 열었다.

"《장자》〈소요유逍遙遊〉 편에 이런 구절이 있소. '초목이 자라지 않는 불모不毛의 땅 북쪽에 명해冥海란 바다가 있는데 천지天池라고 한다窮髮之北有冥海者 天池也.'• 우리가 바로 그 천지에 도달한 게 분명하오."

사손이 한마디 고쳤다.

"여기는 천지가 아니라 명해일세. 명해는 곧 죽음의 바다, 사해死海를 가리키는 말이지."

'죽음의 바다'라니……. 장취산과 은소소는 마주 바라보고 쓴웃음을 지었다. 아무튼 짜디짠 바닷물 천지에 얼음덩어리가 둥둥 떠 있으니 민물이 생긴 터라, 갈증을 풀 수 있어 당장 급한 일은 해결된 셈이었다.

그날 밤, 세 사람은 떨그렁떨그렁 얼음덩어리들끼리 맞부딪치는 소리에 밤새도록 잠을 이루지 못했다.

이튿날 오전이 되자, 바다 위에 대접만큼씩이나 커다란 얼음덩어리가 뱃전에 와서 쿵쿵 부딪쳤다.

• 원문에는 "초목 한 포기 자라지 않는 불모의 땅窮髮"으로 표현되었으나, 실제 이 소설에 나온 '빙화도'는 그런 불모의 황무지가 아니라 사람이 살아온 흔적 없이 초목과 야생동물이 서식하는 이른바 전인미답의 낙원이다.

사손이 떨떠름하게 웃으면서 절레절레 고개를 내둘렀다.

"내가 허황된 꿈을 꾸었네그려. 도룡도에 감춰진 비밀을 캔답시고 망망대해로 도망쳐 나왔더니 얼음 바다에 갇혀 얼어 죽은 사람이 될 줄이야 생각이나 했겠는가. 자네들 두 사람도 명실상부하게 꼼짝없이 얼어 죽은 귀신이 될 모양일세."

은소소가 얼굴을 붉히면서 슬며시 손을 내밀더니 장취산의 손을 꼬옥 잡았다.

세 사람은 그동안 같은 배를 함께 타고 서로 도와가면서 생사를 같이해왔다. 그러다보니 어느새 의리와 정분이 우러나오게 되어 처음 만났을 때와는 달리 목숨 걸고 적대시하지는 않는 사이가 되어 있었다.

사손이 도룡도를 뽑아 들고 원망스럽게 노려보았다.

"아무래도 너는 용궁에나 들어가서 저 빌어먹을 놈의 용왕이나 도륙하려무나!"

그러고는 칼을 바다에 던져버리려다 칼자루가 손아귀를 벗어나는 순간, 차마 그럴 수 없었는지 긴 한숨을 내리쉬면서 결국 그 칼을 선실에다 내던져놓았다.

다시 북쪽으로 흘러가기를 꼬박 나흘, 어느새 바다에는 온통 탁자면처럼 매끄러운 얼음덩어리와 작은 집채만 한 부빙들로 가득 찼다. 이제 요행을 바라기는 틀린 노릇이라, 세 사람은 아예 자신의 목숨을 운명에 맡기기로 작정했다.

그날 한밤중, 깊은 잠에 빠져 있던 그들은 갑자기 "쿵!" 하는 굉음을 듣고 놀라 깨었다. 그와 동시에 선체가 극심하게 흔들렸다.

사손이 으르렁대기 시작했다.

"잘한다, 잘해! 드디어 빙산에 부딪혔구나!"

장취산과 은소소는 서로 마주 보고 쓴웃음을 지었다. 그러고는 내처 양팔을 벌려 서로 껴안았다. 발밑에 얼음같이 차가운 바닷물이 스며들더니 금방 종아리까지 차올랐다. 배 밑바닥 용골龍骨이 빙산에 부딪혀 깨진 것이 분명했다.

사손의 목소리가 쩌렁쩌렁 울렸다.

"빙산으로 올라가세! 하루 반나절이라도 살고 봐야 할 게 아닌가? 저 빌어먹을 놈의 하늘이 날 죽이려 할 모양이지만, 이 어르신도 끝까지 맞서볼 테다!"

두 남녀는 더 생각해볼 것도 없이 뱃머리로 뛰어갔다. 눈앞에 은빛으로 번쩍거리는 것이 있었다. 거대한 빙산이 달빛을 받아 투명한 보랏빛 광망을 쏟아내고 있었던 것이다. 기막히도록 아름답고 으스스하게 두려움마저 안겨주는 광경이었다. 사손은 빙산 곁의 모난 끄트머리를 겨냥하고 낭아봉을 뻗어 서로 잇대었다. 은소소가 먼저 낭아봉 자루에 손을 얹더니, 장취산과 함께 훌쩍 몸을 날려 빙산으로 뛰어올랐다.

배 밑바닥의 뚫어진 구멍이 아가리를 크게 벌리더니 밥 한 끼 먹을 시각쯤 되어서 저절로 물에 잠겨들었다. 그러고는 소리 없이 종적을 감추었다.

사손이 바다표범 가죽 두 장을 얼음 바닥 위에 깔았다. 그 위에 셋이 나란히 앉았다. 빙산은 육지의 자그만 산등성이만 한 크기였다. 어림잡아 너비가 200여 척, 길이는 80~90척이나 되어 보였고, 여기까지 타고 온 배보다 훨씬 넓었다.

사손이 하늘을 우러르고 냅다 소리를 질렀다.

"빌어먹을 놈의 하늘아! 우리를 바닷속에 빠뜨려 죽이고 싶겠지만, 우리는 이렇게 멀쩡하게 살아 있단 말이다! 하하하! 배 안에서 답답해 죽을 뻔했는데, 마침 잘되었다. 근육 좀 풀어야겠는데, 여기가 딱 좋은 곳이 아닌가? 으하하핫!"

그러고는 일어서서 빙산 위를 왔다 갔다 걷기 시작했다. 얼음 바닥이 미끄럽기 짝이 없었으나, 사손의 두 다리는 쇳덩어리처럼 무겁고 단단해서 마치 평지를 걷듯 유유자적하기만 했다.

빙산도 침몰한 배처럼 풍세風勢와 해류를 따라 멈추지 않고 북쪽으로 표류해갔다. 사손이 껄껄대고 웃으면서 농담을 건넸다.

"빌어먹을 놈의 하늘이 우리한테 큼지막한 배 한 척을 선사했구먼. 우리를 모셔다가 북극선옹北極仙翁•과 만나게 해줄 모양이야."

은소소가 키득키득 웃었다. 그녀야 사랑하는 남자 곁에 있는 것만으로도 흐뭇하니, 하늘이 무너져 내린다 한들 걱정할 게 하나도 없었다. 그러나 장취산은 이마에 주름살이 가득 잡힌 채 눈앞에 닥친 이 액운을 어떻게 풀어야 할지 걱정하며 사념에 잠겨 있었다.

빙산은 다시 북쪽으로 7~8일을 표류해갔다. 대낮에 은빛 얼음덩어리에 반사된 햇살이 세 사람의 살갗을 태웠다. 심지어 눈알마저 벌겋게 부어올라 쓰리고 아파왔다. 세 사람은 날마다 한낮이 되면 바다표범 가죽에 머리를 파묻고 잠을 자다가, 저녁 무렵에야 일어나 고기를 잡고 바다표범 사냥에 나섰다. 그리고 얼음을 깨뜨려 갈증 난 목을 풀

• 도교에서 북극을 다스리는 신령으로 '북극자미대제北極紫微大帝'가 있는데, 이 신령은 북방의 모든 별을 통괄하는 역할을 맡고 있다.

었다.

이상하게도 북쪽으로 올라갈수록 낮이 점점 길어지더니, 나중에는 대낮이 거의 10여 시진時辰(20여 시간)에 다다르고, 밤은 금방 찾아왔다가 이내 사라졌다.

장취산과 은소소는 피로에 지쳐 얼굴이 초췌해졌다. 사손의 기색도 하루가 다르게 변해갔다. 눈빛에 이상한 광채를 번뜩거리고, 손가락으로 하늘에 삿대질을 하고 발길질을 해대며 악담과 저주를 퍼붓곤 했다. 가슴속 그득히 쌓인 원한을 억제하지 못하는 게 분명했다.

그날 저녁, 바다표범 가죽을 뒤집어쓰고 얼음덩어리에 기댄 채 잠이 든 장취산은 잠결에 은소소가 급작스레 지르는 비명 소리를 듣고 깜짝 놀라 깨었다.

"놓아줘! 이걸 놓아달란 말이야!"

장취산은 벌떡 일어났다. 희미한 햇빛을 받고 번쩍거리는 빙산의 섬광 아래, 뜻밖에도 사손이 은소소의 어깨머리를 부여잡고 숨을 헐떡거리면서 들짐승처럼 으르렁대고 있었다. 지난 며칠 동안 사손의 표정이 괴상야릇하게 바뀌어가는 것을 눈여겨보고 은근히 걱정하고 있었는데, 그가 은소소를 범하려고 덮칠 줄은 꿈에도 생각지 못했다. 놀라움과 분노가 한꺼번에 치민 장취산은 그 앞으로 달려들면서 호통을 쳤다.

"빨리 그 손을 놓지 못하겠소? 어서 그 손을 놓으시오!"

사손이 그를 돌아보며 음침한 목소리로 퍼부었다.

"이 간악한 놈, 네놈이 내 처자식을 죽였지? 좋다! 나도 네놈의 마누라를 목 졸라 죽여버릴 테다!"

그러면서 왼손 다섯 손가락으로 은소소의 목을 조이기 시작했다.

"아악!"

숨통이 막힌 그녀의 입에서 답답한 비명이 터져 나왔다.

깜짝 놀란 장취산은 다급한 목소리로 외쳤다.

"난 당신의 원수가 아니오! 당신 아내를 죽이지도 않았소! 사 선배님, 정신 차리세요! 나요 나, 장취산이오! 당신의 원수가 아니라, 무당파 장취산이란 말이오!"

사손이 한순간 멍해졌다.

"그럼 이 여자는 누구지? 네놈의 계집이 아니란 말이냐?"

목줄기를 단단히 조이면서 묻는 소리에 장취산은 애가 탔다.

"그 사람을 모르십니까? 은 소저예요! 사 선배님, 그 여자는 당신 원수의 아내가 아니란 말입니다!"

"이 계집이 누구든 상관없다! 그놈이 내 처자식을 죽였어! 내 어머니도 그놈한테 죽었고! 내 이 세상 계집이란 계집은 모조리 죽여 없애고 말 테다!"

정신이 나간 그는 고함을 지르면서 목을 조른 손아귀에 힘을 주기 시작했다. 숨통이 막힌 은소소는 외마디 비명 소리조차 내지 못했다.

장취산은 사손이 돌발적으로 미쳐버린 것을 보자, 이미 사리로 따져 얘기할 상대가 아님을 깨달았다. 그는 오른 팔뚝에 진기를 응축시킨 다음, 있는 힘껏 그의 등 쪽 심장 부위를 강타했다. 그러나 사손은 왼 손바닥을 뒤로 휘둘러 반격 일장을 날려 보냈다.

"철썩!"

손바닥끼리 맞부딪는 순간, 장취산의 몸뚱이가 휘청하더니 얼음덩어리 위에서 훌떡 미끄러져 나자빠지고 말았다. 사손의 발길질이 날아들어 그 옆구리를 걷어찼다. 장취산 역시 초식 변화가 재빨라 손으로 얼음덩어리를 짚는 것과 동시에 벌떡 몸을 일으키면서 손가락으로 이제 막 걷어차온 그의 무릎뼈 혈도를 찍어갔다. 사손은 발길질을 중도에서 움츠러들더니 재빨리 오른 손바닥으로 그의 정수리를 내리쳤다.

은소소도 가세했다. 그녀는 몸뚱이를 비스듬히 뒤틀면서 왼손을 불쑥 내뻗어 수도手刀로 사손의 머리통을 베어갔다. 하나 사손은 그쪽은 거들떠보지도 않은 채 장력을 한껏 일으켜 장취산의 뇌문腦門(이마)을 후려쳤다. 장취산이 두 손바닥을 뒤집어 올려 그 일장을 맞받는 순간, 갑자기 가슴이 꽉 막히고 눈앞이 캄캄해졌다.

칼날처럼 모로 세운 은소소의 손바닥은 사손의 뒷덜미를 베는 데 성공했으나, 손바닥 칼날에 닿는 감촉은 그저 쇳덩어리를 후려친 듯 질기고 딱딱한 느낌만 들 뿐 오히려 그 탄력에 손이 튕겨나오고 말았다. 얼마나 큰 충격을 받았는지, 곧추세운 손바닥 칼날 부위가 얼얼하게 아파왔다.

사손의 두 눈알에는 시뻘건 핏발이 서 있었다. 솥뚜껑만 한 손바닥이 또다시 가위질하듯 목을 조여들자, 그녀는 저도 모르게 목청껏 비명을 질렀다.

"아악!"

바로 그때였다. 갑자기 눈앞이 환하게 밝아오더니, 북방에 뭐라고 이름 붙일 수 없는 기이한 광채가 나타났다. 무지개도 아닌 것이 어둠 속에 홀연히 나타났다 사라지곤 또다시 모습을 내비쳤다. 무수한 빛깔이 한데 어우러진 빛의 장막이 기묘한 장관을 연출하기 시작했다. 한

폭의 커다란 등황색橙黃色 장막에 실낱같은 담담한 자줏빛이 섞였는가 하면 이내 자줏빛이 점점 길어지더니 그 빛깔 속에 황금빛, 쪽빛, 초록빛, 붉은빛이 한 가닥씩 화살처럼 쏘아져 나왔다.

"이잇?"

불현듯 사손이 깜짝 놀라 외마디 소리를 질렀다. 은소소의 목을 죄던 손길이 스르르 풀렸다. 장취산 역시 손바닥에 맞닿은 압력이 급작스레 줄어드는 것을 느꼈다.

사손이 뒷짐을 지고 빙산 북쪽 끝으로 걸어 나갔다. 그러고는 변화무쌍하게 바뀌는 광채의 장막을 뚫어져라 응시했다. 바닷물의 흐름을 따라 표류하던 세 사람이 이제 북극에 가까워진 것이다. 그 빛의 장막은 바로 북극광北極光이었다.

장취산도 은소소를 부여안고 넋을 잃은 채 그 절경을 우러러보았다. 두 사람의 가슴속 심장이 마구 두근거렸다.

그날 밤, 사손은 북극의 기이한 광채를 응시한 후 한동안 광기를 부리지 않았다. 이튿날 아침 그 기이한 광채가 점점 사라질 때 그는 제정신으로 돌아와 있었다. 간밤에 자신이 광기를 일으킨 사실조차 기억 못 하는지, 언어와 행동거지도 예전처럼 사뭇 점잖고 부드러웠다.

그의 언행을 주의 깊게 바라보면서 장취산과 은소소는 똑같은 생각에 잠겼다. 사손의 부모와 처자식은 모두 남의 손에 죽임을 당했다. 그러니 미치도록 상심하는 것도 무리는 아닐 것이다. 그 원수는 도대체 누굴까? 하나 사손의 정신병이 다시 도질까 봐 두 사람은 한마디도 입에 올리지 않았다.

이렇게 며칠이 지났다. 빙산은 멈추지 않고 북쪽으로 떠내려갔다.

하늘에 대고 악담 저주를 퍼붓는 사손의 목소리도 갈수록 광포해졌다. 이따금 사나운 야수의 눈빛이 어른거리기도 했다. 장취산과 은소소는 그가 느닷없이 발작할까 봐 남몰래 대비 태세를 갖추었다.

그날, 핏빛처럼 붉은 태양이 서쪽 수평선에 걸린 채 오래도록 바닷속으로 가라앉을 줄 몰랐다. 아무리 기다려도 해가 저물지 않자 사손은 벌떡 일어나더니 태양을 손가락질하면서 또다시 악담을 퍼붓기 시작했다.

"너 이 몹쓸 놈의 태양, 너마저 날 업신여기는 거냐! 빌어먹을 놈의 태양, 귀신이나 업어가라고 해! 내 손에 활만 있어봐라. 네놈을 쏘아서 떨어뜨리고 말 테다!"

그러고는 빙산 한 모서리를 냅다 후려친 뒤 주먹만 한 얼음덩어리를 집어 들고 태양을 향해 냅다 던졌다. 얼음덩어리는 자그마치 200여 척이나 날아가다 바닷물에 떨어졌다. 그것을 본 장취산과 은소소는 속이 떨려왔다. 자기네들 같았으면 그 거리에 절반도 미치지 못했을 것이다.

한 덩어리 또 한 덩어리, 사손은 얼음을 줄기차게 던져댔다. 연거푸 70여 개나 던졌으면서도 그 힘은 일정하기만 했다. 아무리 던져도 얼음이 태양을 맞히지 못하자 사손은 펄펄 뛰며 노발대발했다. 나중에는 제 성미에 못 이겨 두 발로 빙산을 닥치는 대로 걷어찼다. 거센 발길질에 걷어차인 얼음덩어리가 산산조각 나 이리저리 정신없이 날아다녔다.

은소소가 보다 못해 좋은 말로 달랬다.

"사 선배님, 그만하시고 좀 쉬세요. 저 빌어먹을 놈의 태양은 모른 척하세요!"

사손이 고개를 돌리고 흘낏 은소소를 바라보았다. 온통 핏발이 선 두 눈자위. 속이 찔끔해진 은소소가 억지웃음을 지어 보였다.

"으와아!"

돌연 사손이 대갈일성을 터뜨리더니 펄쩍 달려들어 두 팔로 그녀를 껴안았다.

"널 죽이겠어! 숨 막히게 꽉 눌러 죽일 테다! 왜 우리 엄마, 우리 아기를 죽였느냐? 나도 널 죽이고야 말 테다!"

은소소는 강철 테에 꽉 끼인 것처럼 꼼짝달싹할 수 없었다. 강철 테는 끊임없이 죄어들었다.

"앗, 안 돼! 사 선배님……!"

기겁을 한 장취산이 황급히 사손의 팔뚝을 잡아당겼으나 어디 꼼짝이나 하랴. 이제 은소소는 금방이라도 숨이 끊어질 것처럼 혓바닥을 길게 내뽑고 있었다.

"훅!" 하는 소리와 함께 장취산의 다급한 주먹질이 그의 등줄기 신도혈神道穴을 강타했으나, 마치 무쇠나 바위를 후려친 듯 꼼짝도 하지 않았다. 사손은 들짐승처럼 헐떡거리며 그녀의 몸뚱이를 껴안은 양 팔뚝을 더욱 세차게 조였다.

"그 손을 풀지 않으면 병기를 쓰겠소!"

장취산이 악을 썼으나 그는 거들떠보지도 않았다. 마침내 장취산은 판관필을 뽑아 들었다. 그리고 왼 팔꿈치 안쪽 소해혈少海穴을 무겁게 찍었다. 하나 그것도 헛수고, 사손이 오른손을 잽싸게 돌리더니 단번에 판관필을 빼앗아 바닷속으로 휙 던져버렸다.

한 손이 풀린 틈을 타서 은소소가 몸을 낮추고 강철 테의 속박에서 가까스로 빠져나왔다. 그러고는 장취산의 품에 와락 달려들어 안겼다. 그와 동시에 사손의 왼 손바닥이 칼날처럼 누인 채 장취산의 목덜미를 베어드는 한편, 오른손으로 다시 은소소의 어깻죽지를 움켜왔다.

"찌익!"

은소소가 걸치고 있던 바다표범 가죽이 그의 다섯 손가락에 걸려 한 움큼이나 찢겨나갔다.

장취산은 재빨리 결단을 내렸다. 만약 자기가 피한다면 은소소가 그의 손에 붙잡힐 터, 피할 것이 아니라 정면으로 맞서는 게 차라리 낫겠다는 판단이 섰다. 그는 즉시 면장 가운데 일초인 자재비화自在飛花를 전개했다.

그의 장력을 끌어다가 풀어버리겠다는 속셈이었다. 그러나 어찌 된 셈인지 손바닥이 그의 수도에 막 닿는 순간 강한 힘에 쩍 달라붙어 두 번 다시 팔을 움츠릴 수 없었다. 그는 어쩔 수 없이 내공력을 북돋아 맞서기 시작했다.

사손은 장취산의 몸뚱이를 질질 끌어가며 은소소를 향해 덮쳐갔다. 은소소는 몸뚱이를 솟구쳐 허공으로 뛰어올랐다.

멀찌감치 도약해간 그녀의 두 발이 미처 지면에 닿기도 전에 사손은 얼음을 툭 걷어차 날려 보냈다. 발길질에 부스러진 얼음덩어리 일고여덟 개가 튕겨 날아오더니 한꺼번에 그녀의 오른쪽 넓적다리를 후려쳤다.

"아얏!"

그녀는 외마디 소리를 지르면서 맥없이 그 자리에 쓰러졌다. 얼음

알갱이들이 정확하게 넓적다리 풍시혈風市穴과 중독혈中瀆穴을 때려 맞힌 것이다.

돌발적으로 쏟아낸 사손의 장력에 떠밀린 장취산은 20~30척이나 튕겨나갔다. 그 탄력에는 엄청난 힘이 실려 있었다. 장취산은 빙산의 뒤쪽 끝까지 밀려났고, 미끄러운 얼음판에 중심을 잡지 못한 발이 삐끗하자 그대로 바닷물 속으로 풍덩 빠져들고 말았다.

짧게 외마디 소리를 지른 장취산이 대뜸 그녀를 껴안은 채 그 자리에서 두세 바퀴 뒹굴어 피했다.

"펑! 펑!"

그저 들리는 것이라곤 미쳐버린 사손이 낭아봉을 춤추듯 휘둘러 사납게 빙산을 후려치는 소리뿐이었다. 이어서 그는 낭아봉을 내던지더니 양팔로 자그마치 100여 근이나 되는 얼음덩어리를 번쩍 치켜들고 방금 외마디 소리가 난 곳을 찾아 냅다 던졌다.

7. 누가 얼음 배 띄워 신선의 고향으로 보내주랴

"이얍!"

바닷물에 빠져드는 찰나, 장취산의 왼손이 순간적으로 은빛 갈고리를 휘둘러 빙산 모서리를 옭아 잡았다. 그런 다음 그 기세를 빌려 물을 박차고 수면 위로 뛰어올랐다. 생각은 온통 은소소의 안위에 쏠려 있었다. 아마 지금쯤이면 사손의 수중에 떨어져 곤욕을 치르고 있을 터였다.

한데 차가운 달빛 아래 사손이 두 손으로 눈을 감싸 안은 채 고통스러운 신음 소리를 내고, 은소소는 얼음판 위에 쓰러져 있었다.

급히 달려든 장취산이 그녀를 부축해 일으켰다.

은소소가 그의 귀에 속삭였다.

"내가…… 내가 은침으로…… 저 사람 눈을 맞혔어……."

뒷말 끝이 미처 다 떨어지기도 전에 사손이 호랑이처럼 으르렁대며 그들에게 덮쳐왔다.

"앗!"

짧게 외마디 소리를 지른 장취산이 대뜸 그녀를 껴안은 채 그 자리에서 두세 바퀴 뒹굴어 피했다.

"펑! 펑!"

그저 들리는 것이라곤 미쳐버린 사손이 낭아봉을 춤추듯 휘둘러 사납게 빙산을 후려치는 소리뿐이었다. 이어서 그는 낭아봉을 내던지더니 양팔로 자그마치 100여 근이나 되는 얼음덩어리를 번쩍 치켜들고 방금 외마디 소리가 난 곳을 찾아 냅다 던졌다.

"꽈당!"

기겁을 한 은소소가 몸을 솟구쳐 피하려 했으나, 장취산은 그녀의 등을 지그시 눌러 도로 앉혔다. 두 사람 모두 빙산 한 귀퉁이 움푹 파인 구덩이에 몸을 숨긴 채 숨 한 모금도 크게 내쉬지 못했다.

얼음덩어리를 내던진 사손이 귀를 기울이고 서서 움직이지 않았다. 청각으로 두 사람의 은신처를 찾아내려는 게 분명했다.

얼음 구덩이에서 장취산은 숨을 죽인 채 슬그머니 고개를 내밀어 사손을 내다보았다. 두 눈에서 똑같이 실낱같은 핏줄기가 흘러내리고 있었다. 위기에 몰렸던 은소소가 최후의 수단으로 끝내 은침을 쏘고, 사손은 정신이 흐려진 상태에서 목 조르기에만 열중하느라 결국 두 눈에 은침을 얻어맞고 장님이 되어버린 게 분명했다.

하나 그 청각만큼은 예민하기 짝이 없어 조금이라도 기척만 들리면 영락없이 덮쳐올 태세라, 만약 그 손아귀에 붙잡혔다 하면 그 결과는 상상만 해도 끔찍할 터였다. 그나마 다행인 것은 주변에 파도치는 소리와 바람 소리가 요란한 데다 빙산끼리 서로 부딪치는 소리가 나니 여간해선 두 사람을 찾아내기 어렵다는 점이었다. 그렇지 않았다면 두 남녀는 사손의 독수에서 벗어날 길이 없었으리라.

반나절 동안이나 사손은 그 자리에 우뚝 선 채 귀를 기울였다. 그러나 거센 바람과 파도치는 소리, 얼음 부딪치는 소리 때문에 그들이 숨어 있는 곳을 찾아내지 못했다. 두 눈은 극심한 통증에 시달리고 눈앞에 보이는 것이라곤 암흑뿐이었다. 미칠 듯이 격노한 가운데서도 당혹스러움과 앞을 못 보는 공포감이 겹쳐 일었다. 그는 고래고래 악을 쓰면서 빙산을 닥치는 대로 깨뜨려 사면팔방으로 마구 던져 날렸다. "꽈당! 꽈당!" 허공을 가르고 날아드는 얼음덩어리가 여기저기서 그칠 새 없이 요란한 소리를 내며 부서졌다.

장취산과 은소소는 얼굴에 핏기 한 점 없이 서로 꼭 껴안은 채 꼼짝달싹도 하지 않았다. 엄청나게 큰 얼음덩어리들이 무수하게 머리 위를 스치고 날아갔다. 한 덩어리라도 얻어맞았다가는 그 자리에서 목숨을 잃고 말 터였다.

분노에 미칠 대로 미쳐버린 사손은 거의 반 시진 동안 마구잡이로 얼음덩어리를 집어던졌다. 장취산과 은소소에게는 그 시간이 마치 몇 년이나 되는 것처럼 길게 느껴졌다.

얼음덩어리를 던져보아도 아무 효과가 없자, 사손은 불현듯 손길을 멈추고 입을 열었다.

"장 상공, 은 소저! 방금 내가 실성해서 미치광이 노릇을 했소. 미안하오. 두 분은 고깝게 여기지 마시고, 이제 괜찮으니 그만 나오시구려."

겸손하게 예의를 갖추어 말하는 품으로 보아 제정신을 찾은 듯했다. 말을 마친 사손은 얼음 바닥에 주저앉아 조용히 두 사람의 대답을 기다렸다.

그러나 조금 전까지만 해도 그런 끔찍한 일을 겪은 두 사람이 선불리 대꾸를 하겠는가. 겁에 질린 장취산과 은소소는 입을 꾹 다물고 사손의 모습을 지켜보았다. 사손은 계속해서 몇 번을 더 불러봤지만 끝내 대꾸 한마디도 들을 수 없자 한숨을 길게 내쉬면서 궁둥이를 털고 일어섰다.

"두 분이 정 그렇다면 나도 어쩔 수 없군."

그러곤 가슴을 쩍 내밀더니 숨을 한 모금 깊숙이 들이마셨다. 아주 깊숙이 천천히 들이켜는 심호흡을 보는 순간, 장취산의 머릿속에 한 가지 기억이 퍼뜩 떠올랐다. 왕반산도에서 사자후로 뭇사람들을 진탕시켜 쓰러뜨릴 때도 저렇듯 심호흡을 하지 않았던가? 비록 두 눈은 멀었어도 사자후를 토해낼 수는 있을 것이다. 그때나 지금이나 달라진 것은 없다. 하긴 앞이 보이지 않으니 그가 가장 확실히 공격할 수 있는 방법이라곤 그것뿐이리라. 장취산의 뇌리에서 위기감이 퍼뜩 솟구쳤다가 이내 사라졌다. 자신은 물론이고 은소소의 주의를 환기시켜 옷자락을 찢어 귀를 틀어막기에는 시간이 너무 늦었다. 그는 두 번 생각해 볼 것도 없이 은소소를 껴안은 채 바닷물 속으로 뛰어들었다.

은소소는 미처 사태의 심각성을 깨닫기도 전에 그의 손길에 이끌려 바닷속으로 빠져들었다. 물속으로 잠복하는 순간, 사손의 사자후가 터져나오기 시작했다. 두 사람은 뼈가 저릴 만큼 차디찬 바닷물 속에 머리통과 두 귀를 푹 숨겼다. 장취산은 한 손으로 은소소의 허리를 껴안은 채 호두구의 갈고리 끝으로 수면 위 빙산 한 모서리를 찍어 두 사람의 몸뚱이가 더 이상 가라앉지 않게 버텼다. 왼손 하나만 물 위에 노출되었을 뿐 나머지 전신은 수면 아래 잠긴 상태였다. 그러나 물속에서도 어렴풋하게나마 사손이 터뜨리는 사자후의 진동을 느낄 수 있었다.

빙산은 한순간도 멈추지 않고 물속의 두 사람을 이끌고 북쪽으로 움직였다. 장취산은 속으로 천만다행이라고 생각했다. 만약 사손에게 빼앗겨 바닷속에 내던져진 것이 판관필이 아니라 호두구였다면 지금쯤 두 목숨은 에누리 없이 얼음 바다 물속에 잠기고 말았을 터였다.

한참이 지났다. 두 사람은 숨이 찰 때마다 입만 수면 위로 내밀어 탁해진 숨을 바꾸곤 했다. 이렇듯 몇 차례 들숨 날숨을 거듭하는 동안 사손의 무서운 사자후도 그쳤다.

사자후는 엄청난 내력을 소모하는 절기라 지칠 대로 지친 사손은 피로감에 못 이겨 두 남녀가 죽었는지 살았는지 살펴볼 틈도 없이 얼음 바닥에 주저앉아 조용히 운기 조식에 들어갔다.

장취산은 동반자에게 손짓 시늉을 해 보였다. 이젠 물속에서 빠져나가자는 신호였다. 이윽고 두 사람은 소리를 죽이고 살금살금 빙산 위로 기어 올라가 바다표범 가죽 털을 뜯어서 재빨리 귓속부터 틀어막았다. 언제 또 사자후가 터져 나올지 모르기 때문이다.

결국 두 사람은 잠시나마 겁난劫難에서 도망쳐 나온 셈이었다. 하지만 빙산에서 그와 함께 거처하는 이상, 숨소리 반 모금이라도 기척을 냈다가는 그 즉시 엄청난 재앙이 머리 위에 떨어질 판이니 단 한순간이라도 방심할 수 없었다. 그들은 걱정 근심에 싸여 하릴없이 서로 얼굴만 바라볼 따름이었다. 서쪽 하늘에는 핏빛처럼 붉은 석양이 수평선에 걸린 채 좀처럼 바닷속으로 잠길 기미를 보이지 않았다.

그들은 북극이 가까이 있다는 사실을 몰랐다. 날씨는 크게 달라져, 이제 이곳의 반년은 한없이 긴 대낮이 계속되고 나머지 반년 동안은 마냥 길고 긴 지루한 밤이 계속될 터였다. 온갖 괴이한 현상을 느끼고 있으면서도 그들은 자기네가 세상의 끝에 와 있다는 것을 알지 못했다.

얼음물에 전신이 흠뻑 젖어버린 은소소는 난생처음 겪어보는 강추위에 뼈마디가 쑤시고 온몸이 와들와들 떨려 견딜 수가 없었다. 아무리 힘주어 참으려 했으나 이빨끼리 마주쳐서 "딱딱, 딱딱!" 소리가 나는 것만큼은 어쩔 수 없었다. 미약하게나마 이빨이 맞부딪는 소리가 사손의 귀에 들어갔다.

"으흥, 거기들 계셨군!"

이어서 금모사왕 사손은 목청껏 대갈일성을 터뜨리며 낭아봉을 번쩍 들기가 무섭게 소리 나는 곳을 곧바로 내려쳤다. 진작부터 경계심을 잔뜩 돋우고 방비하던 두 사람은 잽싸게 자리를 옮겨 피신했다.

"콰당!"

그들이 숨어 있던 자리에 이빨 달린 거대한 쇠뭉치가 떨어졌다. 단 일격에 엄청나게 큰 빙산 일고여덟 개가 쪼개져 튕겨 날아가더니 곧장 바닷물 속으로 물보라를 어지러이 일으키면서 빠져들었다. 그 일격에 실린 힘만 해도 어림잡아 600~700근, 그 위력을 목격한 두 사람은 얼굴빛이 하얗게 질리다 못해 아예 죽은 잿빛으로 바뀌고 말았다.

사손이 또다시 미친 듯이 낭아봉 춤을 추기 시작했다. 낭아봉을 휘두를 때마다 석양에 반사된 은빛 광채가 천만 가닥으로 뻗쳐나와 두 사람의 눈을 쏘고 현기증이 나게 만들었다. 낭아봉은 자루의 길이만도 10여 척, 그 끄트머리를 잡고 갈피도 못 잡게 전후좌우로 움직여가며 춤추듯이 휘둘러대니 한 번 내저을 때마다 그 엄청난 힘줄기가 사방둘레 40~50척까지 영향을 미쳤다. 두 사람이 제아무리 산토끼처럼 이리 뛰고 저리 뛰고 잽싸게 피신해봤자 너비가 고작 200여 척, 길이 80~90척의 미끄러운 빙판 위에서는 도저히 그 타격 범위를 벗어날 도리가 없었다. 그들은 쉴 새 없이 뒷걸음쳐야 했다. 그리고 서너 차례 뒷걸음치던 끝에 또다시 빙산 한 귀퉁이로 몰리고 말았다.

"아이고머니!"

빙산 모서리에 몰린 은소소가 또 진저리를 치며 비명을 질렀다. 그러나 장취산은 한가롭게 더 생각해볼 겨를이 없었다. 그는 은소소의 팔목을 잡기가 무섭게 두 발로 얼음판을 걷어차 바닷물 속으로 풍덩 뛰어들었다.

물속에 뛰어드는 찰나, 물보라 치는 소리가 사손의 예민한 귀에 잡혔다. 큼지막한 얼음덩어리들이 또다시 빗발치듯 날아오기 시작했다. 마구잡이로 후려치는 낭아봉에 산산조각 난 얼음 부스러기가 이제 막 물속으로 잠겨드는 장취산의 등줄기를 후려쳤다. 얼얼하도록 매서운 아픔이 느껴졌으나 꾹 참을 수밖에 없었다. 그는 물속으로 뛰어들기 직전 바로 한쪽에 떠 있는 또 다른 얼음덩어리를 눈여겨보았다. 빙산에서 저절로 갈라져나온 탁자만 한 크기였다. 그는 호두구 갈고리 끝으로 그 얼음덩어리를 찍고 힘껏 잡아당겼다. 그러나 얼음덩어리가 끌려오는 게 아니라, 두 사람의 몸뚱이가 그리로 끌려갔다. 장취산은 갈고리로 얼음판을 찍어 자신을 고정시킨 다음, 은소소를 자기 몸뚱이에 꼭 달라붙게 했다. 그런 뒤 얼음덩어리를 붙잡은 채 떠내려가는 대로 맡겨두었다.

사손은 두 사람이 바닷물에 떨어지는 소리를 들었을 때부터 그 방향을 어림잡아 계속 낭아봉으로 얼음덩어리를 두들겨 끊임없이 내던졌다. 하지만 두 눈이 멀어버린 데다 두 사람이 탄 얼음덩어리 역시 바닷물의 흐름을 타고 계속 표류해가고 있었기 때문에 첫 번째 겨냥이 빗나가 허방을 때리자 그 뒤로는 한 번도 맞힐 수가 없었다.

얼음덩어리가 제법 커서 가라앉지 않는 것은 다행이었으나, 두 손만 빼놓고 온 몸뚱이가 바닷물에 잠겨 있으니 그 상태로 얼마나 더 버틸 수 있을지 몰랐다. 장취산은 생각만 해도 눈앞이 캄캄했다. 그는 잠시도 쉬지 않고 주변을 두리번거렸다. 다행히도 표류는 계속 북쪽으로 향하고 있었다. 얼마 안 가서 앞쪽에 자그만 빙산이 떠 있는 것을 발견했다. 두 사람은 얼음덩어리가 그곳에 가까이 다가들 때까지 기다렸다가 재빨리 그 빙산 위로 기어 올라갔다.

"죽으란 법은 없다지만, 하늘이 어쩌자고 우리한테 이렇듯 숱한 고생을 시키는지 모르겠구려. 소소, 당신 몸은 좀 어떠시오?"

한숨 돌린 장취산이 걱정스레 묻자, 은소소는 엉뚱한 소리를 내뱉었다.

"미처 바다표범 고기를 가져오지 못한 게 아쉽네요. 어디 다친 데는 없나요?"

"당신 몸이 괜찮냐고 물었소!"

"뭐라고요?"

두 사람은 서로 자기 얘기만 할 뿐 상대방이 무슨 말을 하는지 알아듣지 못했다. 그들은 한동안 멍청하니 서로 상대방의 입만 바라보다가 그제야 생각이 났는지 귓구멍을 틀어막은 바다표범 털가죽을 뽑아냈다. 죽을 둥 살 둥 허겁지겁 도망치느라 귀마개를 한 것마저 잊고 있었던 것이다.

살벌한 죽음의 손아귀에서 벗어나자, 두 사람의 연정은 다시 부드럽게 움터나오기 시작했다.

"소소, 우리가 이 빙산에서 얼어 죽거나 굶주려 죽을망정 영원히 헤어지지 맙시다."

"오라버니, 내가 한마디 묻고 싶은 게 있어요. 숨기지 말고 대답해주셔야 해요."

장취산은 심각하게 다짐을 두려 했는데, 그녀는 엉뚱한 질문을 던질 모양이었다.

"뭘 묻겠다는 거요?"

"만일 우리가 육지에서 만나고 이처럼 고난을 함께 겪지 않았다면, 또 이 은소소가 일편단심으로 장 오협에게 시집갈 뜻을 보였다면 당신은 저를 받아주셨을까요?"

생각지도 못한 물음에 장취산은 일순 멍해졌다. 그리고 잠시 생각하던 끝에 신중히 대답했다.

"아마 이렇게 빨리 가까워지지는 않았을 거요. ……그대와 나는 출신 문파도 다르니만큼 남다른 장애물과 우여곡절도 많았을 거요. 풍파도 심했을 테고……."

"저도 그렇게 생각했어요. 그래서 배에 탔던 그 첫날 밤 당신이 사손과 처음 장력으로 겨루었을 때 저는 몇 번이나 은침을 쏘아 돕고 싶었지만 끝끝내 손을 쓰지 않았어요. 패검을 차고 있었어도, 그 사람 등에 칼을 찔러 넣어야겠다는 생각이 아예 없었죠."

그 말을 듣고 장취산의 눈이 휘둥그레졌다.

"아니, 왜 그랬소? 나도 그때 몹시 궁금했는데, 혹시 어둠 속이라 잘못해서 나를 다칠까 봐 그랬던 거요?"

장취산이 뜨악한 기색으로 묻자, 그녀는 쑥스러운 듯 목소리가 가늘어지면서 이렇게 대꾸했다.

"아니죠. 만일 그때 우리가 사손을 다치게 하고 무사히 육지로 돌아갔다면 어떻게 됐을까요? 당신이 날 버릴까 봐 그랬던 거예요."

이 말을 듣고 장취산은 그만 가슴이 뭉클해졌다.

"소소!"

"당신은 어떻게 생각하셨는지 모르겠지만, 저는 오로지 당신과 함께 있고 싶은 생각뿐이었어요. 아무도 없는 무인도에 가서 단둘이 오랫동안 함께 살고 싶었죠. 그래서 그때 사손이 우리를 윽박질러 끌고 가려 했을 때 오히려 저는 그하고 동행하는 것이 더 좋을 거라 생각했어요."

장취산은 이때까지 자신을 사랑하는 은소소의 마음씨가 이토록 애틋할 줄은 몰랐다. 그는 부드러운 목소리로 그녀를 달래주었다.

"당신이 은침을 쏘지 않은 걸 탓하지 않으리다. 내 절대로! 오히려 날 그토록 생각해주었다니 그저 고마울 따름이오."

은소소는 장취산의 품에 안겼다가 고개를 들고 그의 눈동자를 들여다보았다.

"하늘이 저를 이 추운 얼음 지옥에 던져 보냈다 하더라도, 전 조금도 원망하지 않아요. 그저 기쁠 따름이에요. 전 이 빙산이 남쪽으로 흘러가지 않았으면 좋겠어요. 으음…… 만약 우리가 어느 날엔가 끝내 중원 땅으로 돌아간다면 어떻게 될까요? 당신 사부님은 절 미워하실 테고, 우리 아버님은 당신을 죽이려 들지도 모를 텐데……."

"당신 아버님?"

"그래요, 우리 아버님은 백미응왕 은천정이세요. 바로 천응교를 창설하신 교주시죠."

"아하, 그랬었군! 하나 너무 걱정 말아요. 내가 말했지 않소? 당신하고 같이 있겠다고……. 당신 아버님이 아무리 사나운 분이라 해도 설마 당신 사위를 죽이기야 하시겠소?"

은소소의 두 눈이 반짝 빛났다. 뺨에는 발그레하니 달무리가 졌다.

"그 말씀, 진심이시죠?"

"아무렴! 지금부터 우리 두 사람은 부부가 되는 거요."

이윽고 두 남녀는 빙산 얼음 바닥 위에 무릎을 꿇고 마주 앉았다. 장취산이 먼저 낭랑하게 목청을 드높여 맹세했다.

"하늘에 계신 황천후토皇天后土 신령이시여, 굽어 살피소서! 불초 제자 장취산은 은소소와 부부의 인연을 맺고 영세무궁토록 길흉화복吉凶禍福을 함께할 것이오며, 처음부터 끝까지 결코 저버리지 않겠나이다."

은소소도 경건한 마음으로 축원을 올렸다.

"천지신명이 보우하사, 바라건대 저희 두 사람은 영세무궁토록 부부로서 함께 살게 해주소서."

그러고는 잠시 뜸을 들이더니 다짐을 이어나갔다.

"소녀 은소소는 지난날의 부끄러웠던 일을 깊이 뉘우치고 있사오니, 훗날 중원 땅에 돌아가게 되거든 과거의 잘못을 통렬히 고치고 지아비를 따라서 착한 일을 행하겠나이다. 고난에 처한 이들을 구해주어 제 허물을 메울 것이오며, 다시는 망령되이 살인을 저지르지 않겠나이다. 만약 이 맹세를 어길 때에는 제 부군이 소녀를 저버리게 하옵소서!"

장취산의 기쁨은 이루 말할 수 없이 컸다. 그녀가 자청해서 이런 다짐까지 할 줄이야 생각조차 못했던 것이다. 그는 당장 양팔을 내뻗어 그녀를 힘껏 껴안았다. 두 사람의 몸뚱이는 차디찬 바닷물에 흠뻑 젖어 있었으나 마음만큼은 봄날의 햇볕처럼 포근하고 따사로웠다.

한참이 지나서야 이들 두 사람은 하루 종일 아무것도 먹지 못했다는 사실을 깨달았다. 장취산은 갈고리를 들고 빙산 한 귀퉁이에 앉아서 지켜보다 고기 떼가 수면으로 올라오자 갈고리로 보기 좋게 한 마리를 낚아 올렸다. 한랭 지대의 추위를 견뎌내느라 바닷고기의 살은 유별나게 기름이 많고 두꺼웠다. 날고기를 먹느라 비린내는 무척 심했지만, 배를 채우고 났더니 기력만큼은 크게 늘어났다.

빙산 위에서, 두 사람은 다시 돌아갈 가망이 없는 줄 빤히 알면서도 어인 일인지 걱정이 되지 않았다. 그 무렵은 한낮이 길어질 대로 길어지고 어두운 밤은 아주 짧았다. 모든 것이 일상과는 전혀 반대로 뒤집혀 날짜를 헤아릴 수도 없거니와 태양이 수평선에서 몇 번째 떠오르는지도 가늠할 길이 없었다.

어느 날, 은소소는 북방 정면 수평선에 검은빛 연기 한 줄기가 솟구쳐 오르는 것을 발견하고 금방 얼굴빛이 하얗게 질렸다.

"오라버니!"

외마디로 부르는 소리와 함께 손가락으로 그쪽을 가리켰다.

장취산 역시 놀랍고 반가워 환성을 질렀다.

"저거, 사람 사는 연기 아닌가?"

연기가 바라보이기는 하지만 실상 그 거리는 적지 않게 멀어 그들이 탄 빙산이 꼬박 하루를 표류하고도 접근할 수가 없었다. 그러나 연기는 가까워질수록 높이 치솟아 나중에는 어렴풋이나마 불빛까지 섞여나오는 것이 내다보였다.

"저게 뭘까요?"

은소소의 물음에 장취산은 고개만 저을 뿐 아무 말도 하지 않았다.

"우리가 세상 끝까지 온 모양이에요……. 저건…… 저건 지옥문인가 봐요."

그녀의 목소리가 떨려 나왔다.

장취산도 속으로 크게 놀라기는 마찬가지였으나, 그렇다고 내색할 수도 없어 좋은 말로 그녀를 위로했다.

"어쩌면 사람이 살고 있는지도 모르겠소. 산불을 놓아 밭을 만드는 모양이지?"

"산불이 어떻게 저만치 높게 솟구칠 수가 있겠어요?"

장취산은 한숨을 내리쉬면서 말했다.

"기왕지사 괴상야릇한 곳에 왔으니, 모든 걸 하늘의 뜻에 맡기는 수밖에 딴 도리가 없지 않소. 하느님이 우리가 얼어 죽는 게 언짢으셔서 불에 타 죽게 하실 모양인데, 그렇다면 그 뜻대로 따르는 길밖에 우리가 뭘 어떻게 할 수 있겠소? 당신이 지옥에 가야 한다면 나도 당신 따라 지옥에 갈 것이고, 염라대왕이 우리를 기름 끓는 가마솥에 지지고 볶든 마음대로 하라지 뭐."

이상하게도 그들이 탄 빙산은 과연 그 불기둥을 목표로 서서히 떠내려가고 있었다. 어째서 빙산이 그리로 끌려가는지 그 까닭을 알지 못한 채, 그저 조물주가 그렇게 배려하는 줄로만 알고 그러려니 생각할 따름이었다. 그들은 그 불기둥이 북극 근처 어느 활화산 분화구에서 뿜어져 나오는 화염인 줄 알지 못했다. 불기운으로 활화산 근처 바닷물이 따뜻해졌기 때문에 따뜻한 난류가 남쪽으로 흐르면서 차가운 얼음물을 끌어들여 온도를 보충하는 까닭으로 장취산과 은소소가 탄 빙산도 자연스럽게 한류에 편승해 활화산 가까이로 옮겨가게 된 것이다.

빙산은 하루를 더 표류한 뒤에야 마침내 활화산이 있는 섬에 가서 닿았다. 그곳은 불기둥 주변이 온통 짙푸른 초록색으로 둘러싸인 아주 거대한 섬이었다. 섬 서쪽 지역은 온통 뾰족한 암석들이 비죽비죽 솟구친 돌산으로, 하나같이 뭐라고 이름 붙일 수 없을 만큼 기기괴괴한 형상을 띠고 있었다. 장취산과 은소소처럼 중원 땅에 적지 않은 곳을 돌아다닌 사람도 종래 화산을 본 적이 없는 터라, 그 기암괴석의 산봉우리들은 화산의 용암이 흘러내려 1,000만 년 동안 쌓이고 굳어져서 이루어진 것임을 물론 알 턱이 없었다.

섬 동쪽은 아무리 내다보아도 끝 간 데가 없는, 글자 그대로 일망무제一望無際의 평야 지대였다. 화산재가 해를 거듭하며 바다로 쏟아진 끝에 쌓이고 쌓여 퇴적층의 대평원을 형성한 것이다. 그곳은 북극에 가까운 지역이긴 해도 1,000만 년 두고 꺼지지 않는 화산의 불기둥 덕택에 섬의 기후가 중원 동북쪽 장백산長白山 일대와 비슷하게 높고 가파른 산봉우리 위에 눈얼음이 덮여 있는 반면, 너른 벌판 광야에는 어디를 둘러보아도 푸른 풀밭이 깔려 있고 짙푸른 소나무와 잣나무 숲이 울창했다. 그것들은 하나같이 중원 땅에서 보는 소나무 잣나무와 달리 키가 엄청나게 클 뿐 아니라 단단하기가 무쇠 같았다. 더구나 벌판에는 온갖 기화요초琪花瑤草가 흐드러지게 피었고, 중원에서는 보지 못하던 이상한 나무들이 숲을 이루고 있었다.

한참 동안 넋을 잃고 섬 주변 경치를 둘러보던 은소소가 느닷없이 벌떡 일어나더니, 양손으로 장취산의 목을 끌어안고 새된 목소리로 고함쳤다.

"오라버니, 우리가 신선들이 사는 섬에 왔나 봐요!"

장취산의 마음도 기쁨과 즐거움으로 가득 차 그저 어리둥절할 뿐 무슨 말인가 하고 싶지만 도무지 말이 나오지 않았다. 벌판에는 갈색 털에 하얀 반점이 돋은 얼룩사슴 떼가 풀을 뜯고 있었다. 불과 연기를 내뿜는 화산 말고는 두려울 것이 없는지 사람의 모습을 보고도 놀란 기색을 보이지 않았다. 주변은 그저 고요하고 평화로울 뿐 두려워할 것은 전혀 없었다.

빙산은 섬 가까이까지 가서 난류에 부딪혔고 이내 외곽으로 떠밀려 나갔다. 그러고는 섬 주위를 빙빙 돌면서 차츰 그곳에서 멀어져갔다.

은소소가 다급하게 소리쳤다.

"아이고머니, 큰일 났어! 신선의 섬에 올라가지 못하게 되나 봐!"

장취산 역시 형세가 이상하게 돌아가는 것을 보고 속으로 당황했다. 지금 섬에 올라가지 못하면 빙산을 타고 어디까지 흘러가야 할지 알 수 없는 것이다. 그는 다급한 마음에 허겁지겁 갈고리와 손바닥 장력을 한꺼번에 써서 빙산 모서리를 쪼개기 시작했다.

"팍! 팍! 팍! 팍!"

한바탕 수선을 떤 끝에 가까스로 큼지막한 얼음덩어리를 쪼개내는 데 성공했다. 두 사람은 얼음덩어리를 마주 껴안은 채 바닷물 속으로 풍덩 뛰어들었다. 그런 뒤 손발을 마구 휘저어 필사적으로 얼음덩어리를 떠밀고 나간 끝에 마침내 육지에 기어오를 수 있었다.

얼룩사슴 떼가 사람을 보고 호기심이 났는지 부리부리한 눈망울로 물끄러미 바라보았다. 무서워하는 기색은 전혀 없었다. 은소소가 살금살금 걸어가 손바닥으로 사슴의 잔등을 쓰다듬어주었다.

"여기에 두루미 몇 마리만 더 있으면 영락없는 극락선경極樂仙境이 되겠네!"

허리를 잡고 까르르 웃음보를 터뜨리던 그녀가 돌연 휘청하더니 땅바닥에 털썩 쓰러졌다.

"소소!"

장취산은 부축하기 위해 벌떡 일어나 달려갔다. 그러나 그 역시 비틀거리면서 중심을 바로잡지 못했다.

"우르르르!"

머리통까지 흔들리도록 요란한 소리가 나더니 땅바닥이 진동하기 시작했다. 화산이 또 불을 뿜어내는 것이다. 두 사람은 망망대해에서 수십 일 동안이나 표류하며 출렁거리는 파도에 밤낮없이 시달리던 끝에 겨우 육지에 도달했다. 그러니 두 다리에 기운이 없어 약한 지진에도 몸을 가누지 못하고 쓰러질 수밖에 없었던 것이다.

놀란 가슴으로 이리저리 둘러보니 별다른 이상은 보이지 않았다. 그제야 두 사람은 낄낄대며 마음껏 웃음보를 터뜨렸다. 그들은 일어나지 않았다. 지칠 대로 지쳐버린 몸을 들판에 누인 채 그대로 정신없이 잠이 들었다.

한잠 푹 자고 깨어났을 때는 네 시진 남짓 지나 있었다. 그런데도 태양은 아직 서산에 걸려 있었다.

"먼저 이 섬을 한번 둘러봅시다. 다른 사람이 살고 있는지, 또 사나운 들짐승이나 독충은 없는지 살펴봐야겠소."

"둘러보나 마나죠. 저 사슴들이 양순한 걸 보니 이 신선도는 아주 태평스러운 곳이 틀림없어요."

'신선도'란 말에 장취산은 빙긋 웃음 지었다.

"그랬으면 오죽이나 좋겠소. 하지만 이곳이 신선도라면 우리도 신선께 문안 인사를 드리러 가봐야 할 게 아니오?"

은소소는 빙산에 있을 때에도 옷차림새부터 얼굴 꾸미기에 이르기까지 몸치장을 단정히 하고 있었다. 섬에 올라와서는 더욱 세심하게 몸매와 머리, 옷매무새를 가다듬었고 장취산의 머리도 빗겨주었다. 그러고 나서야 명승지를 구경하는 마음가짐으로 홀가분히 따라나섰다.

그녀는 장검을 손에 들었다. 장취산은 잃어버린 강철 판관필 대신 단단한 나뭇가지를 하나 꺾어 들었다. 두 사람은 경공신법을 펼쳐 남쪽에서 북쪽에 이르는 10여 리 벌판길을 빠른 속도로 치달렸다. 두 사람은 아무것도 거칠 것 없는 광활한 벌판을 시원스럽게 달리며 상쾌한 기분을 만끽했다. 들판에는 나지막한 구릉지대와 키 큰 나무들이 울창하게 숲을 이루었고 풀밭에는 기이한 화초, 수풀 속에는 이따금 놀란 눈으로 불청객들을 바라보는 이름 모를 큰 새들과 작은 짐승들이 우짖으며 뛰놀고 있었다. 낯선 사람을 보아도 해를 끼치지 않는 들짐승만 눈에 띄었다. 멀리 화산이 분출되는 광경도 보였다. 불덩어리처럼 시뻘건 용암이 화산의 서쪽 등성이를 타고 꾸역꾸역 흘러내리는데, 그 지역 나무숲과 화초들은 이제 갓 분출한 용암에 불타 모조리 잿더미로 변하고 주변은 온통 뜨거운 열기로 가득 찼다. 두 사람은 가까이 다가서기는커녕 멀찌감치 피해 돌아나가야 했다.

삼림지대를 돌아나가자, 동북방 한 귀퉁이에 암벽으로 이루어진 돌산이 나타났다. 산기슭에 커다란 동굴이 눈에 띄었다.

동굴을 발견한 은소소가 손뼉을 치며 좋아했다.

"여기 아주 기막힌 곳이 있네요!"

그러고는 앞장서서 동굴 쪽으로 달려가기 시작했다.

"조심해!"

장취산이 외쳐 일깨우는 순간, 동굴 안에서 야수의 포효가 들려나왔다.

"아흥! 키약!"

뒤미처 흰 그림자가 하나 번뜩 비치더니 동굴 안에서 백곰 한 마리가 뛰쳐나왔다. 기다란 털북숭이에 엄청나게 큰 몸집이 황소보다 더 우람해 보였다.

깜짝 놀란 은소소가 황급히 뒷걸음질로 도약했다. 백곰은 사람처럼 두 발로 일어서더니 커다란 앞발로 은소소의 정수리를 후려쳤다. 그녀는 재빨리 장검을 치켜들고 백곰의 어깨를 베어갔다. 하나 해상에서 오래 표류한 뒤끝이라 몸은 허약해질 대로 허약해지고 칼 잡은 손길에도 힘이 하나도 들어가지 못했다. 칼날이 곰의 어깨를 베기는 했으나 그저 살갗만 가볍게 다쳤을 뿐 치명상을 입힐 수는 없었다. 두 번째 초식으로 되돌려 훑는 순간, 백곰은 몸뚱이 전체로 덮쳐오더니 "탁!" 소리가 나도록 은소소를 후려쳤다. 은소소는 장검을 땅바닥에 떨어뜨리고 말았다.

"소소, 뒤로 물러나!"

장취산이 다급하게 외치며 앞으로 달려 나가더니 들고 있던 나뭇가지로 휩쓸어 쳤다. 가로후리기는 백곰의 왼쪽 앞발 무릎뼈에 정통으로 들어맞았으나, 힘을 너무 쏟은 나머지 나뭇가지가 "우지끈!" 부러져 두 동강이 나버렸다. 백곰 역시 무서운 타격에 앞발 한쪽이 부러졌다. 사나운 짐승은 아픔에 못 이겨 산이 떠나가도록 포효성을 질렀다. 그러더니 이번에는 장취산을 향해 무섭게 덮쳐왔다.

장취산은 두 발로 지면을 툭 찍더니 제운종의 경공신법을 펼쳐 단숨에 10여 척 높이까지 뛰어오른 다음, 은호두구로 의천도룡공 스물세 번째 '쟁爭' 자 결의 마지막 여덟 번째 필획을 내리그었다. 은빛 찬란한 갈고리 끝은 반공중에서 질풍같이 곤두박질치면서 백곰의 관자놀이 태양혈에 정통으로 들어맞았다. 초식에 얹힌 내력이 엄청나게 커서 갈고리 끝은 백곰의 관자놀이 움푹 파인 급소를 두세 치나 깊숙이 파고들었다.

"우워어!"

갈고리에 급소를 찍힌 백곰이 고통에 못 이겨 천지가 진동할 정도로 크게 울부짖으면서 난폭하게 머리통을 내둘렀다. 그 힘에 이끌려 갈고리는 자루째 주인의 손아귀를 벗어나 튕겨나갔다.

"쿵!"

짐승의 거구가 땅바닥에 쓰러졌다. 곰은 몇 차례 몸뚱이를 뒤채다가 하늘을 바라고 벌렁 나자빠진 채 숨이 끊어졌다.

"멋져요! 정말 기막힌 경공신법이었어요! 갈고리 찍기도 일품이었고……!"

장검을 주워 든 은소소가 손뼉을 치면서 좋아했다.

그 말이 끝나기도 전에 장취산이 또 한 번 다급하게 외쳤다.

"빨리 이쪽으로 뛰어와요! 어서!"

은소소는 그 호통 속에 뭔가 놀랍고 당황한 기색이 서려 있는 것을 보고, 왜 그러느냐 물어볼 겨를도 없이 장취산 앞으로 냅다 뛰기 시작했다. 그러고는 그의 품에 안기고 나서야 뒤를 돌아보았다.

"아이고머니나!"

기겁을 한 그녀의 입에서 새된 외마디 소리가 터져 나왔다. 어느새 나타났는지 또 한 마리의 백곰이 뒤를 바싹 쫓아오고 있었던 것이다. 백곰은 누런 어금니를 통째로 드러낸 채 앞발을 휘저으며 그녀의 뒤에 따라붙었다.

장취산은 수중에 더 이상 써먹을 병기가 없는 터라, 황급히 은소소를 잡아끌면서 커다란 소나무 위로 뛰어올랐다.

"우워어! 키약!"

백곰이 나무 밑 둘레를 맴돌기 시작했다. 그러더니 난데없이 머리통을 쳐들고 위를 바라보면서 사납게 포효성을 질러댔다.

장취산은 굵다란 소나무 가지를 하나 꺾어 들었다. 그러고는 백곰의 오른쪽 눈을 겨냥해 있는 힘껏 던졌다. "팍!" 하는 소리…… 나뭇가지는 짐승의 눈알을 뚫고 깊숙이 박혀 들어갔다. 고통에 못 이긴 백곰이 으르렁거리면서 기어오르려고 나무줄기를 껴안은 채 버둥거렸다. 장취산은 은소소의 손에서 장검을 넘겨받아 백곰의 정수리를 겨누고 사력을 다 쏟아 내리 찔렀다. 정수리 백회혈百會穴을 목표 삼아 찔러든 일격 필살의 장검은 칼날의 절반이 파묻히도록 깊숙이 박혔다.

백곰의 몸뚱이가 일순 흠칫하더니 물먹은 솜처럼 스르르 주저앉으면서 나무 아래에 사지를 쭉 뻗고 말았다.

"동굴 안에 다른 놈이 또 있는지 확인해봐야겠소."

나무 아래로 내려선 장취산이 동굴 속에 돌멩이 몇 개를 집어던졌다. 한참이 지나도 기척이 없자 앞장서서 동굴 안으로 들어갔다. 은소소가 그 뒤에 바짝 따라붙었다.

백곰의 동굴은 무척 넓었다. 깊이만도 80~90척. 갈라진 바위 틈서리로 햇빛이 환히 비쳐드는 것이 영락없는 천창天窓이었다. 굴 안에는 백곰 두 마리가 먹다 남긴 물고기 잔해가 여기저기 널려 있어 역겨운 비린내를 풍겼다.

은소소는 코를 감싸 쥐었다.

"기막히게 좋은 곳인데 냄새가 너무 지독하네요."

"당분간 날마다 물로 씻어내야겠소. 그럼 냄새도 가실 거요."

거처할 곳이 생기니, 은소소는 이 섬에서 장취산과 오래오래 살 것만 같은 생각에 마음이 푸근해졌다. 끝없는 세월에 늙어 죽을 때까지 사랑하는 이와 함께 산다면 더할 나위 없이 기쁘고 즐거운 일이겠지만, 또 한편으로는 어딘가 모르게 쓸쓸하고 서글픈 생각이 들었다.

동굴 바깥으로 나간 장취산이 나뭇가지를 한 줌 꺾어 빗자루를 만들더니 동굴 안팎 구석구석을 말끔히 쓸어냈다. 은소소도 곁에서 청소일을 거들었다. 그러나 쓰레기를 깨끗이 치워버렸는데도 역겨운 냄새는 가시지 않았다.

은소소가 이맛살을 찌푸리면서 아쉬운 표정을 지었다.

"근처에 냇물이 흐르면 깨끗이 씻어낼 수 있을 텐데……. 물통이 없으니 바닷물을 길어올 수도 없잖아요?"

"내게 좋은 방법이 있소."

장취산은 응달진 곳에서 큼지막한 얼음 몇 덩어리를 가져다 동굴 안 햇볕이 드는 바윗돌 위에 높직이 얹어놓았다.

"자, 어떻소, 내 생각이?"

장취산이 큰일을 해냈다는 듯이 자랑스레 말했다. 은소소도 호들갑스레 손뼉까지 쳐가면서 칭찬해주었다.

"아이고, 머리도 좋아라! 멋져요, 정말 멋진 궁리를 해내셨군요!"

얼음덩어리가 천천히 녹아 바닥에 흘러내리면, 물로 씻어내는 것이나 다름없는 효과가 날 터였다. 다만 시간이 좀 걸리는 게 흠이지만.

장취산이 동굴 청소를 마저 하는 동안, 은소소는 장검으로 백곰의 가죽을 벗겨 고기를 잘라냈다. 백곰을 두 마리씩이나 잡았으니 한동안 먹고살 걱정은 하지 않아도 될 듯했다. 섬에 화산이 있긴 하지만 북극에 가까운 지방이라 추위는 여전했다. 곰고기를 얼음에 채워두면 몇 달이 지나도 상하지 않을 터였다.

고깃덩이를 차곡차곡 얼음에 채우면서 은소소가 한숨을 지었다.

"아이참! 말 타면 견마 잡히고 싶다더니 바로 그런 짝이네요."

"먹을거리가 생겼는데, 웬 걱정이오?"

"불이 있으면 고기를 구워 맛있게 먹을 수 있을 텐데……. 세상에 팔대진미八大珍味 중 하나가 웅장熊掌 아닌가요? 여기에 그 귀한 곰 발바닥이 여덟 개나 있는데 날것으로 먹어야 하니 말이죠. 만족할 줄 모르는 게 사람인가 봐요."

그러고는 바위에 얹어놓은 얼음덩어리를 보면서 푸념을 내뱉었다.

"저 얼음이 녹지 않으면 냄새도 가시지 않을 텐데…… 불이 있으면 얼마나 좋아? 얼음도 녹이고 곰고기도 구워 먹고……."

장취산이 화산에서 분출하는 불기둥을 바라보면서 중얼거렸다.

"불이야 있지. 좀 커서 탈이지만……. 우리 천천히 생각해봅시다. 어쩌면 저기서 불씨를 얻어올 방법이 떠오를 거요."

그날 저녁, 두 사람은 곰고기로 배를 채웠다. 그리고 나무 가장귀에 올라 편안히 잠들었다. 꿈속에서도 그들은 망망대해 빙산 위에서 파도에 시달렸다. 거센 파도가 휘몰아칠 때마다 몸뚱이가 마구 흔들렸다. 사실은 바람결에 나무 가장귀가 흔들려 그런 어수선한 꿈을 꾼 것이지만…….

이튿날, 잠을 깬 은소소는 눈을 뜨기도 전에 코부터 벌름거렸다.

"아이, 냄새 참 좋다! 정말 좋은 향기가 나네!"

나무에서 뛰어내리자, 풀밭 여기저기 피어 있는 꽃떨기에서 상큼한 향기가 풍겨나오고 있었다.

"동굴 앞에 이렇게 향기로운 꽃들이 많이 피어 있다니, 정말 기막힌 별천지네요!"

장취산이 시침 뚝 떼고 그녀를 불렀다.

"소소, 좋아하는 건 조금 있다 하고 당신한테 할 얘기가 있으니까 내 말 좀 들어봐요."

표정이 심각한 걸 보니 뭔가 중요한 일인 모양이었다. 은소소는 속으로 찔끔하면서 물었다.

"무슨 얘긴데요?"

그제야 장취산은 빙그레 웃어 보였다.

"불씨를 얻어올 방법 말이오. 그걸 생각해냈소."

"아이참, 나쁜 사람! 난 또 무슨 좋지 않은 일이 생긴 줄 알았죠. 그래, 무슨 방법이에요? 어서 빨리 말해보세요!"

"분화구는 불길이 너무 뜨거워서 가까이 갈 수가 없잖소? 아마 200~300척 떨어진 곳에 가더라도 사람이 타 죽을 거요. 그러니까 나무껍질로 기다랗게 밧줄을 만들어가지고 햇볕에 바싹 말려서……."

은소소가 손뼉을 치면서 뒷말을 이었다.

"아, 그것참 좋은 방법이에요! 나무껍질 밧줄을 햇볕에 바싹 말려서 거기다 돌멩이를 매달아 분화구에 던져넣자, 그 말이죠? 밧줄에 불길이 당겨지면 냉큼 끌어내고 말이죠."

두 사람은 오랫동안 생식生食에 진절머리가 난 터라 얼른 불씨를 얻고 싶어 안달이 났다. 쇠뿔은 단김에 빼랬다고, 말이 나온 김에 꼬박 이틀 동안 나무껍질을 벗겨다 새끼를 꼬고 또 온종일 햇볕에 말린 끝에 길이 1,000척에 가까운 밧줄을 만드는 데 성공했다.

나흘째 되던 날, 그들은 의기양양하게 화산 분화구 쪽으로 출발했다. 보기에는 그리 멀지 않았으나, 걷고 보니 40여 리 길이었다. 화산에 가까워질수록 점점 더워졌다. 제일 먼저 벗어 던진 것은 바다표범 가죽옷, 나중에 가서는 속옷 한 벌만 남겼는데도 뜨거워서 견딜 수가 없을 정도였다. 1리 남짓 더 나아갔을 때는 입안이 바싹 마르고 혓바닥이 타들어갈 지경이었다. 온몸에 땀이 비 오듯 줄줄 흘러내리는데 주변은 나무 한 그루 풀 이파리 하나 보이지 않고 민둥산에 누렇게 그을린 바윗덩어리뿐이었다.

장취산은 밧줄 무더기를 어깨에 둘러메고 앞장서 가다가 흘낏 뒤를 돌아보았다. 은소소의 기다란 머리카락이 뜨거운 열기에 돌돌 말려 곱슬머리로 변한 것을 보자 공연히 안쓰러운 생각이 들었다.

"당신은 여기서 날 기다려요. 이제부터는 나 혼자 가리다."

그러자 은소소가 뾰루퉁하니 입술을 내밀고 톡 쏘아붙였다.

"그런 말 또 하면 두 번 다시 쳐다보지도 않을 거예요. 불씨를 얻지 못하면 평생토록 날고기만 먹으면 그만일 텐데, 그게 뭐 대수라고?"

장취산은 대견스러운 듯 빙그레 웃어 보였다.

다시 1리 남짓을 더 올라갔을 때, 두 사람은 이미 숨이 턱에 차서 황소처럼 헐떡였다. 내공이 깊고 두터운 장취산도 뜨거운 열기에 못 이겨 눈앞에 별똥이 오락가락 보이고 머릿속마저 띵하니 울리기 시작했다.

“좋아, 우리 여기서 밧줄을 던져봅시다! 만약 불씨가 당겨지지 않을 때는…….”

은소소가 까맣게 타들어간 입술로 미소를 지었다.

“그럼 하느님이 우리더러 평생 날고기 뜯어 먹고 생피나 마시는 야만인 부부로 살아가라는 얘기겠죠.”

우스갯소리를 하던 그녀가 탈진 상태에 이르렀는지 갑자기 휘청했다. 그러다 가까스로 남자의 어깨에 기대어 몸뚱이를 가누고 바로 섰다. 장취산은 땅바닥에서 돌멩이를 하나 주워 들고 밧줄 끝에 비끄러맸다. 그러고는 앞으로 20~30척을 내달리면서 있는 힘껏 내던졌다.

“에잇, 가거라!”

공력이 실린 돌멩이는 밧줄을 끌고 쏜살같이 날아갔다. 밧줄이 팽팽해지도록 수백 척 남짓 멀리 날아가 떨어졌으나, 비록 두 사람이 서 있는 곳보다 더 뜨겁기는 해도 역시 분화구와는 거리가 너무 멀었다. 두 사람은 오래도록 서서 기다렸다. 열기에 숨이 막히다 못해 눈알이 터져 나갈 지경이 되었어도 밧줄 끝에 불길이 당겨지기는커녕 연기가 피어오르는 기미조차 보이지 않았다.

장취산이 한숨을 내리쉬었다.

“안 되겠군……. 옛날 사람들은 돌멩이를 부딪치거나 마른나무 꼬챙이를 비벼 불씨를 살렸다고 했소. 우리 돌아가서 천천히 다시 궁리해봅시다. 밧줄 던지기로는 영 불씨를 얻지 못하겠어.”

“이 방법은 안 되겠지만, 밧줄이 바싹 말랐으니 쓸모가 있을 거예요. 여기서 부싯돌로 쓸 만한 돌멩이를 찾아봐요. 잘 마른 밧줄을 부싯깃으로 삼고 칼로 부싯돌을 쳐보기로 해요.”

"그것도 괜찮겠군."

장취산은 밧줄을 도로 끌어들인 후, 바삭바삭하게 마른 끄트머리를 풀어서 칼로 잘게 찢었다. 그러고는 화산 부근에 널린 돌멩이 가운데 부싯돌로 쓸 만한 것을 한 덩어리 골라 땅바닥에 놓고 칼날을 뉘여서 후려쳤다. 아니나 다를까, 불티 몇 개가 번쩍번쩍 튀더니 열 번째 쳤을 때는 마침내 잘게 찢은 밧줄 부스러기에 불씨가 옮겨 붙었다. 두 사람은 너무나 기뻐 서로 얼싸안고 큰 소리로 환호성을 질렀다.

분화구 근처에서 타들어가기 직전까지 바삭바삭하게 구워진 밧줄은 그대로 횃불이 되었다. 두 사람은 저절로 만들어진 횃불 한 가닥씩을 나눠 들고 의기양양하게 백곰의 동굴로 돌아왔다.

은소소는 마른나무 가장귀와 풀을 뜯어다 화톳불을 피웠다. 불씨가 생겼으니 이제 갖출 것은 다 갖춘 셈이었다. 얼음은 녹아내려 물이 되고, 불에 구운 곰고기는 훌륭한 불고기가 되었다. 난파선에서 탈출한 이래 더운 음식을 먹어보지 못한 두 사람이 맛 좋은 곰고기를 한 입 베어 물자, 기름진 살코기가 입안에서 슬슬 녹는 것이 천하 일미였다.

그날 저녁, 백곰의 동굴 속은 꽃향기가 흘러드는 가운데 화톳불로 밝혀진 불빛이 석벽에 비쳐 어른거렸다. 두 사람은 빙산 위에서 부부가 되기로 천지신명께 맹세한 이래 오늘에 와서야 처음으로 동방화촉이 밝혀진 가운데 첫날밤을 보냈다.

이튿날 아침, 장취산은 동굴 바깥으로 나가 수평선을 바라보았다. 한갓진 마음으로 심호흡을 하니 가슴이 탁 트이고 정신이 맑아졌다.

그때 갑자기 멀리 바닷가 바위 더미 위에 키가 훤칠하게 큰 사람의 그림자 하나가 보였다. 이마에 손을 얹고 자세히 바라보니, 이게 누군가? 금모사왕 사손이 아닌가!

장취산의 놀라움은 실로 이만저만 큰 것이 아니었다. 은소소와 그 엄청난 재앙을 겪은 뒤에 이제 이 섬에서 오붓하게 안주하기를 바랐는데, 저 무서운 마두가 또 들이닥칠 줄이야 누가 알았던가?

그는 삽시간에 돌부처가 되어버린 것처럼 그 자리에 멍하니 선 채 손가락 하나 꼼지락거릴 엄두조차 내지 못했다.

사손이 비틀거리는 걸음걸이로 흐느적흐느적 내륙 쪽으로 걸어오기 시작했다. 눈이 멀어버린 이후 물고기를 잡거나 바다표범 사냥을 하지 못해 지금껏 굶주려 기진맥진한 것이 분명했다.

장취산은 허겁지겁 동굴로 돌아갔다. 동방화촉 달콤한 첫날밤을 보낸 은소소가 나른한 기색으로 일어나 교태 어린 목소리로 맞아들였다.

"오라버니, 아침 일찍부터 어딜 나갔다 오세요?"

그러나 다음 순간, 그녀는 남편의 심각한 표정을 보고 정신이 번쩍 들었다.

"금모사왕 사손…… 그가 여기까지 왔소."

장취산이 침통한 기색으로 입을 열었다.

이 한마디에 은소소가 펄쩍 뛰었다. 그러고는 목소리를 잔뜩 낮춰 물었다.

"그…… 그 사람이…… 당신을 보았어요?"

묻다 보니 사손의 눈이 멀었다는 데 생각이 미쳤다. 그녀는 놀란 마음이 다소 놓여 저도 모르게 한숨을 내쉬었다.

"두 눈 멀쩡한 우리 둘이서 설마 눈먼 사람 하나 상대하지 못할라고……."

장취산도 그 점을 생각했는지 고개를 끄덕였다.

"그 사람은 굶주려 지금 기진맥진한 상태요."

"어서 가봐요!"

그녀는 얼른 옷자락을 네 조각으로 찢어 장취산과 자신의 귀를 각각 틀어막았다. 그러고는 오른손에는 장검을, 왼손에는 은침을 몇 대 거머쥐고 남편과 함께 동굴 바깥으로 나섰다.

이윽고 두 사람은 사손이 쓰러져 있는 곳에서 70~80척 떨어진 곳까지 다가갔다. 금모사왕 사손은 얼마나 굶주렸는지 낭패스러운 몰골이었다. 그 모습을 본 장취산은 차마 그냥 보고만 있을 수 없어 목청을 드높이고 큰 소리로 외쳐 물었다.

"사 선배님! 먹을 게 필요하십니까?"

갑자기 사람의 목소리를 들은 금모사왕의 얼굴에 당장 놀랍고도 반가운 기색이 떠올랐다. 하나 다음 순간 그 목소리의 주인공이 장취산인 것을 깨닫고 금방 어두운 그늘이 졌다.

그는 한참 만에야 말없이 고개를 끄덕였다. 장취산은 냉큼 동굴로 뛰어가 어젯밤에 먹다 남긴 고깃덩어리를 가져왔다.

"자, 받으십쇼!"

멀찌감치 떨어져서 고기를 던져주자, 사손은 몸뚱이를 버티고 일어서더니 바람 가르는 소리를 판별해 날아오는 고깃덩어리를 선뜻 받았다. 그러고는 천천히 한 입 물어뜯었다.

호랑이보다 더 사납게 날뛰던 사내가 굶주림에 시달려 저토록 쇠약해진 것을 보고 있으려니, 장취산의 가슴속에 한 가닥 연민의 정이 움터 나오기 시작했다.

하나 은소소는 딴생각을 하고 있었다.

'오라버니는 사람이 너무 좋아서 탈이야. 그냥 굶어죽게 내버려두면 만사가 깨끗해질 게 아냐? 저 사람을 살려두었다가는 나중에 후환이 무궁무진할 텐데, 어쩌자고 먹을 걸 갖다주는지 몰라……. 어쩌면 우리 부부의 목숨도 저 사람 손에 잃게 될지 누가 알겠어?'

사손은 곰고기 반 덩어리를 먹고 나자 땅바닥에 엎드린 채 그대로 쿨쿨 잠이 들었다. 장취산은 불씨를 가져다 그 곁에 화톳불을 피워주었다.

줄곧 한 시진을 푹 자고 나서야 사손은 깨어났다.

"여기가 어딘가?"

장취산 부부는 그 곁에 앉아 지켜보고 있다가 사손이 일어나 앉아 입을 열자, 무슨 소리를 하는지 들으려고 한쪽 귓구멍에 틀어막았던 헝겊 쪼가리를 뽑아냈다. 하나 헝겊 든 손은 귓구멍에서 불과 두세 치 간격을 두고 여전히 들려 있었다. 여차하면 즉시 귓구멍을 도로 틀어막을 작정이었다.

"여기는 북극의 무인도입니다. 아무도 살지 않는 황량한 섬이지요."

"으음……."

사손이 깊은 신음 소리를 냈다. 그러고는 한참 동안 생각에 잠겨 있다가 무겁게 입을 열었다.

"그렇다면 우린 다시 돌아갈 수 없겠군."

"다 하늘의 뜻인 모양입니다."

그러자 사손이 벌컥 성을 내면서 욕설을 퍼부었다.

"하늘은 무슨 빌어먹을 놈의 하늘인가? 원수 같은 하늘, 개잡놈의 하늘, 강도 같은 하늘이지!"

그러고는 더듬더듬 바위를 찾아 그 위에 걸터앉더니, 남은 고기를 마저 뜯어 먹기 시작했다.

"자네들은 날 어쩔 셈인가?"

사손이 고기를 씹으면서 물었다.

장취산의 눈길이 은소소에게 가서 멎었다. 그러나 그녀는 모든 것을 남편의 뜻에 맡긴다는 표정이었다.

장취산은 잠시 생각하다가 무겁게 입을 열었다.

"사 선배님, 우리 부부는……."

"호오, 역시 부부로 맺어졌는가?"

사손이 고개를 끄덕였다. 그 말을 들으면서 은소소의 얼굴이 부끄러움에 겨워 발갛게 물들었다. 하나 무척 자랑스럽고 행복한 표정이었다.

"그건 사 선배님이 중매를 서준 셈이죠. 저희가 당신께 고마워할 일 아니겠어요?"

사손은 코웃음을 치며 다시 고쳐 물었다.

"그래, 자네 부부는 날 어쩔 셈인가?"

장취산은 그동안 생각하고 있던 바를 솔직히 털어놓았다.

"저희가 선배님의 눈을 그 모양으로 만든 것은 정말 송구스럽기 짝이 없는 일입니다. 그러나 일이 이 지경으로 된 바에야 아무리 사과한들 무슨 소용이 있겠습니까. 하늘의 뜻이 우리 셋을 이 외딴 무인고도에 같이 살게 했습니다. 어쩌면 평생토록 중원 땅에는 두 번 다시 돌아가지 못하게 될지도 모르는데, 저희 둘이서 선배님이 살아 계시는 동안 정성껏 모셔드릴까 합니다."

사손이 고개를 주억거리면서 한숨을 내리쉬었다.

"역시…… 한데 왜 그렇게 생각했는가?"

"저희 부부는 의리를 중히 여기고 정이 깊습니다. 그래서 함께 살고 함께 죽기로 맹세한 몸입니다. 만약 선배님의 광증狂症이 재발해서 우리 부부 중 어느 한 사람이라도 해친다면 나머지 한 사람도 결코 혼자서는 살아갈 수 없을 것입니다."

"자네 말은, 자네들 둘이 모두 죽어버리면 눈이 먼 나도 이 무인도에서 혼자 살지 못할 것이다, 그건가?"

"그렇습니다!"

"알았네. 그런데 자네들 왼쪽 귀는 왜 헝겊 조각으로 틀어막고 있나?"

장취산과 은소소는 서로 마주 바라보고 웃었다. 그러고는 왼쪽 귀를 틀어막은 헝겊 쪼가리를 마저 뽑아내면서 속으로 혀를 내둘렀다. 금모사왕 사손, 이 괴걸은 두 눈이 멀었어도 청력 하나만큼은 예민하기 짝이 없었다. 거의 청각이 두 눈의 시력을 대신할 수 있는 경지에까지 도달한 데다, 총명과 기지가 뛰어나 귀신처럼 일을 헤아리고 있지 않은가? 만약 이곳이 온갖 진기한 일이 벌어지는 북극 무인도가 아니라 중원 땅이었다면 둘의 도움을 받지 않고도 얼마든지 살아갈 수 있었을 것이다.

장취산은 그더러 이 황량한 무인도에 이름을 하나 지어달라고 청했다. 사손은 잠시 생각해보더니 거침없이 대답했다.

"이 섬에는 만년빙萬年氷이 쌓인 데다 천고千古를 두고 꺼지지 않는 불구덩이가 있다니, '빙화도氷火島'라고 부르는 게 좋을 듯싶네."

이때부터 세 사람은 '불과 얼음의 섬' 빙화도에서 살아가기 시작했다. 무인도라곤 하지만 그래도 서로 마음 편하게 무난히 살아갈 수 있어 좋았다. 장취산 부부는 백곰의 동굴에서 반 리쯤 떨어진 산 밑에서 또 다른 동굴을 하나 발견했다. 그들이 거처하는 동굴보다는 조금 작았으나, 혼자서 거처하기에는 넉넉한 곳이었다. 장취산과 은소소는 동굴을 말끔히 청소하고 꾸며서 사손의 거처로 넘겨주었다.

이들 부부는 물고기를 잡고 사냥하는 여가를 틈타 진흙 반죽으로 도기 그릇을 구워냈다. 아궁이도 만들고 부뚜막도 설치했다. 거칠게나마 일상용품과 살림살이가 차례차례 갖추어지기 시작했다.

사손 역시 이들 두 사람을 귀찮게 건드리는 일이 없었다. 그저 온종일 도룡도를 무릎에 올려놓고 고개 숙인 채 명상에 잠겨 있는 게 대부분이었다. 어쩌다가 장취산 부부가 보기에 너무 딱해서 그토록 칼의 비밀을 캐내느라 골몰하지 말라고 권유했으나, 그는 고개를 절레절레 내두를 따름이었다.

"난들 이 황막한 무인도에서 칼의 비밀을 캐내봤자 아무 소용도 없다는 걸 왜 모르겠나? 하지만 이것을 생각하는 것 말고 지금 내가 할 수 있는 일이 뭐가 있겠는가? 하릴없이 멍청하니 앉아서 세월만 보낼 수도 없는 노릇이고……."

그 이후로, 장취산 부부는 두 번 다시 그의 명상에 참견하지 않았다.

그렇게 몇 달이 총총히 지났다.

어느 날, 장취산 부부는 손을 맞잡고 산책 삼아 무인도 북쪽으로 올라갔다. 섬의 면적이 워낙 넓은 데다 북쪽으로 마냥 뻗은 터라 아무리 가도 끝이 어딘지 알 수가 없었다. 20여 리쯤 나가다 보니 나무숲이 빽빽하게 우거진 곳에 해묵은 거목들이 하늘을 찌를 듯 줄줄이 솟구쳐 있어 햇빛조차 들지 않았다.

장취산은 숲속으로 들어가보고 싶었으나, 언제부터 겁이 그렇게 많아졌는지 은소소가 말렸다.

"숲속에 괴물이 있으면 무슨 일을 당할지 모르잖아요. 우리 그만 돌아가요."

장취산은 이상한 느낌이 들었다. 평소 일 저지르기 좋아하고 호기심 많은 아내가 요즈음에는 왜 사사건건 소극적이고 무슨 일에나 흥미를 못 느끼는지 알다가도 모를 노릇이었다.

그는 겁이 더럭 나서 걱정스레 물었다.

"당신, 어디 아픈 것 아니오? 아니면 뭔가 좋지 않은 일이라도 생겼소?"

남편의 당황스러운 기색을 보고, 은소소는 갑자기 얼굴이 발갛게 상기되면서 고개를 숙인 채 다 기어들어가는 목소리로 대꾸했다.

"아무 일도 아니에요."

하나 장취산은 아내의 기색이 유별나게 달라진 것을 보고 다그쳐 물었다.

"아무래도 이상하군! 도대체 무슨 일인지 말해보시오. 어디 불편한 데라도 있는 거 아니오?"

잇따른 남편의 추궁에 그녀가 웃는 듯 마는 듯 애매모호한 표정으로 대꾸했다.

"우리가 너무 적적한 걸 보시고 하늘이 우리 부부한테 사람을 하나 보내주시려나 봐요. 집 안이 시끌벅적 떠들썩하게 말이죠."

장취산은 이게 무슨 소린가 싶어 멍하니 있다가, 이내 그 말뜻을 알아듣고 너무나 기쁜 나머지 큰 소리로 다시 물었다.

"당신! 아기를 가졌소?"

"어머, 작은 소리로 말하세요. 누가 들으면 어쩌려고요?"

은소소가 기겁을 하더니, 자신도 어이가 없다는 듯이 "푸웃!" 하고 웃음보를 터뜨렸다. 하기야 이 황막한 숲속에 그들 부부 말고 또 누가 있겠는가.

날씨는 차츰 바뀌어 이 무렵 한낮은 점점 짧아지고 밤이 길어지더니, 나중에는 날마다 두 시진만 대낮이고 기후 역시 혹한으로 바뀌었다. 은소소는 임신한 이후부터 몸이 점점 무거워져 쉽사리 피로를 느꼈으나, 기운을 내서 음식을 마련하고 바느질을 하는 등 억지로나마 살림을 도맡아 해나갔다.

그녀가 만삭이 다 된 어느 날이었다. 부부는 동굴 안에 모닥불을 피워놓고 서로 기대앉아 한가롭게 얘기를 나누고 있었다.

"말해봐요. 당신은 아들이 좋아요, 딸이 좋아요?"

"그야 당신을 닮은 딸이 나와도 좋고, 나를 닮은 사내아이도 좋지! 난 아들이나 딸이나 둘 다 좋소."

"난 사내아이가 좋겠어요. 당신이 아기 이름부터 지어주세요."

"아기 이름? 으음……."

장취산은 뭔가 곰곰이 생각하느라 한동안 말이 없었다.

"요 며칠 새 무슨 일이 있어요? 당신, 뭔가 마음에 걸리는 게 있는 사람처럼 보여요."

"아무것도 아니오. 내가 아빠가 된다고 생각하니 너무 기뻐서 좀 멍청해지는 모양이오."

그는 웃음 섞어 대답했으나, 양미간의 눈언저리에는 어딘가 모르게 근심스러운 빛을 띠고 있었다.

"여보, 날 속이지 말아요. 그래봤자 내 걱정만 더 늘어나요. 뭔가 잘못되는 걸 보신 거죠?"

아내가 부드럽게 추궁하자 그는 비로소 한숨을 내리쉬며 털어놓았다.

"내 생각이 틀렸으면 좋으련만……. 요 며칠 동안 사 선배님의 신색이 썩 좋아 보이지 않는구려."

"저도 봤어요. 표정이 갈수록 험악해지더군요. 또 광증이 발작하려나 봐요."

"도룡도의 비밀을 찾아내지 못해서 번뇌가 쌓이는 모양이오."

마음 약해진 은소소는 벌써 두 눈에 눈물이 글썽글썽 맺혔다.

"우리 두 사람이야 여차하면 그 사람과 목숨 걸고 싸워 동귀어진하면 그만이지만 이젠…… 이젠……."

말끝을 맺지 못하는 은소소의 어깨를 남편이 토닥거려주었다.

"당신 말이 맞소. 이제 우리한테 아기가 생겼으니까 예전처럼 목숨 걸고 싸울 수는 없소. 조용히 잘 있으면 모르거니와 또다시 발작을 일으키면 어쩔 수 없잖소? 죽여버리는 수밖에……. 눈이 멀었으니 우리를 끝내 어쩌지는 못할 거요."

아기를 가진 뒤부터 은소소는 마음씨가 착하고 어질어졌다. 옛날 처녀 적에는 외눈 하나 깜짝하지 않고 한꺼번에 수십 명씩이나 죽이고도 거리낌이 없었다. 그런데 이제는 들짐승 한 마리 잡는 것도 차마 손을 대지 못했다. 언젠가 한번은 장취산이 어미 사슴 한 마리를 산 채로 잡아온 일이 있었는데, 새끼 사슴이 졸랑졸랑 백곰 동굴까지 따라왔다. 은소소는 그것이 애처로워 어미 사슴을 놓아주라고 남편에게 고집을 부렸다. 그 덕분에 부부는 이틀 동안 과일만 먹고 지내야 했다. 그런데 이제 남편에게서 사손을 죽여야 한다는 말을 듣자 자신도 모르게 몸이 먼저 떨려왔다.

장취산은 아내가 자기 품에 기댄 채 몸이 파르르 떨리는 것을 보고 이내 그 심사를 알아챌 수 있었다. 그는 아내에게 부드럽고도 따사로운 미소를 보이며 이렇게 위안해주었다.

"나도 그가 발광하지 않기를 바라는 마음뿐이오. 그 사람을 꼭 해칠 생각은 없소. 하나 만약의 경우를 대비해서 조심하지 않으면 안 된다는 거요. 옛말에도 '남을 해칠 마음을 품어서는 안 되지만, 남이 나를 해칠까 방비하는 마음가짐도 없어선 안 된다害人之心不可有 防人之心不可無' 하지 않았소?"

"맞아요. 하지만 그가 발작을 일으키면 어쩌죠? 음식물을 갖다줄 때 손을 좀 써놓을까? 독물 같은 것이 있으면 좋을 텐데……. 아니야, 아냐! 어쩜 그 사람은 발작하지 않을지도 몰라. 우리가 공연히 의심하는 건지도 몰라요!"

"내게 좋은 생각이 있소. 우리 내일부터 동굴 안쪽으로 더 들어갑시다. 동굴 어귀에 구덩이를 깊이 파서 그 위에 털가죽을 살짝 덮어놓고 부드러운 흙을 뿌려놓으면 함정이 되는 거요."

"괜찮은 방법이긴 하지만, 당신은 날마다 사냥하러 나가는데 바깥에서 일을 당하면 어쩌죠?"

"나 혼자서는 얼마든지 피해 달아날 수 있소. 상황이 나쁘면 가파른

절벽으로 올라가면 되니까. 눈먼 사람이 어떻게 그리로 쫓아 올라올 수 있겠소?"

다음 날 아침이 되자 그는 동굴 어귀 바깥에서 함정을 파기 시작했다. 삽도 없고 곡괭이나 호미 같은 것도 없는 터라 비슷하게 생긴 나뭇가지를 골라서 곡괭이 삼아 땅을 파자니 힘은 배로 들고 효과는 절반밖에 나지 않았다. 다행히도 공력이 두터워 꼬박 이레 동안 고생한 끝에 깊이 30척쯤 되는 구덩이를 파는 데 성공했다.

이 무렵, 사손의 심기는 갈수록 나빠졌다. 동굴 바깥에 모습을 드러냈다 하면 도룡도를 휘둘러가며 혼자서 미친 듯이 춤을 추기 일쑤였다. 그 광경을 보면서 장취산은 더욱 열심히 구덩이를 파 들어갔다. 적어도 50척 정도까지 파놓고 그 밑바닥에 끝을 뾰족하게 깎은 말뚝을 여럿 박아놓을 작정이었다. 함정 밑바닥 폭은 좁게, 아가리는 넓게 만들어 그가 동굴 안에 들어와 은소소를 해칠 마음이 없다면 혹 모르거니와 일단 동굴 안에 발을 들여놓았다가는 영락없이 함정에 떨어져 날카로운 말뚝에 찔리고 다시는 기어오르지 못하게 만들 생각이었다. 그것만으로도 마음이 불안해서 함정 둘레에 큼지막한 돌을 적잖이 쌓아두었다. 그가 일단 함정에 빠져들면 그것들을 던져넣어 다소나마 상처를 입힐 생각에서였다.

그날 오후, 사손이 백곰 동굴 바깥 30~40척쯤 되는 주변을 어슬렁거리며 돌아다니기 시작했다. 장취산은 그가 낌새를 챌까 두려워 구덩이 파기를 중단했다. 일손을 놓기는 했지만 바깥으로 사냥을 나가지는 않고 동굴 한 곁에 지켜 서서 유심히 동태를 엿보았다.

동굴 주변을 오락가락 서성거리면서 사손은 입을 쉬지 않고 욕설과 악담과 저주를 퍼붓고 있었다. 처음에는 하늘의 옥황상제부터 욕하더니 점점 갈수록 대상이 바뀌어 서방세계 부처님, 동해 관음보살, 지옥의 염라대왕을 거쳐 다시 중원으로 옮겨가더니 삼황오제三皇五帝•를 지나고 요堯임금, 순舜임금, 우왕禹王, 탕왕湯王, 또 진시황에서 당나라 태종에 이르기까지, 그것도 모자라 춘추시대 공자, 맹자, 삼국시대 관운장, 송나라 말엽의 명장 악비 이름까지 들먹여가며 역사상 유명한 성현들과 영웅호걸에게 악담과 욕설 저주를 흠씬 퍼부었다. 워낙 배운 것도 많고 식견도 너른 터라 욕을 얻어먹고 저주를 받는 대상도 무척 많아, 장취산에게는 아주 흥미진진한 얘깃거리로 들렸다.

사손은 갑자기 대상을 바꾸어, 이번에는 무림계 인물들을 욕하기 시작했다. 삼국시대 명의 화타華佗••가 '다섯 종류 날짐승 놀이五禽之戲'를 창설한 것부터 시작해서 소림파의 달마조사, 또 무목왕武穆王으로 추존된 악비 장군의 신권산수神拳散手마저 그에겐 한 푼의 값어치도 없는 쓰레기로 매도당하고 말았다. 하지만 그는 무턱대고 욕설을 퍼붓는

• 삼황은 중국 상고시대 전설적 제왕으로, 통상 인간에게 처음 고기잡이·사냥·목축을 가르쳤다는 복희伏羲, 천재지변을 다스려 인간을 구원했다는 여왜女媧, 농업과 의약을 발명했다는 신농神農을 가리킨다. 오제는 고대 전설상의 신령을 오행에 따라 인간화한 제왕들로, 쇠를 상징하는 소호少昊, 물을 상징하는 전욱顓頊, 나무를 상징하는 제곡帝嚳, 불을 상징하는 당요唐堯, 흙을 상징하는 우순虞舜을 가리키기도 하고, 또는 빛깔과 방위에 따라 동방의 창제蒼帝, 남방의 적제赤帝, 중앙의 황제黃帝, 서방의 백제白帝, 북방의 흑제黑帝를 가리키기도 한다.

•• 화타(?~208): 한나라 때의 의학 전문가. 내·외과 및 부인과·소아과를 두루 통달했으나 특히 외과에 정통했다. 2세기경 이미 '마비산麻沸散'이란 마취약을 처음 만들어 환자를 수술했으며 호랑이와 사슴, 원숭이, 곰, 날짐승의 동작으로 본뜬 '오금희五禽戲'란 무공을 창안해 신체 단련과 체질을 강화하는 방법을 전파하기도 했다. 삼국시대 조조의 진영에 종군하라는 소집령에 불응한 죄로 죽임을 당했다. 의학 서적을 많이 저술했으나, 현존하는 것으로《중장경中藏經》이 남아 있다.

게 아니라, 강호 무림계 각 문파의 결점을 조목조목 낱낱이 들춰 비판해가며 깎아내릴 때는 정문일침頂門一鍼으로 조리 정연하게 꼬집어내고 있었으니 실로 대단한 식견이 아닐 수 없었다.

무인武人에 대한 욕설은 멀리 당나라 때부터 송나라를 거쳐 차츰 남송 말년까지 내려왔다. 동사東邪, 서독西毒, 남제南帝, 북개北丐, 중신통中神通 다섯 원로부터 차례차례 욕을 하니 그다음에는 곽정 대협, 황용 여협, 신조대협 양과, 소용녀 부부까지 내려갔다. 그러고는 느닷없이 무당파 개산조사開山祖師 장삼봉에게 욕설을 퍼붓기 시작하는 것 아닌가! 다른 사람은 몰라도 자기 스승이 구정물을 뒤집어쓰듯 욕을 먹었으니 장취산이 분개하지 않을 까닭이 어디 있으랴? 그래서 입을 열어 반박하려는데, 사손이 돌연 벼락 치듯 호통을 치면서 그 앞으로 달려왔다.

"장삼봉은 사람값에도 못 가는 늙은이다! 그 제자 장취산이란 놈은 더욱 아무것도 아니지! 그 마누라는 내 눈을 다쳐 멀게 했으니 나도 그놈의 마누라를 목 졸라 죽이고야 말 테다!"

장취산은 일순 긴장했다. 자기가 숨어 있는 기척을 알아채고 덤벼드는구나 싶어 얼른 피했을 때, 사손은 벌써 그 곁을 스쳐 동굴 안으로 뛰어들고 있었다.

'아뿔싸, 큰일 났구나!'

장취산은 속으로 비명을 지르면서 황급히 그 뒤를 따라붙었다.

"우지직!"

함정 아가리에 가로 걸쳐놓았던 나무 가장귀 부러지는 소리가 들렸다. 뒤미처 사손의 육중한 몸뚱이가 털가죽 흙모래와 함께 구덩이 속으로 푹 빠져 들어갔다. 그러나 밑바닥에 아직 뾰족한 말뚝 꼬챙이를 박아놓지 않았기 때문에 함정 속으로 굴러떨어지기는 했어도 다치지는 않았다. 하지만 너무나 뜻밖의 일이라 사손 역시 이만저만 놀란 게 아니었다.

장취산은 허겁지겁 손길 닿는 대로 땅을 파던 나뭇가지를 집자마자, 이제 막 구덩이 밑바닥을 박차고 뛰쳐나오려는 사손의 머리통에 통렬한 일격을 가했다. 하나 사손의 귀는 이미 바람 가르는 소리를 듣고 왼손을 덥석 내뻗기가 무섭게 나뭇가지를 움켜잡고 아래로 냅다 끌어당겼다. 그 엄청난 뚝심에 이기지 못한 장취산이 엉겁결에 나뭇가지를 놓쳐버렸으나, 사손 역시 제 힘에 못 이겨 도로 함정 밑바닥에 굴러떨어지고 말았다. 장취산은 화끈거리는 아픔에 손바닥을 굽어보다가 저도 모르게 혀를 내둘렀다. 얼마나 세게 잡아당겼는지, 손아귀가 찢기고 나무껍질에 쓸린 손바닥은 온통 피투성이가 되어 있었다. 실로 대단한 뚝심이었다.

은소소는 지금 해산의 막바지에 시달리고 있었다. 진통은 아침나절부터 시작되었으나, 사손이 동굴 바깥에서 떠나지 않고 서성거리는 바람에 아직껏 남편에게 알리지 못하고 있었다. 자신이 진통 중에 있다는 사실을 사손이 알아챘다가는 더욱 난폭하게 발광할까 봐 두려웠던 것이다. 그녀는 남편이 손바닥을 다치고 무엇을 어떻게 해야 좋을지 모른 채 허둥거리는 것을 발견했다. 사손은 함정에서 금방이라도 뛰쳐나올 듯 으르렁대고 있었다. 실로 위험천만한 순간이었다. 그녀는 아랫배를 쥐어뜯는 복통을 무릅쓰고 몸을 일으켜 머리맡에 세워두었던 장검을 집어 남편에게 던져주었다.

칼자루를 잡은 장취산은 그 다급한 와중에도 먼저 속셈부터 했다.

'금모사왕의 무공은 나에 비해 너무나 높다. 이제 그가 재도약했을 때 장검으로 후려 찍는다면 보나마나 한 자루밖에 없는 병기마저 빼앗기고 말 것이다. 그럼 어떻게 할까? 옳거니, 두 눈이 멀었으니 내 병기를 빼앗으려면 공기를 가르는 바람 소리를 듣고 나서 내 초식의 향방을 알아챌 수 있을 것이다. 그렇다면 이쪽도 소리가 나지 않게 기습을 가하는 수밖에!'

그는 사손이 뛰어오를 만한 위치를 가늠해놓고 칼끝을 가만히 그 머리 부분쯤 되는 곳을 어림잡아 수직으로 겨냥했다. 그러고는 꼼짝달싹 않은 채 조용히 기다렸다.

이윽고 사손이 도약 자세를 잡더니 다시 한번 맹렬한 기세로 힘차게 뛰어올랐다. 예상한 대로 머리통은 바로 칼끝 아래 나타났다. 장검이 꼼짝달싹도 않으니 소리가 날 턱이 없었다. 제아무리 뛰어난 무공의 소유자라 하더라도 이것을 무슨 수로 알아챈단 말인가? "철썩!" 하는 소리가 들린 다음 순간, 사손의 놀란 외마디 소리가 구덩이 속에 꽉 들어차게 메아리쳤다.

"우와앗!"

칼끝은 이미 정수리 바로 아래 이마를 찌르고 반 치 깊이나 들어갔다. 하지만 사손의 임기응변 역시 기가 막히게 빨랐다. 칼끝이 정수리에 닿는 찰나, 즉각 머리통을 뒤로 젖히는 것과 동시에 천근추 수법으로 두 다리에 최대한의 무게를 주어 또다시 구덩이 밑바닥으로 떨어져 내렸다. 만약 초식 변화가 털끝만치라도 늦었더라면 칼끝은 여지없이 뇌문腦門을 꿰뚫었을 것이다. 기민한 임시변통으로 요행히 죽음은 모면했으나, 머리통에는 이미 중상을 입었다. 상처에서 흘러내린 선지

피가 얼굴을 뒤범벅으로 만들고, 이마에 박힌 장검은 끊임없이 부르르 떨리고 있었다.

사손이 장검을 뽑아내더니 옷깃을 부욱 찢어 상처를 싸맸다. 머릿속에 핑그르르 현기증이 이는 것을 보니 상처가 가볍지 않은 듯했다. 미치광이 증세도 이미 발작을 일으킨 상태였다. 그는 허리춤에 차고 있던 도룡도를 뽑았다. 그러고는 춤을 추듯 머리 위에서 칼을 마구잡이로 휘둘러 정수리 급소를 보호하면서 세 번째 도약 자세를 취했다. 그가 뛰어오르자 장취산은 준비해두었던 큼지막한 돌덩어리를 번쩍 들어 정신없이 내던지기 시작했다. 하나 돌은 집어 던질 때마다 모조리 도룡도 칼날에 튕겨 맥없이 굴러떨어졌다. 캄캄한 구덩이 속에서 희뜩희뜩 빛나는 칼날의 서슬이 순식간에 구덩이 위로 뻗쳐올랐다. 이윽고 함정에서 뛰어나온 사손이 곧바로 장취산을 향해 덤벼들었다.

장취산은 한 걸음 한 걸음 뒤로 밀려갔다. 그의 가슴엔 절망감이 밀려들었다. 이제 사랑하는 아내 은소소와 함께 죽는 일만 남았다. 아직 세상에 태어나지 않은 아기 역시 눈 한 번 떠보지도 못하고 죽어야 한다니 그저 참담할 뿐이었다.

신지神智를 잃어버린 상태에서도 사손은 이들 부부가 앞 못 보는 자신 곁을 빠져 달아날까 봐 한 손에는 장검을, 다른 손에는 도룡도를 들고 상하좌우로 마구 휘둘러가며 몰아붙였다. 저들이 일단 동굴 바깥으로 빠져나가는 날엔 뒤쫓아 잡을 도리가 없기 때문이었다. 쌍칼의 춤은 동굴 속 사방 둘레 20척 이내를 완전히 봉쇄해버렸다. 장취산이든 은소소든 그 칼부림을 뚫고 빠져나간다는 것은 하늘의 별 따기보다 더 어려운 일이었다.

그때 갑자기 이상한 소리가 동굴 안에 울려 퍼졌다.

"응애……!"

갓난아기의 울음소리였다. 사손의 칼춤이 흠칫하더니 전극電極에라도 맞은 듯 몸뚱이가 부르르 떨리면서 발걸음이 우뚝 멈춰 섰다.

"응애……! 응애……!"

사손이 고개를 갸우뚱하고 갓난아기의 울음소리에 귀를 기울였다.

장취산 부부는 죽음이 임박한 줄 아는 터라 둘이서 꼭 껴안은 채 더는 사손 쪽을 거들떠보지도 않았다. 그들은 이제 갓 세상에 태어난 아기를 내려다보았다. 사내아이였다. 아기는 손발을 그칠 새 없이 꼼지락거리면서 계속 큰 소리로 울어댔다. 두 사람은 입을 꾹 다문 채 말이 없었다. 곁눈질 한 번 하지 않고 마음속으로 하늘에 감사를 드릴 따름이었다. 하늘은 끝끝내 자기네 부부가 살아 있는 동안 이 갓난아기를 보게 해주었다. 이들 부부는 지금 이 순간 그저 마음이 흡족할 뿐 더는 자기네 운명을 생각하고 있지 않았다. 이 갓난아기가 죽지 않을 수만 있다면 더 바랄 것이 없으리라. 하나 그것은 절대로 불가능한 일일 것이다. 그들은 이제 그 소원마저 염두에 두지 않았다.

"응애……! 응애……!"

갓난아기는 그치지 않고 울음을 터뜨렸다. 그 울음소리가 사손의 뇌리에 스며들면서 타고난 양지良知를 격발시켰다. 돌연 광포한 정신병이 눈 녹듯 스러지고 그 대신 머릿속이 밝아지기 시작했다. 제일 먼저 떠오른 것은 자기네 일가족이 몰살당한 장면이었다. 생기발랄하게 뛰놀던 철부지 아들은 세 살도 못 되어 원수의 독수를 벗어나지 못하고 참혹하게 죽임을 당했다. 이제 이 갓난아기의 울음소리는 기억 속에 잠자고 있던 무수한 과거사를 모조리 끌어내고 있었다. 부부간의 애틋한 사랑, 어린 아들과 아비 사이의 그리운 정, 흉악한 원수의 잔인무도한 손길……. 그 손길이 죄 없는 어린 아들을 땅바닥에 태질쳐서 핏덩어리로 만들지 않았던가! 온갖 심혈을 다 기울이고 전심전력을 다 쏟아부었어도 복수할 길이 없었다. 비록 무림지존이라 일컫는 도룡도를 천신만고 끝에 얻었지만, 칼 속에 파묻힌 비밀은 끝끝내 밝혀내지 못한 채 장님이 되어버리지 않았는가! 눈먼 장님이 천지조화의 비밀을 알아낸들 무슨 소용이 있으랴?

온갖 즐겁고 고통스러운 상념이 머릿속에 소용돌이치는 동안 그는 넋을 잃은 채 멍하니 서 있었다. 그의 얼굴에는 따사로운 미소, 기쁨에 들뜬 웃음이 떠오르다가 이내 입술을 악물고 어금니를 갈아붙이는 처절한 표정으로 일그러졌다.

이 순간만큼 장취산과 은소소 부부, 금모사왕 세 사람은 바야흐로 죽음과 삶의 갈림길에서 방황하고 있었다. 그러나 이 세상에 처음 태어난 갓난아기가 터뜨린 첫 번째 고고성呱呱聲이 이들 세 사람의 온 정신을 자신에게 집중시켜놓고 있었다.

갑자기 사손이 입을 열어 물었다.

"사내아인가, 계집아인가?"

"사내아이입니다."

"그래? 탯줄은 끊었나?"

"아차, 그렇지! 탯줄을 끊어야겠군요. 깜빡 잊고 있었습니다."

사손은 말없이 장검의 칼자루를 장취산에게 건네주었다.

칼을 받아 들고 갓난아기의 탯줄을 끊으면서 장취산은 그제야 사손이 이미 자기네 부부 곁에 가까이 와 있다는 사실을 깨달았다. 그러면서도 아직껏 독수를 쓰지 않고 있었다. 이상하다 싶어 흘깃 돌아보니 사손의 피투성이 얼굴에는 정겨운 기색, 아기를 걱정하는 기색이 가득 차 있을 뿐 아니라, 어떻게 해서든지 뭔가 거들어주고 싶은 표정이 역력했다.

"아기를 내게 안겨줘요."

기진맥진한 은소소가 나지막하게 말했다. 장취산은 얼른 아기를 안아 엄마 품에 안겨주었다.

"자네, 더운물을 끓여놓았는가? 아기 목욕을 시켜줘야지."

사손의 목소리가 다시 들려왔다. 장취산은 손으로 제 이마를 탁 치며 실소를 터뜨렸다.

"이 정신 나간 것 좀 봤나. 아무것도 준비해놓지 않았다니 정말 쓸모없는 아빠로군!"

그러고는 물을 끓이려 바깥으로 뛰쳐나가려다 사손의 철탑 같은 몸집이 갓난아기 앞에 우뚝 서 있는 것을 보고 저도 모르게 가슴이 뜨끔해졌다.

그런 낌새를 눈치챘는지 사손이 먼저 입을 열었다.

"자넨 부인과 아기를 돌보고 있게. 물은 내가 끓여오지."

그는 도룡도를 허리춤에 꾹 질러 넣더니 동굴 바깥으로 달려 나갔다. 구덩이가 있는 곳은 훌쩍 도약해서 건너갔다.

한참 만에 사손은 정말 오지항아리에 더운물을 담아 돌아왔다. 장취산은 말없이 갓난아기를 그에게 넘겨주어 목욕시켰다.

목욕을 씻기면서 사손은 아기의 울음소리가 우렁찬 것을 듣고 물었다.

"엄마를 닮았나, 아빠를 닮았나?"

장취산이 그제야 빙그레 웃으며 조용히 대꾸했다.

"아무래도 엄마를 닮은 것 같습니다. 별로 살찌지도 않았고 얼굴이 갸름하거든요."

그러자 사손이 한숨을 내리쉬면서 나지막하게 속삭였다.

"다 자라서 복도 많고 수명도 길고, 고생은 좀 덜했으면 좋으련만……."

은소소가 힘없는 목소리로 사손에게 물었다.

"사 선배님, 아기 관상이 썩 좋지 않은가요?"

"그렇다는 건 아닐세. 하지만 아기가 자넬 닮았다면 너무 예쁘고 잘생겨서 복이 두텁지 못할까 봐 그러네. 장차 어른이 되어 세상에 나갈 때 여난女難과 액운이 많이 따르게 될지도 모르거든."

이 말에 장취산이 어이가 없어 웃음을 지었다.

"선배님께선 너무 멀리 내다보시는군요. 우리 넷이 지금 어디 있습니까. 북극 황량한 무인도에서 평생 살다 죽을 텐데, 인간 세상에 다시 나갈 때가 언제 있겠습니까?"

그러자 은소소가 다급한 목소리로 반대했다.

"그럴 수는 없어요! 우리는 돌아가지 못해도 괜찮지만, 이 아기는 안 돼요. 몇십 년 후, 우리 셋이 다 죽고 나면 누가 이 아이의 반려자가 되겠어요? 다 자라서 어른이 된 뒤에 어떻게 아내를 맞아들이고 자식을 낳아 기를 수 있단 말이에요?"

그녀는 어릴 적부터 부성父性을 이어받아 천응교 안에서 보고 듣는 것이 모두 잔혹하고 악독한 일뿐이었다. 그래서 하는 짓마다 모질고 악랄한 것이 몸에 배어왔다. 그런데 장취산과 부부로 맺은 이후부터는 차츰 선한 것을 따르게 되고 이제 한 아이의 엄마 노릇을 하게 되자 마음속에 자애로움이 저절로 우러나, 모든 것을 한마음 한뜻으로 아이만을 위해 생각하기 시작한 것이다.

남편이 측은한 기색으로 아내를 굽어보면서 자상하게 그녀의 머리카락을 쓸어 넘겨주었다. 그러면서 속으로 생각했다. '이 황막한 무인도에서 중원 땅까지 아득한 천만 리 길인데, 무슨 수로 돌아갈 수 있단 말인가?' 그러나 사랑하는 아내가 마음 아파할까 봐 차마 그 말을 입 밖에 내지는 못했다.

"아기 엄마의 말이 옳네. 우리 세 사람이야 이런 곳에서 평생 살아도 괜찮겠지만, 어떻게 이 아기까지 황량한 무인도에서 늙어 죽을 때까지 살게 한단 말인가? 장 부인, 걱정 말게. 우리 셋이서 지혜를 짜내 이 아이가 중원 땅으로 돌아갈 수 있도록 힘써보세."

은소소는 너무나 기뻐 누운 자리에서 안간힘을 쓰며 일어났다. 깜짝 놀란 장취산이 얼른 손을 내밀어 부축했다.

"소소, 왜 이러는 거야? 어서 편안히 누워 있어요."

"아니에요, 우리 다 같이 사 선배님께 큰절을 드려야 해요. 이분의 크나크신 은덕에 감사를 드려야지요."

사손이 당황해서 손사래를 쳤다.

"아닐세. 그러지 말게. 이러나저러나 아기 이름은 지었는가?"

"아직 짓지 못했습니다. 선배님께선 박학다식한 분이니까, 이름을 하나 지어주시지요."

"으음, 좋은 이름을 지어야 할 텐데, 어디 내가 한번 잘 생각해봄세."

사손이 깊은 생각에 잠기는 것을 보고, 은소소는 퍼뜩 머리에 떠오르는 것이 하나 있었다. '이 괴걸이 내 아기를 좋아하니 참으로 보기 드문 기회다. 이 아기를 제 자식처럼 여기고 있다면 이 섬에서 사는 동안 해칠 걱정은 하지 않아도 될 것이다. 설령 광기가 재발하더라도 갑작스레 아이한테 독수를 쓰지는 않겠지?'

생각이 여기에 미치자 그녀는 사손에게 애절한 말씨로 간청했다.

"사 선배님, 저희가 한 가지 부탁드릴 일이 있는데, 거절하지 말아주세요."

"무슨 일인지, 말씀해보시게."

"이 아기를 선배님 양자로 거두어주세요. 이 아이가 자라서 선배님을 친아버님처럼 봉양해드릴 수 있게 말이에요. 선배님이 돌봐주시면 이 아이는 일생 동안 다른 사람에게 수모를 당하는 일이 없을 거예요. 어떠신가요?"

장취산은 아내의 애틋한 속마음을 충분히 알 수 있었다. 그래서 얼른 맞장구를 치고 나섰다.

"정말 좋은 생각이오. 사 선배님, 저희 부부를 저버리지 않으신다면 제발 수락해주십시오. 이 후배가 간곡히 부탁드립니다."

장취산 부부의 애원을 들으면서 사손은 갑작스레 얼굴을 일그러뜨리며 비통한 표정이 되었다.

"내 친아들은 원수의 손에 무참하게 죽었네. 형체도 알아볼 수 없을 만큼 핏덩이가 되고 말았지……. 자네들은 그런 걸 본 적이 있나?"

장취산과 은소소는 서로를 바라보았다. 말투 속에 다분히 미친 기운이 감돌았기 때문에 불안해진 것이다. 하지만 그가 그토록 처참한 일을 겪었다고 생각하니 자신들도 모르게 측은한 감이 들었다.

사손이 다시 쓰디쓴 웃음을 지었다.

"그 아이가 죽지 않았다면, 장차 내 일신의 무공을 전해주었을 걸세. 흐흐흐…… 그랬으면 아마 그 아이가 지금쯤 자네들 '무당칠협'보다 못하진 않았을 거야."

처량한 가운데 오기와 자부심이 서려 있는 말투였다. 또 그 속에는 이루 형언하기 어려운 적막감과 서글픔이 깃들어 있었다.

장취산과 은소소는 부지불식간에 후회가 들었다. 만약 그날 빙산에서 이 사람의 눈을 멀게 하지 않았던들, 우리 넷이 이 황량한 무인도에서 아무 걱정 근심 없이 살아갈 수 있었을 게 아닌가?

한동안 세 사람은 무거운 침묵에 잠긴 채 아무 말도 하지 않았다.

그렇게 시간이 얼마나 흘렀을까, 장취산이 비로소 입을 열었다.

"사 선배님, 이 아이를 양자로 거두어주신다면 저희가 이 아이의 성을 사씨로 고쳐 부르겠습니다."

이 제안을 받는 순간, 사손의 얼굴에 한 가닥 기쁜 빛이 스쳤다.

"자네들, 이 아이의 성이 사씨가 되어도 좋단 말인가? 죽은 내 아들 이름이 무기無忌였지. 사무기!"

"정 좋으시다면 우리 모두 이 아이를 사무기라고 부르지요."

뜻하지 않은 기쁨에 사손은 입이 저절로 벌어졌다. 하나 장취산이 그 말을 후회할까 봐 얼른 다짐을 두었다.

"이 아이를 내게 주어버리면 자네들은 어쩔 셈인가?"

"성이 사씨든 장씨든 상관없이 저희들은 이 아이를 똑같이 아끼고 사랑해줄 겁니다. 훗날 자라서 부모에게 효성을 다하고 양부님께 존경과 사랑을 바친다면 친분이 어떻든 간에 좋은 일 아니겠습니까. 소소, 그대 생각은 어떤가?"

남편의 물음에 은소소는 잠시 머뭇거리더니 이내 응답했다.

"당신이 좋으시다면 저도 좋아요. 이 아이를 사랑해주실 어른이 한 분 더 늘어났으니 그만큼 더 좋은 셈이지요."

사손이 이마가 땅에 닿도록 허리 굽혀 장취산 부부 앞에 읍례를 했다.

"이거야말로 내가 자네들한테 감사드려야겠네. 내 눈을 멀게 한 원한은 우리 이것으로 깨끗이 잊어버리세. 나 사손은 비록 친아들을 잃었으나 이제 아들을 새로 얻었으니, 장차 사무기는 천하에 명성을 떨치게 될 걸세. 앞으로 세상 사람들은 사무기의 부모가 장취산과 은소소요, 양부는 금모사왕 사손이란 사실을 분명히 알게 될 거야!"

방금 은소소가 머뭇거린 까닭은 딱 하나였다. 진짜 사무기는 남의 손에 태질쳐서 핏덩어리가 되도록 처참한 죽임을 당했다. 그런데 그토록 비참하게 죽은 아이의 이름을 자기 아들에게 붙여준다니 어딘가 모르게 불길한 느낌을 지울 수가 없었던 것이다. 하나 사손이 저토록 미칠 듯이 기뻐하는 모습을 보니 이 아이에 대해 누구보다 더 큰 사랑을 베풀어줄 것이 분명했고, 또 그만큼 아이에게 여러모로 좋은 일이 생길 거라고 자신을 달랬던 것이다. 자기 자식을 사랑하는 어미의 마음은 구석구석 미치지 않는 곳이 없을 정도였다. 자식에게 이익이 되는 일이라면 무엇이든지 다 해낼 수 있는 것이 어버이의 마음인 것이다.

"자, 안아보세요!"

그녀가 사손에게 아기를 내밀었다. 사손은 두 손으로 받아 안았다.

얼마나 기쁨에 겨웠는지 눈물이 왈칵 쏟아져 나오고, 아기를 안은 두 팔이 부르르 떨렸다.

"자네, 어서…… 어서 아기를 받아가게. 내 이 모양 이 꼴에 아기가 놀라겠네."

갓 태어난 아기가 눈도 뜨지 못했는데 무엇을 알아보랴. 그러나 사손은 아기를 너무나 사랑한 나머지 그런 말까지 한 것이다.

은소소가 손을 내미는 대신 방그레하니 미소를 지었다.

"좋으시다면 오래 안고 계세요. 아이가 자라거든 사 선배님께서 데리고 놀러 다니셔도 좋고요."

"음, 좋고말고! 아주 좋은 일이지!"

그는 아기가 극성스럽게 우는 것을 보자 당황한 나머지 서둘러 어미에게 넘겨주었다.

"배가 고픈 모양일세. 얼른 젖을 먹여야겠네. 난 바깥에 나가 있을 테니까."

두 눈이 멀었으니, 보는 앞에서 젖을 먹인다 한들 보일 리가 없을 터였다. 하나 지금은 포악하게 발광을 떨던 사손이 아니었다. 그는 지금 기품 있고 예의 바른 점잖은 선비로 되돌아가 있었다.

"사 선배님!"

장취산이 격한 감동을 이기지 못하고 말끝을 흐렸다.

"아니지. 우리가 한집안 사람이 되었는데, 선배니 후배니 따지면 너무 서먹하지 않은가? 여보게, 아우님! 제수씨! 날 형님이라고 불러보지 않겠나?"

이 말을 듣고 은소소가 환하게 웃으며 대꾸했다.

"제가 먼저 부르죠. 큰오라버니! 시숙님! 우리는 이제 의형제를 맺은 남매지간이 되었어요. 이 사람이 또 오라버니더러 '선배님!' 하고 부르면, 나도 이 사람한테는 선배가 되는 셈 아니겠어요?"

아내가 이렇게까지 나오니, 장취산도 마지못해 그 뜻을 받아들였다.

"그렇다면 저도…… 형님 분부대로 따르겠습니다."

은소소가 다시 한 가지 제안을 했다.

"우리가 의형제를 맺었으니, 며칠 지나서 제 몸을 추스를 수 있게 되거든 다 같이 하늘에 고유제告諭祭를 지내는 게 어때요? 무기는 양부님께 첫인사를 올리고, 저희는 큰오라버니께 첫인사를 드리고……."

사손이 껄껄대고 웃었다.

"대장부 말 한마디면 한평생 바뀌지 않는 법인데, 하늘땅에 제사 따위를 뭐 하러 지내나? 저 망할 놈의 하늘은 제구실도 못 하는데……. 나 금모사왕 사손이 제일 미워하는 것이 하늘과 땅일세!"

그러고는 기분 좋게 활갯짓을 하면서 동굴 바깥으로 뚜벅뚜벅 걸어 나갔다. 잠시 후, 탁 트인 벌판에서 목청껏 통쾌하게 터뜨리는 웃음소리가 들려왔다.

장취산과 은소소는 사손을 만난 이래, 그가 그토록 기뻐하는 모습을 본 적이 없었다.

그로부터 세 사람은 전심전력으로 아기를 키웠다. 젊었을 적 사냥꾼이던 사손은 '금빛 갈기털을 가진 사자왕'이라는 별명답게 들짐승을 잡아 길들이는 솜씨가 천하무쌍이었다. 장취산은 빙화도 안의 지형을 그에게 자세히 일러주었다. 사손은 그 설명대로 섬 주변을 한 바퀴 돌아보고 나서 단단히 머릿속에 담아두었다. 그 뒤부터 사냥은 사손 몫이었다.

눈 깜짝할 사이에 몇 년이 지났다. 세 사람은 평온무사하게 섬 생활을 보냈다. 어린 사무기는 별 탈 없이 튼튼하게 자랐다. 세 사람 가운데 사손이 생부모보다 무기를 더 아끼고 사랑해주었다. 아이가 너무 투정을 부리고 개구쟁이 짓을 저질러 장취산이나 은소소가 꾸짖고 때리려 할 때마다 번번이 사손이 말리고 역성을 들어주었다. 그런 일이 몇 번 거듭되면서 무기란 녀석은 사손을 믿고 제 부모가 성을 내어 야단치려 할 때면 양부에게 달려가곤 했다. 장취산 부부는 절레절레 고개를 내저으면서 쓴웃음을 지었다. 그리고 형님이 아이를 버릇없이 응석받이로 키운다고 투덜대며 돌아서곤 했다.

무기가 네 살이 되자 은소소는 글씨를 가르치기 시작했다. 그리고 다섯 살 되던 날, 장취산은 사손에게 부탁을 했다.

"형님, 아이가 무술을 배울 때가 된 것 같습니다. 오늘부터 가르쳐주시지요."

사손이 고개를 내저었다.

"아닐세. 내 무공이 너무 깊고 무거워 어린아이가 깨칠 수가 없을 걸세. 역시 자네가 무당심법武當心法부터 가르치게. 무기가 여덟 살이 되거든 내가 다시 가르치겠네. 2년만 가르치면 그때는 자네들도 돌아갈 수 있을 걸세."

"우리가 돌아갈 수 있다 하셨습니까? 중원 땅으로 돌아간다고요?"

은소소가 뜨악한 기색으로 묻자 그는 차근차근 생각한 바를 털어놓았다.

"나는 지난 몇 년 동안 날마다 이 섬의 풍향과 조류를 유심히 살펴보았네. 해마다 어둔 밤이 가장 길 때 북풍이 불어와 수십 일 동안 밤낮없이 그치지 않더군. 뗏목을 만들어 돛을 달고 그 바람을 타면 자네들은 중원 땅으로 돌아갈 수 있을 걸세. 저 빌어먹을 놈의 하늘이 훼방만 놓지 않는다면 말일세."

"우리들만요? 그럼 시아주버니는 같이 안 가신단 말씀인가요?"

"두 눈이 멀었는데, 중원 땅에 돌아가서 뭘 하겠나?"

그러자 장취산이 딱 부러지게 고개를 흔들었다.

"형님 혼자 남겨두고 저희끼리만 갈 수는 없습니다. 혼자 사시는 건 용납 못 해요. 아이 녀석도 그냥 있지 않을 겁니다. 형님이 안 가시면 누가 그 녀석의 응석을 받아주겠습니까?"

"나는 그동안 무기와 함께 있었던 것만으로도 만족하네. 저 빌어먹을 놈의 하늘이 끝까지 내 일에 훼방을 놓았는데, 아이가 너무 오래 나하고 같이 있으면 망할 놈의 하늘이 무기 녀석한테까지 화를 입힐지도 모르는 일일세."

섬뜩한 얘기에 은소소는 저도 모르게 몸서리를 쳤다. 하나 입에서 나오는 대로 한 말이라 더는 마음에 담아두지 않았다.

장취산은 무기에게 기본적 내공만을 가르쳤다. 나이도 어린 데다 몸만 튼튼하면 충분하다고 생각했다. 또 이 무인도에서는 누구와 싸울 일도 없었다.

그 뒤로 사손은 중원에 돌아가는 일을 다시 거론하지 않았다. 어떻게 보면 한때 흥이 난 김에 한 소리라, 꼭 그 말대로 바람이 불고 해류가 바뀔 것인지 장담할 수도 없는 일이었다.

무기가 여덟 살이 되자 사손은 과연 약속대로 무공을 가르치기 시작했다. 무공을 전수할 때 그는 장취산 부부가 곁에서 지켜보는 것을 허락하지 않았다. 두 사람도 무림의 엄격한 규율을 지켜 일부러 멀찌감치 피했다. 무기가 익히는 무공 진도에 대해서도 결코 시험해보지 않았다. 그저 사손이 어린것에게 고명하고 기이한 절학을 가르치고 있으려니 믿을 따름이었다.

무인도에서의 평온무사한 나날은 물같이 흘러 또다시 1년이 지났다. 무기가 세상에 태어난 뒤로 사손은 단 한 차례도 광기가 발작하지 않았다. 도룡도의 비밀 때문에 고민하거나 번뇌하는 일도 없었다.

어느 날 밤늦도록 잠을 이루지 못한 장취산은 바닷가로 산책을 나갔다. 사손은 달빛을 받으며 바위 더미 위에 가부좌를 틀고 앉아 있었다. 양손으로 도룡도를 떠받든 채 고개를 수그리고 무엇인가 골똘히 생각하는 모양이었다.

흠칫 놀란 장취산이 그의 명상을 방해하지 않으려고 살그머니 동굴 쪽으로 다시 발길을 돌렸으나, 인기척을 들은 사손이 무거운 목소리로 그를 불러 세웠다.

"여보게 아우, '무림지존은 도룡보도'란 말은 아무래도 허망한 얘기 같으이."

장취산이 가까이 다가갔다.

"무림계에는 황당한 소문이 많이 나돌고 있습니다. 형님처럼 총명하고 재능과 지혜가 많으신 분이 왜 그런 소문에 집착하시는지 모르겠습니다."

"자네가 모르는 게 있네. 나는 소림파 사대 신승四大神僧 가운데 한 분인 덕망 높은 고승 공견대사空見大師에게서 도룡도에 관한 얘기를 들은 적이 있네."

"아, 공견대사라면 저도 소문을 들어 알고 있습니다. 소림파 장문 공문대사空聞大師의 사형 아닙니까. 그분은 벌써 오래전에 돌아가셨다고 하던대요."

"그렇다네, 공견대사는 죽었지. 내가 죽였으니까."

장취산은 그 말에 깜짝 놀랐다. 강호 무림계에 떠도는 말이 하나 있었다. '소림 신승에 견, 문, 지, 성'이란 분들이 계시다고……. 그것은 당세 소림파의 최고 무학 고수인 공견, 공문, 공지空智, 공성空性 네 분을 통틀어 일컫는 말이었다. 그 가운데 공견대사는 병으로 죽었다는 소문을 믿어왔는데, 그가 사손의 손에 죽임을 당했다니 놀라지 않을 수 없었던 것이다.

사손이 탄식을 토해냈다.

"공견대사, 그분 고집이 너무 세더군. 내게 얻어맞기만 하고 시종 반격하지 않는 거야. 내가 열세 번째 주먹질을 했더니 끝내 죽어버린 걸세."

장취산은 아연실색하고 말았다. 사손의 주먹 한 번, 발길질 한 번에 죽지 않아도 일류 무학 고수라고 일컬을 터인데, 그 소림 신승은 주먹질을 무려 열세 번이나 얻어맞고서야 죽었다니, 몸뚱이가 쇠나 바윗돌보다 더 단단하다는 얘기 아닌가?

사손의 얼굴에 처량하고 어딘지 모르게 후회하는 기색이 떠올랐다. 공견대사와의 일전에 말 못 할 내막이 감춰져 있는 게 분명했다. 그는 사손과 의형제를 맺은 지 벌써 8년째였다. 그동안 이 무인도에서 함께 살며 정도 깊이 들었지만, 이 형님을 두려워하기도 했다. 그래서 지난날의 괴로웠던 일을 떠올리게 할 수가 없어 선부른 질문을 던지지 않았다.

사손의 목소리가 들려왔다.

"내 평생 진정으로 감복한 사람은 손가락으로 꼽을 정도밖에 되지 않네. 자네 스승 장 진인은 내 오래전부터 존경해왔으나 만나뵐 인연이 없었고, 공견대사는 내가 진심으로 흠모한 고승이었네. 무공 면으로 본다면 그분의 사제인 공지대사, 공성대사에 미치지 못한다지만, 내가 보기에 그 사람들도 역시 공견대사의 숨은 실력에는 미치지 못했을 것이 분명하네."

장취산은 그가 평소 당대 무림계 인물들에 대해 평가하는 것을 자주 들어왔다. 하나 대부분 한 푼의 값어치도 안 된다는 듯이 욕설을 퍼부으며 일소에 부쳐 무시해버리곤 했다. 일류에 속한다는 고수들도 그의 입을 통해서는 찬사 한마디 듣지 못했다. 그런 사람이 공견대사를 이토록 칭찬하고 흠모하다니 정말 뜻밖이 아닐 수 없었다. 공견대사의 무공과 인격이 어느 정도인지 짐작할 만했다.

장취산이 말했다.

"그 어른은 별로 강호에 나서지 않고 은거하며 수련하고 계셨던 모양이군요. 그러니 강호에 그분의 무학에 대해 아는 이가 거의 없지요."

사손은 고개를 쳐들고 하늘을 우러른 채 넋이 나간 기색으로 혼잣말하듯 중얼거렸다.

"안타까운 일이야. 정말 안타까운 일이었어. 세상에 으뜸가는 그런 기재가 내 주먹질 열세 번에 무참하게 죽었으니 말일세. 그분의 무공은 단순히 높은 정도가 아니라 실로 무서울 정도였네. 만약 그 당시 공견대사가 단 한 번이라도 응수했다면 이 사손이 오늘날까지 이렇듯 멀쩡하게 살아 있었겠나?"

"설마 그분의 무공 수준이 형님보다 더 깊고 두터웠단 말씀입니까?"

"내 실력 따위를 어떻게 그분과 비교할 수 있겠는가? 한참 뒤떨어지지! 뒤떨어지는 정도가 아니라 아예 하늘과 땅 차이라고 해야 옳을 것일세."

그의 말투와 표정에는 존경과 탄복, 흠모의 정이 가득 차 있었다.

장취산은 아무리 생각해도 믿기지 않아 두 눈이 휘둥그레졌다. 스승인 장삼봉의 무공도 세상에 보기 드물다고는 하지만 사손과 비교해 보면 약간 우세할 따름이다. 만약 공견대사가 진정 사손보다 훨씬 뛰어나 그 말대로 '하늘과 땅 차이'라면 자기 스승도 그를 이길 수 없다는 얘기가 아니고 뭐란 말인가? 사손의 이름 가운데 '손遜' 자는 겸손하다는 뜻이지만, 실제 그의 성격은 무례할 정도로 거만했다. 공견대사의 무공이 그를 능가할 정도로 웬만큼 뛰어나지 않았으면 결코 그가 이렇게까지 경탄하고 감복하지는 않았을 것이다.

사손도 그의 심중을 헤아렸는지 서글픈 웃음을 지었다.

"내 말을 믿지 못하는가? 좋아, 그럼 가서 무기 녀석을 데려오게. 내가 옛날 얘기를 하나 들려주지."

장취산은 한밤중 깊이 잠든 무기를 일부러 깨워 옛날 얘기를 해준다는 것이 썩 마음에 들지는 않았으나, 형님의 명을 어길 수 없어 동굴로 돌아가 아들을 깨웠다.

어린 무기는 양아버지가 옛날 얘기를 해준다는 말에 신바람이 나서 손뼉까지 쳐가며 좋아했다. 그 바람에 은소소마저 깨고 말았다.

이윽고 세 사람은 바닷가로 나와 사손 곁에 나란히 앉았다.

"얘야, 너는 머지않아 중원 땅으로 돌아갈 텐데……."

사손이 화두를 꺼내자 무기는 이상하다는 듯이 고개를 갸우뚱했다.

"큰아버지, 중원 땅으로 돌아가는 게 뭐예요?"

그는 철이 들 때부터 장취산이 사손더러 '형님'이라고 부르는 소리를 듣고 이 양부를 '큰아버지'라고 부르기 시작했다.

사손은 자기 말을 끊지 말라는 뜻으로 손을 내저었다.

"우리 뗏목이 바다에 가라앉거나 엉뚱한 곳으로 떠내려가지만 않는다면 중원 땅에 돌아갈 수 있지. 그래서 네게 당부한다만, 중원에 돌아가거든 세상 인심이 험악하니 어느 누구도 믿어서는 안 된다. 네 부모님 이외에는 모두가 널 해칠 생각을 하고 있단 말이다."

"큰아버지도 날 해치지 않잖아요?"

무기의 반문에 사손이 고개를 끄덕이며 할 말을 이었다.

"그래, 네 부모님과 이 큰아버지만 빼고 아무도 믿지 말라는 거다. 안타깝게도 내가 젊었을 때는 이런 말을 해주는 사람이 없었지. 으음…… 설령 해주는 사람이 있었다 해도 그 당시는 내가 믿지 않았을지도 모른다만……."

그러고는 다시 장취산 부부를 돌아보았다.

"내가 열 살 나던 해, 뜻하지 않은 기연奇緣으로 무공이 아주 높은 사람을 만나 그 문하 제자가 되어 무예를 배웠지. 사부는 내 자질이 쓸 만한 것을 보고 유달리 귀여워해서 자신의 절예絶藝를 모조리 전수해 주었네. 사부와 나는 부자지간처럼 가까워졌지. 여보게 아우, 그 당시 내가 사부를 존경하고 따르기는 아마 자네가 지금 자네 스승을 대하는 것과 조금도 다르지 않았을 걸세. 나는 스무 살이 되던 해에 사부

곁을 떠나 멀리 서역 땅으로 가서 내력 있는 친구들을 많이 사귀었네. 그들은 참말 내게 잘해주었지. 친형제 같았으니까. 제수씨, 무기의 외할아버지 백미응왕을 사귄 것도 그 시절이었다네. 나중에 가서는 아내를 얻고 일가를 이루어 정말 행복하게 살았다네. 자식도 낳고 집안도 꽤나 번창했지……."

그는 한때 행복했던 시절을 그리워하듯 얼굴 표정이 환하게 밝아졌다. 하나 다음 순간 우울한 기색으로 다시 돌아갔다.

"내가 스물여덟 살이 되었을 때였네. 사부가 내 집에 찾아와서 며칠 머물렀지. 나는 물론이고 온 집안 식구가 극진히 대접했네. 그는 틈이 날 때마다 내 무공의 허점을 지적해주었네. 하나 무림계에서 명성 높은 사부가 인간의 탈을 쓴 짐승일 줄이야 내 어찌 알았겠는가. 그해 7월 보름이었네. 술을 마시고 취한 사부는 내 아내를 강제로……."

"저런!"

장취산과 은소소가 이구동성으로 외마디 소리를 질렀다. 스승이 제자의 아내를 겁탈했다는 이야기는 이제껏 들어본 적 없는 천인공노할 만행이었던 것이다.

사손이 목이 메어 떨리는 목소리로 얘기를 계속했다.

"아내가 소리쳐 구원을 청하자 내 아버님이 그 방으로 달려갔네. 사부는 추잡한 일이 탄로 난 줄 알자 그 자리에서 아버님을 때려죽이고 어머니까지 죽였네. 그리고 세 살밖에 안 된 아들 사무기마저……."

무기는 얘기 도중에 자기 이름이 나오자 흠칫 놀라면서 물었다.

"사무기요?"

장취산이 얼른 아들을 꾸짖었다.

"쉬잇, 말대꾸하지 마라! 큰아버님 말씀을 들어야지."

그러나 사손은 어린 철부지를 돌아보고 자상하게 설명해주었다.

"그래, 내 친아들도 너하고 이름이 똑같았단다. 사무기였지……. 내 사부는 그 아이를 마당에 태질쳐서 형체도 알아볼 수 없는 핏덩어리로 만들어버렸단다."

무기는 호기심을 참지 못하고 또 물었다.

"큰아버지, 그 아이가 지금도 살아 있나요?"

사손이 서글픈 기색으로 고개를 내저었다.

"살아 있을 수가 없지. 지금은 죽어서 없단다."

은소소가 얼른 아들에게 손사래를 쳤다. 더 이상 묻지 말라는 시늉이었다.

사손은 넋이 나간 기색으로 있다가 한참 뒤에야 다시 입을 열었다.

"그때 나는 이 끔찍한 광경을 보고서 너무나 놀라 바보처럼 멍하니 서 있기만 했네. 도대체 뭘 어떻게 해야 할지 모르고 있는데, 그가 느닷없이 주먹으로 내 가슴을 후려치더군. 나는 워낙 경황도 없으려니와 설령 있었다 하더라도 그를 당해낼 수 없는 터라 당장 기절해서 쓰러지고 말았네. 다시 깨어났을 때 보니 사부란 자는 벌써 온데간데없이 사라져버리고 집 안에는 식구들의 시체가 즐비했네. 부모님, 아내, 아들, 동생, 제수씨, 하인들…… 내 일가족 열세 명이 모조리 그에게 죽임을 당한 걸세. 아마 그자는 내가 자기의 일권에 맞아 죽은 줄 알고 다시 독수를 쓰지 않았던 모양이야."

사손은 말을 끊고 침묵하더니 다시 이를 악물고 얘기를 이어나갔다.

엄청난 참변을 당한 뒤, 큰 병을 앓고 난 사손은 열심히 무공을 단련해 3년째 되던 해 스승을 찾아가 복수전을 시도했다. 그러나 무공의 차이가 현격하게 뒤떨어진 그는 복수는커녕 오히려 치욕만 안고 발길을 돌려야 했다. 하지만 일가족 열세 명의 피맺힌 원수를 중도에서 포기할 수는 없었다. 사손은 중원 천지의 이름난 무예 사범들을 두루 찾아다니면서 침식寢食마저 잊은 채 죽을 고생을 해가며 무공을 수련했다.

그렇듯 5년을 보내고 났을 때 사손은 자신의 무공이 결실을 보아 크게 진전했다 생각하고 또다시 스승을 찾아가 도전했다. 그런데 이 스승이란 자도 그동안 얼마나 무공을 단련했는지, 사손이 강해진 것보다 더 실력이 높아져 있었다. 결국 그의 두 번째 도전도 실패했고, 중상을 입은 채 물러서야 했다.

상처를 치료한 지 얼마 안 되어 그는《칠상권七傷拳》이라는 권보拳譜를 손에 넣었다. 이 권법의 위력은 실로 비상한 것이어서 사손은 2년 동안 칠상권의 내공만을 전문으로 익혔다. 그러자 권법에 큰 성취를 볼 수 있었다. 자신이 생각해보아도 천하의 일류급 고수들과 떳떳이 겨룰 수 있을 뿐만 아니라, 그 스승 되는 자가 기우奇遇를 얻지 않는 바에야 절대로 자신의 적수가 되지 못한다고 자부했다. 그러나 세 번째로 그를 찾아갔을 때, 사부는 종적을 감추고 어디론가 사라져버렸다. 사손이 아무리 수소문하고 다녔어도 그의 행방은 시종 알 길이 없었다. 분명 화를 피해 궁벽한 산중이나 시골로 들어가 숨어버린 것이 틀림없었다.

너른 천지 아래 신분을 감추고 은거해버린 자를 무슨 수로 찾아내겠는가? 사손은 격분한 나머지 가는 곳마다 사건을 일으키기 시작했다. 복수에 눈이 뒤집힌 그는 닥치는 대로 사람을 죽이고 곳곳마다 인정사정없이 불을 질렀다. 그리고 이렇듯 무참한 사건을 저지를 때마다 사건 현장 벽에 핏물을 찍어 자기 스승의 이름을 분명히 써서 남겨두었다.

"아……!"

여기까지 듣고 났을 때 장취산과 은소소의 입에서 탄성이 흘러나왔다.

"자네들도 내 사부가 누군지 알겠나?"

은소소가 먼저 고개를 끄덕였다.

"알아요. 바로 혼원벽력수混元霹靂手 성곤成崑의 제자셨군요."

그들이 중원을 떠나기 2년 전, 강호 무림계에는 난데없이 일대 풍파가 일었다. 중원의 동북방 요동遼東 지방에서부터 영남嶺南에 이르기까지 반년 동안 30여 건의 끔찍한 대사건이 잇따라 일어난 것이다. 강호에서 이름을 드날리던 호걸 수십 명이 원인 모르게 참혹한 죽임을 당하고, 범인은 사건 현장에 반드시 '혼원벽력수 성곤'이라는 이름을 남겨두었다. 한 문파의 장문인들뿐 아니라 강호에 교분이 너른 무림계의 원로 영웅들도 허다하게 피해를 보았다. 또 사건마다 연루된 사람들이 숱하게 많았기 때문에 강호에 일대 소동이 날 수밖에 없었다. 당시 무당칠협도 스승 장삼봉의 명을 받고 하산해 진상을 조사해보았으나 사건의 실마리를 찾아낼 수 없었다. 다만 이 사건이 누군가 성곤에게 화를 뒤집어씌우기 위해 꾸며낸 짓이라고만 추측했을 따름이다.

혼원벽력수 성곤은 무공이 무척 강한 데다 세속에 물들지 않고 몸가짐이 유별나게 조심스러워 그 명망이 제법 높은 인물이었다. 더구나 피해자들 중에는 성곤과 잘 알고 지내는 사람들도 여럿 있었기 때문에 그 사건들이 성곤의 소행이라고 믿을 사람은 아무도 없었다. 다만 범인이 성곤과 어떤 관계가 있는 것은 분명해 보였다. 따라서 범인이 누구인지 알기 위해서는 성곤의 주변을 탐문해야 하는데, 그마저 행방을 감추고 소식이 끊어지고 말았다.

강호 무림계의 분란은 여러 날 동안 지속되었으나 30여 건의 참사는 결국 진범을 찾아내지 못한 채 흐지부지되고 말았다. 원수를 갚겠다는 사람은 숱하게 많았지만 범인이 누구인지 알지 못하는 상황이라, 모두 그저 분노에 들떠 한갓되이 몸부림치고 이를 갈기만 할 뿐 어떤 행동도 취할 수 없었다. 만약 사손이 자기 입으로 진상을 털어놓지만 않았던들, 장취산도 그 내막을 끝끝내 알지 못했을 것이다.

"내가 사부의 이름을 빙자해서 사건을 저지른 것은, 그에게 압력을 가해서 제 발로 나타나게 하려는 의도에서였네. 제아무리 목을 움츠리고 숨어 있다 하더라도 강호 무림계의 수천 명이나 되는 사건 관련자들이 도처에서 찾아 나선다면 나 혼자 힘으로 찾아 헤매는 것보다야 훨씬 효과적이지 않겠는가……."

"그 계략이 좋기는 하지만, 한 사람을 찾는 일로 아무 죄도 없는 숱한 목숨이 아주버님 손에 죽어 저승의 원혼이 되었으니 너무 불쌍한 노릇 아니겠어요?"

은소소가 안타깝다는 듯이 말했으나 사손은 코웃음을 치며 반박했다.

"내 부모와 처자식은 죄가 있어서 성곤의 손에 죽었는가? 불쌍하기는 마찬가지 아닌가? 예전에 제수씨도 나 못지않게 성질이 활달하고 탁 트인 것 같더니, 아우님한테 시집온 지 9년쯤 되니까 마음이 여려지고 이러쿵저러쿵 시시콜콜 따지는 게 많아졌군그래."

그녀는 남편 쪽을 바라보더니 다시 웃음 지으며 사손에게 물었다.

"시아주버니, 그 사건들은 돌발적으로 일어났다가 또 별안간 아무 일도 없었던 것처럼 잠잠해졌는데, 결국 성곤을 찾아내기는 하셨나요?"

"못 찾았네, 못 찾았어! 후에 낙양洛陽에서 우연히 송원교를 한 번 만난 적이 있었지."

이 말에 장취산이 깜짝 놀랐다.

"저희 대사형 송원교 말입니까?"

"그렇다네. 무당칠협의 첫째인 송원교였지. 아무튼 내가 그토록 끔찍한 대사건을 숱하게 일으켜 강호 무림계가 벌컥 뒤집혔는데도, 내 사부 혼원벽력수 성곤은 끝내 나타나지 않았네."

무기가 또 끼어들었다.

"큰아버지, 그 사람이 그렇게 나쁜 사람인데 왜 자꾸 '사부'라고 부르세요?"

이 물음에 사손은 씁쓰레하게 웃었다.

"어릴 적부터 버릇이 돼서 그렇구나. 어찌 되었든 내 무공의 절반 이상은 그 사람이 가르쳐주었으니까, 스승은 스승이지. 비록 그자가 내게 크나큰 원수이긴 하지만, 나도 착한 사람 축에 들지는 못한단다. 어쩌면 내 못된 짓도 모두 그 사람한테서 배웠는지도 모르거든. 그에게서 좋은 것도 배웠고 나쁜 것도 배웠으니, 역시 그를 스승이라고 부르는 것이 마땅한지도 모르겠다."

장취산은 말없이 생각에 잠겼다.

'이 형님은 일생 동안 너무 참혹한 일을 당하고 격분한 나머지 시비가 분명치 않은 성격으로 변했다. 무기가 이런 얘기를 마음속에 담아

두었다가는 훗날 자라서 해가 될지도 모르니, 며칠 뒤에 내가 다시 잘 설명해주어야겠다.'

사손의 이야기는 계속되었다.

"내가 그토록 끈덕지게 만나려고 애를 썼어도, 사부는 여전히 얼굴을 내밀지 않았네. 그래서 이렇게 생각했지. 지금까지 저지른 사건보다 더 큰 사건, 경천동지할 대사건을 일으키지 못하면 그가 나타나지 않을 것이라고…… 당세 무림계에서는 소림파와 무당파가 최고의 지존 아닌가? 그래서 나는 소림파나 무당파 중에서 일류급 인물 한 사람을 죽여야 효과가 있으리라고 판단했네. 그날 나는 낙양성 청허관清虛觀 밖 모란원牡丹園에서 송원교가 웬 못된 악패惡覇 한 놈을 징계하는 것을 발견했네. 과연 무공 실력이 대단하더군. 그래서 그날 밤중으로 송원교를 죽이기로 결심했지."

여기까지 듣고 났을 때 장취산은 간담이 써늘해졌다. 물론 그때 대사형 송원교가 사손에게 당하지 않은 것은 분명했으나, 당시 상황이 그토록 위험천만하고 흉흉했을 것을 생각하니 온몸에 소름이 끼치고 가슴이 떨려왔다. 사손의 무공 실력은 대사형보다 훨씬 뛰어났다. 더구나 한 사람은 신분이 대낮처럼 노출되어 있고 다른 한 사람은 어둠 속에서 노리고 있는 형국이었으니 만약 사손이 정말 손을 썼더라면 대사형에게는 요행이란 게 없었을 테고 무사하지 못했을 것은 불을 보듯 뻔한 일이 아닌가?

은소소 역시 송원교가 죽지 않았다는 사실을 익히 알고 있는 터라 마음 놓고 물어볼 수 있었다.

"시숙님은 아마 그 당시 더는 무고한 사람을 해치지 않기로 마음을 다잡은 게 아닐까요? 만약 시숙님이 송 대협을 죽였으면 우리 장 오협께선 진작 목숨을 걸고 시숙님과 싸웠을 테고, 또 이렇게 의형제를 맺지도 못했겠군요."

사손은 콧방귀를 뀌었다.

"흥! 내가 마음을 다잡았다고? 천만의 말씀을……. 지금이라면 아우님의 체면을 봐서라도 송 대협을 해칠 생각은 하지 않았겠지만, 그 당시에는 아우님을 몰랐을 때니까 송 대협이 아니라 장 오협 자네까지도 내 손에 걸려들었으면 죽여 없앴을 걸세."

무기가 이해되지 않았는지 또 질문을 던졌다.

"큰아버지가 왜 아빠를 죽여요?"

사손이 미소를 지으며 설명했다.

"이를테면 그렇단 말이지, 정말로 네 아빠를 죽이겠다는 게 아니란다. 네 아빠는 나하고 의형제를 맺었지. 그러니까 이 세상에서 가장 좋은 친구가 바로 네 아빠란다. 만일 누군가 네 아빠를 죽이려 든다면, 나는 내 목숨 돌보지 않고 네 아빠를 도와줄 거다."

"아, 그렇군요!"

무기가 그제야 마음이 놓였는지 한숨을 내쉬자 사손은 그의 머리를 쓰다듬으면서 감회 깊게 말을 이었다.

"저 빌어먹을 놈의 하늘이 내게 여러모로 나쁜 짓만 해왔으나, 역시 송 대협을 죽이게 하지 않은 것만은 정말 잘한 일이었어. 그렇지 않았다면 내가 지금 네 아빠를 마주 대하기가 얼마나 부끄러웠겠니? 이렇게 의형제도 맺지 못하고 말이야."

그는 잠시 뜸을 들였다가 장취산을 돌아보고 다시 말을 이었다.

"그날 밤 나는 객점에서 가부좌를 틀고 앉아 정신을 가다듬었네. 그리고 속셈을 해보았지. 송원교는 무예가 출중한 인물이니 만약 일격에 쓰러뜨리지 못한다면 일이 곤란해질 것이다. 자칫 잘못해서 중상만 입히고 놓쳐버릴 경우 내 정체가 탄로 나고 사부를 끌어내려던 계획이 수포로 돌아갈 것 아닌가? 더구나 벌집을 건드린 격으로 무당파 여섯 형제들이 한꺼번에 쏟아져 나와 공격한다면, 내가 아무리 날고 긴다는 재간을 지녔다 하더라도 '무당육협'을 상대로 싸워 이긴다는 보장이 어디 있겠는가? 내 한 몸 죽는 것은 상관없으나 바다보다 깊은 그 원수를 영영 갚을 길이 없게 되지 않겠는가?"

그러나 장취산은 뒷일이 궁금해서 그 얘기를 마저 들을 마음의 여유조차 없었다.

"저희 대사형과의 대결은 어떻게 결말이 났습니까? 그 형님은 이 일에 대해 한 번도 얘기하지 않았거든요."

"그 일에 대해서 지금 송 대협은 아예 꿈도 꾸지 못하고 있을 것일세. 아마 금모사왕 사손이란 이름조차 들어본 적이 없을지도 모르지. 왜냐하면 내가 그 사람을 찾아가지도 않았으니까."

그제야 장취산이 땅이 꺼져라 안도의 한숨을 내리쉬었다.

"천지신명이시여, 고맙습니다!"

그러자 은소소가 깔깔대고 웃었다.

"빌어먹을 천지신명에게 고마워하실 것이 뭐 있어요? 감사하려거든 시숙님한테나 하셔야죠."

이 말에 장취산과 무기가 동시에 손뼉을 치며 웃음보를 터뜨렸다.

사손이 칼집에서 도룡도를 뽑아내더니 나무줄기 중턱을 가로후리기로 비스듬히 찍어냈다. 보도의 예리한 칼날에 나무줄기는 두부모 자르듯 맥없이 베어져 "쿵!" 소리와 함께 위쪽 반 토막이 뒤로 넘어갔다.

장취산 일가족 세 사람은 나무줄기가 비스듬히 잘려나간 곳을 살펴보다가 그만 입이 딱 벌어지고 말았다. 나이테 한복판에 수분과 영양을 공급하는 근맥의 대부분이 어떤 힘에 진탕되어 모조리 엉망진창으로 끊어져 있는 것이 아닌가! 어떤 것은 뒤틀리고 어떤 것은 마디마디 바스러져 근맥의 형체조차 알아볼 길이 없는데, 또 어떤 부위는 끊어질 듯 이어질 듯 겨우 명맥만 붙어 있었던 것이다.

8.

불모의 땅 10년 세월, 뗏목을 타고 돌아오네

장씨 부자의 웃음소리를 들으면서, 사손이 천천히 입을 열었다.

"그날 저녁의 일을 나는 지금도 생생하게 기억하고 있지. 나는 객점 침상 위에 가부좌를 틀고 앉아서 묵묵히 진기를 운용하며 그 칠상권의 요결을 되새기고 있었네. 여보게, 자넨 내 칠상권을 본 적이 없지? 어디 한번 구경하겠나?"

장취산이 미처 대꾸하기도 전에 은소소가 먼저 말끝을 낚아챘다.

"칠상권요? 그 이름처럼 신기하고 오묘하기 짝이 없는 것이겠죠. 위력도 뛰어나게 사납겠죠? 그런데 시아주버니, 어째서 그날 송 대협을 찾아가지 않으셨나요?"

사손이 빙그레 웃으며 고개를 끄덕였다.

"제수씨는 역시 영리해. 내가 칠상권을 구경시켜준다니까 권법 시범을 보이다 낭군을 다치게 할까 봐 겁이 나서 화제를 슬쩍 딴 데로 돌리시는군! 하나 염려 말게. 만약 권법의 힘을 내 마음대로 쏟아내고 거두어들이지 못하는 것이라면, 칠상권이라고 부를 값어치도 없는 것이니까!"

그는 일어나서 큰 나무 곁으로 걸어갔다. 그러고는 외마디 벼락 치는 기합 소리와 함께 주먹으로 나무줄기를 후려쳤다.

"이야압!"

사손의 공력으로 따져본다면, 그 일권으로 나무줄기는 두 토막으로 쪼개지거나 아니면 손자국이 움푹 파여 들어갔어야 옳았다. 한데 이상하게도 주먹을 거둬들였을 때 나무줄기에는 털끝만 한 손상도 입지 않고 껍질 한 조각 벗겨져 나간 자국조차 보이지 않았다.

은소소는 사뭇 안쓰러운 느낌이 들었다. 시아주버니가 황막한 섬에서 9년씩이나 살더니 수련을 게을리해 무공마저 약해졌다는 생각이 앞섰던 것이다. 하긴 그동안 무공 단련하는 모습을 한 번도 보지 못했으니 그러려니 싶었다. 하나 그녀는 사손이 가슴 아파할까 봐 일부러 호들갑스레 큰 소리를 치면서 박수갈채를 보냈다.

"어쩌면! 솜씨가 그렇게 절묘하세요? 참말 대단하시네요!"

사손이 또 빙그레 웃음 지었다.

"이것 보게, 제수씨. 박수갈채가 진정에서 우러나오는 게 아니로군. 내 무공이 예전 같지 않다, 그렇게 생각한 게 아닌가?"

장님에게 속을 꿰뚫어 보인 그녀는 멋쩍게 웃으면서 둘러댔다.

"하긴 그렇죠. 이 궁벽한 북극 무인도에서 우리 넷만 오순도순 드나들며 살고 있는데 무공 따위는 단련해서 뭣에 쓰겠어요?"

사손은 그 말을 못 들은 척하고 이번에는 장취산을 돌아보았다.

"여보게, 자넨 방금 내가 내지른 일권에 담긴 오묘한 뜻을 알아보았는가?"

장취산은 고개를 갸우뚱했다.

"글쎄요…… 제가 보기에 형님이 내지른 권법 기세가 아주 강하고 사나운 것 같았는데, 나뭇잎 하나 흔들리지 않다니 이상하군요. 무기 녀석이 주먹으로 쳐도 가장귀가 흔들릴 텐데……."

제 이름을 들먹이자 무기도 신바람이 나서 주먹을 쓰다듬고 나섰다.

"저도 그쯤은 할 수 있어요!"

그러고는 나무 앞으로 쪼르르 달려나가더니 주먹으로 "쿵!" 소리가 나도록 힘껏 쥐어박았다. 과연 주먹 힘이 제법 매웠는지 가장귀가 한바탕 요동치고 달빛 아래 비쳐 땅바닥에 드리운 나뭇가지와 잎사귀의 그림자마저 우수수 흔들렸다.

장취산 부부는 서로 마주 보고 흐뭇한 웃음을 지었다. 어린 아들의 공력이 제법 센 것을 보고 무척 대견스러웠던 것이다. 두 사람의 눈길은 다시 사손에게 돌아갔다. 오묘한 도리라니, 그게 무엇인지 설명해 달라는 눈치였다.

사손이 기다렸다는 듯이 설명해주었다.

"사흘 뒤에는 나뭇잎이 시들어 다 떨어질 테고, 보름 뒤에는 나무줄기 전체가 말라 죽을 걸세. 내 일권이 나무의 근맥根脈을 진탕시켜 끊어놓았으니까."

장취산과 은소소는 놀라움을 이기지 못하고 그만 두 눈이 휘둥그레졌다. 사손이 애당초 허튼소리를 하는 사람이 아닌 터라, 거짓말일 리가 없다는 것을 뻔히 알면서도 도무지 미덥지 않았던 것이다.

사손이 칼집에서 도룡도를 뽑아내더니 나무줄기 중턱을 가로후리기로 비스듬히 찍어냈다. 보도의 예리한 칼날에 나무줄기는 두부모 자르듯 맥없이 베어져 "쿵!" 소리와 함께 위쪽 반 토막이 뒤로 넘어갔다.

사손이 칼을 거두어들이면서 말했다.

"자, 이리들 와서 내 칠상권의 위력이 아직 쓸 만한지 보아주게."

장취산 일가족 세 사람은 나무줄기가 비스듬히 잘려나간 곳을 살펴보다가 그만 입이 딱 벌어지고 말았다. 나이테 한복판에 수분과 영양을 공급하는 근맥의 대부분이 어떤 힘에 진탕되어 모조리 엉망진창으로 끊어져 있는 것이 아닌가! 어떤 것은 뒤틀리고 어떤 것은 마디마디 바스러져 근맥의 형체조차 알아볼 길이 없는데, 또 어떤 부위는 끊어질 듯 이어질 듯 겨우 명맥만 붙어 있었던 것이다. 그렇다면 방금 사손이 내지른 일권 속에는 서로 다른 힘줄기가 몇 가닥으로 나뉘어 담겨 있었다는 얘기가 되는 것이다.

장취산과 은소소 부부는 혀를 내두르며 탄복했다.

"형님, 오늘 이 아우가 안목 한번 크게 열었습니다!"

사손 역시 자랑스러운 기색을 감추지 않았다.

"내 칠상권 주먹 속에는 서로 다른 힘줄기가 일곱 가닥 담겨 있네. 굳세고도 강한 힘줄기, 은근하고도 부드러운 힘줄기, 또 굳센 가운데 부드러운 것, 유연하면서도 굳센 것, 수평으로 뻗어내는 것이 있는가 하면 곧바로 직격直擊하는 것, 또 안으로 응축되었다가 터져 나가는 것이 뒤섞여 있다네. 그러니까 적이 첫 번째 힘줄기를 막아냈다 하더라도 두 번째 힘줄기는 당해내지 못하고, 설령 두 번째 것을 막아내더라도 세 번째, 네 번째로 들이치는 서로 다른 힘줄기에 무슨 수로 대응할 수 있겠는가? 흐흐흐! 칠상권이란 명칭은 그래서 붙은 것일세. 여보게, 자네와 내가 배 안에서 장력으로 겨루던 날 밤을 기억하는가? 그때 만약 내가 칠상권을 구사했다면, 아마 자네는 배겨나지 못했을 것일세."

"예, 그랬을 겁니다!"

장취산도 한마디로 인정했다.

무기는 아빠와 양부가 어째서 장력으로 싸웠는지 알고 싶어 안달이 났다. 하지만 엄마가 잇따라 손짓으로 참견 말라고 시늉하자 꾹 참았다. 그러나 끝내 궁금증을 못 이겨 입을 열고 말았다.

"큰아버지, 저한테도 칠상권을 가르쳐주실 거죠?"

그러자 사손은 도리질을 하며 한마디로 딱 끊었다.

"안 돼!"

"어째 안 돼요?"

적잖이 실망한 무기는 그래도 계속 졸라대고 싶었지만, 엄마가 웃으며 하는 말을 듣고 포기할 수밖에 없었다.

"무기야, 너 바보 아니지? 큰아버님의 무공은 무척 정묘하고도 깊은 것인데, 네가 상승 내공을 먼저 익히지 않고서야 그걸 어떻게 배울 수 있겠니?"

그러자 사손이 다시 고개를 내저으면서 일깨워주었다.

"아니야, 네가 상승 내공을 익힌다 하더라도 이 칠상권은 가르쳐줄 수 없다. 모든 사람의 몸에는 하나같이 음양이기陰陽二氣와 금, 목, 수, 화, 토의 오행이 있단다. 심장은 화에 속하고 허파는 금, 콩팥은 수, 비장은 토, 간장은 목에 속한다. 칠상권을 수련하면 이 일곱 군데 내장이 모두 다치게 된다. 한 가지씩 수련할 때마다 내장도 한 군데씩 상하게 되거든. 그래서 권법에 '칠상七傷'이란 명칭이 붙은 것이다. 이것은 자신에게 먼저 손상을 입히고 나서 적을 다치게 하는 무공이야."

그러고는 다시 장취산 부부를 향해 이렇게 말했다.

"자네들, 예전에 내가 느닷없이 미친 병이 발작하는 걸 보고 놀란 적이 많았겠지? 만약 내가 칠상권을 수련할 때 심맥心脈을 다치지 않았더라면 아무 때나 미치광이 증세가 발작해서 억제하지 못할 지경에 이르지는 않았을 거야."

장취산과 은소소는 비로소 의문이 풀렸다. 사손처럼 무공이 뛰어나고 학식 높은 사람이 어째서 갑작스레 미쳐 날뛰는 증세가 일어나 심성心性과 지각知覺을 잃어버리는지 그 까닭을 알 수 있었던 것이다.

"만약 나의 내력이 진정 웅후하고 견실해서 공견대사나 무당파 장 진인의 경지에 도달했다면, 칠상권을 수련해도 자신을 그토록 손상시키지는 않았을 걸세. 설령 조금 손상을 입었다 해도 크게 장애가 되지는 않았을 테지. 하지만 당시 나는 복수에 절치부심하고 있던 터라 온갖 심혈을 다 기울인 끝에 공동파崆峒派 사람들에게서 〈칠상권보七傷拳譜〉 옛 초본抄本을 탈취하는 데 성공했네. 그리고 권보를 손에 넣기가 무섭게 서둘러 수련하기 시작했네. 권법을 완성하기 전에 내 원수인 사부가 먼저 죽을까 봐, 그래서 복수를 못 하게 될까 봐 허겁지겁 수련에 매달렸던 것일세. 오장육부가 크게 다쳤다는 사실을 깨달았을 때는 이미 회복할 방법이 없었네. 그 당시 공동파에 이 절세의 권보가 대를 이어 전해 내려왔는데도 어째서 그 문하 제자들 가운데 칠상권으로 명성을 떨친 자가 없었는지, 또 어째서 공동파가 무림계에서 일류 문파가 되지 못했는지, 그걸 미처 생각 못 했던 것일세. 그저 이 신권神拳이 천하에 둘도 없는 강맹한 위력을 발휘한다는 데에만 정신을 빼앗겼던 거야. 제수씨, 그대는 워낙 영리하니까 그 속에 감춰진 사연을 알아챌 수 있겠지?"

은소소는 잠시 생각에 잠기더니 이내 고개를 주억거렸다.

"그러니까 칠상권을 익힌 시아주버니의 무공 실력이 스승 되는 혼원벽력수의 수준과 거의 맞먹을 정도가 되셨다는 말씀이군요?"

"바로 맞혔네. 내 사부는 별호가 혼원벽력수일세. 장력에 담긴 힘줄기가 마치 뇌성벽력과도 같아서 실로 놀랄 만큼 초인적인 경지에 이르렀네. 내가 만약 그를 찾아내어 이 칠상권으로 맞설 경우, 그자는 내가 구사하는 무공이 하나같이 자신이 몸소 전해준 것뿐인 줄로만 알고 그 점에만 신경 써서 상대할 것이 아니겠나? 하지만 내 주먹이 자기 몸에 닿고 뭔가 잘못되었다는 것을 알아차렸을 때는 이미 너무 늦은 셈이 되겠지……. 나는 그 점을 노렸던 것일세. 여보게 아우, 나더러 너무 독한 술수를 쓴다고 나무라지 말게. 내 사부는 겉모습이 아둔하고 거칠어 보여도 심지心智와 계략을 쓰는 데는 천하에 당할 자가 없을 정도요, 꿍꿍이속은 세상에 누구보다 깊고 뛰어나 아무도 맞서지 못할 만큼 악랄한 위인일세. 만약 내가 '이독공독以毒攻毒'•의 계략으로 상대하지 않는다면 이 철천지원수는 영영 갚을 길이 없단 말일세. 아, 이런! 공견대사 얘기를 한다는 것이 얘기가 전혀 딴 데로 흘러갔군. 으음……."

그는 화두를 다시 본론으로 이끌어가기 전에 먼저 무겁게 한숨부터 내리쉬었다.

그날 밤, 사손은 칠상권의 공력을 세 차례 운기한 다음, 송원교를 찾으러 담장을 뛰어넘었다.

그런데 사손이 담장 바깥으로 뛰어나가 미처 두 발이 땅에 닿기도 전이었다. 돌연 누군가의 손길이 어깻죽지를 가볍게 톡톡 건드렸다.

• 직역하면 독약으로 독한 상처를 치료한다는 뜻. 상대방의 지독한 수단을 역이용해 상대방을 제압하거나, 악인을 이용해 다른 악인을 굴복시킨다는 의미도 들어 있다. 《남촌 철경록南村輟耕錄》 제29권에 수록된 명언이다. 이것과 비슷한 단어로 '이이제이以夷制夷', 즉 중국에 위협이 되는 오랑캐 민족들 사이를 분열시켜 서로 견제하게 만든다는 관용어가 있는데, 이것은 적국들끼리 싸움을 붙여 그 사이에 자국의 안전을 도모하는 책략으로 많이 쓰였다.

사손은 깜짝 놀랐다. 당시 그의 무공 실력으로 누군가의 손길이 자신의 몸뚱이를 건드렸는데도 미처 막아내지 못했다는 것은 실로 꿈에도 상상 못 할 일이었던 것이다. 그 손길이 가볍게 건드렸으니 망정이지 만약 조금이라도 힘을 준 것이었다면 사손은 그 자리에서 중상을 입고 쓰러졌을 것이 아닌가? 그는 재빨리 손을 되돌려 그 손길을 걷어 올렸다. 하나 걷어 올린 것은 상대방의 손길이 아니라 허방을 헤집고 바람이나 움켰을 따름이었다. 반격 자세로 일권을 후려쳤으나 그 역시 아무 효과도 보지 못하고 허공을 내질렀을 뿐이다.

왼발이 땅을 딛고 후딱 돌아서는 순간, 그의 등줄기에 또다시 사람의 손길이 떠밀듯 가볍게 와서 닿았다.

그와 동시에 등 뒤에서 탄식하는 소리가 들려왔다.

"번뇌의 바다는 끝이 없으나 마음을 돌이키면 그곳이 피안彼岸인 것을……."•

무기는 아주 재미있는 모양인지 깔깔대고 웃었다.

"큰아버지, 그 사람이 장난하자고 그런 거 아니에요?"

그러나 장취산과 은소소는 탄식한 사람이 바로 공견대사라는 사실을 눈치챘다.

사손은 부부의 심각한 얼굴 표정을 보면서 고개를 끄덕였다. 그러고는 침통한 기색으로 할 말을 계속했다.

• 불교 용어로 원문은 '고해무변 회두시안苦海無邊 回頭是岸'이다. 즉 세상에 고통과 괴로움이 바다처럼 끝없어 보이지만, 생각을 바꾸어 깨달으면 망망대해에 저편 언덕이 보이듯 모든 번뇌가 곧 사라진다는 뜻이다.

"당시 나는 온몸이 얼음물을 뒤집어쓴 것처럼 써늘해졌지. 손발마저 덜덜 떨렸으니까……. 그 사람의 무공 실력으로 내 한목숨 끊어버리기는 손바닥 뒤집기보다 더 쉬웠을 것이네. 그가 말한 '번뇌의 바다는 끝이 없으나 마음을 돌이키면 그곳이 피안'이란 말이 순간적으로 귀에 들렸네. 빠르지도 느리지도 않게 한 말이었으나, 자비심으로 가득 찬 것임을 나는 똑똑히 들었네……."

한순간 사손의 마음속에는 놀라움과 공포, 분노가 한꺼번에 솟구쳐 올랐다. 돌이켜보았을 때 제일 먼저 눈길에 뜨인 것은 잿빛 승복을 걸친 사내였다. 몸을 돌이키는 순간 그 사람은 불과 2~3척 거리밖에 안 떨어져 있었으나, 그가 본능적인 반격으로 일권을 내질렀을 때는 어느덧 40척 바깥으로 날아가 있었다. 그 쾌속한 신법, 날렵한 보법이야말로 진정 불가사의한 것이었다.

사손의 머릿속에는 오직 한 가지 생각밖에 없었다. '원귀冤鬼다, 원귀야! 내게 죽임을 당한 사람이 목숨을 내놓으라고 나타난 것이다! 살아 있는 사람이라면 저토록 번개 같은 솜씨로 오락가락할 수 없을 테니까.'

상대가 귀신이라는 데 생각이 미치자 그는 오히려 대담해졌다.

"요사스러운 마귀야! 저리 썩 꺼져라! 이 어르신은 하늘도 무섭지 않고 땅도 무서워하지 않는 분이다! 내 어찌 저승의 고혼孤魂이나 들판에 떠도는 귀신 따위를 두려워할 줄 알았더냐?"

그러자 잿빛 승복을 걸친 사내가 두 손 모아 합장하며 또 한마디를 건네왔다.

"사 거사謝居士, 노승 공견이 인사드리오!"

귀신인 줄 알고 호통쳐 꾸짖었던 사손은 '공견'이란 말을 듣자 이내 강호상에 떠돌고 있던 '소림 신승, 견문지성'이란 단어가 머릿속에 퍼뜩 떠올랐다. 공견대사라면 이들 사대 신승 가운데 으뜸이니, 무공 실력이 그토록 높은 것도 무리가 아니었던 것이다.

얘기를 듣는 동안 장취산은 마음이 은근히 불안해지기 시작했다. 지금 사손이 설명하는 것처럼 귀신보다 더 무서운 무공의 소유자가 그 칠상권 열세 주먹질에 맞아 죽었다니 어딘가 모르게 으스스한 느낌이 들었던 것이다.

사손은 그 기미를 알아챘는지 몰랐는지 얘기를 계속 이어나갔다.

사손이 물었다.

"그렇다면 소림사 공견 신승이란 말이오?"

잿빛 승복의 노승이 대꾸했다.

"신승이란 말씀은 감당하기 부끄럽소이다. 노납老衲은 그저 소림의 공견일 따름이외다."

"소생은 대사님과 평소 일면식도 없는 사람인데, 무슨 까닭으로 희롱하시오?"

"노납이 어찌 거사님을 희롱할 리 있겠소? 한 가지 여쭤볼 일이 있어 이렇듯 걸음을 멈추게 했을 뿐이오."

"무얼 물으시려는지?"

"지금 어디로 가시는 길이오?"

"내가 어딜 가든 그게 대사님과 무슨 상관이 있소?"

"거사께선 오늘 밤 무당파 송원교 대협을 죽이러 가시는 길이 아니오?"

사손은 그 한마디 질문으로 속을 꿰뚫어 보이자, 놀랍고도 신비스러운 느낌마저 들었다. 그가 미처 응수하기도 전에 공견대사는 또 끔찍한 말을 던졌다.

"거사께서 또 한 차례 강호 무림계를 진동시킬 대사건을 일으키시려는 의도는 혼원벽력수 성곤이 자발적으로 나타나게 만들어 거사님의 일가족이 살해당한 원수를 갚으시려는 게 아니오?"

공견대사 입에서 원수이자 스승인 성곤의 이름까지 나오자 사손은 놀라다 못해 아연실색하고 말았다. 더구나 스승이 자기 일가족을 몰살한 사연은 그 누구에게도 말한 적이 없었다. 성곤 역시 그 추잡하고 부끄러운 자기 행적을 남한테 털어놓지 않았을 것이다. 공견대사가 그 내막을 어떻게 알고 있는지 그저 놀라울 뿐이었다.

사손은 경악과 분노에 몸을 떨면서 공견대사에게 간청했다.

"그자가 어디 있는지 대사님께서 일러주신다면, 불초 사손은 평생토록 소나 말이 되어 대사님께서 시키는 대로 기꺼이 따르겠소이다."

공견대사가 또 탄식을 토해냈다.

"성곤이 저지른 행위가 너무나 큰 죄였던 것만큼은 확실하오. 그러나 사 거사께서 원한과 분노에 못 이겨 그 숱한 무림계 인사들을 죽인 행위 역시 진정 크나큰 죄가 아닐 수 없소."

사손은 속에서 한마디 대꾸가 터져 나오려는 것을 간신히 참았다. "그게 대사님과 무슨 상관이오?"라는 말이었다. 하지만 방금 그가 드러낸 무공으로 본다면 자신은 그의 적수가 되지 못하는 데다 또 공견대사에게 성곤의 행적을 알아내야 하는 입장이라 분노를 억누르고 말을 바꾸어 묻지 않을 수 없었다.

"사실 소생도 만부득이한 일이어서 그랬습니다. 성곤이 흔적도 없이 자취를 감춰버렸으니, 세상천지 아득한데 저더러 어딜 가서 찾으란 말씀입니까?"

공견대사도 수긍이 간다는 듯 고개를 끄덕였다.

"나 역시 거사의 가슴속에 가득 찬 원한을 어디다 풀 데가 없다는 것을 잘 알고 있소. 하지만 송 대협은 무당파 장 진인의 수제자인데, 만약 그를 해쳤다가는 강호에 그 화가 걷잡을 수 없이 크게 번질 것이외다."

"저도 그래서 화를 일으키려는 겁니다. 화가 크면 클수록 성곤을 하루라도 빨리 끌어낼 수 있지 않겠습니까?"

"사 거사, 그대가 송 대협을 해친다면 성곤은 확실히 나타나지 않을 수 없을 거요. 그러나 지금의 성곤은 옛날의 그와 비교할 바 아니오. 그대는 도저히 그의 무공에 미치지 못할 테고, 결국 그대의 피맺힌 원수도 갚을 수 없을 거외다."

"성곤은 내 사부였습니다. 그자의 무공 실력이 어떤 것인지 대사님보다 제가 더 똑똑히 알고 있습니다."

그러자 공견대사는 절레절레 고개를 흔들었다.

"그는 달리 이름난 스승에게 투신해 지난 3년 이래 실력이 보통 아니게 늘었소. 그대가 비록 공동파의 칠상권을 수련했다 하더라도 그것으론 그를 다치게 하지 못할 것이오."

사손의 놀라움과 의혹은 이루 말할 수 없이 컸다. 공견대사와는 분명 한 번도 만나본 적이 없는데, 어떻게 자신의 일거일동을 다 지켜본 것처럼 훤히 알고 있단 말인가? 그는 기가 막혀 한동안 멍하니 있다가 다시 물었다.

"그걸 대사님이 어찌 아셨소?"

"성곤이 내게 말해준 거요."

사손의 얘기가 이 대목에 이르자 장취산 부부와 무기는 이구동성으로 "아!" 하고 탄성을 질렀다.

사손이 서글픈 웃음을 띠면서 고개를 끄덕거렸다.

"자네들도 어지간히 놀란 모양이로군. 사실 나도 그 말을 들었을 때 펄쩍 뛰었으니까……."

사손은 공견대사에게 따져 물었다.

"그자는 또 어떻게 알았답니까?"

소림의 신승은 말을 아끼면서 천천히 대답해주었다.

"지난 몇 년 동안 그 사람은 시종 그대 곁을 따라다녔소. 끊임없이 변장술을 썼기 때문에 알아보지 못했을 거요."

"흥! 내가 못 알아본다고? 그자가 죽어서 잿더미 흙먼지가 되었어도 난 알아볼 수 있소."

"사 거사, 그대는 매사에 데면데면하게 구는 사람이 아니오. 성격이 꼼꼼하고 세심한 분이라는 것을 잘 아오. 하지만 지난 몇 년 동안 무공을 수련해 복수할 생각만 품고 있었기 때문에 주변 일에는 전혀 신경을 쓰지 않았소. 다시 말해 그대는 밝은 곳에 노출되어 있었고, 그 사람은 어둠 속에 잠복해 있었던 셈이오. 그대가 알아보지 못한 게 아니라 애당초 알아볼 도리가 없었던 거요."

사손은 그 말을 믿지 않을 수 없었다. 하물며 공견대사로 말하자면 덕이 높기로 천하에 명성을 떨치는 고승인데, 그가 거짓말로 자기를 속일 리 없다고 생각했다.

"그렇다면 왜 그자가 암암리에 날 깨끗이 죽이지 않았습니까?"

"그대를 해치기로 마음먹었다면 아주 손쉽게 처치했을 거요. 사 거사, 그대는 두 번씩이나 그를 찾아가 복수하려다 두 번 다 실패했소. 그 사람이 당신 목숨을 해치기로 작심했다면 그때 왜 손을 쓰지 않았겠소? 더구나 그대가 〈칠상권보〉를 빼앗으러 갔을 때, 그대는 공동파의 원로 고수 세 사람과 내력으로 겨루었소. 하지만 공동오로崆峒五老 가운데 나머지 두 사람은 어디 있었을까? 그들 두 원로는 어째서 함께 싸우지 않았는지 생각해보지 않으셨소? 만약 그들 다섯이 한꺼번에 공격을 퍼부었다면 그대가 목숨을 보전할 수 있었으리라 생각하시오?"

이 물음에 사손은 흠칫 놀랐다. 〈칠상권보〉를 빼앗으러 공동파를 찾아갔을 당시, 그는 분명 공동삼로에게 상처를 입힌 직후 나머지 두 원로마저 중상을 입고 있었다는 사실이 새삼 떠올랐다. 그 일은 너무나 이상해서 아직까지도 마음에 걸린 채 풀리지 않는 의문 덩어리로 남아 있었다. 혹시 공동파에 갑자기 내분이 일어나 저들끼리 싸워 다친 것인지, 아니면 이름 모를 어떤 고수가 암암리에 자기를 도와준 것인지 갈피를 잡을 수 없었다. 한데 이제 공견대사에게서 그 말을 듣고 보니 마음에 짚이는 바가 있어 내처 물었다.

"그렇다면 두 원로가 성곤에게 다쳤단 말씀입니까?"

장취산과 은소소 역시 사손의 얘기를 들으면 들을수록 이상야릇한 느낌이 들었다. 강호에서 일어나는 사건들이 제아무리 구름처럼 파도처럼 변화무쌍하더라도 다 보고 들어 견문을 어지간히 넓혀온 두 사람으로선 충분히 알 만했다. 하지만 방금 사손이 한 이야기만큼은 그들의 추리 한계를 훨씬 뛰어넘는 것이었다. 사손만 하더라도 감당하기 어려운 대단한 인물인데, 그 스승 되는 혼원벽력수 성곤은 지혜나 모략, 무공 그 어느 면에서나 제자보다 한 수 더 높은 인물이라는 느낌을 지울 수 없었던 것이다.

"그 공동이로 두 사람은 정말 시아주버니 스승 되는 사람이 해쳤답니까?"

은소소의 물음에 사손은 고개를 끄덕였다.

"당시 나도 제수씨와 똑같은 질문을 공견대사에게 했네."

"대사님! 말씀해주십시오. 성곤이 공동이로를 해친 게 분명합니까?"

입에서 불쑥 튀어나오는 말로 사손이 다그쳐 묻자 공견대사는 고개를 끄덕이면서 되물었다.

"공동이로가 어떻게 다쳤는지 사 거사의 두 눈으로 직접 보지 않았소? 그들의 얼굴빛이 어땠소이까?"

이 물음에 사손은 대꾸할 말이 없었다. 그리고 한참 동안 침묵을 지킨 끝에 무겁게 입을 열어 수긍했다.

"그러고 보니 공동이로는 확실히 내 사부에게 부상을 당한 것이 틀림없소."

그가 공동삼로와 대결할 당시, 어찌 된 노릇인지 공동이로는 땅바닥에 누운 채 꼼짝도 하지 않았다. 그뿐만 아니라 얼굴에는 온통 핏빛처럼 붉은 반점으로 뒤덮여 있었다. 핏빛 붉은 반점은 그들 두 원로가 음유陰柔한 내력으로 적을 다치게 하려다 오히려 혼원공混元功에 역습을 당했다는 증거였다. 사손은 그 점을 분명히 알고 있었다. 물론 발진열發疹熱이나 장질부사腸窒扶斯 같은 급성 전염병에 걸렸을 때도 이런 증세가 나타나지만, 사손이 처음 공동오로와 마주쳤을 때 이들 다섯 원로는 모두 멀쩡한 상태였다. 그리고 강호 무림계 인사들 중에 자신과 성곤 외에는 혼원공을 수련한 자가 없다는 사실을 그는 분명히 알고 있었다.

공견대사가 고개를 주억거리면서 한숨을 내리쉬었다.

"그대의 사부는 술에 취해 덕성德性을 잃어버린 끝에 무도한 짓을 저지르고 사 거사의 일가족 남녀노소를 죽이고 말았소. 하나 술이 깨고 나서는 두려움과 부끄러움, 당혹스러움을 이기지 못해 쥐구멍에라도 들어가고 싶은 심정이었다고 했소. 그래서 사 거사가 두 차례나 복수하러 찾아갔을 때에도 차마 그대의 목숨을 다치게 할 수 없었다고 했소. 심지어 부상조차 입히지 않으려 했지만 그대가 복수심에 미쳐 날뛰면서 목숨 걸고 덤벼들었기 때문에, 그대를 다쳐놓지 않고서는 도저히 그 자리에서 빠져나가지 못하겠기에 어쩔 수 없이 상처를 입혀서 쫓아버렸다고 했소. 이후 그는 줄곧 사 거사의 뒤를 따라다니면서 그대가 위급한 처지에 봉착할 때마다 세 차례나 아무도 모르게 위기를 풀어주었소."

사손은 사뭇 곤혹스러운 기색으로 말이 없었다. 그러나 머릿속은 빠르게 움직이고 있었다. 이제 와서 생각해보니, 과연 공동오로와 싸웠을 때 말고도 두 차례에 걸쳐 이상야릇한 경험을 했다. 아주 위급한 사태가 벌어질 때마다 이상하게도 적이 갑작스레 공세를 늦추거나 아무 까닭 없이 저절로 물러가곤 했던 것이다. 특히 청해파青海派의 무서운 고수와 맞붙어 싸웠을 때가 제일 위험했다. 그때도 상대방은 스스로 공세를 풀고 물러났다. 사손은 지금까지도 그 이유를 알 수 없어 마음속에 앙금으로 남겨두고 있었다. 한데 그것이 스승이며 원수인 성곤이 암암리에 도와준 결과였다니 도무지 믿을 수가 없었다.

공견대사는 그의 표정을 바라보면서 말을 이어갔다.

"성곤은 자신이 저지른 죄가 너무 크다는 것을 아는 만큼 그대에게 용서를 구할 수 없었소. 그저 세월이 오래 흐르다 보면 그대의 기억도 흐려져 차츰 잊어버리려니 생각했소. 한데 날이 갈수록 그대의 원한이 커지고 벌이는 사건 역시 엄청나 해치는 인명 또한 숱하게 늘어날 줄이야 누가 알았겠소? 오늘 밤 그대가 또다시 송원교 대협을 찾아가 죽인다면, 결과적으로 그 엄청난 참화는 정말 수습할 길이 없게 될 것이오."

"그렇다면 대사님께서 내 사부를 만나게 해주십시오. 그리고 이 일은 우리 둘이서 해결할 것이니, 다른 사람은 일체 상관하지 말아야 합니다."

"그대 사부는 면목이 없어 그대를 만나지 못한다고 했소. 또 한 가지, 노납이 사 거사를 얕잡아보는 것은 아니지만, 설령 그 사람을 만난다 해도 공연한 헛수고에 지나지 않을 거요."

"대사께선 도행을 갖춘 고승으로, 시비 흑백을 누구보다 잘 분별하시리라 믿습니다. 그런 대사님께서 저더러 일가족이 몰살당한 이 피맺힌 원한을 갚지 말고 여기서 그만두라 하시는 겁니까?"

"사 거사가 당한 그 참혹한 화를 생각하면 노납도 가슴이 아프오. 하지만 스승 된 그 사람은 술에 취한 상태에서 성정性情을 어지럽혔을 뿐 본의는 아니었다고 생각하오. 게다가 지금은 깊이 참회하고 있으니 사 거사도 지난날 스승과 제자 간의 정리를 생각해 그만 너그럽게 용서해주시기 바라오."

이 말을 듣고 사손은 미칠 듯이 격노했다.

"내가 그자와 싸워 이기지 못해도 좋고, 그자의 일장에 맞아 죽어도 좋소! 그러나 이 원수를 갚지 않고는 나 역시 살고 싶은 생각이 없소이다!"

미친 듯이 펄펄 뛰는 사손을 바라보면서 공견대사는 한참 동안 생각에 잠겼다. 그리고 마침내 결단을 내려 이렇게 말했다.

"사 거사, 스승 되는 사람의 무공 실력은 이미 옛날과 비교할 정도가 아니오. 그대가 비록 칠상권을 연마했다고는 하나 그를 다치게 하지는 못할 것이오. 믿어지지 않거든 노납을 상대로 그 칠상권을 시험해보셔도 좋소."

"소생은 대사님과 아무 원한이 없는데, 어찌 감히 대사님을 다치게 할 수 있겠습니까? 소생의 무공이 비록 미약하다고는 하나, 대사님께서도 칠상권을 감당하기란 그렇게 쉬운 일이 아닐 겁니다."

"사 거사, 우리 내기해봅시다. 스승 되는 사람이 그대의 일가족 열세 목숨을 해쳤으니, 그대도 내게 한 목숨에 한 주먹씩 열세 번을 치시오. 만약 나를 다치게 한다면 노납은 이 일에서 손을 떼고 일체 간섭하지 않으리다. 그럼 그대의 스승 되는 사람도 자연 그대 앞에 나타나게 될 거요. 하나 만약 내가 열세 주먹을 고스란히 받아낸다면 이 원한을 여기서 깨끗이 잊기로 합시다. 어떻소?"

뜻밖의 제안에 사손은 대꾸할 말을 찾지 못한 채 한동안 생각에 잠겼다. 칠상권이 대단하기는 하나, 공견대사의 무공 역시 워낙 깊고 두텁기 때문에 그가 자신의 열세 차례 공격을 다 받아내면 피맺힌 원수를 갚을 길이 없기 때문이었다.

이때 공견대사가 다시 엄한 말투로 다그쳤다.

"솔직히 말해서 노납은 이미 이 사건에 관여하기로 결심했소. 그대가 더 이상 무고한 무림계 동도同道들을 해치도록 놓아둘 수가 없기 때문이오. 사 거사가 일념으로 선善을 지향해 이쯤에서 단념하신다면 과거지사는 모두 말끔히 씻어버릴 수 있을 것이오. 그렇지 않고 끝까지 원수를 찾아 보복하겠다면, 그대의 손에 죽임을 당한 피해자들의 제자나 가족들이 또 복수하려고 그대를 찾아 나설 것이 아니겠소?"

상대방의 말투가 급작스레 매서워지는 것을 보자, 사손은 그만 이성을 잃고 저도 모르게 큰 소리가 나오고 말았다.

"좋소! 내가 칠상권으로 당신을 열세 번 때리겠소! 감당하기 어렵다고 생각되거든 즉시 그치라고 외쳐주시오. 또 한 가지, 사내대장부의 약속은 태산처럼 무거운 법, 내 주먹질을 다 받아내지 못했을 때는 반드시 내 사부를 이 자리에 불러내 나와 만나게 해주셔야 하오!"

공견대사가 보일 듯 말 듯 희미하게 미소 지으면서 고개를 끄덕였다.

"자, 어서 공격하시오."

사손은 더 말할 것도 없이 첫 번째 주먹을 내질렀다. 그러나 왜소한 몸집에 허옇게 세어버린 눈썹과 수염, 자상하고도 장엄한 얼굴 모습을 보고 있으려니 차마 다치게 하고 싶은 마음이 일지 않아 첫 주먹질에 겨우 3할 공력만 얹어 그의 앞가슴을 내질렀다.

"퍽……!"

"아이고, 큰아버지! 그럼 방금 저 나무의 근맥을 끊어버린 칠상권으로 늙은 스님을 때렸단 말이에요?"

무기가 펄쩍 뛰면서 물었다.

사손은 서글픈 기색으로 고개를 내저었다.

"아니야, 그것은 내 사부에게서 배운 벽력권霹靂拳이었다. 차마 칠상권으로 다치게 하고 싶지 않아서……."

"그래서 어떻게 됐어요?"

첫 번째 주먹이 날아가자 공견대사의 몸뚱이가 휘청하더니 뒤로 한 걸음 물러섰다. 사손은 벽력권에 겨우 3할의 힘만 썼는데도 그가 한 발짝 뒷걸음질 치는 것을 보고, 칠상권을 쓰기만 하면 세 주먹 안에 그 목숨을 날려 보낼 수 있으리라는 자신이 생겼다. 두 번째 주먹질에는 힘을 조금 더 보탰다. 그런데 공견대사는 여전히 몸뚱이가 휘청거리면서 다시 한 걸음 뒤로 물러섰다. 사손은 세 번째 주먹질에 7할 공력을 쏟아 후려쳤다. 그래도 공견대사는 몸뚱이 한 번 휘청거리면서 한 걸음 뒤로 물러섰을 따름이었다. 사손은 그때야 뭔가 이상하다는 느낌이 들었다. 첫 번째 3할의 공력을 실었을 때보다 두 배 이상이나 센 힘으로 후려쳤는데도 결과는 마찬가지, 휘청거리는 몸놀림 한 번에 뒷걸음질 한 번뿐이었으니 이상할밖에……. 장작개비 모양으로 비쩍 마른 몸뚱이로 사손의 일격을 얻어맞았으면 적어도 갈비뼈 몇 대는 부러져야 할 터인데, 튕겨내는 반탄력도 없이 그 무서운 세 주먹을 고스란히 받아냈으니 사손으로서는 놀랄 수밖에 없었다.

그제야 사손은 그를 쓰러뜨리기 위해서는 전력을 다 쏟아야 한다는 사실을 깨달았다. 하지만 일단 혼신의 기력을 다 쏟아 후려치면 공견대사는 죽거나 다칠 것이 분명했다. 그는 공격을 멈추고 물끄러미 공견대사를 바라보았다. 사손은 비록 오랜 세월 악한 짓을 저질러왔어도 남을 위해 자신의 목숨을 돌보지 않는 그의 자비로운 마음씨에 고개가 절로 숙여졌다.

"대사님, 당신은 그저 얻어맞기만 하고 반격을 안 하시니, 나도 차마 더는 공격하지 못하겠습니다. 지금까지 세 주먹을 받아내신 대가로 송원교를 해치지 않겠노라고 약속드리리다."

"그럼 그대와 성곤 사이의 원한은 어찌하시겠소?"

"성곤은 나와 같은 하늘 아래에 함께 살아갈 수 없는 원수입니다. 그 자가 죽지 않으면 내가 죽어야 합니다."

사손은 잠시 망설인 끝에 이렇게 덧붙였다.

"하지만 대사님께서 이렇게까지 나서셨으니, 불초 사손은 대사님의 뜻을 존중하는 뜻에서 오늘 이후로 두 번 다시는 무림의 동도를 해치지 않고 오로지 성곤 자신과 그놈의 가족만을 찾아서 복수하겠습니다."

이 말을 듣자 공견대사는 두 손 모아 합장하며 고개를 숙였다.

"착하신 말씀이오! 사 거사의 그 착한 마음씨에 노납은 무림의 동도를 대신해 깊이 감사드리오. 하지만 노납은 그대와 성곤 사이의 원한마저 풀어드리기로 결심했으니, 나머지 열 주먹도 마저 치셔야겠소."

사손은 이때 칠상권으로 공견대사를 몰아붙이면 성곤이 나타나지 않고는 배겨나지 못하리라는 생각이 들었다. 더구나 그는 칠상권의 공력을 자유자재로 내뻗었다가 거두어들일 수 있는 경지에 도달해 있었다. 따라서 치명타를 가하기 직전에 다시 거둬들이면 된다고 생각했다. 그렇다면 굳이 공견대사의 목숨을 해치지 않을 수도 있었다.

"좋습니다. 정 원하시면 저도 실례를 범하겠습니다!"

이윽고 네 번째 주먹질이 뻗어나갔다. 이번만큼은 벽력권이 아니라 칠상권이었다. 주먹이 앞가슴에 명중하자 공견대사의 가슴이 움푹 파이더니 기우뚱하고 앞으로 한 걸음 내디뎠다.

"이상하네요. 그 노스님께서 이번에는 왜 뒷걸음질을 치지 않고 앞으로 나왔지요?"

무기가 고개를 갸우뚱하고 묻는데, 장취산이 얼른 한마디 끼어들었다.

"그건 소림파의 금강불괴金剛不壞 신공이로군요!"

사손이 대견스럽다는 듯이 고개를 주억거렸다.

"과연 자네 식견이 놀랍군! 제대로 보았네. 공견대사는 네 번째 주먹질이 앞서 세 번과 크게 다르다는 것을 알자, 몸뚱이에서 저절로 반탄력이 생겨난 것일세. 그 반탄력에 튕긴 나는 가슴속과 배 속이 진탕되어 오장육부가 훌떡 뒤집히는 줄 알았네. 하긴 그로서도 어쩔 수 없는 일이었겠지. 만약 그 신공을 쓰지 않았다가는 내 칠상권을 막아내지 못했을 테니까. 나도 오래전부터 소림파의 금강불괴 신공이 고금에 짝이 없는 오대 신공五大神功 가운데 하나라는 소문을 듣긴 했는데, 막상 내 몸으로 직접 당하고 보니 정말 대단하더군. 그래서 다섯 번째 주먹에는 칠상권 중의 음유지력陰柔之力을 얹어 후려쳤더니, 이번에도 한 걸음 앞으로 나서면서 그 음유지력으로 반격해오는 것이 아닌가? 나는 내 주먹 힘을 가까스로 막아낼 수밖에 없었네."

"큰아버지, 그 스님은 응수하지 않겠다고 약속해놓고 왜 반격했나요?"

사손은 양아들의 머리를 쓰다듬어주면서 이렇게 대답했다.

"안달하지 말고 내 얘기를 좀 더 들어보려무나."

사손이 다섯 번째 공격을 마치고 났을 때, 공견대사는 고개를 절레절레 내둘렀다.

"사 거사, 칠상권의 위력이 그토록 놀라울 줄은 내 미처 생각지 못했소이다. 반탄력을 운공하지 않고서는 도저히 받아낼 수가 없구려."

"반격하지 않으시는 것만으로도 저는 그 후의에 깊이 감사하고 있습니다."

사손은 대꾸하면서 잇따라 여섯, 일곱, 여덟, 아홉 번째 주먹을 단숨에 들이쳤다. 공견대사는 과연 놀랍게도 이 네 가지 권법이 자신의 몸뚱이에 들어맞을 때마다 일일이 반탄력으로 튕겨내면서 그 강유剛柔가 뒤섞인 힘줄기를 낱낱이 조리 정연하게 가려내는 것이 아닌가!

사손은 속으로 깜짝 놀랐다. 하나 이대로 물러설 수는 없다고 자신을 다그치면서 이번에는 은근하고도 부드러운 힘줄기로 날 듯이 가볍게 후려쳤다. 열 번째 주먹질이었다.

"대사님, 조심하십시오!"

그러자 공견대사는 보일 듯 말 듯 고개를 한 번 끄덕이더니, 열번 째

권이 몸에 들이닥치기 직전에 성큼 두 걸음을 앞으로 내디뎠다. 결국 순식간에 기선을 제압해버린 것이다.

철부지 무기는 그 두 걸음이 어째서 공격하기 어려운 것인지 물론 이해할 수 없었다. 그러나 장취산은 고수끼리의 대결에서 상대방이 공격을 퍼붓기 직전에 미리 기선을 제압하는 것이 얼마나 어렵고 힘든 일인지 알고 있었다. 통상적으로 상대방의 일초만 알아도 이길 수 있는 경우가 허다했기 때문이다. 그는 저도 모르게 고개를 끄덕거렸다.

"공견대사는 정말 대단하신 분이군! 정말 대단하신 분이었어!"

실제로 열 번째 주먹에는 사손의 전력이 담겨 있었다. 그러나 상대방이 먼저 기선을 제압하고 나오는 바람에 그는 그 힘줄기에 도로 튕겨 두 걸음이나 뒷걸음질 치고 말았다. 물론 그는 자신의 얼굴빛을 볼 수는 없었지만 핏기 한 점 없이 백지장처럼 하얗게 질렸음을 느낌만으로도 상상할 수 있었다.

공견대사가 천천히 숨 한 모금을 내쉬었다.

"열한 번째 주먹일랑 서두르지 말고, 정신을 가다듬고 나서 치도록 하시오."

사손은 이겨야겠다는 마음은 굴뚝같았으나, 내식內息이 훌떡 뒤집힌 상태라 숨이 가쁘고 가슴이 울렁거려 도저히 열한 번째 권을 후려칠 수 없었다.

여기까지 듣고 났을 때, 장취산 일가족 세 사람은 모두 조바심이 나기 시작했다. 무기가 불쑥 한마디 던졌다.

"큰아버지, 역시 나머지 세 주먹은 치지 않는 게 좋았겠어요."

"어째서?"

"그 노스님은 좋은 분이시니까, 큰아버지가 그런 분을 다치게 하면 속으로 얼마나 언짢으시겠어요? 또 큰아버지가 다치면 그분도 좋아하실 리 없을 테고……."

이 말을 듣고 사손은 한숨을 내리쉬었다.

"내가 몇십 년을 살고도 그때 이 어린것의 식견보다 못했으니 부끄러운 노릇일세. 하지만 나는 내 원수를 갚겠다는 생각만 하고 있었네. 어떻게 해서든지 사부란 자를 찾아내기까지는 그만둘 생각이 없었거든. 다음번 공격을 가하고 나면 반드시 둘 중 한 사람은 다치거나 죽게 되는 줄 뻔히 알면서도 이것저것 생각해볼 틈이 없었네……."

사손은 공력을 최대한으로 일으켜 열한 번째 권을 다시 후려쳤다. 한데 이번만큼 공견대사는 두 발로 선 채 공격을 받지 않고 갑작스레 위로 솟구쳐 올랐다. 사손의 주먹은 본래 가슴을 후려친 것이었는데, 그가 몸을 솟구쳐 올리는 바람에 힘줄기는 그 아랫배를 강타하고 말았다. 공견대사도 적잖이 고통을 느꼈는지 두 눈썹을 찌푸렸다. 사손은 그 의도를 분명히 알 수 있었다. 만약 가슴으로 받아냈다면 그 반탄력이 너무 강해 사손이 오히려 견뎌내지 못할까 봐 일부러 아랫배로 일격을 받아낸 것이다. 물론 자신이 받는 고통은 가슴 쪽보다 훨씬 더 컸지만 말이다.

뜻밖의 결과에 사손은 일순 멍해졌다. 그는 떠듬거리는 말투로 안타깝게 호소했다.

“제 사부란 자는 죄과가 너무 깊고 무거워 골백번 죽어도 그 죄를 다 씻지 못할 것입니다만, 대사님께선 어찌하여 금옥金玉과도 같이 귀중하신 몸으로 그런 자를 대신해 이 고통을 감내하시는 겁니까?”

공견대사는 가빠진 숨결을 두어 번 고르고 나서 쓰디쓴 웃음을 지었다.

“이제…… 두 주먹만 더 받아내면…… 이 억겁의 원한도 다 풀리겠구려.”

이 말을 듣는 순간, 사손의 머릿속에 한 가지 영감이 퍼뜩 떠올랐다. 금강불괴의 신공을 펼칠 때는 입을 벌려 말을 해서는 안 된다고 했다. 그렇다면 말을 하도록 유도해내고 그 틈에 돌발적으로 일권을 후려치면 어떻게 될까?

“만약 제가 열세 주먹질 안에 대사님을 다치게 하면, 내 사부란 자가 날 보러 나오도록 보장하실 수 있겠습니까?”

“그야 성곤이 자기 입으로 직접 내게 약속했으니까…….”

사손은 그 말끝이 미처 다 떨어지기도 전에 공견대사의 아랫배에 일권을 후려쳤다. 주먹을 내지르는 기세도 무척 빨랐거니와 주먹이 닿는 부위 또한 낮아서, 그로 하여금 호체신공護體神功을 미처 발동하지 못하도록 만든 것이었다. 그러나 불문佛門의 신공이란 마음을 따라서 일어나는 것인 줄이야 꿈에도 몰랐다. 사손의 주먹이 아랫배에 닿는 찰나, 호체신공은 벌써 그의 온몸 구석구석에까지 퍼져 있었다.

“어흑!”

반탄력에 튕긴 사손의 입에서 외마디 신음 소리가 터져 나왔다. 눈앞에서 하늘과 땅이 빙글빙글 돌고 심장과 허파가 한꺼번에 터져 나갈 듯 꽉 막혀 털썩털썩 7~8보나 뒷걸음질 친 끝에 등줄기가 커다란 나무 그루터기에 부딪쳐서야 겨우 버티고 설 수 있었다. 갑자기 좌절감과 절망감이 온몸을 휩쓸었다.

그러나 다음 순간 독한 생각이 하나 떠올랐다. '옳거니, 이판사판이다. 그 수를 한번 쓰자……!'

사손은 큰 소리로 외쳤다.

"이젠 다 틀렸구나! 이 원한을 못 풀고 나 사손이 천지간에 살아서 무엇 하랴!"

그러고는 손을 번쩍 들어 자신의 천령개를 내리쳤다.

"묘한 계략이로군요! 정말 묘책이야!"

은소소가 손뼉을 치며 소리쳤다.

"어째서?"

장취산이 물으려다가 그 역시 금방 깨달았다.

"옳거니! 그렇게 해서 그분을 상대하려 했군요. 하지만 그건 너무 악독한 수법인데……."

그렇다. 그것은 너무나 악랄한 계략이었다. 사손이 자기 정수리의 치명적인 요혈 천령개를 내리치려 한 의도는 사실 단순한 꼼수였다. 자신이 스스로 목숨을 끊으려는 것을 보면 자비심으로 똘똘 뭉친 공견대사는 깜짝 놀라 사손을 구하려 들 것이다. 사손은 그 순간적인 무방비 상태를 노려 마지막 남은 한 수로 결정타를 먹일 작정이었다. 장취산은 아내와 마찬가지로 총명하고 기민했으나 평소 간사한 마음을 품어본 적이 없기 때문에 결국 아내보다 뒤늦게 깨달았던 것이다.

사손이 참담한 표정으로 탄식을 내뱉었다.

"자네들 추측이 옳으이. 나는 확실히 그분의 어질고 착한 심성을 악용했네. 내 손바닥으로 천령개를 내려친 것은 비록 암암리에 모략을 숨긴 것이기는 했어도 요행까지 바라는 아주 위험한 행동이었지……."

생각해보라. 그 일장이 자신의 천령개를 깨뜨려 부수지 못할 정도로 약한 것이었다면 공견대사도 그 꼼수를 알아차리고 제지하러 달려들지 않았을 것이다. 그렇다면 어떻게 해야 하는가? 상대방을 믿게 하려면 자신도 전력을 다 쏟아부어 내리칠 수밖에 없었다. 이제 칠상권 열세 주먹 가운데 남은 것은 오직 한 수. 칠상권의 힘줄기가 지독스러운 것이기는 해도 공견대사의 호체신공을 깨뜨리지 못하는 한 사부 성곤에게 원수를 갚겠다는 말은 두 번 다시 꺼낼 수 없었다. 당시 사손은 노름판에서 마지막 남은 밑천을 다 걸고 최후의 승부를 건 셈이었다. 천령개를 내리치는 그 손바닥에는 확실히 혼신의 공력이 담겨 있었다. 이제 공견대사가 구해주지 않는다면, 그는 제 손으로 정수리를 박살 내고 죽는 수밖에 없었다. 어차피 복수를 못 할 바에야 더는 살고 싶은 생각도 없었다.

아니나 다를까, 공견대사는 일이 심상치 않게 돌변하는 것을 보자 큰 소리로 외쳐대며 사손을 구하러 달려들었다.

"안 되오! 어째서 그런 짓을……."

그는 황급히 손을 내뻗어 이제 막 천령개를 후려치는 사손의 오른 손바닥을 가로막았다. 바로 그 순간, 사손의 왼주먹이 번개 벼락 치듯 내뻗었다.

"퍽……!"

치명적인 결정타는 공견대사의 가슴과 복부 사이에 있는 명치를 정확히 가격했다. 공견대사는 전혀 무방비 상태에서 호체신공을 일으킬 엄두도 내지 못한 채 그 일격을 고스란히 얻어맞았다. 피와 살로 뭉쳐진 몸뚱이가 칠상권의 마지막 일권을 무슨 수로 막아낼 수 있으랴? 공견대사는 그 즉시 오장육부가 토막토막 끊어져 그 자리에 털썩 쓰러지고 말았다.

사손은 회심의 일격이 명중하는 순간, 공견대사가 살아나지 못한다는 것을 알았다. 그 순간 그의 가슴속 한구석에 도사려 있던 타고난 양심이 갑작스레 움터 나왔다. 그는 공견대사의 몸뚱이 위에 엎어져 큰 소리로 울음을 터뜨렸다.

"대사님! 이 사손은 배은망덕한 놈이오! 개돼지만도 못한 놈입니다!"

장취산 일가족 세 사람은 침묵 속에 아무 말도 하지 않았다. 그저 모두 사손이 그런 비겁한 계략으로 덕행 있는 고승을 죽인 것이 크게 잘못된 행동이었다는 생각만 할 따름이었다.

어느덧 사손은 울고 있었다.

자기 몸뚱이 위에 엎어져 목 놓아 통곡하는 사손을 보고, 공견대사는 희미하게 미소를 지으면서 위안의 말을 건넸다.

"어느 누군들 죽지 않는 사람이 있겠소? 사 거사, 슬퍼하지 마시오. 이제 곧 그대의 사부가 올 것이니, 아무쪼록 마음을 가라앉히고 순리대로 일을 좋게 끝내시오. 공연히 감정에 휩쓸려 무모한 짓을 저지르지 마시오."

그 말이 사손을 번쩍 일깨워주었다. 방금 잇따라 쳐낸 칠상권 열세 주먹질로 진력을 크게 소모한 뒤끝인데, 이제 곧 대적大敵을 눈앞에 두고 계속 통곡이나 해서 심신을 상하게 해서야 말이 되겠는가? 이리하여 그는 당장 가부좌를 틀고 앉아 운기 조식에 들어갔다.

그런데 어찌 된 일인지 한참이 지났어도 그의 사부는 나타나지 않았다. 사손은 속으로 의아스럽게 여기면서 물끄러미 공견대사를 바라보았다.

공견대사는 죽어가고 있었다. 가늘어질 대로 가늘어진 숨결은 끊어질 듯하다가 다시 이어지고 또 끊어지곤 했다.

"그가…… 말만 앞세우고 신의가 없으리라곤…… 생각 못 했소……. 혹시 어떤 사람이…… 중도에 발목을 잡아서 오지 못하는 건 아닌지……."

사손은 이 말을 듣고 성이 나서 버럭 호통을 쳤다.

"대사님이 날 속였구려! 날 속여서 당신을 때려죽이게 만들었잖소! 내 사부는 어째서 안 나타나는 거요?"

공견대사는 힘없이 고개를 내저었다.

"정말 미안하오. 하지만 그대를 속인 건 아니었소."

미칠 듯이 성이 난 사손에게 그런 말이 귀에 들어오겠는가. 그는 공견대사에게 욕설을 퍼부으려고 입을 열었다. 하나 다음 순간, 이런 생각이 들었다. '이 사람은 날 속여서 자기를 때려죽이게 만들었다. 그렇다면 이 스님에게 이로울 것이 뭐 있단 말인가? 때려죽인 것은 나인데, 어째서 반대로 내게 미안하다는 것일까?' 생각이 이에 미치자 그는 너무나 부끄러워졌다. 그래서 공견대사 곁에 무릎을 꿇고 사죄했다.

"대사님, 절 용서해주십시오. 그리고 무슨 소원이든 말씀하십시오. 제가 반드시 이뤄드리겠습니다."

공견대사가 빙그레 미소를 띠었다.

"소원이라면…… 앞으로 사람을 죽일 때 노납 생각을 조금만 해달라는 것이오."

"여보게 아우님, 그리고 제수씨, 그 고승은 무공만 뛰어날 뿐 아니라 대지大智 대혜大慧한 부처님의 제자로서 나의 사람됨을 깊이 꿰뚫어보고 있었네. 그분은 내가 복수심을 끊어버리고 착한 사람으로 바뀔 수 없음을 알아보았으나, 단념하지 않고 나더러 사람을 죽일 때마다 자신을 기억해달라고 부탁했지. 자네 기억나는가? 그날 우리가 배 안에서 장력으로 겨루었을 때, 나는 자네의 목숨을 다치게 하지 않았네. 왜 그랬을까? 바로 그 순간에 문득 공견대사의 당부 말씀이 생각나서였네."

"그때 형님이 마음만 먹었다면 내 목숨 하나쯤은 손쉽게 처치할 수 있었을 텐데……. 역시 그랬군요!"

장취산으로서는 생전 얼굴 한 번 보지 못한 공견대사가 자기 목숨을 구해주었으리라고는 꿈에도 생각지 못했다. 이제 사손의 입을 통해 그 사실을 알고 나자, 이 고승을 동경하고 흠모하는 마음이 더욱 깊어졌다.

공견대사의 숨결은 시간이 흐를수록 미약해졌다. 사손은 손바닥으로 그의 영태혈靈台穴을 누르고 내력을 쏟아부어 목숨을 조금이라도 더 연장시켜보려고 필사적으로 애를 썼다.

공견대사가 돌연 숨 한 모금을 깊숙이 들이마시더니 눈을 뜨고 사손을 올려다보았다.

"그대 사부는…… 아직도…… 오지 않았소?"

"오지 않았습니다."

"안 올 리가 없을 텐데…… 그가 나마저…… 속였단 말인가……?"

"대사님, 안심하십시오. 저도 이제부턴 그자를 끌어내기 위해 함부로 사람을 죽이지 않겠습니다. 다만 이 세상 끝까지 맨발로 걷는 한이 있더라도 내 힘으로 반드시 그자를 찾아내고야 말겠습니다."

"으음…… 하지만 그대의 무공만으로는 그 사람에게 미치지 못한다오…… 다만…… 한 가지…… 한 가지……."

여기까지 말하고 났을 때 그의 목소리는 갈수록 약해져 알아들을 수 없었다. 사손은 귀를 그의 입술 언저리에 갖다 붙이고 온 신경을 청각에 쏟았다.

"말씀하십시오! 한 가지라니, 무엇 말씀입니까?"

"다만 한 가지…… 도룡도를 찾을 수만 있다면…… 도룡도에 감춰진…… 비밀을……."

'비밀'이라는 단 한마디를 뱉어내고 났을 때, 공견대사의 숨결은 더 이어지지 못하고 그대로 절명하고 말았다.

이때가 되어서야 장취산 부부는 비로소 모든 사실을 분명히 알 수 있었다. 사손이 어째서 도룡도의 비밀을 캐내려고 노심초사하는지, 평소에는 그토록 점잖고 예의 바르던 그가 어째서 광성이 발작하면 들짐승처럼 미쳐 날뛰었는지, 그리고 절세의 무공을 소유한 그가 어째서 온종일 수심에 잠겨 있는지.

"……그래서 나는 도룡도의 행방을 알자마자 곧바로 왕반산도로 달려가 그 칼을 빼앗았지. 제수씨, 영친께서는 왕년에 나하고 아주 가까이 사귀던 벗이었네. 백미응왕과 금모사왕 두 사람이 당세에 똑같이 명성을 드날린 사이였거든. 나중에 가서 반목하고 원수가 되었지만, 그간에 일어난 사소한 일들을 자네들에게 얘기할 필요는 없겠지. 아무튼 도룡도를 얻기 전까지 나는 온갖 수단 방법을 다 써가며 성곤을 찾아다녔으나, 도룡도를 얻고 난 뒤에는 반대로 그가 날 찾아올까 봐 두려운 생각이 들었네. 그래서 이렇듯 아무도 모르는 궁벽한 곳을 하나 찾아서 은둔하며 천천히 도룡도에 감춰진 비밀을 캐내려고 했던 것일세. 그리고 자네들이 내 행적을 누설할까 봐 자네들까지 데리고 온다는 것이 어느덧 벌써 9년 세월이라니……. 그런데 이 사손은 여태껏 아무것도 이루어놓은 것이 없지 않은가!"

탄식하는 사손 앞에서 장취산이 조심스럽게 말을 꺼냈다.

"공견대사께서 임종하실 때 혹시 그 말씀을 다 끝내지 못하신 게 아닙니까? '도룡도를 찾을 수만 있다면, 도룡도에 감춰진 비밀을……'이라고 말씀하셨다는데, 어쩌면 다른 뜻으로 말씀하신 건 아닌지 모르겠습니다."

"지난 9년 동안 나는 온갖 황당무계한 것, 온갖 기상천외한 것들을 다 생각해보았네. 하지만 어느 것 하나도 그분의 말씀에 부합하는 것이 없더군. 이 칼 속에 무엇인가 큰 비밀이 감춰진 것만은 틀림없네. 하지만 내 아무리 심혈을 기울이고 지혜를 쥐어짜내도 전혀 꿰뚫어볼 길이 없네. 보통 단도單刀와 달리 손잡이 근처 칼날에서 이빨 빠진 것 같은 흠집을 찾아냈는데, 그 흠집조차 별다른 것이 없지 뭔가. 도법刀法상에 특별한 쓰임새가 있는 것 같지도 않고……."

그날 밤 기나긴 사연을 다 털어놓은 후, 사손은 두 번 다시 그 일을 거론하지 않았다. 단지 무기를 독려해 무공을 수련시키는 일에만 열중할 따름이었다. 이전과 달리 그는 비상할 정도로 무기를 엄격하고 무섭게 다루었다.

무기는 비록 총명하다고는 해도 역시 아홉 살짜리 어린아이여서 세상에 보기 드문 사손의 무공을 단시일 내에 깨칠 수는 없었다. 사손은 이 어린것에게 혈도를 바꾸는 방법과 막힌 혈도를 푸는 기술을 가르쳤다. 그것은 무학 중에서도 가장 심오한 공부였기 때문에 무기는 혈도의 명칭이나 위치마저 제대로 알지 못하는 데다 내공의 기초 역시 전혀 갖추지 못한 상태라 배우기가 여간 어려운 일이 아니었다. 하나 사손은 무기가 잘못하면 가차 없이 꾸짖고 매를 들었다. 무기에게 털끝만큼도 관용을 베풀지 않았다.

은소소는 어린 아들의 몸뚱이에 시퍼렇게 멍든 자국을 볼 때마다 속이 상해서 사손에게 항의를 했다.

"시아주버니의 무공은 세상 천하를 뒤덮을 만큼 높은 것인데, 어떻게 저 어린것이 3년 5년 안에 다 익힐 수 있겠어요? 이 황량한 무인도에 세월도 쇠털같이 무궁무진하니 천천히 가르쳐주셔도 되지 않겠어요?"

"난 지금 무기한테 무공을 단련시키는 게 아닐세. 그저 머릿속에 모조리 기억해두도록 다그치는 것뿐이라네."

그 말에 은소소는 이것 봐라 싶어 두 눈이 휘둥그레졌다.

"그럼 여태껏 무공을 가르치신 게 아니란 말인가요?"

"흥! 일초 일식을 연마하면 어느 세월에 다 깨우치겠는가? 난 그저 아이에게 외워서 단단히 기억하도록 해줄 뿐일세."

은소소는 그 의도를 분명히 알 수는 없었으나, 사손이 하는 일마다 사람의 의표를 찌르는 터라 그저 그가 하는 대로 내버려둘 수밖에 없었다. 그만큼 사손은 심지가 깊고 직관력이 날카로웠다. 하지만 어린 아들이 매를 맞고 상처투성이가 되어 돌아올 때면 품에 안고 다독거려주면서 시아주버니의 처사를 원망하곤 했다. 한데 어린 무기는 어른스럽게 사리를 따져가며 양부의 역성을 들곤 했다.

"엄마, 큰아버지는 나한테 아주 잘해주시니까 야단치지 마세요. 큰아버지가 날 호되게 때릴수록 나도 그만큼 잘 외워지거든요."

이렇게 반년이 또 훌쩍 지났다.

어느 날 아침, 사손이 장취산 부부에게 불쑥 말을 건넸다.

"여보게 아우, 그리고 제수씨, 앞으로 넉 달 후면 풍향이 남쪽으로 바뀌니까 오늘부터 우리 뗏목을 엮기로 하세."

이 말을 듣고 장취산은 놀라움과 기쁨이 엇갈려 내처 물었다.

"뗏목을 엮자니, 그럼 중원 땅으로 돌아가잔 말씀입니까?"

그러자 사손은 눈먼 시선으로 하늘을 우러른 채 냉랭하게 쏘아붙였다.

"그야 저 빌어먹을 하늘이 선심을 쓰는지 안 쓰는지에 달렸겠지! 이런 경우를 가리켜서 '일을 꾸미는 것은 사람 손에 달렸고, 성사는 하늘 뜻에 달렸다'고 하지 않던가? 성공하면 중원 땅에 돌아가는 거고, 실패하면 망망대해에 빠져 죽기밖에 더 하겠나?"

사실 은소소의 마음 같아서는 위험을 무릅쓰고 중원 땅으로 돌아가기보다는 차라리 이 신선들이나 살 만한 빙화도에서 유유자적하게 지내는 것이 더 나을 듯싶었다. 그러나 무기가 장차 어른이 되어 아내도 얻지 못하고 자식도 낳아 기르지 못한 채 평생토록 이 외로운 무인도에 혼자 파묻혀 살아가다 죽어야 한다는 생각이 들자 그녀 역시 신바람 나게 뗏목 만드는 일에 끼어들었다.

그들은 서둘러 뗏목을 만들기 시작했다. 섬에는 하늘을 찌를 듯이 해묵은 고목 숲이 울창했다. 추운 데서 서서히 생장해 나무 질도 아주 좋은 데다 단단하기가 무쇠 덩이나 바위 같았다. 사손과 장취산은 벌목 일을 맡았고, 은소소는 나무껍질과 짐승 가죽으로 돛을 엮었다. 그리고 나무껍질로 밧줄을 꼬아 만들었다. 무기는 여기저기 분주하게 뛰어다니며 심부름하느라 바빴다.

뗏목을 엮는 틈틈이 사손은 무기를 곁에 세워놓고 그동안 배운 무공을 복습시켰다. 이 무렵 장취산과 은소소 두 사람도 더는 남의 무공을 엿본다는 강호 무림계의 피혐避嫌에 얽매이지 않고 그들 곁에 앉아 두 사람이 일문일답하는 것을 들었다. 하나같이 구결口訣로 전수하는 내용뿐이었다. 사손은 심지어 여러 가지 도법이나 검법조차 사서오경을 외우듯 억지로 암기하도록 강요했다. 공부를 가르칠 줄 모르는 먹통 훈장이 앞서 '공자 왈, 맹자 왈' 읽으면 학생이 따라 읽으며 통째로 암기하듯, 사손은 단 한마디 풀이도 해주지 않고 무조건 줄줄 외우도록 했다. 은소소는 곁에서 듣다 못해 어린 아들 무기가 불쌍하다는 생각마저 들었다. 무학에 정통한 어른조차 다 외우지 못할 그 숱한 구결과 초식을 시범도 보여주지 않고 그저 죽어라 외우게만 하다니 그걸 나중에 어디다 써먹는단 말인가? 하나 사손은 글자 하나 틀릴 때마다 용서 없이 무기의 뺨을 매섭게 후려쳤다. 비록 손찌검에 내력을 싣지는 않았어도 얻어맞은 무기의 얼굴은 퉁퉁 부어올라 반나절이 되도록 가라앉지 않았다.

뗏목 엮기는 꼬박 두 달이 걸려서야 겨우 완성됐다. 그러나 주 돛대와 부 돛대를 세우는 데만 또 보름 남짓 시간을 보내야 했다. 이어서 사냥이 시작되었다. 사냥해 잡은 고기를 소금에 절여 저장하고 짐승 가죽으로 꿰매 만든 부대에 마실 물을 채웠다.

작업이 거의 마무리될 무렵, 낮이 점점 짧아지고 밤이 긴 절기가 되었다. 그들은 바닷가에 오두막을 짓고 들어앉아 땀 흘려 엮은 소중한 뗏목을 지켰다. 풍향이 바뀌면 언제든지 바닷물에 띄울 준비가 끝났다.

사손은 무기를 잠시도 자신 곁에서 떼어놓으려 하지 않았다. 밤에도 데리고 잤다. 장취산 부부는 그가 자기네 아들을 그토록 아끼고 사랑하고 또 엄격하게 다루는 것을 보면서, 그저 쓴웃음만 지을 뿐이었다.

어느 날 밤, 장취산은 잠결에 바람 소리가 이상한 것을 듣고 벌떡 깨어나 앉았다. 바람 소리는 사손이 말한 대로 과연 북쪽에서 들려왔다. 그는 황급히 아내를 흔들어 깨웠다.

"저 소리 좀 들어봐요!"

잠에 취한 은소소가 미처 대꾸하기도 전이었다. 동굴 바깥에서 사손이 외쳐 부르는 소리가 들려왔다.

"북풍으로 바뀌었다! 북풍으로 바뀌었어!"

두 번째 외침에는 울음기가 섞여 있었다. 한밤중이어서 그런지 더욱더 쓸쓸하고 애처롭게 들렸다.

이튿날 아침 장취산 부부는 어린아이들처럼 기뻐하며 짐을 꾸리고 뒷정리를 했다. 10년을 살아온 빙화도를 갑작스레 떠난다고 생각하니 아쉽고 서운한 마음이 들어 이따금 손길이 멈춰지곤 했다.

식량과 물을 뗏목에 실었을 때는 벌써 정오가 되었다. 세 사람은 힘을 합쳐 뗏목을 바닷물에 밀어 넣었다. 누구보다 먼저 무기가 뗏목에 뛰어올랐다. 그 뒤를 은소소가 뒤따랐다.

장취산이 기분 좋게 사손의 팔목을 부여잡았다.

"형님, 뗏목까지 거리는 6척입니다. 우리 함께 뛰어오릅시다!"

그러자 사손이 절레절레 고개를 내저었다.

"여보게 아우, 이제 우리는 영영 작별할 때가 되었네. 부디 몸조심하게."

장취산은 가슴이 마치 누군가의 주먹에 호되게 얻어맞은 것처럼 덜컥 내려앉았다. 그는 너무나 놀란 끝에 반벙어리가 되어 말을 더듬었다.

"혀…… 형님…… 그게 무슨…… 말씀인지……?"

"자넨 심지가 어질고 후덕해서 복이 많을 걸세. 그러나 옳고 그름과 선악을 가리는 데 너무 집착해서 재난에 부닥치는 일도 적지 않을까 걱정이네. 아무쪼록 그 점을 조심하게. 무기는 도량이 너른 아이라 훗날 무슨 일을 하든 자네보다 훨씬 융통성이 많을 걸세. 제수씨는 비록 여자의 몸이기는 해도 만만한 성격이 아니어서 남에게 손해 보는 일이 없을 줄 아네. 내게 제일 걱정스러운 것은 역시 자네뿐일세."

"형님, 그게 무슨 말씀입니까? 형님은 우리하고…… 우리하고 같이 떠나지 않겠다는 겁니까?"

"몇 년 전에 얘기했는데, 벌써 잊었는가?"

이 두 마디가 장취산에게는 벼락 치는 소리로 들려왔다. 하나 정신을 가다듬고 다시 생각해보니 비로소 기억에 떠올랐다. 어느 해엔가 사손은 지나가는 말로 자기 혼자 빙화도에 남겠다고 말한 적이 있었는데, 그 뒤로는 다시 그런 얘기를 하지 않아 장취산 부부도 별로 마음에 담아두지 않았다. 뗏목을 만드는 동안에도 이런 뜻을 한 번도 내비치지 않다가 막상 출발할 때에 이르러 불쑥 작별을 고하니 듣는 사람으로서는 보통 놀랄 일이 아니었다.

"형님, 갑자기 왜 이러십니까? 혼자서 이 무인도에 남아 계시겠다니, 처량하고 쓸쓸히 살아가시는 게 뭐가 좋다고 그러십니까? 어서 뗏목에 오르세요!"

장취산은 안타까운 마음에 그의 손을 놓지 않고 있는 힘껏 잡아당겼다. 그러나 사손의 몸뚱이는 땅바닥에 뿌리박힌 거목처럼 꼼짝달싹도 하지 않았다.

다급해진 장취산이 식구들을 소리쳐 불렀다.

"무기야, 소소! 빨리 와! 형님이 우리하고 안 가신단다!"

은소소와 무기도 깜짝 놀라 한꺼번에 뭍으로 뛰어내렸다.

무기가 먼저 사손에게 매달렸다.

"큰아버지, 왜 안 가신다는 거예요? 큰아버지가 안 가시면 나도 안 갈래요!"

사손도 이들 세 식구와 헤어지고 싶지 않았다. 세 사람이 떠나버리고 나면 영영 다시 만날 기약도 없는데 왜 헤어지고 싶겠는가. 그리고 자기 혼자 쓸쓸하고 외롭게 이 황량한 무인도에서 살아간다는 것은 죽느니만 못한 일이었다. 하나 그가 장취산 부부와 의형제를 맺은 뒤부터 두 사람을 위한 마음은 실로 자신을 생각하는 것보다 더해졌다. 게다가 무기에 대한 사랑 역시 친자식의 도를 넘는 것이었다.

그는 이미 오래전부터 생각해왔다. 금모사왕 사손은 중원 땅에 너무나 많은 적을 만들었다. 그의 한 몸에는 숱한 혈채血債가 지워져 있었다. 강호에서 명문 정파, 녹림흑도綠林黑道를 가리지 않고 얼마나 많은 고수를 죽여왔던가? 이제 그가 중원에 나타나기만 하면 그 많은 사람들이 그를 죽음으로 몰아넣으려 절치부심할 터였다. 더구나 지금은 도룡도마저 자기 손아귀에 있었다. 그가 나타나면 이 사실 또한 바깥세상에 드러날 것이다. 옛날 같으면 두려워할 그가 아니었지만 지금은 앞을 못 보는 처지 아닌가. 중원 땅에 나가서 그 수많은 원수의 포위공격을 어떻게 당해낼 것인가. 그렇게 되면 장취산 일가족이 수수방관하고 그가 혼자 죽게 내버려둘 리 만무할 테고, 일단 싸움이 벌어지면 네 사람 모두 동귀어진으로 자멸하는 길밖에 없을 것이다. 따라서 함께 중원 대륙으로 돌아가면 넷 모두 1년도 살아남기 어려울 터였다. 그래서 이런저런 사연을 일일이 두 사람에게 설명하기보다는 차라리 출발 직전에 혼자 남겠다고 선언한 것이다.

어린 무기가 팔을 잡아당기며 떼를 쓰자, 그는 아이를 꼭 껴안고 부드럽게 달래주었다.

"무기야, 이 귀여운 것…… 너는 착한 아이니까 이 큰아버지 말을 잘 듣겠지? 이 큰아버지는 이제 나이도 많이 먹고 눈도 멀어서 여기 이대로 사는 게 좋단다. 중원에 돌아가면 여러 가지로 낯설고 익숙지 못해 마음 편히 살아갈 수 없겠구나."

"아니에요, 중원에 돌아가거든 내가 큰아버지 시중을 들어드리겠어요. 절대로 큰아버지 곁을 떠나지 않을 거예요. 먹고 싶은 것 마시고 싶은 것, 뭐든지 원하시면 내가 금방 갖다 드리겠어요. 그럼 여기 계시는 거나 마찬가지 아닌가요?"

"안 된다. 나는 역시 여기서 사는 게 편하단다."

"그럼 저도 여기가 좋아요! 엄마, 아빠! 우리 떠나지 말고 여기서 그냥 살아요."

은소소가 정색하고 사손을 쳐다보았다.

"시아주버니, 걱정거리가 있으시면 말씀해주세요. 우리 다 함께 의논해봐야 할 게 아닌가요? 누가 뭐래도 아주버니 홀로 여기 남겨두고 우리만 떠날 수는 없어요."

사손은 이들의 정이 얼마나 깊은지 잘 알고 있었다. 이들더러 자기를 버리고 떠나라고 말해봤자 입만 아프고 혓바닥만 말라붙을 게 뻔했다. 좋은 말로 타일러서 될 일도 아니었다. 어떻게 해야 이들을 떠나보낼 수 있을까?

눈치 빠른 장취산이 그 속셈을 꿰뚫어보았다.

"형님, 원수가 너무 많아서 우리 가족에게까지 누를 끼칠까 봐 두려워서 그러시는 거 아닙니까? 우리 넷이서 중원 땅에 돌아간 뒤 외딴곳을 한 군데 찾아서 은거합시다. 그리고 바깥사람들과 왕래하지 않으면 아무 일도 없을 게 아닙니까? 제일 좋은 방법은 우리 무당산으로 올라가는 겁니다. 금모사왕이 무당산에 계시리라고는 어느 누구도 생각지 못할 겁니다."

그러자 사손이 오만한 기색으로 툭 쏘아붙였다.

"흥! 자네 형님이 비록 눈이 멀고 불초하기는 해도, 장 진인 댁 울타리 밑에 의탁해 살 사람은 아닐세."

장취산은 자신이 실언한 것을 깨닫고 얼른 변명을 했다.

"형님의 무공이 저희 사부님보다 아랫길은 아니신데 어찌 '의탁'이란 말을 쓰십니까. 정 그러시다면 우리 신강新疆 지방이나 서장西藏, 북방 사막지대로 가서 살기로 합시다. 우리 넷이서 편안하고 즐겁게 살 낙토는 얼마든지 있으니까요."

"으슥하고 외딴곳을 찾는다면 세상 천하에 이 빙화도보다 더 외진 곳이 어디 있겠는가. 자네들 떠날 텐가, 안 떠날 텐가?"

"형님이 같이 안 가시면 저희 셋도 안 떠나겠습니다. 절대로!"

은소소와 무기도 목청을 합쳤다.

"같이 안 가시면 우리도 안 떠날 거예요!"

사손은 장탄식을 하면서 고개를 끄덕였다.

"그래, 좋아. 떠나지 말게. 내가 죽고 나서 떠나도 늦지 않을 테니."

"아무렴요! 여기서 한 10년쯤 더 산다고 급할 게 뭐 있겠습니까?"

장취산의 말끝이 떨어지기가 무섭게 사손은 버럭 고함을 질렀다.

"내가 죽고 나면 자네들도 미련을 둘 것이 하나도 없겠지!"

세 사람이 무슨 소린가 싶어 어리둥절하는 사이에 그는 허리춤에 손을 가져가더니 칼집에서 도룡도를 뽑아 들자마자 자신의 목을 그어갔다.

대경실색한 장취산이 엉겁결에 외쳐댔다.

"무기를 죽이지 마세요!"

그는 자기 무공 실력으로 사손의 자결을 막지 못한다는 사실을 뻔히 알고 있는 데다 워낙 다급한 터라 임기응변으로 "무기를 죽이지 마세요"라고 악을 써본 것이었다. 아니나 다를까 칼로 제 목을 그어가던 사손이 과연 흠칫 놀라더니 도룡도를 거두어들이면서 호통을 쳤다.

"뭐라고?"

장취산은 그의 결심이 굳다는 것을 깨닫고 더는 강요하지 않았다. 그는 울음을 터뜨리면서 그 자리에 무릎 꿇고 엎드렸다.

"형님 뜻이 정 그러시다면 저희들만 떠나겠습니다."

은소소 역시 남편 곁에 무릎 꿇었다. 그러나 무기만은 막무가내로 발버둥 치며 떼쓰기 시작했다.

"큰아버지가 안 가면 나도 안 갈래! 큰아버지가 죽으면 나도 따라서 죽을 테야! 대장부가 한 말은 꼭 지켜야 한다고 그러지 않았어? 큰아버지가 칼로 목을 그으면 나도 칼로 내 목을 그어 죽을 테야!"

사손이 큰 소리로 꾸짖었다.

"어린놈이 못 하는 소리가 없구나!"

그는 어린것의 등판을 덥석 움켜쥐더니 뗏목 위로 냅다 던졌다. 이어서 양손으로 자신 앞에 아직도 무릎 꿇고 있는 장취산과 은소소마저 하나씩 움켜잡아 역시 뗏목 위로 던져 보냈다.

"여보게, 아우! 제수씨……! 순풍을 타고 잘 가게나! 이 못난 형은 그저 자네들이 평안하게 하루속히 중원 땅에 돌아가서 잘 살기만 바라겠네!"

그러고는 다시 큰 소리로 외쳐 어린 수양아들의 이름을 불렀다.

"무기야! 중원 땅에 돌아가거든 아무쪼록 네 이름을 '장무기'라고 대야 한다. '사무기'란 이름은 네 마음속에만 담아두고 절대로 입 밖에 내서는 안 된다! 알겠니?"

"큰아버지……! 큰아버지……!"

무기는 두세 번 고함쳐 부르다가 끝내 목 놓아 대성통곡하기 시작했다.

사손이 칼을 가로누인 채 호통쳤다.

“자네들이 도로 상륙하면 우리 의형제의 정은 이 칼처럼 끊어지는 줄 알게!”

장취산과 은소소는 사손의 결심이 굳어 끝내 돌이킬 수 없음을 깨닫고 그저 눈물이나 흩뿌리며 손을 내저어 작별할 수밖에 없었다. 해류는 서서히 뗏목을 싣고 둥실둥실 끊임없이 흘러갔다. 뭍에서 떨어진 지 얼마 안 되어 사손의 모습은 차츰 가물가물 흐려지더니 시간이 흐를수록 점점 작은 점으로 바뀌어갔다.

얼마쯤 지났을까, 그의 모습이 끝내 보이지 않게 되자 세 가족은 비로소 앞쪽으로 고개를 돌렸다. 어느새 무기는 엄마 품에 안긴 채 울다 지쳐 잠이 들어 있었다.

이제 그들은 바다와 싸워야 했다. 망망대해 한복판에서 뗏목은 끊임없이 표류했다. 빙화도를 떠난 이후, 줄기차게 불어오는 바람은 과연 북풍이었다. 바람은 뗏목을 싣고 곧바로 남쪽을 향해 불어갔다. 아득한 바다 위에서 방향을 알 수는 없었지만, 태양은 날마다 왼쪽에서 떠올라 오른쪽으로 떨어졌다. 밤마다 북극성은 언제나 뗏목 뒤편에서 빛나고 있었다. 뗏목이 하루도 멈추지 않고 움직여가는 것을 보면 중원 땅은 그만큼 가까워지고 있는 게 분명했다.

처음 스무 날 동안 장취산은 뗏목이 빙산에 부딪칠까 두려워 부 돛대의 돛폭을 절반쯤 펼쳐놓았다. 항해 속도가 비록 느리기는 했으나 뗏목은 안전해졌다. 어쩌다 빙산에 부딪치더라도 즉시 한 결으로 가볍게 미끄러져 나갔다. 빙산의 군도群島에서 멀리 떨어지고 났을 때에야 그는 돛대 두 개의 돛폭을 활짝 펼치고 항해를 계속했다.

북풍은 밤낮으로 줄곧 남쪽을 향해 불었다. 뗏목의 항해 속도가 급작스레 몇 배나 빨라졌다. 천만다행히도 때는 봄철이라 항해 도중에 폭풍은 단 한차례도 만나지 않았다. 이대로 흘러가면 중원 땅에 다다를 가망성이 7~8할은 될 듯싶었다. 하염없이 표류하는 동안 장취산 부부는 무기가 상심해할까 봐 사손에 관한 얘기는 일절 입 밖에 내지 않았다.

장취산은 속으로 궁리하기 시작했다.

'형님이 가르쳐준 무공을 이 어린것이 제대로 쓸 수나 있을지 모르겠다. 아무래도 중원 땅에 도착하면 이 녀석에게 우리 무당파 무공을 가르쳐야겠구나.'

뗏목 위에서는 주야장천 달리 할 일도 없기에 그는 무당파의 기초 권법과 장법을 아들에게 가르쳐주었다. 그가 무공을 전수해주는 방법은 사손보다 훨씬 고명했다. 무당파의 입문 공부는 그다지 어렵지 않았으므로 그저 두세 차례 이치를 뜻풀이해주고 시범을 보이면 무기는 금방 따라서 배웠다. 그들 부자는 이 자그만 뗏목 위에서 권법과 장법의 공격 방어 초식을 나눴다.

며칠 동안 물결마저 일지 않는데도, 돛폭 두 장에 바람을 잔뜩 안은 뗏목은 저절로 남쪽을 향해 멈추지 않고 떠내려갔다. 사손이 예측한 대로 바람과 해류는 끊임없이 남쪽으로 향했다. 은소소는 그것이 마냥 신기해 감탄을 금치 못했다.

"정말 우리 시아주버니는 대단한 분이에요! 무공 실력만 뛰어나신 게 아니라 천시天時, 지리地理도 이렇듯 정확하게 알아맞히다니! 세상에 이런 기재가 또 어디 있겠어요?"

그러자 무기가 어른스럽게 한마디 건넸다.

"바람 방향이 반년 동안은 남쪽으로 불고 반년은 북쪽으로 부니까, 내년에 우리도 다시 빙화도에 돌아가 큰아버지를 찾아뵐 수 있겠네요."

장취산도 흐뭇한 마음에 아들을 칭찬했다.

"네 말이 맞다. 무기야, 네가 자라서 어른이 되거든 우리 함께 다시 북쪽으로 올라가 보자꾸나! 그럼 네 큰아버지도……."

그때, 은소소가 느닷없이 남쪽을 가리키면서 소리쳤다.

"저게 뭐죠?"

그녀의 손가락 끝이 가리키는 곳을 보던 장취산 역시 깜짝 놀랐다. 아득히 머나먼 수평선, 하늘과 물이 맞닿은 곳에 까만 점 두 개가 어렴풋이 보였다.

"혹시 고래가 아닐까? 뗏목에 와서 부딪치면 큰일인데……."

그러자 은소소가 이마에 손을 얹은 채 대꾸했다.

"고래가 아니에요. 물을 뿜어내지 않잖아요."

세 사람은 눈이 시리도록 오랫동안 두 개의 흑점을 지켜보았다. 한참이 지났을 때, 장취산이 환성을 지르며 벌떡 일어섰다.

"배다, 배야!"

그러고는 너무나 기쁜 나머지 그 자리에서 곤두박질쳐 공중제비를 돌았다. 무기를 낳고 나서부터 날마다 진종일 바쁘게 지내고 아들 앞에서 점잖게만 행동하던 그가 어린아이 같은 모습을 보인 것은 이번이 처음이었다.

"하하하! 아빠, 참 재미있다!"

무기가 까르르 웃으며 아빠를 흉내 내 두 바퀴나 공중제비를 돌았다.

한 시진 남짓 항해가 계속되자, 석양이 비스듬히 비치는 가운데 커다란 함선 두 척의 모습이 또렷하게 눈길에 잡혔다. 하늘로 솟구친 돛대 위에 펄럭펄럭 나부끼는 깃발도 분명히 보였다.

그때 은소소의 얼굴빛이 급작스레 하얗게 질리면서 몸을 부르르 떨었다.

"엄마, 왜 그러세요?"

어린 아들의 물음에 그녀는 입술을 들썩였으나 말은 하지 않았다. 장취산이 아내의 손을 부여잡고 걱정스레 바라보았다.

그녀가 한숨을 깊숙이 내리쉬었다.

"돌아오자마자 만나는군요."

"뭘 말이오?"

"저 돛을 보세요."

장취산은 두 눈에 온 신경을 쏟아 그녀의 손가락이 가리키는 쪽을 응시했다. 왼쪽 큰 함선 돛폭에 그려진 것은 거대한 검정 독수리였다. 양 날개를 활짝 펼치고 이제 곧 하늘 위로 날아오를 듯 위세 당당한 모습이었다. 장취산의 머릿속에는 이내 10년 전 왕반산도에서 보았던 천응교의 둑기纛旗가 떠오르면서 가슴이 섬뜩해졌다.

"저건…… 천응교의 표기가 아니오?"

"맞아요. 우리 아버님의 천응교죠."

은소소가 나지막이 답했다.

삽시간에 장취산의 가슴속에는 온갖 착잡한 상념이 용솟음쳤다. '소소의 부친은 천응교 교주다. 그들은 악한 일이라면 해보지 않은 것이 없는데, 이제 그런 장인을 만나게 되면 어떻게 처신해야 할까? 또 스

승님은 우리 혼사에 대해 뭐라고 말씀하실 것인가?'

손아귀에 쥐여 있는 은소소의 손이 파르르 떨렸다. 그녀 역시 똑같이 깊은 상념에 젖어든 게 분명했다.

"소소, 우리 아이도 이만큼 자랐는데 우리가 헤어질 리 있겠소? 하늘 아래 땅 위에 우리는 영원히 헤어지지 않을 테니 너무 걱정하지 말아요."

은소소가 숨 한 모금 길게 내쉬면서 두 눈을 동그랗게 뜨고 잔잔히 웃었다. 그러고는 나지막이 속삭였다.

"내가 한 맹세는 영원히 기억할 거예요. 그저 내 과거사가 당신한테 누가 되지 않으면 좋으련만……. 언짢은 일이 닥치더라도 무기를 생각해서 참으셔야 해요."

무기는 세상에 태어난 이래 배라는 것을 본 적이 없었다. 그는 굉장한 호기심이 발동해 한눈 한 번 팔지 않고 두 척의 커다란 배만 물끄러미 바라보았다. 그래서 아빠 엄마가 무슨 얘기를 주고받는지도 알지 못했다.

뗏목은 둥실둥실 떠가서 함선 가까이까지 접근했다. 두 척의 배는 바짝 붙을 정도로 거의 뱃전끼리 맞닿아 있었다. 이제 방향을 바꾸지 않았다가는 뗏목은 오른쪽 함선 뱃전 200~300척 거리를 두고 엇갈리듯 지나쳐 가게 될 터였다.

"저 배에 소리쳐볼까? 당신 아버님 소식을 알아보는 것도 괜찮을 것 같은데……."

"부르지 마세요. 어차피 중원 땅에 다다르면 제가 당신하고 무기를 데리고 가서 만나 뵙도록 할 테니까요."

"음, 그것도 좋겠지."

그런데 갑자기 저쪽 배 위에서 누군가 싸움을 하는지 칼 빛이 번뜩거렸다. 얼른 보기에도 네댓 명이 싸움을 벌이고 있는 것이 분명했다.

"양쪽 배끼리 싸우고 있는 모양이오."

은소소가 지그시 배 쪽을 바라보며 걱정스러운 기색으로 중얼거렸다.

"아버님이 어느 쪽 배에 계시는지 모르겠군요."

"어차피 부닥쳤으니 한번 가봅시다."

돛 줄을 비스듬히 당겨놓고 뗏목의 키를 돌렸다. 뗏목은 왼쪽으로 약간 방향을 바꾸어 두 척의 함선을 향해 천천히 미끄러져 나갔다.

뗏목은 곧바로 돛단배를 따라잡았으나 워낙 속도가 느려 반나절이 훨씬 지나서야 겨우 접근할 수 있었다.

이윽고 배 위에서 누군가 버럭 고함쳐 으름장을 놓았다.

"우린 지금 장사하기 바쁜 몸이니, 상관없는 손님은 멀찌감치 피해 가시게!"

그러자 은소소가 목청을 드높여 큰 소리로 외쳤다.

"성스러운 불꽃이 활활 타오르니 세상 사람들에게 두루 혜택을 베풀 것이요, 일월이 밝게 비추니 천응이 날개 펼쳐 하늘로 날아오르도다! 이쪽은 총타總舵 당주인데, 그쪽은 어느 단에 향불을 사르고 횃불을 쳐들었소?"

그 말은 천응교 사람들끼리 주고받는 암호였다. 그 외침을 들은 배 위의 사내가 대뜸 자세를 가다듬고 공손히 대꾸해왔다.

"천시당天市堂 이李 당주께서 청룡단青龍壇 정程 단주, 신사단神蛇壇 봉封 단주를 거느리고 여기 와 계시오! 혹시 천미당天微堂 은殷 당주께서 왕림하신 것 아닙니까?"

은소소가 또 낭랑한 목소리로 응답했다.

"이쪽은 자미당紫微堂 당주예요!"

배 위에선 '자미당 당주'라는 말 한마디에 급작스레 일대 소란이 벌어졌다. 잠시 후, 10여 명이 목소리를 합쳐 일제히 환호성을 지르기 시작했다.

"은 소저가 돌아오셨다! 은 소저가 돌아오셨다!"

장취산은 은소소와 결혼한 지 10년 세월이 지났으나, 그녀는 처음부터 천응교 일에 관해서는 말한 적이 없었거니와 그 역시 한 번도 물어본 적이 없었다. 이제 양쪽이 묻고 대꾸하는 소리를 듣고 나서야 그녀가 '자미당 당주'라는 사실을 알게 되었고, 또 '당주'의 권위가 '단주'보다 위라는 것을 알 수 있었다. 그는 왕반산도에서 이미 현무단과 주작단 두 단주의 수완을 보았던 터라, 무공 실력으로 따져본다면 그들이 은소소보다 한창 윗길이라는 사실을 알고 있었다. 그녀가 이른바 '당주' 자리를 차지한 까닭은 물론 교주의 딸이기 때문일 것이다. 여기 배 위에서 청룡단과 신사단 패거리를 이끌고 있는 '천시당 이 당주'란 사람은 백귀수나 상금붕 따위를 능가하는 아주 대단한 인물임이 분명해 보였다.

조금 있다가 맞은편 배 위에서 늙수그레한 노인의 목소리가 들렸다.

"저희 교주님의 천금 같으신 은 소저께서 돌아오셨다고 하니, 우리 모두 잠시 싸움을 중단하는 것이 어떻겠소?"

곧이어 또 다른 목소리가 우렁차게 들려왔다.

"좋소! 다들 손을 멈추시오!"

뒤미처 병기들끼리 맞부딪던 금속성이 뚝 그치더니, 뒤죽박죽 혼전을 벌이던 쌍방의 패거리가 좌우 양편으로 뒷걸음질 쳐 갈라섰다.

장취산은 그 우렁찬 목소리가 귀에 익었다. 흠칫 놀라는 사이에 저도 모르게 한마디가 입에서 튀어나왔다.

"유연주…… 유연주 둘째 사형 아니십니까?"

갑판 위의 사내도 마주 고함쳐 응답했다.

"그렇소, 내가 유연주요! 한데 당신은…… 당신은 뉘신지……?"

"불초 아우 장취산입니다! 둘째 형님……!"

뗏목과 함선의 거리가 20~30척이나 떨어졌는데도, 그는 격하게 떨리는 심정을 억제하지 못하고 뗏목 바닥에서 굵다란 나무토막을 하나 주워 들더니 있는 힘껏 바다 위로 던졌다. 그런 다음 도약해서 그것을 딛고 맞은편 뱃머리로 뛰어올랐다.

유연주가 허겁지겁 두 손을 앞으로 내저으며 달려왔다. 사문의 형제 두 사람이 헤어진 지 10년 동안 생사존망을 모르고 있다가 이렇듯 만나게 되었으니 그 기쁨이 얼마나 클 것인가? 두 사람의 네 팔뚝이 상대방을 서로 얼싸안았다.

"둘째 형님!"

"다섯째야……!"

두 눈에 눈물이 가득 고인 채 그들은 더 말을 잇지 못했다.

다른 한쪽에서는 천응교의 무리가 은 소저를 맞이하느라 야단법석을 떨었다. 여덟 개의 소라고둥 나발이 "뿌우, 뿌우!" 울려 퍼지는 가운데 천시당 이 당주가 제일 앞에 서고 청룡단의 정 단주, 신사단의 봉 단주가 뒤따랐다. 그다음에는 100명에 가까운 교도가 줄지어 엄숙하게 늘어섰다. 함선과 뗏목 사이에는 디딜판이 내걸리고 일고여덟 명의 수부가 저마다 기다란 갈고리 장대로 뗏목을 얽어 잡았다. 은소소는 무기의 손을 잡은 채 차분한 걸음걸이로 그것을 딛고 갑판 위로 올라갔다.

천응교 교주 백미응왕 은천정의 휘하 조직은 내삼당內三堂과 외오단外五壇으로 나뉘어 각 방면의 교도를 분할해서 거느리고 있었다. 내삼당은 '천미天微' '자미紫微' '천시天市'의 세 당으로 나뉘고, 외오단은 '청룡青龍' '백호白虎' '현무玄武' '주작朱雀' '신사神蛇'의 다섯 단으로 나뉘어 있었다. 천미당의 당주는 교주 은천정의 맏아들 은야왕殷野王, 자미당의 당주는 바로 은소소, 천시당의 당주는 은천정의 사제 이천원李天垣이었다.

이천원은 자미당 당주 은소소의 옷차림새가 남루한 것을 보고 깜짝 놀랐다. 지난 10년 동안 몸에 걸친 것이라곤 털가죽 옷뿐이니 그럴 수밖에 없었다. 게다가 웬 어린아이까지 하나 데리고 있는 것을 발견하고 더욱 놀라움을 금치 못했다. 하나 겉으로 내색은 못 하고 얼굴 가득 반가운 웃음을 띤 채 감격스러운 해후의 첫인사를 건넸다.

"아이고, 천지신명님, 감사합니다! 정말 고맙게도 자네가 살아서 돌아왔네그려! 10년 세월 동안 자네 아버님이 얼마나 속을 끓였는지 알기나 하는가!"

은소소는 예의 바르게 다소곳이 허리 굽혀 인사를 올렸다.

"사숙님, 평안하셨습니까!"

그러고는 무기더러 인사를 드리게 했다.

"어서 사숙조師叔祖 할아버님께 큰절을 해라."

무기는 그 자리에 엎드려 이마를 조아렸다. 그런 뒤 조그만 눈동자를 반짝거리면서 사숙조가 된다는 어른을 올려다보았다. 그는 갑작스레 배 안의 수많은 사람들을 보게 되니 말도 못 하게 호기심이 생겨났다.

은소소가 무기를 가리키며 소개했다.

"아저씨, 제 아들이에요. 장무기라고 부르죠."

흠칫 놀란 이천원이 무기를 지그시 훑어보다가 이내 너털웃음으로 어색한 분위기를 얼버무렸다.

"아주 잘됐군, 잘됐어! 자네 아버지가 좋아서 미치겠군! 따님만 살아서 돌아온 게 아니라 이처럼 잘생긴 외손자까지 데리고 왔으니 말이야."

은소소는 양쪽 배 갑판에 시체 몇 구가 누워 있고 사방에 핏자국이 흩뿌려진 것을 보고 낮은 목소리로 물었다.

"상대방은 누굽니까? 왜 싸우는 거죠?"

"무당파와 곤륜파 사람들일세."

은소소는 남편이 "둘째 사형!" 하고 부르면서 맞은편 배에 뛰어올라 어떤 사람과 얼싸안는 광경을 보았을 때부터 상대측에 무당파 사람들이 섞였다는 사실을 지레짐작하고 있었다. 그녀는 남편 생각이 나자 얼른 이천원에게 부탁했다.

"싸우지 않는 게 좋겠군요. 되도록 싸움을 피하고 화해할 수 있으면 화해를 하시죠."

"그럼세!"

이천원은 한마디로 시원하게 수락했다. 사문의 항렬은 비록 은소소에게 사숙이 되지만, 천응교 서열상으로 따지자면 천시당은 자미당 아래에 속했다. 그러니까 내삼당 가운데 꼴찌에 해당하는 것이다. 사문의 정리로 본다면 이천원은 웃어른이지만, 천응교의 교무를 집행할 때는 은소소의 권위가 오히려 사숙보다 높았다.

맞은편 배에서 장취산이 외쳐 부르는 소리가 들려왔다.

"무기야! 이리 건너와서 아빠 사형께 인사드려라. 그리고 소소, 당신도 건너오구려!"

은소소는 무기의 손을 잡고 맞은편 배 갑판으로 건너갔다. 이천원과 정 단주, 봉 단주는 그녀에게 혹시 무슨 일이라도 생길까 봐 그 뒤를 바짝 따라붙었다.

그쪽 배 갑판 위에는 7~8명이 늘어서 있었다. 그중 한 사람, 나이 40여 세쯤 들어 보이는 깡마른 꺽다리 사내가 남편과 손을 맞잡고 서 있었는데, 얼른 보아도 무척 절친한 사이처럼 보였다.

"소소, 이분이 바로 내가 늘 얘기하던 유연주 둘째 사형이오. 형님, 이쪽은 제 아내와 아들 무기입니다. 형님한테는 제수가 되고 조카뻘이 되는 셈이지요."

장취산의 말에 유연주와 이천원은 동시에 대경실색했다. 지금까지 천응교와 무당파가 피를 튀기며 목숨 걸고 싸우던 판국이었는데, 이들 양쪽 집안의 두 남녀가 부부가 된 것도 모자라 아이까지 낳았다니 이야말로 놀라 자빠질 노릇이 아니고 뭐란 말인가!

유연주는 그들 사이에 뭔가 곡절이 있다는 것을 알았으나 지금 이런 장소에서 물어볼 수도 없는 터라, 우선 장취산에게 자기편 일행을 소개해주었다.

황관 도사 차림의 키가 작달막한 뚱뚱보는 곤륜파 중견 제자 서화자西華子라고 했다. 중년 부인은 역시 곤륜파 출신으로 서화자의 사매되는 섬전수閃電手 위사랑衛四娘인데 강호에서는 그녀의 번갯불같이 빠른 솜씨를 빗대어 섬전낭랑閃電娘娘이라고 불렀다. 장취산과 은소소 역시 그들의 이름은 오래전부터 들어 알고 있었다. 그 밖에 나머지 몇몇 사람은 모두 곤륜파 고수들이었으나, 명성은 서화자나 위사랑보다 훨씬 뒤처졌다. 서화자는 나이가 꽤 들어 보였지만, 첫눈에 품위라고는 한 점도 없는 경망스러운 인물 같았다.

아니나 다를까, 소개말이 끝나기 무섭게 서화자가 대뜸 물어왔다.

"장 오협, 사손 그 못된 놈은 지금 어디 있소? 당신은 물론 알고 계시겠지?"

갑작스러운 질문에 장취산은 적잖이 난처해졌다. 중원 땅에 미처 도달하기도 전, 이 망망대해 한복판에서 두 가지 난제에 부닥치게 된 것이다. 하나는 자기가 몸담고 있는 무당파가 아내의 소속인 천응교와 싸움을 벌이고 있다는 점, 그리고 첫 번째로 만난 사람이 사손의 행방부터 물어왔다는 점이다. 그는 어떻게 대답해야 좋을지 몰라 우선 유연주에게 질문을 던졌다.

"둘째 형님, 도대체 어떻게 된 일입니까?"

서화자는 자신이 묻는 말에 대답은 않고 엉뚱한 소리를 늘어놓자, 조바심을 참지 못하고 버럭 호통쳐 다시 물었다.

"당신, 내 말 안 들려? 사손, 그 못된 놈이 어디 있느냐고 묻지 않았나!"

그는 곤륜파 제자들 중에서도 항렬이 높은 데다 무공 실력 또한 강한 자였다. 그래서 제 신분을 믿고 남에게 함부로 말을 내뱉고 있는 것이다.

천응교 신사단 봉 단주는 사람됨이 무척 음험한 데다 조금 전 싸움판에서 부하 두 명이 서화자의 칼 아래 목숨을 잃은 터라, 그에게 앙심을 품고 있었다. 그런 판국에 서화자가 교주님의 사위한테까지 함부로 말하자, 더는 참지 못하고 한 발 나서서 냉랭하게 쏘아붙였다.

"장 오협은 우리 교주님의 사위 되는 분이오! 말씀 좀 공손히 하실 수 없겠소?"

뭇사람들 앞에서 면박을 당한 서화자는 노발대발하며 호통을 쳤다.

"사교의 요망한 계집이 어떻게 명문 정파의 제자와 혼인을 할 수 있단 말이냐? 이 혼사에는 문제가 있어!"

그러자 봉 단주도 싸느랗게 웃으면서 빈정댔다.

"우리 은 교주님이 외손자까지 보셨는데, 무슨 허튼소리를 지껄이는 거요?"

"이런 괘씸한 것! 저 요녀가 낳은 자식을……."

이때 위사랑이 얼른 말끝을 가로채고 나섰다.

"사형, 저런 자와 쓸데없이 말다툼을 하지 마세요. 이럴 게 아니라 무당파 유 이협 어른의 지시대로 따릅시다."

그녀는 진작부터 봉 단주의 속셈을 꿰뚫어보고 있었다. 의도적으로 도발해서 곤륜파와 무당파 사이를 이간질시킨 다음 장취산과 은소소의 환심을 사두려는 것이 분명했다. 이런 속셈도 모르고 사형인 서화자가 계속 장취산 부부를 모욕하고, 두 문파의 교분을 어색하게 만들자 참다못해 얼른 사형의 말을 중도에서 끊어버린 것이다.

유연주는 아무 말 없이 장취산을 바라보았다. 그러고는 다시 눈길을 돌려 은소소를 바라보았다. 아무리 생각해도 의혹만 구름처럼 떠오를 뿐이었다. 그런 와중에 위사랑의 한마디가 날아들자, 그는 더 침묵할 수가 없어 모두를 향해 말을 내뱉었다.

"자, 여러분. 그 문제는 선실로 들어가서 차근차근 의논해보기로 하고, 우선 쌍방의 다친 사람들부터 보살펴야 하지 않겠소이까?"

천응교 측은 손님이지만, 그래도 천응교 안에서 최고 권위자는 자미당 당주 은소소였다. 그녀는 유연주의 말을 듣자, 먼저 자신이 앞장서서 무기의 손을 잡고 선실 안으로 들어섰다. 뒤따른 사람은 천시당 당주 이천원이었다.

그 뒤를 따라 봉 단주가 선실 문턱을 넘어서려는 순간이었다. 느닷없이 미풍 같은 힘줄기 한 가닥이 허리께를 찌르고 들어오는 것을 느꼈다. 강호 경험이 풍부한 그는 서화자가 암습을 가했다는 사실을 알아챘다. 그러나 손을 내뻗어 가로막는 대신 발끝이 문턱에 걸린 것처럼 몸을 앞으로 숙이면서 버럭 고함을 질렀다.

"어이쿠, 사람 치는구나!"

엄살 섞인 외마디 소리에 뭇사람들의 눈길이 그 두 사람에게 쏠렸다. 그 동작과 말 한마디로 서화자의 절초 삼음수三陰手를 교묘하게 피해낸 것이다.

위사랑이 눈을 딱 부릅뜨고 사형을 흘겨보았다. 서화자의 검붉은 얼굴빛이 벌겋게 상기되었다. 사람들은 봉 단주 일행이 모두 이 배에 초대받은 손님인 줄 빤히 아는 터라 모두 눈살을 찌푸렸다. 서화자의 그런 비열한 암습 행위야말로 명문 정파 고수의 위신을 크게 떨어뜨리는 짓이었던 것이다.

선실에 들어온 이들은 저마다 주인과 손님 자리를 찾아 앉았다. 은소소는 손님 측 상석을 차지했다. 무기는 그녀 곁에 서 있었다. 주인 측 상석에는 유연주가 앉았다. 그는 위사랑 앞쪽 의자를 가리키며 장취산에게 지시했다.

"자넨 거기 앉게."

"예."

장취산은 둘째 사형의 분부대로 자리를 차지하고 앉았다. 그러고 보니 장취산과 은소소 부부는 주인과 손님으로 나뉘어 결국 본의 아니게 서로 적대적인 사이가 되고 말았다.

지난 10년 동안 유대암은 중상을 입고 강호에 나타나지 않았고 장취산은 실종되어 생사를 알 수 없었지만, 나머지 무당오협의 위세와 명망은 여전했다. 송원교와 유연주 등은 비록 무당파 제2대 제자였으나, 무림계에서의 신분과 지위는 소림파 고승들과 대등했다. 강호 사람들은 무당오협에 대해 사뭇 존중하는 뜻을 보였으며, 따라서 곤륜파 출신의 서화자나 위사랑도 유연주가 상석에 앉는 것을 당연한 것으로 받아들였다.

유연주는 속으로 생각했다. '다섯째 아우가 실종 10년 만에 나타났으니 더할 나위 없이 반갑다만, 천응교 교주의 딸과 결혼해서 부부가 되어 왔을 줄이야 누가 알았으랴……. 하나 그 나름대로 말 못 할 고충이 있었을 테니 여러 사람이 보는 앞에서 따져 묻기는 어렵겠구나.'

그렇게 생각한 그는 목청을 돋우어 말을 꺼냈다.

"우리 소림파, 곤륜파, 아미파, 공동파, 무당파, 이렇게 다섯 문파와 신권문神拳門, 오봉도五鳳刀를 비롯한 아홉 문파, 그리고 해사파와 거경방을 비롯한 일곱 방회, 이렇게 도합 21개의 문파와 방회는 금모사왕 사손과 천응교 은 소저, 그리고 저희 사제 장취산 등 세 사람의 행방을 찾기 위해 수소문하던 중 천응교 측과 오해가 생겨 충돌한 끝에 불행히도 쌍방에 사상자가 숱하게 나고 지난 10년 동안 무림계에 큰 소란을 일으켜 불안한 세월을 보내왔습니다……."

단숨에 여기까지 말한 그는 잠시 뜸을 들이고 나서 말을 이었다.

"천만다행히도 이제 은 소저와 장 사제가 돌연히 나타났으니, 지난날의 풀지 못했던 여러 가지 의문과 어려움은 그 진상이 백일하에 드러나게 되었습니다. 그러나 10년 동안 얽히고설킨 모든 분란이 하루아침에 말끔히 해결될 것 같지는 않습니다. 소인의 생각으로는 우리 모두 일단 중원으로 돌아가 은 소저는 교주님께 아뢰고, 저희 사제는 무당산으로 돌아가 사부님께 고한 다음, 쌍방이 날짜와 장소를 선택해 회합을 갖고 시비곡직是非曲直을 가려낸 후, 피차 적대적인 관계에서 벗어나 친구가 될 수 있다면 그보다 더 좋은 일은 없을 듯합니다……."

이때 느닷없이 서화자가 불쑥 끼어들었다.

"도대체 악적 사손은 어디 있소? 우리가 찾으려는 것은 악적 사손이란 말이오!"

장취산의 얼굴은 참담하게 굳어져 있었다. 자기네 세 사람을 찾기 위해 중원 천하 21개나 되는 방회와 문파가 10년 동안 싸움을 벌였다면 죽고 다친 사람이 상상조차 못 할 정도로 많았을 것이다. 그 생각만 해도 마음이 불안한데, 서화자란 도사는 입만 벌렸다 하면 사손의 행방을 추궁하고 있으니 당사자로서 그 입장이 보통 난처한 것이 아니었다. 만약 사실대로 말해준다면 얼마나 많은 무림계 고수들이 사손에게 복수하려 빙화도로 찾아갈 것인가. 그렇다고 언제까지 숨기고만 있을 수는 없을 것 같았다.

그가 속으로 이러지도 저러지도 못한 채 망설이는 사이에 은소소가 불쑥 말을 꺼냈다.

"악한 짓을 일삼던 살인마 사손은 이미 9년 전에 죽었습니다."

"사손이 죽었다고……?"

깜짝 놀란 유연주와 서화자, 위사랑이 이구동성으로 외쳤다.

은소소는 고개를 끄덕거렸다.

"제가 이 아이를 낳던 그날, 악적 사손은 미친병이 발작하며 남편과 저를 죽이려다 별안간 아기가 우는 소리를 듣고 심병心病이 도져 죽었습니다."

사손이 죽었다는 말에 흠칫 놀란 장취산은 그제야 그녀의 말뜻을 분명히 알 수 있었다. 두 번을 거듭해서 '악적 사손이 죽었다'고 한 것은 사실 거짓말이 아니었다. 그렇다, 악적 사손은 이미 죽었다. 그날 사손은 무기가 이 세상에 태어나 처음 터뜨린 울음소리를 듣고 타고난 양심이 촉발되어 미치광이 병은 스러지고 악한 길에서 벗어나 착한 길로 들어섰던 것이다. 따라서 온갖 악행을 저지르고 사람을 마구잡이로 죽였던 살인마 사손은 9년 전에 죽어 없어졌고, 자기네 일가족 세 사람만을 윽박질러 떠나보낸 어질고 의로운 사손만이 살아 있는 셈이었다.

"흥!"

서화자가 콧방귀를 뀌었다. 사교의 요녀 은소소의 말은 절대로 믿지 못하겠다는 태도였다. 그는 장취산을 돌아보고 다그쳐 물었다.

"장 오협, 사손이 정말 죽었는가?"

장취산은 담담하게 대답했다.

"그렇습니다. 온갖 악행을 저지르던 악적 사손은 9년 전에 죽었습니다."

이때 문제가 생겼다. 어린 무기가 곁에서 가만 듣고 있으려니, 뭇사람들이 입을 모아 자기 양부를 '악적'이라 욕하고 아빠 엄마는 심지어 큰아버지가 죽었다고까지 말하는 것이 아닌가? 아무리 총명하고 눈치 빠른 무기라 하더라도 역시 철없는 어린아이라, 강호의 그 숱한 알력을 판별해낼 수는 없었다. 그에게 사손은 자애로운 '양아버지'였다. 아끼고 사랑하고 돌봐주는 '큰아버지'의 정성이야말로 자기를 낳고 길러준 부모보다 못하지 않았다. 무기는 안타까워 저도 모르게 울음보를 터뜨렸다.

"큰아버지는 악적이 아니야! 큰아버지는 죽지 않았어! 안 죽었단 말이야!"

갑자기 어린아이의 울음소리가 선실 안 사람들을 깜짝 놀라게 했다.

잘되어가던 마당에 엉뚱한 일이 벌어지자, 은소소는 당황하기에 앞서 화가 불끈 치밀었다. 그녀는 어린 아들의 뺨을 손등으로 후려치면서 호통쳐 꾸짖었다.

"입 다물지 못해!"

이날 이때껏 엄마한테 손찌검을 당해본 적 없는 무기는 하늘이 무너져라 울부짖으면서 앙탈을 부렸다.

"엄마, 왜 때려! 왜 큰아버지가 죽었다고 하는 거야? 큰아버지는 멀쩡하게 살아 계시잖아!"

그는 평생토록 부모와 양부 세 사람하고만 살아왔다. 따라서 인간세상의 험악한 속임수나 거짓말 같은 것은 들어본 적도 해본 적도 없었다. 만약 강호에서 태어나 자란 아이였다면 그보다 덜 총명했다 하더라도 거짓말이나 속임수 같은 것을 밥 먹듯이 해치웠을 테고, 따라서 이렇듯 엄청난 화를 불러일으키지는 않았을 것이다.

은소소가 재차 어린 아들을 엄하게 꾸짖었다.

"어른들이 말씀하시는데 어린것이 뭘 안다고 나서는 거야? 우리가 말하는 '악적 사손'은 네 큰아버지가 아냐!"

무기는 감히 더 말하지 못하고 입을 다물었다. 하나 그의 머릿속은 온통 혼란으로 뒤죽박죽되어 갈피를 잡지 못하고 있었다.

"얘, 아가야."

서화자가 씨익 웃으면서 무기에게 손짓했다.

"사손이 네 큰아버지지? 그래, 큰아버지가 지금 어디 계시냐?"

무기는 부모의 눈치를 살폈다. 두 사람의 얼굴빛은 잔뜩 굳어 있었다. 그는 자기 입으로 얘기하는 일이 극히 중요하다는 사실을 깨달았다. 그래서 황관 도사가 묻는 말에 도리질로 응수했다.

"난 말하지 않을래요!"

하지만 그 말 한마디는 금모사왕 사손이 죽지 않고 살아 있다는 사실을 명백히 증명해주었다.

서화자의 매서운 눈초리가 장취산에게 쏠렸다.

"장 오협, 저분이 진짜 당신 아내요? 천응교 교주의 따님 은 소저가 당신 부인이냐고 물었소!"

느닷없이 묻는 말에 장취산은 그게 무슨 뜻으로 묻는 것인지는 모르나 떳떳하게 대꾸했다.

"그렇소. 내 아내요!"

대꾸가 떨어지기 무섭게 서화자는 다시 한번 매섭게 다그쳤다.

"우리 곤륜파 문하 제자 두 사람이 영부인의 손에 폐인이 되어 죽지도 못하고 살지도 못한 산송장이 되었는데, 이 빚은 어떻게 청산하시겠소?"

은소소는 깜짝 놀랐다. '곤륜파 제자 두 사람을 산송장으로 만들었다니. 누가? 내가?' 은소소는 기가 막혀 고함쳐 부인했다.

"터무니없는 소리!"

장취산도 화가 나기는 마찬가지였으나 그래도 점잖게 말을 꺼냈다.

"무슨 오해가 있는 모양이외다. 우리 부부는 중원 땅을 못 밟아본 지 10년이 되었는데, 언제 어떻게 귀파의 제자들을 해칠 수 있었겠소이까?"

"흐흥, 그럼 10년 전이라면 어떠신가? 고칙성과 장립도 두 사람이 해를 입은 것이 10년 전이었으니까!"

은소소가 저도 모르게 되물었다.

"고칙성? 장립도?"

"장 부인, 그 두 사람을 아직 기억하시는가? 난 또 사람을 하도 많이 죽여서 기억 못 하는 줄 알았구먼."

"그들 두 사람이 어쨌다는 거예요? 어째서 내가 그 두 사람을 해쳤다고 단정하는 거죠?"

이 말에 서화자는 하늘을 우러르며 껄껄댔다.

"하하! 내가 그대를 범인이라고 단정했지! 범인이라고 단정했단 말이야. 하하! 고칙성과 장립도가 비록 백치가 되었을망정 한 가지 일은 똑똑히 기억하고 있더군. 바로 자기들을 백치로 만든 사람의 이름 석 자는 분명히 기억하고 있었소. 뭐랬더라? 옳거니, '은……소……소!'

하하하……!"

그는 '은소소'란 이름 석 자를 하나하나씩 끊어 말했다. 원한이 가득 찬 독살스러운 말투, 딱 부릅뜬 고리눈을 그녀의 얼굴에 못 박은 채. 욕심 같아선 당장 장검을 뽑아 들고 그 몸뚱이에 몇 번 칼질을 하지 못하는 게 원망스럽다는 기색이 역력했다.

봉 단주가 불쑥 그 말을 받았다.

"세속을 떠나 출가한 늙다리가 우리 천응교 자미당 당주 어른의 방명芳名을 함부로 입에 담다니! 청규계율淸規戒律도 지키지 못하는 작자가 무슨 얼어 죽을 놈의 무림 선배란 말이냐? 정 단주 형님, 말씀 좀 해보십시오. 세상에 이보다 더 부끄러운 일이 어디 또 있단 말이오?"

정 단주가 덩달아 맞장구를 쳤다.

"아무렴, 세상에 다시없는 부끄러운 노릇이지! 명문 정파의 문중에서 저런 미치광이 늙다리가 나오다니, 정말 가소로운 일일세그려!"

사교의 무리에게 연거푸 조롱을 당하니, 서화자는 목청이 터져라 악을 썼다.

"뭐라고? 너희 두 놈, 누구더러 가소롭다고 비웃는 거냐! 이놈들아, 뭐가 가소롭다는 거야?"

그러나 봉 단주는 그에게는 눈길도 주지 않고 계속 동료와 말장난을 벌였다.

"형님, 어떤 작자가 고양이 낯짝 씻는 검법을 몇 수 배웠다고 칩시다. 그렇다고 하는 짓거리나 말투까지 고양이를 닮아서야 쓰겠습니까?"

"옳거니, 통탄할 노릇일세. 곤륜파 영보도장靈寶道長께서 세상을 뜨신 뒤로 한 세대 한 세대 전해 내려갈수록 윗대를 닮지 못하더라니, 이제는 아예 말도 못 할 지경에 이르렀지 뭔가?"

영보도장이라면 서화자의 사조요, 곤륜삼성 하족도의 사형 되는 사람이었다. 무공 실력은 비록 하족도에 미치지 못했으나, 인품과 덕망만큼은 무림계 인사들이라면 누구나 탄복하는 인물이었다. 그러니 서화자는 얼굴빛이 시퍼렇게 변하고 두 손이 부들부들 떨릴 수밖에 더 있으랴. 그렇다고 섣불리 그 말에 반박할 수도 없는 노릇이었다. 공연히 흥분해서 말 한마디 삐끗 나갔다가는 자신이 왕년에 명성 떨치던 사문의 할아버지뻘 되는 분보다 더 낫다는 얘기가 될 수도 있으니……. 분노를 참지 못한 그는 냉큼 선실 문턱 쪽으로 달려가더니 장검을 뽑아 들고 삿대질해가며 호통쳤다.

"사교의 악적들아! 배짱 있거든 이리 나와서 진짜 실력을 겨뤄보자!"

봉 단주와 정 단주가 서화자의 분노를 격발시킨 의도는 딴 데 있는 게 아니라 은소소를 난처한 입장에서 구해줌과 동시에 무당파의 발목을 잡아두려는 데 있었다. 장 오협과 은 당주가 기왕지사 부부가 되었으니 무당파와 천응교의 관계는 이제 보통 사이가 아니었다. 따라서 유연주나 장취산은 이 싸움에 끼어들기가 어렵게 되었고, 적어도 쌍방 어느 쪽이든 도와주지 않고 중립의 입장을 취할 것이 분명했다. 그렇게 되면 천응교 패거리는 곤륜파 몇몇 친구를 상대로 단독 대결을 벌일 수 있을 테고 또 그 나름대로 승산이 있다고 생각한 것이다.

위사랑 역시 이맛살을 잔뜩 찌푸렸다. 말은 하지 않았어도 봉 단주나 정 단주와 똑같은 생각을 하고 있었다. 그녀는 아무리 속셈을 해보아도 자신과 사형을 비롯한 곤륜파 제자 예닐곱 명이 천응교의 수많은 고수와 맞서 싸우기에는 승산이 없다고 판단했다. 더구나 장취산 부부는 정이 깊은 만큼 상대방을 도와주러 나설 가능성이 아주 컸다. 그녀는 황급히 서화자를 만류하고 나섰다.

"사형, 진정하고 유 이협의 분부에 따르도록 해요! 저쪽은 모두 우리 배에 오신 손님들이시잖아요?"

그녀가 유연주를 끌어들인 의도는 분명했다. 그의 명성이라든가 덕망으로 보아 결코 어느 한편을 두둔해서 불공정하게 일을 처리하지 않으리라는 기대가 있었기 때문이다.

그런데 눈치코치 없는 서화자는 그녀의 뜻도 몰라주고 또다시 생각나는 대로 악을 쓰기 시작했다.

"무당파는 천응교와 사돈을 맺었으니 한집안 식구가 아닌가! 못된 놈들과 한통속이 되어서 물들었는데, 그런 작자 입에서 무슨 얼어 죽을 놈의 공정한 말이 나오겠는가?"

유연주는 수양이 깊은 인물이라 얼굴에 함부로 표정을 드러내지 않았다. 그는 서화자가 떠드는 소리를 듣고도 조용히 앉아 있을 뿐 아무 말도 하지 않았다.

정작 다급해진 사람은 위사랑이었다. 그녀는 황급히 핀잔 섞어 못난 사형의 입을 틀어막으려 했다.

"사형, 어쩌자고 자꾸만 터무니없는 소리만 지껄이시는 거예요? 무당파가 우리 곤륜파와 형제 같은 사이라는 것은 둘째로 치더라도, 근본 뿌리가 아주 깊은 사이 아닙니까? 지난 10년 동안 손을 맞잡고 적과 싸우는 데 지극정성을 다했잖아요! 더구나 유 이협은 심지가 철석같이 굳은 대장부요, 영특하신 이름이 강호에 널리 알려진 분으로, 세상 천하 어느 누군들 흠모하지 않는 이가 없습니다. 무당오협이 무슨 일을 하든, 사사로이 한쪽만 두둔하는 걸 언제 보신 적이 있기나 합니까?"

"흥! 꼭 그렇다고만은 할 수 없지!"

서화자가 자기 말뜻을 알아주지 않으니 위사랑은 속이 타다 못해 욕이 저절로 나올 판이었다. '이 멍청이 같은 사형을 어떻게 해야 좋단 말인가?' 그녀는 할 수 없이 버럭 고함쳐 으름장을 놓았다.

"사형! 자꾸만 까닭 없이 무당오협에게 실례를 저지르실 거예요? 나중에 사부님과 장문 사숙이 아시고 꾸지람을 내리셔도 난 모릅니다!"

그녀는 말끝마다 '무당오협'을 지칭했다. 요녀와 결혼해서 부부가 된 장취산을 그 안에 포함시키지 않겠다는 의도에서였다.

서화자는 사매가 스승과 장문 사숙까지 들먹이자 그제야 찔끔해서 입을 다물었다.

유연주가 천천히 입을 열었다.

"이 사태는 무림의 각 문파와 방회가 관련되어 있으므로 부덕하고 무능한 제가 함부로 주장할 일이 아닙니다. 어차피 10년 동안 소동을 벌인 사건이니 시간이 더 걸린다고 해서 안 될 일은 아니리라 봅니다. 저는 장 사제와 함께 무당산으로 돌아가 사부님과 대사형께 자세히 설명드리고 지시를 받을까 합니다."

서화자가 또 그새를 참지 못하고 코웃음을 쳤다.

"흐흥! 유 이협, 그 여봉사폐如封似閉 일초로 떠넘기는 수법이야말로 고명하기 짝이 없소이다."

유연주는 어지간해서는 화를 내지 않는 사람이었으나, 이번만큼은 얼굴빛이 싹 굳어졌다. 방금 서화자가 언급한 여봉사폐 일초는 무당 권법 중에서도 천하에 명성을 떨치는 방어 수법으로, 스승인 장삼봉이 직접 창안해낸 절초였던 것이다. 그런데 서화자가 경망스럽게 무당파의 절기를 조롱했으니 그것은 곧 스승을 욕보이는 짓이나 똑같았다. 그는 속에서 불끈 치솟아 오르는 분노를 꾹 참고 이내 생각을 바꾸었다. 이 사태를 감정적으로 처리했다가는 실수가 있게 마련이고, 어쩌면 그 사소한 다툼이 곧 무림계에 걷잡을 수 없는 호겁浩劫을 불러일으킬지도 모른다는 생각이 들었던 것이다. 그래서 이 천둥벌거숭이로 날뛰는 도사 영감의 허튼소리를 아예 못 들은 척 무시해버리기로 작정했다.

서화자도 한두 마디 떠들어대고 나서 유연주의 눈치를 살폈다. 딱 부릅뜬 두 눈초리에 번갯불 같은 신광이 쏘아보는 데야 저도 모르게 오금이 저리고 심장 고동이 마구 뛰는 걸 억제할 수 없었던 것이다. 그는 기가 죽어 자라목을 움츠리면서 속으로 생각했다. '우리 스승님이나 장문 사숙은 곤륜파 최강의 고수라고 자타가 공인하는 바이지만, 눈초리가 매섭기는 이 작자보다 훨씬 못하지 않은가!'

이윽고 유연주가 신광을 거두어들이면서 담담하게 물었다.

"서화 도형께선 어찌 생각하시는지? 고견이 있거든 말씀하시지요. 소인이 귀를 씻고 경청하리다."

서화자는 방금 유연주의 위세에 기가 죽은 뒤끝이라, 그 물음에 대꾸하지는 못하고 엉뚱하게 위사랑을 돌아보고 딴청을 부렸다.

"이것 봐, 사매. 뭐라고 얘기했지? 설마 고칙성과 장립도 사건을 이쯤에서 그만 접어두잔 말인가?"

위사랑이 미처 대꾸하기도 전에 갑자기 남쪽에서 뿔 고동 부는 소리가 끊이지 않고 들려왔다.

"뿌우! 뿌우우!"

이어서 곤륜파 제자 하나가 선실 문밖에 와서 급보를 전했다.

"공동파와 아미파 분들이 도착했습니다."

궁지에 몰려 있던 서화자, 위사랑이 반색을 하며 일어섰다. 위사랑이 유연주를 돌아보고 제안했다.

"유 이협, 차라리 공동, 아미 두 문파의 고견을 마저 들어보시는 게 낫겠군요."

유연주도 한마디로 흔쾌히 수락했다.

"좋습니다!"

천시당 이 당주와 정 단주, 봉 단주가 눈짓을 교환했다. 안색이 보일 듯 말 듯 미미하게 바뀌었다.

장취산에게는 또 하나의 골칫거리가 생겼다. 아미파는 별문제가 아니지만, 공동파는 사손과 원한이 깊었다. 공동오로를 다치게 하고 공동파의 진산지보鎭山之寶인 〈칠상권보〉를 빼앗았으니 보나마나 사손의 행방을 꼬치꼬치 캐물을 것이 분명했다.

은소소 역시 같은 생각이었다. 그러나 생각하는 방향은 달랐다. 어린것이 쓸데없는 말만 하지 않았던들 사태가 훨씬 좋아졌을 텐데, 안타깝게도 그 모양이 되었으니 장차 공동파 사람들이 캐물었을 때 무슨 말로 답변해야 할지 막막하기만 했다. 하지만 무기는 이 세상에 태어난 이래 거짓말이라곤 해본 적이 없었다. 더구나 사손과 정이 깊이 들었기 때문에 느닷없이 큰아버지가 죽었다는 말을 들었으니 울고불고 난리를 피우는 것도 나무랄 일은 아니었다. 자신에게 얻어맞은 뺨이 벌겋게 부어오른 것을 보고 있으려니 저도 모르게 가여운 마음이 들어 무기를 품 안에 꼭 껴안아주었다.

무기는 그래도 마음이 안 놓이는지, 조그만 입술을 엄마 귀에 대고 소곤소곤 물었다.

"엄마, 큰아버지 안 죽었지? 그렇지?"

은소소도 입술을 아들 귀에 갖다 대고 속삭여 대답했다.

"그래, 안 죽었다. 내가 저 사람들을 속인 거야. 저들은 모두 나쁜 사람들이란다. 저 사람들이 큰아버지를 해치려고 해서 그렇게 속였던 거야."

무기는 그제야 확연히 깨달은 듯 맞은편에 앉아 있는 사람들을 하나씩 노려보면서 속으로 중얼거렸다. '그랬구나! 모두 나쁜 사람들이었어. 내 큰아버지를 해치려 하다니, 아주 못된 사람들이야!'

결국 장무기는 이날부터 강호에 첫발을 내디딘 셈이었다. 그리고 세상인심이 험악하다는 사실을 처음으로 깨달았다. 그는 슬그머니 손을 내밀어 뺨을 쓰다듬었다. 엄마에게 얻어맞은 자리가 아직도 얼얼하게 아팠다. 그는 이 뺨따귀가 엄마한테 맞았다는 사실보다 눈앞에 앉아 있는 나쁜 사람들 때문에 얻어맞았다는 것이 더 분하고 원통했다. 책임은 모두 그들에게 있었다. 큰아버지가 성곤 얘기를 해주었지만 그때는 그저 귀로만 들었을 뿐이었다. 그런데 오늘에 와서야 진정으로 나쁜 사람들을 마주 보게 되었던 것이다.

서화자가 널판 중간쯤 건너갔을 때였다. 갑자기 등 뒤에서 미약하게나마 바람 소리와 함께 "휙!" 하는 소리가 들려왔다. 성미는 비록 경망스럽고 조급한 그였으나 무공의 기초만큼은 착실한 터라, 그 소리가 무엇을 뜻하는지 이내 알아차렸다. 누군가 배후에서 암습을 가하는 소리였다. 후딱 몸을 돌리는 순간, 그의 손아귀에는 어느새 장검이 번쩍이고 있었다. 바로 그때, 돌연 발밑이 허전해지는가 싶더니 딛고 있던 널판이 중간에서 "우지직!" 하고 두 동강 나는 것 아닌가. 서화자는 황급히 몸뚱이를 위로 솟구쳐 올렸다. 그러나 두 배 사이에는 텅 빈 공간만 있을 뿐 움켜잡거나 디딜 만한 물건은 어디에도 보이지 않았다. 발밑에는 검푸른 쪽빛 바닷물만 출렁거릴 따름이었다. 허공으로 솟구친 몸뚱이는 도약 한계에 다다르자 어쩔 도리 없이 바닷속으로 곤두박질쳤다.

9. 무당칠협, 상봉의 기쁨 절반에도 차지 않았는데

한참 뒤에야 공동파와 아미파 일행이 각각 예닐곱 명씩 선실로 들어섰다. 그들은 유연주와 서화자, 위사랑과 차례로 인사를 나누고 자리에 앉았다.

공동파 우두머리는 깡마른 갈색 옷의 노인이었고, 아미파 우두머리는 중년의 비구니였다. 선실에 들어선 이들은 이천원을 비롯한 천응교 패거리가 한자리에 앉아 있는 것을 보고 깜짝 놀랐다.

응원군이 왔다고 생각했는지, 경망스러운 서화자가 또 큰 소리로 불을 질렀다.

"당 삼야, 정허사태, 마침 잘 오셨소! 무당파가 천응교 놈들과 손을 잡았소. 지금 우린 이 작자들한테 크게 당하는 중이었소!"

왜소한 체구에 깡마른 갈색 옷의 노인은 공동오로 가운데 셋째인 당문량唐文亮, 그리고 중년의 비구니는 아미파 4대 제자 중 첫째인 정허사태靜虛師太로, 모두 강호 무림계에서 자못 명망 높은 고수였다.

두 사람은 서화자가 악을 쓰는 소리를 듣고 영문을 모른 채 어리둥절했다. 무당파가 적들과 손을 잡았다니? 그러나 성격이 세심한 정허사태는 서화자의 덜떨어진 성품을 익히 알고 있던 터라 그 소리를 곧이곧대로 믿지 않았다. 하나 천성이 고지식한 당문량은 당장 두 눈을 부릅뜨고 유연주를 노려보았다.

"유 이협, 그 말이 사실이오?"

유연주가 미처 답변할 겨를도 없이 또 서화자가 끼어들었다.

"무당파는 벌써 천응교와 사돈이 되었단 말이오! 장취산이 천응교주 은천정의 사위가 되었으니까."

당문량이 이게 웬 소린가 싶어 황급히 되물었다.

"아니, 10년 전에 실종됐던 장 오협이 돌아왔단 말이오?"

그제야 유연주는 말할 기회를 얻어 장취산을 가리키면서 피차 인사를 시켰다.

"이 사람이 저희 다섯째 사제 장취산입니다. 취산, 이분은 공동파의 선배이신 당문량 셋째 어른이시네. 인사드리게."

그러자 서화자가 또 참견하고 나섰다.

"장취산과 그 마누라는 금모사왕 사손이 숨어 있는 곳을 알고 있으면서도 감추고 얘기하지 않고 있소. 터무니없이 사손이 죽었다는 거짓말로 우리를 속이려 들지 뭐요."

당문량은 '금모사왕 사손'이란 말 한마디에 벌써 놀라움과 분노로 얼굴빛이 싹 변했다. 그는 장취산을 노려보면서 호통쳐 물었다.

"그자는 지금 어디 있소?"

"이 일은 우선 저희 사부님께 말씀드려야 합니다. 이 자리에서 답변을 못 드리겠으니 아무쪼록 양해해주시기 바랍니다."

장취산은 정중한 말씨로 그 요구를 거절했다.

그러자 당문량은 거칠게 고개를 흔들면서 재차 다그쳐 물었다.

"사손, 그 악적이 어디 있느냐고 물었지 않소? 그놈은 내 조카를 죽인 놈이오. 이 당문량과는 불공대천지원수라고! 어디 있는지 바른대로 말하시오!"

그는 예의범절이나 체면 같은 것도 가리지 않고 마구 악을 쓰면서 장취산을 윽박질렀다. 얼마나 한을 품었는지 두 눈에서 증오의 불길이 활활 쏟아져 나왔다.

이때 남편이 추궁당하는 것을 보다 못한 은소소가 당문량을 향해 쌀쌀한 말투로 면박을 주었다.

"귀하가 공동파에서 원로 행세를 하시는지는 몰라도, 도대체 뭘 믿고 무례하게 장 오협을 윽박지르는 겁니까? 귀하께서 무림지존이라도 되는 겁니까, 아니면 무당파 장문인이라도 되는 겁니까?"

당문량은 화가 치솟았다. 그는 손가락 10개를 쫙 벌려 은소소를 향해 와락 덮치려 했다. 그러나 보아하니 그녀는 연약한 젊은 아낙이었다. 무림의 선배 된 몸으로 체면상 그런 짓을 할 수는 없었다. 하는 수 없이 그는 분노를 억누르면서 사납게 물었다.

"그대는 누군가?"

장취산이 그녀 대신에 얼른 대답했다.

"제 아내올시다."

그 틈에 또 서화자가 불쑥 끼어들었다.

"아무렴! 자네 여편네이기도 하고 천응교 은 교주의 천금 같은 따님이시기도 하지! 흥, 사교의 요사스러운 계집이 뭐가 좋다고 흠뻑 빠졌을꼬?"

이 말을 듣고 당문량이 먼저 흠칫 놀랐다. '하마터면 큰일 날 뻔했구나!' 백미응왕 은천정으로 말하자면 무공이 깊고도 강맹한 위인이라 오늘날까지 10년을 싸워오는 동안 무림계 인사들 가운데 그의 10초

이상을 받아낸 자가 없을 정도였다. '공연히 이 미모의 아낙한테 손찌검을 했다가 은 교주란 놈에게 원한을 사면 그야말로 큰일이 아닌가!'

그는 속으로 머리를 내저으면서 중얼거렸다.

'잘하는 짓이다, 잘하는 짓이야!'

이때 선실로 들어온 이후 한마디도 입을 열지 않고 침묵을 지키던 정허사태가 유연주를 돌아보며 조용히 물었다.

"이 일을 어떻게 처리할 것인지, 유 이협께서 말씀해주십시오."

유연주도 그제야 차분히 자기 속셈을 털어놓을 수 있었다.

"이 사건은 너무나 복잡한 데다 세월이 10년이나 지났습니다. 그러므로 이 자리에서 당장 흑백 시비를 가려내기가 어렵습니다. 석 달 후에 저희 무당파가 무창성武昌城 황학루黃鶴樓에서 조촐하게나마 주연을 베풀어 여러 문파 어르신네를 모시겠습니다. 그 자리에 참석하시면 일체 시비곡직이 분명히 가려질 것이요, 저희들도 아는 바를 빠짐없이 설명해드릴까 합니다. 여러분 의견은 어떠신지요?"

정허사태가 고개를 끄덕여 수긍했다.

"그러시다면 좋습니다."

그러나 당문량은 그 정도로 끝낼 수 없다는 듯 다시 장취산을 다그쳤다.

"10년 전의 시비곡직이야 석 달 후에 거론한다 치더라도, 그 사손이란 놈의 행방은 지금 말해주어도 되지 않소? 장 오협, 사손은 지금 어디 있소?"

"지금 이 자리에서 말씀드리기가 거북합니다."

장취산이 다시 한번 정중하게 거절했다. 당문량은 불만이 이만저만 큰 게 아니었으나, 무당파 제자가 천응교와 손을 잡았으니 당장 어떻게 해볼 도리가 없었다. 하지만 3개월 후 천하 영웅들 앞에서는 꽁무니를 빼지 못할 것이니 그쯤에서 일어나 유연주에게 작별 인사를 건넸다.

"그럼 석 달 후에 만나 뵙기로 하고, 이만 물러가겠소이다."

이때 서화자가 따라나서면서 당문량에게 부탁했다.

"당 삼야! 우리 일행 몇 사람을 태워주시면 안 되겠소이까?"

"그러시지요. 안 될 게 뭐 있겠습니까?"

당문량이 선선히 승낙하자, 서화자는 위사랑을 손짓해 불렀다.

"사매, 우리도 가세!"

그는 애당초 유연주와 같은 배를 타고 왔으나, 사태가 이렇게 되고 보니 이제 무당파와는 적대적인 처지에 놓인 셈이었다. 그래서 공동파의 배를 타고 함께 떠나기로 작정한 것이다.

유연주는 정중히 뱃머리까지 나아가 떠나는 일행을 전송했다.

"안녕히 가십시오. 산에 돌아가는 대로 사부님께 말씀드리고 초대장을 띄우도록 하겠습니다."

이때 갑자기 은소소가 서화자를 불러 세웠다.

"서화 도장님, 제가 한 가지 여쭤볼 말씀이 있습니다."

서화자는 뜨악한 기색으로 뒤돌아보았다.

"뭘 말이오?"

"도장께선 입만 벙끗하시면 저더러 '사교의 요녀'라고 지목하셨는데, 도대체 저의 어떤 점이 사악하고 요사스럽단 말씀이신가요?"

질문을 받은 당사자가 이게 무슨 소린가 싶어 눈을 휘둥그레 뜨더니 입에서 나오는 대로 몇 마디 뱉어냈다.

"흐흥, 천응교는 사마외도 집단이고, 당신으로 말하자면 여우 같은 교태로 요사스럽게 사내를 홀리는 음탕한 계집이지! 이렇게 말하면 됐나? 그렇지 않고서야 무당파의 헌헌장부이신 장 오협께서 어떻게 당신에게 놀아났겠소. 안 그렇소? 흐흐흐!"

그는 말끝에 두어 마디 냉소를 섞었다.

"좋은 말씀, 고맙습니다."

뜻밖에도 은소소의 대꾸는 덤덤했다. 이렇게 되니 몇 마디 조롱으로 그녀를 말대꾸조차 못하게 만들려던 서화자가 도리어 머쓱한 표정이 되고 말았다. 그는 상대방이 아무 말도 하지 않자, 공동파 일행이 탄 배로 건너가려고 디딜판에 올라서서 걷기 시작했다.

두 척의 배는 모두 원양항해에 알맞게 돛대를 세 개씩이나 달고 있는 거대한 함선이었다. 뱃전끼리 마주 대었다고는 하지만 그래도 두 척의 갑판 사이 거리는 20척 남짓이나 떨어져 있었다. 따라서 두 뱃전 사이에 걸쳐놓은 널판 길이도 그만큼 길 수밖에 없었다.

서화자는 은소소에게 몇 마디 대꾸하느라 맨 뒤로 처졌고, 나머지 사람들은 벌써 건너간 뒤였다.

서화자가 널판 중간쯤 건너갔을 때였다. 갑자기 등 뒤에서 미약하게나마 바람 소리와 함께 "휙!" 하는 소리가 들려왔다. 성미는 비록 경망스럽고 조급한 그였으나 무공의 기초만큼은 착실한 터라 그 소리가 무엇을 뜻하는지 이내 알아차렸다. 누군가 배후에서 암습을 가하는 소리였다. 후딱 몸을 돌리는 순간, 그의 손아귀에는 어느새 장검이 번쩍이고 있었다. 바로 그때, 돌연 발밑이 허전해지는가 싶더니 딛고 있던 널판이 중간에서 "우지직!" 하고 두 동강 나는 것 아닌가.

서화자는 황급히 몸뚱이를 위로 솟구쳐 올렸다. 그러나 두 배 사이에는 텅 빈 공간만 있을 뿐 움켜잡거나 디딜 만한 물건은 어디에도 보이지 않았다. 발밑에는 검푸른 쪽빛 바닷물만 출렁거릴 따름이었다. 허공으로 솟구친 몸뚱이는 도약 한계에 다다르자 어쩔 도리 없이 바닷속으로 곤두박질쳤다.

"풍덩!"

물보라를 일으키면서 물속으로 가라앉은 서화자가 사지 팔다리를 허우적거리면서 수면 위로 솟구쳤다. 엉겁결에 수면으로 오르기는 했으나, 수영은커녕 개헤엄도 못 치는 그였다. 꿀꺽꿀꺽 짜디짠 바닷물을 얼마나 들이켰는지 정신이 하나도 없을 지경이었다. 양손을 마구잡이로 휘저어가며 다시는 물속으로 가라앉지 않으려고 필사적으로 발버둥 치는데, 갑자기 손끝에 웬 밧줄이 와서 닿았다. 그는 이제야 살았구나 싶어 두 손으로 밧줄을 단단히 움켜잡았다.

누군가가 슬금슬금 밧줄을 끌어 올리기 시작했다. 밑바닥도 모를 바닷물 지옥에서 간신히 빠져나와 한숨 돌린 서화자는 비로소 고개를 들고 위쪽을 쳐다볼 수 있었다. 그리고 다음 순간 기절초풍하도록 놀란 그는 하마터면 목숨 한 가닥이 걸린 밧줄마저 놓칠 뻔했다. 뱃전에서서 여유만만하게 느긋이 밧줄을 잡아당기고 있는 사람은 다름 아닌 저 밉살맞은 원수 천응교의 정 단주가 아닌가! 그는 얼굴 가득 얄궂은 표정을 지은 채 자기 손아귀에 한 목숨 매달고 올라오는 서화자를 내려다보고 있었다.

골탕 먹는 장본인이야 까맣게 모르는 일이었으나 사연은 간단했다. 은소소는 조금 전 서화자가 무례하게도 천응교와 자신에게 모욕적인 언사를 퍼부은 데 앙심을 품고서 그들 일행이 떠날 즈음 정 단주와 봉 단주에게 은밀히 분부를 내려 서화자를 골탕 먹일 계략을 꾸며놓았던 것이다.

봉 단주는 서른여섯 자루의 비도飛刀를 쓰는 솜씨로 강호에 이름을 드날리는 인물이었다. 그의 손을 떠난 비도는 정확하고도 재빠르게 목표에 들어맞는 데다 정강精鋼으로 주조한 칼날이 버들잎처럼 얇고 날카로워서 날아드는 비도를 막으려던 상대방은 번번이 자신의 병기마저 부러뜨리기 일쑤였다. 그는 조금 전 서화자가 은 소저와 입씨름을 벌이는 틈에 잽싸게 그 예리한 비도를 날려 널판 위에 살그머니 금을 그어놓았다. 그리고 널판을 쪼갠 비도는 그길로 바닷속에 떨어져 흔적을 감추었으니, 증거물을 찾고 싶어도 찾을 길이 없었다. 한편, 정 단주는 일찌감치 밧줄을 준비해놓고는 서화자가 바다에 떨어져 실컷 짠물을 마시게 한 다음 비로소 밧줄을 던져 끌어 올린 것이다.

위사랑과 당문량도 서화자가 물속에 빠지는 것을 보고 저편 배에서 천응교 일당이 수작을 부렸으리라 추측은 했으나, 봉 단주의 솜씨가 워낙 빠른 데다 자기네들은 앞만 바라보고 건너왔기 때문에 누가 무슨 재주로 자기네들이 방금 딛고 건너온 널판을 감쪽같이 쪼개놓았는지 도대체 감을 잡을 수가 없었다. 그래서 모두들 사람 건져내라고 아우성치며 허둥대는 동안 정 단주가 이미 그를 끌어 올리고 있었던 것이다.

물에 빠진 생쥐 꼬락서니가 되어 대롱대롱 매달려 올라오는 동안 서화자는 부글부글 끓어오르는 분통을 억지로 눌러 참고 있었다. 일단 배 위에 올라서기만 하면 이 몹쓸 놈들과 사생결단을 낼 작정이었다. 그런데 어찌 된 노릇인지 밧줄을 끌어당기던 정 단주는 서화자의 젖은 몸뚱이가 수면 위로 한 자쯤 떠오르자 더는 밧줄을 당기지 않았다.

"서화 도장! 거기서 꼼짝달싹도 마시오. 손가락 하나라도 까딱했다가는 내 팔목에 힘이 빠져 밧줄을 놓칠 것 같소!"

허튼수작을 부리는 줄 뻔히 알면서도 서화자는 정말 손가락 하나 까딱하지 못한 채 밧줄 끝을 붙잡고 늘어졌다. 공연히 저놈의 비위를 건드렸다가는 도로 바닷속에 빠질 것만 같았다.

"조심하시오!"

정 단주가 다시 한번 고함을 지르더니, 양 팔뚝에 힘을 주어 밧줄을 휘두르기 시작했다. 실로 엄청난 힘이었다. 다음 순간, 밧줄 끝에 매달린 서화자의 몸뚱이가 "위잉!" 하고 허공에 반원을 그리며 70~80척가량 붕 떠오르더니, 정 단주가 밧줄을 툭 떨치는 것과 동시에 건너편 공동파 일행이 탄 배를 향해 날아갔다.

서화자는 밧줄 끝을 놓고 갑판 위에 겨우 내려섰다. 두 발이 단단한 갑판을 딛고 서자 본능적으로 허리께를 더듬었다. 그러나 널판 위에서 뽑아 들었던 장검은 바다에 떨어질 때 놓쳐 이미 물속에 가라앉은 지 오래였다. 입속에는 아직도 짜디짠 바다 물맛이 느껴졌다. 그야말로 낭패였다. 빈주먹을 치켜들고 미친 듯이 펄펄 뛰는데, 건너편 배에서 천응교 패거리가 터뜨리는 박수갈채와 웃음소리가 천둥 치듯 들려오고 있었다. 그는 당장 위사랑의 허리에서 장검을 빼 들고 뱃머리 쪽으로 달려갔다. 하나 두 함선의 간격은 이미 그가 몸을 날려 건너뛸 만큼 가깝지 않았다. 고래고래 악담 저주에 욕설을 퍼부었으나 제 입만 아플 뿐이었다.

유연주는 아까부터 은소소가 서화자를 골탕 먹이는 광경을 눈여겨보고 있었다. 확실히 요사스러운 여인으로 다섯째 아우의 배필이 될 만한 사람이 아니었다. 그는 난감한 마음을 금치 못했다. 하나 이미 짝을 지어 자식까지 낳은 마당에 어쩔 것인가?

"은 당주, 그리고 이 당주, 수고스럽지만 돌아가서 은 교주께 말씀드려주시오. 석 달 후 무창성 황학루 모임에, 그 어르신께서 저희 뜻을 저버리지 않으신다면 부디 왕림하시기를 바란다고……. 오늘은 이만 작별하기로 하지요."

그러고는 장취산을 돌아보고 물었다.

"여보게 다섯째, 자넨 날 따라서 사부님을 뵈러 갈 텐가, 아니면……."

"사부님을 뵈러 가야죠!"

장취산은 당연한 말씀이라는 듯이 한마디로 말을 받았다.

곁에서 듣고 있던 은소소는 힘없이 고개를 떨어뜨린 채 갑판 바닥을 내려다보았다. 유연주의 말투로 미루어보건대, 필경 자기네 부부를 떼어놓으려는 의도가 분명했다. 장취산 역시 아내의 그런 기색을 알아챘다. 빙산을 타고 하염없이 표류하던 날 뭐라고 맹세했던가? '하늘에 오르거나 땅속으로 떨어지거나, 영원히 헤어지지 말자'는 그 한마디를 저버릴 수야 없는 일 아닌가. 그는 유연주 앞으로 나서면서 이렇게 말했다.

"둘째 형님, 저는 아내와 아이를 데리고 가서 우선 사부님을 뵙고 싶습니다. 사부님께서 허락을 내리시면 그때 다시 장인어른을 찾아뵙도록 하겠습니다. 어떨까요, 괜찮겠습니까?"

유연주는 잠시 주저했다. 생각 같아서는 억지로라도 이들 부부를 갈라놓고 천응교와 인척간이 되는 것을 막고 싶었지만, 차마 그걸 입밖에 낼 수는 없었다. 그는 할 수 없이 고개를 끄덕였다.

"그것도 좋겠지."

은소소 역시 유연주의 속마음을 모르는 것은 아니었다. 그러나 일단 승낙이 떨어지자 마음이 놓여 곧바로 이천원을 돌아보고 지시를 내렸다.

"사숙님, 저 대신에 아버님께 말씀드려주세요. 이 불효한 딸년이 천행으로 목숨 건져 살아왔다고……. 그리고 불일간에 사위 되는 분과 함께 외손자를 데리고 총타로 돌아가 어르신을 뵙겠노라고 전해 주세요."

"그리함세. 나도 총타에 돌아가 두 분께서 오실 날을 기다리겠네."

이천원은 선선히 수락하고 자리에서 일어났다. 그러고는 유연주와 작별 인사를 나누었다. 발길을 돌리려는데, 집안일이 궁금했던지 은소소가 질문을 던져왔다.

"아버님 근력은 좋으신가요?"

"아주 좋고말고! 요즘에는 예전보다 더 원기왕성하시다네."

"오라버니는 어떠세요?"

"그야 물론 아주 좋지! 근년에 들어서 무공 실력이 비약적으로 발전했단 말씀이야. 오죽하면 사숙 되는 나조차 뒤따르지 못할 정도가 되었으니 참말 부끄러운 노릇일세."

"아이참! 사숙님도…… 저희 같은 후배들을 놀리시는 거예요?"

그녀가 방그레 웃으면서 핀잔을 주었더니, 이천원은 정색을 하고 다시 말했다.

"이거 웃을 일이 아닐세. 농담이 아니라니까. 자네 아버님조차 청출어람靑出於藍이라고 칭찬하실 정도인데, 자넨 대단하다고 생각하지 않는가?"

"아이고, 사숙님! 바깥 분들 앞에서 집안 식구들 놓고 자화자찬이 너무 심하시네요. 유 이협님께 웃음거리가 되겠어요!"

"하하! 장 오협이 우리 집안 사위 노릇을 하시는데, 유 이협께서 설마 바깥 분이 될 리가 있겠나?"

그러고는 유연주 앞에 두 주먹을 맞잡아 흔들어 인사하더니 시원시원하게 돌아서서 선실 바깥으로 사라졌다.

그 말뜻을 알아차린 유연주는 이맛살을 찌푸렸다. 마음이 무겁고 불안해서인지, 손님에게 두 주먹 맞잡아 답례하면서도 끝내 말 한마디 건네지 않았다.

"형님, 그간 셋째 사형의 병세는 어찌 되었습니까? 완치되기는 하셨나요?"

천응교 일행을 태운 배가 떠나자 장취산이 급히 물었다.

"그저…… 그래."

유연주는 대답하는 둥 마는 둥 한마디만 던진 채 한동안 말이 없었다. 초조해진 장취산은 눈동자 한 번 돌리지 않고 그 입만 바라보았다. 가슴속 한 귀퉁이에서 불길한 생각이 불쑥 솟구쳤다. 유연주의 입에서 그가 '죽었다'는 말이 튀어나올까 봐 두려웠던 것이다.

"죽지는 않았네만, 죽은 것이나 별로 다름없는 몸일세. 전신 불구가 되어 수족을 움직일 수 없으니까. 유대암, 유 삼협…… 흐흐흐, 이제 강호에 그런 인물은 없는 셈이라네."

장취산은 우선 기쁜 생각이 들었다. 셋째 사형이 죽지 않았으니까.

하나 협객의 정신으로 똘똘 뭉쳐진 일세 영웅의 말로가 그렇듯 비참하다니 왈칵 쏟아져 나오는 눈물을 억제할 길이 없었다. 그는 목메어 소리 없이 울면서 둘째 사형에게 물었다.

"그를 해친 범인이 누굽니까? 알아내셨습니까?"

유연주는 대답 대신 눈길을 은소소에게 돌렸다.

"은 소저, 소저는 우리 셋째를 해친 자가 누군지 알고 있지요?"

삼엄한 말투에 번갯불 같은 두 가닥 눈빛이 그녀의 얼굴을 쏘아보았다. 은소소는 저도 모르게 몸뚱이가 파르르 떨려왔다.

"유 삼협의 수족 근육과 뼈마디는 소림파의 금강지에 부서졌다는 말씀을 들었습니다."

"그렇소. 한데 그가 누군지 모르시오?"

"모릅니다."

은소소가 고개를 흔들자 유연주는 더 이상 추궁하지 않고 다시 장취산에게 눈길을 돌렸다.

"여보게, 다섯째. 소림파 사람들 얘기로는 자네가 임안부 용문표국 일가족을 몰살했다더군. 더구나 소림사 승려까지 몇 명 죽였다던데, 그게 사실인가?"

"그, 그건……."

장취산이 미처 대꾸하기도 전에 은소소가 말끝을 채뜨리고 나섰다.

"그 일은 이분과 상관없습니다. 모두 내가 죽였으니까요."

유연주는 어이가 없어 그녀의 얼굴을 물끄러미 바라보았다. 눈빛 속에는 통한과 질책이 가득 담겨 있었다. 하나 그 눈빛은 이내 사라졌다. 얼굴에는 곧 평화스러운 기색이 감돌았다.

"나 역시 자네가 함부로 살인할 사람으로는 보지 않았네. 하지만 이 일 때문에 소림사 측에선 벌써 세 차례나 사람을 무당산으로 보내 추궁했네. 그런데 자네가 갑작스레 실종되고 그 소문이 무림계 전체에 퍼진 뒤에는 그들도 대질할 당사자가 없으니 어쩌겠나. 우리는 소림파가 셋째 아우를 해쳤다고 추궁하고, 소림파 측에서는 다섯째가 그들 수십 명의 목숨을 해쳤다고 서로 맞섰네. 다행히도 소림사 장문 주지 스님 공문대사께서 노련하신 분이라 신중을 기해 소림사 문하 제자들을 극력 단속해서 함부로 일을 저지르지 못하게 막았네. 그래서 10년 동안 서로 큰 참화를 빚지는 않았지."

이때 갑자기 은소소가 끼어들었다.

"그 모두가 철모르던 시절에 제가 분별없이 함부로 일을 저지른 탓입니다. 이제는 저도 후회가 막심합니다. 하지만 저들도 사람을 죽이지 않았습니까? 저들이 악착같이 따지고 든다면 우리도 절대로 잘못을 시인할 수는 없습니다."

유연주의 얼굴에 곤혹스러운 기색이 피어올랐다. 흘낏 장취산을 바라보는 눈길에 무언의 질책이 담겨 있었다. 어떻게 이런 여자를 아내로 맞아들였느냐는 힐책이었다.

은소소는 그가 자신에게 줄곧 냉랭하게 대하고 '은 소저'라고만 부를 뿐 끝내 '제수씨'라는 말을 하지 않는 것을 보고, 진작부터 울화가 들끓던 참이었다. 그래서 기왕 일이 이렇게 된 바에야 할 말은 다 하고 말겠다는 생각이 앞섰다.

"제가 저지른 일이니 제 한 몸으로 감당하겠습니다. 절대로 이 일을 무당파에 연루시키지 않겠습니다. 반드시 소림파 측이 우리 천응교로 찾아와 결판내도록 할 테니 걱정 안 하셔도 됩니다!"

그러자 유연주가 평소 그답지 않게 얼굴빛을 굳힌 채 언성을 높여 꾸짖었다.

"강호에서 일어난 모든 일은 사리에 맞게 처리해야 하는 법이오! 당세 무림계에 으뜸가는 소림파의 일이 아니라, 하다못해 힘없고 용기 없는 고아나 과부의 일일지라도 반드시 도리에 부합되게 처리해야 하는 거요! 무고한 생명을 자기 멋대로 마구 해치고, 강한 힘만 믿어 약자를 능멸할 수는 없는 일이오!"

만약 10년 전에 은소소가 이 같은 말을 들었다면 아마 벌써 칼을 뽑아 들고 대들었을 것이다. 하나 지금의 그녀는 어떤가? 문득 남편의 공손한 목소리가 귀에 들려왔다.

"형님의 훈계 말씀이 옳습니다."

남편의 태도가 이러니 그녀로서도 어쩔 도리가 없었다. 그녀는 생각을 바꿔먹었다. '부처님 같은 말씀은 내가 안 들으면 그만이지만, 더 이상 말다툼을 벌였다가는 내 낭군만 입장이 난처해질 것이다. 그래, 내가 한발 양보하면 되겠지.'

그녀는 아들 무기의 손을 잡고 선실 바깥으로 나갔다.

"무기야, 우리 배 구경이나 해볼까? 넌 여태껏 이렇게 큰 배를 본 적이 없었지. 안 그래?"

모자가 밖으로 나가자 선실 안에는 한동안 무거운 침묵이 흘렀다. 이윽고 장취산이 입을 열었다.

"형님, 지난 10년 동안 제가 얼마나……."

복받치는 감정을 억제하지 못하고 그는 목이 메었다. 유연주가 손을 내저어 말문을 막았다.

"여보게 다섯째, 자네하고 나는 서로 허물없이 진심을 터놓고 대하는 사이일세. 그 정리는 골육을 나눈 친형제보다 더 깊네. 하늘보다 더 큰 재앙이 닥치더라도 이 둘째 형은 자네와 생사를 같이할 걸세. 자네 부부의 일은 내게 얘기할 것까지 없으니 잠시 덮어두세. 무당산에 돌아가서 사부님의 지시를 받으면 될 걸세. 만약 사부님께서 자네들을 꾸짖고 부부간의 정리를 끊으라 하시면, 우리 일곱 형제가 함께 무릎 꿇고 빌어보세. 자네 아들이 저만큼이나 자랐는데, 설마하니 사부님도 부부간에 생이별이야 시키시겠나?"

"형님, 고맙습니다!"

유연주는 겉으로는 강직하나 마음은 부드럽고 뜨거운 사람이었다. 무당칠협 일곱 형제 가운데 가장 입이 무겁고 우스갯소리 한 번 하지 않는 성격이라, 아우들이 맏형인 송원교보다 그를 더 무서워했다. 그러나 실상은 형제간의 정리가 두터워 아우들을 제 몸보다 더 아끼고 사랑해주었다. 10년 전에 장취산이 갑작스레 실종되었을 때만 해도, 그는 속으로 미칠 듯이 애가 탔으나 겉으로는 그런 심사를 전혀 드러내지 않았다. 이제 뜻밖에 형제가 상봉하게 되니 그에게 이보다 더 반갑고 기쁜 일은 없었다. 또 그런 와중에서도 그는 은소소의 어긋난 사고방식에 엄한 질책을 내리는 어른다운 풍모를 잃지 않았다. 그리고 이제 형제끼리 단둘이서 마주 대하게 되자 비로소 진정을 토로하기에 이른 것이다. 그가 가장 마음 놓지 못하는 일은 은소소가 소림사 제자들을 적지 않게 살상했다는 사실이었다. 이것은 결코 간단히, 좋게 끝날 일이 아니었다. 그러나 유연주는 벌써부터 마음속 깊숙이 각오를 단단히 해두고 있었다. 자기 목숨을 버리는 한이 있더라도 아우의 가족만큼은 평온무사하게 보호해주겠다고 말이다.

"형님, 우리 무당파와 천응교 사이에 싸움이 벌어진 것은 저희 부부 때문이 아닙니까? 그래서 저는 마음이 너무나 불안합니다."

유연주는 그 말에 대꾸하는 대신 이렇게 되물었다.

"왕반산도에서 벌어진 일은 도대체 어떻게 된 건가?"

"예, 사연을 말씀드리자면 얘기가 무척 깁니다."

장취산은 유연주에게 10년 전 사건들을 낱낱이 털어놓기 시작했다. 임안부에 도착하던 그날 밤 용문표국에 잠입했다가 소림사 승려들의 오해를 사게 된 일하며 은소소를 알게 된 일, 왕반산도에 동행해 천응교 측이 벌여놓은 '양도입위' 대회에 참석한 일, 금모사왕 사손이 그 자리에 나타나 사람들을 무참하게 살상하고 도룡도를 빼앗은 일, 그리고 사손의 협박에 못 이겨 배를 타고 큰 바다로 끌려나간 일……. 그다음에 천신만고 끝에 빙산을 타고 황량한 북극 무인도까지 표류해 구사일생으로 목숨을 건지고 사손과 함께 셋이서 10년간 살아온 경위를 숨김없이 말해주었다.

기나긴 설명이 다 끝나자 유연주는 다시 곤륜파 제자 고칙성과 장립도 두 사람의 일을 묻고 나서 한참 동안 깊이 생각하더니, 한숨을 섞어 중얼거렸다.

"으음…… 일이 그리되었군. 자네가 끝내 돌아오지 않았더라면 그간의 비밀이 어떻게 진상을 드러냈을지 모르겠네."

"그렇습니다. 저도 다행으로 생각합니다. 제 의형義兄…… 아, 형님! 이제 말씀드립니다만, 저는 사손과 의형제를 맺었습니다. 사실 그분은 우리가 생각했던 것처럼 그렇게 극악무도한 사람은 아닙니다. 평생을 두고 숱한 참사를 일으킨 것도, 따져보면 모두가 부득이한 사정이 있어서 그랬던 겁니다. 그 역시 끔찍한 대참사의 희생자였으니까요."

유연주는 더 이상 따져 묻지 않고 그저 고개만 끄덕였다. 장취산이 악적 사손과 의형제를 맺었다니, 골칫거리가 또 하나 생긴 셈이었다.

"제 의형은 사자후 한 번으로 왕반산도에 있던 사람들의 정신 상태를 모조리 비정상으로 만들어버렸습니다. 그분 말로는 죽지 않더라도 백치가 된다고 하더군요. 그래야만 도룡도가 누구 손에 들어갔는지 그 비밀이 누설되지 않는다고 했습니다."

"으음, 사손이 저지른 행위가 모질기는 했지만, 희대의 기남아奇男兒인 것만은 확실하네. 하나 세상에는 비밀이란 게 없는 법일세. 사손이 아무리 물샐틈없이 주도면밀하게 일을 처리했다 하더라도 빠뜨린 것이 있었으니까. 한 사람을 마저 처치하지 못했거든."

"그게 누굽니까?"

"백귀수일세."

"천응교 현무단의 백 단주 말입니까?"

"바로 그렇다네. 자네 말대로라면, 그날 왕반산도에 모인 군웅 가운데 사손을 제외하고는 백귀수의 공력이 가장 깊고 두터웠을 걸세. 그 사람은 사손이 뿜어낸 술 기둥에 얻어맞아 까무러쳤다고 했지? 그런 다음에 사손의 사자후가 터져나왔으니, 백귀수는 멀쩡하게 살아남을 수 있었지. 아마 제정신으로 있었다면 그 역시 사자후를 견디지 못하고 백치가 되었을지도 모르지……."

그제야 장취산도 기억나는지 제 무릎을 탁 쳤다.

"맞습니다, 형님! 그때 백귀수는 혼절한 상태에서 깨어나지 못했으니까 사자후를 듣지 못했겠군요. 그래서 아무런 해도 입지 않고 오히려 맑은 정신을 유지하게 되었을 겁니다. 제 의형이 세심하긴 했어도 거기까지는 미처 생각 못 했군요."

"그 섬에서 살아나온 사람들 가운데 제정신을 잃지 않은 사람은 백귀수 하나뿐이었네. 독창적인 내력을 자랑한다는 곤륜파 제자들마저 모조리 당했으니까. 고칙성과 장립도 두 사람은 역시 공력이 얕아서 그때부터 완전히 백치 상태로 폐인이 되고 말았네. 범인이 누구냐, 어떻게 생겼느냐고 아무리 물어도 장립도는 그저 고개만 절레절레 흔들 뿐 말을 못 하고, 고칙성의 입에선 계속 '은소소, 은소소……'라는 한 사람의 이름만 나오는 거야."

그는 여기서 잠시 뜸을 들이고 나서 말을 이었다.

"나도 자네 얘기를 듣고 이제야 알았네. 고칙성이 시종 그 이름만 부른 것은 범인의 이름을 댄 것이 아니라 백치가 되는 그 순간까지 마음속에 제수씨를 오매불망 잊지 못하고 있었기 때문일세. 흥! 서화자란 친구, 다음번에 또 제수씨한테 불손한 말을 했단 봐라! 내가 그 친구를 어떻게 대하나 두고 보게. 자기네 곤륜파 제자들의 행동거지 하나 단속 못 하는 주제에 누구 허물 탓을 한단 말인가?"

"백귀수의 정신 상태가 정상이었다면 모든 내막을 밝혔을 텐데요."

"아닐세. 그자는 끝내 말하지 않았네. 왜 그런지 알겠는가?"

"아하, 그렇군요! 천응교 측이 도룡도를 되찾으려면 자기 혼자만 알고 있는 비밀을 다 털어놓을 수가 없겠지요. 그러니까 모른 척하고 딱 잡아뗄 수밖에요."

"오늘날까지 무림계에서 벌어진 대분쟁의 실마리가 바로 그것 때문일세. 곤륜파 측은 제수씨를 자기네 두 제자를 해친 범인으로 지목하고, 우리 역시 자네가 천응교의 독수에 걸려들었을 것이라고 생각했거든."

"제가 왕반산도에 간 것은 백귀수한테서 들으셨습니까?"

"아닐세. 그는 아무것도 말하려 들지 않았네. 나하고 넷째, 여섯째 아우가 함께 조사하러 왕반산도엘 갔었지. 거기서 자네가 암벽에 판관필로 새겨놓은 스물넉 자를 발견하고서야, 자네 역시 그곳에 가서 천응교가 벌여놓은 양도입위 대회에 참석했다는 사실을 알았다네. 우리 셋은 섬 안을 샅샅이 뒤져보았으나 자네 행방을 찾지 못했네. 죽거나 살아서 돌아온 사람들 중에도 없었고……. 그러니 백귀수를 찾아가서 따져 물을 수밖에 없었지. 한데 시원한 답변은커녕 오히려 불손하게 나오기에 싸움이 벌어졌고, 결국 백귀수는 내 손에 호되게 얻어맞았다네. 얼마 안 있어 곤륜파 측도 천응교에 사람을 보내 따져 물었으나, 그들 역시 추궁은커녕 오히려 낭패만 크게 당하고 제자 두 명이 천응교 패거리에게 죽고 말았다네. 그 이후 10년 동안 곤륜파와 천응교는 원수지간이 되어 쌍방 간에 원한이 갈수록 깊어진 것일세."

이 말에 장취산은 송구스러워 견딜 수가 없었다.

"저희 부부 때문에 여러 문파 제자들이 무고하게 희생되었군요. 사부님께 말씀드리고 각 문파를 찾아가 오해를 풀고 책망을 받지 않고서는 제 마음이 편치 못할 것 같습니다."

유연주가 탄식했다.

"그야 일이 잘못되느라 그런 것이지 자네들더러 잘못했다고 탓할 일은 아닐세. 셋째가 중상을 입고 돌아오던 그날, 사부님이 나하고 일곱째를 용문표국을 보호하라고 임안부로 떠나보내신 일은 자네도 알 것일세. 그런데 우리는 임안부로 가던 도중 강서성江西省 상요현上饒縣에서 차마 그냥 지나칠 수 없는 일을 목격했다네. 불공평한 일을 보면 참견 안 할 수야 없는 노릇이지. 그래서 우리 두 사람은 그곳에 며칠 동안 지체하면서 10여 명이나 되는 무고한 인명을 구해주었네. 그리고 길을 서둘러 임안부로 달려가보니 이미 용문표국 사건이 터지고 난 뒤였네……."

그는 미안한 눈빛으로 장취산을 바라보았다. 그러고는 다시 말을 계속했다.

"자네도 생각해보게. 만약 자네 부부 때문에 곤륜, 무당 양파가 천응교 측과 분란이 일어났다면 물론 자네 개인적으로 해결해야 하네. 그러나 천응교가 도룡도를 되찾을 욕심에 끝끝내 사손의 이름을 숨기고 말하지 않았다면 방주나 장문인이 희생당한 거경방, 해사파, 신권문 사람들은 과연 어떻게 해야 되겠는가? 그들이 피맺힌 원한을 사손 대신 천응교에 뒤집어씌우더라도 할 말이 없지 않겠나? 그래서 결국 천응교란 일개 교파가 강호에서 모든 문파의 표적이 되고 말았던 것일세."

"도룡도가 얼마나 대단한 보물이기에 장인께서 그토록 곤욕을 당하면서까지 의형의 죄를 뒤집어쓰고 계시는지 모르겠습니다."

"나 역시 자네 장인과 일면식은 없지만, 그분이 천응교 세력 하나만 이끌고 천하의 문파들을 상대로 항전하는 것을 보면, 적수들조차 탄복을 금치 못할 만큼 박력과 기백이 대단한 인물일세."

"소림파나 아미파, 공동파 사람들은 왕반산도 대회에 참석하지도 않았는데 어째서 천응교와 원한을 맺었습니까?"

"그건 자네 의형 사손 때문일세. 자네들이 종적을 감춘 뒤로, 천응교 측에서는 그 도룡도를 되찾느라고 섬을 온통 뒤지면서 사손의 행방을 찾아다녔네. 그 과정에서 원양 선박을 연달아 띄워 보냈지. 백귀수가 아무리 입을 봉하고 있었어도 종이봉투로 불을 감쌀 수 없듯이 천응교 측에서 사손을 찾는다는 소문은 금세 누설되었네. 자네 의형은 10년 전부터 혼원벽력수 성곤이란 이름을 빙자해서 장강 남북 일대에서 30여 차례나 되는 대사건을 저질렀지. 여러 문파에서 이름깨나 드날리던 인물들이 그의 손에 얼마나 많이 죽어갔는지, 자네도 물론 알고 있겠지?"

장취산은 침통한 기색으로 고개를 끄덕였다.

"결국 그분의 짓이었다는 걸 모두 알고 말았군요."

"그 사람은 살인을 저지를 때마다 현장 벽면에 '살인범은 혼원벽력수 성곤'이라고 써놓았네. 당시 우리도 사부님의 명을 받들고 하산해서 조사해보았지만 누가 진범인지 알아내지 못했네. 게다가 성곤이란 인물도 시종 나타나지 않았고……. 나중에 가서 천응교 측이 사손의 행방을 좇는다는 소식이 새어나왔네. 여러 문파 사람들 가운데 생각이 깊은 몇몇은 사손이 성곤의 유일한 제자라는 사실을 간파해냈지. 그리고 그들 스승과 제자가 원수지간이 되었다는 사실도 알아냈고. 이렇게 되니 성곤의 이름을 빙자해서 살인을 저지른 자가 바로 그 제자인 사손이라는 결론이 나오게 된 것일세. 자네도 생각해보게. 사손에게 죽임을 당한 사람들과 또 그 희생자와 관련된 사람들이 얼마나 많을 것인가? 그러니 사건이 일파만파로 커질 수밖에 없지. 게다가 소림의 신승 공견대사도 그의 손에 죽임을 당했으니 얼마나 많은 사람이 그를 잡으려고 혈안이 되어 있겠나?"

장취산의 얼굴이 참담하게 일그러졌다. 의형 사손이 저지른 행위가 얼마나 모질었는지 유연주의 말이 아니더라도 익히 알고 있었지만, 새삼스레 듣고 보니 괴롭고 안타까웠다.

"의형께서 개과천선하시긴 했지만, 그분의 두 손은 여전히 그 숱한 사람들의 피로 물들어 있군요. 아아…… 형님, 저는 정말 어찌해야 좋을지…… 심란해서 못 견디겠습니다."

"우리 형제들은 자네 때문에 천응교를 찾아갔네. 곤륜파는 고칙성과 장립도 두 제자 때문에 천응교를 찾아갔고. 거경방은 또 저들의 방주가 끔찍하게 죽은 일로 천응교를 방문했지. 여기에 또 소림파를 비롯해서 흑백양도의 숱한 인물들이 사손의 행방을 추궁하려고 천응교를 찾아갔네. 최근까지 10년 동안 쌍방이 대결전을 벌인 것만 해도 다섯 차례일세. 사소한 싸움은 이루 헤아릴 수도 없을 정도였고……. 큰 싸움이 벌어질 때마다 사실 천응교 측은 줄곧 열세에 처해 있었네. 하지만 자네 장인어른은 군웅들의 포위 공격이나 협공을 받고 고전을 면치 못하면서도 꿋꿋하게 버티고 끝내 꺾이지 않더군. 참으로 인걸 중 인걸이라고밖에 할 말이 없을 정도였네."

유연주는 여기서 한숨 돌렸다. 그러고는 당시를 회상하듯 눈을 가늘게 뜨고서 얘기를 이어나갔다.

"물론 소림, 무당, 아미 등 여러 명문 정파는 진상이 명백하지 않은 데다 풀리지 않는 의문점이 너무 많았기에 천응교가 진정한 원흉이라고 단정 짓지는 못했네. 그래서 싸움이 벌어질 때마다 어느 정도 숨 돌릴 여지를 준 것만은 사실이지. 하지만 그 밖의 강호 인물들은 인정사정 두지 않고 천응교를 공격했다네. 얼마 전에 우리는 천응교 천시당 이 당주가 또다시 배를 타고 바다로 나간다는 소식을 들었지. 그것은 천응교 측이 사손을 찾기 위해 수색을 재개했다는 얘기 아닌가. 그래서 우리는 다소라도 실마리가 잡힐까 하는 일말의 기대를 걸고 은밀히 뒤쫓기 시작했네. 그런데 이 당주가 눈치를 채고 상황이 잘못 돌아간다 싶었는지, 완강하게 우리 추적을 막는 게 아닌가. 사세가 이러니 곤륜파 일행과 그들 사이에 싸움이 벌어지게 된 것일세. 아마 그때 자네들 부부가 나타나지 않았더라면 쌍방 간에 적지 않은 사상자가 나왔을 거네."

장취산은 묵묵히 유연주의 설명을 듣고 있었다. 둘째 사형의 희끗희끗 세어버린 귀밑머리와 이마의 주름살이 눈에 들어왔다.

"형님, 지난 10년 동안 참으로 고초가 많으셨군요. 제가 구사일생으로 목숨 건져 이렇듯 형님을 다시 뵐 수 있게 되다니……."

장취산의 두 눈에 다시 눈물이 핑그르르 돌았다. 유연주는 물끄러미 아우를 바라보았다.

"우리 무당칠협이 다시 모였으니, 세상에 이보다 더 기쁜 일이 어디 있겠는가. 셋째가 부상을 당하고 자네마저 실종되니까 강호에서 뭐라고 한 줄 아는가? 무당오협이라고 고쳐 부르더군. 흐흐흐…… 이제 우리 '칠협'이 다시 모였으니 지난날의 위세를 다시 한번 떨쳐야겠지."

그러나 두 사람의 가슴 한구석에는 일곱 형제가 다시 모여 '무당칠협'의 명성을 되찾게 되었다는 기쁨보다는 폐인이 되어버린 유대암의 생각에 처량한 느낌이 앞섰다.

원양 선박은 남쪽으로 열흘 남짓 항해한 끝에 장강 하구에 다다랐다. 유연주 일행은 거기서 강선江船으로 갈아타고 장강을 거슬러 올라가기 시작했다.

장취산 부부는 남루한 털가죽 옷을 벗어버리고 10년 만에 사람다운 옷차림으로 바꿔 입었다. 두 남녀 한 쌍은 지난날의 풍채를 조금도 잃지 않았다. 어린 무기 역시 새 바지저고리에 총각머리를 땋아서 빨간 댕기를 늘어뜨리고 보니 더욱 귀엽고 활기차 보였다.

무학에 전념하느라 아직껏 처자식을 두지 않은 유연주는 무기를 끔찍이도 귀여워했다. 천성이 과묵하고 엄한 터라 얼굴 표정은 쌀쌀맞았으나, 영리한 무기는 이 사백師伯 어른이 자신을 끔찍이 아낀다는 걸 눈치채고 있었다. 그는 틈만 나면 이 무서운 아저씨에게 매달려 이것저것 질문을 던졌다. 황량한 무인도에서 태어난 무기는 육지의 모든 것이 신기하기만 했다. 유연주도 걸핏하면 이 어린 조카를 안고 뱃머리에 앉아 강변 경치를 구경시켜주었다. 조카가 열 마디를 물으면 워낙 무뚝뚝한 그는 한마디로 대답하곤 했지만, 귀찮아하지 않고 그때그때 빠짐없이 설명해주었다.

그날 배는 안휘성安徽省 동릉현銅陵縣 부근, 동관산銅官山 기슭의 어느 작은 마을 곁에 닻을 내렸다. 해 질 무렵, 선원들은 뭍에 올라 술과 고기를 사러 마을로 들어가고, 유연주와 장취산 부부는 선실에 앉아 차를 달여놓고 한담을 나누고 있었다.

무기는 어른들이 하는 얘기가 재미없어 혼자 뱃머리에 나와 앉아 선창 주변을 구경했다.

부둣가 땅바닥에는 웬 늙수그레한 거지 하나가 주저앉아 뱀을 놀리고 있었다. 목덜미에는 푸른 뱀 한 마리가 친친 감겨 꿈틀거리고, 손에는 흰점박이 검은빛 구렁이 한 마리가 움직이고 있었다. 손에 있던 그 놈은 손놀림이 싫었는지 손아귀에서 스르르 기어나오더니 머리 위에 똬리를 틀고 앉는가 하면 어느새 등줄기를 타고 쏜살같이 미끄러져갔다. 그 품이 무척이나 빠르고 기민했다.

무기는 빙화도에서 뱀이란 것을 본 적이 없는 터라 그 기다란 몸뚱이가 얼마나 재미있는지 몰랐다. 늙은 거지는 뱃머리에 앉은 소년이 눈 하나 깜짝하지 않고 자기의 뱀 놀리기에 도취해 있는 것을 보고 씨익 웃어 보이더니, 손가락으로 구렁이를 탁 퉁겼다. 검정 구렁이는 공중제비를 한 바퀴 돌다가 재빨리 주인의 가슴 앞에 떨어져 둥그렇게 똬리를 틀고 도사렸다.

"아이, 재밌다!"

무기가 손뼉을 치면서 좋아라고 소리치자, 늙은 거지는 그에게 몇 번 손짓을 보냈다. 배에서 내려오면 더 재미있는 놀이를 보여주겠다는 시늉이었다.

무기는 서슴지 않고 일어섰다. 그러고는 널판을 딛고 뭍으로 올라갔다.

늙은 거지가 등 뒤에서 포대 자루를 하나 꺼내더니 아가리를 쫙 벌려놓고 싱긋 웃었다.

"이 안에 아주 재미있는 게 들어 있단다. 이리 와서 보렴."

"뭐가 있는데요?"

"아주 재미있는 거지! 와서 보면 곧 알게 될 거야."

무기는 기대감에 부풀어 슬금슬금 다가서서 포대 자루 속을 들여다보았다. 그런데 깜깜해서 아무것도 보이지 않았다. 좀 더 자세히 보려고 아가리에 머리통을 들이미는 순간, 늙은 거지가 번개같이 자루를 뒤집어씌웠다.

"아악!"

깜짝 놀란 무기가 외마디 소리를 질렀다. 그때 늙은 거지의 손아귀가 잽싸게 무기의 입을 틀어막으면서 몸뚱이를 번쩍 쳐들었다.

자루 속에서 지른 비명 소리는 비록 작게 나왔지만, 선실 안에 있던 장취산과 유연주의 예민한 귀에까지 분명하게 들려왔다. 두 사람은 동시에 자리를 박차고 갑판으로 뛰어나왔다.

무기는 늙은 거지의 억센 손아귀에 붙잡힌 채 발버둥 치고 있었다.

"이 아이의 목숨을 보전하려거든 그 자리에서 꼼짝도 하지 마시오!"

두 사람이 뭍으로 뛰어내리려 하자 늙은 거지가 매서운 소리로 호통쳤다. 그러고는 무기의 등 쪽 옷자락을 부욱 찢어발기더니 검정 구렁이의 아가리를 등판 심장 부위 살갗에 겨누었다.

그때 은소소 역시 뱃머리로 달려 나왔다. 사랑하는 아들이 거지의 손에 잡힌 것을 보자, 분노에 눈이 뒤집힌 그녀는 당장 은침을 쏘려고 했다.

"안 되오!"

유연주가 두 팔로 그 앞을 가로막았다. 그는 거지의 손아귀에 잡혀 있는 검정 구렁이를 잘 알고 있었다. 그것은 칠리성漆裏星이란 무서운 독사로 몸뚱이가 검을수록 독성이 강렬한 놈이었다.

은소소는 그제야 정신을 가다듬고 독사를 내려다보았다. 검다 못해 번들번들 윤기까지 흐르는 몸뚱이가 꿈틀거리자 일곱 개의 흰 점이 번쩍번쩍 빛났다. 쩍 벌어진 아가리에 드러난 독 이빨 네 개가 무기의 희고 보드라운 살갗을 당장에라도 물어뜯을 듯이 바짝 다가들고 있었다. 그것을 본 엄마는 그저 눈앞이 캄캄해졌다. 한번 물렸다 하는 날이면 즉사하고 말 것이 분명했다.

유연주는 묵묵히 생각에 잠겼다. 늙은 거지를 일장에 때려죽이기는 쉬웠다. 그러나 해독제를 빼앗아보았자 칠리성의 맹독이 퍼지는 속도를 과연 따라잡을 수 있을까. 조금이라도 승산이 없는 모험은 피하는 게 상책이었다. 그는 사태를 좀 더 두고 보기로 결심했다.

"귀하께서 그 어린것을 데리고 난처하게 구는 까닭이 무엇이오?"

유연주의 물음에 늙은 거지는 대답 대신 다른 요구를 내놓았다.

"사공더러 닻을 올리게 하고 배를 강변에서 50~60척쯤 멀찌감치 물리시오. 그러고 나서 얘기합시다."

유연주는 그가 왜 그런 요구를 하는지 이내 알아차렸다. 자신이 돌발적으로 뭍에 뛰어내릴까 봐 겁을 내는 것이다. 배가 기슭에서 멀어지는 만큼 사람을 구하기 어려워지나 어린것이 그자의 손에 잡혀 있는 상황이라 어쩔 수 없었다. 섣불리 공격을 시도했다가는 도리어 늙은 거지가 당황한 나머지 무기를 당장 해칠지도 모를 일이었다. 그래서 우선 저쪽 요구를 들어주고 나서 틈을 엿보기로 마음먹었다.

뱃머리 쇠사슬을 집어 든 그의 팔이 꿈틀하고 움직이는가 싶더니, 50근 남짓 되어 보이는 육중한 닻이 손길을 따라 수면 위로 펄쩍 솟구쳐 올랐다.

늙은 거지는 유연주의 팔뚝이 한 번 움직였을 뿐인데 쇠사슬에 달린 무쇠 닻이 가볍게 날아오르는 것을 보고 얼굴빛이 싹 변했다. 공력의 정순精純함이 실로 보기 드문 것임을 깨달은 모양이었다.

장취산이 기다란 장대로 강변 기슭을 찍자 배는 서서히 강물 한복판으로 물러났다.

"좀 더 물러나시오!"

늙은 거지의 요구에 장취산은 짜증스럽게 외쳤다.

"이만하면 50~60척은 되지 않소?"

하나 늙은 거지는 미소를 지으며 고개를 내저었다.

"유 이협께서 닻을 잡아 뽑는 솜씨를 보니, 50~60척 거리에도 소인의 마음이 놓이지 않는군요."

장취산은 할 수 없이 배를 10여 척 가까이 뒤로 더 물렸다.

유연주가 두 주먹을 맞잡고 정중히 물었다.

"귀하의 존함을 일러주시오."

"소인은 개방의 이름 없는 졸개에 불과하오. 보잘것없는 이름으로 유 이협의 귀를 더럽힐까 두렵소이다."

유연주는 그가 등에 여섯 개의 포대布袋를 지고 있는 것을 발견했다. 그렇다면 개방의 6대 제자六袋弟子가 분명한데, 그만한 지위에 있는 자가 어째서 이렇듯 비열한 수단으로 어린애를 인질로 잡아 협박하는지 그 까닭을 알 수 없었다. 하물며 인의仁義를 강호에 실행한다고 자부하는 개방의 방주 사화룡史火龍은 걸출한 대장부로서 무림계 인사들의 칭송을 받아온 인물이었다. 그런데 어쩌다가 저렇게 야비한 중견 제자를 휘하에 두었는지 아무리 생각해도 이해가 되지 않았다.

그때 은소소가 무슨 생각이 났는지 곁에서 소리쳤다.

"동천東川 무산방巫山幫이 언제부터 개방에 투신했죠? 난 이제껏 개방에서 당신 같은 자를 본 적이 없는데!"

이 말에 늙은 거지가 "엇?" 소리를 지르면서 놀랐다. 하나 그녀는 상대방이 미처 대꾸하기도 전에 다시 한마디 던졌다.

"하노삼賀老三, 도대체 무슨 꿍꿍이속이에요? 내 아이의 털끝 하나라도 다쳐봐요! 당신은 물론이고 당신네 방주 매석견梅石堅까지 붙잡아 열 토막 내서 죽여버릴 테니까!"

얘기가 이쯤 되자 늙은 거지의 놀라움은 이만저만이 아니었다. 첫눈에 자기 정체를 꿰뚫어본 데다 자기네 방회와 방주 이름까지 알아맞혔으니 그야말로 놀라지 않을 수가 없었다. 그는 속으로 혀를 내두르면서 대거리를 했다.

"과연 은 소저의 눈썰미가 대단하시오. 이 하노삼 같은 무명 졸개의 신분마저 알아보다니……. 잘 보셨소. 소인은 매 방주의 분부를 받들고 뒤쫓아왔소. 그리고 지금 이렇게 어린 도련님을 모셔놓은 거요."

"잔소리 말고 어서 그 독사나 치우시오! 보잘것없는 무산방 따위가 겁도 없이 천응교를 건드리다니, 죽고 싶어 환장을 한 모양이군요!"

"은 소저, 역정 내지 마시고 한마디만 해주시오. 그럼 즉각 도련님을 돌려보내고 저희 매 방주께서 몸소 찾아뵙고 사죄드리리다."

"나더러 무슨 말을 하라는 거죠?"

"우리 매 방주님의 외아들이 사손의 손에 죽임을 당했다는 사실, 은 소저께서도 들었을 거요. 저희 매 방주님은 장 오협과 은 소저…… 아니, 아니지! 소인이 실언을 했소. 장 부인께 간청드리라 하셨소. 악적 사손이 있는 곳을 알려만 주신다면 우리 무산방 전체가 평생 그 은덕을 잊지 않겠노라고 말이오."

은소소의 고운 이마에 주름살이 잡혔다.

"우린 몰라요!"

"그러시다면 두 분께 저희 대신 알아봐달라고 간청드릴 수밖에 없겠군요. 그동안 도련님은 저희가 잘 모시고 있겠습니다. 두 분이 사손의 거처를 알아오시는 대로 저희 방주께서 친히 도련님을 돌려보내고 사죄드릴 겁니다."

은소소는 독사의 어금니를 바라보았다. 그것은 아들의 등에서 불과 두세 치밖에 떨어져 있지 않았다. 불현듯 가슴이 격렬하게 마구 뛰기 시작했다. 그녀의 입안에서 '빙화도'란 이름이 뱅뱅 돌았다. 입만 열었다 하면 당장 튀어나올 것 같아, 고개를 돌리고 남편 쪽을 바라보았다. 남편 장취산의 얼굴빛은 잔뜩 굳어 있었으나 의연했다. 지난 10년을 부부로 같이 살아오는 동안 그녀는 남편이 의리를 얼마나 중요시하는 사람인지 잘 알고 있었다. 자식의 목숨을 구하기 위해 사손의 거처를 발설한다면, 또 그래서 의형이 남의 손에 죽는다면 부부의 정리는 그것으로 끝장나고 말 것이 분명했다. 결국 그녀는 북극의 황량한 무인도 이름을 끝끝내 입 밖에 내지 못했다.

아내의 표정에서 위기를 읽어낸 장취산이 목청을 돋우어 소리쳤다.

"좋소, 우리 아이를 데려가시오! 사내대장부가 친구를 팔아넘기는 것을 본 적이 있소? 안타깝게도 당신네가 우리 무당칠협을 너무 얕잡아보는 것 같구려."

하노삼은 가슴이 뜨끔했다. 아들을 인질로 잡고 요구하면 장취산 부부가 사손의 행방을 털어놓지 않고는 못 배길 것이라 예상했는데, 아들을 데려가라는 말 한마디로 자기 요구를 깨끗이 거절하다니. 한동안 그는 어떻게 대처해야 좋을지 모른 채 망설였다.

"유 이협, 그 사손이란 자는 죄가 태산같이 높은 놈이오. 무당파는 애당초 일을 공정하게 처리하는 명문 정파가 아닙니까? 제발 저 두 분을 좀 설득해주십시오."

생각다 못한 하노삼이 유연주에게 사정했으나, 그에게서도 역시 시원한 답변은 나오지 않았다.

"이 일은 내 마음대로 주장할 수 없소. 저희 형제는 지금 무당산으로 돌아가 사부님께 말씀드리고 그 어르신의 지시에 따를 작정이오."

"하면, 저희는……?"

"석 달 후 무창성 황학루에서 열릴 영웅 대회에 매 방주님과 귀하께서 참석하시면 그때 모든 시비곡직이 가려질 것이오. 그러니 우선 그 아이를 놓아주시오."

배는 강변 기슭에서 60~70척이나 멀리 떨어져 있었다. 게다가 유연주의 목소리에는 털끝만큼도 진기를 끌어올려 외치는 기색이 없었으나, 하노삼의 귀에는 마치 무릎을 맞대고 한자리에 앉아서 이야기하는 듯 또렷하게 들려왔다. '무당칠협이 천하에 명성을 떨친다더니 과연 명불허전이구나. 이번에 우리가 불퇴전不退轉의 각오로 이런 일을 꾸몄다만, 보잘것없는 무산방이 어찌 무당파와 천응교를 건드릴 수 있으랴? 하나 외아들을 잃어버린 방주님의 원수는 갚지 않을 수 없다.' 그는 속으로 탄복을 금치 못하면서도 끝까지 뻗대보았다.

"정 그러시다면 하는 수 없군요. 소인이 여러모로 실례를 범할 수밖에……. 송구스럽지만 도련님을 동천으로 모셔가야겠습니다."

그때였다. 은소소가 느닷없이 손을 뻗쳐 뱃전에 서 있던 수부 한 사람의 등을 세차게 떠밀었다. 그러고는 발길질을 날려 또 다른 수부 한 사람마저 냅다 걷어찼다.

"어이쿠!"

"아얏!"

정신을 놓고 사태를 관망하던 수부 두 사람이 삽시간에 물보라를 일으키면서 강물 속으로 빠져들었다.

뒤미처 은소소가 큰 소리로 비명을 질러댔다.

"아야, 아얏! 여보, 왜 때려요?"

그 소리에 놀란 것은 유연주와 장취산뿐 아니었다. 멀찌감치 강변 부두에 떨어져 있던 하노삼도 놀랐다. 그는 갑자기 무슨 일이 났는지 영문을 몰라 어리둥절한 채 물속에서 허우적대는 수부들을 내려다보았다.

그 순간, 유연주는 재빨리 은소소의 의도를 알아차렸다. 그는 하노삼의 주의가 산만해진 틈을 타 번개같이 장검을 뽑아 있는 힘껏 내던졌다. "씽!" 하는 바람 가르는 소리와 함께 벼락 치듯 날아간 장검의 칼날은 눈 깜짝할 사이에 검정 독사의 모가지를 베어 떨어뜨리고, 그 여세로 독사를 잡고 있던 하노삼의 손가락 네 개마저 썽둥 날려버렸다.

유연주가 장검을 뽑는 찰나, 장취산 역시 돛대에 감긴 밧줄을 움켜잡고 두 발로 갑판 바닥을 툭 찍기가 무섭게 허공으로 솟구쳐 올랐다. 그는 허공에서 밧줄을 휘둘러 부두 쪽으로 날려 보냈다. 유연주가 던진 장검보다는 한 발 늦긴 했으나, 밧줄은 어김없이 하노삼의 상체에 휘감기고 잡아당기는 탄력에 실린 장취산의 몸뚱이가 부두 쪽으로 무서운 속도로 날아갔다. 그리고 땅바닥에 두 발이 미처 닿기도 전에 왼손바닥이 늙은 거지를 후려쳐 곤두박질치게 했고, 동시에 오른손은 이미 아들을 채뜨려 껴안고 있었다.

늙은 거지 하노삼은 땅바닥에 웅크린 채 연거푸 선지피를 토해냈다. 그러고는 두 번 다시 일어서지 못했다.

아닌 밤중에 날벼락을 맞은 두 수부가 강변 기슭으로 헤엄쳐갔다. 뭍에 올라서서도 여자 손님께서 무엇 때문에 역정을 냈는지 알 수가 없어 감히 배에 오르지 못하고 눈치만 살폈다.

"두 분 형씨들, 어서 배에 올라오세요! 방금 내가 여러모로 실례한 점 사과드립니다. 여기 은화 한 냥씩 드릴 테니 약주나 한 잔 받아 드시고 속을 푸십시오!"

장강을 거슬러 올라가는 동안 배는 역풍을 만나 항행 속도가 무척 느려졌다.

장취산은 10년 동안 떨어져 있던 스승과 형제들을 어서 보고 싶은 다급한 마음에 안경로安慶路에서 배를 버리고 말을 갈아타자고 했으나 생각이 깊은 유연주가 반대했다.

"여보게, 이대로 배를 타고 가는 것이 좋겠네. 며칠 늦긴 하겠지만 이렇게 선실에 몸을 숨기고 가면 뜻하지 않은 사고도 적게 날 걸세. 지금 강호에 자네 의형 사손의 행방을 찾는 사람이 얼마나 많은지 모르나?"

"둘째 시숙님이 우리와 동행하시는데, 감히 누가 무당 유 이협 어른의 행차를 가로막겠어요?"

"그건 제수씨가 몰라서 하시는 말씀이오. 우리 일곱 형제가 손을 맞잡으면 가로막을 자가 없을지도 모르나, 나하고 다섯째 아우 둘이서 어떻게 그 숱한 고수를 다 상대할 수 있겠소? 더구나 이제는 과거지사를 될 수 있는 대로 좋게 마무리 지어야 하는데, 지금 또 싸움을 벌여

새로이 원수를 맺을 필요는 없겠지요."

"형님 말씀이 옳습니다."

장취산이 고개를 끄덕였다.

항행한 지 며칠 만에 배는 강하江夏, 무창武昌을 차례차례 지나 서쪽으로 양양로襄陽路에 접어들었다.

그날 저녁 관자탄灌子灘에 도착하자 일행은 배를 정박시키고 밤을 지낼 채비를 했다. 그런데 갑자기 강변 언덕에서 말 울음소리가 들려왔다. 선실 창문으로 내다보니 두 필의 준마가 이제 막 말 머리를 돌려 마을 쪽으로 급히 달려가고 있었다. 기수들의 민첩한 뒷모습으로 보건대 제법 솜씨 있는 무림계 인물 같았다.

그들이 시야에서 사라지자 창문 바깥을 내다보던 유연주는 장취산을 돌아보며 무겁게 입을 열었다.

"아무래도 오늘 밤 일이 벌어질 듯하네. 그러니 밤중에라도 떠나는 게 좋겠네."

"좋습니다!"

대답하는 장취산의 가슴이 찡하게 저려왔다. 무당칠협이 산에서 내려와 의협의 도를 행하는 날이면 강호 무림계 인사들이 그들을 피하면 피했지 무당칠협이 남의 눈을 피해간 적은 여태껏 한 번도 없었다. 물론 무예가 뛰어나게 높고 행동거지도 올바르기 때문에 귀찮게 소동을 벌일 일도 없었다. 더구나 유연주는 이 몇 해 동안 곤륜파, 공동파 같은 명문 대파의 장문인들조차 넘보지 못할 만큼 위명을 크게 떨치고 있었다. 그런 그가 오늘 이름 없는 졸개 두 사람의 뒷모습을 보고 피하자고 의견을 내다니 이건 순전히 자기네 일가족의 안위 때문이 아니겠는가!

유연주는 선장을 불러 은화 넉 냥을 주면서 밤새워 배를 띄우라고 지시했다. 선장은 수부들이 비록 힘들어하고는 있으나 은화 넉 냥이면 몇 달 동안 먹고살 만한 벌이인 만큼 뜻밖의 횡재에 기뻐 어쩔 줄 모르면서 수부들을 독려해 닻을 올리고 항행을 계속했다.

달빛은 강물에 밝게 비치고 맑은 강바람이 불어왔다. 혼자 놀던 무기는 이미 잠들고, 유연주와 장취산 부부는 뱃머리에 술상을 차려놓고 둘러앉아 달구경을 했다. 너르디너른 장강을 바라보니 가슴이 탁 트이고 호연지기가 절로 생겼다.

장취산은 술병을 들어 둘째 사형의 잔을 채웠다.

"사부님의 100세 생신날이 곧 닥칠 터인데, 불초한 제가 그 성대한 행사에 때맞춰 올 수 있다니 정말 꿈만 같습니다. 천지신명이 저를 박대하지 않으시려는 모양입니다."

곁에서 은소소가 한마디 보탰다.

"안타깝게도 창졸간에 오느라고, 그분께 올릴 예물도 마련하지 못했군요."

"제수씨, 사부님께서 우리 일곱 형제들 가운데 누굴 제일 좋아하시는지 아시오?"

유연주의 물음에 그녀는 방그레 웃으면서 아첨을 떨었다.

"그야 가장 훌륭한 제자일 테니까, 둘째 시숙님이시겠죠."

유연주는 당치도 않다는 듯이 너털웃음을 터뜨렸다.

"제수씨가 마음에도 없는 소릴 다 하시는군요. 속으로는 빤히 알면서 일부러 틀리게 말씀하시는 거 아니오? 우리 일곱 형제 가운데 사부님이 아침저녁으로 마음에 두고 계신 사람은 바로 제수씨의 영준하신 낭군이라오."

은소소는 속으로 흐뭇해하면서도 냉큼 고개를 내저었다.

"전 그 말씀 못 믿겠어요."

"우리 형제 일곱은 저마다 특장을 하나씩 지니고 있소. 대사형께선 노자와 장자의 학문에 깊이 통달하신 만큼 도량이 넓고 내공이 심후한 분이시오. 셋째 아우는 똑똑하고 빈틈이 없어서 사부님이 맡기시는 일을 한 번도 잘못 처리한 적이 없지요. 넷째 아우는 총명한 데다 기지機智가 뛰어나고, 여섯째 아우는 일곱 형제 가운데 누구보다 검술에 정통합니다. 막내 일곱째 아우는 근년에 들어 외공을 전문적으로 수련해서 이제는 내공과 외공을 겸비했답니다. 굳센 공력과 부드러운 공력을 융화시켰으니 아마도 강호에서 그를 따를 자가 없을 겁니다."

"둘째 시숙님은요?"

"나야 원래 자질이 우둔해서 장기라고 할 만한 게 하나도 없소. 굳이 꼽으라면 사부님께서 전수해주시는 본문 무공이나 죽을 고생을 해가며 부지런히 닦는다고나 할까, 별 재주는 없지요."

"시숙님의 무공이야말로 무당칠협 가운데 으뜸이라던데, 공연히 딴청 부리지 마시고 어서 실토하세요!"

은소소가 손뼉까지 쳐가며 까르르 웃어댔다. 곁에서 듣던 장취산이 얼른 거들었다.

"둘째 형님의 무공은 처음부터 최고였소. 뵙지 못한 10년 동안에 더욱 정진하셔서 내가 도저히 미치지 못할 경지에 도달하셨을 거요. 사부님의 가르침을 10년씩이나 받지 못했으니, 나는 이제 일곱 형제 중에서 말석으로 물러나야 할 처지요."

말끝을 흐리는 장취산의 표정이 사뭇 처량하기까지 했다.

"아닐세. 우리 형제 가운데 문무를 겸전한 인재는 자네뿐이야. 제수씨에게 비밀 한 가지 말해드릴까? 5년 전 일이었소. 사부님이 아흔다섯 번째 생신 잔치 자리에서 우리 형제들의 축수 잔을 받으시던 날, 그 어르신이 갑자기 서글픈 표정을 지으시더니 이렇게 말씀하시는 것이었소. '내 일곱 제자들 가운데 오성悟性이 가장 뛰어나고 문무를 겸비한 아이는 취산 하나뿐이다. 그놈이 내 의발衣鉢을 전해 받을까 했더니……. 아아, 5년이 지나도록 취산은 생사조차 알 길이 없구나. 아무래도 흉한 일을 당한 모양이야…….' 이런 말씀을 들어보더라도 우리 사부님께서 누구보다 이 사람을 가장 사랑하신다는 것을 알 수 있지 않소?"

은소소의 얼굴에 함박웃음이 피어났다. 장취산은 새삼스레 스승에 대한 그리움이 복받쳐 눈언저리가 축축하게 젖어들기 시작했다.

유연주는 결론을 내리듯 단호하게 말했다.

"이제 다섯째 아우가 무사히 돌아왔으니, 사부님께 드릴 생신 예물치고 이보다 더 값진 것은 없을 거외다."

바로 그때였다. 갑자기 강변을 따라 동쪽에서 서쪽으로 치달려오는 말발굽 소리가 은은하게 울렸다. 고요한 밤중에 말발굽 소리는 유별나게 똑똑히 들려왔다. 도합 네 필이었다. 세 사람의 눈길이 약속이나 한 듯 서로 마주 바라보았다. 이 밤중에 네 필씩이나 급히 치닫는 것을 보아하니 아무래도 자기네들과 관련이 있는 듯싶었다. 세 사람은 골치 아픈 일을 벌이고 싶지 않았으나, 그렇다고 닥쳐올 일을 두려워할 사람들도 아니었다. 그래서 어느 한 사람도 수상한 말발굽 소리를 언급하지 않았다.

유연주가 잠시 끊겼던 이야기를 계속했다.

"이번에 내가 하산할 무렵, 사부님은 폐관정수閉關靜修에 들어가셨네. 우리가 도착할 때 즈음해서 그 어르신이 수련을 마치고 나오셨으면 오죽 좋으련만."

은소소는 옛날 기억을 더듬으려는 듯 눈을 가늘게 뜬 채 그 말을 받았다.

"언젠가 제 아버님이 이런 말씀을 하신 적이 있어요. 평생을 두고 가장 흠모하는 분이 두 분 계시다고……. 한 분은 명교明教의 양 교주陽教主이신데 이미 세상을 떠나셨고, 또 한 분은 무당의 장 진인張眞人 어른이라고 하시더군요. 아버님은 소림사 공견, 공문, 공지, 공성 같은 사대 신승에 대해서도 별로 탄복하지 않으셨어요. 장 진인께선 100세 고령에 쌓으신 수양만도 심오하실 터인데, 또 폐관정수에 들어가셨다니 장생불로 술법을 연마하시는 모양이지요?"

유연주는 미소를 지으면서 고개를 흔들었다.

"아니지요! 장생불로가 아니라, 그분은 지금 무공을 연마하고 계신 거요."

"아니, 그 어르신의 무공은 이미 헤아릴 수 없을 만큼 오묘하고 깊으실 터인데, 또 무슨 무학을 연구하신단 말씀이에요? 설마 이 세상천지에 아직도 그분의 적수가 될 만한 사람이 있다는 것인가요?"

"사부님께선 95세가 되시던 날부터 해마다 아홉 달씩 폐관을 해오셨소. 그분 말씀으로는, 우리 무당파의 무공은 주로 〈구양진경〉의 일부분에서 창출된 것인데, 사부님께서 각원조사께 그 진경을 전수받을 당시에는 연세가 너무 어린 데다가 무공을 전혀 할 줄 모르셨다고 합니다. 각원조사께서도 마음먹고 전해주신 것이 아니라 열반에 드시기 직전에 임의로 들려주신 것이어서 결국 우리 무당파의 무공에는 아직도 결함이 있다는 것이지요. 사부님은 조사님에게 전해 받은 〈구양진경〉이 완벽하지 못한 바에야 당신 스스로 무공을 창출해내고 싶어 해마다 그렇게 고심참담하게 연구하고 계신 거요. 그 무학은 지금까지 이 세상에 전해오는 각 문파의 무공과는 전혀 다른 것이 되리라고 하셨소."

장취산과 은소소는 그 얘기를 들으면서 찬탄을 금치 못했다.

유연주의 설명은 계속되었다.

"각원조사께서 임종 직전 〈구양진경〉을 암송하실 당시 그것을 들은 분이 세 분 있었다고 하셨는데, 한 분은 물론 사부님이시고, 또 한 분은 소림파 무색대사, 그리고 다른 한 명은 여자분으로 바로 아미파의 개창 조사이신 곽양 여협이오."

"저도 아버님께 들은 적이 있어요. 곽 여협은 출신 내력이 대단한 인물로, 부친은 곽정 대협, 모친은 개방의 방주셨던 황용 여협이라고요. 양양성이 몽골군에게 함락당했을 때 곽 대협 내외분도 나란히 순절하셨다죠."

"제수씨 말씀대로요. 우리 사부님께서도 소년 시절 화산 절정봉에서 곽 대협 내외분을 뵌 적이 있다고 하셨소. 당시 얼마나 감명을 받으셨는지 우리에게 늘 이런 말씀을 하셨소. '무학을 배우는 자는 죽을 때까지 곽 대협 내외분을 본받아 나라와 백성을 위해 인풍협골仁風俠骨의 기백을 잃지 말고 살아야 한다.' 그리고 〈구양진경〉을 전해 받으신 세 분은 오성이 각각 다른 데다 바탕에도 큰 차이가 났다고 하셨소. 무공 실력은 무색대사가 제일 높았고, 곽양 여협은 곽 대협과 황 방주의 따님이니만큼 무학 면에서 박학다식했고, 우리 사부님은 그 당시 무공의 기초가 전혀 없었소. 그리고 각원조사 어른을 가장 오래 모시고 계셨기 때문에 그분의 전승傳承을 가장 많이 받았다고 말할 수 있소. 따라서 소림파, 아미파, 무당파 이렇게 셋 가운데 하나는 고강高强한 무공의 정화를 얻게 되었고, 하나는 박학博學함을, 그리고 또 하나는 순수純粹함을 얻는 결과가 되었소. 그러니까 세 문파는 각각 장점을 지닌 동시에 단점까지 지니게 된 셈이오."

"그렇다면 각원조사의 무공은 100년 만에 한 번 나타날까 말까 할 정도로 대단한 경지에 이르렀겠군요."

"아니오, 각원조사는 무공을 전혀 할 줄 몰랐소. 그분은 소림사 장경각에서 경전을 관리하던 스님이었는데, 평생을 두고 독서에만 열중해서 장경각 안에 소장된 책이란 책은 모조리 독파해서 외우셨다고 합니다. 그러다가 〈구양진경〉을 보자 마치 《금강경金剛經》《법화경法華經》을 염불하듯이 외우고 암송하는 동안 머릿속에 무의식중으로 기억하게 되었답니다. 그러니까 경전 속에 수록된 그 너르고 크고 정교하고 심오한 무학의 요체를 깨치기는 했어도 내력을 증진시키는 데만 쓰셨을 뿐 무공은 전혀 익히지 않았던 것이지요."

그리고 유연주는 소림사 측이 〈구양진경〉을 어떻게 도둑맞았는지, 또 어째서 그것이 종적을 감추고 사라졌는지의 경위를 아는 대로 말해주었다.

장취산이야 오래전부터 스승에게 들어 아는 사실이었지만, 은소소는 처음 듣는 소리라 무척 신기하고 흥미진진하게 여기는 듯했다.

"아미파의 윗대 어른과 무당파 사이에 그런 연분이 맺어져 있을 줄은 몰랐네요. 그런데 곽 여협은 어째서 장 진인께 시집가지 않았을까요?"

과연 여자다운 소견이었다. 장취산이 미소를 지으면서 아내에게 핀잔을 주었다.

"허튼소리! 당신, 또 실없는 생각을 하는군!"

유연주도 빙그레 웃으면서 역성을 들어주었다.

"제수씨가 모르니 그런 걸세. 내가 설명해드리지요. 각원조사께서 열반에 드시던 날, 저희 사부님과 곽 여협은 소실산 아래에서 헤어진 이후 다시는 만나지 못하셨다고 합니다. 사부님 말씀으로는 당시 곽 여협의 마음속에는 잊지 못할 남자 한 분이 자리 잡고 있었다더군요. 바로 양양성 공방전이 한창일 무렵, 몽골 황제 몽케 칸蒙哥可汗을 바윗돌로 쳐 죽인 신조대협 양과였지요. 그 후 곽 여협은 천하를 방방곡곡 다 뒤지고 다녔지만 사모하는 신조대협을 끝끝내 찾을 수 없었다고 합니다. 그렇게 유랑하던 곽 여협은 나이 40세 되던 해에 돌연 대오각성해 속세를 버리고 비구니로 출가하셨다가 훗날 아미파를 창건하신 겁니다."

"아…… 그렇게 되셨을 줄이야!"

은소소가 자기도 모르게 탄성을 질렀다. 청춘을 다 바쳐서도 이루지 못한 곽양의 안타까운 사랑이 가슴을 아프게 했던 것이다. 어느새 그녀의 눈길이 장취산에게 돌아갔다. 장취산의 눈길도 아내를 향하고 있었다. 눈빛이 마주치는 순간, 두 사람은 똑같은 생각에 잠겼다. '우리 둘은 하늘로 올라가든 땅속으로 떨어지든 영원히 헤어지는 법이 없으리라. 곽 여협의 애절한 일생에 비하면 이 얼마나 행복한가!'

평소 과묵하던 유연주가 오늘따라 스스로 놀랄 만큼 많은 얘기를 펼쳐놓았다. 용건이 없으면 며칠이라도 입을 열지 않던 그가 오랫동안 헤어져 생사조차 모르던 다섯째 아우와 만나자 저도 모르게 이렇게 많은 말을 했던 것이다. 그런 그가 은소소와 상면한 지 벌써 열흘이 지났다. 그동안 유연주는 그녀의 언동을 유심히 지켜보았다. 그리고 그녀의 본성이 생각했던 것보다 그렇게 악하지 않다는 사실을 발견했다. 옛말에 "먹을 가까이하는 손은 검어지고, 주사硃砂를 건드린 손가락은 붉게 물든다近墨者黑 近硃者赤"•고 했듯이 그녀도 그 환경에 물들었던 것이다. 천응교 안에서 보고 듣는 것이 모두 사악한 것뿐이었다면 감수성이 예민한 어린 시절의 그녀로서도 어쩔 수 없었을 것이다. 그러나 장취산과 부부로 맺어진 그 10년 동안 선악을 가리지 못하고 자기 멋대로 무참하게 살생을 저지르던 포악한 기질이 크게 순화된 것은 천만다행한 일이었다. 따라서 처음 보았을 때 그녀에게서 느꼈던 불만은 차츰 스러지고, 이제는 솔직담백한 성품이 마음에 들기 시작했다. 어쩌면 명문 정파 출신들의 우활迂闊하고도 자존망대自尊妄大한 자들에 비해 밝고도 직선적인 그녀의 기질이 차라리 진정성 있게 보였던 것이다.

이때 동쪽에서 또다시 말발굽 소리가 어렴풋이 들리더니 얼마 안 있어 서쪽으로 사라졌다.

장취산은 못 들은 척 무시하고 유연주와 대화를 이어나갔다.

• 중국 진晉나라 때 부현傅玄이 지은《태자 소부잠太子少傅箴》에 나오는 말. "주사를 가까이하는 손은 붉게 물들고, 먹을 가까이하는 손은 검어진다. 소리가 화기애애하면 그 울림이 맑아지고, 몸가짐이 올바르면 그림자가 곧게 비친다近朱者赤 近墨者黑 聲和則響淸 形正則影直"에서 따온 말이다. 착한 사람과 사귀면 착해지고, 악한 사람과 사귀면 악해진다는 비유. '주사'는 수은과 유황의 화합물로 육각 결정체 덩어리의 광물. 짙은 붉은색 광택이 있어 정제해서 물감이나 한약재로 쓴다.

"형님, 사부님께서 소림, 아미 양파의 고수를 초빙해서 공동으로 무학을 연구하고 서로의 장단점을 보완하신다면 세 문파의 무공이 모두 크게 증진될 것 아니겠습니까?"

이 말에 유연주가 제 무릎을 철썩 치면서 감탄했다.

"과연! 사부님이 자넬 후계자로 지목하신 것도 무리가 아닐세."

"아닙니다. 제가 사부님을 곁에서 모시지 못하니까 안타까운 나머지 그런 말씀을 하셨을 겁니다. 옛말에도 어머니의 자애로운 심정은 곁에 있는 효자보다 집 나간 방탕한 자식을 더 걱정한다고 하지 않았습니까. 지금 제 무학 수준으로는 형님들은 말할 것도 없거니와 여섯째나 일곱째 아우조차 당해내지 못할 겁니다."

유연주가 절레절레 고개를 흔들었다.

"아닐세. 지금의 무공 수준으로 본다면 물론 자넨 내게 못 미치겠지. 하나 사부님의 후계자는 무공 실력보다 우리 무당파의 무학을 번창시켜야 할 막중한 책임을 감당할 수 있어야 하네. 사부님의 말씀대로 세상천지가 이토록 너른데 무당 일파의 영욕이 뭐 그리 대단한 일이겠는가. 다만 무학 속 오묘한 신비를 캐낼 수 있는 유능한 인재를 신중히 가려 후계자로 삼고, 정인군자正人君子의 무공으로 사악한 소인배를 제압하며, 천하의 의로운 지사들을 결속시켜 몽골 오랑캐의 세력을 이 땅에서 몰아내고 우리 금수강산을 되찾는 것이야말로 무림인들이 해야 할 본분이 아니겠나? 그렇기 때문에 무당파의 의발을 전해 받을 후계자는 무엇보다 먼저 심성이 깊어야 하고 그다음에는 오성이 뛰어나야 되네. 심성은 우리 일곱 형제가 별 차이 없지만, 뛰어난 오성을 지닌 사람은 오직 자네뿐일세."

이 말에 장취산이 손사래를 쳤다.

"천부당만부당한 말씀입니다. 그건 사부님께서 이 못난 저를 걱정하신 나머지 한때 흥으로 하신 말씀일 겁니다. 설혹 사부님께 그럴 생각이 있으시다 하더라도 저는 절대로 받아들일 수 없습니다."

유연주가 여전히 미소를 띤 채로 은소소를 돌아보고 조용히 말했다.

"제수씨, 선실로 들어가셔서 무기를 보호하고 계십시오. 놀라지 않도록 조심하셔야 합니다. 바깥일은 나하고 다섯째 아우가 처리하겠습니다."

한창 이야기꽃에 정신이 팔려 있던 은소소는 뜻밖의 말을 듣고 흠칫 놀랐다. 긴장된 표정으로 시야를 한껏 펼쳐 사방을 둘러보았으나 아무런 기척도 느껴지지 않았다. 긴가민가 싶어 의혹에 찬 눈초리로 유연주를 쳐다보자, 그가 다시 한번 조용히 귀띔해주었다.

"저쪽 강변 키 작은 나무숲 속에서 칼 빛이 번뜩거렸소. 누군가 잠복해 있는 게 분명하오. 또 저 뱃머리 앞쪽 갈대숲에는 적선敵船이 숨어 있을 거요."

은소소는 살그머니 눈길을 돌려 그가 손짓해 보인 방향을 둘러보았다. 그러나 사방에는 여전히 썰렁하게 정적만 감돌 뿐 아무런 이상을 발견할 수 없었다.

그때 갑자기 유연주가 허공을 바라보고 나지막하면서도 우렁찬 목소리로 외쳤다.

"무당산의 둘째 유 아무개, 다섯째 장 아무개가 귀하의 경내를 지나치면서 두루 예를 갖추지 못한 점 양해하시기 바라오! 어느 곳 친구분이신지 모르겠으나, 흥이 나시거든 배에 올라 술 한잔 함께 나누심이 어떠하리까?"

몇 마디 말이 끝나기가 무섭게 홀연히 갈대숲 속에서 노 젓는 소리가 삐걱삐걱 나더니, 잠시 후에는 여섯 척의 작은 배가 쏜살같이 나타나 정면 강물 한복판에 일자로 늘어섰다. 그중 한 척에서 "휘리릭!" 하고 향전響箭• 한 대가 쏘아져 나가자, 그 화살 신호에 응답이라도 하듯 남쪽 강변 기슭 키 작은 나무숲 속에서 10여 명의 괴한이 나타났다. 언제든지 싸울 수 있도록 검은빛 일색의 경장勁裝 차림으로 몸단속을 하고 손에 병기를 잡았을 뿐 아니라, 검은빛 두건을 얼굴에 뒤집어쓴 채 두 눈만 빼꼼히 내놓았다.

은소소는 내심 혀를 내둘렀다. 명불허전이라더니 둘째 시숙의 시력과 청각이 과연 대단하다는 것을 인정하지 않을 수 없었다. 그녀는 적의 숫자가 많은 것을 보고 서둘러 선실 안으로 들어갔다. 무기는 벌써 깨어 있었다. 그녀는 아들에게 옷을 입혀주면서 목소리를 낮춰 속삭였다.

"얘야, 무서워할 것 없다. 괜찮아."

유연주의 낭랑한 목소리가 또 들려왔다.

"앞길을 막아선 친구들! 무당파 둘째 유 아무개와 다섯째 장 아무개가 문안 인사 드리오!"

그러나 조각배 여섯 척에는 뱃고물에서 노 젓는 사공 한 사람씩만 보일 뿐 나서는 이가 아무도 없었다. 사공 역시 벙어리인지 대꾸조차 없었다.

그때 유연주의 머릿속에 뭔가가 퍼뜩 스치고 지나갔다.

• 쏘았을 때 울림이 나는 신호용 화살. '향시響矢'라고도 부른다.

"아뿔싸, 큰일 났다!"

그는 몸뚱이를 뒤채기가 무섭게 강물 속으로 뛰어들었다. 어려서부터 장강 기슭에서 태어나 자란 몸이라 헤엄치거나 자맥질하는 솜씨가 보통이 아니었다.

물속에서 그는 이쪽 배로 헤엄쳐 오는 네 사람을 발견했다. 손에는 하나같이 날카로운 송곳이 들려 있었다. 보나마나 송곳으로 배 밑바닥을 뚫어 파괴시키고 가라앉는 배에서 손쉽게 사람들을 생포할 작정인 것이다.

유연주는 배 옆구리에 찰싹 달라붙어 그들이 접근할 때까지 기다렸다. 적들이 다가오자 그는 양손으로 한 놈씩 두 명의 혈도를 찍는 동시에 발로 세 번째 녀석의 옆구리 지실혈志室穴을 걷어찼다. 불의의 기습에 놀란 네 번째 괴한이 급히 몸을 돌려 달아나려 했으나, 유연주의 손아귀에 종아리를 붙잡혀 배 위로 던져지고 말았다. 혈도를 찍힌 세 사나이는 그냥 두었다간 강물 밑바닥에 가라앉아 익사할 것이 빤했다. 유연주는 한 명씩 움켜 뱃머리로 던져 올린 다음 비로소 자신도 몸을 솟구쳐 배 위로 올라갔다.

뱃머리에 나뒹군 네 번째 괴한은 재빨리 일어나더니, 눈앞에 장취산이 서 있는 것을 발견하자 들고 있던 송곳으로 냅다 가슴을 찔러들었다. 장취산은 그의 무공이 대단치 않은 것을 간파하고 몸을 피할 생각도 않은 채 왼손으로 송곳이 들린 팔목을 거머잡기가 무섭게 팔꿈치로 가슴 부위 혈도를 툭 내질러 찍었다. 괴한은 "헉!" 소리를 내며 들이켜던 숨통이 막히면서 맥없이 그 자리에 고꾸라졌다.

"여보게, 강변에 있는 자들 가운데 솜씨 좋은 녀석들이 몇 명 있는 모양이니 이 정도로 인사를 차린 셈 치고 정면으로 돌파해나가세."

"알겠습니다."

고개를 끄덕인 장취산은 이내 선장더러 배를 천천히 몰아가도록 지시했다. 앞에 가로로 길게 줄지어 늘어선 여섯 척의 조각배에 접근했을 때, 유연주는 네 명의 괴한을 하나씩 움켜들고 혈도를 풀어주면서 차례차례 그쪽으로 내던져 보냈다. 이상하게도 상대편 배에서는 여전히 아무런 기척이 없었다. 강변에 늘어선 흑두건의 괴한들 역시 벙어리처럼 우두커니 서서 바라보기만 했다. 유연주 일행의 배 밑창에 구멍을 뚫으려다 붙잡힌 네 명의 괴한도 혈도가 풀려 몸이 자유로워지자 조각배 선실로 숨어들더니 두 번 다시 나타나지 않았다.

일렬로 늘어선 여섯 척의 조각배 선단, 그 한가운데로 들어서서 막 지나치려는 순간이었다. 배 한 척에서 노를 젓던 사공 하나가 느닷없이 손을 번쩍 휘두르더니 시꺼먼 물체 두 개를 연거푸 던져 보냈다.

"꽈당, 쾅!"

엄청난 폭발음과 함께 일행이 탄 뱃고물 키가 순식간에 산산조각으로 박살 나 튕겨 날았다. 파편이 어지러이 나는 가운데, 방향을 잃어버린 배가 제자리에서 빙그르르 맴돌았다. 사공이 던진 것은 어부가 고기잡이할 때 물속에 터뜨리는 어포漁炮였다. 그것도 특별히 화약을 많이 쟁여 넣은 것이라 두 개만으로도 이쪽 배의 방향타를 날려버릴 만큼 폭발력이 강렬했던 것이다.

그러나 유연주의 얼굴에는 놀란 기색이 하나도 없었다. 그는 침착한 동작으로 상대방의 조각배에 훌쩍 뛰어올랐다. 수중에는 여전히 아무것도 들려 있지 않았다.

사공은 노를 잡은 채 앞만 바라보고 있을 따름이었다. 유연주가 배에 올랐어도 전혀 아는 척을 하지 않았다.

"누가 어포를 던졌는가!"

유연주의 호통에도 그는 묵묵부답이었다. 선실로 뛰어 들어가니 두 사내가 서로 마주 보고 앉아 있었다. 불청객이 들어섰는데도 꼼짝달싹 하지 않았다. 방어 태세는커녕 적의마저 보이지 않았다.

"자네들 두목이 누군가?"

그중 한 사람의 멱살을 움켜잡고 물었으나, 두 눈을 질끈 내리감은 채 대꾸가 없었다. 유연주는 무림계 일류 고수의 위신으로 폭력을 써서 다그쳐 묻고 싶지 않아 손을 풀고 다시 뱃고물 쪽으로 나왔다.

장취산과 은소소 역시 무기를 데리고 이쪽 배로 건너와 있었다.

유연주는 벙어리 사공 손에서 노를 빼앗아 물을 거슬러 젓기 시작했다.

그때 은소소가 무엇을 발견했는지 놀란 소리로 외쳤다.

"배에 물이 들어와요!"

선실 쪽을 바라보니 강물이 분수처럼 용솟음쳐 들어오고 있었다. 배 안에 나눠 타고 있던 괴한들이 밑창 마개를 뽑아버린 것이다. 유연주가 두 번째 배로 옮겨 뛰었을 때 그 배 역시 절반쯤 물에 잠겨 비스듬히 기울고 있었다.

그는 장취산 쪽으로 돌아보고 소리쳐 알렸다.

"여보게! 아무래도 저 친구들이 우리가 상륙하길 바라는 모양일세. 그렇다면 청하는 대로 뭍에 올라가볼까?"

언제 그렇게 해놓았는지 여섯 척의 조각배는 모두 널판으로 연결되었다. 마지막 뱃전에는 강변 기슭까지 친절하게 디딤 널판이 걸쳐져 있었다. 상륙하는 손님들에게 편리를 제공해준 것이 분명했다. 세 사람은 무기를 데리고 널판은 거들떠보지도 않은 채 몸을 날려 뭍으로 뛰어올랐다.

강변 기슭에는 복면을 한 흑의 괴한들이 반원형을 그리고 늘어서 있었다. 네 사람을 반달 형태의 포위망 안에 가둬놓은 셈이었다. 괴한 10여 명 가운데 두셋만이 쌍도를 잡거나 가죽 채찍 연편軟鞭을 거머쥐고 있을 뿐 나머지 일고여덟 명은 하나같이 장검을 뽑아 들고 있었다. 중병기重兵器를 쓰는 자는 하나도 없었다.

유연주는 양손으로 팔꿈치를 껴안은 자세로 우뚝 선 채 싸늘한 눈초리로 괴한들의 포진 상태를 한쪽 끄트머리에서 반대편 끝까지 빙 둘러보았다. 말 한마디 없었으나 '자, 이젠 어떻게 할 것이냐?'고 적에게 묻는 기색이 역력했다.

중간에 선 괴한이 오른손을 내저었다. 그것을 신호로 그들은 양편으로 썩 갈라서더니 허리를 약간 구부린 채 두 주먹을 맞잡은 자세로 병기 끝을 땅바닥으로 내려뜨렸다. 길을 터주겠다는 무언의 몸짓이었다.

유연주는 답례를 건네면서 의젓하게 그들 한복판을 지나쳐갔다. 그가 막 통과하자 괴한들은 재빨리 중간 부분을 도로 합치면서 길을 봉쇄했다. 장취산 일가족 세 사람을 포위망에 다시 가두어놓은 것이다. 서슬 푸른 병기가 앞쪽을 겨냥하면서 번쩍거리기 시작했다.

장취산이 뒷짐 진 자세로 껄껄대고 웃었다.

"하하하! 이제 보니 여러분은 이 장 아무개한테 용무가 있으신 모양이로군. 보잘것없는 내게 이렇듯 어마어마한 태세로 포진하다니 영접이 지나치시외다."

우두머리인 듯싶은 중간의 괴한이 잠시 망설이다가 칼끝을 내려뜨리고 다시 한번 포위망을 터주었다.

장취산은 아내를 돌아보고 지시했다.

"소소, 당신 먼저 나가시오."

은소소가 무기를 안은 채 막 포위망을 벗어나려는 순간이었다. 갑자기 바람 소리가 세차게 들리면서 다섯 자루의 장검이 일제히 무기를 겨누었다. 깜짝 놀란 그녀가 황급히 뒷걸음질 쳐 도로 포위망 안으로 돌아갔다. 장검 다섯 자루가 뒤따라 성큼성큼 앞으로 나섰다. 쉴 새 없이 파르르 떨리는 칼끝이 시종 무기의 신변 1척 남짓에 간격을 둔 채 떨어질 줄 몰랐다.

이때 유연주가 두 발끝으로 땅을 찍고 훌쩍 솟구쳐 오르더니 괴한들의 머리 위로 날아서 다시 포위망 안으로 뛰어들었다. 포위망을 지나치는 순간, 양손이 벼락 치듯 연거푸 네 차례 움직여 괴한들의 손목을 후려쳤다. 무기를 겨누었던 장검 네 자루가 동시에 주인의 손아귀를 벗어나 허공으로 날아갔다. 그다음 찰나, 유연주의 왼손이 훌쩍 뒤채더니 어느새 금나수로 바뀌어 장검을 든 다섯 번째 괴한의 손목을 낚아챘다. 가운뎃손가락이 손목의 혈도를 찍는 순간, 유연주가 흠칫 놀라 얼른 손을 놓았다. 손끝에 와서 닿는 감촉이 부드러우면서도 매끄러운 것으로 보아 괴한이 여자인 것을 깨달았던 것이다. 그와 동시에 다섯 번째 괴한도 손목이 마비되면서 들고 있던 장검을 땅바닥에 떨어뜨렸다.

"땡그렁!"

칼날이 땅바닥에 떨어져 상큼한 쇳소리를 냈다.

장검을 놓쳐버린 괴한 다섯이 황급히 뒤로 물러나고, 뒤미처 또 다른 장검 두 자루가 밝은 달빛 아래 서슬을 번뜩이면서 내처 찔러들었다. 수평으로 찔러드는 칼끝이 좌우 양쪽으로 향한 자세를 보건대 모두 대막평사大漠平沙 검초가 분명했으나, 사람을 다칠 의도가 없는지 기세는 그리 험악해 보이지 않았다.

"곤륜검법이라! 그러고 보니 곤륜파 친구들이셨군!"

유연주는 칼끝이 가슴 앞 세 치까지 찔러들자, 돌연 가슴을 움츠리면서 양팔을 휘둘러 왼손 식지와 오른손 식지로 동시에 칼날의 평면을 툭 쳤다. 그 타법은 무당심법을 운용한 것으로서 상대방이 장검을 놓치지 않고는 못 견딜 만큼 강한 힘이 실린 것이었다. 그런데 뜻밖에도 손가락과 칼날이 맞닿는 순간, 한 가닥 부드러운 힘줄기가 칼날을 타고 그의 손가락으로 전해와서 그의 힘을 절반 남짓이나 풀어버리는 게 아닌가. 결국 두 괴한은 장검을 놓치진 않았으나 그 충격을 이기지 못해 하나는 땅바닥에 쓰러지고, 다른 하나는 "아얏!" 하는 외마디 소리와 함께 선지피를 울컥 토해냈다.

조각배 여섯 척이 강물을 가로막은 이래 상대방은 시종 말 한마디 없이 벙어리 행세를 해왔다. 그런데 이제 처음으로 괴한의 입에서 놀라움에 찬 외마디 소리가 나왔다. 가녀리고도 부드러운 목소리, 그것은 분명 여자의 음성이었다.

중간에 선 우두머리가 왼손을 가볍게 휘두르자, 괴한들은 돌아서서 재빠른 동작으로 물러갔다. 키 작은 관목 숲속으로 사라지는 뒷모습이 대부분 호리호리한 것을 보건대 역시 남장 여인들이 틀림없었다.

유연주가 돌연 목청을 드높여 큰 소리로 외쳤다.

"철금 선생鐵琴先生께 유 아무개, 장 아무개가 무례한 점 사과드린다고 전해주시오!"

괴한들은 대꾸하지 않았다. 하나 숲속 뒤편에서 누군가 무심결에 키득거리는 웃음소리가 들려왔다. 역시 여자의 목소리였다.

은소소가 그제야 무기를 내려놓았다.

"저자들은 대부분 여자예요. 곤륜파에도 여제자가 많은 모양이죠?"

"아니오, 저들은 모두 아미파 제자요."

유연주의 대꾸에 장취산이 그게 무슨 소리냐는 듯 두 눈이 휘둥그레졌다.

"아미파 제자들이라니요? 그럼 형님은 왜 철금 선생께 사과드린다고 말씀하셨습니까?"

"저 사람들이 말 한마디도 않고 벙어리 흉내에 복면까지 한 것은 우리한테 정체를 드러내고 싶지 않아서 그런 걸세. 장검 다섯 자루로 무기를 겨냥한 수법은 분명 곤륜파의 한매검진寒梅劍陣이었고, 또 두 사람이 날 찌른 수평검법도 곤륜파 대막평사 초식이었네. 저 사람들이 애써 곤륜파 출신으로 위장했으니 우리도 그럴듯하게 속아 넘어가줘야 하지 않겠나? 그래서 일부러 곤륜파 장문인 철금 선생 하태충何太沖을 들먹인 걸세."

"시아주버니는 저들이 아미파 제자들이란 걸 어떻게 아셨어요? 그 중에 아실 만한 사람이 있었나요?"

"아니오, 공력이 그리 깊지 않은 것으로 보아 저들은 아미파 현임장문 멸절사태滅絶師太의 다음다음 세대에 드는 제자들인 것 같았소. 어쩌면 그분의 어린 제자들인지도 모르고……. 아무튼 내가 아는 사람들은 아니었소. 하나 방금 내 탄지彈指 수법을 풀어낸 솜씨는 틀림없이 아미심법峨嵋心法이더군. 남의 문파 초식을 흉내 내기는 어렵지 않겠으나, 다급한 순간에는 자기 문파 내공을 숨기지 못하는 법이지요. 일단 내공을 썼다 하는 날이면 진상이 드러나게 마련이니까."

장취산이 고개를 주억거리면서 아내를 돌아보았다.

"형님이 탄지 수법으로 칼날을 퉁겼을 때 그들이 얼른 장검을 놓아 버렸다면 좋았을 것을……. 그럼 부상도 가벼웠을 텐데. 아미파 내공심법이 원래 대단한 것이긴 해도 공력을 적절히 갖추지 못한 사람이 갑작스레 구사했다가 상대방이 월등한 고수일 경우에는 도리어 큰 낭패를 당하게 되는 거요. 만약 형님께서 저 여자들을 진짜 적수로 여겼다면 지금쯤 시체가 땅에 널렸을 거요. 하나 아미파는 애당초 우리 무당파와 절친한 사이로 지내왔으니 그러실 수가 없었던 거지."

"아우 말이 맞네. 제수씨, 우리 사부님은 소년 시절 아미파를 창건하신 곽양 여협께 여러모로 신세를 지셨소. 그래서 어르신께선 우리더러 당신의 옛정을 생각해서라도 아미파 문하 제자들에게는 절대로 피해를 주어선 안 된다고 누누이 타일러오셨소. 내가 방금 손가락으로 칼날을 쳤을 때 상대방의 내공을 느끼고 잘못되었구나 싶어 얼른 내 심법을 거둬들이려 했지만 너무 늦어 두 사람을 다치게 하고 말았소. 고의적으로 그런 것은 아니나 결국 사부님의 훈시를 어긴 셈이오."

유연주가 시무룩한 기색으로 말하자 은소소는 까르르 웃으면서 대신 변명을 해주었다.

"다행히도 시아주버니는 마지막에 가서 철금 선생께 사과드린다고 말씀하셨잖아요? 그러니까 아미파에 정면으로 죄를 지은 것은 아닌

셈이죠."

이 무렵, 그들이 타고 왔던 배는 키가 부서진 채 빙글빙글 맴돌다가 하류로 떠내려가 자취도 보이지 않았다. 조각배 여섯 척도 하나같이 물속에 가라앉고 노를 젓던 사공들만 후줄근하게 젖은 채 하나둘씩 강변 둔덕으로 기어오르고 있었다.

"저 사공들도 모두 아미파 출신일까요?"

"아마 소호巢湖 일대 양선방糧船幫 패거리일 겁니다."

유연주의 대답을 듣던 은소소가 땅바닥에 떨어져 있는 장검 다섯 자루를 발견하고 집어 들려 했다. 그러나 유연주가 얼른 그것을 제지했다.

"장검을 건드리지 마시오. 칼날에 주인 이름이 새겨져 있을 텐데, 그걸 보고 나서 우리가 나중에 아미파인 줄 몰랐다고 뻗댈 수야 없지 않겠소? 그냥 두고 갑시다."

"네, 그렇군요!"

은소소는 새삼스레 둘째 시숙의 세심함에 진정으로 경탄해마지않았다. 그녀는 미련을 버리고 무기 손을 잡은 채 남편 뒤를 따라 강변 큰길로 나아갔다.

관목 숲을 벗어났을 때, 그들은 20~30척 바깥 커다란 버드나무에 말고삐가 묶여 있는 것을 발견했다. 모두 건장한 말 세 필이었다.

"엄마, 저기 말이 있어! 말이 있어요!"

황량한 섬에서 태어나 자란 무기는 말을 보자 기뻐 어쩔 줄 몰랐다. 중원 땅에 오른 이후에도 줄곧 배만 타고 여행한 터라 말을 한번 타보고 싶어 안달하던 아이였다.

네 사람은 버드나무로 다가갔다. 말고삐가 묶인 나뭇가지에 쪽지가 한 장 꽂혀 있었다. 장취산이 그것을 떼어보았다.

배를 파선시킨 죄를 대신해서, 타고 가실 말 세 필을 삼가 드립니다.

종잇장에 가느다란 숯 조각으로 휘갈겨 쓴 글씨체에는 다급히 써 내려간 흔적이 역력한데 필치만큼은 부드럽고 고운 것이 여인의 솜씨가 분명했다.

남편 곁에서 함께 읽던 은소소가 입을 막고 깔깔대며 웃었다.

"호호호! 아미파 낭자들이 눈썹 그리는 목탄 붓으로 무당파 대협님께 일장 사연을 적어 보냈군요. 아이, 재미있어라!"

"아가씨들이 그나마 친절을 베풀어주셨군."

유연주가 멋쩍게 웃으며 고삐를 끌러 두 사람에게 건네주고 셋이서 한 필씩 나눠 탔다. 어머니 앞에 앉은 무기는 여간 흥분한 게 아니었다.

"어차피 우리 행적은 몽땅 드러났으니, 배를 타고 가나 말을 타고 가나 마찬가지가 되었군요."

"그러게 말일세. 아무튼 앞길에 파란곡절이 적지 않을 듯싶으이. 하나 만부득 손을 써야 할 경우가 생겨도 절대 중상을 입히지는 말게."

유연주가 이렇게 아우에게 당부를 했다. 방금 무의식중에 아미파 문하 제자 두 사람을 다치게 한 것이 영 마음에 걸리는 모양이었다.

그 기색을 본 은소소는 새삼스레 부끄러움을 느꼈다. '둘째 시숙은 손을 좀 세게 썼을 뿐 일부러 다치게 할 생각도 없었고, 또 그리 큰 상처를 입힌 것도 아닌데 저토록 안쓰러워하다니……. 상대방이 제때에 칼을 버렸다면 될 것을 억지로 버티려다가 다친 게 아닌가? 10년 전만 하더라도 나는 그 숱한 소림파 문하 제자들을 마구 살상하고서도 양심의 거리낌 같은 것을 털끝만큼도 느끼지 않았다. 하나 오늘에 와서 옛날 일을 생각하면 실로 부끄러운 일이 아닐 수 없다. 무공 수준이나 마음의 수양이 둘째 시숙보다 훨씬 못한 주제에 세상 좁다고 그렇게 미쳐 날뛰었다니……. 오냐, 내가 저지른 일은 내 한 몸으로 책임지고 당해내야 할 터, 앞으로는 절대로 시아주버니를 난처하게 해드리지 말아야겠다.'

생각을 다잡은 그녀는 유연주를 향해 허심탄회하게 자신의 속내를 털어놓았다.

"둘째 시아주버니, 지금까지 우리를 습격한 사람들은 모두 저희 부부가 목표였습니다. 시아주버니께는 아무런 원한이 없기 때문에 그토록 공손히 대한 게 아닙니까? 앞으로 또 길을 막아서는 자들이 나타나면 저희가 알아서 처리하겠어요. 그래도 힘이 부치거든 그때 가서 조금씩 도와주세요."

"호오, 우리가 남남인 것처럼 말씀하시는군요! 우리 형제들은 살아도 같이 살고 죽어도 같이 죽기로 되어 있는데, 너와 나를 분간할 건더기가 뭐 있단 말이오?"

은소소는 말을 잇지 못하고 얼른 화제를 바꾸었다.

"아미파 측에서는 분명 시아주버니께서 저희와 동행하는 줄 빤히 알 텐데, 어째서 어린 제자들만 보냈을까요?"

"아마 일이 워낙 급박해서 다른 중견 제자들을 동원할 틈이 없었을 거요. 또 젊은 풋내기 제자들은 우리와 서로 모르는 사이니까 실패하더라도 대수롭게 여기지 않을 수 있어 좋을 테고……."

"형님, 아미파에서도 제 의형과 원한이 있어서 그 행방을 알려고 온 것은 아닐까요? 빙화도에 있는 동안 의형이 아미파와 원한을 맺었단 말은 못 들어봤는데……."

장취산은 조금 전 아미파 여제자들이 한 일을 보고, 그들 역시 사손의 행방을 탐문하기 위해 나섰다고 짐작해서 한 말이었다.

아니나 다를까, 유연주는 한숨 섞어 이렇게 말했다.

"아미파는 규율이 몹시 엄격한 데다 제자들 대부분이 여자라서 멸절사태는 제자들을 함부로 강호에 나돌아 다니게 허락하지 않았네. 그래서 아미파가 천응교 측과 대결을 벌였을 때는 우리도 사뭇 이상하게 여겼지. 그런데 최근에 와서 그 까닭을 알 수 있었네. 10여 년 전, 하남성河南省 난봉부蘭鳳府에서 금과추金瓜錘 방평方評이란 노영웅이 살해당했는데, 역시 그 집 벽에도 '살인범은 혼원벽력수 성곤'이란 글이 쓰여 있었던 걸세."

"그럼 방평이란 분이 아미파 출신이었던 모양이죠?"

"아닐세. 멸절사태는 속성俗姓이 방씨였지. 그러니까 방 노영웅은 멸절사태의 친오빠였네."

"아, 그랬군요."

장취산 부부의 입에서 동시에 탄성이 흘러나왔다.

"둘째 백부님, 그 방씨란 노영웅은 착한 분이었어요, 나쁜 사람이었어요?"

무기가 느닷없이 어른들의 대화에 끼어들었다. 유연주는 생각해볼 것도 없이 쉽게 대답했다.

"그분은 농사짓고 학문을 익히면서 남과 사귀지 않고 혼자 사셨다니까 물론 나쁜 사람은 아니셨지."

"아이참, 그런 분을 함부로 죽이시다니, 큰아버지가 나빴어요!"

어린 조카의 대견스러운 말을 듣자, 유연주는 흐뭇한 미소를 지으면서 그 기다란 팔로 엄마 무릎에서 무기를 덥석 안아다가 머리를 쓰다듬어주었다.

"얘야, 네가 옳고 그른 것을 알다니 이 둘째 백부는 정말 기쁘구나. 사람은 한번 죽으면 다시 살아나지 못한단다. 아무리 무거운 죄를 지은 흉악한 사람이라도 함부로 손을 써서 죽여서는 안 되는 거란다. 반드시 뉘우쳐서 새사람이 될 길을 열어줘야지."

"둘째 백부님, 제 소원이 있는데 들어주시겠어요?"

"뭔데?"

"만약 저 사람들이 큰아버지를 찾아내거든 죽이지 말라고 해주세요. 큰아버지는 눈이 멀어 싸우지 못하거든요."

천진무구한 어린것의 부탁을 받고 유연주는 대꾸할 말을 찾지 못한 채 난감한 표정을 지었다. '피로 얼룩진 강호의 그 숱한 원한을 이 어린 조카에게 어떻게 설명해야 좋단 말인가? 과연 내가 그 많은 사람들 앞에서 사손을 해치지 말아달라고 얘기할 수 있을까?' 하나 둘째 백부를 올려다보고 있는 무기의 맑은 눈동자에는 기대감이 잔뜩 서려 있다.

그는 생각 끝에 이렇게 말했다.

"그건 나도 대답을 못 하겠구나. 하지만 이 둘째 백부는 네 큰아버지를 절대로 죽이지 않으마."

그는 조카에게 군색한 답변을 할 수밖에 없었다. 무기는 더 이상 묻지도 조르지도 않았다. 유연주를 올려다보는 눈에서 눈물이 주르르 흘러내릴 따름이었다.

날이 밝을 무렵, 네 사람은 마을로 찾아들어 객점에서 반나절 휴식을 취한 다음 오후에 다시 길에 올랐다.

길 가는 도중, 은소소는 이따금 자신의 말은 아들에게 주고 자신은 남편과 함께 타고 갔다. 무기는 역시 어린아이라 혼자서 말 모는 재미에 빠져 큰아버지에 대한 걱정마저 차츰 잊어버렸다.

며칠이 지나서 한구漢口를 지난 일행이 그날 오후 안륙진安陸鎭에 거의 다다랐을 무렵이었다. 하룻밤 묵어갈 안륙진 쪽에서 10여 명의 객상客商이 허둥지둥 달려오더니 유연주 일행 넷을 보고 급히 손을 내저었다.

"어서 빨리 오던 길로 되돌아가시오! 저 앞길에 몽골 오랑캐 군사들이 사람을 마구 죽이고 노략질하고 있소!"

그중 한 사람이 은소소를 보고 질겁했다.

"어이구, 이 여자분 담도 크시네! 저 몽골 병사한테 걸렸다간 큰일 날 텐데……."

"오랑캐가 몇 놈이나 있소?"

유연주가 묻는 말에 한 사람이 얼른 대답했다.

"한 열 놈 되는데, 말도 못하게 사납고 흉악한 놈들이라오."

그러고는 이내 뒤도 안 돌아보고 일행을 놓칠세라 허겁지겁 뒤쫓아 달려갔다.

무당칠협이 평생을 두고 가장 미워한 것은 무고한 양민을 잔혹하게 해치는 원나라 군사들이었다. 스승인 장삼봉은 평소 제자들에게 남들과 함부로 싸우지 못하도록 엄명을 내려두었지만, 그 대신 포악무도한 원나라 군사들에 대해서는 인정사정없이 손을 쓰도록 가르쳐왔다. 이 때문에 무당칠협은 강호에서 몽골군 대부대와 마주치면 멀찌감치 길을 돌아 피해가고, 소수 병력이 행패를 부리면 가차 없이 손을 써서 제거해버리곤 했다. 유연주와 장취산 형제는 원나라 군사가 고작 열 명쯤 된다는 말을 듣자, 마침 잘됐구나 싶어 그대로 말을 몰아 앞으로 나아갔다.

3리가량 가니 과연 앞길에서 처참한 비명 소리가 잇달아 들려왔다. 장취산은 말고삐를 당겨 앞장서서 달려 나갔다. 원나라 군사 10여 명이 민간인 수십 명을 가로막은 채 날이 반달처럼 구부러진 칼과 장창을 휘둘러가며 잔혹하게 도륙하는 광경이 눈에 들어왔다. 길바닥에는 선혈이 질펀하게 흐르고 목이 끊긴 시체 7~8구가 나뒹굴고 있었다.

그가 현장에 들이닥쳤을 때, 원나라 군사 한 명이 서너 살 먹은 어린아이를 번쩍 치켜들고 발길질로 하늘 높이 냅다 걷어차 올리고 있었다.

"끼약!"

어린아이가 반공중에서 비명을 질러댔다. 그러고는 지상으로 추락하는 순간, 기다리고 있던 또 다른 병사 한 명이 발길질을 날려 공차기하듯 다시 걷어차 올렸다. 어린것은 이리 차이고 저리 차이는 동안 아무 소리도 내지 않았다. 발길질 몇 차례에 숨이 끊어져버린 것이다.

그것을 본 장취산은 두 눈에 불을 켜고 마상에서 훌쩍 솟구쳐 오르기 무섭게 이제 막 어린아이의 시체를 걷어차려던 병사에게 덮쳐갔다. 두 발끝이 미처 땅에 닿기 직전, 극도로 분노에 찬 주먹은 벌써 그자의 앞가슴을 "푹!" 소리가 나도록 힘껏 내질렀다.

원나라 병사는 "헉" 소리 한마디 내뱉지도 못한 채 땅바닥에 힘없이 주저앉았다. 또 한 명의 병사가 기다란 장창을 번쩍 들더니 장취산의 등줄기를 찔러들었다.

"아빠! 조심해요!"

깜짝 놀란 무기가 고함쳐 알렸다. 장취산이 홀쩍 뒤돌아서면서 빙그레 웃었다.

"얘야, 이 아빠가 오랑캐를 어떻게 죽이는지 잘 봐둬라."

창끝이 돌아선 앞가슴에 반 자 정도 들이닥쳤을 때, 왼손이 홀쩍 뒤집히더니 어느새 창대를 움켜잡고 한 번 당기는 듯하다가 그대로 내질렀다. 창 자루 끄트머리는 주인의 가슴을 정통으로 찌르고 들어갔다.

"우악!"

원나라 병사가 목청이 터져라 외마디 비명을 지르면서 뒤로 벌렁 나자빠졌다. 두 번 다시 일어나지 못하는 걸 보니 살아나기는 이미 그른 모양이었다.

눈 깜짝할 사이에 동료 둘이 죽어 넘어지자, 나머지 병사들이 함성을 지르면서 장취산에게 달려들기 시작했다. 남편이 포위망에 갇히는 것을 본 은소소가 홀쩍 몸을 솟구치더니 원나라 병사의 손아귀에서 장도長刀를 빼앗기 무섭게 연거푸 두 명을 찍어 쓰러뜨렸다. 원나라 병사들은 방금 용맹을 떨친 장취산의 위세에 눌린 데다 여자의 몸으로 단숨에 동료를 둘씩이나 거꾸러뜨리는 것을 보자, 사세가 재미없게 돌아가는 것을 깨닫고 뿔뿔이 흩어져 도망치기 시작했다. 천성이 흉악한 그들은 달아나면서도 눈에 뜨이는 대로 칼을 휘둘러 백성을 마구 도륙했다.

뒤미처 들이닥친 유연주가 대갈일성 호통을 쳤다.

"오랑캐 놈들, 한 놈도 살려 보내지 마라!"

그러고는 서쪽으로 재빨리 방향을 틀어 원나라 병사 넷을 한꺼번에 가로막았다. 이어서 장취산 부부가 앞뒤를 가로막았다. 그리고 유연주와 함께 원나라 병사 넷을 차례차례 처치하기 시작했다. 당초 세 사람의 생각으로는 원나라 군사들이 비록 성질은 포악하지만 무공은 별것 아니리라 여겼다. 어떻게 보면 나이 어린 무기가 그들보다는 더 강할 터였다. 그래서 공연히 아들을 마음 써서 돌볼 필요까지는 없다고 생각했다.

둘째 백부와 부모가 종횡무진으로 도약하는 광경을 보자, 신바람이 난 무기도 덩달아 안장에서 뛰어내렸다.

"좋아요, 좋아요!"

무기는 손뼉까지 쳐가며 응원했다.

바로 그 순간이었다. 앞서 장취산에게 창 자루 끄트머리로 가슴을 찔려 쓰러졌던 병사가 벌떡 일어나더니, 무기를 덥석 움켜잡고 마상에 뛰어오르기 무섭게 쏜살같이 질주하는 것이 아닌가!

"앗, 아빠!"

무기가 비명을 질렀다.

"앗!"

유연주와 장취산 부부가 대경실색 일제히 경악을 터뜨렸다. 그들은 고함을 지르면서 있는 힘껏 그 뒤를 쫓기 시작했다.

셋 가운데 공력이 월등한 유연주는 두어 번 몸을 솟구쳤을 때 이미 말 뒤를 따라잡고 왼 손바닥으로 그자의 등 뒤 심장 부위를 겨냥해 일장을 후려갈겼다. 그러자 원나라 병사도 이미 예상하고 있었는지, 뒤도 안 돌아보고 반격으로 일장을 쳐 보냈다.

"퍽!"

쌍방이 마주치는 순간, 유연주는 상대방의 장심掌心에서 갑자기 태산이라도 무너뜨릴 듯 엄청난 힘이 밀어닥치는 것을 느낄 수 있었다. 그리고 뒤미처 한 줄기 극도로 음한陰寒한 내력이 꾸역꾸역 스며들기 시작했다. 유연주의 몸뚱이는 삽시간에 얼음물을 뒤집어쓴 것처럼 써늘해졌다. 추위가 뼛속까지 스며들어 도무지 견딜 수가 없었다. 그는 몸뚱이를 지탱하지 못하고 비틀거리면서 세 발짝이나 뒷걸음질 쳐야 했다.

그와 때를 같이해서 원나라 병사가 타고 달아나던 말도 유연주가 후려친 일장에 타격을 받고 앞발을 털썩 꿇었다. 그러자 병사는 무기를 껴안은 채 훌쩍 몸을 솟구치더니 질주하던 여세를 몰아 두 다리로 허공을 내디디면서 앞으로 뜀박질하기 시작했다. 10여 척 남짓 달리던 그는 어느새 경신술輕身術로 바꿔 눈 깜짝할 사이에 100여 척이나 멀리 달아났다.

허겁지겁 뒤쫓아온 장취산은 우선 유연주를 부축했다. 종잇장처럼 창백해진 얼굴빛으로 보건대 중상을 입은 것이 분명했다.

허망하게 아들을 빼앗긴 은소소는 필사적으로 그자를 뒤쫓았다. 하나 정체 모를 그 병사의 경신술이 얼마나 빠른지 추격할수록 거리는 점점 멀어지기만 했다. 얼마나 정신없이 뒤쫓았을까. 병사의 뒷모습은 대로상에서 차츰 작아지더니 끝끝내 한 점으로 바뀌다가는 길모퉁이를 꺾어 돌자 아예 사라지고 말았다.

납치범의 모습은 이미 보이지 않았으나, 은소소는 단념하지 않고 끝까지 발길을 멈출 줄 몰랐다. 괴한은 유연주에게 중상을 입힐 정도로 강한 적수였다. 따라잡아보았자 자신은 상대가 되지 못한다는 것을 빤히 알면서도 아들을 되찾겠다는 모성애가 그녀를 계속 달리게 만들었다. 가슴속에는 목숨을 버리는 한이 있더라도 반드시 무기를 도로 찾아와야 한다는 생각뿐이었다.

유연주가 나지막하게 말했다.

“어서 제수씨를 도로 데려오게. 아이 찾는 일은…… 천천히 신중하게 의논해서…….”

장취산은 우선 창을 한 자루 집어들기 무섭게 눈앞에 버둥거리던 병사 둘을 단숨에 찔러 죽였다.

“형님, 상처는 어떻습니까?”

“괜찮네. 우선 제수씨부터 빨리 데려오게……. 어서……! 그자를 뒤쫓으면 안 되네!”

둘째 사형이 숨찬 목소리로 다시 한번 재촉했다.

장취산은 핏발 선 눈으로 사방을 둘러보았다. 여기저기 널브러진 병사들이 신음 소리를 내면서 몸부림치고 있었다. 그는 벌떡 일어서서 장창으로 그들을 하나씩 찔러 숨통을 완전히 끊어놓았다. 방금 당한 간계에 두 번 속아 넘어갈 수는 없었다. 중상을 입은 둘째 사형을 두고 그냥 떠날 경우 또 다른 고수가 시체를 가장하고 엎드려 있다가 부상자를 덮칠지도 모르기 때문이었다. 장취산은 원나라 병사들이 모조리 죽었다는 것을 확인하고 나서야 비로소 말을 타고 아내의 뒤를 쫓기 시작했다.

2~3리를 치달린 그는 미친 듯이 달려가는 아내를 발견했다. 발걸음이 휘청거리는 것을 보건대 지친 게 분명한데도 그녀는 달리기를 멈추지 않고 있었다. 그는 아내를 덥석 껴안아 안장에 올려 태웠다. 은소소는 앞쪽을 가리키면서 정신없이 울부짖었다.

"안 보여! 쫓아가지 못하겠어! 아무리 달려도 따라잡지 못하겠어……!"

그러고는 두 눈이 홀떡 뒤집히더니 그대로 까무러치고 말았다.

장취산은 잠시 망설였다. 그러나 역시 중상을 입은 유연주의 안위가 걱정스러웠다. '그렇다. 아무래도 둘째 형님부터 돌보고 다시 무기를 찾아나서야겠다.' 그는 미련 없이 말 머리를 돌렸다.

현장에 달려와보니, 유연주는 가부좌를 틀고 앉은 채 두 눈을 감고 운기 조식에 들어가 있었다. 거칠어진 호흡을 고르는 소리가 침중하게 들렸다.

한참 만에야 은소소의 정신이 깨어났다.

"무기야! 무기야!"

정신이 든 이후에도 그녀는 아들의 이름을 외쳐 부르며 어찌할 바를 모르고 허둥거렸다.

종잇장처럼 창백하던 유연주의 얼굴에도 차츰 불그레하니 핏기가 돌면서 생기를 되찾기 시작했다. 이윽고 그가 두 눈을 번쩍 뜨더니 혼잣말로 중얼거렸다.

"정말 무서운 장력이었어……!"

장취산은 둘째 사형의 입이 열린 것을 보고 다소 마음이 놓였다. 그만한 상태라면 생명에는 지장이 없을 듯싶었다. 하나 섣불리 말을 건네지는 못했다.

유연주가 천천히 일어나더니 은소소에게 나지막이 물었다.

"그놈을 따라잡지 못했군요? 종적을 감춰서……."

은소소는 또다시 울음을 터뜨렸다.

"시아주버니……! 어쩌면 좋아요?"

"제수씨, 너무 걱정 마세요. 무기는 별일 없을 겁니다. 그자는 무공이 대단합니다. 그런 자가 어린애를 해치지는 않을 겁니다."

"하지만 무기를 납치해갔어요!"

유연주는 고개를 끄덕였다. 그리고 왼손을 장취산의 어깨에 얹어 기댄 채 눈을 감고 생각에 잠겼다. 한참 만에 눈을 번쩍 뜨더니 결론을 내리듯 단호하게 말했다.

"아무리 생각해도 그자가 어느 문파 출신인지 생각나지 않는군. 산으로 돌아가서 사부님께 여쭤보세."

아들을 납치당한 채 이대로 그냥 떠난다는 말을 듣자, 은소소는 다급하게 유연주를 졸라대기 시작했다.

"시아주버니, 이대로 떠날 수는 없어요! 어떻게 해서든 무기부터 찾아야 해요. 그놈이 어느 문파의 누군지는 훗날 알아봐도 늦지 않잖아요?"

그러나 유연주는 말없이 고개를 흔들었다. 장취산이 보다 못해 아내를 달랬다.

"소소, 지금 형님께선 중상을 입으셨소. 그자의 무공이 이렇듯 강한데, 설령 우리가 그자를 찾아보았자 어쩔 도리가 없을 거요."

"그럼 당신도 이대로 무기를 버려두고 가겠단 말이에요?"

"아니오, 우리가 찾아갈 필요가 없소. 그자가 스스로 우리를 찾아올 테니까."

은소소는 남편의 그 말 한마디에 정신이 번쩍 들었다. 본래 여간 총명한 여인이 아니었으나 아들을 납치당하고 경황이 없는 터라 이것저

것 생각해볼 마음의 여유가 없었던 것이다. '그렇다. 어떤 고수가 오랑캐 병사로 변장한 것이 틀림없다. 단지 일장만으로 시아주버니에게 중상을 입힐 정도의 무공이라면 우리 부부 두 사람쯤 죽여 없애기는 손바닥 뒤집기보다 쉬웠을 것이다. 그런데도 무기만 납치해갔다. 왜 그랬을까? 사손의 행방을 알아낼 의도에서였을 것이다. 그렇다면 납치범은 원나라 조정에서 파견된 관원일까? 아니면 원나라 병사로 가장하고 우리를 기다렸던 다른 문파의 고수일까? 남편이 손길 가는 대로 장창 자루로 내질렀을 때 그자는 까무러친 것처럼 꾸미고 쓰러졌다. 당시 세 사람 가운데 어느 누구도 그자의 체구나 생김새에 눈길을 주지 않았다. 모습이 어떻게 생겼더라?' 그녀는 어렴풋이나마 기억을 더듬어보았다. 그자는 드물게 텁석부리 수염을 길렀다. 보통 원나라 병사들과 다른 점은 그것뿐이었다.

장취산은 사형을 안아 말 잔등에 올려 앉히고 자신이 고삐를 잡았다. 세 사람은 먹구름 같은 의혹을 가슴 가득 품은 채 천천히 길을 떠났다.

안륙진에 도착한 일행은 허름한 객점을 찾아들었다. 장취산은 점원에게 음식을 객실로 가지고 오도록 분부한 다음, 방문을 걸어 닫고 밖에 나가지 않았다. 공연히 또 다른 사달이 벌어질까 두려웠던 것이다.

그들은 도중에 원나라 군사들을 10여 명씩이나 죽였다. 그렇다면 원나라 군이 며칠 안에 들이닥쳐 범인을 색출하느라 대대적인 수색과 노략질을 할 것이 분명했다. 인근 백성들은 이제 원나라 군사들이 분풀이 삼아 펼칠 잔혹한 보복 앞에 노출될 터였다. 그 가운데 얼마나 많은 목숨이 재앙을 당할까. 유연주 일행은 물론 도중에 그런 끔찍한 광경을 목격했고 또 수수방관할 형세가 아니었기 때문에 개입한 것이지만, 이것이 바로 멸망한 나라의 백성들이 받아야 할 고통이고 재난이었다.

그날 밤에는 아무 일도 일어나지 않았다. 사손의 행방을 탐문하는 무림계 인물들도 나타나지 않았고, 원나라 군사들의 수색도 없었다.

유연주는 내력을 끌어올리고 전신의 혈도에 일주천一周天시켜 상처를 치료했다. 장취산은 그 곁에 앉아 호법護法을 섰다. 은소소는 의자에 기대앉은 채 멍하니 허공만 바라보았다. 도무지 잠을 잘 수 없을 것 같았다.

한밤중이 되자 유연주가 몸을 일으켜 방 안에서 세 바퀴를 돌고 나더니 힘껏 기지개를 켰다.

"여보게 아우, 내 평생 사부님 이외에 그처럼 강한 고수는 처음 만나 보았네. 정말 대단한 인물이었어."

은소소는 사랑하는 아들 걱정에 유연주의 말이 들리지 않았다. 그녀는 남편을 돌아보지도 않고 혼잣말처럼 중얼거렸다.

"그놈이 우리 무기를 납치해간 목적은 틀림없이 무인도에 있는 시아주버니의 행방을 추궁하기 위한 짓일 거예요. 그 어린것이 말을 했는지 안 했는지 알 수는 없지만……."

그러자 장취산이 돌연 언성을 높였다.

"무기가 입을 열었다면 우리 자식이라 할 수 있겠소?"

"그래요! 그 아인 말을 안 했을 거예요."

은소소는 이렇게 대답하고 나서 갑자기 울음보를 터뜨렸다.

"소소, 왜 이러는 거요?"

"무기가 자백을 안 하면…… 그 몹쓸 놈이 어린것을 때리고 걷어차겠죠. 어쩌면……어쩌면 지금쯤 모진 고문을 퍼붓고 있을 거예요."

그녀의 몸부림 절규는 쉽사리 그치지 않았다. 유연주도 계속 탄식만 토해낼 뿐이었다.

장취산이 아내의 어깨를 감싸 안았다.

"소소, 진정해요. 옥돌도 갈고 닦아야 쓸 만한 기물이 되는 법이오玉不琢 不成器.• 그 아이가 고초를 좀 겪어야 훌륭한 인물이 되지 않겠소?"

말은 그렇게 했지만 아들이 지금쯤 견디기 어려운 고통 속에 신음하고 있을 것이라 생각하니 그 역시 가슴이 아팠다. 그는 보이지 않는 무기를 눈앞에 그려보면서 홀로 생각했다.

'만약 지금 무기가 편안히 잠들어 있다면, 그것은 사손의 행방을 자백했기 때문이리라. 그 평안한 잠은 혹독한 고문을 받는 것보다 더 나쁘다. 배은망덕하게 의리 없는 소인배가 되어 사느니 차라리 죽는 것이 더 나을 거다. 무기야…… 이 아비의 뜻을 알겠느냐?'

그는 아내에게 눈길을 돌리다가 섬뜩한 느낌이 들었다. 그녀의 표정에는 비통 속에 애걸하는 기색이 가득했다. 사랑하는 자식을 위해서라면 무슨 짓이라도 저지를 준비가 되어 있는 어미의 모습이었다. 만약 그자가 이곳까지 찾아와 그녀의 눈앞에서 무기를 죽이겠다고 협박한다면 당장 굴복해버릴 것이 틀림없었다.

장취산은 얼른 유연주를 돌아보고 한마디 물었다.

"둘째 형님, 상처는 좀 어떠십니까?"

• 《예기禮記》〈악기樂記〉 편에 나오는 말로, "옥돌은 아름답지만 갈고 닦아 새기지 않으면 쓸 만한 그릇이 되지 못하듯, 사람도 배우지 못하면 올바른 것이 무엇인지 알지 못한다. 그러므로 예부터 임금 된 자는 나라를 세우고 백성을 다스릴 때 무엇보다 먼저 가르치고 배우는 교육부터 우선했다玉不琢不成器 人不學不知道 是故古之王者 建國君民 敎學爲先"에서 따온 말이다.

그들 두 사람은 어릴 적부터 동문수학하며 함께 자라왔다. 따라서 말 한마디 눈짓 한 번으로 서로의 마음을 환히 읽을 수 있었다. 유연주는 금방 다섯째 아우의 의도를 알아차렸다.

"많이 좋아졌네. 우리 밤새워 길을 떠나세!"

세 사람은 한밤중에 다시 어둠을 타고 여행길에 올랐다. 될 수 있는 대로 큰길을 피해서 외지고 황량한 산길로만 나아갔다. 피차 말은 없었지만 세 사람 모두 똑같이 품고 있는 두려움은 그자가 뒤쫓아와 부모가 보는 앞에서 온갖 잔인한 수단으로 어린 무기를 고문하며 사손의 행방을 대라고 협박하는 상황이었다.

그들은 낮에 쉬고 밤에만 길을 갔다. 다행히 가는 도중에 아무런 일도 일어나지 않았다. 그러나 아들을 잃어버린 은소소는 심신이 탈진 상태에 이른 데다 험한 산길을 캄캄한 밤중에 말을 타고 가다 보니 마침내 병이 나고 말았다.

장취산은 나귀가 끄는 마차 두 대를 빌려 유연주와 은소소를 나눠 태운 다음, 자신은 마상에 올라 마차를 호위하면서 큰길로 나섰다.

그날 양양성을 통과한 일행은 태평점太平店에 이르러 객점을 잡고 투숙했다.

장취산은 상처가 완쾌되지 않은 사형을 객방에 모셔놓고 쉴 자리를 보아주었다. 그런 뒤 자기 방으로 돌아가려는데, 갑자기 낯선 사내가 방문 앞에 걸쳐놓은 휘장을 들치고 불쑥 들어섰다. 푸른 적삼에 짧은 바지를 입고 손에 말몰이 채찍을 든 마부 차림의 사내였다. 그는 침상에 앉은 유연주와 이제 막 방문을 나서려는 장취산을 한 차례씩 흘겨보더니 코웃음을 치면서 이내 발길을 돌려 나갔다.

장취산은 그자의 너무도 오만무례한 태도에 슬그머니 화가 났다. 사내가 방 안에 들어섰을 때 거칠게 들친 휘장이 아직도 그네 뛰듯 흔들리고 있었다. 장취산은 자기 앞으로 흔들려 온 휘장 자락을 덥석 움켜잡기가 무섭게 내공을 운기해서 그자의 등줄기를 겨누고 냅다 후려쳤다.

"퍽!"

육중한 내공이 실린 휘장 자락은 문턱을 넘어서려는 사내의 등판을 호되게 갈겼다.

"어이쿠!"

사내가 외마디 소리를 지르면서 휘청하더니 앞으로 털썩 고꾸라진 채 통로 바닥에 나뒹굴었다. 그는 엉금엉금 기어 일어나면서 방 안에 대고 한바탕 욕설을 퍼부었다.

"무당파 놈들! 죽을 때가 닥친 줄도 모르고 횡포를 부리다니, 어디 두고 보자!"

그러고는 뒤도 안 돌아보고 줄행랑을 쳤다. 비틀걸음으로 도망치는 꼴을 보아하니, 방금 휘장 자락에 얻어맞은 충격이 가볍지 않은 모양이었다.

유연주는 그 소동을 지켜보았으나 끝내 말 한마디 하지 않았다.

이슥고 밤이 되어 장취산이 다시 유연주의 방으로 건너왔다.

"형님, 이제 떠납시다."

그러자 유연주가 절레절레 고개를 흔들었다.

"아닐세. 오늘 밤 떠날 게 아니라, 내일 아침 날이 밝는 대로 천천히 떠나세."

"예?"

잠시 어리둥절했던 장취산은 이내 그 심중을 알아차리고 호기 있게 그 말을 받았다.

"그렇군요! 여기는 우리 무당산에서 겨우 이틀 거리밖에 안 되는 곳입니다. 우리 형제가 아무리 변변치 못하다 해도 이곳에서 구차스럽게 야반도주를 한대서야 말이 되겠습니까? 사문의 위신을 떨어뜨려서는 안 되지요. 무당칠협이 무당산 아래에서 남의 이목을 피해가다니, 될 법이나 합니까?"

유연주가 빙그레 웃음 지었다.

"어차피 우리 행적이 탄로 난 마당에 무당파 제자들이 죽음 앞에서 어떻게 임하는지 보여주세."

두 사람은 이내 장취산의 방으로 옮겨갔다. 그러고는 구들장 위에 어깨를 나란히 하고 앉아서 눈을 감고 운기 조식에 들어갔다.

그날 밤, 창문 밖과 지붕 위에서 일고여덟 명의 괴한이 방 안의 동태를 엿보기는 했으나, 선불리 침입해서 소란을 부리지는 않았다. 은소소는 죽은 듯이 깊은 잠에 빠져 있었고, 두 사람 역시 외부의 적들에 더 신경을 쓰지 않았다.

다음 날, 일행은 아침을 먹고 다시 출발 길에 올랐다. 유연주는 마차에 앉은 뒤 마부더러 사면의 벽을 모조리 뜯어내게 했다. 답답하다는 핑계를 대긴 했으나 실은 탁 트인 상태에서 사방을 경계하기 위함이었다.

아니나 다를까, 태평점을 떠나 2~3리쯤 나아갔을 때였다. 어느 틈에 따라붙었는지 세 필의 말이 뒤편에서 100여 척 거리를 두고 슬금슬금 따라오기 시작했다. 그들은 마차와의 간격을 좁히지도 넓히지도 않은 채 꾸준히 따라오고 있었다.

다시 얼마쯤 더 나아가자, 이번에는 앞길에서 말을 타고 기다리던 네 명의 기수가 일행이 지나치기를 기다렸다가 뒤따라온 추격자들과 합류했다. 2~3리쯤 더 나갔을 때 또 네 명의 기수가 늘어났다. 괴한들의 수는 앞뒤로 도합 열한 명이었다.

마부가 당황하기 시작했다.

"손님들, 저 일행은 보통 나그네가 아닌 모양입니다. 필시 우리 마차를 노리는 노상강도 같으니 조심하셔야겠습니다."

장취산은 고개만 끄덕였다.

정오 무렵, 장막을 둘러친 노점에서 점심을 먹는 동안 또 여섯 명이 합류했다. 그들의 차림새는 저마다 달랐다. 화려한 옷매무새로 꾸민 부잣집 영감도 있고, 장돌뱅이 행상 차림도 있었다. 저마다 병기를 휴대한 품이 한가락 솜씨를 지닌 듯한 위인들이었다. 입을 여는 자가 없어 말씨를 알아들을 수는 없었지만 대부분 체구가 왜소한 데다 살갗이 거무스름한 것으로 보아 남방 출신임이 분명했다.

오후에 접어들면서 추격자의 수는 이미 스물한 명으로 늘어났다. 몇몇 담보 큰 자들은 마차 곁까지 말을 몰고 와서 기웃거리다 돌아가곤 했다. 유연주는 여전히 눈을 감은 채 양신養神에만 열중할 뿐 그들에게 눈길 하나 던지지 않았다.

저녁 무렵, 유연주 일행이 가는 길 앞으로 두 필의 말이 달려왔다. 앞선 자는 수염을 길게 늘어뜨린 노인이었고, 뒤따르는 사람은 화려하게 차려입은 미모의 젊은 아낙이었다. 그녀는 왼손에 쌍도를 거머쥐고 있었다.

이윽고 두 필의 기마가 큰길 한복판에 우뚝 서서 길을 가로막았다.

길이 가로막힌 장취산은 노기를 억누른 채 안장 위에서 정중히 포권의 예를 건넸다.

"무당산의 둘째 유 아무개, 다섯째 장 아무개가 문안 인사 드리오. 노인장의 존함은 어찌 되시는지?"

노인은 그 말에 대꾸는 하지 않고 대뜸 질문을 던졌다.

"금모사왕 사손은 지금 어디 있소? 그것만 알려주시면 무당 제자들을 난처하게 만들지 않으리다."

"그건 소생이 주장할 문제가 아니올시다. 사부님의 지시를 받고 나서 말씀드리겠습니다."

"유 이협은 부상을 당한 몸이고 장 오협은 혈혈단신 홀몸인데, 혼자서 이 많은 적수를 당해낼 수 있겠소?"

노인은 말을 끝내기도 전에 허리춤에서 판관필 두 자루를 꺼내 여유 있게 두 손으로 나눠 잡았다. 판관필의 붓끝은 모두 뱀 대가리 모양을 하고 있었다.

원래 장취산의 별호는 은구철획이다. 그 역시 오른손으로 판관필을 써왔기 때문에 무림계 인사 중 판관필을 사용하는 사람을 모두 알고 있었다. 그는 뱀 대가리 모양의 강철 쌍필을 보는 순간 가슴이 덜컥 내려앉았다. 언젠가 스승에게 들은 말이 생각났기 때문이다. 중원의 동쪽 나라 고려高麗에도 판관필을 전문으로 쓰는 문파가 있다고 했다. 그들이 쓰는 판관필 끝은 뱀 대가리 형상을 하고 있어 초식이나 점혈 수법이 중원 무림계의 것과 전혀 다를 뿐 아니라, 살무사의 성질을 닮아 공격 초식이 매끄러우면서도 모질기 짝이 없다고 했다. 문파의 이름은 청룡파青龍派. 그들 가운데 이름난 고수가 한 명 있는데, 이름은 모르나 성씨가 천泉이라고 했다.

장취산은 문득 그 생각이 나서 노인에게 물었다.

"혹시 고려 청룡파 분이 아니신지? 천 선배님의 함자는 어찌 되시는지요?"

느닷없이 정체가 밝혀지자 노인은 흠칫 놀란 기색을 띠었다. 아무리 보아도 나이 서른도 안 되어 보이는 젊은이가 첫눈에 자기 내력까지 알아맞히다니 여간내기가 아니란 생각이 들었던 것이다. 사실 그는 고려국의 청룡파 장문인 천건남泉建男이었다. 중원 영남 지방에 있는 삼강방三江幫의 방주가 그의 명성을 전해 듣고 후한 예물과 온갖 아첨을 다 떨어 그 머나먼 고려 땅에서 초빙해온 고수였다. 그는 중원 땅에 발을 내디딘 지 얼마 되지 않았고 또 무공을 드러낸 적이 한 번도 없었는데, 장취산의 첫눈에 신분을 간파당했으니 놀라는 것도 무리가 아니었다.

"그렇소, 이 늙은이가 바로 천건남이외다."

"고려의 청룡파는 중원 무림계와는 아무런 왕래도 없을 터인데, 저희 무당파가 천 노영웅께 무슨 잘못을 저질렀는지 말씀해주시지요."

예의를 갖추어 정중히 묻는 말이었으나, 은연중 신랄한 비난이 담겨 있었다. 그 힐문에 천건남도 속이 찔렸는지 얼굴의 근육이 꿈틀거렸다.

"이 늙은이는 귀하에게 아무런 원한도 없소. 우리 고려 사람들도 중원 땅에 무당파란 명문 정파가 있다는 소문을 들었고, 또 무당칠협이 강호에 의로움을 행하는 훌륭한 호남아들이라는 사실도 알고 있소. 하나 그것과는 관계없이 장 오협에게 꼭 물어봐야 할 게 하나 있소. 금모사왕 사손이 현재 어디에 숨었는지 그것만 알려주시오."

천건남의 말투 역시 예의 바른 것이었다. 하나 그 또한 말투 한마디 한마디에 상대방을 강압하려는 의도가 담겨 있었다. 그와 동시에 들고 있던 쌍필을 좌우로 휘둘러 보였다. 그것이 신호가 되었는지, 마차 뒤에서 따라오던 괴한들이 사방으로 쫙 갈라서더니 마차를 중심으로 일행을 겹겹이 에워쌌다. 사손의 행방을 대지 않으면 무력을 쓰는 길밖에 없다는 의도가 분명했다.

장취산은 그들을 한 번 휘둘러보더니 냉랭한 말투로 반문했다.

"만일 제가 말씀드리지 않으면 어쩌시겠습니까?"

"장 오협은 무예가 대단하시니 우리 인원수가 아무리 많아도 장 오협을 제압하지는 못할 줄 아오. 하나 유 이협은 부상당하신 몸이고 영부인께선 병중에 계시니 그분들까지 보호하실 틈은 없을 거요. 말씀을 안 해주시겠다면…… 저 두 분을 여기 두고 가시오!"

중국어 발음이 정확하지는 않았으나 목소리가 날카로워 고막을 찌르고 들었다. 천건남의 속셈은 분명했다. 인질을 잡아두고 협박하겠다는 의도였다. 그러나 상대방이 명확히 밝히지 않은 이상 결투 조건을 이쪽에서 요구해도 될 것 같다는 생각이 들었다.

"좋습니다. 기왕 이렇게 된 바에야 소생이 고려 무학의 높으신 초식을 한 수 배워보기로 하겠소이다. 만약 천 노영웅께서 소생에게 일초 반식이라도 양보하시게 될 때에는 어쩌시겠습니까?"

그러자 천건남은 상대방의 의도를 꿰뚫어본 듯 빙그레 웃으면서 대꾸했다.

"이 늙은이가 장 오협에게 지더라도, 나머지 사람들이 일제 공격을 감행할 거요. 나도 그것이 비열한 짓인 줄은 잘 알지만 여기에 같이 온 사람들은 사손에 대한 원한도 깊고 사정 또한 급박하오. 물론 나는 사손과 아무런 관계가 없는 제삼자이긴 하지만, 이분들을 도와 사손의 행방을 찾아야 할 형편에 처해 있소."

"다수로 협공하는 것이 비열하다면서 가담하셨단 말입니까?"

"나는 다수를 믿고 남을 치는 짓은 중원 사람들이 먼저 시작했다고 생각하오. 우리 고려인은 역사 이래로 남의 나라를 침략해본 적이 없었소. 그러나 옛날 중국의 수양제隋煬帝는 100만 대군으로, 당태종唐太宗과 그 아들 고종高宗은 고구려·백제·신라를 침공할 때 수십만 병력으로 물밀 듯이 쳐들어왔소. 그때 우리 고려인은 몇 명이었겠소? 국력을 다 기울여봐야 고작 몇만 명이 전부였소. 나라가 그랬으니 그 백성들도 그러지 않겠소? 자고로 남과 싸울 때는 다수로 우세를 차지하는 법이오."

장취산은 결단을 내렸다. 오늘 이 사태는 입씨름으로 해결될 일이 아니었다. 더 말해봤자 이로울 게 없을 듯싶었다. 만약 이자를 사로잡아 협박한다면 나머지 무리가 감히 둘째 사형과 아내를 건드리지는 못할 것이라고 생각했다. 그래서 그는 즉시 몸을 솟구쳐 안장 위에서 날렵하게 뛰어내렸다. 왼발이 지면을 딛기가 무섭게 한 손은 이미 은빛 찬란한 호두구를 꺼내 잡고, 다른 한 손은 빈철 판관필을 쥐고 있었다. 당초 쓰던 판관필은 10년 전 바닷물에 떨어뜨려 잃어버렸고 지금 것은 중원에 도착한 직후 병기포兵器鋪에서 산 것인데, 치수도 무게도 손에 맞지는 않았으나 다시 만들 때까지 임시변통으로 쓸 생각이었다.

"귀하는 손님이시니 먼저 공격하시지요."

천건남도 사양치 않고 마상에서 뛰어내렸다. 기세를 돋우느라 좌우 쌍필을 맞부딪치자 "쨍!" 하는 금속성이 울려 퍼졌다. 이어서 우수필右手筆이 허방을 찍는가 싶더니 좌수필左手筆로 찔러들기도 전에 먼저 몸뚱이가 빙그르르 회전하면서 장취산의 측방으로 바싹 다가들었다. 공격 자세가 정면이 아니라 전혀 엉뚱한 방향에서 나왔다.

장취산은 순간적으로 생각했다. 오늘 이 결투에는 의형 사손의 안위가 달려 있다. 아내 은소소 역시 의형과 남매지간의 정리로 맺어졌으니 그를 위해 나와 함께 죽더라도 여한은 없을 것이다. 하나 둘째 사형은 의형과 일면식도 없는 처지 아닌가? 의형 때문에 둘째 사형마저 치욕을 당하게 하다니 천부당만부당한 일이다.

이윽고 천건남의 오른손 독사 대가리 모양의 붓끝이 찔러들었다. 장취산은 호랑이 머리 형태의 갈고리로 옭아 막았다. 손목에 실린 힘줄기는 고작 2할 정도, 갈고리와 붓끝이 맞부딪는 순간 몸뚱이가 휘청하고 흔들렸다.

최초 일격에 장취산의 몸뚱이가 비틀거리자, 그것을 본 천건남은 옳다구나 싶었다. '삼강방의 패거리가 무당칠협을 신출귀몰하는 고수라고 허풍을 떨더니, 겨우 실력이 요 정도밖에 안 될 줄이야 뉘 알았더냐? 보나마나 중원 땅 무림인들이 체면 때문에 자기네 한족 인물들을 추켜세우느라 허풍을 떨었던 게 분명하다.'

기선을 제압한 천건남은 상대방에게 숨 돌릴 겨를도 주지 않고 좌수필로 연속 3초를 공격해왔다. 낯선 공격 초식에 당면한 장취산은 이리 막고 저리 막고 임시변통으로 상대방의 공격에 대응했으나 전혀 힘을 쓰지 못해 좀처럼 공세로 전환할 여유가 없었다. 그가 일방적으로 수세에 몰리자 천건남은 더욱 기세를 올리기 시작했다. 이제 중원 땅에서 이름 높은 무당칠협 가운데 한 사람을 굴복시켜 중원 무림계에 고려인의 명성을 떨칠 기회가 왔다고 판단했다. 갑자기 좌우 쌍필이 어지러이 춤을 추면서 장취산의 전신 요혈을 곳곳마다 노리고 정신없이 찔러들기 시작했다.

장취산은 문호門戶를 엄밀히 수비한 채 정신을 바짝 차리고 상대방의 공격 초식을 유심히 지켜보았다. 천건남의 쌍필 수법은 경쾌하고도 민첩했다. 강철 붓끝에 끈질긴 힘까지 갖추어 공격마다 목표를 셋으로 나누어 혈도 한 군데에 두 번씩 찌르되, 반드시 하반신 세 방면과 등 뒤의 혈도에 편중되어 있다는 점이 과연 중원의 점혈 고수들이 쓰는 무공과 크게 달랐다.

다시 한차례 빗발 같은 공격을 막아내고 났을 때, 그는 상대방의 쌍필이 공격하는 혈도가 각각 고정되어 있다는 사실을 간파했다.

좌수필이 찍어드는 공격 목표는 하나같이 등 쪽 영태혈靈台穴에서부터 척추뼈를 따라 내려가는 수직선상에 있는 여러 혈도였다. 영태혈, 지양혈至陽穴, 근축혈筋縮穴, 중추혈中樞穴, 척중혈脊中穴, 현추혈懸樞혈, 명문혈命門穴, 양관혈陽關穴, 요유혈腰兪穴, 그리고 마지막으로 꼬리뼈를 지나 항문까지 가는 중간 선상의 장강혈長强穴이 바로 그것이었다.

우수필이 찍어드는 공격 목표는 허리와 넓적다리 사이에 자리 잡은 혈도, 즉 오추혈五樞穴부터 시작해서 그 아래쪽으로 유도혈維道穴, 환도혈環跳穴, 풍시혈風市穴, 중독혈中瀆穴, 그리고 종아리 상단 부분의 양릉혈陽陵穴에 이르기까지 수직선상에 위치한 혈도들이었다.

그제야 장취산은 뭔가 짚이는 게 있었다. 상대방의 좌수필은 전문적으로 독맥督脈•에 속한 여러 혈도를 노리고, 우수필은 족소양 담경足少陽膽經••에 속한 여러 혈도를 노리고 있었던 것이다. 공격당하는 입장에서 보면 복잡 미묘하기 짝이 없지만, 공격자는 줄곧 일정한 방위에서 일직선을 타고 주어진 목표를 차례로 반복해 찍는 수법에 지나지 않았다. 스승 장삼봉이 말한 대로 고려 청룡파의 점혈 무공이 쾌속하고 모질기는 해도 취약점이 전혀 없는 것이 아니어서 그렇게 두려워할 바가 못 된다는 것을 알 수 있었다. 상대방의 수법을 완전히 꿰뚫어본 그는 갈고리와 판관필을 그럴듯하게 위아래로 마구 휘둘러 보였다. 하나 실상 적의 목표가 되는 독맥과 족소양 담경에 속한 혈도만 보호할 뿐, 그대로 노출해도 위험하지 않는 신체 부위에 대해서는 전혀 신경을 쓰지 않았다. 그리고 마침내 공세로 전환할 기회를 포착하기에 이르렀다.

천건남은 공격할수록 기세가 등등했다.

"이야압!"

대갈일성 기합을 터뜨리면서 쭉 뻗어나온 우수필이 장취산의 넓적다리 풍시혈에 타격을 가해왔다. 그리고 상대방이 그 부위를 방어하는

• 독맥은 한의학에서 일컫는 기경팔맥奇經八脈의 하나. 이른바 '양맥陽脈의 바다'가 되어 모든 양경陽經을 총괄하는 작용을 한다. 주요 순환 노선은 꼬리뼈 끝 장강혈 아래 회음부會陰部에서 시작해 등심대를 따라 위로 목덜미의 풍부혈風府穴까지 올라가 맥기脈氣가 두뇌부頭腦部로 들어간다.

•• 족소양 담경은 한의학 '십이경맥十二經脉'의 하나. 주요 순환 노선은 바깥쪽 눈초리에서 시작되어 옆머리, 귀 부분, 얼굴 부분, 목덜미, 어깨를 거쳐 그로부터 빗장뼈 결분혈缺盆穴에 들어가고, 결분혈에서 가슴속으로 들어가 간담肝膽에 연결된다. 옆구리에서 돌던 한 갈래가 겨드랑이를 거쳐 비골髀骨과 합친 다음, 넓적다리와 아랫다리 바깥쪽을 따라 내려가 발등을 거쳐 네 번째 발가락 끄트머리에 도달한다.

순간, 목표를 이동해 바로 그 아래 중독혈을 급습할 속셈이었다. 장취산은 속으로 은근히 부아가 들끓어올랐다. 어설픈 솜씨 한두 수 가지고 주제넘게 무당산 아래까지 기어들어와 날뛰다니, 그야말로 하룻강아지 범 무서운 줄 모르는 격이 아닌가?

돌연 장취산의 왼손 갈고리가 의천도룡공 여덟 번째 '용龍' 자 결 가운데 제13획을 그리면서 상대방의 풍시혈을 하단에서 상단으로 훑어 찍었다.

"어이쿠!"

넓적다리 혈도를 찍힌 천건남이 외마디 소리를 지르더니 엉겁결에 한쪽 무릎을 털썩 꿇었다. 그와 동시에 장취산의 우수필 붓끝이 번개 벼락치듯 번뜩이면서 영태, 지양, 근추, 중추, 명문, 양관, 요유, 그리고 장강에 이르기까지 열 군데 혈도를 수직으로 차례차례 찍어 내렸다. 구사한 수법은 역시 의천도룡공 스물네 번째 '봉鋒' 자 결의 마지막 내리긋기 일획, 그것도 서법 가운데 붓끝을 바들바들 떨면서 그어내리는 전필顫筆 솜씨로 독맥의 혈도를 하나하나씩 찾아서 고스란히 찍어 갔다.

질풍같이 빠른 솜씨에 그것도 단숨에 혈도를 열 군데나 찍혔으니 제가 무슨 수로 꼼짝달싹이나 하겠는가. 천건남은 그 자리에서 전신이 마비되고 말았다. 숨 한 모금 돌릴 틈도 없이 순식간에 찍힌 부위는 자신이 평생을 두고 연마해온 혈도들이었다. 그는 상대방이 구사한 좌우 공격 수법이 무엇인지 알 수 없었다. 중원 무림계 인사들조차 무당파 장문인 장삼봉 조사가 하룻밤 새 창안해서 애제자 장취산에게 전수한 스물넉 자 서법을 본 적이 없는데, 머나먼 고려 땅에서 온 그가 알 턱이 없었던 것이다. 그는 속으로 탄식을 금치 못했다. '끝났구나, 끝났어! 상대방이 진흙으로 빚은 인형이거나 나무로 깎아 세운 말뚝이라 하더라도 내 단숨에 열 군데 혈도를 찍을 수는 없을 텐데, 도대체 무슨 수법을 썼단 말인가? 저 사람의 제자 노릇을 한다 해도 한참 멀었구나, 멀었어…….'

장취산은 갈고리 끝으로 그의 목젖을 겨눈 채 괴한들에게 호통쳤다.

"여러분, 모두 물러서시오! 소생이 천 노영웅을 무당산 아래까지 모시고 가서 혈도를 풀고 보내드리겠소!"

그의 속셈으로는 괴한들이 모두 천건남의 부하이니 분명 꺼리는 바가 있어 즉각 물러서리라 생각했다.

한데 뜻밖의 사태가 벌어졌다. 갑자기 옷차림새가 화려한 젊은 아낙이 쌍도를 높이 쳐들고 동료에게 외쳐대는 것이 아닌가!

"모두 한꺼번에 덮쳐라! 마차부터 빼앗아라!"

"가까이 오지 마시오! 다가오면 내 이 사람부터 죽이겠소!"

흠칫 놀란 장취산이 다시 한번 엄포를 놓았다.

그러나 젊은 아낙은 차갑게 코웃음을 치더니 동료에게 고함쳐 명령을 내렸다.

"모두 공격이다!"

그러고는 자신이 앞장서서 거세게 말을 휘몰아 달려들었다. 천건남의 생사 따위는 아랑곳하지 않겠다는 기세였다.

장취산이야 알 턱이 없었으나, 이 젊은 아낙은 삼강방 타주 가운데 한 사람이었다. 이번에 그들이 대거 출동한 의도는 천건남의 말대로 유연주와 은소소를 인질로 잡아놓고 사손의 행방을 추궁하기 위해서였다. 이 계획은 애당초 젊은 아낙이 세운 것으로 지휘 책임은 천건남이 지도록 되어 있었다. 그런데 모처럼 초빙해온 고려의 고수가 장취산과 대결에서 일패도지하자, 그들은 이 쓸모없어진 손님이 적의 손에 죽어가든 말든 아까울 것이 없는 터라 지휘 책임을 다시 젊은 아낙이 도맡게 된 것이다.

사세가 이렇게 되니 장취산은 적지 않게 당황했다. 이제 천건남의 목숨을 담보로 잡아봤자 무용지물이었다. 사태는 급박해졌다. 괴한들은 삽시간에 세 패로 갈라졌다. 천건남을 제외한 스무 명 가운데 예닐곱 명이 은소소가 탄 마차 쪽으로 달려들고 또 예닐곱 명은 유연주가 탄 마차를 덮쳐가고 있었다. 나머지 일고여덟 명과 젊은 아낙은 자신을 포위한 채 빠져나가지 못하도록 감시하고 있었다. 장취산은 어떻게 행동해야 좋을지 몰랐다. 설령 포위망을 뚫고 마차 쪽으로 달려간다 해도 두 대 중 한 대는 이미 적의 수중에 들어갈 것이 빤했다. 한 대라도 빼앗겼다가는 장취산의 노력은 물거품이 되고 마는 것이다.

바로 그때였다. 마차 위에 앉아 있던 유연주가 느닷없이 목청을 돋우어 큰 소리로 외쳐댔다.

"여보게, 여섯째! 이리 나와서 저 친구들 좀 수습해주게!"

장취산은 이게 무슨 뚱딴지같은 소린가 싶어 멍해졌다. 혹시 둘째 사형이 다급한 마음에 공성계空城計로 적을 속여 넘기려는 것은 아닐까 생각했다.

사람들이 주춤하는 사이에 돌연 허공에서 맑은 휘파람 소리, 뒤미처 누군가 활기차게 응답하는 소리가 들려왔다.

"나갑니다, 나가요! 다섯째 형님, 평안하셨습니까? 이 아우가 보고 싫어 죽을 뻔했습니다!"

20~30척 바깥 커다란 느티나무 가장귀에서 웬 그림자 하나가 훌쩍 뛰어내리더니, 어느새 뽑아 든 장검을 툭툭 떨치면서 앞으로 걸어 나왔다. 무당칠협 가운데 여섯째 은리정이었다.

뜻밖의 기쁨에 장취산은 적들에게 포위되어 있다는 것도 잊어버린 채 버럭 고함쳐 불렀다.

"여섯째! 내 정말 보고 싶었다!"

삼강방 패거리 가운데 몇몇이 은리정 앞으로 우르르 몰려가더니 앞길을 가로막고 일제히 공격 자세에 들어갔다. 그러나 공격 태세는 한낱 시늉이었을 뿐 미처 병기를 휘둘러보기도 전에 여기저기서 외마디 비명소리가 터져 나오기 시작했다.

"어이쿠!"

"아얏!"

곧이어 병기를 땅바닥에 떨어뜨리는 쇳소리가 요란하게 울렸다. 공격자들 모두가 은리정의 장검에 신문혈神門穴을 찔려 병기를 놓쳐버린 것이다. 손바닥 뒤쪽 손목뼈 끝에 위치한 신문혈은 칼에 한 번 찔렸다 하면 전혀 힘을 쓸 수가 없었다.

은리정이 빠르지도 느리지도 않게 천천히 걸어 나왔다. 삼강방 무리가 잇따라 그 앞을 가로막았으나, 장검 한 번 휘두르면 영락없이 외마디 소리를 지르면서 병기를 "땡그랑!" 떨어뜨리고 말았다.

"당신은 무당파의…… 아얏!"

젊은 아낙이 호통을 지르며 달려들다가 이내 새된 비명을 지르면서 뒷걸음질 쳤다. 양손에 들려 있던 쌍도가 한꺼번에 허공으로 날아가버렸다.

그 광경을 지켜보던 장취산이 기쁨에 겨워 박수갈채를 보냈다.

"아! 사부님께서 마침내 신문십삼검神門十三劍을 완성하셨구나!"

신문십삼검은 이름 그대로 모두 13검초로 이루어진 검법 초식이다. 검법 초식은 제각기 다르나 찌르는 목표는 하나같이 적의 손목뼈 신문혈이었다. 장취산이 10년 전 무당산을 떠날 무렵, 스승인 장삼봉은 이 검법을 구상하면서 제자들과 여러 차례 토론을 벌인 적이 있었다. 그러나 몇 가지 문제점이 풀리지 않아 완성을 보지 못하고 뒤로 미뤄 두었던 것인데, 그 미완의 절기를 10년이 지난 오늘날 이런 자리에서 보게 될 줄이야 꿈에나 생각해보았으랴……. 장취산은 속이 탁 트이고 정신이 번쩍 들었다. 휘적휘적 걸어오면서 은리정이 펼쳐 보인 신문십삼검은 구사하는 검초마다 절묘의 극치를 이루고 있었다. 삼강방의 고수들 가운데 그 일초를 막아낼 자는 아무도 없었다. 결국 은리정은 신문십삼검 가운데 절반도 안 되는 5~6초만으로 삼강방 패거리 10여 명의 손목을 정확히 찔러 병기를 놓치게 만들었다.

"퇴각이다! 모두 흩어져 퇴각하라!"

젊은 아낙이 바락 악을 쓰자, 장취산 일행을 포위하고 압박을 가하던 삼강방 패거리가 사면팔방으로 뿔뿔이 흩어져 달아나기 시작했다. 운수 좋게 말을 집어타고 내뛰는 자가 있는가 하면, 미처 말안장에 오르지 못해 두 다리로 허겁지겁 달음박질치는 자도 있었다.

이제 남은 것은 천건남 한 사람뿐이었다.

장취산은 말없이 그의 혈도를 쳐서 풀어주었다. 그러고는 땅바닥에 떨어진 사두쌍필蛇頭雙筆을 주워서 그의 허리춤에 꾹 질러주었다.

"고맙소……."

천건남은 얼굴 가득 부끄러운 기색을 띤 채 힘없는 걸음걸이로 그 자리를 떠났다. 그가 택한 방향은 삼강방의 패거리와 정반대였다.

"다섯째 형님! 내가 얼마나 걱정했는지 모릅니다. 고생 많으셨죠!"

은리정이 장검을 칼집에 꽂아 넣고는 장취산의 두 손을 힘껏 잡았다.

"여섯째야, 그새 많이 자랐구나!"

장취산의 얼굴에 대견스러운 웃음꽃이 피어났다. 둘이서 헤어졌을 때 은리정은 겨우 열여섯 살, 어리게만 보았던 그 말라깽이 소년이 10년 사이에 체구가 훤칠한 청년으로 변모해 있었다.

장취산은 그의 손을 잡고 마차 앞으로 데려가 아내에게 인사시켰다. 은소소는 중병을 앓고 있으면서도 시동생을 향해 화사한 미소를 띠고 고개를 까딱해 보였다.

"여섯째 시숙님이시군요."

"하하! 다섯째 형수님도 은씨라니, 그것참 잘됐습니다. 저한테 형수님과 누님이 한꺼번에 생긴 셈이니까요. 하하하!"

청년 은리정이 호탕하게 웃었다. 그동안 장취산은 유연주를 돌아보고 감탄을 했다.

"역시 둘째 형님은 대단하십니다. 여섯째가 저만큼이나 멀리 나무 위에 숨어 있는 것을 어떻게 찾아내셨는지 모르겠군요. 저는 까맣게 모르고 있었습니다."

얼마 후, 흥분을 가라앉힌 은리정이 여기까지 마중 나온 사연을 털어놓았다.

유연주와 장취산이 돌아왔다는 소식을 처음 들은 것은 일곱 형제 가운데 넷째인 장송계였다. 그는 스승의 100세 생신 잔치에 쓸 물품을 마련하려고 하산했다가 낯선 강호 인물 두 사람이 남몰래 숨어서 수군대는 것을 발견했다. 뭔가 못된 짓을 꾸미고 있음이 분명했다. 그는 의심이 부쩍 들었다. '무당파로 말하자면 강호 천하에 위명을 떨치는 문파인데, 도대체 어떤 녀석들이 겁도 없이 우리 무당산 아래까지 기어들어와서 호랑이 수염을 건드리는 거냐?' 그래서 살금살금 뒤를 밟아가며 저들의 대화를 엿들은 끝에 장취산이 10년 만에 중원 땅으로 돌아와 유연주와 합류했다는 사실, 그리고 삼강방과 오봉도五鳳刀 양 문파의 패거리가 서로 장취산 일행을 붙잡아 금모사왕 사손의 행방을 추궁하려고 뭔가 일을 꾸미고 있다는 사실을 알게 되었던 것이다.

뜻밖의 희소식을 들은 장송계는 너무나 기쁜 나머지 만사 제쳐놓고 총총히 무당산으로 되돌아왔다. 그러나 스승은 폐관정수에 들어가고 은리정 혼자서만 산을 지키고 있을 뿐 나머지 형제들은 모두 제 할 일이 있어 하산하고 없었다. 두 사람은 상의를 했다. 둘째 사형 유연주와 다섯째 장취산의 실력이라면 삼강방이니 오봉도 따위의 하찮은 문파가 덤벼봤자 공연히 화만 자초할 것이라고 생각했다. 하지만 오랜 세월 떨어져 있던 장취산을 한시라도 빨리 보고 싶은 마음에 그들은 마중을 나가기로 결단을 내렸다.

물론 이들 두 사람은 유연주가 부상을 당한 사실은 까맣게 몰랐다. 장송계가 엿들었던 강호 조무래기들의 대화에서 그런 얘기는 나오지 않았기 때문이다. 하나 두 사람은 이 거추장스러운 장애물을 하나씩 나눠 맡아 처치해버리고 한갓지게 장취산을 만나기로 했다. 이리하여 장송계는 오봉도 쪽에서 파견 나온 두 명의 고수를 쫓아 보내러 그쪽으로 달려가고, 삼강방 패거리는 은리정이 떠맡아 보기 좋게 쫓아버렸던 것이다.

그 얘기를 다 듣고 나서 유연주가 탄복을 했다.

"과연 넷째는 눈치 빠르고 재치가 있군! 그 소식을 듣지 못했더라면 오늘 우리 무당파가 큰 망신을 당할 뻔했구나."

장취산은 부끄러움을 이기지 못하고 얼굴이 벌겋게 상기되었다.

"제 역량이 모자란 탓으로 하마터면 형님을 보호해드리지 못할 뻔했습니다. 아아…… 사부님 슬하를 떠난 그 10년 동안 제 무공 실력이 형제들과 차이가 너무 커지고 말았군요."

"다섯째 형님, 무슨 말씀을 그리하십니까. 제가 나서지 않았다 해도 삼강방의 조무래기쯤은 형님 혼자서 말끔히 처치해버릴 수 있었을 겁니다. 다만 형님은 둘째 사형의 안위를 걱정하신 데다 형수님이 놀라실까 봐 주저하셨을 뿐이지요. 방금 고려국의 늙은이를 패배시킨 그 솜씨야말로 사부님께서 아무에게도 가르쳐주지 않고 오로지 형님한테만 전수해주신 것 아닙니까. 자, 어서 돌아갑시다. 형님이 무사히 돌아오신 걸 보면 사부님께서 얼마나 기뻐하실지 모르겠군요. 그래서 또 형님한테 절묘한 무공을 가르쳐주실 겁니다. 아마 그것들을 다 배우시려면 형님은 배탈이 날 겁니다. 하하! 형님, 조금 전에 제가 썼던 신문십삼검 초식을 설명해드릴까요?"

우애가 깊었던 형제들이 오랜만에 다시 만나고 보니 은리정은 수다스러울 정도로 말이 많아졌다. 그는 자기가 10년 동안 배운 무공을 다섯째 사형에게 한마디로 말해주지 못하는 게 안타까울 지경이었다. 일행이 다시 길을 떠나면서 은리정은 줄곧 장취산 곁에 붙어 손짓 발짓을 해가며 설명해주느라 잠시도 입놀림을 멈추지 않았다.

그날 저녁, 네 사람은 선인도仙人渡 객점에서 묵었다.

은리정은 다섯째 사형과 떨어져 있기가 싫어 한방에서 같이 자겠다고 고집을 부렸다. 장취산 역시 이 어린 아우를 좋아하기에 그렇게 하라고 승낙했다. 나이가 이만큼 되었으면서도 다섯째 형님을 따르던 옛날 은리정의 어리광은 여전했다. 헤어진 지 무려 10년 세월, 생사를 모른 채 막막하던 차에 생각지도 않게 만났으니 그 기쁨이야말로 더 말할 나위가 없으리라.

무당칠협 가운데 막내는 일곱째 막성곡이었다. 그러나 막성곡은 본디 성품이 조숙하고 어른스러웠기 때문에 여섯째인 은리정이 아우보다 더 다정다감하고 치기稚氣가 돋보였다.

은리정이 장취산과 한방에서 같이 자겠다고 떼를 쓰자, 곁에 있던 유연주가 어처구니없어 껄껄대고 핀잔을 주었다.

"이봐, 여섯째. 자넨 눈치도 없는가? 아직도 10년 전 총각 때하고 같은 줄 아는 모양이군! 지금 다섯째한테는 자네 형수가 계시다는 걸 알아야지."

그러고는 장취산을 돌아보며 한마디 덧붙였다.

"아무튼 자네 때맞춰 잘 돌아왔네. 우리 사부님의 100세 생신 축하주를 마시고 나서 곧 이 여섯째 녀석의 결혼 축하주를 마셔야 할 테니까 말일세."

그 말에 장취산은 손뼉까지 쳐가며 좋아했다. 그는 새신랑을 향해 물었다.

"그거 정말 잘됐군! 하하, 색시감은 뉘 댁 규수인가?"

은리정은 당장 얼굴이 빨개지면서 대꾸하지 못했다. 유연주가 얼른 설명해주었다.

"신부는 한양漢陽의 노영웅이신 금편金鞭 기씨紀氏 댁에서 곱게 자란 금지옥엽이라네."

장취산은 새삼 은리정을 돌아보고 혀를 내둘렀다.

"자네 조심해야겠네. 공연히 색시한테 짓궂게 떼를 썼다가는 장인 영감의 황금 채찍에 얻어맞을 줄 알게."

유연주가 또 한마디 보탰다.

"기 소저는 장검을 잘 쓴다더군. 지난번 강변에서 맞닥뜨렸던 복면한 여인들 가운데 기 소저가 없었으니 천만다행이지."

"아니, 그럼 기 소저가 아미파 문하 제자란 말씀입니까?"

"그렇다네. 그때 우리가 맞닥뜨렸던 아미파 여제자들은 하나같이 평범한 무공을 지녔으니, 기 소저가 그들 가운데 없었던 것만큼은 확실하네. 그렇지 않았다면 내가 다섯째 제수씨만 편드느라 여섯째 제수씨를 구박했다는 책망을 들을 뻔했지 뭔가. 아무튼 여섯째의 약혼녀 되는 규수로 말하자면 인품도 좋을 뿐 아니라 무공 또한 뛰어난 명문제자로, 우리 여섯째와는 천생배필이 될 것일세. 아주 비범한 규수이니까……."

단숨에 여기까지 말한 그는 갑자기 은소소가 사교 교주의 딸이라는 데 생각이 미쳤다. 무심코 말이 나온 김에 기 소저를 칭찬하다 보니, 거꾸로 장취산의 아내 은소소를 깎아내린 셈이 되고 만 것이다. 그는 자신이 말을 잘못해서 다섯째 아우가 상심해할까 봐 얼른 화제를 딴 데로 돌리려 했다.

이때 누군가가 마룻바닥을 쿵쿵 울리면서 방문 앞으로 다가왔다.

"유 이협 어르신네, 어떤 손님들이 어르신네를 뵙겠다고 찾아왔습니다. 말씀으로는 친구분들이시라는데……."

객점 심부름꾼의 목소리였다.

"누구라던가?"

"모두 여섯 분인데, 오봉도 문하 제자라고 하던뎁쇼."

'오봉도'란 한마디에 유연주를 비롯한 두 사람이 깜짝 놀랐다. 오봉도 측 패거리라면 틀림없이 장송계가 맡아 처리하기로 하지 않았던가. 그런데 어찌해서 그쪽 사람들이 여기까지 나타날 수 있단 말인가? 혹시 장송계에게 무슨 일이 생긴 것은 아닐까?

"제가 나가보겠습니다."

장취산이 나섰다. 둘째 사형의 상처가 낫지 않은 데다 객점 안에서 적들과 싸우는 것이 타당치 않을 듯싶어 저들을 바깥으로 끌어내 만나볼 심산이었다.

그러나 유연주가 그를 제지했다.

"나갈 것 없네. 그들더러 이리 들어오게 하지."

잠시 후 다섯 명의 사내와 용모가 빼어나게 아리따운 젊은 아낙이 객실 안으로 들어왔다.

장취산과 은리정은 둘째 사형 곁에 서서 경계하는 눈초리로 방문객들을 맞아들였다. 그런데 어찌 된 일인지 방문객 여섯 사람은 하나같이 고개를 푹 수그린 채 의기소침한 기색으로 줄줄이 늘어서 있었다.

얼굴에는 뭔가 모르게 부끄러운 표정이 감돌고 있었다. 게다가 모두 병기를 지니고 있지 않은 것을 보니 일을 저지를 작정으로 찾아온 것 같지는 않았다.

여섯 가운데 머리가 반백이나 된 사내가 공경스러운 자세로 두 주먹을 맞잡고 인사를 건넸다. 나이가 마흔쯤 들어 보이는 중년이었다.

"세 분께선 무당의 유 이협, 장 오협, 은 육협이신지요? 소인, 오봉도의 문하 제자 맹정홍孟正鴻이 세 분께 삼가 문안드립니다."

유연주는 형제들과 별 이상한 일을 다 겪는구나 싶어 뜨악한 표정을 지었다. 그러나 남의 인사를 받고 그냥 있을 수 없어 엉거주춤한 자세로 답례를 보냈다.

"맹 사범께서도 안녕하신지……. 자, 여러분, 이리 앉으시지요."

하나 맹정홍은 어인 까닭인지 권하는 자리에 앉으려 하지 않고 그대로 선 채 말문을 열었다.

"저희 문파는 산서성山西省 하동河東에 있습니다. 워낙 보잘것없는 문파입니다만, 오래전부터 무당산 장 진인 어른과 칠협의 위명을 귀에 못이 박이도록 듣고 흠모해왔습니다. 그런데 뵈올 인연이 없던 차에 오늘에야 무당산 아래까지 오게 되었습니다. 본래 마음 같아서는 무당산에 올라 장 진인을 뵙고 인사드려야 마땅하겠으나, 소문에 듣기로는 100세 고령이신 데다 청거정수淸居靜修를 하신다니, 저희처럼 우둔하고 거친 무인들이 찾아가 그 어르신의 청정하신 심기를 어지럽힐까 두려워 감히 찾아뵙지 못하겠습니다. 아무쪼록 세 분께서 돌아가시거든 저희를 대신해서 안부 전해드리고, '산서 지방 오봉도 문하 제자들이 장 진인께서 천추강녕千秋康寧하시기를 축원드린다'는 말씀을 전해주시기 바랍니다."

유연주는 당초 상처가 완쾌되지 않은 몸이라 침상 위에 앉아서 인사를 받았으나, 손님의 말이 스승을 언급하자 부리나케 은리정의 어깨를 짚고 내려서서 공손히 그 말을 받았다.

"고마우신 말씀, 꼭 전해 올리겠습니다."

"궁벽한 산서 지방 시골뜨기가 우물 안 개구리 하늘 높은 줄 모른다는 격으로 천박한 식견만을 내세워 감히 무당산 경내에 함부로 들어와 소란을 피웠는데도, 여러분께서 하해와 같이 너르신 도량으로 오히려 저희를 재난에서 구해주시다니 오로지 감격할 따름입니다."

"그게 무슨 말씀이신지?"

"오늘 저희가 부끄러움을 무릅쓰고 이렇게 찾아뵈온 것은 저희에게 베풀어주신 은덕에 감사드리고, 아울러 사죄하기 위해서였습니다. 세 분 어르신께서는 부디 저희의 작은 허물을 염두에 두지 마시기 바랍니다."

그러고는 일행들과 함께 허리를 깊숙이 구부려 큰절을 올렸다. 유연주를 비롯한 세 형제는 영문을 모른 채 절을 받게 되자 송구스러움을 이기지 못했다. 그래서 장취산이 얼른 맹정홍을 부축해 일으켰다.

"맹 사범님, 번거로운 예는 거두십시오."

그런데 몸을 일으킨 맹정홍이 감히 말을 못 하고 우물쭈물 망설였다.

유연주는 뭔가 필시 곡절이 있는 것 같아 내처 물었다.

"맹 사범님, 뭔가 하실 말씀이라도 있으십니까? 괜찮으니 어서 말씀해보시지요."

"유 이협께서 말씀 한마디 해주시기 바랍니다. 앞으로 무당파에서 저희들의 소행을 책망하지 않겠다고 말씀만 해주시면 저희는 이대로 산서 지방으로 돌아가겠습니다. 저희 사부님께서 맡기신 일은 저희들이 대신 책임지겠습니다."

대신 책임진다는 알쏭달쏭한 말에 유연주는 무엇인가 짚이는 것이 있었는지 빙그레 미소를 지었다.

"여러분이 머나먼 산서 지방에서 이곳 호북湖北 땅까지 찾아오신 뜻은 금모사왕 사손의 행방을 알아보기 위해서인 듯한데, 귀 문파와 금모사왕 간에 무슨 곡절이라도 있습니까?"

그 물음에 맹정홍은 얼굴 표정을 참담하게 일그러뜨리면서 대답했다.

"제 친형 되는 맹정붕孟政鵬이 사손의 장력 아래 처참하게 목숨을 잃었습니다."

유연주는 속이 뜨끔했으나 겉으로 내색하지 않고 정중히 변명했다.

"저희에게도 사실 금모사왕의 행방을 말씀드리지 못하는 고충이 있습니다. 아무쪼록 맹 사범님과 여러분께서 두루 양해해주시기 바랍니다. '책망'이란 말씀은 가당치 않으니 돌아가셔서 귀파의 장문 어른을 뵙거든 무당의 둘째 유 아무개, 다섯째 장 아무개, 여섯째 은 아무개 형제가 문안 여쭙는다고 말씀 전해주십시오."

"고맙습니다! 그럼 소생은 이만 물러가겠습니다. 훗날 무당파에서 부르실 일이 생기거든 한마디만 보내주십시오. 소식을 듣는 즉시 저희 오봉도 문하 제자 전원이 미력하나마 사양치 않고 속히 달려오겠습니다."

말을 마치자 그는 다섯 일행과 함께 일제히 포권의 예를 올리고 발길을 돌렸다. 그런데 문턱을 막 나서던 일행 가운데 젊은 아낙이 돌연 다시 돌아서서 그 자리에 무릎을 꿇고 앉았다.

“소첩의 명예와 정절은 온전히 무당파 협사 여러분께서 지켜주셨습니다. 소첩이 저승에 가기 전까지 장 진인 어른과 여러분의 크나크신 은덕을 결코 잊지 않겠습니다.”

도무지 까닭을 알 수 없는 세 사람은 그저 우물우물 겸사나 건넬 수밖에 없었다. 아낙의 말투 속에 명예니 정절이니 하는 거북스러운 내용이 들어 있으니 그 까닭을 캐묻기도 어려운 일이었다. 이윽고 젊은 아낙은 형제들 앞에 공손히 절하고 나서 일행을 뒤쫓아 나갔다.

오봉도 제자 여섯 명이 막 떠났을 때였다. 방문 앞에 늘어뜨린 휘장이 확 들쳐지더니, 또 한 사람이 뛰어들기 무섭게 장취산을 와락 끌어안았다.

상대방의 얼굴을 알아보는 순간, 장취산의 입에서도 기쁨에 찬 환호성이 터져 나왔다.

“넷째 형님!”

객실 안에 들어선 것은 바로 장송계였다. 또다시 형제들끼리 해후하게 되었으니 그 기쁨이야말로 이루 형언할 길이 없었다.

“과연 넷째 형님은 꾀보요! 오봉도 사람들을 어떻게 주물러놓았기에 저토록 흐물흐물하게 만들어놓으셨소? 적을 친구로 만드는 일이 정말 쉽지 않을 텐데요.”

장송계가 껄껄대고 웃으면서 다섯째 아우를 부여안았던 팔을 풀어놓았다. 그러고는 오봉도 패거리와 만나게 된 사연을 차근차근 털어놓기 시작했다.

방금 세 사람에게 절을 하고 나간 미모의 아낙네 오씨烏氏는 오봉도 장문인의 둘째 딸이자 맹정홍의 아내였다. 그들은 사손의 행방을 알아보기 위해 호북 지방으로 내려오던 도중 우연히 삼강방의 타주 한 사람을 만나게 되었다. 그래서 그의 입을 통해 무당파 제자 장취산이 사손의 행방을 알고 있다는 소식을 들었다.

그녀는 원래 귀염만 받고 제멋대로 자란 여인이라 곱상한 생김새와 달리 성미가 무척 거칠어, 남편 맹정홍조차 아내를 호랑이 보듯 무서워할 정도로 고집이 세고 사나웠다. 그녀는 장취산을 생포해서 고문을 가해 자백을 받아내자고 주장했다.

그러나 맹정홍은 평소 무당 제자들의 무공 실력이 얼마나 무서운지 익히 들어 알고 있었기 때문에 우선 장취산을 만나 통사정해서 말해 주도록 간청해보고, 그래도 안 들으면 그때 가서 다른 방법을 써보자고 아내를 설득했다.

아내 오씨는 펄펄 뛰며 남편의 제안에 반대했다.

"지금 장취산은 여행길에 있어요. 이런 좋은 기회를 놓치다니, 그게 말이나 되는 소리예요? 만약 그자가 무당산으로 덜컥 올라가봐요! 그럼 무당칠협이 똘똘 뭉칠 테고 게다가 장삼봉 늙은이까지 나설 판인데, 어딜 가서 누구한테 묻겠다는 거예요?"

의견이 맞지 않으니 부부간에 말다툼이 벌어졌다. 나머지 일행 네 사람은 그들 부부의 사제나 사질 등이라 어느 편도 들지 못하고 쩔쩔매기만 했다.

마침내 오씨가 벌컥 성을 냈다.

"이런 겁쟁이 같으니! 우리가 이렇게 고생해가며 여기까지 온 것은 내 오빠가 아니라 당신 형님의 복수를 하기 위해서가 아니에요? 흥! 사내대장부가 저 모양으로 패기가 없으니 그래가지고 장취산에게서 사손의 행방을 알아내겠어요? 설사 그럴 수 있다 쳐도 그놈을 찾아 나서기나 하겠어요? 당신 같은 겁쟁이한테 시집온 내가 한심하지!"

아내의 포달에 익숙한 맹정홍은 아무 소리도 못 했으나, 장취산 부부에게 몽한약蒙汗藥을 타 먹여 기절시키고 사로잡자는 아내의 의견에는 끝까지 반대했다.

화를 참지 못한 그녀는 남편이 잠든 한밤중에 몰래 빠져나왔다. 혼자 힘으로 사손의 행방을 알아내 남편에게 본때를 보여줄 생각이었다. 그런데 뜻밖에도 그만 삼강방 타주 한 녀석에게 들키고 말았다. 그 자는 첫눈에 오씨의 미모에 반한 나머지 흑심을 품고 은밀히 그녀의 뒤를 따라왔던 것이다. 그 결과 장취산 부부에게 몽한약을 먹이려던 그녀는 오히려 반대로 삼강방 타주 녀석에게 걸려들어 자신이 몽한약을 마시고 말았다.

그녀가 말했던 대로 명예와 정조를 한꺼번에 잃어버릴 위기일발의 순간이 닥쳐왔다. 그러나 속담에 "매미를 잡으려는 버마재비 뒤에 참새가 있다螳螂捕蟬 黃雀在後"•고 하더니, 공교롭게도 그 현장에 장송계가 나타났다. 그는 줄곧 오봉도 패거리의 동정을 감시하면서 맹정홍 부부

• 이 격언은《오월춘추吳越春秋》와 한나라 때 유향劉向이 지은《설원說苑》에 나온다. 본뜻은 "매미를 잡아먹으려는 버마재비가 목전의 욕심에만 눈이 어두워 뒤에서 참새가 자신을 쪼려는 것을 보지 못한다螳螂捕蟬 志在有利 不知黃雀在後啄之"이다. 오나라 왕이 이웃의 작은 나라를 침공하면서 자기 앞에 간쟁諫諍하여 막아서는 신하는 모두 죽이겠다고 선언했다. 이때 태자 우友가 이 비유를 들어, 작은 나라를 쳐서 점령하는 데만 골몰하고 배후의 강대국 초나라가 호시탐탐 노리고 있다는 사실을 일깨워 결국 전쟁을 단념하게 만들었다는 고사에서 나왔다.

의 말다툼과 오씨의 야반도주, 삼강방 타주의 간계를 낱낱이 지켜보고 있었던 것이다. 그래서 오씨가 아슬아슬하게 위기에 처한 순간 나타나 삼강방 타주 녀석을 쫓아버렸다. 그는 자기 신분을 묻는 오씨에게 이름을 대지 않고 그저 '무당파 제자'라고만 일러주고 그 자리를 떠났다.

오씨는 놀라움과 수치심에 어쩔 줄 모르다가, 끝내 남편에게 돌아와 사실대로 고백했다. 이래서 결국 무당파는 오봉도의 명예와 그 장문인의 따님의 정절을 지켜준 은인이 된 셈이었다. 따라서 맹정홍은 아내와 제자들을 거느리고 자발적으로 유연주 일행을 찾아와 사죄하고 고마운 뜻을 표했던 것이다. 그리고 그들이 떠난 뒤에야 비로소 장송계가 모습을 드러낸 의도는 맹정홍 부부의 부끄러움을 덜어주기 위한 깊은 배려에서였다.

사연을 다 듣고 나서 장취산은 탄복을 금치 못했다.

"그 몹쓸 삼강방 타주 녀석을 혼내준 것은 넷째 형님으로선 그리 어려울 것이 없으셨겠습니다만, 우리 일행을 해치려던 오봉도 무리에게 뉘우칠 여지를 남겨주시고 선행을 베풀어 적을 친구로 만든 솜씨야말로 사부님의 마음에 꼭 드는 일을 하신 겁니다."

"하하! 여보게, 다섯째. 자네 10년 동안 못 보았더니 만나자마자 나한테 아첨부터 떠는구먼!"

장송계는 껄껄대고 웃으면서 다섯째 아우를 놀려댔다.

그날 밤, 네 형제는 침상을 잇대어놓고 마주 앉아 이야기꽃으로 밤을 꼬박 새웠다. 하나 지혜와 모략이 누구보다 출중한 장송계도 원나라 병사로 변장하고 무기를 채뜨려간 납치범의 정체에 대해서는 털끝만 한 실마리도 잡아내지 못했다. 다만 유연주에게 단 일장으로 중상을 입힌 그 솜씨에 대해 듣고 무림계에 아직도 그런 한빙장寒冰掌을 쓰는 고수가 있다는 사실에 놀랄 따름이었다.

이튿날, 장송계는 은소소와 첫 인사를 나누었다. 그러고 나서 천천히 길을 떠난 다섯 형제는 도중에 하룻밤을 더 투숙하고서야 마침내 무당산에 오를 수 있었다.

산길을 오르면서 장취산은 감회가 복받쳤다. 어려서부터 태어나고 자란 옛집으로 10년 만에 다시 돌아온 것이다. 이제 곧 사부님을 뵙고 그리운 대사형과 셋째 사형, 그리고 막내 아우를 만날 생각을 하니, 아픈 아내와 잃어버린 아들 때문에 울적하던 심사가 활짝 개는 것 같았다.

산상에 오르고 보니, 도관 앞마당 너른 터에 준마 여덟 필이 매여 있었다. 안장의 산뜻한 꾸밈새로 보아 무당파 것은 아니었다.

"안에 손님들이 오신 모양일세. 식구들을 만나는 것은 이따 천천히 하기로 하고 우선 곁문으로 들어가세."

장송계가 장취산에게 말했다. 장취산은 아내를 부축하고 곁문을 통해 도관으로 들어섰다.

도인들과 시동侍童들은 장취산이 아무 탈 없이 돌아온 것을 보자 기뻐 어쩔 줄 몰라 했다. 장취산은 스승부터 뵙고 싶었지만, 아직도 폐관정수하고 계시다는 동자의 말을 듣고 하는 수 없이 스승이 좌관坐觀하고 있는 문 앞에 엎드려 큰절을 드리는 것으로 대신했다. 그러고 나서 셋째 사형 유대암이 있는 거처로 발길을 옮겼다.

유대암의 시중을 드는 시동이 소곤소곤 귀띔해주었다.

"셋째 사백님은 지금 주무시고 계십니다. 제가 깨워드릴까요?"

장취산은 손을 내저어 말렸다. 그러고는 유대암이 깰까 봐 발소리를 죽이면서 살금살금 방 안으로 들어갔다. 유대암은 두 눈을 감고 깊은 잠에 빠져 있었다. 종잇장처럼 창백해진 얼굴빛, 움푹 꺼진 두 뺨에 불쑥 튀어나온 광대뼈. 10년 전만 해도 그토록 맹호처럼 펄펄 날뛰던 위풍당당한 사나이가 이제는 실낱같은 목숨을 겨우 부지한 채 하루 앞을 내다보지 못하는 병자 신세가 되어버리다니, 비통함을 참지 못한 장취산은 주르르 눈물을 흘렸다.

오래도록 병상 곁에 서 있던 그는 눈물을 훔치면서 바깥으로 나왔다.

"너희 큰 사백 어른과 일곱째 사숙님은 어디 계시냐?"

"대청에서 손님들을 만나고 계십니다."

시동의 대답을 듣고 장취산은 후원 별채로 돌아가 대사형과 일곱째 막내아우가 올 때까지 기다렸다. 그런데 어찌 된 일인지, 반나절이 지나도록 손님들은 좀처럼 떠날 기미를 보이지 않았다.

"대체 어떤 손님들이 오셨느냐?"

조바심이 날 대로 난 장취산이 때마침 차를 달여 내온 시동에게 물었다.

"표국에서 오신 표사들 같습니다."

이때 장취산 곁에서 한시도 떨어지지 않으려는 은리정이 어느새 따라 들어왔는지 얼른 말참견을 하고 나섰다.

"아, 대청에 있는 세 사람 말입니까? 형님도 그들 이름은 들어서 아실 겁니다. 금릉부金陵府에 있는 호거표국虎踞鏢局의 총표두 기천표祁天彪,

태원부太原府 진양표국晉陽鏢局의 총표두 운학雲鶴, 그리고 또 한 사람은 경사京師 대도大都(북경)에 있는 연운표국燕雲鏢局 총표두 궁구가宮九佳랍니다."

이 말에 장취산이 흠칫 놀랐다.

"그 총표두 세 분이 한꺼번에 찾아왔단 말인가? 내가 알기로는 10년 전만 해도 중원의 모든 표국 가운데 그 세 분의 무공이 최강이요, 명망도 가장 높았는데 말일세. 지금도 여전들 하시겠지? 한데 그런 분들이 무슨 일로 여길 다 찾아왔을까?"

"하하, 또 귀중한 화물을 호송하다 도중에 잃어버렸겠죠. 약탈해간 자들이 너무 강해서 상대할 수 없으니까 큰형님께 힘을 빌리러 온 모양입니다. 다섯째 형님은 모르시겠지만, 큰형님은 지난 몇 년 동안 사람이 갈수록 좋아지셔서 남의 부탁이라면 쌍지팡이를 짚고 나선답니다. 강호에서 무슨 일이 한 가지 꼬였다 하면 곧잘 큰형님더러 나서달라고 쫓아오곤 합니다."

"대사형은 부처님만큼이나 자비심이 많은 분이라 남의 소청을 거절할 줄 모르실 걸세. 10년을 뵙지 못했는데, 그동안 꽤 늙으셨겠지?"

장취산은 빙그레 웃으면서 말하더니, 이젠 더 참을 수가 없는지 벌떡 일어섰다.

"이봐, 여섯째. 우리 대청으로 나가 병풍 뒤에서 한번 훔쳐보기로 할까? 대사형과 막내가 어떻게 변했는지 궁금하군."

대청으로 나온 두 사람은 살그머니 병풍 뒤로 돌아가 틈새로 대청 안을 살펴보기 시작했다.

장취산은 형제들의 옛 모습을 한눈에 알아보았다. 대사형 송원교는 도복 차림으로 상석에 앉아 있었는데, 자상하고도 온화한 기품은 예나 다름없었다. 귀밑머리가 희끗희끗하고 몸집이 좀 불어났을 뿐 10년 전에 보았던 모습 그대로였다.

그 곁에 앉아 있는 막내아우 막성곡의 훤칠한 체구가 눈에 들어왔다. 막내는 몰라보게 많이 자라 있었다. 이제 갓 스물인데도 더부룩하니 수염을 길러 장취산의 나이보다 몇 살은 더 들어 보였다.

갑자기 손님들 앞에서 막성곡이 버럭 고함을 질렀다.

"우리 큰형님께서 그렇다고 말씀하셨으면 그런 줄 아십시오! 설마 하니 세 분께서는 송, 원, 교, 이름 석 자를 걸고 하신 말씀을 믿지 못하겠다는 것은 아니겠지요?"

막내의 괄괄한 성미는 조금도 변하지 않았다. '도대체 무슨 일로 저토록 언성을 높이는 걸까? 내 집에서 손님하고 말다툼을 다 벌이다니.'

장취산의 시선이 객석으로 옮아갔다. 손님 세 사람은 모두 쉰 살을 넘긴 장년들이었다. 한 사람은 기풍이 당당하고 위엄이 넘쳤다. 다른 한 사람은 키가 훤칠하게 크고 해말간 얼굴에 차분한 성품이 돋보였다. 말석에 앉은 사람은 병자처럼 안색이 창백하고 몸매가 몹시 수척했다. 이들 방문객 세 사람의 등 뒤에는 제자들인 듯싶은 다섯 명의 사내가 공손히 두 손 모으고 서 있었다.

"송 대협이 하시는 말씀을 우리가 어찌 믿지 않겠소이까. 하나 장 오협이 언제 돌아오는지 확실한 날짜 정도는 알려주실 수 있지 않겠습니까?"

키가 큰 손님이 항의하듯 다그쳐 물었다.

손님 입에서 자기 이름이 나오자 장취산은 그만 가슴이 철렁 내려

앉았다. 은리정이 지레짐작한 것처럼 도움을 청하러 온 것이 아니라 바로 자기 때문에 찾아온 사람들이 아닌가? 그렇다면 이들 역시 의형 사손의 행방을 추궁하기 위해서 여기까지 쫓아온 게 분명했다.

막성곡의 거친 목소리가 또 터져 나왔다.

"우리 형제 일곱은 비록 재주는 없으나, 의협을 행하려는 마음가짐 하나만큼은 누구에게도 뒤떨어지지 않소이다! 그래서 외람되나마 강호 친구들로부터 '무당칠협'이란 별명까지 듣고 있지 않습니까. 이렇듯 막중한 별명까지 얻었으니 우리로서는 더욱 겸손하고 분발해 사부님의 지엄하신 가르침대로 무슨 일을 행하든 사리에 어긋남이 없도록 조심해왔다고 자부합니다!"

장취산의 놀라움은 이만저만 큰 게 아니었다. 10년 사이에 막내의 언변이 저토록 늘었을 줄이야 꿈에도 생각지 못했던 것이다. 예전에는 누가 한마디 묻기만 해도 얼굴부터 새빨개져서 반나절이 지나서야 겨우 입을 떼던 그가 아니었던가? 그러고 보니 지난 10년 동안 셋째 사형 유대암과 자기만 빼놓고는 모두 크게 성장한 것 같았다.

막성곡의 반박이 계속됐다.

"우리 다섯째 형님은 무당칠협 가운데 성품이 가장 온순하고 학문도 깊은 분입니다. 당신네들은 그 형님께서 용문표국 일가족을 몰살했다고 주장하지만, 그건 누가 뭐래도 허튼소리에 지나지 않습니다!"

이 말을 듣고 장취산은 가슴이 섬뜩해졌다. '저들이 의형 사손을 찾는 게 아니라 용문표국 일가족을 몰살한 범인을 찾으러 온 것이구나. 금릉부의 호거표국은 장강 이남에 흩어져 영업하는 군소 표국들의 우두머리 격이고, 용문표국 또한 그 영향권 아래 있지 않은가. 내가 중원으로 돌아왔다는 소문을 듣고 호거표국이 주동이 되어 산서 지방의 진양표국과 경사 일대의 우두머리 격인 연운표국 총표두들과 내 행방을 따져 물으려고 한꺼번에 무당산으로 들이닥친 게 분명하다.'

제일 상석을 차지한 사람, 기풍이 당당하고 위엄 넘치는 손님이 대뜸 막성곡의 말을 받았다.

"무당칠협의 무공 실력과 인품을 누가 존경하지 않겠소이까. 막 칠협께서 굳이 자기 입으로 치켜세우시지 않더라도 우리 모두 벌써 오래전부터 그 위대하신 명성쯤은 귀에 못이 박이도록 들어왔소이다."

막성곡의 얼굴빛이 대번에 싹 바뀌었다. 방금 들은 말투 속에 조롱기가 다분히 섞여 있었던 것이다.

"기 총표두! 도대체 무슨 뜻으로 하시는 말씀입니까? 비꼬지 마시고 솔직하게 털어놓으십시오!"

"그럼 말씀드리리다! 무당칠협께서 하시는 말씀은 전부 옳은 말이고, 소림파 고승들의 말은 모조리 거짓말이다, 그런 말씀 아니오? 이것 보시오, 막 칠협! 장취산, 장 오협…… 이 용문표국 일가족을 한 사람도 남기지 않고 몰살하는 것을 소림사 승려들이 두 눈으로 똑똑히 봤다는 사실을 모르는 거요?"

유별나게 위세를 부리는 자는 호거표국의 총표두 기천표였다. 그가 장취산의 이름 석 자를 함부로 입에 담고 장 오협이란 호칭을 쓰면서 기다랗게 말꼬리를 끄는 것은 장취산을 협객으로 인정하지 않겠다는 뜻이요, 또 무당칠협의 다섯째를 비웃는 의미가 듬뿍 담긴 것이기도 했다.

병풍 뒤에서 엿듣고 있던 은리정이 노기등등했다. 말끝마다 자기가 좋아하는 다섯째 형님을 비꼬고 모욕하니 그야말로 자신이 따귀 석 대를 얻어맞은 것보다 더 분하고 억울했다. 그는 더 이상 참지 못하고 대청으로 뛰어나가려 했다. 그러나 장취산이 얼른 그의 옷깃을 잡아당겨 말리면서 손사래를 쳤다. 은리정은 옷깃을 붙잡힌 채 사형을 돌아보았다. 그 얼굴에는 고통스러운 기색이 가득했다. 그는 사형이 어째서 자기를 만류하면서 이토록 침통한 표정을 짓고 있는지 그 까닭을 알 수 없었다. 생각은 그저 한 가지뿐이었다. '다섯째 형님은 세월이 갈수록 수양이 깊어졌구나. 그러니 사부님께서 칭찬하는 것도 무리는 아니지.'

막성곡이 자리를 박차고 벌떡 일어섰다. 그러고는 목청껏 큰 소리로 외쳤다.

"우리 다섯째 형님은 아직 무당산에 돌아오지 않았습니다! 설령 돌아왔다고 해도 내 말은 이 한마디뿐입니다! 나 막성곡은 장취산 형님과 생사를 같이하기로 맹세한 몸이니 그분의 일은 곧 내 일입니다! 세 분께서 시비 흑백을 가리지 못하고 용문표국 일가족을 몰살한 장본인으로 내 다섯째 형님을 물고 늘어진다면, 좋습니다! 그 일은 내가 저지른 셈으로 칩시다. 세 분이 용문표국을 위해서 기어이 복수하겠다면 이 막성곡이 당하겠습니다. 다섯째 형님은 여기 없습니다! 막성곡이 곧 장취산이요, 장취산이 곧 막성곡이니 그렇게 알고 마음대로 복수하십시오. 내 무공 실력과 지략이 그 형님에 비하면 어림 반 푼어치도 없지만, 그래도 이 막성곡에게 도전하다니 당신네들 운수가 영 나쁘구먼!"

막성곡의 말이 끝나기가 무섭게 노발대발한 기천표가 벌떡 일어나 소리쳤다.

"이 기천표가 무당산에 올라와 날뛴다면 강호 무림인들이 제 분수도 모른다고 손가락질하겠지! 하나 도대금 일가족이 처참하게 도륙당한 지 벌써 10년 세월이 지났소. 그 원수를 갚아주지 못해 지금까지 한을 품고 살아온 몸이오! 무당파가 어차피 용문표국 70여 명의 목숨도 끊어버린 마당에 이 기천표 하나쯤 더 죽여 없앤들 안 될 것이 뭐 있겠소? 아니, 우리 금릉부 호거표국 일가족 90명을 모조리 죽인다고 해서 어느 누가 말릴 수 있겠소? 내가 오늘 이 무당산 위에서 목줄기가 끊겨 피를 뿌린다면 죽을 장소는 잘 찾은 셈이오. 우리는 산에 오르기 전에 장 진인의 덕망을 생각해서 병기도 휴대하지 않았소. 자, 막 칠협! 어디 이 기천표부터 한주먹에 때려 죽여보시오!"

그러고는 뚜벅뚜벅 대청 한복판으로 걸어 나왔다.

당장에라도 싸움이 벌어질 듯 분위기가 험악해지자, 이때껏 아무 말도 하지 않던 송원교가 손을 내밀어 막내를 제지했다. 그리고 세 손님에게 미소를 지어 보이면서 입을 열었다.

"세 분께서 누추한 곳에 오셔서 이러쿵저러쿵 말씀 많이 하시고, 저희 다섯째 사제가 용문표국 일가족의 살해범이라고 딱 짚어 지목하셨는데, 유감스럽게도 그 아우는 아직 돌아오지 않았소이다. 그러니 잠시 노염을 가라앉히고 기다리셨다가, 아우가 돌아오면 직접 만나서 시비곡직을 가리는 것이 어떻겠습니까?"

그러자 연운표국 총표두인 궁구가가 수척한 몸을 일으키면서 흥분에 들뜬 동료 기천표를 만류했다.

"기 총표두, 잠시 앉으시오. 장 오협이 아직 돌아오지 않았다는데 지금 이 자리에서 결판 지을 수도 없는 노릇 아니겠소? 차라리 장 진인을 만나 뵙고 그분에게서 책임 있는 답변을 들어보기로 합시다. 장 진인께서는 무림의 태산북두로 천하 영웅들의 추앙을 한 몸에 받으시는 분인데, 설마하니 시비곡직을 올바로 가려주시지 않고 당신 제자만 두둔하실 리야 있겠소?"

궁구가의 말투는 겸손하고 예의 바른 것이었으나, 그 말뜻은 기천표가 한 것보다 더 매서웠다. 우직한 막성곡은 그 말뜻을 알아차리지 못하고 곧이곧대로 답변했다.

"저희 사부님께선 지금 폐관정수에 들어가신 터라 아직 나오지 않으셨습니다. 게다가 몇 년 전부터 우리 무당파의 일은 모두 큰형님께서 처리하도록 일임하셨습니다. 무림에 진정으로 명망 높으신 분이 아니면 저희 사부님을 만나 뵙기 힘들 겁니다!"

그러니까 그의 말은 결국 '당신네 따위의 신분으로는 우리 스승님을 만날 자격이 없다'는 대꾸가 되고 말았다.

키가 훤칠하게 큰 꺽다리 진양표국의 총표두 운학이 끌끌대면서 차갑게 비웃음을 터뜨렸다.

"세상만사가 정말 이렇게 공교로울 수가 다 있나! 우리가 찾아오니까 장 진인께선 곧바로 폐관정수에 들어가셨다 그 말씀인가? 하나 용문표국 70여 인명이 걸린 사건을 폐관하신다고 피할 수는 없으시지!"

궁구가가 연신 눈짓을 보내면서 입막음을 하려 했다. 운학이 너무 심한 말을 내뱉은 것이다. 그러나 기왕 입 밖에 나온 말을 다시 주워 담을 수야 없는 노릇이었다.

아니나 다를까, 막성곡이 벼락 치듯 고함을 질렀다.

"그럼 우리 사부님이 당신네들의 추궁이 무서워 폐관하셨단 말입니까!"

그러나 운학은 코웃음만 칠 뿐 아무 대꾸도 하지 않았다.

일순 대청 안에는 살벌한 기운이 감돌았다. 제아무리 수양이 깊고 온화한 송원교도 스승에게 욕이 돌아가자 참고 있을 수만은 없었다. 무당칠협의 면전에서 스승 장삼봉에게 불경한 언사를 쓰다니! 이런 자를 대하기는 지난 10년 이래 처음이었다. 그는 천천히 입을 열었다.

"세 분은 먼 길을 찾아오신 손님들이니 우리가 무례를 범할 수는 없겠소. 모두 이만 물러가시오. 막내야, 손님들을 배웅해드려라!"

말끝이 미처 다 떨어지기도 전에 송원교가 소맷자락을 휘둘렀다. 한 가닥 질풍이 소맷자락을 따라서 불어나오더니 기천표와 운학, 궁구가의 탁자 위에 놓였던 찻잔 세 개가 모조리 휩쓸려 송원교의 탁자 위까지 날아왔다.

"달그락, 달그락!"

송원교의 탁자 위에 사뿐히 내려앉은 찻잔 세 개가 가볍게 부딪치면서 흔들리는 소리를 냈다. 하나 그 속에 담긴 찻물은 한 방울도 흩뿌려지지 않았다.

송원교가 소맷자락을 휘두르는 순간, 기천표를 비롯한 방문객들은 엄청난 힘줄기가 들이닥쳐 가슴을 짓누르는 압박감을 느꼈다. 세 고수는 숨이 꽉 막힌 채 내쉴 수 없자 황급히 내공력을 끌어올려 대항하려 했다. 그러나 소맷바람은 삽시간에 찻잔들을 휩쓸어서 표연히 물러간 뒤였다.

"후유!"

가슴을 짓누르던 중압감이 스러지면서 세 사람의 입에서 동시에 한숨을 터뜨리는 소리가 쏟아졌다. 그들의 놀라움은 이만저만 큰 것이 아니었다. 만약 그들이 내공을 운기해 저항하는 동안, 송원교가 재차 소맷자락을 휘둘러 공격했다면 자신들이 끌어올리던 내력이 역류하면서 충격을 가해 그 자리에서 즉사하거나 중상을 입었을 것이다.

그제야 총표두 세 사람은 이 겸손하고도 온화하게 손님을 접대하고 있는 송 대협이 자기네들로선 헤아리지 못할 막강한 신공절기의 소유자라는 사실을 새삼 깨달았다.

한편, 병풍 뒤에서는 장취산이 착잡하기 이를 데 없는 감정으로 번민하고 있었다. 아내 은소소가 용문표국 일가족을 몰살한 일로 말미암아 대사형과 막내아우까지 손님들과 다투는 것을 보고 있으려니 초조와 불안, 부끄러움과 미안스러운 감정이 엇갈렸다. 도대체 어떻게 사죄해야 할까. 그러나 대사형 송원교가 소맷바람 한 번으로 심후한 공력을 드러내 보이자, 번민하던 감정이 금세 놀라움과 찬탄으로 바뀌었다. 과연 무당파의 내공 수준은 그동안 무서울 정도로 빠르게 진보해 있었다. 장취산이 왕반산도에서 보았던 사손의 공력은 확실히 그 당시 송원교의 수준보다 월등하게 높았다. 하나 10년 후 빙화도에서 헤어질 때의 수준과 비교해본다면 상당히 근접해 있었다. 언젠가 사손이 고백한 것처럼 만일 낙양성에서 사손이 송원교를 암습했더라면 그때 송원교는 이를 막아낼 수 없었을 것이다. 하지만 지금은 어떨까? 사손은 두 눈이 멀지 않았다 하더라도 송원교와 겨루어서 승부를 가려내긴 어려울 것이다. 앞으로 10년이 더 지나면 송원교뿐 아니라 유연주 역시 사손의 내공을 능가하게 될지도 모른다.

하염없이 상념에 잠겨 있는데, 기천표의 목소리가 귓전을 울렸다.

"송 대협께서 손속에 인정을 베풀어주시니 고맙습니다. 그럼 저희는 이만 물러가겠습니다."

기천표가 주먹을 맞잡고 하직 인사를 건네자, 송원교와 막성곡은 손님들 뒤를 따라 문밖까지 배웅했다.

"수고스럽게 멀리 전송 나오실 것 없습니다. 들어가시지요."

"세 분 총표두님께서 이렇게 누추한 곳까지 어려운 걸음을 하셨는데, 훗날 소생이 세 분께서 계신 대도와 태원, 금릉부로 일일이 찾아뵙고 인사드리겠습니다."

"아니올시다. 송구스러운 말씀을 어찌 감당하리까……."

짧은 순간이나마 송원교의 무공을 체험해본 세 사람은 그의 깊은 수양과 겸손한 태도에 그저 감복할 따름이었다. 송 대협 같은 절세기공絶世奇功의 소유자가 언동言動에 털끝만치도 교만한 기색을 드러내지 않다니 실로 드문 일이 아닐 수 없었다. 생각해보라. 그만한 무공을 지닌 인물이 자기 스승을 모욕하는 소리를 듣고서도 노여운 기색을 직접 드러내지 않았을 뿐 아니라, 상대방을 제압하고서도 자랑하는 기색을 보이지 않는다는 것이 얼마나 어려운 일인가! 그들은 당초 무당산에 오르면서 생사 불문하고 무당파의 죄상을 따져 물어 복수하겠다는 일념뿐이었으나, 이제 와서 그 기세는 완전히 꺾인 채 발길을 돌리는 신세가 되었다.

두 사람이 서로 겸손하게 인사를 나누고 헤어지려는데, 도관 문밖에서 손님 일행과 엇갈려 들어오는 사람이 있었다. 기천표가 곁눈질로 얼핏 보니 체구가 작달막하면서도 다부져 보이는 사내였다.

"오, 넷째가 돌아왔군! 여보게 이리 와서 세 분께 인사드리게."

송원교가 이제 막 들어서는 장송계를 이끌고 세 총표두 앞으로 데려갔다. 피차간에 인사를 나누고 나자, 장송계는 미리 알고 있었다는 듯이 껄껄 웃으면서 들고 있던 자그만 보따리 세 개를 손님들에게 하나씩 건네주었다.

"세 분 마침 잘 오셨습니다. 소인이 여러분께 넘겨드릴 물건이 있습니다."

기천표가 얼결에 보따리를 받으면서 물었다.

"이게 무엇입니까?"

"여기서 펴보시면 안 됩니다. 하산하셔서 보시지요."

세 형제는 뜨악한 기색으로 발길을 돌리는 손님들을 도관 바깥까지 배웅했다.

"아니, 넷째 형님! 어떻게 된 겁니까? 다섯째 형님은 아직도 안 돌아오신 거요?"

손님들이 시야에서 사라지기가 무섭게 성급한 막성곡이 다그쳐 물었다. 장송계는 빙그레 웃으면서 후원 쪽을 가리켰다.

"원, 성미도…… 우물에서 숭늉 찾겠군! 안채에 들어가서 다섯째를 만나보려무나. 나하고 대사형은 여기 남아서 저 세 표객들이 다시 돌아올 때까지 기다릴 참이니까."

"아니, 다섯째 형님이 와 계시다고요? 그리고 저 표객들은 어째서 다시 돌아온답니까?"

막성곡은 이렇게 묻고 나서도 장취산이 마음에 걸렸는지 넷째 사형의 대꾸는 기다리지 않고 후닥닥 안으로 뛰박질했다.

막내가 막 안채로 뛰어 들어갔을 때, 과연 기천표 일행 셋이 총총걸음으로 다시 돌아왔다. 그러고는 송원교와 장송계 앞에 머리 숙여 큰 절을 올렸다.

두 형제가 황급히 답례하자, 누구보다 먼저 진양표국의 총표두 운학이 사죄의 말을 건넸다.

"무당칠협 여러분의 크나크신 은덕을 이제야 겨우 알았습니다. 방금 이 불초한 운 아무개가 장 진인 어른께 모욕적인 언사를 지껄인 것은 참으로 개돼지만도 못한 짓이었습니다. 부디 용서해주십시오."

말을 마치고 나서는 느닷없이 두 손으로 자기 양 뺨을 "철썩철썩" 소리가 나도록 마구 후려쳤다. 영문을 모른 채 어리둥절하던 송원교가 급히 그 손을 붙잡아 말렸을 때는 벌써 열 차례나 후려 때린 뒤였다. 얼마나 세차게 때렸는지 양 볼이 시뻘겋게 퉁퉁 부어올랐으나, 운학은 손을 뽑아서라도 더 때리려고 안간힘을 썼다.

"이 손 놓으십시오! 저는 벌을 더 받아야 합니다!"

장송계가 그 손을 다시 부여잡으면서 위로의 말을 건넸다.

"운 총표두님이야말로 의기가 넘치는 호남아이십니다. 몽골 오랑캐를 몰아내고 우리 강토를 되찾으려는 소망을 품지 않는 이가 어디 있겠습니까? 제가 보잘것없는 도움을 드린 것은 당연히 할 일을 했을 따름이니 운 총표두님께서는 너무 괘념치 마십시오."

"아니올시다. 이 운 아무개의 늙으신 모친과 어린 처자식, 온 가족의 목숨을 여러 협사들께서 구해주셨습니다. 그 사건이 있고 나서 부터 지난 5년 동안 저는 꿈속에서까지 은인을 찾으려고 얼마나 애썼는지 모릅니다. 자, 두 분께서 저를 힘껏 때려주십시오. 그래야만 조금 전에 여러분의 스승님께 불손한 죄를 지은 제 마음이 후련해질 것 같습니다."

운학이 장송계를 바라보고 감개무량한 듯 눈물까지 글썽거렸다.

"이미 지난 일을 어느 누가 탓하겠습니까. 방금 하신 말씀은 저희 사부님께서도 들으셨을 겁니다. 그분은 운 총표두님의 의기를 존경하시면 하셨지, 결코 노여워하지 않으실 것입니다."

장송계가 위안했으나 운학은 여전히 부끄러움을 감추지 못하고 깊이 자책하는 모습이 역력했다.

두 사람 사이에 무슨 일이 있었는지 사연을 모르는 송원교가 선불리 나서지도 못한 채 엉거주춤 난감한 표정을 짓고 있으려니, 운학의 곁에 서 있던 호거표국의 기천표와 연운표국의 궁구가 역시 송원교를 향해 연신 절하면서 사죄의 말을 올렸다. 송원교는 그저 입에서 나오는 대로 몇 마디 겸사를 해줄 수밖에 없었다. 장송계의 기색과 말투를 보아하니, 기천표와 궁구가에게는 별로 시선을 주지 않고 운학에 대해서만 공경하고 친숙한 태도를 보였다.

두 형제가 간곡히 만류한 끝에, 운학 일행은 장삼봉이 폐관하고 있는 건물 바깥에서 무릎 꿇고 머리 조아려 큰절을 드렸다. 그러고 나서도 일곱째 막성곡에게까지 사과하겠다고 고집하는 것을 장송계가 겨우 말렸다.

세 총표두는 다시 한번 두 형제의 배웅을 받으면서 무당산을 떠나갔다.

그들이 일행을 이끌고 사라진 후, 장송계는 서글픈 눈빛으로 탄식을 거듭했다.

"저 사람들이 우리 은혜에 감사하는 마음으로 떠나기는 했으나, 용문표국 사건에 대해선 일언반구도 하지 않는군요. 보아하니 감사한다고 해서 그 참사만큼은 그냥 덮어두지 않을 듯싶습니다."

송원교가 넷째 아우에게 그들과 어떤 일이 벌어졌는지 물으려는데, 안채에서 장취산이 뛰쳐나오더니 그 앞에 무릎 꿇고 절을 올리는 게 아닌가.

"큰형님! 제가 돌아왔습니다. 얼마나 걱정하셨습니까? 불초 아우가 얼마나 보고 싶었는지 죽을 뻔했습니다!"

"오오, 취산! 자네가…… 자네가 드디어 돌아왔구나!"

송원교는 가슴이 벅차오르는 감동을 억누른 채 마주 무릎 꿇어 정중히 답례했다. 동문 사제이고 또 오랜만에 만난 것이긴 하지만, 그는 선비다운 예의를 잃지 않았다.

이윽고 여섯 형제가 대청 안에 의자를 모아놓고 둘러앉았다. 드디어 무당칠협이 한 지붕 아래 다시 모인 것이다.

장취산이 먼저 형제들 앞에서 그동안 겪었던 사연을 간략하게나마 설명했다. 그러나 성미 급한 막내아우는 장취산에게 대뜸 질문부터 던졌다.

"다섯째 형님, 아까 총표두 셋이서 찾아온 걸 보셨죠? 그자들이 무리하게도 형님께서 임안부 용문표국 일가족을 몰살했다고 억지떼를 쓰는데, 왜 나서서 따끔하게 훈계를 하지 않으셨습니까?"

막내의 물음에 장취산은 참담한 기색으로 길게 탄식했다.

"그 일의 시비곡절은 지금 이 자리에서 한마디로 다 말할 수가 없네.

사부님께서 나오시거든 자세히 말씀드리고 나서, 우리 형제들과 함께 좋은 대책을 의논해볼 생각이네."

은리정이 얼른 그 말을 받았다.

"다섯째 형님, 걱정 마십시오. 그 용문표국 녀석들은 우리 셋째 형님을 잘못 호송해서 저렇게 평생 불구로 만들어놓았으니, 그 죗값을 받은 것 아닙니까. 그러니 형님이 정말 그런 일을 저지르셨다 하더라도 형제간의 정리로 보거나 의분에 들떠서……."

그때 유연주가 그 말을 가로막고 호통쳐 꾸짖었다.

"여섯째! 허튼소리 삼가게. 만약 사부님께서 자네 말을 들으셨다가는 흑방黑房에 한 달 동안 가두어놓으셨을 거야. 일가족 남녀노소를 몰살해서 자손의 대마저 끊어놓다니 그게 우리가 할 짓이란 말인가!"

송원교를 비롯한 형제들의 눈길이 일제히 장취산에게 쏠렸다. 슬프고도 괴로운 심정에 못 이겨 창백해진 얼굴이 참담하게 일그러져 있었다. 그는 한동안 무거운 침묵을 지킨 끝에 마침내 입을 열었다.

"용문표국 사람들이나 소림파 승려들을…… 저는 단 한 사람도 죽이지 않았습니다. 사부님의 교훈을 한순간이라도 잊은 적이 없고, 우리 형제들의 명예에 누를 끼칠 만한 짓은 제가 해본 적이 없습니다."

장취산이 결연한 어조로 답변하자 형제들 모두 안도의 한숨을 길게 내쉬었다. 그들도 다섯째가 그토록 참혹한 짓을 저질렀다고는 생각하지 않았다. 하나 소림파 승려들이 그를 범인으로 지목하고 또 자기네들 두 눈으로 똑똑히 보았다고 진술한 데다 아까 세 표국의 총표두가 따져 물었을 때도 장취산은 끝내 나서서 시비곡직을 가려 반박하지 않았다. 그래서 모두 마음 한구석에 의구심을 품었던 것은 사실이었다. 그런데 이제 당사자가 결백하다고 하니 비로소 안심할 수 있었다. 다섯째의 표정과 말투로 보건대 뭔가 말 못 할 사정이 있는 것은 분명하지만, 그가 살인범만 아니라면 나머지 문제는 결국 명백하게 풀어질 것이라고 생각했다.

"그럼 다섯째 형님은 결백하시니 됐고…… 한데, 넷째 형님! 조금 전에 그 총표두들은 왜 또 왔다 간 거죠?"

성미 급한 막내가 이번에는 질문의 화살을 넷째한테 돌렸다. 장송계는 빙그레 웃으면서 고개를 끄덕였다.

"막내는 모르겠지만, 사실 그 세 표객들 가운데 사부님께 무례한 말을 한 운학의 인품이 가장 훌륭하다네. 그는 섬서성陝西省 일대에서 명망이 아주 높은 인물인데, 몇 년 전에 산서 지방과 섬서 지방의 뜻있는 호걸들과 은밀히 결탁해서 입술에 피를 바르고 항몽抗蒙 세력을 모아 의병을 일으키기로 맹세한 호걸일세."

"호오, 그런 일이 있었는가!"

송원교를 비롯한 형제들의 입에서 탄성이 흘러나왔다. 그런데 장송계의 설명이 계속되기도 전에 막내가 의자에서 벌떡 일어나더니 그의 말을 막았다.

"잠깐만! 형님, 저는 그 운학이란 표객이 그토록 큰 흉금을 지닌 지사인 줄은 몰랐습니다. 정말 존경스럽고 탄복할 만한 분이군요! 넷째 형님, 제가 얼른 다녀올 테니까 더 말씀하지 마시고 기다려주세요!"

그러고는 휭하니 대청 문 바깥으로 뛰어나갔다.

과연 장송계는 입을 꾹 다물었다. 막성곡이 요청한 대로 얘기를 보류할 작정이었다.

"여보게, 다섯째. 그동안 어디서 어떻게 살아왔는가? 얘기 좀 해주게."

막내가 돌아올 때까지 무료한 시간을 때울 겸 해서 화제를 바꾼 것이다.

장취산은 10년 동안 살아온 북극 빙화도의 풍물을 보고 느낀 대로 형제들에게 설명해주었다. 1년 중 여섯 달은 낮만 계속되고 나머지 여섯 달은 어두운 밤이라는 말에 형제들은 정말 해괴한 곳도 다 있구나 싶어 혀를 내둘렀다.

"그 지방은 동서남북 방향조차 구분할 수 없는 곳입니다. 해가 떠오른다고 해서 그쪽이 꼭 동쪽은 아니었으니까요. 그리고 바다에 둥둥 떠다니는 얼음산이 수천 개나 되는데, 배가 거기에 부딪쳤다가는 영락없이 가라앉고 맙니다……."

한창 신이 나서 설명하고 있으려니 막내가 헐레벌떡 뛰어 들어왔다.

"방금 운 총표두를 뒤쫓아가서 사과를 하고 왔습니다. 그리고 그분의 호남아다운 의기에 이 막성곡이 탄복했노라고 말씀도 드렸고요."

형제들은 막내가 뛰쳐나갈 때부터 그러려니 짐작하고 있었다. 솔직하고 꾸밈없는 성미로 남의 잘못을 쉽사리 용서하지도 않거니와 또 자신의 잘못을 상대방에게 사과하지 않고는 배겨내지 못하는 것이 막성곡의 천성이었다. 그는 2~3리나 되는 거리를 쏜살같이 왕복했으면서도 지친 기색을 전혀 보이지 않았다. 운학이 호남아라는 사실을 알게 되었으니 그 면전에서 개운치 못했던 감정을 다 털어놓고 화해를 하지 않고서는 몇 날 며칠 밤을 잠을 이루지 못했을 것이다.

"이봐, 막내! 자네 소원대로 넷째 형님은 얘기를 보류하셨지만, 그 대신에 다섯째 형님이 무인도에서 겪었던 기기묘묘한 얘기를 해주셨단 말씀이야. 그게 어찌나 재미있던지……."

은리정이 약을 올리자 의자에 앉으려던 막내가 용수철이 튕기듯 벌떡 일어났다.

"아니, 그게 정말이오?"

이때 장송계가 다시 입을 열었다. 막내가 돌아왔으니 하던 얘기를 계속할 참이었다.

"그래서 운학은 거사 계획을 세워놓고……."

한데 막성곡이 또 손을 내저으면서 그의 말을 막았다.

"잠깐만……! 넷째 형님, 미안합니다만 잠시 기다려주십시오."

"왜 또 그러는가?"

장송계가 뜨악한 기색으로 묻자 막내는 미안한 표정으로 장취산 쪽을 가리켰다.

"하하! 일곱째는 도무지 손해를 보려 하지 않는군."

이래서 장취산은 방금 했던 빙화도의 풍물하며 북극 지방의 기이한 얼음산 얘기를 다시 한번 거듭할 수밖에 없었다.

막성곡은 그 얘기를 다 듣고 나서야 속이 후련하다는 듯이 한숨을 내쉬었다.

"그것참, 이상야릇한 곳도 다 있군요! 정말 재미있는데요?"

그러고는 다시 장송계를 돌아보았다.

"됐습니다. 이제 넷째 형님 얘기를 들을 차례입니다. 어서 말씀하시죠!"

장송계는 할 수 없다는 듯이 막내의 분부대로 얘기를 계속했다.

"모든 거사 계획은 운학이 세웠다네. 그래서 약정한 날짜가 되면 태원太原과 대동大同, 분양汾陽 세 지역에서 일제히 봉기해 몽골군의 병영을 습격하기로 했지. 그런데 뜻하지 않게 혈맹血盟한 사람들 중에 반역자가 있을 줄이야 누가 알았겠나. 거사하기 사흘 전, 그 반역도는 운학의 처소에서 동맹한 사람들이 손가락 피로 서명한 연판장과 격문, 거사 계획서를 모조리 훔쳐내다가 몽골 오랑캐의 앞잡이 노릇을 하고 있던 태원지부太原知府란 놈에게 밀고했지 뭔가."

"아이고, 저런! 큰일 났군!"

막성곡이 제 넓적다리를 철썩 쳐가며 한탄했다.

그런데 일이 공교롭게 되느라고, 당시 장송계는 기녕로冀寧路(태원 일대) 지역에 나가 있었는데, 때마침 태원부의 악질 지부란 놈을 처단하려고 그 저택에 잠입해 있었다. 그는 한밤중에 지부의 동정을 엿보려고 은밀히 그 방으로 접근했다가, 지부와 그 반역도가 모의하는 현장을 목격하게 되었다. 그들은 조정에 급보를 띄울 계획과 토벌군을 편성해서 의병을 일망타진할 계획을 짜느라 한창 열을 올리고 있었다.

깜짝 놀란 장송계는 그 즉시 방으로 뛰어들어 지부와 반역도를 쳐죽인 다음, 탁자 위에 놓여 있던 의병의 연판장과 격문, 거사 계획서를 모조리 거두어서 그길로 훌쩍 남방으로 떠나버렸다.

한편 비밀문서가 하룻밤 새 없어진 것을 발견한 운학은 대경실색, 어쩔 바를 모른 채 공포에 떨어야 했다. 목숨 걸고 밀어붙인 거사가 수포로 돌아간 것은 물론이요, 그 실패로 말미암아 연판장에 서명한 호걸 수십 명과 그 일가친척들까지 모조리 멸문지화를 당하게 되었으니 세상에 이처럼 끔찍한 일이 어디 또 있겠는가. 운학은 그날 밤중으로 동지들에게 거사 계획이 누설되었다는 소식을 급히 알리고 모두 각지로 흩어져 피신하도록 조치하려 했으나, 그 시각에는 성문이 닫혀 빠져나갈 도리가 없었다.

다음 날 아침, 지부가 자택에서 살해당한 시체로 발견되자, 태원성은 즉각 성문을 굳게 닫고 자객을 체포하기 위해 대대적으로 수색을 벌였다. 내막을 알 턱이 없는 운학은 도마 위에 놓인 생선처럼 안절부절못했다. 이제 주모자인 자신과 일가족이 관헌들에게 붙잡혀 장터 한복판에서 곧 목이 떨어질 터였다. 그뿐만 아니라 산서성, 섬서성 일대에 명망 높은 지사들도 참혹하게 해를 입을 것이 분명하니 생각만 해도 몸서리쳐질 노릇이었다. 운학은 완전히 넋이 나간 상태로 죽기보다 더 큰 고통을 겪으면서 하루하루를 보냈다.

그런데 며칠이 지나도록 운학의 집 대문을 두드리는 소리가 한 번도 들리지 않았다. 결국 아무런 일이 없었던 것처럼 평온무사했다. 시일이 더 지나 성내에서 자객을 체포하지 못하게 되자, 몽골군은 수색 작업을 포기하고 성문을 다시 열어야 했다. 검문 검색이 느슨하게 풀리면서 지부의 피살 사건은 마침내 흐지부지되고 말았다.

운학에게는 천만다행스러운 일이었으나, 한편으로는 불가사의한 일이 아닐 수 없었다. 그는 훗날 소문을 듣고 지부가 살해된 현장에 반역자의 시체도 함께 있었다는 사실을 알았다. 그리고 비로소 누군가 알지 못할 은인이 자기네 목숨을 구해주었다는 것을 깨달았다. 은인이 누구인지 줄곧 은밀히 수소문해보았으나, 운학은 끝내 그 정체를 알아내지 못했다. 그리고 5년 세월이 흘렀던 것이다.

"아, 그럼 아까 운 총표두에게 건네준 것이 바로 그 연판장과 거사에 관한 비밀문서들이었군요!"

여섯째의 물음에 장송계는 고개를 주억거렸다.

"그렇다네."

"하면 궁구가는 왜 그랬지요? 무슨 일을 도와주셨기에……."

막내가 또 물었다. 장송계는 잠시 뜸을 들이면서 기억을 더듬다가 얘기를 계속했다.

"궁구가는 무공이 대단하지만 인품이나 행적으로 보면 운 총표두보다 훨씬 못한 인물이지. 그러니까 6년 전 일이었네. 궁구가는 운남성雲南省 곤명昆明에서 큰 보석상의 위탁을 받고 은화로 쳐서 60만 냥 어치 되는 진주 보석을 대도까지 비밀리에 운송하게 되었네. 그런데 도중에 일을 당하고 만 것일세……."

궁구가의 호송대가 강서성 파양호鄱陽湖 부근을 통과할 무렵, 그는 파양호 일대에서 이름난 협객들인 파양사의鄱陽四義 중 세 명에게 습격받아 은밀히 호송해가던 화물을 모조리 빼앗기고 말았다.

궁구가는 순식간에 난처한 입장에 처했다. 전 재산을 다 팔아도 그 화물값을 배상할 수 없는 것은 물론이요, 북방 군소 표국들의 맹주로 자타가 공인하는 연운표국의 신용이 땅에 떨어질 판이니, 그 소문이 퍼졌다가는 세상천지 그 누구도 화물 호송을 위탁하지 않을 것이었다. 오도 가도 못한 신세가 된 그는 객점에 눌러앉아 이 생각 저 생각하던 끝에 막다른 길을 택하기로 했다. 자기 목숨을 끊는 길밖에 없다는 생각이었다.

파양사의는 원래 협객들이지 도적 떼는 아니었다. 그들이 궁구가의 호송대를 습격해서 진주 보석을 탈취한 데는 나름대로 부득이한 사정이 있었다. 파양사의 가운데 첫째 형이 몽골인 관원을 잘못 건드렸다가 체포되어 사형 언도를 받고 남창부南昌府 감옥에 갇혀 처형 날짜만 기다리고 있었다. 나머지 세 형제는 두 차례나 감옥을 습격해서 맏이를 빼내려 했지만 모두 실패로 돌아가고, 이후 사형수 감옥의 경계가 엄중해져서 재차 파옥破獄을 시도할 엄두도 내지 못할 지경에 이르렀다.

세 형제는 생각다 못해 남창부 관원들이 뇌물에 약한 탐관오리라는 점을 이용해서 일을 꾸미기로 결정을 보았다. 그들은 궁구가의 연운표국이 막대한 금액의 화물을 맡아 이곳을 통과한다는 정보를 입수했다. 그래서 무림 동도로서 미안한 일이긴 하지만 이 화물을 탈취해 뇌물을 쓴 뒤 우선 죄목을 낮출 생각이었다. 사형에서 유배형으로 바꿔놓은 다음 귀양 가는 도중에 탈출시킬 작정이었던 것이다.

그들은 어렵지 않게 호송대를 습격하고 화물을 빼앗는 데 성공했다. 그러나 총표두 궁구가는 자살을 생각할 만큼 궁지에 몰리고 말았다.

이 무렵 스승 장삼봉의 명을 받고 파양호 일대에서 일을 하던 장송계의 귀에 이 딱한 소식이 들려왔다. 그는 즉시 화물을 되돌려주도록 설득하려고 파양삼의를 찾아갔다가, 그들 역시 부득이해서 저지른 일임을 알게 되었다. 그때 장송계는 파양사의 네 의형제 간의 깊은 의리에 감명을 받았다.

궁구가와 파양삼의의 문제를 해결하는 방법은 남창부 사형수 감옥에 갇힌 맏이를 빼내는 길밖에 없었다. 장송계는 계략을 꾸며 그를 탈옥시키는 데 성공했다. 그래서 파양사의는 탈취했던 화물을 고스란히 궁구가에게 돌려주었다. 장송계는 파양사의에게 자신의 이름을 발설하지 말라고 당부해두었다. 결국 궁구가는 영문도 모른 채 화물을 되찾고 명예와 목숨을 구하게 되었다.

그로부터 6년 세월이 지난 오늘에야 그는 장송계에게 당시 진주 보석을 포장했던 비단 보자기를 받고 나서 비로소 파양사의가 어째서 조건 없이 화물을 순순히 돌려주었는지 그 까닭을 알게 된 것이다.

"궁구가는 생김새가 사납고 또 아까 우리에게 한 언동이 천박하기는 하지만, 이제까지 한 번도 악한 짓을 저지른 적이 없었네. 그리고 대도에서 손꼽히는 명문 세력이면서도 원나라 관리들과 결탁해서 양민을 못살게 굴지 않았다는 것을 내가 알고 있었기 때문에 구해주었던 것일세."

장송계의 얘기가 또 한 번 끝을 맺었다. 유연주는 고개를 끄덕이면서 탄복했다.

"넷째가 일을 한번 잘 처리했군. 정말 어려운 일을 해냈네. 궁구가는 그런 인물이라 치더라도, 파양사의 형제들도 괜찮은 위인들이로군."

"넷째 형님, 그럼 기천표에게 주신 것은 또 어떤 선물입니까?"

막내는 앉은자리에서 뿌리를 뽑아야 직성이 풀리는 성격이었다. 그는 나머지 얘기도 다 들어야겠다고 장송계를 재촉했다.

"기천표에게 준 물건 말인가? 그건 단혼오공표斷魂蜈蚣鏢 아홉 자루였네."

"아이고!"

장송계는 무덤덤하게 대꾸했으나 듣는 사람들은 그만 입이 딱 벌어졌다. 단혼오공표라면 양주凉州 일대의 호족豪族 오일맹吳日氓의 명성을 강호에 떨치게 한 극독 암기가 아닌가? 지네 몸뚱이처럼 생긴 강철 표창에 극독을 먹여 살갗에 스치기만 해도 당장 목숨이 끊어진다고 해서 단혼오공표란 무시무시한 별명이 붙은 것이다.

장송계가 멋쩍은 표정으로 설명을 계속했다.

"사실 나중에 생각해보니 그 일은 나로서도 대단한 모험이었네. 정말 아슬아슬한 일이었으니까. 이건 얼마 전 일이었네. 기천표가 화물을 맡아서 동관潼關을 지나가던 도중에 어찌어찌하다가 그 일대 세력가인 오일맹의 제자와 시비가 붙었네. 말이 안 통하니 싸움판이 벌어질밖에. 결국 기천표는 오일맹의 제자에게 중상을 입히고 말았네……."

부상자가 겨우 목숨 하나 건져 달아나고 나서야 기천표는 남의 텃밭에 들어와 토박이를 잘못 건드려 일을 저질렀다는 사실을 깨달았다. 표국에 몸담은 자로서 강호의 불문율을 어긴 셈이었다. 그래서 부랴부랴 목적지에 화물을 전해준 다음, 곧바로 밤낮을 가리지 않고 급히 돌아오기 시작했다. 자신의 근거지인 금릉부에 도착하는 대로 친구들을 규합해서 오일맹의 보복전에 대비할 생각에서였다.

그러나 기천표 일행이 귀환 도중 낙양洛陽에 이르렀을 때 오일맹의 추격을 받아 그만 꼬리가 밟혔다. 오일맹은 기천표에게 단독 결투를 신청했다. 다음 날 정오, 낙양성 서문 밖 교외에서 단둘이 실력으로 겨뤄보자는 것이었다.

양주 일대의 세력가요, 막강한 무공에 자존심 또한 보통이 아닌 오일맹에 비해 기천표는 처음부터 상대가 안 되는 인물이었다. 더구나 그는 적지에서 혈혈단신으로 외롭게 싸워야 할 형편이었다. 그나마 오일맹 측이 기습을 가하지 않고 정정당당하게 결투를 신청한 것만도 불행 중 다행이 아닐 수 없었다.

기천표도 오일맹과 맞서보았자 자신이 그의 절기인 단혼오공표 한 대조차 받아낼 실력이 못 된다는 것을 잘 알고 있는 터라, 생각다 못해 낙양성에서 이름난 교씨喬氏 형제를 찾아가 사정을 이야기하고 협력해 줄 것을 요청했다.

뜻밖에도 교씨 형제는 즉석에서 흔쾌히 승낙했다. 그리고 이런 단서를 붙였다.

"기 형도 잘 아시다시피, 우리 형제가 거들어드려도 사실 오일맹의 상대가 못 될 거요. 하나 모처럼 한 부탁이시니, 내일 정오에 결투장으로 나가 오일맹을 설득해서 화해를 시켜보리다. 그래도 안 된다면 기형 편을 들어 응원이나 해드리지요."

교씨 형제들 역시 오일맹처럼 암기로 이름난 고수였다. 따라서 기천표는 이들이 협공해주기만 한다면 승산이 아주 없지는 않다고 생각했다. 다만 걱정되는 것은 오일맹도 다른 응원 병력을 대동하고 나타나지 않을까 하는 점이었다.

그러나 기천표의 그런 기대와 우려는 공연한 것이었다. 우선 생각지도 못한 일이 그의 기대를 산산조각 내버렸다.

이튿날 아침 일찌감치 그는 교씨 형제의 집으로 달려갔다. 그들 형제와 결투장에서 적을 맞아 싸울 책략을 상의하기 위해서였다. 그런데 그는 대문 앞에서 문지기에게 제지당했다.

"두 분 어르신께선 오늘 새벽에 갑자기 긴급한 일이 생겨 정주鄭州로 떠나셨습니다. 가시면서 어르신이 찾아오시거든 '우리를 기다리지 말라'는 당부 말씀을 전하라 하셨습니다."

잔뜩 기대에 부풀었던 기천표에게 그 한마디는 청천벽력이었다. 교씨 형제가 애당초부터 협력을 거절했다면 차라리 나았을 텐데, 막상 일이 코앞에 닥칠 때 기대를 무너뜨릴 줄이야 뉘 알았으랴. 그는 교씨 형제의 배신 행위에 가슴이 터져 나갈 듯 분노를 느꼈다. 몇 년 전, 교씨 형제는 강남 지방에서 일을 크게 저질러 목숨까지 위태로웠던 것을 기천표가 애써 도와주어 구사일생으로 살아 돌아간 적이 있었다. 그렇다고 기천표가 지난날의 은혜를 빙자해서 협력을 강요한 것도 아니었다. 너무나 다급한 나머지 통사정을 했더니 그쪽에서 쾌히 승낙하지 않았던가. 그런데 이제 와서 비겁하게 꽁무니를 빼고 숨어버리다니!

할 수 없이 기천표는 발길을 돌렸다. 오일맹의 집요한 성격과 잔혹한 수단을 잘 아는 터라 결투 약속을 어기고 도망쳐 숨을 수도 없었다. 객점으로 돌아온 그는 유언장을 써서 부하에게 주어 떠나보냈다. 고향 친구들에게 자기가 죽은 후 표국과 집안일의 뒤처리를 부탁해서 적어 보낸 것이다. 그리고 약속한 시각에 맞춰 낙양성 서문 밖 결투 장소로 나갔다.

오일맹과 기천표, 교씨 형제들은 까맣게 모르고 있었으나 장송계는 그곳에서 이러한 사태 추이를 눈여겨보고 있었다. 그는 오일맹도 기천표도 사악한 부류가 아닌데 두 사람이 공연한 우월감과 자존심 때문에 목숨 걸고 싸우는 것을 말려야겠다고 생각했다.

장송계는 거지로 변장하고 얼굴 모습까지 감쪽같이 바꾼 다음, 결투장 곁 큰 나무 그루터기 아래 누운 채 느긋이 기다렸다.

얼마 안 있어 오일맹과 기천표가 앞서거니 뒤서거니 잇따라 나타났다. 오일맹은 역시 홀몸이었다. 그만큼 무공 실력에 자신이 있었던 것이다.

두 사람은 곧바로 결투에 들어갔다. 탐색전으로 몇 합을 겨루고 나자 오일맹은 살수를 쓰기 시작했다. 저 무서운 단혼오공표를 쏘기 시작한 것이다. 기천표는 아예 막거나 피할 생각을 접어두고 그 자리에 우뚝 선 채 두 눈을 질끈 감아버렸다. 죽기로 각오한 것이다.

첫 표창이 발사되는 순간, 장송계가 벼락같이 달려들어 기천표의 앞을 가로막고 독을 먹인 강철 표창을 덥석 받아냈다. 난데없는 거지 하나가 중간에 뛰어들어 산통을 깨뜨리자 오일맹은 놀라움과 분노에 못 이겨 으르렁대기 시작했다.

"개방의 고인이신 듯한데, 존함을 밝히시오!"

오일맹은 매서운 눈초리로 쏘아보면서 호통을 쳤다. 그러나 장송계는 갑자기 바보 멍텅구리가 된 듯 낄낄대면서 아무 대꾸도 하지 않았다. 분통이 터진 오일맹은 자신의 절기인 단혼오공표 여덟 자루를 연거푸 발사했다. 그러나 이 정체 모를 거지는 그 무시무시한 강철 표창을 낱낱이 받아내는 게 아닌가!

오일맹의 이름 석 자를 강호 무림계에 떨치게 한 이 무서운 암기의 위력은 과연 대단했다. 그러나 무당파의 무공 수법을 쓴다면 그 정도를 받아내기란 그리 어려운 일이 아니었다. 하지만 장송계는 본문의 무공을 쓰지 않았다. 오일맹의 날카로운 눈썰미에 무당파 수법이 즉각 간파당할 테고, 그로 말미암아 무당파와 오일맹의 세력 간에 부질없는 알력이 생기는 것을 원치 않았기 때문이다.

그래서 처음 나설 때부터 수단을 바꾸었다. 일부러 왼발을 절뚝거리면서 오른손이 없는 불구자처럼 왼손 하나만으로 오일맹의 단혼오공표를 받아냈던 것이다. 그 수법은 얼핏 보면 소림파의 것과 비슷했다. 표창이 날아들 때마다 손바닥을 위에서 아래로 내리치면서 표창의 중간 부분을 움켜잡는 형태였다. 오일맹이 표창을 발사하는 힘과 속도는 매번 달랐고, 겨냥하는 목표 부위 역시 매번 달랐다. 그것을 발사하는 사람의 자세와 던지는 뚝심, 그리고 날아오는 속도를 어림잡아 다른 문파의 무공 수법으로 받아낸다는 것은 보통 어려운 일이 아니었다.

처음에 기천표를 노렸던 것까지 합쳐 장송계는 마침내 아홉 자루의 단혼오공표를 모조리 받아내는 데 성공했다. 그러나 일곱 번째 표창을 움켜잡다가 하마터면 손바닥이 갈라질 뻔했다. 위기일발의 순간을 요행으로 넘길 수 있었던 것이다.

아홉 차례의 연속 공격이 모조리 실패로 돌아가자, 오일맹은 상대방의 적수가 되지 못한다는 사실을 깨닫고 수치감과 분노에 몸서리를 치면서 양주 본거지로 돌아갔다. 그리고 끝내 두문불출한 채 지난 몇 년 동안 강호에 모습을 드러내지 않았다. 아마 지금까지도 그는 이 정체불명의 거지를 소림파 고승의 문하 제자로 알고 있을 터였다.

기나긴 설명이 끝나자 막내가 고개를 절레절레 내둘렀다.

"아이고, 맙소사, 형님! 그때 손바닥을 베였으면 어쩔 뻔했소? 기천표 같은 하찮은 녀석 때문에 그 지독한 암기를 받아내다니……. 그렇게 목숨까지 걸고 위험을 무릅쓸 값어치가 있었습니까?"

장송계는 빙그레 웃음 지었다.

"그땐 참견 안 하고는 못 배기겠는 걸 어쩌겠나? 하긴 오일맹의 지네 표창이 그토록 무서운 암기란 것을 나중에 알고 나도 소름이 끼쳤다네."

막성곡은 매사 곰곰이 사리를 따져보지 않고 우직스럽게 행동하는 청년이었다. 그래서 넷째 형님이 왜 그토록 위험을 무릅써가면서 그것도 세 차례씩이나 큰일을 벌였는지 그 진의를 깨닫지 못했다. 그러나 장취산은 그 심중을 너무나 잘 알았다. 이 성실하고 심지 깊은 넷째 사형은 지난 몇 년 전부터 다섯째 아우가 만에 하나라도 용문표국 일가족을 몰살한 범인일지도 모른다고 생각하고 그를 대신해 몸과 마음을 다 바쳐 속죄해온 것이다.

그는 소림사 측이 다섯째 아우를 범인으로 지목한 이후, 용문표국을 대신해 그 원한을 풀어주기 위해 복수하려는 세력들을 조심스럽게 파악했다. 그리고 제일 먼저 강남 일대 군소 표국들의 우두머리 격인 호거표국과 산동 지역의 우두머리 연운표국, 서북방 일대를 주름잡는 진양표국의 움직임이 심상치 않음을 탐지해냈다. 그들의 동태로 보아 언젠가는 반드시 이들 세 표국이 나서서 장취산의 죄상을 따져 물을 것이 분명했다. 그는 우선 대비책을 궁리하기 시작했다. 그러던 중 우연히 연운표국 궁구가의 곤경을 목격하고 그를 구해줄 기회가 생겼다. 여기서 장송계는 한 가지 영감을 얻었다. 세 표국에 한 가지씩이라도 큰 은혜를 베풀어주면 그것으로 용문표국 사건에 대해 조금이나마 속죄를 할 수 있지 않겠는가. 결심이 서자 그는 우선 자신의 정체를 감추고 암암리에 기회를 엿보았다. 그리고 기회가 올 때마다 신중히 행동에 옮겨 멸문지화를 당할 뻔했던 진양표국 총표두 운학과 오일맹의 손에서 호거표국 총표두 기천표의 목숨을 구해주기에 이르렀던 것이다. 물론 장송계의 말을 들어보면 이 세 가지 선행이 모조리 우연히 이루어진 것처럼 보였으나, 사실 그동안 음으로 양으로 조사하고 기회가 올 때까지 참을성 있게 기다린 결과였다. 이를 위해 얼마나 많은 시일을 허비했을 것이며, 또 얼마나 많은 심혈을 기울였을 것인가.

"넷째 형님……!"

장취산의 목소리에 울음이 섞여 나왔다.

"형님, 이 못난 아우가 형님께 아무리 고맙다는 말씀을 드려도 소용없는 줄 압니다만…… 이 노릇을 어쩌면 좋습니까. 제 아내가 그토록 큰일을 저질러 형님께 그 모진 고생을 하도록 했으니, 이 모든 책임은 저한테 있습니다! 모두가 제 탓입니다!"

그는 형제들 앞에서 당시 은소소가 어떻게 용문표국에 야간 침입해 일가족 70여 명과 소림파 승려들을 죽였는지, 그 내막을 처음부터 끝까지 자세히 털어놓았다. 그리고 장송계를 돌아보고 이렇게 하소연했다.

"넷째 형님, 저는 이 사태를 어디서부터 어떻게 풀어가야 할지 모르겠습니다. 형님이 하라는 대로 다 할 테니 말씀만 해주십시오. 부탁드립니다!"

장송계는 침통한 모습을 한 채 한참 동안 아무 말도 하지 않았다. 한두 마디 귀띔으로 해결책을 내놓기에는 사건이 너무나 끔찍스럽고 엄청난 것이었기 때문이다. 다른 형제들도 입을 꾹 다물고 서로 얼굴만 바라볼 따름이었다.

얼마나 시간이 지났을까, 이윽고 장송계가 무겁게 입을 열었다.

"이 일은 아무래도 사부님의 지시를 받아 처리할 수밖에 없겠네. 그러나 한 번 죽은 사람을 도로 살려낼 수야 없는 법. 제수씨도 이미 개과천선해 다시는 외눈 하나 깜짝하지 않고 살인을 저지르는 지난날의 제수씨가 아니라니, 그것만이라도 불행 중 다행이라 생각하네. 사람이 자신의 잘못을 뉘우치고 개심했다면 그보다 더 큰 선이 어디 있겠는가? 나는 그렇게 생각하네."

그러고는 자기 말에 동의를 구하려는 듯 송원교를 돌아보았다.

"큰형님, 그렇지 않습니까?"

넷째 아우의 질문을 받고, 송원교는 아무 대답도 하지 않았다. 수십 명의 무고한 인명이 희생당한 이 엄청난 사건을 당장 이렇다 저렇다 한두 마디로 해결할 수는 없었기 때문이다. 맏이가 묵묵부답 말이 없자 장송계를 비롯한 아우들은 사뭇 침통한 기색이 되었다.

이때 형제들 중 누군가가 말을 꺼냈다.

"자네 말이 맞네."

맏이 대신 둘째 유연주가 고개를 끄덕여 동의해준 것이다.

은리정은 둘째 형님 유연주를 제일 무서워했다. 첫째인 송원교는 그저 마음씨 좋은 아저씨 같아서 말 붙이기가 쉽지만, 둘째 형님은 악을 원수처럼 미워하고 사정없이 몰아붙이는 공평무사公平無私한 분이라 혹시 그런 엄청난 짓을 저지른 다섯째 형수님을 궁지에 몰아넣지 않을까 은근히 걱정하고 있던 참이었다. 그런데 이 사나운 둘째 형님의 입에서 두둔하는 말이 나오자, 은리정은 마음이 푹 놓이면서 여간 기쁜 게 아니었다. 물론 그는 유연주가 오래전부터 이 사건을 알고 있었고, 또 그녀를 이미 용서한 줄은 까맣게 모르고 있었다.

"아무렴요! 넷째 형님의 말씀이 백번 옳지요. 누가 물어도 우리 다섯째 형님이 범인이 아니란 말만 하면 될 게 아닙니까. 그 일을 저지르지 않은 것만은 틀림없는 사실이니까, 우리도 거짓말을 하는 건 아니죠."

은리정이 신바람 나게 맞장구를 치는데, 갑자기 송원교가 호통쳐 꾸짖었다.

"닥쳐라! 무조건 잡아뗀다고 다섯째의 마음이 편할 듯싶으냐! 협객을 자처하는 우리에게 그런 언행이 떳떳한 짓이라고 생각하느냐!"

만형이 무섭게 흘겨보는 바람에 은리정은 찔끔해서 자라목을 움츠렸다.

"그럼…… 어떻게 합니까?"

"내 생각은 이렇다. 먼저 사부님의 생신이 지난 후에 우리 모두 다섯째의 아들부터 찾아내야 할 것이다. 그러고 나서 황학루 영웅 대회를 열어 금모사왕 사손의 문제를 해결한 다음, 우리 형제 여섯에 제수씨까지 합쳐 일곱 명이 다 함께 강남 지방으로 내려간다. 넷째 말처럼 이미 죽어버린 사람을 다시 살려낼 수는 없는 노릇이니, 우리 일곱이서 앞으로 3년 동안 각자 열 가지씩 선행을 베풀어 어려움에 부닥친 무고한 목숨을 구해주도록 하자꾸나."

송원교의 말끝이 떨어지기 무섭게 장송계가 무릎을 탁 치며 말했다.

"그것참 좋은 말씀입니다! 억울하게 죽은 용문표국 70여 목숨을 대신해서 우리가 일흔 가지 선행을 베푼다면, 아무리 적게 잡아도 한 100~200명의 목숨은 구할 수 있을 겁니다. 그럼 다소나마 보속補贖이 되겠군요."

유연주도 찬동하고 나섰다.

"만형님의 의견이 정말 좋군요. 아마 사부님께서도 허락하실 겁니다. 그러지 않고 제수씨 한 분을 그 죽은 70여 명의 보복으로 희생시킨다면 죽는 목숨만 하나 더 늘어날 뿐이지 무슨 소용이 있겠습니까."

결정은 내려졌다. 중원 땅을 내디디면서 이제껏 그 문제로 번민해오던 장취산은 이제야 마음속 응어리가 풀리고 개운해진 듯했다. 그는 자리에서 벌떡 일어났다.

"빨리 가서 제 아내한테 이 희소식을 전해줘야겠습니다."

장취산은 가벼운 걸음걸이로 아내가 누워 있는 방으로 달려갔다. 그리고 송원교가 제기한 속죄 계획을 말해주었다. 아울러 스승의 생신을 지낸 후 여러 형제가 무기를 찾으러 나설 것이라는 말도 해주었다.

은소소의 병은 순전히 잃어버린 아들 걱정 때문에 생긴 것이었다. 이제 남편에게서 무당파 형제들이 무기를 찾으러 나선다는 얘기를 듣자, 그녀는 이내 마음이 놓여 기운을 되찾았다. 무당육협의 능력이라면 틀림없이 아들을 찾아낼 수 있으리라고 굳게 믿어 의심치 않았다.

아내를 안심시켜놓고 나서, 장취산은 셋째 사형 유대암의 방으로 건너갔다. 그리고 10년 만의 감격스러운 상봉으로 형제간에 희비가 엇갈렸다.

장삼봉이 제자들을 거느리고 마중을 나갔다. 소림 신승 세 사람은 아홉 명의 제자를 이끌고 천천히 자소궁 앞으로 걸어왔다.

장삼봉과 공문을 비롯한 세 신승은 비록 무림의 대종사이긴 하지만 이날 이때껏 만나본 적은 없었다. 나이로 따진다면 장삼봉이 그들보다 30~40세 연상이었다. 그는 애당초 소림 출신으로 만약 그의 스승인 각원대사의 항렬로 따진다면 세 신승보다 두 연배가 높을 터였다. 하지만 소림사에서 계율을 받고 승적에 오른 일이 없는 데다 또 정식으로 소림파 승려들에게 무예를 배운 적이 없기 때문에 서로 똑같은 연배의 예의로 인사를 나누었다.

10.

100세 잔칫날에 억장이 무너지네

며칠이 지나서 사월 초파일이 되었다.

장삼봉은 내일이면 자신의 100세 생일을 맞게 된다. 아마 지금쯤 제자들은 이 스승의 생일잔치를 준비하느라 분주하게 뛰고 있을 것이다. 제자들 마음에, 비록 셋째 유대암은 평생 불구자가 되고 다섯째 장취산은 실종되어 아쉽기는 해도 이 보기 드문 경사를 그냥 넘겨버릴 수야 없을 것이다.

이날 아침 일찍이 장삼봉은 홀가분하게 자리를 털고 일어섰다. 사람이 한평생 100년을 사는 게 흔한 일이 아닌 데다 폐관해 고심참담 연구한 태극공太極功이 심오한 경지에 이르렀으므로, 이제 무당파는 중원 무림계에서 크게 빛을 발해 천축국天竺國 달마조사가 동녘 땅에 전했다는 소림파의 무공 수준에 뒤지지 않을 터였다.

이날 아침 장삼봉은 폐관을 풀었다. 맑은 휘파람 소리와 함께 소맷자락을 떨치자 두 개의 문짝이 삐거덕 소리를 내며 저절로 열렸다. 문이 열리면서 제일 먼저 눈에 뜨인 것은 10년 세월을 못내 그리워하던 애제자 장취산이었다.

그는 혹시 잘못 본 것이 아닌가 싶어 두 눈을 비비고 다시 바라보았다. 하나 그때는 이미 장취산이 품 안으로 달려들면서 울음 섞인 목소리로 잇따라 사부를 외쳐 부르고 있었다.

"사부님! 사부님!"

격탕하는 심정을 이기지 못한 그는 스승 앞에 무릎 꿇어 절하는 예절마저 잊은 채 그저 스승만 외쳐 부를 따름이었다.

송원교를 비롯한 다섯 제자가 일제히 환성을 질렀다.

"사부님, 기뻐하십시오. 다섯째 아우가 돌아왔습니다!"

100년 동안 살아오고 지난 80여 년 동안 심신을 수련해온 장삼봉은 이제 삼라만상을 보는 심경이 거울처럼 맑고 투명해져, 지금은 감정의 기복을 드러내지 않을 만큼 텅 빈 마음의 소유자가 되어 있었다. 그러나 이들 일곱 제자와의 정분은 부자지간이나 다를 바 없어 갑작스레 장취산을 보게 되자 저도 모르게 격한 감정이 일었다. 그는 두 팔로 장취산을 덥석 그러안으면서 기쁨의 눈물을 흘리고야 말았다.

잠시 후, 그는 제자들의 시중을 받아가며 목욕하고 머리 매무새를 가다듬었다. 옷을 갈아입고 다시 제자들과 마주 앉았을 때, 장취산은 이제 막 폐관정수를 마치고 나온 스승 앞에 차마 괴로운 일들을 아뢰지 못하고 그저 북극 빙화도에서 겪었던 기이한 물정物情만을 말씀드렸다.

장삼봉은 그가 아내를 얻었다는 얘기를 듣고 더욱 기뻐했다.

"그래, 네 아내는 지금 어디 있느냐? 어서 데리고 와서 내게 보여주려무나."

장취산은 송구스러움을 이기지 못하고 그 자리에 두 무릎을 꿇었다.

"사부님, 용서해주십시오. 제가 대담하게 어르신의 허락도 받지 않고 아내를 맞아들였습니다. 혼인하던 그때는 어떻게 여쭐 수가 없었습니다."

장삼봉은 허연 수염을 쓰다듬으면서 대범하게 껄껄대고 웃었다.

"하하! 우스운 소리 그만하려무나. 빙화도란 섬에서 10년을 갇혀 지냈는데, 그럼 고지식하게 10년 세월을 기다렸다가 내게 묻고 나서 아내를 맞아들일 생각이었단 말이냐? 용서를 빌 것도 없으니 어서 일어나기나 해라. 이 장삼봉한테 그렇게 융통성 없이 꽉 막힌 제자가 있을 수야 없지!"

그래도 장취산은 무릎을 꿇고 윗몸만 일으킨 채 어렵게 말을 꺼냈다.

"하지만…… 문제는 제 처의 출신 내력이 올바르지 못하다는 점입니다. 제 처는…… 천응교 은 교주의 여식입니다."

장삼봉은 여전히 수염을 쓰다듬으면서 고개를 주억거렸다.

"그게 무슨 상관이란 말이냐? 네 처의 인품만 훌륭하면 그만이지. 설령 인품이 나쁘다 하더라도 우리 산에 와서 함께 살다 보면 자연히 감화될 것이 아니겠느냐? 천응교 출신이면 또 어떠냐? 취산아, 사람이란 무엇보다 먼저 흉금이 너무 좁아서는 안 되는 법이다. 명문 정파라고 자처하면서 남을 얕잡아보아서야 쓰겠느냐? 사람은 마음이 너그러워야 한다. 정과 사는 원래 분간하기가 어려운 것이다. 정파의 제자라 하더라도 마음 씀씀이가 올바르지 못하면 곧 사도요, 사파의 무리에 속한다 하더라도 심성만 올바르다면 정인군자가 아니겠느냐?"

스승이 이렇듯 너른 아량으로 이해를 해주니 장취산의 기쁨은 이루 말할 수 없이 컸다. 지난 10년 동안 가슴속에 응어리져 있던 걱정거리가 스승의 한두 마디 말씀에 눈 녹듯이 스러져버린 것이다. 그는 얼굴 가득 웃음기를 띤 채 일어섰다. 그러고는 부리나케 은소소를 데리고 나와 스승에게 인사시켰다.

장삼봉은 그녀를 보고 무척 흐뭇해하면서 몇 마디 위안과 격려의 말을 내렸다. 은소소가 공손히 예를 올린 다음 조용히 뒷방으로 돌아가자 그는 제자를 돌아보고 이렇게 말했다.

"네 장인 되시는 은 교주를 내 비록 만나보지는 못했으나, 내 마음속으로 그와 교분을 나눈 지는 벌써 오래되었다. 그 사람의 무공은 내가 탄복할 만큼 정말 대단하다. 기백도 있고 무슨 일을 하든지 맺고 끊는 것이 뚜렷한 기남아라고 할 수 있지. 성격이 극단적으로 과격해서 남들 보기에 하는 일이 좀 괴팍스럽기는 하나 그렇다고 비루한 소인배는 아니다. 우리 둘이서 만나면 친구로 사귈 만한 사람이지."

"감사합니다, 사부님!"

장취산은 감격하며 떨리는 목소리로 소리쳤다. 곁에서 듣고 있던 송원교와 형제들도 생각이 한결같았다. '다섯째에 대한 사부님의 애정은 과연 어지간하시다. 속담에 사람을 좋아하면 그 집 지붕 위의 까마귀조차 예쁘게 보인다愛屋及烏•더니, 다섯째의 장인 같은 사악한 마귀 두목과도 흔쾌히 친교를 맺으시려 하는구나.'

얘기가 여기까지 나왔을 때, 시동 하나가 들어와서 아뢰었다.

"천응교 은 교주가 다섯째 장 사숙님께 예물을 보내왔습니다."

장삼봉은 껄껄대고 웃으면서 장취산에게 손짓해 보였다.

"하하! 빙장어른이 때늦은 혼인 예물을 보내오셨구나. 취산아, 뭘 하고 있는 거냐? 얼른 나가서 손님을 맞아들여야지."

• 《상서대전尙書大傳》〈대전大戰〉 편과 《공총자孔叢子》〈연종자連從子〉 하편에 나오는 말로, 본뜻은 "집을 좋아하면 그 지붕 위의 까마귀조차 좋아한다"인데, 어떤 사람을 좋아하면 그 사람과 연관 있는 사람이나 물건마저 좋아하게 된다는 비유로 쓰인다.

"예!"

장취산은 허리 굽히고 한마디로 시원스레 응답했다. 뒤미처 은리정이 따라나섰다.

"저도 다섯째 형님하고 같이 나가보겠습니다."

장송계가 빙그레 웃으면서 핀잔을 주었다.

"금편 기 노영웅께서 혼인 예단을 보내온 것도 아닌데, 네가 왜 바쁘게 설쳐대는 거냐?"

이 말을 듣자 은리정의 얼굴이 벌겋게 달아올랐다. 그러면서도 바지런히 장취산을 뒤따라 나갔다.

대청에는 중년의 두 사내가 비단 모자에 하인 복장을 하고 숙연한 자세로 서 있었다. 장취산이 나타나자 그들은 몇 걸음 다가오더니 너부죽이 엎드려 큰절부터 올렸다.

"서방님, 평안하십니까? 소인 은무복, 은무록이 문안 인사 드립니다. 은무수 아우도 함께 왔으나 도중에 일이 생겨 뵙지 못하옵고 소인들더러 인사 말씀 대신 전하라 했습니다."

"두 분 일어나시오."

장취산은 허리 굽혀 답례하면서도 이상한 생각이 들었다. 집에서 부리는 하인이라면 이름자를 보통 '평안'이라든가 '경사스럽다'든가 '행복, 장수'를 의미하는 것으로 붙이는 게 상례인데, 어째서 이들은 '복이 없다無福' '재물이 없다無祿'란 이름을 붙였단 말인가? 게다가 '수명이 짧다無壽'는 하인까지 있다니.

아무튼 장취산은 의아스러운 기색으로 이 낯선 손님들의 행색을 살펴보았다. '복이 없다'는 은무복의 얼굴에는 기다란 칼자국이 오른쪽

이마에서부터 곧바로 콧마루를 스치고 왼쪽 입술 언저리까지 그어져 있었다. 또 한 사람 은무록은 곰보 자국투성이의 험상궂은 인상이었다. 두 사람 모두 지독히도 추루하게 생긴 용모에 나이는 40~50대쯤 들어 보였다.

"빙장어른 내외분은 모두 평안하신가? 그러지 않아도 숨을 돌린 뒤에 당신네 소저와 함께 어르신들을 찾아뵐까 했는데, 부모님께서 먼저 이렇듯 안부를 물어오시다니 정말 송구스럽기 짝이 없구려. 두 분이 먼 길 오시느라 고생 많으셨소. 이리 앉아서 차나 좀 드시지요."

장취산은 예의를 차려 그들에게 앉기를 권했으나, 은무복과 은무록은 감히 앉을 엄두를 내지 못한 채 공손히 예단을 떠받들어 올렸다.

"저희 댁 마님께서 보잘것없는 예물이나마 기꺼이 받아주십사 말씀드리라 하셨습니다."

"무슨 말씀을…… 고맙소이다!"

예단 물목을 받아 펼쳐본 장취산은 저도 모르게 깜짝 놀랐다. 열 장이 넘는 금박지에 무려 200여 가지나 되는 예물이 적혀 있었던 것이다. 제일 먼저 눈길을 끈 것은 벽옥碧玉으로 조각한 사자獅子 한 쌍, 두 번째 항목은 비취 봉황翡翠鳳凰 한 쌍, 그리고 무수한 진주 보석과 함께 검정 늑대의 꼬리털로 만든 특상품 자랑호紫狼毫 붓 100자루, 나라에 공물로 바치는 귀한 당묵唐墨(먹) 40덩어리, 최고 품질의 종이 선화상지宣和桑紙 100묶음, 중원 천하에서도 최고 품질을 자랑하는 벼루 단계연端溪硯 여덟 개 등이 적혀 있었다. 아마도 천응교 은 교주는 이 사위가 서법에 능통하다는 소문을 전해 듣고 이처럼 희귀한 문방사보文房四寶 명품을 엄청나게 구해서 보내온 것이 분명했다. 그 밖에도 의복관

대衣服冠帶, 장식물과 일상용품에 이르기까지 갖추지 않은 것이 없었다.

은무복이 돌아서서 나가더니 짐꾼 열 명을 데리고 들어왔다. 짐꾼 한 사람당 무거운 궤짝 한 짐씩을 대청 한 곁에 차곡차곡 쌓아놓기 시작했다.

장취산은 그 많은 예물을 눈앞에 두고 마음이 적지 않게 부담스러웠다. 어려서부터 청빈하게 살아오면서 산중 검소한 생활이 몸에 배인 그가 이렇듯 세상에 진귀한 물건들을 어디다 써야 할지 갈피를 잡을 수 없었던 것이다. 그의 생각 같아서는 당장 돌려보내고 싶었다. 그러나 장인이 머나먼 곳에서 보내온 선물을 사양하자니 너무 불경스러운 짓인 듯싶어 그냥 받아두기로 결단을 내렸다.

"고맙소이다. 당신네 소저는 오랜 여행 끝에 여독이 풀리지 않아 쉬고 있으니, 두 분 집사들께선 이곳에 며칠 머물러 계시다가 천천히 만나 뵙고 가시지요."

그러자 은무복이 송구스럽게 여쭈었다.

"저희 어르신께서 아가씨 생각에 한시도 심기가 편하실 날이 없으셨습니다. 그래서 저희들에게 아가씨를 만나 뵙는 대로 즉시 돌아와 복명하라는 분부를 내리셨습니다. 아가씨께 폐가 되지 않는다면 소인들이 잠깐 뵙고 돌아가게 해주십시오."

"정 그렇다면 잠시만 기다리시오."

장취산은 곧바로 뒷방에 들어가 아내에게 이 소식을 알렸다. 친정에서 사람이 왔다는 말을 듣자, 은소소는 기쁨에 들떠 간단하게 몸단장을 하고 나와서 두 하인을 만나보았다. 그녀는 친정 부모님들의 안부를 묻고 나서 두 사람에게 술과 식사를 대접하려 했으나, 그들은 굳이 사양하고 은씨 댁 새서방님과 소저에게 작별 인사를 드렸다.

그들이 떠날 채비를 하는 동안, 장취산은 착잡한 생각에 시달렸다. 장인 장모가 이렇듯 후한 예물을 보내왔으니 두 하인들에게 상금이라도 두둑하게 내려야 옳겠는데, 산중에 있는 돈은 모조리 한군데 모아 놓고 공용으로 쓰는 것이라 함부로 꺼내줄 수 없었던 것이다. 하나 성격이 워낙 활달한 그는 더 개의치 않고 소탈하게 웃으면서 두 하인에게 양해를 구했다.

"하하, 당신 댁 소저가 이 가난뱅이한테 시집을 오셨으니 어쩌겠소. 두 분 집사들에게 상금 한 푼 드리지 못하는구려. 섭섭하시더라도 웃고 돌아가셔서 장인어른 앞에 이 가난뱅이 사위 험담이나 말았으면 좋겠소."

은무복이 얼른 대꾸했다.

"원 별말씀을 다 하십니다. 소인들이 무당 오협 어르신을 이렇게 가까이서 뵌 것만으로도 천금보다 더 값진 상금을 받은 셈이지요."

일개 하인의 신분으로 이렇듯 말하는 태도가 점잖고 유식한 것을 보니, 장취산은 저도 모르게 존경심이 우러나 이들을 선비처럼 대해 중문까지 정중히 배웅했다.

은무복이 돌아서서 말했다.

"서방님, 이제 그만 들어가십시오. 빠른 시일 안에 왕림하셔서 저희 어르신네의 시름이나 덜어주시지요. 또 저희 천응교 위아래 사람들 모두가 서방님의 풍채를 한번 우러러 뵙기만 학수고대하고 있습니다."

"원 별말씀을 다 하시는구려."

장취산이 겸연쩍게 웃으며 대꾸하는데, 갑자기 그동안 말이 없던 은무록이 입을 열었다.

"사소한 일이지만, 서방님께 말씀드릴 것이 하나 있습니다. 소인들이 이리로 오는 도중에 양양성 객점에서 우연히 표객 세 사람을 보게 되었는데, 공교롭게도 그들이 주고받는 대화 속에 서방님 얘기가 나오는 것을 엿들었습니다."

"호오, 그래요? 무슨 얘기들을 합디까?"

"한 사람이 말하기를 '무당칠협이 우리한테 큰 은덕을 베풀어주기는 했으나, 용문표국 일가족 70여 목숨을 해친 일만큼은 이대로 내버려둘 수 없다'고 했습니다. 그리고 셋이서 자기네들은 더는 이 일에 간여할 수 없으니 개봉부開封府 신창진팔방神槍震八方 담譚 노영웅을 모셔다 서방님과 따져보도록 하자는 것이었습니다."

장취산은 고개만 끄덕일 뿐 아무 말도 하지 않았다.

은무록이 품속에서 작은 깃발 세 개를 꺼내 두 손으로 받들어 올렸다.

"이걸 받아주십시오. 그 표객 세 녀석이 제 분수도 모르고 서방님을 건드리려는 것을 보니, 아무래도 우리 천응교의 체면과도 관련이 있는가 싶어 소인들이 알아서 처리했습니다."

깃발을 보는 순간, 장취산은 다시 한번 깜짝 놀랐다. 첫 번째 깃발에 수놓인 것은 하늘을 향해 포효하는 맹호猛虎가 도사려 앉은 자세였다. 생각해보나마나 호거표국의 표기가 분명했다. 두 번째 깃발에 수놓인 것은 흰 두루미 한 마리가 구름 속으로 날아오르는 모습, 바로 진양표국의 상징이었다. 구름 속의 두루미라면 총표두 운학을 뜻했다. 세 번째 깃발에는 금빛 수실로 제비 아홉 마리가 수놓여 있었다. 그러니까 연운표국의 '제비 연燕' 자와 총표두 궁구가의 이름 가운데 '아홉 구九'

자를 표시한 상징이었다.

장취산은 이것 봐라 싶어 은무록을 보면서 물었다.

"어떻게 그 사람들의 깃발을 가져오셨소?"

그러자 은무복이 대수롭지 않게 대꾸했다.

"서방님은 우리 천응교 교주 어른의 사위 되시는 분인데, 기천표 궁구가 따위가 어떻게 함부로 건드릴 수 있단 말입니까. 무당칠협께서 자기네들한테 은덕을 베푸신 줄 빤히 알면서도 개봉부 신창진팔방인지 뭔지 하는 담서래譚瑞來 늙은이를 끌어내다 서방님과 시비를 가리겠다니, 이게 도대체 말이나 되는 소립니까. 그래서 소인들이 세 녀석의 무례함을 보고 참지 못해……."

"사실 무례하다고까지 할 것도 없는 일인데 공연히 분개하셨소이다."

"서방님께선 남이 따르지 못할 만큼 도량이 넓으신 분이니까 그런 말씀을 하시겠습니다만, 저희들 셋은 천것들이라 속이 좁아서 그 세 표객 녀석들에게 본때를 보여주었습니다. 그리고 이렇게 표국 세 군데 깃발을 몽땅 빼앗아왔습지요."

장취산은 너무나 놀라운 말에 딱 벌어진 입을 다물지 못했다. 기천표나 운학, 궁구가 세 사람은 누가 뭐래도 한 지방의 패자요, 자타가 공인하는 표국의 호걸로서 강호에 명성을 드날린 지 오래된 인물들이다. 비록 무림계의 정상급은 아니라 해도 저마다 나름대로 절예絶藝를 보유한 고수들인데, 장인어른 밑에서 궂은일이나 하는 일개 하인 셋이 그들을 요리했노라고 대수롭지 않게 얘기하니 놀라지 않을 수 없었다. 하나 수중에 표국의 명예가 걸린 깃발을 쥐고 있으니 그 역시 믿지 않을 수도 없는 노릇이었다. '혹시 이들이 비겁하게 훈향薰香이나 미혼약迷魂藥• 같은 것으로 세 총표두를 기절시켜놓고 훔쳐온 것은 아닐까?' 그는 아리송한 기색으로 물었다.

"이 표기들은 어떻게 손에 넣은 거요?"

은무복이 대답했다.

"둘째 아우 무록이 나서서 도전했습니다. 우리 천웅교는 개방귀보다 못한 총표두 녀석들이 눈에 거슬린다고 모욕을 주었습지요. 그래서 양양성 남문 바깥에서 겨루기로 약속했습니다. 우리 셋하고 저들 셋하고 3 대 3으로 싸웠으니 공평한 셈이었지요. 결투 조건은 단 하나, 저들이 만약 패하면 표국 깃발을 내놓고 팔뚝 하나씩 끊은 다음, 죽을 때까지 무당산 근처에는 한 발짝도 내딛지 않는다는 것이었습니다."

이 말을 듣자 장취산은 마음이 산란해졌다.

"그래서 어떻게 되었소?"

"그야 빤한 일 아니겠습니까. 당초 약속한 것처럼 제 칼로 자기네 팔뚝을 하나씩 자르고 표기를 내놓은 후, 다시는 무당산 아래 발도 들여놓지 않겠노라고 다짐했지요."

은무복은 아무 일도 아니라는 듯 천연덕스레 얘기했다. 그 사연을 들으면서 장취산은 속으로 놀라움을 금치 못했다. 천웅교 패거리가 이렇듯 지독스럽고 악랄한 일만 하니 생각만 해도 언짢았다.

장취산은 저도 모르게 이맛살을 찌푸렸다. 그 기색을 본 은무록이 혹시 자기네들의 처사가 잘못되었는가 싶어 걱정스레 물어왔다.

"서방님께서 소인들의 처사가 너무 가볍다고 생각하신다면, 당장

• 훈향은 독초를 말려 향으로 만들거나 다발로 묶은 것으로, 그것을 몰래 태워 사람을 중독시키거나 정신을 잃게 만든다. 미혼약은 사람을 마취시켜 정신을 잃게 하는 약물.

뒤쫓아가서 아예 요절을 내놓겠습니다."

"아니오! 됐소. 그만하면 충분하오!"

장취산은 또 일을 저지를까 두려워 얼른 그들을 만류했다.

"저희 생각으로는, 이번에 서방님께 예물을 전하러 오는 일이 세상천지에 다시없을 경사인지라 이처럼 기쁜 일에 인명을 다치면 상서롭지 못할 듯싶어 그 정도로 처리했습니다."

"잘하셨소. 생각하시는 바가 무척 주도면밀하시군요. 한데 또 한 분이 계시다면서 왜 같이 오지 않으셨소?"

"표객 세 녀석을 쫓아버린 후 생각해보니, 혹시 개봉부의 신창 담서래 늙은이가 나중에 소문을 듣고 분수 넘치게 서방님을 찾아와 이러쿵저러쿵 귀찮게 굴지나 않을까 해서 상의한 끝에 은무수를 개봉부로 달려 보냈습니다."

장취산은 신창진팔방 담서래의 무공 실력이 얼마나 높은지 익히 알고 있었다. 그 위엄과 명성이 지난 40년 동안 강호 무림계에 전해 내려오고 있는 터인데, 은무수가 자기 때문에 개봉부로 달려가 소란을 피운다고 생각하니 마음이 적잖이 불안했다. 싸움 끝에 어느 쪽이 다치거나 죽더라도 아주 온당치 못한 일이기 때문이다.

"신창진팔방 담 노영웅은 내가 오래전부터 흠모해오던 분이오. 또 정인군자이기도 하오. 그러니 두 분이 속히 개봉부로 달려가 은무수 형씨더러 담 노영웅과 싸우지 않도록 미리 막아주시면 고맙겠소. 섣불리 싸움이 벌어졌다가는 피차 재미적은 꼴을 당하게 될 거요."

이 말을 듣자 은무록이 덤덤하게 웃었다.

"서방님, 걱정하실 것 없습니다. 담가 늙은이는 절대로 우리 셋째 아우하고 싸움을 벌이지 않을 테니까요. 셋째 아우가 그더러 쓸데없이 남의 일에 참견하지 말라고 한마디만 하면 그 작자는 얌전히 말을 들을 겁니다."

"그래요……?"

장취산은 여전히 미심쩍게 반문했다. '신창진팔방 담서래가 어찌 그렇게 호락호락하게 남의 말을 들을 사람인가? 설령 그가 늙어서 힘을 쓰지 못한다 치더라도 개봉부 신창 담가 일문에는 무공이 뛰어나게 높은 제자들만 줄잡아 10~20명은 될 터인데, 은무수란 친구의 솜씨가 어떤지는 모르겠으나 혼자 몸으로 그 숱한 고수들을 어떻게 당해낼 수 있단 말인가?'

그가 뜨악한 기색으로 서 있는 것을 보자, 은무복은 그 심중을 알아채고 이렇게 내막을 일러주었다.

"서방님, 안심하십시오. 그 담가 늙은이는 20년 전에 우리 셋째아우의 손에 패군지장敗軍之將이 된 몸이고, 또 중대한 약점을 우리한테 잡혀 있으니 우리가 하는 말을 얌전히 들을 겁니다."

이윽고 두 사람은 작별을 고하고 떠나갔다.

장취산은 깃발 세 폭을 손에 든 채 그 자리에 한참 동안이나 서 있었다. 욕심 같아서는 그들에게 무기의 행방을 알아봐달라고 부탁할까도 싶었으나 이내 그 생각을 지워버렸다. 외부 사람에게 그 일이 알려지면 자기는 괜찮다 하더라도 둘째 사형 유연주의 위엄과 명성에 손상을 끼치게 될지도 모르기 때문이었다.

그는 천천히 발길을 되돌려 침실로 돌아왔다.

은소소는 침상 머리에 비스듬히 기대앉은 채 예단을 펼쳐 읽고 있었다. 그리고 친정 부모님의 애틋한 정에 감격했다. 하지만 지금 이 시점에 무기가 어떤 꼴을 당하고 있는지 알 수 없어 애가 탈 지경이었다. 그녀는 남편이 방 안에 들어서는 것을 보고 눈치부터 살폈다. 얼굴빛이 썩 좋지 않은 것을 발견한 그녀는 걱정스레 물었다.

"무슨 일이 있었나요?"

"방금 만났던 무복, 무록, 무수란 하인들은 출신 내력이 어떤 사람들이오?"

은소소는 남편에게 질문을 받고 속으로 흠칫 놀랐다. 결혼한 지 10년 세월 동안 남편은 천응교를 그리 탐탁하게 여기지 않았기 때문에 그녀는 집안일이나 천응교 내부 일에 대해서는 이제껏 한마디도 입에 올리지 않았다. 또 남편 장취산 역시 일체 물어보지 않았다. 한데 지금 와서 질문을 던지니 하늘의 해가 서쪽에서 뜰 일이었다.

"그 세 사람은 20년 전만 해도 중원 동북방 일대를 휩쓸고 다니던 대도적들이었어요. 그런데 나중에 무림계 고수들의 추격을 받고 포위당한 채 죽기 일보 직전까지 몰렸어요. 때마침 저희 아버님이 그곳을 지나가시다가 구해주셨죠. 죽음을 눈앞에 두고도 굴복하지 않는 기백에 탄복해 목숨을 건져주셨던 거예요. 세 사람은 성씨도 다른 만큼 친형제가 아니었죠. 그들은 아버님이 목숨을 구해주신 은혜에 감동한 나머지 평생토록 종노릇을 하겠노라 맹세하고 이제까지 쓰던 성씨와 이름을 버렸어요. 그래서 우리 은씨 성을 붙여 무복, 무록, 무수로 개명한 거예요. 저는 어릴 적부터 그들 세 사람을 하인으로 여기지 않고 깍듯이 예의를 지켜 대해왔어요. 아버님 말씀이, 무공 실력이나 예전의 명성으로 따진다면 무림계의 숱한 명사들도 그 세 사람보다 훨씬 뒤

떨어진다고 하셨거든요."

"음, 그랬었군."

장취산이 고개를 끄덕였다. 그는 세 하인들이 기천표를 비롯한 표객들과 결투해 이긴 다음 팔뚝을 끊게 만들고, 표기를 빼앗아온 일을 아내에게 말해주었다.

은소소가 얼굴을 찌푸리면서 미안한 기색을 지었다.

"저들이 호의로 한 짓이 오히려 당신께 부담을 안겨드렸군요. 명문정파 사람들의 행동이 그들 사교 출신의 짓과 아주 다르다는 점을 모르고 한 것이었을 거예요. 여보, 이번 일마저 당신한테 골칫거리를 얹어주었으니 저는 정말 어쩌면 좋을지 모르겠어요."

한숨 끝에 그녀는 또 한마디를 덧붙였다.

"무기를 찾거든 우리 빙화도로 다시 돌아가야 할까 봐요."

이때 은리정이 문밖에서 소리쳤다.

"다섯째 형님! 빨리 나오세요. 큼지막하게 수련壽聯•을 써서 걸어놓아야 할 게 아닙니까?"

그러고는 이어서 낄낄대는 웃음소리가 들렸다.

"다섯째 형수님, 제가 형님을 끌어간다고 야단치지 마시오. 누가 형님더러 은구철획 명필이 되라고 했나요?"

그날 오후, 무당산 여섯 형제는 화공도인火工道人과 동자들을 재촉해서 자소궁 사방 안팎 구석구석을 말끔히 청소하고 축하 집기들을 보기 좋게 배치해놓았다. 그리고 대청 앞뒤 벽에 장취산이 쓴 생신 축하

• 생일 축하 잔칫날 대련對聯으로 써서 대청 벽 양편에 걸어놓는 축시祝詩의 일종.

대련을 기다랗게 늘어뜨려놓고 잔치 분위기를 한껏 북돋았다. 이리하여 무당산은 온통 희색이 감돌았다.

다음 날 이른 아침, 송원교를 비롯한 여섯 제자는 새로 지은 무명 도포로 갈아입고 유대암을 부축해서 대청으로 나갈 채비를 차렸다. 100세 생신을 맞이한 스승에게 축수祝壽를 드리기 위해서였다.

그들이 대청에 나갔을 때 시동 하나가 들어와 큼지막한 명함을 한 장 올렸다. 송원교는 아무 생각 없이 그것을 받아 들었다. 하나 눈치 빠른 장송계가 먼저 그 내용을 훑어보았다. 명함에 쓰인 것은 단 한 줄이었다.

> 곤륜崑崙의 후배 하태충이 문하 제자를 이끌고 삼가 장 진인의 생신을 축하드리러 찾아뵙나이다. 부디 만수무강하소서.

"이크! 곤륜파의 장문인이 친히 사부님의 생신을 축하드리러 찾아왔구나. 그 사람이 언제 중원 땅에 왔을꼬?"

장송계의 입에서 경악성이 터졌다. 뒤미처 막성곡이 물었다.

"하 부인何夫人은 같이 오지 않았답니까?"

하 부인이라면 곤륜파 장문인 하태충의 사저師姐로서 그의 아내가 된 반숙한班淑嫻을 가리킨다. 무공 실력이 자기 남편인 곤륜파 장문인을 능가한다는 여걸이라고 무림계에 평판이 자자했다.

"명함에는 하 부인의 이름자가 안 보이는군."

장송계가 고개를 갸우뚱하며 대답했다.

"이 손님은 아주 특별한 분이니 사부님께서 친히 영접하시도록 말씀드려야겠네."

송원교는 이렇게 말하고 부리나케 스승을 뵈러 갔다. 맏제자에게 보고를 받은 장삼봉도 의외라는 듯이 자리에서 일어나며 중얼거렸다.

"철금 선생이 중원 땅에 오는 일이 드물 텐데, 내 생일까지 기억해서 찾아오다니 거참 희한한 노릇이군."

그는 여섯 제자를 거느리고 나가 하태충을 정중히 맞아들였다.

철금 선생 하태충은 나이가 그리 늙어 보이지는 않았으나 화려한 누른빛 장삼을 몸에 걸쳐 풍채가 뛰어난 데다 성정이 부드럽고 온화해 보였다. 곧 명문 정파의 1대 종주宗主로서 위엄이 한결 돋보이는 인물이었다. 그 뒤에는 남녀 제자 여덟 명이 줄지어 서 있는데, 그중에는 장취산이 망망대해에서 맞닥뜨렸던 서화자와 위사랑의 모습도 보였다.

하태충이 예의를 깍듯이 갖추어 축하 인사를 건네자, 장삼봉 역시 두 손 모으고 정중히 답례를 보냈다. 송원교를 비롯한 무당 제자들은 하태충 앞에 무릎 꿇고 이마를 조아렸다. 하태충 역시 황급히 무릎 꿇어 답례하면서 인사말을 전했다.

"어이구, 송구스럽소이다! 천하에 명성을 떨치는 무당육협께서 대례大禮를 올리시다니 소생이 어찌 감당하리까."

인사치레가 끝난 후, 장삼봉은 하태충 일행을 대청으로 안내했다.

주인과 손님들이 자리 잡고 나서 차를 대접하고 있는데, 시동 하나가 또 들어와 명함 한 장을 올렸다.

송원교가 받아서 읽어보니, 이번에는 공동파의 다섯 원로가 한꺼번에 도착했다는 내용이었다.

"사부님, 공동오로께서 왕림하셨습니다."

당세 무림계에서 으뜸가는 명문은 역시 소림파와 무당파, 그다음이 곤륜파와 아미파였다. 그리고 공동파는 이들 네 문파 다음으로 막내뻘에 해당했다. 따라서 '공동오로'의 항렬이나 지위는 무당 제자 송원교와 맞먹을 정도밖에 안 되었다. 그러나 천성이 워낙 겸허한 장삼봉은 자리에서 일어나며 곤륜파 장문인에게 양해를 구했다.

"공동파 다섯 원로께서 오셨다는군요. 하 형은 잠시 앉아 계시지요. 노도老道가 나가서 손님들을 모셔와야겠소."

"그리…… 하시지요."

하태충이 떨떠름하게 대꾸했다. '공동오로 정도의 인물이라면 제자들을 시켜 맞아들여도 될 것인데, 체통 없이 장문인의 신분으로 굳이 나설 것은 뭐란 말인가?'

잠시 후, 공동오로가 제자들을 데리고 들어왔다.

한데 문제가 생겼다. 그들 뒤로 신권문, 해사파, 거경방, 무산방을 비롯해 숱한 하류급 방회의 수뇌 인물들까지 생신을 축하드린다는 명분으로 속속 도착한 것이다.

대제자 송원교는 입장이 난처해졌다. 처음 계획으로는 스승과 제자들만이 오붓하게 생일잔치를 열어 하루를 즐기려 한 것인데, 느닷없이 예상하지도 않았던 수많은 하객이 몰려왔으니 이들을 어떻게 다 접대해야 좋을지 생각만 해도 아찔해졌던 것이다. 아무튼 손님들이 왔으니 대접은 해야겠고, 그래서 여섯 제자가 각자 하객들을 나누어 맡아 응대하느라 경황이 없었다.

딱하기는 스승인 장삼봉도 마찬가지였다. 그는 천성이 번잡한 예의 범절을 가장 싫어해서 잔치 자리를 질탕하게 벌여놓고 떠들썩하게 지내본 적이 없었다. 70세 생일에도 그랬고 80세, 90세 때도 마찬가지였다. 그는 여느 때도 그랬지만 특별히 끝수가 차는 생일을 앞둘 때마다 제자들에게 외부 사람을 일절 초청하지 말라고 신신당부를 해두었다. 그런데 100세 생일을 맞이한 오늘, 생각지도 않게 무림계의 귀빈들이 구름처럼 몰려들었으니 이 노릇을 어쩌면 좋겠는가.

일이 이렇게 되니 자소궁 대청 안에는 손님들이 앉을 의자마저 동이 났다. 송원교는 사람들을 시켜 둥글둥글한 바윗덩어리를 떠받들어다 대청 안에 빼곡하게 채워놓았다. 여러 문파 장문인들은 그나마 의자를 차지하고 앉았으나, 문하 제자들과 수행원들은 바윗덩어리에 앉을 수밖에 없었다. 찻잔도 모자라 밥사발과 반찬 그릇으로 대신했다.

한창 바쁜 가운데서도, 장송계가 슬그머니 손끝으로 장취산을 잡아끌고서 곁방으로 건너갔다.

"여보게, 다섯째. 자네 뭐 이상한 낌새를 채지 못했나?"

장취산 역시 짚이는 바가 있던 참이라 생각나는 대로 말했다.

"아무래도 저 사람들이 미리 약속을 하고 온 것 같습니다. 모두 처음 만나는 자리일 텐데, 가만 보니 뭔가 꿍꿍이속이 있는 모양입니다. 물론 놀라는 척하면서 반갑게 인사를 나누기는 하지만 어딘지 모르게 어색하고, 무언가 감추려는 기색이 엿보이더군요."

"잘 봤네. 저 사람들은 단순히 사부님의 생신을 축하하러 온 게 아닐세."

"흠, 그렇죠. 생신을 축하한다는 명분 아래 죄를 물으러 온 것일 겁니다."

"죄를 따지러 몰려온 게 아닐세! 용문표국 살인 사건에 굳이 철금 선생 하태충까지 나설 필요가 없으니 말일세."

"으음…… 그렇다면 모두가 금모사왕 사손 때문에 왔단 말이군요!"

다섯째 아우의 말을 들으면서 장송계는 싸늘하게 코웃음을 쳤다.

"저 사람들이 우리 무당파를 너무 얕잡아보는군. 설령 다수의 힘으로 밀어붙인다 해도 아무러면 무당의 문하 제자가 친구를 배반하려고? 이보게, 다섯째. 사손이 아무리 십악대죄十惡大罪를 저질러 용서받지 못할 간악한 자라 하더라도 자네의 의형이니 절대로 그 사람의 행적을 입 밖에 내서는 안 되네."

"넷째 형님 말씀이 옳습니다. 그럼 어떻게 하죠?"

장취산의 물음에 장송계는 잠시 생각에 잠겼다가 이렇게 대답했다.

"모두 조심하고 볼 일이야. 형제들이 마음을 합치면 쇳덩어리도 끊어버릴 힘이 생기는 법일세. 무당칠협이 어디 큰 풍파를 한두 번 겪어 봤는가? 저들을 무서워할 것 하나도 없네."

말은 비록 그렇게 했으나 장송계의 마음은 착잡했다. 오늘 일은 아주 까다로워 보였다. 유대암이 비록 폐인이 되어 있기는 해도 자기 형제들은 여전히 '무당칠협'을 자처하고 있었다. 또 일곱 형제 배후에는 무학 수준이 고금에 둘도 없을 위대한 스승, 당세에 으뜸이라 일컫는 장삼봉이 버티고 있었다. 그러나 스승이 100세의 고령인 만큼 눈앞에 닥친 중대한 난관을 자기네 형제들이 알아서 처리해야 한다고 생각했다. 다섯째 아우의 생각도 같을 터였다. 스승이 직접 나서서도 안 될 일이요, 또 그 어르신께 걱정을 끼쳐드려서도 안 되었다. 그렇다면 여섯 형제의 힘만으로 어떻게 사문의 명예를 지킬 것인가? 이것은 결코 쉬운 일이 아니다.

대청에서는 송원교, 유연주, 은리정 세 사람이 하객들을 맞아 한담을 나누고 있었다. 대화를 하고 있으면서도 세 형제 역시 손님들에게서 심상치 않은 낌새를 눈치채고 조바심을 내는 기색이 역력했다.

대화가 한창 무르익었을 때, 시동이 또 들어와서 통보했다.

"아미파 문하 제자 정현사태靜玄師太께서 사제와 사매 다섯 분을 인솔하고 사조 어른께 축수드리러 왕림하셨습니다."

송원교와 유연주가 약속이나 한 것처럼 미소 지으면서 일제히 은리정 쪽을 바라보았다. 게다가 때마침 바깥에서 손님 여덟아홉 명을 데리고 들어서던 막성곡과 안채 곁방에서 이제 막 돌아나온 장송계, 장취산도 아미파 제자들이 왔다는 소리를 듣고 은리정을 향해 의미 있는 미소를 지어 보였다. 뭇 형제들의 눈길이 한꺼번에 집중되자, 은리정은 부끄러움에 겨워 얼굴빛이 벌겋게 상기되고 손발을 어디다 두어야 좋을지 모른 채 얄궂은 기색을 지었다.

"자아, 자! 이리 오라고. 우리 둘이서 귀한 손님 마중을 나가야지."

장취산이 그의 손길을 잡아끌면서 웃었다.

이래서 두 사람은 대청 문 바깥으로 손님 영접을 나갔다.

정현사태란 비구니는 마흔에 가까운 나이로, 키가 유별나게 장신이라 보통 남자들보다 한 뼘 정도는 더 클 정도로 몸집이 우람한 데다 얼굴 표정이나 태도까지 무척 사납고 용맹스러워 보였다. 그 뒤에는 다섯 명의 사제와 사매가 따라붙었다. 하나는 서른 살쯤 되어 보이는 깡마른 사내였고 두 사람은 비구니인데, 그중 하나는 장취산이 바다에서 만난 적이 있는 정허사태였다. 나머지 둘은 하나같이 스무 살가량의 낭자들로서 하나는 버릇처럼 입가에 뜻 모를 미소를 띠고 있고, 또 한 사람은 백설같이 고운 살갗에 키가 후리후리한 미모의 아가씨였는데 무엇이 그리 수줍은지 고개를 숙인 채 옷자락을 만지작거리고 있었다. 그녀가 바로 은리정의 약혼녀, 금편 기씨 가문의 기효부紀曉芙 소저였다.

"어서 오십시오! 먼 길 오시느라 고생 많으셨겠습니다. 이리 들어오시지요."

장취산이 먼저 손님들에게 인사를 건네고 대청 안으로 인도했다. 은리정은 부끄러움에 겨워 약혼녀인 기 소저를 향해 눈길 한 번 던지지 못하고 어물어물 뒤따랐다. 복도를 지나쳐 가느라 모든 사람이 앞쪽만 바라보는 틈에, 그는 더 참지 못하고 약혼녀 쪽을 흘낏 바라보았는데, 공교롭게도 기효부 역시 고개를 숙인 채로 곁눈질로 보는 바람에 두 눈길이 딱 마주치고 말았다. 이때 곁에 서서 걷던 기효부의 사매 패금의貝錦儀가 짓궂게 큰 소리로 헛기침을 했다.

"어흠!"

그 소리에 찔끔 놀란 두 남녀가 얼굴이 새빨개져서 얼른 고개를 돌리고 외면했으나, 그 순간적인 장면을 이미 눈치 빠른 사매에게 들킨 뒤였다.

패금의는 키득 웃으면서 남이 안 듣게 작은 목소리로 속삭였다.

"언니, 저 은 사형은 언니보다 수줍음을 더 많이 타나 봐."

짓궂은 농담 한마디였으나, 어인 일인지 기효부는 갑작스레 몸을 떨면서 얼굴빛이 창백해지더니 두 눈에 눈물까지 그렁그렁 맺혔다.

아미파 제자 여섯 명이 대청 안에 들어서자, 그때까지 줄곧 피아의 정세를 가늠하고 있던 장송계는 다소 마음이 놓였다. '기 소저는 우리 여섯째 아우의 약혼녀다. 두 문파가 사돈지간으로 맺어질 터이니, 이제 만약 얘기가 거칠어진 끝에 싸움이라도 벌어지면 아미파는 우리 편에 서서 한 팔 힘을 보태줄지도 모른다.'

이래저래 하객들이 잇따라 찾아드는 가운데 시각은 벌써 정오가 되었다. 자소궁 사람들은 외부 손님을 맞이할 준비를 전혀 하지 않았으니 잔치 음식 같은 것이 마련되어 있을 턱이 없었다. 주방 일을 도맡은 화공도인은 그저 손님 한 분에 큼지막한 사발로 흰쌀밥 한 그릇에 채소와 두부 반찬을 얹어서 대접하는 수밖에 없었다. 소홀한 손님 접대에 무당의 여섯 제자는 하객들에게 일일이 사과하느라 진땀을 흘려야 했다.

손님들은 생일잔치에 고작 밥 한 그릇 얻어먹으면서도 불평 한마디 하지 않았다. 그 대신 부지런히 젓가락질하는 동안에도 쉴 새 없이 흘금흘금 대청 문 바깥쪽을 바라보곤 했다. 누군가를 기다리는 기색이 역력했다.

송원교를 비롯한 몇몇 형제는 손님 접대를 하는 와중에도 저들의 기색을 세심하게 살폈다. 여러 문파의 장문인들이나 방회의 주인들은 그래도 자기네 위신을 생각해서인지 병기를 휴대하지 않았으나, 문하 제자들 가운데 대다수는 허리춤이 불룩하게 나온 것이 저마다 병기를 감추고 있는 게 분명했다. 오직 세 문파, 즉 아미파와 곤륜파, 공동파의 제자들만이 확실히 빈손이었다. 그것을 본 송원교와 형제들은 내색을 하지는 않았으나 분노를 금치 못했다. 생각해보라. 스승의 생신날에 축수를 한다는 작자들이 무엇 때문에 병기를 감추고 왔겠는가?

더구나 하객들이 가져온 축하 예물이란 것도 마찬가지였다. 대부분 무당산 아래 마을에서 임시변통으로 창졸간에 마련한 싸구려들로, 기껏해야 장수면長壽麵 국수 다발이거나 밀가루로 빚어 빨갛게 물들인 복숭아 과자 따위가 전부였다. 그런 예물은 장삼봉 같은 일대 무학종사의 신분에 어울리지 않는 것일뿐더러 축수하러 온 여러 문파의 종주나 수뇌들의 체면에도 부합되지 않는 것이었다.

다만 아미파 측에서만이 정성스럽게 마련한 예물을 가져왔을 따름이었다. 그것은 열여섯 가지 빛깔의 진귀한 옥기玉器와 붉은 비단 도포 한 벌이었다. 도포 자락에는 금실로 '목숨 수壽' 자를 각각 다른 모양으로 100군데나 수놓여 있었는데, 그 꽃수를 놓느라 적지 않은 정성과 공이 들었을 게 분명했다. 정현사태는 도포를 장삼봉에게 올리면서 이렇게 말했다.

"이 도포는 저희 아미 문하의 여제자 열 명이 힘을 모아 수놓은 것입니다."

장삼봉은 무척 흐뭇한 기색으로 껄껄대면서 치하했다.

"아미파 여협들이 권법과 검법만으로 천하에 이름 높은 줄 알았는데, 수놓는 솜씨까지 이렇듯 훌륭할 줄이야 뉘 알았겠소! 오늘 이 늙은이에게 축수의 도포를 입혀주다니, 정말 이보다 더 귀중한 선물은 다시없을 거요."

한편에선 장송계가 손님들의 기색을 살펴보느라 정신이 없었다. '이 사람들이 도대체 얼마나 강력한 응원군을 기다리고 있는 것일까? 사부님이 시끌벅적한 것을 좋아하지 않으셔서 우리 무당파의 절친한 벗들은 한 분도 초청하지 않았는데, 하필이면 이런 뜻하지 않은 사태가 벌어질 게 뭐란 말인가? 우리 측도 친분이 있는 고수들을 초청했더라면 지금처럼 고립무원의 궁지에 몰리지는 않았을 것이다. 생각하면 할수록 아쉽기만 하다. 사부님은 천하를 두루 편력하시면서 숱한 벗과 사귀셨고, 또 우리 일곱 형제 역시 의협을 행하는 동안 좋은 연분으로 적지 않은 친구들과 우정을 맺어왔다. 만약 이런 사태를 미리 알았더라면 적어도 수십 명의 고수를 초빙해서 함께 생신 축하 잔치를 즐겼을 게 아닌가?'

유연주도 같은 생각이었는지 장송계 곁으로 다가와 귓속말을 건넸다.

"사부님 생신 잔치가 끝난 뒤 영웅첩英雄帖을 띄워 보내 무창성 황학루에서 한판 크게 벌이려고 했는데, 생각지도 않게 일이 참 우습게 됐네. 한 수를 잘못 내다보고 이렇게 먼저 견제를 당하게 되었으니 말일세."

사실 그는 진작부터 만반의 계획을 세워놓고 있었다. 영웅 대회가 열리는 날, 장취산이 직접 나서서 친구를 배신할 수 없는 고충을 다 털어놓고 솔직히 양해를 구할 작정이었던 것이다. 강호에서 행세깨나 하는 인물이라면 누구든지 '의리'를 극도로 중요시하는 줄 빤히 알기 때문에 장취산이 솔직담백하게 그 이유를 밝히고 양해를 구한다면 아무도 그를 윽박질러 의롭지 못한 사람으로 만들지는 않을 것이리라 생각한 것이다. 설령 그 정도로 끝내려 하지 않는 사람들이 있다 하더라도, 영웅 대회 석상에는 무당파와 교분을 맺은 고수들이 적지 않게 참석할 것이므로 만에 하나 무력으로 맞서게 될 때에는 결코 열세에 처하지 않을 자신이 있었다. 그런데 상대방이 이런 수를 미리 내다보고 생신 축하를 핑계 삼아 패거리를 모아 선수 쳐서 몰려왔으니, 무당파 입장에서 본다면 그야말로 어떻게 손을 써볼 여지가 없게 되어버린 것이다.

장송계도 목소리를 낮춰 속삭였다.

"어차피 일이 이렇게 된 바에야 목숨 걸고 싸우는 수밖에 없겠군요."

무당칠협 가운데 가장 지혜롭다는 장송계로서도 이런 난관에 부닥치니 속수무책이었다. 유연주는 눈앞이 캄캄했다. 언제나 기막힌 계책을 짜내어 전화위복으로 바꾸어놓던 넷째마저 강공책밖에 없다니, 그렇다면 오늘 여섯 형제는 무당산 정상에 피를 뿌리는 수밖에 딴 도리가 없게 된 것이다. 만약 1 대 1로 싸운다면 손님들 가운데 무당육협의 적수가 될 사람은 하나도 없었다. 그러나 패거리 싸움으로 돌변할 경우에는 여섯 형제가 한 사람당 20 대 1 정도가 아니라 30~40 대 1로 싸워야 할 판이었다.

장송계가 슬그머니 유연주의 옷깃을 잡아끌고 대청 뒤쪽으로 나갔다.

"타협이 안 되면 무력을 쓸 수밖에 없습니다만, 얘기를 잘해서 1 대 1 단독 대결로 유도해봅시다. 여섯 판으로 승부를 가릴 경우에는 우리 쪽에 분명히 승산이 있습니다. 하나 저들도 대비책을 세워놓고 온 이상 절대로 단독 대결은 받아들이려 하지 않을 테고, 아무래도 패거리 싸움이 벌어질까 그게 두렵습니다."

그 말에 유연주가 고개를 끄덕끄덕했다.

"일단 싸움이 벌어지면 무엇보다 먼저 셋째 아우부터 구해내야 하네. 불구가 된 사람이 남의 손에 들어가 수모를 당하게 내버려둬서는 안 되니까. 그 일은 자네가 맡게."

"알겠습니다."

"그리고 다섯째의 제수씨도 아직 완쾌되지 않은 몸이니 다섯째더러 전력을 다해 그녀를 돌보라고 일러두게. 적을 막아 싸우는 일은 나머지 넷이서 최선을 다해봄세."

"좋습니다. 그렇게 하지요."

장송계가 고개를 끄덕이더니 잠시 생각에 잠겼다. 그러고는 이내 고개를 쳐들고 유연주를 바라보았다.

"한 가지 계책이 있긴 한데, 좀 위험해서 망설여지는군요."

"위험하기는 이래저래 마찬가지 아닌가? 그래, 무슨 묘책이라도 있나?"

"우리가 각자 상대를 하나씩 정해서 차례로 제압하자는 겁니다. 그것도 단 일초 안에 사로잡아 저들이 망설이고 함부로 날뛰지 못하게 만들어야 합니다."

"일초에 고수를 제압한다? 만약 실패할 때에는 곁에 사람들이 도와주려고 한꺼번에 덤벼들 텐데. 또 일초가 성공했다 하더라도 그다음에는……."

"일이 어려운 만큼 공격하는 솜씨도 모질어야 한다는 게 문젭니다."

"모질게 공격하다니?"

"호조절호수虎爪絶戶手를 쓰잔 말입니다!"

고개를 갸우뚱하던 유연주가 그 말에 화들짝 놀랐다.

"호조절호수라고? 사부님의 생신날 그런 살수를 쓰는 건 너무 심하지 않은가?"

무당파에서 가장 무서운 금나수법을 호조수虎爪手라고 부른다. 유연주는 이 절기를 스승에게서 전수받은 후 그것을 바탕으로 삼아 스스로 열두 가지 변화 초식을 만들어냈다. 당초 스승이 가르쳐준 것은 단 일초뿐이었다. 그러나 만약 상대방의 무공이 뛰어날 경우 그 일초만으로 제압했다 하더라도 내공을 운기해서 빠져나올 위험성이 많은 데다 또 일단 호조수에서 빠져나온 상대방이 역습으로 나올 때에는 부득이 내력으로 겨뤄야 하는 국면이 되어 모처럼 장악한 승기를 잃어버릴 수 있기 때문이었다. 그래서 단 일초의 호조수를 모태로 삼아 새로운 12초식을 창안해낸 것이다.

장삼봉은 제자를 받아들이기에 앞서 그 사람의 인품과 덕성, 행동거지, 오성과 자질을 낱낱이 까다롭게 시험해보고서야 자기 문하에 거두어들였다. 그 결과 일곱 명의 문하 제자는 하나같이 큰 인물로 성장할 수 있었고, 사문의 온갖 무학을 전해 받았을 뿐 아니라 각자 천성에 따라서 새로운 무공 초식을 창안해낼 줄도 알게 되었다. 따라서 유연주가 호조수의 변화 초식을 만들어냈다 해도 그것은 별로 이상하게 여길 일은 아니었다.

한데 그가 스승 앞에서 새로운 초식을 시범으로 선보였을 때, 장삼봉은 그저 고개만 두어 번 끄덕였을 뿐 가타부타 말이 없었다. 스승에게서 비평 한마디 듣지 못한 그는 자신이 만들어낸 초식에 큰 결함이 있는 줄 알고 더욱 열심히 연구에 몰두해 나름대로 완벽한 초식을 완성했다.

몇 달 후, 그는 다시 한번 스승 앞에 호조수 12초식을 시연했다. 그것을 본 장삼봉은 탄식하며 이렇게 비평했다.

"연주야, 네가 만든 그 12초식은 내가 가르쳐준 것보다 더 위력적이기는 하다만, 정말 너무나 무서운 것이로구나. 초식 하나하나가 모두 사람의 요안腰眼을 움켜잡는데, 누구를 막론하고 등허리 요추腰椎의 급소를 다치면 음맥陰脈에 손상을 입어 자식을 낳을 수 없게 된다. 설마 내가 너한테 공명정대한 무공만을 가르친 게 모자라서 그렇듯 단 한 번의 손찌검으로 남의 대를 끊는 무서운 초식을 만들어낸 것은 아니겠지?"

스승에게서 따끔한 훈계를 들은 유연주는 그날이 엄동설한이었음에도 등줄기에 식은땀이 주르르 흘러내렸다. 송구스러운 마음을 이기지 못한 그는 그 자리에 엎드려 자신의 잘못을 인정하고 용서를 빌었다.

며칠이 지나서 장삼봉은 일곱 제자를 모두 불러놓고 이 일을 차근차근 얘기해준 다음, 마지막으로 이렇게 덧붙였다.

"연주가 창안해낸 12초식의 금나수법은 실로 고심참담해서 얻은 절학이라 할 수 있다. 그것을 내 말 한마디로 폐기해버린다면 너무 아까운 일이니 모두 연주에게 배우도록 해라. 그러나 생사가 걸렸을 때 이외에는 절대로 경솔히 써서는 안 된다. 이 무공은 남의 자손 대를 끊는 멸문절호滅門絶戶의 살수다. 그래서 나는 '호조'란 이름 아래 '절호絶戶' 두 글자를 덧붙이겠다. 모두 명심하고 앞으로 그렇게 부르도록 해라."

일곱 제자는 꿇어 엎드려 절하고 스승의 훈계를 받아들였다. 그러고 나서 유연주는 이 무서운 호조절호수 12초식을 동문 여섯 사형제에게 가르쳐주었다. 그 후 일곱 형제는 이 무공 초식을 배운 이래 스승의 교훈대로 지금까지 단 한 번도 써본 적이 없었다.

그런데 오늘 이런 긴급한 상황에 처하면서 장송계가 이 무서운 무공을 쓰자고 제안했으니, 유연주의 입장으로서는 선뜻 응낙하지 못하고 망설이게 된 것이다.

장송계가 설득하기 시작했다.

"형님, 호조절호수로 상대방의 요추 급소를 움켜잡으면 대다수는 영영 애를 낳지 못하게 됩니다만, 저한테는 방법이 하나 있습니다. 우리가 승려나 도사를 상대로 점찍거나 그게 안 되면 70~80세 먹은 늙은이만 골라서 상대하면 되지 않겠습니까?"

그제야 유연주가 빙그레하니 미소를 지었다.

"역시 넷째 아우는 머리가 잘 돌아간단 말이야. 승려나 도사는 애를 낳지 않아도 되니까 호조절호수에 움켜잡힌다 해도 대가 끊긴다고 염려할 필요는 없겠지. 게다가 70~80 먹은 늙은이들도 딱 알맞겠는걸. 각 문파의 수뇌는 대부분 그 나이 또래의 늙은이들이 아닌가!"

협의를 마친 두 사람은 송원교를 비롯한 세 아우들을 따로따로 만나서 은밀히 그 계교를 일러주었다. 각자 고수급으로 상대를 하나씩 점찍어두었다가 장송계가 "아얏!" 하고 외마디 비명을 지르면 그것을 신호 삼아 호조절호수로 단숨에 제압해버리자는 얘기였다.

누구보다 먼저 유연주가 남몰래 점찍어둔 상대는 공동오로 가운데 나이가 제일 많은 관능關能이었다. 곤륜파 장문인 하태충은 아직 늙은 나이가 아니었기에, 장취산이 고른 상대는 곤륜파의 경망스러운 도사 서화자였다. 송원교와 장송계, 은리정은 신권문과 거경방 등 방회의 우두머리들을 골라잡았다.

손님들이 식사를 마치자 대청 안의 화공도인들은 수저, 밥그릇을 거둬들이느라 부산하게 움직였다. 이윽고 뒤처리가 끝나고 자리 정돈을 마친 후, 장송계가 먼저 카랑카랑한 목소리로 손님들에게 인사말을 건넸다.

"여러 선배님, 그리고 친구 여러분. 오늘 저희 사부님의 100세 수연을 맞이해 이렇듯 불원천리 왕림하셔서 축하해주시니 실로 저희 문파의 영광이요, 뭐라고 감사의 말씀을 드려야 좋을지 모르겠습니다. 하오나 준비가 소홀하여 여러분을 융숭히 대접하지 못한 점 사과드리오니 널리 양해해 주시기 바랍니다. 저희 사부님께서는 원래 여러분을 무창부 황학루에 초대해 함께 취하도록 즐길 예정이셨으니 오늘 공경치 못한 점은 그때 한꺼번에 메우기로 하겠습니다. 그리고 여러분도 아시다시피, 저희 사제 장취산은 지난 10년 동안 실종되었다가 오늘에야 돌아왔습니다. 그 10년 세월 동안에 겪었던 일은 아직 사부님께 소상히 말씀드리지 못한 실정입니다."

그는 여기서 일단 말을 끊고 손님들의 표정을 한 바퀴 둘러보았다. 모두 다음 얘기가 어떻게 나올 것인지 입을 꾹 다문 채 기다리고 있었다.

"오늘은 경사스러운 날입니다. 그러니 무림의 은원 관계를 따지거나 살벌하게 싸우고 다치고 죽이는 얘기는 상서롭지 못하다고 생각합니다. 그뿐만 아니라 여러분께서 먼 길을 마다 않고 오셔서 축수해주시는 호의가 잘못하면 시비를 따지러 온 악의로 오해받을 수도 있습니다. 여러분께서 이렇게 무당산을 방문하시기도 어려운 기회이니 모처럼 오신 김에 저희가 안내하는 대로 앞산, 뒷산의 풍광이나 구경하심이 어떻겠습니까?"

말씨는 완곡하고 정중했다. 그러나 그 말투 속에는 하객을 빙자하고 쳐들어온 사람들의 입을 한발 앞서 봉해버리는 것과 아울러 오늘 이 자리에서 금모사왕 사손의 행방이나 용문표국 살인 사건을 들먹이는 자는 무당파의 적으로 간주하겠다는 의도가 분명히 담겨 있었다.

사실 아미파를 제외한 나머지 사람들이 줄지어 무당산에 오른 목적은 일전을 불사하는 한이 있더라도 금모사왕 사손의 행방을 끝까지 추궁하려는 데 있었다. 하나 막상 무당산에 오르고 보니 무당파의 위력과 명성이 워낙 혁혁한 터라 어느 문파든 단독으로 무당파와 원한을 맺을 엄두가 나지 않았다. 물론 수백 명이 한꺼번에 덤빈다면 거리낄 바가 없겠지만 섣불리 혼자 나서서 대담하게 따져 물을 만큼 어수룩한 사람은 아무도 없었다.

장송계의 말이 끝난 후, 대청 안에는 한동안 침묵이 흘렀다. 사람들은 서로 먼저 나서고 싶지 않아 동료 간에 눈치만 살필 따름이었다. 얼마쯤 지났을까, 역시 발 벗고 나서는 이가 하나 있었다. 곤륜파의 서화자였다. 그는 자리에서 벌떡 일어나더니 버럭 고함쳐 물었다.

"장 사협은 그렇게 말을 빙빙 돌려 하지 마시오! 우리도 몰래 꿍꿍이속으로 일하고 싶지 않으니까, 이 자리에서 탁 터놓고 얘기합시다. 우리가 무당산을 찾아온 목적은 첫째 장 진인의 100세 생신을 축수하기 위함이요, 둘째는 사손이란 놈의 행방을 알아보기 위해서였소."

한나절 동안 분을 삭이지 못해 애쓰고 있던 막성곡이 그 말을 듣자 더는 참지 못하고 코웃음을 쳤다.

"옳거니, 역시 그랬군요! 어쩐지…… 어쩐지 그렇더라니……."

이 말에 서화자가 눈을 부릅뜨고 소리쳐 물었다.

"어쩐지라니, 뭐가 어쨌단 말이오?"

"소생이 듣기로는 여러분 모두 우리 사부님의 생신을 축하드리러 이 무당산에 오셨다고 했습니다. 한데 가만 보니 남의 잔칫집에 오신 분들이 몸에 병기를 감추고 계시기에 그것참 고얀 노릇도 다 있구나 생각했지요. 설마 여러분 모두 보검이나 보도를 축하 예물로 드리러 오신 것은 아니겠지요? 이제야 분명히 알겠습니다. 가지고 오신 예물이란 게 바로 그런 것이었군요."

서화자가 제 몸뚱이를 탁 치면서 도포 자락을 활짝 열어 보였다.

"막 칠협, 똑똑히 보시오! 한참 어린 나이에 터무니없이 남한테 혐의를 씌우다니! 우리 가운데 누가 병기를 감추고 왔다는 거요?"

"흐흠, 도장께선 정말 아무것도 감추지 않으셨군요. 좋습니다!"

막성곡은 이렇게 대꾸하면서 집게손가락으로 곁에 있던 두 사람의 허리띠를 툭툭 잡아당겼다. 솜씨도 빠르거니와 어떻게 힘을 주었는지, 손님의 허리띠가 뚝뚝 끊어졌다.

"쨍그랑, 쨍그랑!"

대청 돌바닥에 갑자기 쇳소리가 요란하게 울렸다. 겉옷 속에 감춰두었던 단도 두 자루가 떨어지면서 눈부시도록 시퍼런 서슬을 번쩍거렸다.

일순 뭇사람들의 얼굴빛이 싹 변했다. 뒤미처 서화자가 큰 목소리로 외쳐댔다.

"좋소! 기왕지사 이렇게 된 바에야 툭 털어놓고 얘기하지! 만약 장 오협이 사손의 행방을 대지 않는다면 칼부림이 날 수도 있을 거요!"

결국 분위기는 일촉즉발, 험악하게 바뀌었다.

다음 순간, 장송계의 안색이 굳어졌다. 이제는 더 기다릴 것도 없었다. 선제공격으로 상대방의 기선을 제압하는 길밖에. 그가 막 입을 열어 "아얏!" 신호를 보내려는 찰나였다.

"나무아미타불……!"

난데없이 불호佛號를 외우는 소리가 뭇사람들의 고막에 똑똑히 울렸다. 해맑고도 우렁찬 목소리, 도관 문밖 멀리서 들려오는 것이었으나 사람들의 귀에는 바로 곁에서 나는 소리처럼 또렷했다.

장삼봉이 먼저 웃으며 제자들에게 분부했다.

"이런! 소림사 공문선사께서 왕림하셨구나. 어서들 나가서 영접해야겠다."

문밖에서 아까 불호를 외던 목소리가 말을 이었다.

"소림사 주지 공문이 두 사제 공지, 공성과 함께 문하 제자들을 이끌고 삼가 장 진인의 천추장락千秋長樂을 축수하러 왔소이다."

공문선사와 공지선사, 공성선사는 소림사의 사대 신승으로 불리는 이들이었다. 공견대사는 이미 원적했고, 그 나머지 세 신승이 한꺼번에 나타난 것이다.

너무나 놀란 나머지 장송계는 "아얏!" 신호도 내지 못했다. 소림의 고수들이 무당산에 대거 나타난 이상, 그들 여섯 형제가 호조절호수로 곤륜파와 공동파 수뇌 인물을 제압해도 소용없는 일이었기 때문이다.

곤륜파의 장문인 하태충이 먼저 반색을 했다.

"소림 신승의 청명清名을 흠모한 지 오래였는데 오늘 여기서 뵙게 되다니, 이번 여행길이 헛걸음은 아니었소이다!"

문밖에서 먼젓번보다 낮고 차분한 목소리가 대꾸해왔다.

"곤륜파 장문 하 선생이신 모양이군요. 뵙게 되어 반갑소이다! 장진인, 노납 등이 축수하러 온다는 게 너무 늦어 송구스럽소이다."

장삼봉도 겸사의 말로 응대했다.

"이 늙은이가 100년을 헛살았을 뿐인데 이렇듯 많은 가빈嘉賓들께서 운집하시고, 세 분 신승까지 왕림하시다니 실로 몸 둘 바를 모르겠소이다."

도관 정문에서 대청 앞문까지는 여러 겹의 문으로 가로막힌 먼 거리였으나 그들 네 사람은 내력을 운기해 서로 묻고 대답하는 것이 마주 보고 얘기하듯 아주 가깝게 들렸다.

아미파의 정현사태와 정허사태, 공동파의 관능, 종유협宗維俠, 당문량唐文亮, 상경지常敬之 같은 원로들은 공력이 그들에 미치지 못한 탓으로 감히 끼어들지 못한 채 입을 다물고 있었다. 나머지 여러 방회와 문파 인물들 역시 그저 송구스러워 잠자코 앉아 있기만 할 따름이었다.

장삼봉이 제자를 거느리고 마중을 나갔다. 소림 신승 세 사람은 아홉 명의 제자를 이끌고 천천히 자소궁 앞으로 걸어왔다.

장삼봉과 공문을 비롯한 세 신승은 비록 무림의 대종사이긴 하지만 이날 이때껏 만나본 적은 없었다. 나이로 따진다면 장삼봉이 그들보다 30~40세 연상이었다. 그는 애당초 소림 출신으로 만약 그의 스승인 각원대사의 항렬로 따진다면 세 신승보다 두 연배가 높을 터였다. 하지만 소림사에서 계율을 받고 승적에 오른 일이 없는 데다 또 정식으로 소림파 승려들에게 무예를 배운 적이 없기 때문에 서로 똑같은 연배의 예의로 인사를 나누었다. 이렇게 되니, 송원교를 비롯한 여섯 형제는 신승들보다 연배가 하나 아래가 될 수밖에 없었다.

소림의 주지 스님 공문대사는 하얀 눈썹이 길게 늘어져 장미나한長眉羅漢처럼 눈 위에까지 덮여 있었다. 공성대사는 체구가 우람하고 생김새 또한 위풍당당했다. 그와는 반대로 공지대사는 자그마한 몸집에 무엇이 그리 불만스러운지 얼굴 표정을 잔뜩 찌푸리고 꾹 다문 입술 언저리는 양 밑으로 축 처져 있어 어딘가 모르게 불길한 인상을 안겨주었다. 풍수지리와 관상학에 조예가 깊은 송원교는 그를 바라보면서 사뭇 기이한 느낌을 받았다.

'보통 사람이 공지대사와 같이 생겼다면 수명이 짧거나 일찍이 비명횡사를 당할 인상인데, 어떻게 저렇듯 장수를 누리고 있으면서 무림계 인사들에게 추앙받는 대종사가 되었을까? 아무래도 내 관상술에도 한계가 있는 모양이다.'

이윽고 장삼봉은 소림사 승려들을 대전으로 맞아들였다. 곤륜의 하태충과 아미의 정현사태, 공동의 관능이 앞으로 나서서 소림 신승들과 차례차례 인사를 나누었다. 이어서 수백 명이나 되는 손님들과도 일일이 객쩍은 인사치레를 주고받느라 적지 않게 시간이 흘렀다.

세 고승이 자리 잡고 앉아서 차를 한 잔 마시고 났을 때, 먼저 용건을 끄집어낸 사람은 공문대사였다.

"빈승은 나이나 항렬, 어느 모로 보나 장 진인의 후배입니다. 오늘 저희가 온 것은 물론 장 진인의 100세 생신을 축하드리기 위해서이기 때문에 다른 일을 거론해서는 예의가 아니겠지요. 하오나 빈승은 소림파의 장문인으로서 선배님께 몇 마디 허심탄회하게 드릴 말씀이 있으니 부디 나무라지 마시기 바랍니다."

장삼봉은 천성이 호방하고 탁 트인 사람이어서 화제를 이리저리 돌려 말하는 대신 단도직입으로 되물었다.

"세 분 고승께선 내 다섯째 제자 장취산의 일 때문에 오신 것 아닙니까?"

장취산은 스승이 자기 이름을 입에 올리자 황급히 자리에서 일어났다.

공문대사도 더는 에둘러 말하고 싶은 생각이 없어 장취산을 향해 정면으로 질문을 던졌다.

"바로 그렇소. 우리는 장 오협께 두 가지 일을 묻고 싶소이다. 첫째, 장 오협은 우리 소림파 속가 제자가 운영하는 용문표국 일가족 일흔한 사람을 몰살했고, 또 우리 소림의 승려 세 사람마저 죽였소. 이들 일흔네 사람의 목숨을 어떻게 책임지고 매듭지으시겠소? 둘째, 저희 사형 공견대사는 평생토록 자비와 덕행으로 일관해오시고 남과 다툰 적이 없으신 분이었는데, 금모사왕 사손에게 무참히 살해당하셨소. 풍문에 듣자니 장 오협께서는 사손의 행방을 알고 계시다는데 솔직히 알려주시기 바라오."

결국 일이 터졌다. 장취산은 목청을 돋우어 낭랑하게 대꾸했다.

"공문대사님, 용문표국 일가족과 소림의 승려 일흔네 사람의 목숨은 절대로 후배가 해친 것이 아닙니다. 불초 장취산은 일생 동안 사부님의 엄한 가르침을 받아 비록 자질은 우둔하고 용렬하지만, 감히 거짓말을 입에 올려본 적이 없습니다. 그들 일흔네 사람의 목숨을 누가 해쳤는지 후배가 알고 있기는 하나 말씀드리고 싶지 않습니다. 이것이 첫 번째 하문하신 데 대한 대답입니다."

그는 입속이 말라 잠시 뜸을 들였다가 할 말을 계속했다.

"두 번째로, 공견대사께서 원적하신 일은 세상 사람 어느 누구도 애통하게 여기지 않는 이가 없습니다. 후배 역시 마찬가지 심정입니다. 금모사왕 사손은 이 후배와 팔배지교八拜之交를 나누고 의형제가 된 사람입니다. 사손이 지금 어디에 있는지 솔직히 이 후배가 알고는 있습니다. 그러나 우리 무림계에 몸담은 사람이라면 누구나 '의리'를 가장 중요시합니다. 따라서 이 장취산은 목이 끊겨 이 자리에 피를 뿌리고 죽는 한이 있더라도 제 의형의 행방을 털어놓을 수는 없습니다. 이 일은 저희 사부님과는 무관합니다. 저희 여러 동문 형제와도 아무런 관련이 없으며 오로지 저 한 사람이 책임질 일입니다. 여러분이 죽음으로 협박해서 알아내고 싶으시다면 칼로 찔러 죽이든 배를 가르든 마음대로 하십시오. 나 장 아무개는 사문에 욕이 될 만한 일은 평생 해본 적이 없으며 망령되게 선량한 사람을 죽인 적도 없습니다. 여러분이 저를 핍박해 불의를 저지르게 하신다면 제게는 오로지 죽는 길밖에 없습니다."

장강 대하처럼 도도히 흘러나오는 언변은 성실하고 침착했다. 얼굴에는 늠름한 정기로 가득했다.

"나무아미타불!"

공문대사가 중얼거렸다. 아무리 보아도 거짓말은 아니었다. 사실이 그렇다면 이 일을 어떻게 처리해야 한단 말인가?

바로 그때였다. 대청 벽 기다란 창문 바깥에서 어린애의 목소리가 들려왔다.

"아버지!"

일순 장취산의 가슴이 털컥 내려앉았다. 귀에 익은 목소리, 그것은 아들 무기의 음성이었다. 놀라움과 반가움이 엇갈리는 가운데 그는 버럭 고함쳐 아들을 불렀다.

"무기야! 네가 돌아왔느냐?"

뒤미처 허둥거리는 발걸음이 대청 바깥으로 뛰어나가고 있었다. 대청 문턱 좌우에 지켜서 있던 공동파와 신권문의 제자 두 사람은 그가 도망치는 줄 알고 일제히 고함치며 앞을 가로막았다.

"어딜 가려고?"

두 사람이 한꺼번에 손을 내밀어 붙잡으려 했으나, 아들 생각이 간절한 그는 가타부타 말없이 대뜸 의천도룡공 열한 번째 '천天' 자 결의 좌우 삐침과 찍는 수법으로 두 사람을 보기 좋게 쓰러뜨리고 어느새 바깥으로 뛰쳐나가고 있었다.

"어이쿠!"

거센 손길에 떠밀린 두 사람은 좌우로 10여 척 남짓이나 뒷걸음질 치고서야 겨우 몸을 가눌 수 있었다.

창문 밖은 텅 비었을 뿐 사람 그림자는 보이지 않았다.

"무기야! 무기야!"

큰 소리로 외쳐 불렀으나 대답이 없었다.

대청 안에서 10여 명이 뒤쫓아 달려 나왔으나, 그가 도주하지 않은 것을 보자 감히 에워싸지는 못하고 한 곁에 늘어서서 감시만 했다.

"무기야! 무기야!"

아무리 애타게 외쳐 불렀어도 여전히 대답이 없었다. 그는 대청 안으로 돌아갔다. 그러고는 소림의 장문인 공문대사에게 허리 굽혀 사과했다.

"후배가 못난 아들 생각에 잠시 실례했습니다. 대사께서 부디 양해해주십시오."

장문인 곁에 서 있던 공지대사가 빈정대며 말했다.

"좋소이다, 참 좋소이다! 장 오협께서 사랑하는 아드님 생각이 그토록 미칠 듯 사무치신데, 설마 사손에게 죽임을 당한 그 수많은 사람에게도 부모 처자식이 없다고는 생각지 않으시겠지요?"

깡마르고 왜소한 몸집인데 말하는 목소리만큼은 절간의 거대한 동종이 울리듯 우렁차 뭇사람들의 고막에 "윙윙!" 하는 귀 울음까지 났다. 그러나 자식 생각에 마음이 삼 가닥처럼 흐트러진 장취산은 대꾸할 말이 없었다.

공문 방장이 다시 장삼봉을 향해 돌아섰다.

"장 진인, 오늘 이 일을 어떻게 매듭지을 것인지 말씀해주시기 바랍니다."

장삼봉은 무겁게 입을 열었다.

"내 제자 취산은 비록 다른 사람보다 뛰어난 점은 없으나 절대로 스승을 속일 사람은 아닙니다. 따라서 소림의 세 분 고승을 기망欺罔할 리 없습니다. 용문표국 일가족의 인명과 귀 소림파 제자들의 목숨은 그가 해친 것이 아닙니다. 그리고 사손의 행방은 말하지 않겠노라고 했습니다."

이 말에 공지대사가 코웃음을 치며 반문했다.

"장 오협이 우리 문하 제자를 죽이는 걸 직접 목격한 사람이 있소이다. 무당 제자만 거짓말을 하지 않고 소림 제자는 거짓말을 한단 말씀입니까?"

그러고 나서 왼손을 번쩍 들자 등 뒤에 서 있던 중년의 승려 세 사람이 앞으로 돌아나왔다.

희한하게도 승려 세 사람은 하나같이 오른쪽 눈이 멀어 있었다. 바로 10년 전 임안부 서호 호반에서 은소소가 쏜 은침에 눈을 찔려 애꾸가 된 소림승 원심圓心과 원음圓音, 원업圓業이었다.

장취산은 이들 원 자 항렬의 세 승려가 공문 방장을 따라서 무당산에 올라왔을 때 이미 알아보았다. 그리고 서호 호반에서 싸우고 죽인 일을 놓고 대질하기 위해 데려왔음을 예상하고 있었는데, 과연 공지대사는 몇 마디 말끝에 대뜸 이들 세 증인을 앞에 불러 내세운 것이다. 장취산은 난감하기 짝이 없었다. 서호 호반에서 벌어진 살인 사건은 확실히 그의 소행이 아니었다. 하지만 진범은 지금 자신의 아내가 되어 있지 않은가? 장취산은 부부간의 정리가 깊은 사람이었다. 그런 만큼 어떻게 해서든지 아내의 소행을 감싸주고 변호해주어야 했다. 그러나 지금 이런 형편에 무슨 수로 아내를 감싸줄 수 있단 말인가?

원 자 항렬의 세 승려 가운데 원업의 성격이 가장 거칠고 조급했다. 그 성미대로 한다면 장취산을 보는 순간 당장 덤벼들어 요절을 내야만 직성이 풀리겠으나 사백과 사숙 어른이 계신 자리에서 그럴 수도 없어 분을 억누르고 있던 참이었다. 그런데 스승 되는 공지대사가 불러냈으니 더는 거리낄 것이 없어졌다. 그는 기세등등하게 앞으로 뛰쳐나와 큰 소리로 악을 썼다.

"장취산! 네놈은 임안부 서호 호반에서 독침으로 혜풍의 입을 쏘아 죽였지? 그 장면을 내 두 눈으로 똑똑히 보았는데 억울하다고 뻗댈 거냐? 우리 세 사람의 눈이 독침에 맞아 이 꼴이 되었는데도 아니라고 발뺌을 할 작정이냐?"

장취산은 그저 최선을 다해 변명할 도리밖에 없었다.

"우리 무당파 문하 제자들이 배운 암기도 적지 않게 많으나, 모두 강철 표창이나 수리전袖裏箭처럼 크기가 큰 암기들뿐이외다. 우리 동문 일곱 형제가 강호에서 활동한 지 오래인데, 무당 제자가 금침이나 은침 따위 작은 암기를 쓰는 걸 본 사람이 있소? 더구나 바늘에 독을 먹여 쓰다니, 말도 안 되는 소리 작작 하시오!"

무당칠협의 손 씀씀이가 광명정대하다는 것은 무림계 인사들이 두루 아는 사실이었다. 따라서 장취산이 독침으로 인명을 해쳤다고 아무리 원업이 주장해도 그 말을 믿을 사람은 아무도 없었다.

사람들에게 아무런 반응을 얻어내지 못하자 원업은 분노가 치밀어 으르렁댔다.

"일이 이 지경이 되었는데도 교활하게 변명을 늘어놓을 셈이냐? 그날 네놈이 독침으로 혜풍을 쏘아 죽이는 것을 나하고 원음 사형이 똑똑히 보았다. 네놈의 짓이 아니라면 누구 짓이란 말이냐?"

"귀파의 사람이 누구한테 다치거나 죽으면 그 범인이 누구란 걸 무당파가 일러주어야 할 규칙이라도 있단 말이오? 세상에 그런 법이 어디 있소? 소림파는 당나라 초기에 창건해서 수백 년을 이어 내려오는 동안 다치거나 죽은 사람이 1,000명은 못 되더라도 800명은 될 것이오. 설마 그 많은 사람이 살상당한 것을 모두 다 우리 무당파 제자들의 소행이라고 뒤집어씌우려는 것은 아니겠지요?"

교묘한 말주변에 묻는 대로 척척 대꾸하는 솜씨도 능수능란했다. 원업은 미칠 듯이 분노한 상태에서 다그치다 보니 갈수록 말의 앞뒤가 맞아떨어지지 않았다. 애당초 소림파가 따지는 일은 조리 정연한 것이어야 하는데, 상대방의 유창한 언변에 눌려 결국은 억지떼를 쓰는 격이 되고 말았다.

그때 장송계가 끼어들었다.

"원업 사형, 도대체 소림파 스님들께서 몇 분이 누구 손에 다쳤는지 우리로서는 알 수가 없으나, 우리 사형 유대암이 소림파의 금강지력에 다쳤다는 것만큼은 명명백백한 사실이오. 마침 여러분이 오셨으니 이 자리에서 한 가지만 묻겠소. 금강지력으로 우리 셋째 사형을 해친 자가 누구요?"

느닷없는 질문에 원업 스님은 그만 말문이 막혀 우물쭈물했다.

"나는…… 아니오!"

장송계가 코웃음을 쳤다.

"물론 당신이 아니라는 것쯤은 나도 알고 있소. 당신 주제에 금강지력 같은 상승 무공을 익혔을 리 만무하니까."

그러고는 잠시 뜸을 들였다가 말을 이었다.

"만약 우리 셋째 사형이 건강한 몸으로 귀파의 고수들과 싸웠다면 금강지력에 다쳤어도 그의 무공 실력이 모자란 탓이니 설령 목숨을 잃거나 다친들 할 말이 없을 거요. 살벌하게 무공을 겨루는 마당에 털끝 하나 다치지 않겠다고 다짐장을 써두는 것도 아닐 테니까. 그러나 우리 셋째 사형은 그 전에 이미 중상을 입어 꼼짝달싹도 못 하는 상태에서 귀파의 어느 제자분이 금강지력으로 멀쩡한 사지 팔다리뼈를 억지로 부러뜨려가며 도룡도의 행방을 추궁했소이다."

여기까지 말하고 났을 때, 그의 목소리는 한층 높아졌다.

"소림파의 무공은 천하에 으뜸이라 무림의 지존이 된 지 이미 오래인데, 어째서 도룡도를 손에 넣지 않으면 안 된단 말입니까? 우리 유사형은 그저 도룡도를 한 번 보았을 뿐인데 귀파의 제자가 그처럼 독수를 써가며 고문할 까닭이 어디 있습니까? 수단이 너무 악랄하다고 생각하지 않습니까? 유대암이란 이름 석 자는 강호에 다소나마 알려졌고 또 평생토록 의협을 행해온 사람으로 무림계에 베푼 선행도 적지 않았소. 그런데 이제 소림 제자의 손에 평생 불구의 몸이 되어 10년 동안 병상에 누운 채 일어나지 못하고 있으니, 우리는 이 일에 대해 세 분 신승께서는 어떻게 답변하실 것인지 듣고 싶습니다."

유대암이 무참하게 폐인이 되어버린 사건, 그리고 용문표국 일가족 몰살 사건으로 말미암아 그동안 소림파와 무당파는 지난 10년 동안 적지 않게 설전을 벌여왔다. 그러나 장취산이 갑작스레 실종되는 바람에 이 사태는 시종 결론을 내지 못한 채 미제로 남아 있었다. 그런데 이제 공지대사와 원업이 기세등등하게 따지고 들자, 장송계도 파묻어 두었던 지난날의 미제 사건을 공개적으로 들고 나온 것이다.

소림의 방장 스님 공문대사가 변명을 했다.

"그 사건에 대해서는 노납이 벌써 말씀드린 적이 있지 않소? 우리 문파 제자들을 세밀히 조사했으나 유 삼협에게 해를 끼친 사람은 아무도 없었다고 말이오."

장송계는 품속에서 금원보 한 닢을 꺼냈다. 10년 세월이 지난 오늘에도 금화 겉면에는 사람의 다섯 손가락 자국이 선명하게 찍혀 있었다.

"천하의 영웅호걸 여러분! 이것을 보십시오. 우리 유 사형을 해친 범인은 바로 이 금화에 손가락 자국을 남긴 소림 제자입니다. 소림파의 금강지력이 아니고서야 어느 문파 어느 방회의 무공 실력으로 이 딱딱한 금덩어리에 이런 손가락 자국을 낼 수 있겠습니까?"

원음이나 원업이 장취산을 범인으로 지목한 것은 그저 입에 담은 말마디뿐이었다. 이에 비해 장송계는 확고한 물증을 제시했으니 빈 말보다는 훨씬 호소력이 있었다.

공문대사도 그 점을 인정하지 않을 수 없어 한마디 변명을 했다.

"참 좋은 말씀이오! 우리 소림파에서 금강지력을 단련한 사람은 우리 세 형제 이외에 또 세 분의 선배 장로가 계실 뿐이오. 하나 그 선배 장로들께선 세 분 모두 지난 30~40년 동안 소림사 문턱을 한 발짝도 벗어나지 않고 두문불출하고 계시는데, 어떻게 유 삼협을 해칠 수 있었겠소?"

그때 막성곡이 갑작스레 끼어들었다.

"대사님께선 우리 다섯째 형님의 말씀을 믿지 않고 그저 일방적인 변명으로 몰아붙이셨는데, 그렇다면 대사님의 말씀은 일방적인 변명이 아니란 말입니까?"

막성곡의 당돌한 힐문에도, 수양이 깊은 공문대사는 성을 내지 않고 차분히 대답했다.

"막 칠협이 노납의 말을 믿지 않으신다면 그도 어쩔 수 없는 노릇이지요."

"후배가 어찌 대사님의 말씀을 믿지 않을 리 있겠습니까. 그러나 세상만사는 변화막측이라 시비와 진위를 가려낸다는 것이 때에 따라서는 사람들의 의표를 벗어날 수도 있다는 것입니다. 지금 여러분은 소림파 스님 몇 분이 우리 다섯째 사형의 손에 다쳤다고 주장하시고, 또 우리는 셋째 사형이 소림파 고수의 금강지력에 다쳤다고 주장하는데, 그간에는 우리가 알지 못하는 은밀한 내막이 있을 수도 있습니다. 따라서 후배의 소견으로는 이 일만큼은 시간을 두고 충분히 심사숙고해서 처리해야만 소림파와 무당파 간의 화기和氣를 다치지 않으리라 봅니다. 만약 감정에 휩쓸려 경솔하게 엄벙덤벙 일을 처리했다가 훗날 진상이 밝혀지는 날에는 후회해도 소용이 없을 것입니다."

공문대사가 고개를 끄덕끄덕했다.

"막 칠협의 그 말씀이 옳소이다."

그러자 공지대사가 성난 목소리로 호통쳤다.

"설마 우리 공견 사형의 피맺힌 원수, 바다보다 깊은 원한까지 이대로 덮어두잔 말이오? 장 오협, 용문표국 사태는 잠시 따져 묻지 않겠소. 다만 한 가지, 사손이란 놈의 행방은 오늘 이 자리에서 반드시 말해주셔야 하오! 말하고 싶지 않더라도 말해야 하오!"

줄곧 침묵을 지키고 아무 소리도 않던 유연주가 돌연 카랑카랑한 목소리로 입을 열었다.

"만약 도룡도가 사손의 수중에 있지 않더라도, 대사께선 그처럼 급박하게 사손의 행방을 찾으실 겁니까?"

짤막한 두 마디 매서운 힐문이 공지대사에게 날아갔다. 그것은 도룡도를 차지하고 싶어 하는 공지대사의 탐욕을 곧바로 지적하는 질문이었다.

그 한마디에 불끈 성이 난 공지대사가 손바닥으로 탁자를 내리쳤다.

"우지끈!"

탁자에 달린 네 다리가 한꺼번에 바스러지고 손바닥에 닿았던 탁자 표면의 나무 부스러기가 사방으로 튀어 날았다. 실로 놀라운 장력이었다. 뒤이어 대청이 떠나갈 듯한 노기에 찬 목소리가 쩌렁쩌렁 울렸다.

"장 진인의 무공이 소림에서 나왔다는 사실은 오래전부터 들어 알고 있소. 무림계에 장 진인의 무공은 청출어람이라 우리 모두 흠모해 온 지 오래요만, 과연 그 소문이 사실인지 거짓인지는 확인할 수 없었소. 그래서 외람되나마 오늘 천하의 영웅호걸 앞에서 장 진인의 가르침을 받고자 하오!"

그 말이 떨어지자 대청 안의 분위기는 일순 술렁대기 시작했다. 장삼봉으로 말하자면 그 명성을 드리운 지가 무려 70년, 그와 맞서 싸웠던 사람들은 모두 죽어버려 이 세상에 단 한 사람도 남아 있지 않았다. 그의 무공 실력이 어느 수준에 도달했는지 강호 무림계에 온갖 신비스러운 전설로만 떠돌 뿐 적전嫡傳 제자 일곱 명을 제외하고는 어느 누구도 직접 본 적이 없었다. 하지만 송원교를 비롯한 무당칠협의 위명이 천하에 떨치고 있는 마당에, 제자들이 그 정도라면 스승 되는 이의 기량은 더 말할 나위도 없으리라. 이래서 소림과 무당 양파 사람들을 제외하고 대청 안에 앉아 있던 사람들은 공지대사가 장삼봉에게 공개적으로 도전하는 것을 보자, 너나없이 흥분에 들떴다. 오늘 당세에 으뜸가는 고수가 과시하는 무공을 두 눈으로 직접 목격하게 되다니, 헛걸음을 한 것은 아니라는 생각이 들었던 것이다.

과연 이 도전을 받아들일 것이냐 회피할 것이냐, 뭇사람들의 기대에 찬 눈빛이 장삼봉에게 쏠렸다. 그러나 당사자는 희미하게 미소만 지을 뿐 가타부타 반응이 없었다.

공지대사가 또 엄청난 조건을 제시해왔다.

"장 진인께선 무공이 세상을 압도해 천하무적이라 일컬으시는 분이니, 우리 소림승 세 사람의 실력으로는 이분의 적수가 되지 못합니다. 그러나 사세가 이 지경에 이른 마당에 양파의 분쟁은 무공의 강약으로 판가름 내지 않고서는 풀릴 가망이 없겠습니다. 따라서 우리는 주제넘은 줄 알지만 세 형제가 힘을 합쳐 장 진인에게 한 수 가르침을 받고자 합니다. 장 진인은 우리보다 항렬이 두 배나 높으신 분이니 1 대 1로 겨룬다면 너무 불경스러운 짓이 아니겠습니까?"

이 말을 듣고 사람들은 속으로 혀를 내둘렀다. 명분이야 그럴싸하지만 결국 3 대 1로 싸우겠단 얘기였다. 장삼봉의 무공이 비록 높다고는 하지만 100세 나이의 고령으로 정력이 쇠퇴한 마당에 소림파 삼대 신승의 연합 공격을 무슨 수로 막아낼 수 있겠는가?

이때 유연주도 얼른 한마디 하고 나섰다.

"오늘은 저희 사부님의 100세 생신날인데, 어찌 손님들과 싸움을 하실 수 있겠습니까? 더구나……."

이 한마디에 잔뜩 기대가 부풀었던 사람들은 속으로 실망을 금치 못했다. 그러면 그렇지, 무당파가 감히 도전을 받아들이지 못하는구나 싶었던 것이다.

한데 그의 입에서 다시 놀라운 제안이 나왔다.

"더구나 공지대사의 말씀대로 저희 사부님은 세 분 신승과 연배가 맞지 않으시니 만약 진짜 싸움을 벌이게 된다면 윗사람이 아랫사람들을 능멸했다는 오해가 생기지 않겠습니까. 그러나 소림의 고수들께서 기왕 도전하고 나오셨으니 저희가 안 받아들일 수도 없고……. 정 그러시다면 우리 무당 일곱 제자가 소림파 열두 고승의 가르침을 받아 보고자 합니다."

이 말에 대청 안이 다시 한번 술렁대면서 손님들 사이에 의견이 분분하게 일었다. 공문, 공지, 공성대사가 저마다 제자를 세 명씩 데리고 왔으니, 소림파 측 인원은 모두 합쳐 열두 명이었다. 무당파 측은 유대암이 전신 불구의 폐인이 되었으므로 무당칠협은 실질적으로 6명밖에 남지 않았다는 것은 사람들이 모두 아는 사실이었다. 이들 여섯이서 열둘을 상대하겠다면 결국 1 대 2로 싸우는 셈이 아닌가? 또 한 가지, 유연주의 이러한 도전은 한마디로 스승인 장삼봉이 소림 신승들보다 연배가 높은 만큼 무당 제자들의 위상 역시 소림파와 대등한 자리에 올려놓겠다는 의미도 포함되어 있었다.

유연주의 도전 조건은 누가 보아도 위험한 수였다. 하지만 그가 상황을 이렇게까지 몰고 나가는 것은 사실 부득이한 일이었다. 그는 소림파 삼대 신승의 공력이 높다는 사실, 나이도 자기네 사형보다 많은 만큼 수련 기간이 오래되었다는 사실을 깊이 알고 있었다. 만약 1 대 1로 단독 대결을 벌일 경우, 대사형 송원교는 그들 셋 가운데 한 사람과 비길 수는 있을 것이다. 유연주 자신은 상처가 완전히 회복되지 못한 만큼 신승 한 사람의 공격을 감당할 수 있을지 의문이다. 그건 그렇다 치고 또 나머지 신승 한 분은 누가 맡을 것인가? 장송계, 은리정은 말할 나위도 없으려니와 막성곡은 아예 신승의 상대가 되지 못할 것이 분명하다. 이래서 짜낸 고육책이 여섯이서 열둘을 상대한다는 것이었다. 얼핏 생각하면 무모하기 짝이 없는 위험한 수였으나 그 나름대로 속셈은 있었다. 그는 소림파 일행 열둘 가운데 신승 세 분을 제쳐놓고 그 나머지 아홉 제자는 겁낼 상대가 아니라고 보았다. 자기네 여섯 형제의 실력이라면, 또 호조절호수의 절기를 구사한다면 그 아홉쯤은 쉽사리 제압할 자신이 있었다. 결국 무당파는 소수로 다수를 상대해 싸우는 것처럼 보이지만, 실상은 무당육협 여섯 형제가 합심 협력해서 소림 신승 세 사람을 상대하는 셈이 되는 것이다.

하나 공지대사가 이런 속셈을 알아채지 못할 리 없었다. 그는 코웃음으로 그 제안을 무시하고 구체적인 대전 방식을 내놓았다.

"장 진인께서 한 수 가르침을 내리지 않으시겠다면 어쩔 수 없지요. 그럼 우리 셋이서 무당육협 가운데 세 분과 1 대 1로 한 차례씩 겨뤄 보면 어떨까요. 세 판 대결에서 승부가 가려지는 대로 두 번 이긴 쪽이 승리한 것으로 합시다."

장송계가 얼른 이의를 제기했다.

"공지대사께서 정 단독 대결을 고집하신다면 그야 안 될 것도 없겠습니다만, 우리 형제 일곱 가운데 소림 제자의 독수에 걸려 병상에서 일어나지 못하는 셋째 사형 유대암을 제외하고 나머지 여섯 형제는 어느 누구도 뒷전으로 물러서려고 하지 않을 것입니다. 따라서 저희 무당 제자 여섯이서 소림의 여섯 고승을 한 분씩 나누어 상대하면 어떻겠습니까. 여섯 판에서 네 판을 이긴 쪽이 승자가 되는 겁니다."

뒤미처 막성곡이 큰 소리로 맞장구를 쳤다.

"그렇게 합시다! 만약 우리 무당파가 지면 다섯째 사형 장취산이 금모사왕 사손과 도룡도의 행방을 소림사 방장 스님께 알려드리고, 소림파가 지면 세 분 고승들께선 축수를 핑계 삼아 평지풍파를 일으키러

온 친구들을 데리고 당장 하산해주십시오!"

장송계가 제의한 6인 대진 방식은 무당파를 불패의 자리에 놓고 싸운다고 할 수 있는 것이었다. 왜냐? 대사형 송원교와 둘째 사형 유연주의 무공으로 본다면 소림파 삼대 신승과 맞먹을 정도요, 한 판을 지더라도 그 나머지 소림 제자들은 무당 제자들에게 연속 세 판을 내리질 것이 분명하기 때문이었다.

아니나 다를까, 공지대사가 절레절레 고개를 내저었다.

"안 되지, 안 돼. 그건 타당치 않소!"

그러나 뭐가 안 되고 타당치 못한 것인지 명확히 밝혀 말하지는 못했다.

장송계가 그 말꼬리를 잡아 흔들었다.

"신승 세 분께서 저희 사부님에게 도전하신 것은 3 대 1로 싸우시겠다는 말씀이었습니다. 그래서 저희는 여섯이 소림파 열두 분의 고승과 겨루겠노라고 말씀드렸습니다. 3 대 1이나 6 대 10이나 마찬가지니까요. 공지대사께선 또 1 대 1 단독 대결로 겨루자고 하셨습니다. 그래서 저희는 단독 대결도 좋다고 수락했는데, 대사님은 또 안 된다, 타당치 못하다고 하시는군요. 정 그러시다면 이렇게 하는 것이 어떻겠습니까. 후배인 저 혼자서 소림의 신승 세 분과 1 대 3으로 싸우기로 하지요. 그렇게 하면 타당하시겠습니까? 세 분이서 이 후배 한 사람을 단번에 때려죽이면 소림파가 이기는 셈이니 얼마나 통쾌한 노릇입니까?"

이 말에 공지대사가 덕행 높은 고승답지 않게 벌컥 성을 냈다.

"터무니없는 소리!"

이어서 공문대사도 고개를 내저었다.

"나무아미타불!"

무당산에 오른 이래 말 한마디 없던 공성대사가 불쑥 입을 열었다.

"두 분 사형들, 망설일 것 뭐 있소? 장 사협이 단독으로 우리 셋과 싸우겠다고 하니 한꺼번에 덤빕시다."

공성대사는 사대 신승의 반열에 들 만큼 무공이 높았으나, 어려서부터 출가해 승려가 된 몸이라 세속의 일에는 한마디로 먹통이었다. 그래서 장송계가 비꼬는 말투를 알아듣지 못하고 고지식하게 믿었던 것이다.

공문대사가 답답한 듯 한마디 핀잔을 주었다.

"자네, 쓸데없는 소리 삼가게!"

그러고는 송원교를 향해 돌아섰다.

"그럼 이렇게 합시다. 우리 소림승 여섯이 무당육협과 겨루되 단판으로 승부를 내는 것이 어떻겠소?"

송원교가 낭랑한 목소리로 그 제안을 흔쾌히 받아들였다.

"좋습니다. 6 대 6으로, 단판에 승부를 내기로 하지요!"

그는 유연주를 돌아보고 나지막하게 속삭였다.

"여보게, 진무칠절이라면 더할 나위 없이 좋겠지만 사세가 이러니 어쩌겠나. 진무육절도 천하무적이라는 걸 보여주세!"

유연주와 장송계는 이내 송원교의 말뜻을 알아듣고 단호하게 고개를 끄덕였다.

"좋습니다, 형님!"

무당파에는 오래전부터 장삼봉이 창안해낸 절세의 무공이 하나 있었다. 바로 진무칠절진眞武七截陣이란 전법이 그것이다.

무당파는 본래 도교의 대신령인 진무대제眞武大帝•를 신봉했다. 어느 날 장삼봉은 진무대제 신상 앞 좌우에 모셔놓은 귀장龜將과 사장蛇將••의 두 신상을 바라보다가 문득 한 가지 영감이 떠올랐다. 장강과 한수 두 강물이 합류하는 지점에 자리 잡은 사산蛇山, 귀산龜山의 형세가 연상되었던 것이다.

진무대제 좌우에서 호위를 맡은 이들 두 영물의 특성은 동動과 정靜이다. 하나는 빠르고 민첩하게 움직이는 동물인 데 반해, 하나는 장엄하면서도 무게가 있는 동물이다. 이 두 영물의 특성을 조화롭게 결합시키면 어떤 무공이 나올까? 이런 기발한 착상에 사로잡힌 장삼봉은 그날 밤중으로 한양부漢陽府까지 달려가 귀산과 사산의 지형을 바라보며 무공 연구에 착수했다. 그리고 기다란 뱀이 기어가듯 완만하면서도 끝없이 이어지는 사산의 형세와 거북처럼 장중하게 도사려 앉은 귀산의 형세에서 절묘하기 이를 데 없는 공수攻守 양면의 무공을 한 가지 창안해내는 데 성공했다.

그러나 어려움이 하나 있었다. 귀산과 사산의 드높은 기상과 면면

• 도교에서 북방을 다스리는 대신령 진무제군眞武帝君 또는 현천상제玄天上帝, 민간에서는 속칭 탕마천존蕩魔天尊이라고 일컫기도 한다. 《신선통람神仙通覽》에 따르면, 이 신령은 상고시대 정락국淨樂國의 태자로 출가한 뒤 무당산에 은거해 40년간 기를 수련한 끝에 큰 도를 깨치고, 공덕이 원만하게 이루어지자 대낮에 비승飛昇하여 신선이 되었다고 한다. 이 신령은 주周나라 무왕武王이 상商나라 폭군 주紂를 토벌할 때 현신해 폭군을 돕던 마왕들을 소탕한 공으로 '옥허사상 현천상제玉虛師相玄天上帝'로 책봉되었다고 한다.

•• 진무대제를 호위하는 두 신장神將. 거북과 뱀의 몸통이 합쳐져 현무玄武라고 일컫기도 한다.

히 뻗어가는 산세에 바탕을 두고 발전시킨 이 무공은 삼라만상의 오묘한 변화를 모두 포용하고 있기에, 한 사람의 능력으로는 도저히 그 효과를 동시에 완벽하게 발휘할 수 없었다. 장삼봉은 장강의 물가에 우두커니 선 채 사흘 밤낮을 먹고 마시지도 않은 채 온 정신을 집중해 골똘히 연구를 거듭했지만 그 난제는 좀처럼 풀리지 않았다.

나흘째 되던 날 이른 아침, 동녘 하늘에 아침 해가 불쑥 떠오르면서 너르디너른 강물 위에 금빛 찬란한 햇빛을 수놓았다. 햇빛에 반사된 물결은 수천만 마리의 금빛 뱀을 한꺼번에 풀어놓은 듯 어디를 돌아보나 눈부시게 번쩍거렸다. 수면에 비친 이 변화무쌍한 광경을 바라보는 순간, 불현듯 깨달음을 얻은 장삼봉은 껄껄대며 한바탕 크게 웃고 나서 무당산으로 돌아왔다. 그러고는 일곱 제자를 불러들여 한 사람에게 한 가지씩 무공을 가르쳤다.

그 일곱 벌의 무공을 따로따로 떼어서 펼쳐도 각각 정밀하고 오묘한 효력을 발휘하지만, 두 사람이 힘을 합칠 때에는 공격과 수비 양면에서 서로 보완 작용을 해 위력이 더욱 크게 늘어났다. 셋이서 각자 독특한 초식을 구사할 경우에는 그 위력이 두 사람 때보다 배가되고 넷일 때는 고수 여덟 사람을 상대할 수 있으며, 다섯이 힘을 합치면 열여섯 사람을, 여섯일 때는 서른두 사람, 일곱이 한꺼번에 펼쳐낼 때에는 당세의 일류 고수 예순네 사람을 상대할 수가 있었다. 생각해보라. 당세 무림계에 일류 고수라 해보았자 겨우 20~30명에 지나지 않을 터인데 그들 전부가 한날한시에 어떻게 한자리에 모일 기회가 있겠으며, 또 그렇게 모일 수 있다 하더라도 고수들 중에는 정파와 사파, 선과 악이 뒤섞여 있을 텐데 어떻게 동지로서 합심 협력해 싸움에 임할 수 있을 것인가?

장삼봉은 이 무공에 진무칠절진이란 이름을 붙였다. 진무대제 휘하의 '귀사이장龜蛇二將'에게서 암시를 얻어 창안해냈기 때문에 붙은 이름이었다. 당시 그는 좀처럼 풀리지 않는 난제에 적지 않게 골머리를 썩였다. 이를테면 동쪽을 고려할 경우 서쪽에 빈틈이 생기고 서쪽에 치중하다 보면 동쪽에 결함이 생겼다. 그뿐 아니라 남북 양편으로 적이 틈탈 기회가 주어졌다. 생각다 못한 그는 일곱 제자더러 일제히 진무칠절진을 펼쳐 보이도록 했다. 그러고 나서야 골치 아픈 난제를 해결할 수 있었다. 유감스럽게도 이 무공은 혼자서 구사하는 것이 아니라 일곱 명이 펼쳐야만 그 위력을 완벽하게 발휘할 수 있었던 것이다. 그는 속으로 웃었다. 진무칠절진을 단 한 사람이 펼쳐서 일류 고수 64명과 맞먹을 위력을 발휘하게 하다니, 그건 너무 황당하고 지나친 욕심이 아닌가 싶었던 것이다.

무당칠협이 강호에 이름을 올린 이래, 그들 일곱 형제는 가는 곳마다 승승장구를 거듭했다. 제아무리 무서운 강적이라 해도 그들 형제 두셋이 손을 맞잡았다 하는 날이면 거뜬히 적을 제압하고 승리를 거두었기 때문에 이들 일곱이 한꺼번에 움직이는 진무칠절진을 한 번도 써본 적이 없었다. 그런데 이제 대적大敵을 눈앞에 두고 보니, 일곱 형제의 맏이인 송원교는 여태껏 한 번도 써본 적이 없는 비장의 절기를 끄집어내지 않을 수 없다고 생각했다. 셋째 아우 유대암이 부상당한 몸으로 병석에 누워 있으므로 완벽한 칠절진을 이룰 수는 없다 해도 여섯 형제가 이 진법을 구사하면 소림 신승의 공력이 아무리 강하고, 또 함께 온 제자들 중에 진정한 실력을 감춘 고수가 있다 해도 여섯의 진무육절진을 결코 당해내지는 못할 것이라 생각했다. 그렇다면 이 싸움에서 필승을 장담할 수 있는 것이다.

유대암은 중상을 입은 이후부터 수족이 마비되어 쓰지 못했다. 그래서 음식을 먹거나 목욕하는 일 따위를 일절 청풍과 명월 두 동자의 시중을 받아서 해결했다. 은소소 역시 병상에 누운 이래 식사와 차 시중을 청풍과 명월이 거들었다. 그런데 이날만큼은 도관에 수많은 손님이 찾아들고 일손이 부족한 터라 이들 두 동자까지 불려나와 손님들 차 심부름과 음식 나르기를 맡아야 했다. 그런데 그들에게 태사백 어른이 되는 송원교와 소림파 승려들 간에 협상이 결렬되고 이제 곧 무력으로 겨루는 분위기가 고조되자, 청풍과 명월은 긴장 속에서도 흥분을 감추지 못했다.

두 동자는 자기들만 구경하는 것이 아쉬웠는지 은소소까지 끌어낼 생각을 했다.

"우리 얼른 가서 다섯째 사숙모님께 말씀드리자."

"아니지! 말씀만 드릴 게 아니라 아예 모시고 나와 구경시켜드려야겠어."

여느 때 은소소는 이들 두 동자에게 언제나 상냥한 낯빛으로 대해주었다. 그리고 심부름을 시키더라도 늘 부드럽고 겸손한 말씨로 분부했다. 그래서 동자들도 이 다섯째 숙모를 허물없이 따르고 좋아했다. 그들은 은소소가 이 희한한 무림의 대결 장면을 보지 못할까 봐 냉큼 뒷방으로 달려가 일러주었다.

은소소도 앞서 대청 안에 여러 문파 손님들이 적지 않게 몰려왔다는 소식을 전해 들었다. 그리고 저들이 시아주버니 사손의 행방과

10년 전 용문표국 사건으로 왔으리라는 것을 예측하고, 옷매무새를 단단히 갖추고 장검을 허리에 찬 채 기다리고 있던 터였다. 그녀는 두 동자가 와서 얘기하는 소리를 듣기가 무섭게 곧바로 그들을 뒤따라 대청 뒤편으로 나갔다.

"우리 바깥으로 나가지 말고 여기 숨어서 보자꾸나."

두 동자 녀석에게 속삭여 말하면서, 그녀의 눈길은 무엇보다 먼저 남편 장취산에게 가서 멎었다. 남편의 기색은 암울했다. 두 눈망울에도 형언하기 어려운 서글픔과 고통스러운 빛이 서려 있었다.

이때 소림의 신승 가운데 막내 공성대사가 대청 바깥 빈터로 뛰쳐 나가면서 크게 외치는 소리가 들려왔다.

"자, 소림의 여섯 승려가 무당육협과 대결하는 거요! 딱 한 판으로 승부를 냅시다! 이기든 지든 승부가 날 때까지만 겨루고 목숨은 걸지 않기로 합시다!"

소림의 절기 용조수龍爪手의 자세를 취한 두 손 열 손가락이 맹수의 발톱처럼 웅크려지면서 허공을 내리긋는 순간, "확! 확!" 하는 바람 소리가 울렸다.

뒤미처 소림승 가운데 또 한 사람이 휘적휘적 걸어 나왔다. 오른쪽 눈이 멀어버린 애꾸, 성질 급하고 사나운 원업 스님이었다. 그는 얼굴 가득 노기를 띤 채 삿대질을 해가며 으르렁거렸다.

"장취산! 네놈더러 '장 오협'이라니 세상 천하 사람들이 웃다가 입이 비뚤어지겠다. 네놈도 그날 밤 일을 기억하겠지? 임안부 용문표국 안에서 도대금의 남녀노소 일가족 일흔한 사람을 차례차례 죽여버린 놈이 네가 아니라고 뻗댈 것이냐? 그날 밤 너는 서생처럼 청색 적삼에 의건을 쓰고 쥘부채를 든 채 점잖은 도덕군자 행세를 했다만, 실상은 부끄러움이 뭔지도 모르는 후안무치厚顔無恥한 살인범이 아니었더냐? 자, 어서 하늘에다 대고 맹세해라! 네가 범인이 아니라고 맹세해보란 말이다!"

원업 스님은 방금 장취산과 장송계가 잇따라 던진 수작에 말문이 막혀 속이 부글부글 끓던 판에 장문 방장과 스승이 곧 싸울 태세를 보이자 노기를 가라앉히지 못하고 또다시 욕설을 퍼부은 것이다.

장취산의 얼굴은 고통으로 일그러진 채 경련을 일으키고 있었다. 은소소는 남편의 이런 모습을 훔쳐보면서 안타까움과 자책감에 온몸을 부들부들 떨었다.

원업 스님이 거친 목소리로 다시 한번 도발했다.

"장취산! 네놈은 장 진인의 제자라지? 장 진인이 길러낸 제자가 그렇게 무고한 사람들을 함부로 죽이고 자기가 저지른 악행을 부인한단 말이냐? 너희 무당파는 의로운 협사인 척하면서 수십 년 동안이나 강호 사람들을 속여왔다. 그러고도 부끄러움이란 게 손톱만치도 없단 말이냐!"

스승과 동문 형제들까지 모욕을 당하자, 장취산의 꽉 움켜쥔 두 주먹이 부르르 떨렸다. 그는 자리를 박차고 벌떡 일어서려다가 현기증이라도 일으킨 듯 비틀거리면서 도로 제자리에 털썩 주저앉았다. 그 광경을 바라보는 은소소의 가슴은 칼로 저며내는 듯이 아파왔다.

그때 대청 바깥 빈터에서 늙은 승려 공성이 외치는 소리가 들려왔다.

"소림승 여섯과 무당육협, 6 대 6으로 싸우자고 해놓고 왜들 안 나오는 거야? 도대체 싸울 거야 말 거야?"

송원교와 유연주, 장송계의 눈길이 일제히 장취산에게 쏠렸다. 그들은 이 다섯째 아우의 심정을 너무나 잘 알고 있었다. 살인범은 그의 아내 은소소였다. 그 사실을 부인할 수도 없거니와 무당파의 명성을 욕되게 할 수도 없어 속으로 괴로워하고 있는 것이었다. 유연주는 이들 부부와 수륙으로 먼 길을 함께 여행하는 동안 모든 사실을 다 들어 알고 있었다. 장취산이 자신의 심사를 하나도 숨기지 않고 낱낱이 털어놓았던 것이다. 진실된 내막을 아는 만큼 다섯째 아우의 고통스러운 표정을 보면서 걱정이 이만저만 큰 게 아니었다. 그는 속으로 생각했다.

'다섯째 아우는 저렇듯 격분한 심정으론 오래 버텨 서 있지 못할 것이다. 게다가 나는 몽골군의 장력에 부상을 당한 이래로 숨 고르기가 힘들어져 공력이 크게 꺾인 상태다. 우리 형제 여섯 가운데 온전한 사람은 넷뿐이다. 이 넷이서 진무칠절진을 펼칠 경우, 사면팔방으로 노출되는 결함을 메울 방법이 없을 것이다. 무엇보다 두려운 것은 이들 넷이서 다섯째와 나까지 돌보느라 분심分心이 들 터인데, 그때는 어떻게 해야 좋단 말인가?'

이런 생각에 잠겨 있으려니 유연주의 이마에 식은땀이 돋아났다.

대청 뒷벽에서 은소소는 이 광경을 하나도 빼놓지 않고 바라보고 있었다. 남편은 심신이 불안정한 상태로 휘청거리고, 무공이 탁월한 둘째 시아주버니는 안색이 하얗게 질린 채 식은땀을 흘리고 있었다. 무당파가 자기 한 사람으로 말미암아 일찍이 겪어보지 못한 최대의 위난危難에 봉착한 것을 보자, 그녀는 가슴속에 피가 들끓어올라 견딜 수가 없었다. 그녀는 더 생각해볼 것도 없이 대청 안으로 달려 나가 장삼봉 앞에 한쪽 무릎을 꿇고 다소곳이 머리를 조아렸다.

"사부님!"

그러고는 일어나 돌아서서 공문대사, 공지대사를 정면으로 바라보았다. 그중에는 장취산에게 삿대질을 해가며 무섭게 꾸짖던 원업 스님도 포함되어 있었다.

"여러분은 제 남편 장취산을 문책하려고 이 무당산에 오르셨습니까?"

낭랑하게 외쳐 묻는 목소리가 다 끝나기도 전에 성격이 깐깐한 공지대사가 끼어들었다.

"여시주가 장 오협의 부인이오? 노승이 소문에 듣기로는 천응교주 은백미殷白眉의 따님이시라던데?"

"그렇습니다! 제 아버님은 천응교 교주 백미응왕 은천정이요, 저는 자미당 당주로 우리 천응교 안에서 서열이 세 번째입니다. 지금 여러분은 장 오협을 억울하게 몰아붙이고 계신데, 그것은 전부 터무니없는 소리입니다. 명문 정파로 자처하는 분들께서 하나같이 눈뜬장님들이신가, 뭇 영웅호걸 앞에서 허튼소리나 늘어놓고 계시다니 정말 가소롭군요! 가소로워!"

"뭐가 가소롭다는 거요?"

냉랭하게 묻는 공지대사의 말에 그녀도 날카롭게 쏘아붙여 대꾸했다.

"임안부 용문표국 살인 사건은 절대로 무당파 장 오협이 저지른 일이 아닙니다! 그런데도 여러분은 제멋대로 짜 맞추기를 해서 억울한 사람을 범인이라고 몰아붙이니 우스운 노릇이 아니고 뭐란 말입니까?"

공지대사가 절레절레 고개를 흔들었다.

"쓸데없는 소리! 장 부인은 사악한 기질이 천성이 되어서 시비 흑백을 뒤집는 데 이골이 났구려. 그것참, 사람 난처하게 만드는군."

"얼토당토않게 장 오협을 지목해서 따져 물으니 그거야말로 시비 흑백을 뒤집는 게 아니고 뭐예요? 도대체 무림계에 공정한 도리가 있는 겁니까, 없는 겁니까? 명문 정파라는 게 뭡니까? 시비 흑백을 뒤죽박죽 흐려놓아야 명문 정파란 말인가요?"

한편, 대청 바깥에서 신바람 나게 용조수를 과시하던 공성대사는 무당육협이 끝내 응전하러 나서는 기미가 보이지 않자 제풀에 흥이 꺾여 대청으로 다시 들어오다가 그 소리를 듣고 고함쳐 물었다.

"아니, 누가 시비 흑백을 뒤죽박죽 흐려놓았다는 거야?"

은소소도 마주 고함을 질러 대꾸했다.

"용문표국 일가족 일흔몇 사람의 목숨은 장 오협이 해친 것이 아닙니다! 그런데도 당신네들은 엉뚱한 사람을 지목해서 범인이라고 몰아붙이니, 그게 시비 흑백을 뒤죽박죽 흐려놓는 게 아니고 뭐란 말입니까?"

"그럼 누가 죽였단 말인가?"

공성대사가 호통쳐 묻는 말에 은소소는 가슴을 썩 내밀고 응수했다.

"내가 죽였어요! 그 당시 나는 장 오협에게 시집을 가지 않았고 저 사람을 알지도 못했어요! 그 일은 분명히 천응교 사람이 한 짓이었는데, 당신네들이 무당파의 소행이라고 자꾸 지목하다니 이게 억울한 짓이 아니고 뭡니까? 복수를 하려거든 우리 천응교를 찾아오세요. 천응교의 총타는 강남 지방 해염현海鹽縣 남북호南北湖 근처 응과정鷹窠頂에 있습니다!"

무당산에 죄를 물으러 허위단심 올라온 여러 문파 방회 사람들은 은소소가 용문표국 일가족을 몰살한 범인이라고 자백하는 말을 듣자 모두들 그만 흥미가 식어버리고 말았다. 모처럼 무력을 동원해서 한판 싸워보려는데 그 명분이 없어진 것이다. 그들의 진정한 목적은 두말할 것도 없이 사손의 행방에 있었다. 그런데 핑곗거리가 엉뚱하게 변질되었으니 하나같이 허탈해질 수밖에 없었던 것이다.

마침내 공문 방장이 결단을 내렸다.

"좋소. 원한에는 상대가 있고 빚에는 빚쟁이가 있는 법, 모든 일은 당사자를 찾아서 해결해야 옳겠지요. 그대는 여자의 몸이라 문책하기 어려우니, 우리 모두 천응교주 은천정을 찾아가서 따져 묻기로 합시다."

그러고는 장삼봉을 향해 돌아서서 두 손 모아 합장했다.

"장 진인, 장 오협의 부인은 이미 귀 문파에 들어갔으니, 오늘 이후 두 번 다시 무고한 인명을 함부로 살상할 때에는 귀 문파도 그 책임을 져야 할 것입니다. 아무튼 강호 무림계에서는 사리事理를 따져야지, 제 강한 힘만 믿고 남을 꺾으려 해서는 안 되는 법이지요."

장삼봉이 천연덕스레 그 말을 받았다.

"당연하신 말씀입니다. 무림계에서 제멋대로 옳고 그름을 뒤집고 흑백을 뒤죽박죽 흐려놓아서야 되겠습니까."

은소소가 앞서 얘기한 "시비 흑백을 뒤죽박죽 흐려놓는 게"라는 말을 그대로 써서 답례한 것이다.

공문대사는 듣기 거북스러운지 헛기침을 하면서 다시 은소소에게 따져 물었다.

"장 부인에게 한마디 묻겠소. 그대는 무슨 까닭으로 독수를 써서 용문표국 남녀노소 일가족을 함부로 몰살하셨는가?"

은소소가 거리낌 없이 떳떳하게 대꾸했다.

"용문표국은 무당파 유 삼협을 무사히 호송하지 못했습니다! 그래서 우리 천응교가 약속한 대로 그 목숨을 해쳤습니다. 제가 비록 사내대장부는 아니라 해도 자신이 한 일에 대해서 책임지는 것이 도리인 줄은 압니다. 내 이 길로 유 삼협을 만나 뵙고 직접 그 일을 낱낱이 밝히겠습니다. 그리고 책임질 일은 분명히 책임지겠습니다!"

말을 마친 그녀는 남편 장취산을 향해 돌아섰다.

"여보, 당신 아내가 젊었을 때 제멋대로 행동한 탓으로 당신까지 연루되었군요. 정말 죄송해요. 이 길로 셋째 시아주버니를 뵙고 진상을 다 털어놓겠어요. 그리고 그분이 절 어떻게 벌하시든 간에 그대로 따르겠어요."

말을 마치자 그녀는 발길을 돌려 안채로 들어갔다. 장취산이 벌떡 일어나 그 뒤를 따랐다. 장취산이 휘청거리자 은리정이 얼른 손을 내밀어 부축했다. 유연주와 장송계, 막성곡이 그 뒤를 따라나섰다.

맏이인 송원교만 그 자리에 앉아 있었다.

"나는 여기서 사부님을 모시고 있겠네."

은소소는 청풍과 명월 두 동자의 길 안내를 받아가며 유대암의 병실로 들어갔다. 침상 곁에 다가서고 보니, 유대암은 천장을 우러러 누운 채 얇은 이불 한 겹만 덮고 있었다.

그녀의 목소리가 떨려나왔다.

"셋째 시아주버니, 저는 당신의 다섯째 아우 장취산의 아내입니다. 아주버니께 아주 큰 잘못을 저질러 뵈올 낯이 없습니다만, 이 일을 평생 감추고 살 수가 없어서…… 저는 시아주버니께 제 팔뚝을 하나 끊어달라고 부탁드리러 온 거예요. 그 정도만으로 속죄는 되지 않겠지만, 적어도 오늘 이후 당신을 떳떳하게 '시아주버니!'라고 한 번만이라도 부를 수 있게 해주세요. 그래야 두려움 없이 장취산의 아내가 될 수 있을 것 같습니다."

그러고는 장검을 뽑아 칼자루를 돌려 잡고 유대암에게 내밀었다.

곁에서 장취산이 곤혹스럽기 짝이 없는 눈빛으로 아내를 바라보았다. 그녀의 얼굴에는 온통 죄책감, 걱정스러운 기색으로 가득 차 있었다.

유대암은 그녀가 내민 칼자루를 받아 들지 않았다. 그저 넋 빠진 표정으로 눈앞의 여인을 바라보고 있을 따름이었다. 눈빛 속에는 고통인지, 원한인지 뭐라고 형언하기 어려운 기이한 광망光芒이 깃들어 있었다. 어쩌면 그는 지금 한평생 가장 한스러운 일을 떠올리고 있는지도 모른다.

유연주와 은리정이 그를 바라보다가 다시 은소소 쪽을 바라보았다. 그들의 마음속에는 하나같이 불길한 예감으로 가득 차 있었다.

한동안 방 안에 숨 막히도록 답답한 정적이 흘렀다. 무겁고도 침통한 분위기, 그 자리에 있는 모든 사람의 심장이 뛰는 소리마저 들릴 정도로 고요하기만 했다.

유대암의 숨결이 점차 가빠지더니 종잇장처럼 창백한 병자의 두 볼에 홍조가 돌기 시작했다. 이윽고 실낱같이 가느다란 목소리가 흘러나왔다.

"다섯째 제수씨, 나한테 이 몇 마디만 들려주시오. '첫째, 당신 총표두님께서 직접 화물 호송대를 지휘하실 것. 둘째, 이곳 임안부에서 호북성 양양부까지 밤낮을 쉬지 않고 달려 열흘 이내에 목적지에 도착하실 것. 셋째, 만약 호송 도중 기한이나 화물에 반 푼이라도 차질이 생길 경우 총표두님 자신의 생명을 부지할 수 없는 것은 물론, 당신네 용문표국 일가족은 말할 것도 없고 하다못해 개나 닭 한 마리까지도 살려두지 않을 겁니다.' 어떻소, 이 말을 직접 해주실 수 있겠소?"

힘겨워하며 내뱉는 병자의 말을 들으면서, 사람들의 등줄기에는 식은땀이 주르르 흘러내렸다.

은소소가 이내 응답했다.

"셋째 시숙님, 과연 대단하시군요. 10년 세월이 지났는데도 아직껏 제 목소리를 기억하고 계시다니……. 그래요, 그날 용문표국에서 도대금에게 당신을 무당산까지 호송해달라고 위탁한 장본인이 바로 저였습니다."

"제수씨의 그 호의, 정말 고맙소."

"용문표국의 불찰로 셋째 시아주버니께서 이 지경이 되셨기에, 저는 용문표국 일가족 남녀노소를 모조리 죽여버렸습니다."

다음 순간, 유대암의 목소리가 싸늘하게 바뀌었다.

"난 애당초 그대의 호의에 감격했었소. 그리고 그대가 베풀어준 그 큰 은덕에 보답하려 했소. 그대가 이 산에 올라온 후, 나는 다섯째 아우의 입을 통해 그대가 천응교 사람이라는 사실을 알고 한 번 만나 몇 가지 물어보려 했소. 한데 그대는 줄곧 차일피일 미루면서 만나주지 않았소."

은소소의 얼굴에 암울한 빛이 드리워졌다. 그녀는 탄식을 한 모금 토해내면서 이렇게 말했다.

"셋째 시숙님, 오늘 저는 당신께 죄를 고백하려고 왔습니다. 저는 그 일을 하면서 아주 큰 실수를 했습니다. 하지만 그 전에 분명히 말씀드릴 것이 있습니다. 남편 장취산은 이 일을 전혀 모르고 있다는 사실 말입니다. 저분께는 줄곧 숨겨왔으니까요. 저는 버림받을까 봐 두려웠습니다……. 혹시나 저분이 이 일의 진상을 알고 나서 저를 다시는 보지 않을까 두려웠던 겁니다."

"일이 이미 이 지경이 된 바에야 과거지사는 따져 뭘 하겠으며, 또 그렇다고 해서 부부지간의 정리를 갈라놓을 필요가 어디 있겠소? 지난 몇 년 세월을 보내오는 동안 나는 모든 일을 담담하게 보게 되었소. 내 수족이 완치된다 한들 어쩌겠소. 오늘까지 난 아직도 이렇게 살아 있고 다섯째 아우도 무사히 돌아왔으니, 그 사실만으로도 내겐 하늘만큼이나 기쁜 일이오."

조용조용한 말씨였으나 원래 유대암은 뼈대와 기질이 극도로 굳센 사람이었다. 그 지독한 상처를 입은 이후 신음 소리 한 번 낸 적도 없거니와 누구한테 원한을 털어놓은 적도 없었다. 그의 상처는 두어 마디 말조차 잇기 힘들 정도로 깊었으나, 스승인 장삼봉이 세심하게 치료해주고 수십 년 쌓아 올린 심후한 내력을 체내에 주입시켜 끝내 차츰 입을 열고 말할 수 있게 되었다. 그러나 10년 전 그날 겪은 일에 대해서는 시종 입에 올리지 않다가 오늘에 와서야 비로소 몇 마디나마 언급했던 것이다.

은소소가 떨리는 목소리로 자백하기 시작했다.

"셋째 시아주버니께서도 내심으로는 이미 짐작하고 계셨군요. 제 남편 장취산과 형제간의 의리 때문에 은인자중하시고 말씀하지 않으셨던 거예요. 맞습니다. 그날 전당강 어두운 선실 안에 숨어서 문수침蚊鬚針으로 당신을 해친 사람은 바로 저였습니다."

그 말에 먼저 놀란 사람은 장취산이었다. 그는 목이 터져라 고함을 질렀다.

"소소! 그 말이 진정이오? 당신…… 당신이…… 왜 진작 내게 얘기하지 않았소!"

"당신의 셋째 사형을 해친 원흉이 바로 당신의 아내라는 사실을 내 입으로 어떻게 말할 수 있겠습니까?"

그녀는 다시 유대암에게 고개를 돌렸다.

"셋째 시아주버니, 당시 뒤따라 손바닥에 감춘 칠성정七星釘으로 당신에게 독상毒傷을 입히고 도룡도를 빼앗은 사람은 저의 친오라버니 은야왕이었습니다. 저는 천응교가 원래 무당파와 아무런 은원 관계도 없는 데다 도룡도마저 손에 넣었고 또 평소 시숙님을 호남아로 존경하고 있던 터라 용문표국을 찾아가서 무당산까지 당신을 호송해줄 것을 부탁했던 겁니다. 칠성정의 해독약은 제 오라버니 수중에 있어서 그분 모르게 당신을 보내드리려던 저로서는 어떻게 해독시킬 방법이 없었지요. 도중에 일어난 풍파는 저도 미처 예상치 못했던 것이었고요……."

장취산의 온 몸뚱이가 부들부들 떨리고 눈초리는 불길이라도 뿜어낼 듯 이글이글 타올랐다. 그는 자기 아내를 손가락질하며 무섭게 호통쳤다.

"당신이…… 당신이 나를 속였군! 정말 감쪽같이 속였어!"

은소소가 패검佩劍을 남편에게 건넸다.

"당신은 저하고 10년 동안 부부로 살면서 저를 끔찍이도 아끼고 사랑해주셨어요. 우리 둘은 남달리 정이 깊은 부부였지요. 저는 이제 죽어도 여한이 없답니다. 셋째 시숙님께서 제 팔뚝을 끊어 벌하려 하지 않으시니 당신이 단칼에 저를 찔러 죽여주세요. 그럼 무당칠협 일곱 형제간의 의리를 온전히 살리실 수 있을 겁니다."

장취산이 칼자루를 덥석 받아 들었다. 그러고는 단칼에 아내의 가슴을 찌르려 했다. 하나 다음 순간, 그의 눈앞에는 지난 10년 동안 부부로서 함께 겪었던 온갖 사연이 한꺼번에 복받쳐 올랐다. 아내가 자신에게 얼마나 온순하고 알뜰살뜰 자상하게 대해왔던가? 둘은 꿀처럼 달콤한 사랑을 나누며 서로 원망하거나 미움이라곤 품어본 적 없이 행복하게 살아왔다. 지난 10년 세월을 아무리 되새겨봐도 아내 은소소는 역시 착한 사람일 뿐이었다. 나쁜 점은 단 한 군데도 없었다. 그런데 어찌 아내를 단칼에 찔러 죽일 수 있단 말인가?

칼자루를 움켜쥔 장취산의 손길이 와들와들 격심하게 떨렸다. 칼을 잡고 우두커니 선 채 아무 짓도 하지 못했다. 그저 퀭하니 들어간 눈빛으로 허공을 바라볼 따름이었다.

얼마나 시간이 지났을까, 그는 갑자기 괴성을 지르면서 바깥으로 뛰쳐나갔다.

"우와아!"

은소소와 유연주를 비롯한 여섯 사람은 그가 무슨 짓을 하려는지 영문을 몰라 일제히 뒤따라 뛰쳐나갔다.

정신 나간 사람처럼 헐레벌떡 대청으로 달려 나온 장취산이 스승 장삼봉 앞에 털썩 무릎 꿇고 엎드렸다.

"사부님, 불초 제자가 용서받지 못할 큰 잘못을 저질렀습니다! 그 잘못은 돌이킬 수 없습니다. 이제 사부님 앞에 제가 한 가지 청을 드리고 싶습니다."

"오냐, 무슨 일인지 말해보려무나. 이 스승이 네 청을 들어주지 않을 리가 있겠느냐?"

스승이 부드럽고 온화한 낯빛으로 대답했다. 그는 안채에서 무슨 일이 벌어졌는지 알지 못했다. 그저 이 사랑스러운 제자가 원하는 대로 해주고 싶을 뿐이었다.

무릎 꿇고 엎드린 제자는 두 손으로 돌바닥을 짚은 채 정성을 다해 이마를 조아려 대례를 올렸다. 한 번, 두 번, 세 번…….

"고맙습니다, 사부님. 불초 제자에게 외아들이 하나 있습니다만 간악한 자의 손에 납치당했습니다. 바라옵건대 사부님께서 그 어린것을 구해 마수에서 벗어나게 해주시고 성년이 될 때까지 길러주십시오."

그러고는 조용히 일어서서 대청 한복판으로 몇 걸음 나가더니 소림파 공문대사, 곤륜파 철금 선생 하태충, 공동파의 원로 관능, 아미파 정현사태 등 각 문파의 수뇌들을 향해 낭랑한 목소리로 외쳐 말했다.

"제 아내가 소림 제자들의 목숨을 적지 않게 다쳤습니다. 그 당시 아내는 저를 알지 못하던 때였지만, 부부는 한 몸이라 했으니 모든 죄와 업보는 이 장취산이 한 몸으로 지겠습니다! 저는 금모사왕 사손과 결의형제가 된 몸입니다. 여러분이 도룡도에 눈독을 들이고 저를 핍박해 의형에게 못할 짓을 저지르도록 강요하시지만, 무당의 제자가 어찌 그런 비열하고 의리 없는 자가 되겠습니까? 자, 여러분 두 눈으로 똑똑히 보십시오!"

말을 마치고 그는 들고 있던 장검으로 자신의 목덜미를 가로그었다. 무심한 칼날은 부드러운 목줄기를 단번에 끊어버렸다. 뜨거운 선지피가 사방으로 흩뿌려졌다.

장취산은 그렇게 죽었다. 이미 죽기로 마음을 굳히고 있었으므로 자결할 때 스승과 동문 형제들이 제지할지도 모른다는 생각에 일부러 손님들을 사이에 두고 한두 마디 말을 마치기가 무섭게 거침없이 손을 써서 자기 목숨을 끊어버린 것이다.

"아앗!"

스승 장삼봉과 유연주, 장송계, 은리정 네 사람이 일제히 경악성을 터뜨리며 달려들었다. 뒤미처 "꽈당꽈당!" 하는 소리가 연거푸 들리면서 손님들 가운데 예닐곱 명의 몸뚱이가 사면팔방으로 튀어 날더니 여기저기 꼴사나운 자세로 나가떨어졌다. 하나같이 장취산의 주변을 에워싸고 있던 손님들로, 장삼봉과 그 제자들이 떨쳐낸 장력에 튕겨 날아간 것이었다. 그러나 끝내 한발 늦었다. 장취산의 칼날은 이미 목줄기를 끊어놓은 뒤끝이라 그 생명을 구해낼 수가 없었다.

바로 그때였다. 대청 출입구 기다란 창문 밖에서 어린아이의 외침이 들려왔다.

"아빠! 아빠……!"

두 번째 목소리가 답답하게 들리는 것으로 보아 누군가의 손이 그 입을 급히 틀어막은 게 분명했다.

다음 순간, 장삼봉의 몸이 번뜩 움직이는가 싶더니 벌써 창문 밖에 다다르고 있었다. 그의 눈에 뜨인 것은 몽골군 병사의 옷차림새를 한 사내가 여덟아홉 살쯤 들어 보이는 남자아이를 껴안은 광경이었다. 입을 틀어 막힌 어린 소년이 그 손아귀에서 벗어나려고 안간힘을 써가며 버둥거리고 있었다.

장삼봉은 사랑하는 제자가 참혹하게 죽어 칼로 도려내듯 아픈 심정이었으나, 100년 가까운 수행으로 심신이 흐트러지지는 않았다. 그는 괴한을 향해 나지막하게 호통쳤다.

"들어가거라!"

괴한이 왼발 끝으로 땅바닥을 힘껏 찍더니 아이를 껴안은 채 지붕 위로 뛰어오르려 했다. 그러나 이상하게도 갑자기 어깻죽지가 짓눌리는 느낌과 더불어 몸뚱이가 쇳덩어리처럼 무거워져 끝내 두 발을 땅바닥에서 떼어놓을 수가 없었다. 소리 소문 없이 다가온 장삼봉의 왼손이 어느새 그의 어깻죽지를 가볍게 누르고 있었던 것이다.

괴한은 대경실색했다. 이제 내력을 토해내기만 하면 자신은 즉사하거나 치명적인 중상을 입을 것이 분명했다. 그는 어쩔 수 없이 분부대로 대청 안으로 들어섰다.

어린아이는 말할 나위도 없이 장취산의 아들 장무기였다. 그는 괴한의 억센 손아귀에 입이 틀어 막혀 있었으나, 창밖에서 아버지가 칼로 자결하는 모습을 보고 다급한 나머지 필사적으로 몸부림친 끝에 큰 소리로 아빠를 외쳐 불렀던 것이다.

은소소는 남편이 자기 때문에 목숨을 끊는 것을 보고 비탄에 잠겨 있다가 느닷없이 잃어버린 아들이 무사히 돌아오자 슬픔과 기쁨이 엇갈렸다. 세상이 한꺼번에 무너지는 듯한 슬픔 끝에 세상을 통째로 얻은 기쁨이 닥쳐온 격이었다.

그녀는 다급하게 소리쳐 물었다.

"얘야! 저 사람이 널 때렸느냐? 얼마나 고생했느냐?"

무기가 어린애답지 않게 자랑스레 대꾸했다.

"날 때려죽인다 해도 큰아버지 얘기는 하지 않을 거예요!"

"그래, 착하구나! 이리 오렴, 내 안아주마."

뒤미처 장삼봉이 괴한에게 조용히 지시했다.

"아이를 엄마에게 넘겨주어라."

손끝에 전신을 제압당했으니 어쩌겠는가. 괴한은 그 분부대로 장무기를 순순히 은소소에게 넘겨줄 수밖에 없었다.

자애로운 엄마 품에 뛰어든 무기가 울음보를 터뜨렸다.

"엄마, 저 사람들이 왜 아빠를 죽게 했어요? 누가 아빠를 죽였어요?"

은소소가 아들에게 말해주었다.

"여기 있는 사람들 모두란다. 저 많은 사람이 한꺼번에 이 산에 올라와서 네 아빠가 큰아버지의 거처를 알려주지 않는다고 협박했지. 저 사람들이 아빠를 죽도록 몰아붙였단다."

어린 소년 무기의 두 눈초리가 왼쪽에서 오른쪽으로 천천히 훑어갔다. 비록 나이 어린 소년이지만 그 눈길과 마주친 사람들은 하나같이 전율을 느꼈다.

"무기야, 이 엄마한테 한 가지 약속해다오."

"말씀하세요, 엄마."

"성급히 복수할 생각은 마라. 천천히 기다려서 네 무공이 강해지거든 그때 가서 저 사람들을 모두 죽여라. 한 사람도 빠뜨려선 안 돼."

얼음같이 차가운 목소리, 그 몇 마디를 듣는 순간 대청 안의 사람들은 등줄기에 오싹하니 소름이 돋았다.

무기가 발버둥을 치며 소리쳤다.

"엄마! 난 복수 같은 거 필요 없어! 아빠만 살아서 돌아오면 돼!"

하나 대꾸하는 엄마의 목소리는 한없이 서글펐다.

"얘야, 사람은 한번 죽으면 다시 살아올 수 없단다."

다음 순간, 그녀의 몸뚱이가 미약하게 떨렸다.

"얘야, 네 아빠는 이제 죽었다. 그러니 네 큰아버지 계신 곳을 저 사람들한테 알려주자꾸나."

다급해진 무기가 버럭 고함쳤다.

"안 돼요! 안 돼! 저 사람들이 큰아버지를 죽이러 갈 거야. 저 사람들더러 날 때려죽이라고 해! 아빠가 얘기하지 않았으니까 나도 말하지 않을 테야! 절대로!"

은소소가 절레절레 고개를 내젓더니 소림파 장문 스님을 바라보았다.

"공문대사님, 내가 당신한테만 들려드릴 테니까 이쪽으로 오셔서 귀를 가까이 대세요."

남편이 죽고 나서야 이렇듯 고분고분하게 비밀을 털어놓겠다니 정말 뜻밖이었다. 무당산의 주인과 손님들은 모두 놀랍고도 의아스러움을 금치 못했다.

공문대사가 합장을 했다.

"훌륭한 생각이시오! 나무아미타불…… 여시주께서 좀 더 일찍 얘기하셨으면 장 오협은 죽지 않았을 것을……."

그러면서 천천히 은소소 곁으로 다가서서 귀를 갖다 댔다.

그 순간 은소소의 입술이 달싹거렸다. 그러나 아무 소리도 들리지 않았다.

"뭐라고 하셨소?"

공문대사가 물었다.

"금모사왕 사손…… 그가 지금 어디에 숨었느냐 하면……."

그녀의 입에서 목소리가 나왔다. 한데 '어디에 숨었느냐 하면' 뒷말에 가서 또 목소리가 흐리멍덩해져 한마디도 알아들을 수가 없었다.

"뭐라고요?"

초조해진 공문대사가 다시 물었다.

은소소의 말이 계속되었다.

"……바로 거기 있어요. 도룡도 역시 그곳에 있으니까, 당신네 소림파만 알고 직접 찾아가보세요."

공문대사는 이것 큰일 났다 싶어 얼른 고개를 내저었다.

"난 듣지 못했소!"

그러고는 몸을 일으키면서 손가락으로 머리를 긁적거렸다. 그 얼굴에는 온통 미망迷妄의 기색으로 가득했다.

은소소가 차갑게 웃었다.

"그 정도밖에 말씀드릴 수 없군요. 당신들이 그곳에 가면 자연히 금모사왕 사손을 만날 수 있을 거예요."

갈피를 잡지 못한 공문대사는 허탈한 표정으로 발길을 돌렸다.

그녀는 무기를 품에 안고 귓속말로 소곤소곤 얘기했다.

"얘야, 네가 자라서 어른이 되거든 여자한테 속지 않도록 조심해야 한다. 예쁘게 생긴 여자일수록 남을 더 잘 속인단다."

은소소는 입술을 아들의 귀에 닿도록 바싹 갖다 붙인 채 속삭였다.

"난 저 중한테 아무것도 얘기해주지 않았단다. 우리 식구 어느 누구도 말하지 않은 거야. 난 저 중을 속였지. 이 엄마 좀 보려무나…… 얼마나 사람을 잘 속이게 생겼는지……!"

그녀는 쓸쓸히 미소 짓다가 맥없이 팔을 툭 떨어뜨리면서 옆으로 비스듬히 쓰러졌다. 어느새 찔러 넣었는지, 그녀의 가슴에는 한 자루 비수가 깊숙이 박혀 있었다. 방금 아들을 껴안는 순간 남몰래 비수로 자신을 찔렀던 것이다. 그녀 앞에 무기의 몸뚱이가 막아서고 있었기 때문에 아무도 그것을 보지 못했다.

"엄마……!"

돌바닥에 엎어진 엄마의 몸뚱이를 무기가 덮치면서 크게 외쳐 불렀다.

"엄마! 엄마!"

그러나 은소소는 대꾸가 없었다. 자신의 가슴에 칼을 찔러 넣은 지 벌써 오래되었고, 또 한참 동안 얘기하느라 지칠 대로 지친 터라 숨이 끊어진 것이다.

비통이 극도에 다다르면 울음도 나오지 않는 법이다. 두 눈을 부릅뜬 무기가 공문대사를 노려보면서 외쳐 물었다.

"당신이 내 엄마를 죽였지! 안 그래? 어째서 내 아빠를 윽박질러 죽이고, 또 내 엄마까지 죽인 거야?"

어린 소년에게 느닷없이 지목을 당한 공문대사는 저도 모르게 뒷걸음질 쳤다.

"아냐, 난 아니오! 저 여자는…… 스스로 죽은 거요."

그는 당혹스러움을 금치 못했다. 삽시간에 부부가 한자리에서 자결하고 어린 자식은 졸지에 고아가 되어버렸다. 인간 세상의 참혹한 일이 많다고는 하지만 이렇듯 충격적인 광경을 목격하고 보니, 당대에 으뜸가는 무학의 대종사요 일파의 장문인인 그도 평상심을 잃고 당황하지 않을 수 없었던 것이다.

그제야 장무기의 두 눈에 글썽글썽 눈물이 맺혔다. 그러나 한사코 눈물은 흘리지 않았다.

"난 울지 않을 거야. 절대로 안 울어! 내가 우는 꼴을 당신네 악한 사람들에게 보여주지 않을 거야!"

입장이 난처해진 공문대사가 마른 헛기침을 하면서 장삼봉을 돌아보았다.

"장 진인, 이런 변고는…… 어흠…… 어흠…… 실로 예상치 못했습니다. 장 오협 부부가 자진했으니 그럼 지난 일은 앞으로 일체 따져 묻지 않겠소이다. 우리는 이만 작별을 고하리다."

공문대사가 두 손 모아 합장했다. 장삼봉도 답례를 건네며 담담하게 말했다.

"멀리 배웅해드리지 못하는 점, 용서하시지요."

그러자 소림사 승려들이 창황하게 떠나갔다.

노기충천한 은리정이 그들의 뒷모습을 향해 고함을 질렀다.

"당신네들! 당신네들, 우리 다섯째 형님을 윽박질러 죽게 만들어놓고……!"

할 말의 절반도 다 못 하고 은리정은 더 말을 잇지 못했다. 생각해보면 장취산이 스스로 목숨을 끊은 이유는 사실 셋째 사형 유대암에게 사죄하기 위한 행동이었을 뿐 소림파 사람들과는 무관했다. 생각이 바뀐 그는 장취산의 시신 위에 엎어져 목 놓아 대성통곡했다.

뭇사람들의 심정도 난처하기는 마찬가지였다. 그들 역시 장삼봉에게 작별을 고하면서 앞으로 일이 재미적게 돌아가리라는 예감에 사로잡혔다. 그리고 이번 참사로 무당파와 적지 않은 갈등이 빚어져 불편한 관계를 맺게 되지나 않을까 은근히 걱정스러워졌다.

송원교가 두 눈이 벌겋게 상기된 채 떠나가는 손님들을 산문 밖에까지 따라 나와 배웅했다. 손님들이 다 떠나고 났을 때 그의 눈에서도 마침내 굵다란 눈물이 주르르 흘러내렸다.

대청 안은 무당파 사람들의 통곡 소리로 진동했다.

아미파 제자들이 가장 늦게 떠나갔다. 기효부는 약혼자 은리정이 가슴 아프게 통곡하는 모습을 보고 자신도 눈자위가 붉어졌다. 약혼자 곁으로 가까이 다가선 그녀는 나지막한 목소리로 작별 인사를 건넸다.

"은 사형, 저 가겠어요. 부디…… 몸조심하세요."

은리정이 고개를 쳐들더니 눈물로 뿌옇게 흐려 보이는 약혼녀에게 목메인 소리로 물었다.

"당신네…… 당신네 아미파도…… 우리 다섯째 형님을 곤경에 몰아넣으려고 왔소?"

"아니에요, 저희 사부님은 단지 장 사형께 사손의 행방을 알아보고 싶다고만 말씀하셨어요."

얼른 대꾸하며 기효부는 아랫입술을 꼬옥 깨물며 고개를 숙였다. 그녀가 다시 떨리는 목소리로 말을 이었을 때 아랫입술에는 거의 피가 배어나오도록 이빨 자국이 또렷하게 박혀 있었다.

"은 사형, 저는…… 저는 참말 미안해요. 모든 것을 너그럽게 이해해주세요. 저도…… 저도 내세에나 보답할 수 있을 것만 같아요.”

무슨 뜻으로 하는 말인지 모른 채 은리정은 그녀의 사죄가 너무 지나친 것이라고 생각했다.

“아니오. 이 일은 당신과 아무 상관이 없소. 우리는 당신네 아미파를 원망하지 않을 거요.”

약혼자가 이해를 해준다는데도 기효부의 얼굴빛은 이상하게 처절하도록 하얗게 질려 있었다.

“아니에요…… 그게 아니라…….”

그녀는 약혼자에게 더 말을 건네지 못하고 시선을 장무기 쪽으로 돌렸다.

“얘야, 걱정하지 마렴. 우리 모두가 널 잘 보살펴줄 거야.”

그러고는 목덜미에 차고 있던 황금 목걸이를 풀어 소년의 목에 걸어주려 했다.

“이걸 너한테 주마…….”

그러나 장무기는 고개를 홱 돌려버렸다.

“필요 없어요!”

어린아이에게 호의를 거절당하자, 난처해진 기효부는 목걸이를 손에 든 채 어찌할 바를 몰라했다. 두 눈에 글썽글썽 맺혀 있던 눈물이 끝내 양 볼을 타고 주르르 흘러내렸다.

등 뒤에서 정현사태가 잔뜩 굳어진 얼굴 표정으로 소리쳤다.

“기 사매, 어린것하고 무슨 말이 그리 많아? 어서 떠나세!”

기효부는 두 손으로 얼굴을 가린 채 뛰어나갔다.

정현사태와 기효부 등 아미파 사람들의 뒷모습이 대청 문턱을 넘어 사라지자, 한동안 오기로 버텨오던 장무기는 참고 참았던 울음보가 터져 나올 것 같아 입을 딱 벌렸다. 그런데 어찌 된 노릇인지 숨 한 모금 돌리지도 못하고 가슴이 꽉 막혀 그 자리에서 뒤로 벌렁 나자빠지고 말았다.

"쿵!" 하는 소리에 놀란 유연주가 황급히 달려들어 안아 일으켰다. 졸지에 부모를 잃어버린 소년이 비통 속에 울음을 참느라 애쓰다가 까무러친 것이려니 여겼다.

"얘야, 이젠 마음 놓고 울어도 된다. 어서 울려무나."

가슴을 몇 차례 밀어주었으나, 예상외로 무기의 숨결은 돌아오지 않았다. 온 몸뚱이가 얼음같이 차갑고 콧김마저 미약했다. 유연주가 안 되겠다 싶어 내공력을 일으켜 추나술推拿術까지 써보았지만 아이는 시종 깨어나지 않았다.

무기는 죽어가고 있었다. 그것을 본 사람들이 대경실색했다.

장삼봉이 손으로 등 쪽 영태혈을 밀어주기 시작했다. 한 가닥 웅혼하고도 두터운 내력이 옷자락을 사이에 두고 소년의 체내로 주입되기 시작했다. 당시 장삼봉의 내공 수준은 당장 숨이 끊어질 사람만 아니라면 제아무리 중상을 입은 사람이라도 그 내력이 주입되는 즉시 호전될 수 있었는데, 어인 노릇인지 무기는 체내에 장삼봉의 순후한 내력이 뚫고 들어갔는데도 창백하게 질린 얼굴빛이 시퍼렇게 변하고 다시 푸른빛에서 자줏빛으로 바뀌었을 뿐, 몸뚱이의 경련만 더욱 심해지는 것이 아닌가.

장삼봉은 이마를 짚어보았다. 손끝에 와서 닿는 촉감이 역시 얼음

같이 차가웠다. 깜짝 놀라 오른손으로 등줄기 옷 속을 더듬어보니 이번에는 반대로 숯불 덩어리처럼 뜨거운데, 그 주변은 뼛속까지 시릴 정도로 차가웠다. 만약 장삼봉의 내력이 입신의 경지에 들지 않았던들 그 차가운 감촉에 자신마저 덜덜 떨렸을 터였다.

"원교야, 이 아이를 안고 들어왔던 몽골군 병사는 어디 있느냐? 얼른 찾아봐라!"

"예!"

한마디로 응답한 송원교가 대청 바깥으로 뛰어나갔다. 앞서 그 몽골군 병사에게 중상을 입었던 유연주는 대사형 역시 그의 적수가 못 된다는 점을 아는 터라 급히 소리치면서 뒤따랐다.

"나도 같이 갑시다!"

두 형제가 대청 바깥으로 나간 뒤, 장삼봉은 허탈한 심사로 무기를 어루만졌다. 조금 전 몽골군 병사를 붙잡아 들어왔을 때 장취산은 이미 자결해 죽은 뒤였고, 뒤미처 은소소마저 남편을 따라 순절하는 소동이 벌어졌다. 사람들은 저마다 경악과 비통에 잠겨 있느라 몽골군 병사의 존재에 대해서는 아무도 신경 쓰지 않았다. 그자는 벌써 눈 깜짝할 사이에 어디론가 사라져버린 뒤였다.

장삼봉은 무기의 등 쪽 옷자락을 찢어 벌렸다. 제일 먼저 눈에 띈 것은 하얗고 보들보들한 살결에 또렷이 찍힌 투명한 초록빛 다섯 손가락 자국이었다. 장삼봉이 다시 손으로 쓰다듬어보니 손바닥 자국은 불에 덴 것처럼 뜨거운 반면, 그 주변은 얼음같이 차가웠다. 손에 닿는 감촉만으로도 견디기 어려운데, 무기가 이런 중상을 입고 여태까지 참아왔다니 그 아픔이야말로 상상만 해도 알 수 있을 것 같았다.

얼마 안 있어 송원교와 유연주가 빠른 걸음으로 돌아왔다.

"산상에는 외부 사람이 없습니다."

스승에게 보고하면서 두 사람은 무기의 등에 찍힌 기이한 손바닥 자국을 발견하고 모두 깜짝 놀랐다.

장삼봉은 이마를 찌푸리고 중얼거렸다.

"30년 전, 백손도인百損道人이 죽은 뒤로 이 음독하기 짝이 없는 현명신장玄冥神掌은 실전된 줄 알았는데, 지금 세상에 이 무공을 쓸 줄 아는 자가 살아 있다니……."

"이 아이가 당한 것이 현명신장이란 말씀입니까?"

송원교가 조심스레 물었다. 무당 제자들 가운데 가장 연장인 그는 일찍이 현명신장이란 이름은 들어보았지만, 둘째인 유연주 이하 형제들은 이런 무공의 이름조차 들어본 일이 없었다.

장삼봉은 한숨만 내리쉴 뿐 대꾸하지 않았다. 주름투성이 얼굴에 눈물이 가로세로 마구 흘러내렸다. 그는 두 손으로 무기를 껴안은 채 망연자실한 기색으로 장취산의 시신을 바라보았다.

"취산아…… 취산아…… 네가 죽으면서 이 못난 스승에게 부탁했는데, 나는 네가 남긴 하나밖에 없는 아들조차 살려낼 수가 없구나. 백살이 되도록 살아왔으면서 어린것의 목숨 하나 살려내지 못하다니 이 나이가 무슨 소용이 있겠으며, 천하에 무당파의 이름을 떨친다 한들 그게 무슨 소용이 있겠느냐? 내가 차라리 널 따라 죽느니만 못하구나!"

제자들은 모두 대경실색했다. 스승을 따른 이래 그들은 이 스승이 언제나 유유자적, 하늘이 무너져도 외눈 하나 깜짝하지 않을 만큼 강단이 있으신 분으로 알아왔는데, 이렇듯 의기소침하고 애통하는 가운데 나약한 말을 입에 담을 줄이야 꿈에도 생각지 못했던 것이다.

은리정이 떠듬거리는 말투로 물었다.

"사부님, 이 아이는…… 이 아이는 정말 구할 수 없단 말씀입니까?"

스승은 양팔로 무기를 껴안은 채 대청 안을 오락가락 서성거리면서 침통한 목소리로 이렇게 대답했다.

"내 스승 각원대사께서 다시 살아나 〈구양진경〉 전부를 내게 전해주시지 않는 한 내 능력으로 이 아이의 목숨을 살려낼 도리가 없구나!"

실낱같은 기대를 걸었던 제자들이 다시 의기소침해졌다. 죽은 사람이 살아나야만 가능하다니, 그렇다면 무기의 상처는 치유할 방법이 없다는 얘기 아닌가?

스승과 제자들은 한동안 깊은 침묵 속에 빠져들었다. 얼마나 지났을까, 침묵을 깨뜨리고 화제를 바꾼 사람은 유연주였다.

"사부님, 그날 제가 그자와 맞서봤습니다만, 그자의 장력이 세상에 보기 드물 정도로 음험하고 악랄해 저도 그 자리에서 부상을 당했습니다. 하지만 지금은 상처가 이미 완쾌되어 공력을 운기하는 데 막히지 않습니다."

"그건 너희 무당칠협의 명성이 강호에 크게 알려진 덕분에 그자가 힘을 다하지 않았기 때문일 것이다. 현명신장으로 남과 대적할 때 만약 상대방의 내력이 자신보다 월등하게 높을 경우, 오히려 자기가 쏟아낸 장력이 반탄력으로 자신에게 되돌아오면서 크게 다칠 수가 있다. 이후에 그자와 다시 마주치게 되거든 각별히 조심해야 한다."

"예."

공손히 응답하면서 유연주는 속으로 찔끔했다.

'사부님 말씀대로라면 그자는 지나치게 신중을 기해 내 장력이 자기보다 월등하게 높을까 봐 전심전력으로 현명신장을 구사하지 않았던 것이 분명하다. 그러지 않았다면 지금까지 살아 있지 못했을 게 아닌가? 이제 내 무공 실력을 알았을 테니 다음번에는 인정사정을 두지 않을 테지.'

생각은 이내 어린 소년에게로 향했다.

'나 같은 어른도 그 장력을 맞고 이 지경이 되었는데, 이 나이 어린 무기가 당했으니…… 어쩌면…… 어쩌면 가망이 없을지도 모르겠구나…….'

송원교가 괴한의 인상을 기억해냈다.

"조금 전에 얼핏 보니 그자는 나이가 쉰 살가량에 콧날이 높고 두 눈이 움푹 파인 것이 서역 사람인 듯싶었습니다."

막성곡이 그 말을 받아 물었다.

"그자가 무기를 납치했으면 그만이지, 무얼 어떻게 하려고 이 산에까지 다시 데려왔을까요?"

생각이 깊은 장송계가 막내의 물음에 대답했다.

"무기를 다그쳐도 뜻을 이루지 못하니까, 현명신장으로 다쳐놓고 다섯째 아우 부부가 보는 앞에서 고통을 겪게 할 작정이었겠지. 사랑하는 아들이 고통스러워하는 모습을 보이면 금모사왕 사손의 행방을 밝히지 않고 배겨내겠는가?"

"참말 간덩어리 한번 큰 놈이군! 감히 무당산까지 올라와 행패를 부리다니!"

분노한 막성곡이 으르렁댔다. 그러나 장송계는 침울한 기색으로 중얼거렸다.

"오늘 무당산에 올라와 행패를 부린 자가 어디 그놈뿐이겠느냐?"

유연주도 한마디 거들었다.

"옛말에 '쥐를 잡으려다 그릇 깰까 무섭다投鼠忌器'고 했네. 그자는 무기를 인질로 잡고 있었던 만큼 아이가 다칠까 봐 우리가 섣불리 자기를 해치지 못하리라고 자신만만했을 걸세."

휑뎅그렁하니 너른 대청 안에 여섯 사람이 넋을 잃고 멍하니 있는데, 갑작스레 무기가 눈을 번쩍 뜨면서 비명을 질렀다.

"아빠! 엄마! 나 아파죽겠어! 너무 아파요!"

무기는 장삼봉을 단단히 끌어안고서 그 품속에 머리를 파묻었다.

유연주가 일부러 위엄 있는 말투로 다독거렸다.

"무기야, 네 아빠는 이미 돌아가셨다. 너라도 이를 악물고 씩씩하게 살아서 훗날 무공을 잘 배워 아빠의 복수를 해야지."

"난 복수 같은 거 싫어! 난 복수하지 않을 테야! 아빠 엄마만 다시 살아나면 되는 거야. 둘째 아저씨, 우리 그 나쁜 사람들을 다 용서해주고 어떻게 해서든지 아빠 엄마를 살려내줘요!"

장삼봉은 그 말을 듣고 참았던 눈물을 한꺼번에 쏟아냈다.

"얘야, 우리가 힘을 모아 애썼더라면 몇 시간쯤은 더 살 수도 있었으련만, 이제는 하늘의 자비를 바라는 수밖에 없구나."

그러고는 장취산의 시신을 마주 대하고 눈물을 흩뿌렸다.

"취산아, 취산아! 팔자도 사나운 녀석……."

목메도록 한탄을 토해내던 그는 무기를 품에 안은 채 자신의 거실로 들어갔다. 그러고는 익숙한 솜씨로 손가락을 연거푸 놀려 무기의 전신 열여덟 군데 대혈을 모조리 찍었다.

혈도를 찍힌 무기는 더 경련을 일으키지 않았으나, 얼굴에 초록빛 기운이 갈수록 짙어졌다. 장삼봉은 잘 알고 있었다. 초록빛 기운이 검은빛으로 바뀌는 날에는 숨이 끊겨 구해낼 가망이 없다는 사실을……. 그는 무기의 옷을 모두 벗기고 자신도 걸치고 있던 도포를 끌렀다. 그러고는 자신의 앞가슴을 무기의 등에 갖다 붙였다.

그 무렵, 송원교와 은리정은 바깥에서 장취산 부부의 장례 일을 처리했다. 유연주, 장송계, 막성곡 세 형제는 스승의 거실에 들어서다가 스승이 '순양무극공純陽無極功'으로 무기의 몸속에 퍼진 음한한 독기를 빨아내고 있는 것을 보고 조용히 한 곁에 시립했다. 스승인 장삼봉은 결혼해 아내를 맞아들인 적이 없어 100세가 되도록 여전히 동남童男의 육신을 지니고 있었다. 그리고 지난 80여 년을 혼자서 수련한 끝에 터득한 순양무극공은 이미 등봉조극登峯造極의 경지에 다다르고 있었다. 어림잡아 반 시진이 지났을 때 장삼봉의 얼굴에 어렴풋이 초록빛 기운이 떠오르면서 손가락이 미약하게 떨리는 것을 발견했다. 하나 제자들은 스승에게 무엇을 어떻게 도와드려야 좋을지 몰라 엉거주춤 서 있기만 할 따름이었다.

이윽고 장삼봉이 눈을 뜨더니 힘겹게 입을 열었다.

"연주야, 이번에는 네가 와서 맡아라. 버티지 못할 지경에 이르거든 송계한테 넘기고 절대로 무리해서는 안 된다."

"예!"

유연주가 장포를 풀어 헤치고 무기를 품에 안았다. 살갗이 맞닿는 순간, 그는 커다란 얼음덩어리를 품에 안은 듯 차가운 느낌에 저도 모르게 몸서리를 쳤다.

"막내야! 얼른 나가서 몇 개라도 좋으니 화로에 숯불을 피워서 가져오너라. 화력이 셀수록 좋다!"

얼마 안 있어 숯불 화로가 잇따라 들어왔지만, 유연주는 여전히 냉기를 견딜 수가 없었다.

장삼봉은 한 곁에 가부좌를 틀고 앉아 천천히 진기를 삼관三關에 두루 유통시킨 다음, 단전에 고인 '인온자기氤氳紫氣'를 격발시켜 체내에 흡수된 한독을 한 올 한 올씩 풀기 시작했다. 그가 한기를 모조리 풀어내고 일어섰을 때는 막성곡이 교대해 무기를 가슴에 품고, 유연주와 장송계는 한 곁에 앉은 채 입정入定해 체내의 한독을 풀어내고 있었다. 얼마 안 있어 막성곡이 버티지 못하자, 스승은 시동에게 명령해 송원교와 은리정을 불러들였다. 그러고는 차례로 무기를 이어받게 했다.

이렇듯 내력으로 상처를 치료하다 보니 형제들 간의 공력 차이가 금세 나타났다. 공력의 깊고 얕음에는 털끝만큼도 용서가 없어 인내심으로 버틴다고 될 일이 아니었다. 막성곡은 겨우 뜨거운 차 한 잔 마실 정도의 시간밖에 버티지 못했고, 만형 격인 송원교는 그래도 굵다란 향 두 대가 탈 때까지 버틸 수 있었다.

뒤이어 멋모르고 무기를 품어 안던 은리정이 갑작스레 몸서리를 치면서 큰 소리로 비명을 질러댔다.

"어이쿠!"

깜짝 놀란 스승이 냉큼 손을 벌렸다.

"아이를 나한테 다오! 얼른 이 곁에 앉아 정신을 모으고 운기 조식을 해라. 잡념이 들어서는 절대로 안 된다."

은리정은 장취산의 참혹한 죽음에 충격을 받은 나머지 이때껏 의식이 몽롱한 상태에서 정신을 집중시키지 못하다가 낭패를 당한 것이었다. 그는 정신이 안정되고 나서야 무기를 떠맡아 품어줄 수 있었다.

이렇듯 여섯 사람이 번갈아가며 꼬박 뜬눈으로 사흘 밤낮을 보내는 동안 피로는 감당하기 어려울 지경이 되었으나, 천만다행히도 무기의 한독은 점차 풀어지기 시작했다. 저마다 버티는 시간도 조금씩 길어짐에 따라 나흘째가 되던 날부터는 여섯이 틈을 내어 가까스로 한 사람씩 눈을 붙일 수 있었다. 그리고 여드레째가 되자, 한 사람당 두 시진쯤 치료할 수 있게 되어 그제야 서서히 소모된 공력을 보충하기 시작했다.

처음에 무기는 증세가 크게 진전되어 체내의 한독이 다소 줄어들었고 날로 정신이 맑아지고 음식도 조금씩이나마 먹을 수 있었다. 스승과 제자들은 어린 생명을 구해냈다는 생각에 기뻐했다. 그런데 뜻밖의 일이 벌어졌다. 36일째 되던 날, 유연주는 자신이 아무리 내력을 촉발시켜도 무기의 체내에서 단 한 올의 한기조차 뽑아낼 수 없다는 사실을 깨달았다. 몸뚱이는 분명 얼음같이 차가운데 얼굴의 초록빛 기운은 감퇴될 기미를 보이지 않았다. 그는 자신의 공력이 모자라는가 싶어 즉시 스승에게 알렸다. 장삼봉이 시도해보았으나 그 또한 어떻게 손을 써볼 여지가 없었다. 그로부터 스승과 제자 여섯은 연거푸 닷새 밤낮을 지새우면서 온갖 방법을 다 써가며 공력을 주입시켜보았으나 역시 효과는 없었다.

무기가 고통스러운 기색으로 입을 열었다.

“태사부님, 손발은 따뜻해졌는데 머리하고 명치끝, 아랫배 세 군데가 자꾸만 차가워져요.”

장삼봉은 속으로 흠칫 놀랐으나 내색하지 않고 위안의 말을 건넸다.

“네 상처는 이제 많이 나아졌으니 우리가 하루 온종일 너를 껴안고 있지 않아도 되겠다. 이 할아버지의 침상에 누워서 한잠 푹 자려무나.”

그러고는 무기를 안아다 자기 침상에 누였다.

잠시 후, 장삼봉은 제자들과 함께 대청으로 나왔다.

“아무래도 한독이 정수리와 명치, 단전에까지 침투한 모양이다. 외부의 공력으로 그것을 풀어낸다는 것은 불가능한 일이다. 보아하니 우리가 30여 일이 되도록 애쓴 게 결국 헛수고가 된 모양이구나.”

탄식 끝에 그는 한동안 침묵하며 혼자 깊은 생각에 잠겼다.

‘체내의 한독은 이제 다른 사람이 도와준다고 해서 풀어질 것이 아니다. 방법이 있다면 무기가 스스로 〈구양진경〉에 적혀 있는 무상내공無上內功을 수련해야만 음양 조화가 이루어져 지독한 음기를 풀어버릴 수 있을 것이다. 하지만 스승 각원선사께서 경문을 전수해주셨을 때 나는 완전한 것을 받아들이지 못했고, 오늘날까지 여러 차례 폐관해 고심참담하게 깊이 연구했으나 겨우 3~4할 정도밖에 터득하지 못했다. 아무튼 이것만이라도 저 아이가 스스로 수련해서 하루하루 목숨을 보전할 수 있다면 그만큼은 더 사는 셈이 되지 않겠는가?’

이리하여 장삼봉은 그날부터 구양신공九陽神功의 수련법과 구결을 무기에게 전수해주기 시작했다. 하지만 이 무공은 워낙 복잡하고 변화가 많아 한두 마디로 다 설명해줄 수 있는 것이 아니었다.

간단히 말하자면 초보 단계는 대주천 반운大周天搬運• 단계다. 이것은 따뜻한 진기眞氣를 단전에서부터 임맥任脈과 독맥督脈, 충맥衝脈의 3맥을 통제하는 음교고陰蹻庫••를 향해 흘러가다가 미려관尾閭關 쪽으로 꺾어 돌게 한 다음, 진기를 두 갈래로 나누어 위로 올라가게 한다. 그리고 다시 허리등뼈 열네 번째 추골椎骨 양편으로 녹로관轆轤關을 지난 다음 상반신 쪽으로 등과 어깨, 목덜미를 거쳐 옥침관玉枕關에 이르게 하는데, 이것이 이른바 "진기를 거슬러 운행해 삼관을 통과시킨다"는 '역운진기 통삼관逆運眞氣通三關'이다.

그다음 단계는 정수리의 백회혈百會穴까지 올라간 진기가 다섯 갈래로 나뉘어 아래로 내려가는데, 그 과정에서 전신의 기맥과 함께 전중혈膻中穴에 모인 다음 여기서 다시 주종主從으로 나뉘어 단전혈에 돌아와 합류하고 마침내 '입규귀원入竅歸元' 단계를 마친다.

이렇게 일주천의 순환 과정을 거치는 동안 몸뚱이는 마치 감로수를 쏟아부은 듯 새롭게 변화되어 지양至陽도 아니고 지음至陰도 아닌 음기와 양기가 서로 보완해 혼원混元의 조화를 이루는데, 이때 단전에 고인 진기는 마치 향불 연기처럼 유유자적하게 모락모락 떠오른다. 이것이

• '대주천'은 본래 고대 천문 학술 용어인데, 도교에서 수도자들이 내단內丹이나 외단外丹을 이루어내는 단계로 빌려 썼다. 대주천은 '소주천小周天'의 기초 다섯 단계를 거친 후, 연기화신煉炁化神의 제2단계로 들어가 체내의 오행五行을 365도로 한 바퀴 회전시킬 수 있을 때까지 수련하는 과정이다.

•• 곧 '기경팔맥'의 하나인 음교맥陰蹻脈. 안쪽 곁 음경陰經, 경맥經脈을 갈라 맡아 지체肢體를 튼튼히 하는 작용을 한다. 그 순환 노선은 족소음경에서 따로 나와 복사뼈 안쪽을 거쳐 넓적다리 안쪽으로 올라가 음부로 들어간 다음, 가슴 부위 안쪽을 따라서 결분혈缺盆穴로 들어가서 인영혈人迎穴 앞쪽으로 다시 나와 광대뼈를 거쳐 눈초리 안쪽으로 들어간다.

바로 인온자기라는 것이요, 이 인온자기를 상당한 수준까지 단련해서 뭉치면 단전 속에 퍼진 차가운 한독을 풀어버릴 수 있게 되는 것이다.

무림에 속한 문파마다 내공의 도리는 별로 차이가 없지만, 수련방법만큼은 천차만별 다르다. 무당파 조사 장삼봉이 창안해 제자들에게 가르친 심법의 위력으로 따진다면 당세에 으뜸이라 할 만했다.

장무기 소년은 태사부가 가르쳐준 수련 방법대로 2년 남짓한 기간을 단련했다. 그동안 단전에 인온자기가 조금 이루어지긴 했으나, 체내의 한독은 경락과 백맥百脈 구석구석에 아교 덩어리처럼 굳어진 채 엉겨 붙어 도무지 풀어낼 수 없을 뿐 아니라 얼굴의 초록빛 기운은 하루가 다르게 짙어가고, 한독이 발작할 때마다 무기가 겪는 고초는 날이 갈수록 더욱 격심해졌다.

그 2년 동안 장삼봉은 전심전력을 다 기울여 무기의 내공 수련을 도왔고, 송원교를 비롯한 형제들은 무기의 치료를 위해 영단 묘약이 될 만한 것이라면 무엇이든지 찾아다녔다. 그리하여 100년 묵은 산삼이라든가 형체를 이룬 하수오何首烏, 설산의 복령茯苓•, 오색 영지靈芝 같은 진기한 약초와 영물을 천신만고 끝에 구해다가 무기에게 먹였다. 그러나 이런 약물들은 시종 바다에 돌 던지기처럼 한 번 배 속에 들어가면 그뿐, 효력이 전혀 없었고 무기의 모습은 하루가 다르게 초췌해져갔다.

• 하수오는 여뀌과에 속하는 다년생 덩굴식물 새박뿌리를 말한다. 인체 모양으로 자란 하수오는 진귀한 한약재로 '지정地精'이라고도 일컫는다. 복령 역시 불완전균류不完全菌類의 한약재로 구형球形이나 타원형 덩어리이다. 껍질은 흑갈색으로 주름이 많고 속은 담홍색으로 부드러운데 마르면 딱딱하게 굳어진다.

이따금 그가 억지웃음으로 기뻐하는 척하는 모습을 볼 때마다 장삼봉을 비롯한 스승과 제자들은 칼로 가슴을 저며내는 아픔을 느꼈다. 장취산이 남기고 간 일점혈육을 살려낼 수 없다는 절망감에 그들의 심정은 그저 우울하기만 했다.

무당파 사람들은 내상을 입은 무기와 폐인이 되어버린 병자를 치료하느라 바쁜 나머지, 유대암과 무기를 해친 범인을 찾아나설 겨를이 없었다. 지난 이태 동안 천응교주 은천정은 벌써 몇 차례나 사람을 무당산에 올려보내 외손자의 안부를 물었다. 그리고 사람이 올 때마다 귀중한 예물을 적지 않게 들려 보냈다. 하나 무당파 협사들은 유대암과 장취산 두 형제의 변고가 모두 직접적으로나 간접적으로 천응교 때문에 일어난 일이었으므로 그들에 대한 미움과 원망이 앞선 나머지 천응교 측에서 사자가 올 때마다 예물을 돌려보내고 일절 받아들이지 않았다. 한번은 성질 우락부락한 막성곡이 사자를 흠씬 두들겨패서 쫓아버린 적도 있었다. 그런 불상사가 있은 뒤로 은천정도 두 번 다시는 무당산에 사람을 보내지 않았다.

그날은 중추절이었다. 무당파 제자들은 모처럼 스승과 추석 명절을 보내기로 했는데, 잔칫상이 열리기도 전에 갑작스레 무기의 병세가 도졌다. 얼굴에는 초록빛 기운이 짙어지고 오한으로 사시나무처럼 떨리는 경련이 그치지 않았다. 무기는 여러 사람의 흥을 깨지 않으려고 이를 악물고 아픔을 참았으나 누가 봐도 그 기미를 모를 리 없었다.

은리정이 무기를 데려다 방에 누이고 이불을 덮어줬다. 그런 뒤 화로에 숯불을 피워놓았다.

제자들이 한자리에 모였을 때 장삼봉은 미리 생각해두었던 얘기를 꺼냈다.

"내일 무기를 데리고 숭산 소림사엘 다녀와야겠다."

제자들은 스승의 속뜻을 알아차렸다. 이제 더는 어쩔 수가 없으니 소림사 측에 머리를 숙이더라도 몸소 공문대사를 만나보고, 소림파 고승에게서 〈구양진경〉의 모자란 부분을 배워가지고 무기의 목숨을 구하겠다는 생각이 분명했다.

2년 전 무당산에서 벌어진 사건으로 말미암아 소림파와 무당파 간에는 감정의 골이 너무 깊이 파인 상태였다. 그럼에도 일대종사의 신분이요, 100여 세를 넘긴 고령의 장삼봉이 존귀한 지위와 신분을 스스로 낮추어 소림파 측에 간청하러 가다니, 그것이야말로 자신의 체면을 크게 손상시키는 짓이 아닐 수 없었다. 제자들도 스승이 일단 숭산에 오르고 나면 그 이후로 무당파는 소림파 사람들과 마주쳤을 때 두 번 다시 고개를 들지 못하게 되리라는 사실을 빤히 알고 있었다. 그러나 장취산에 대한 정리를 생각한다면 이런 헛된 명분 따위는 저버릴 수밖에 없었다.

아미파 측에도 〈구양진경〉의 일부분이 전해 내려오고는 있었다. 그러나 장문인 멸절사태의 성격이 워낙 괴벽스럽고 거칠어 그동안 장삼봉이 벌써 몇 차례나 은리정을 시켜 서찰을 보냈지만 그럴 때마다 멸절사태는 겉봉을 뜯어보지도 않고 다시 돌려보내곤 했다. 그러니 이제 소림사에 머리를 숙이는 길 외에는 달리 방법이 없었다.

물론 대제자 송원교가 형제들을 이끌고 소림사에 찾아가서 간청하면 무당파의 체면은 그런대로 유지될 수는 있을 것이다. 하지만 쌍방 간의 갈등 상태로 보아 소림의 방장 스님 공문대사가 〈구양진경〉의 참

된 구결을 선선히 가르쳐주지 않으리라는 것은 불을 보듯 뻔한 일이었다.

스승인 장삼봉의 심정이야 어떻든 간에 그 제자들은 지난 20~30년 이래 강호 무림계에 혁혁한 명성을 떨쳐오던 무당파가 앞으로 소림파 측에 고개를 숙여야 한다고 생각하니 너 나 할 것 없이 심사가 울적해지고 분해 모처럼 마련한 명절 축하 자리를 대충대충 홧술 몇 잔씩 마신 다음 걷어치우고 말았다.

다음 날 이른 아침, 장삼봉은 무기를 데리고 여행길에 올랐다. 당초 다섯 제자가 뒤따르려 했으나, 장삼봉은 그들을 만류했다.

"우리가 여럿이 우르르 몰려가면 소림파 측에서 분명 의심하고 경계할 거다. 아무래도 이 늙은이하고 어린것 둘이서 조용히 가는 것이 좋겠다."

두 사람은 검정 나귀를 한 마리씩 나눠 타고 북쪽으로 향했다. 소림과 무당의 무학 종파의 소재지는 사실 거리가 무척 가까웠다. 호북성에 자리 잡은 무당산에서 하남성 숭산까지는 불과 2~3일이면 도달할 수 있었다. 장삼봉과 무기는 노하구에서 한수를 건너 일단 남양부南陽府에 도착한 다음, 거기서 다시 북쪽으로 여주汝州까지 올라가 서쪽으로 길을 꺾어 곧바로 숭산에 이르렀다.

숭산의 지맥인 소실산에 다다르자, 두 사람은 검정 나귀를 나무에 비끄러매놓고 소림사까지 걸어서 올라갔다. 옛 땅을 다시 밟으니 장삼봉은 감회가 남달랐다. 스승 각원대사가 철통 두 개에 곽양 소저와 자신을 담고 소림사 승려들의 추격을 피해 도망쳐 내려가던 일이 어제 같은데, 80여 년이 지난 지금 와서 옛일을 돌이켜보니 새삼스레 격세지감을 느끼지 않을 수 없었다.

그는 깊은 감회에 젖어든 채 무기의 손을 잡고 천천히 비탈진 산길을 올라갔다. 소실산 다섯 봉우리도 예나 다름없고 비석의 숲도 여전했다. 단지 각원대사와 곽양 소저만이 진작 이 세상 사람이 아닐 뿐이었다.

눈에 익은 일위정, 손님맞이 정자에 다다르니 소림사가 멀리 내다보이고, 젊은 승려 두 사람이 담소를 나누며 걸어 내려오고 있었다. 장삼봉은 그들을 불러 세우고 인사를 건넨 다음 이렇게 부탁했다.

"번거로우시겠지만, 무당의 장삼봉이 방장 대사님을 뵈러 왔다고 말씀 좀 전해주시오."

젊은 승려 두 사람은 '장삼봉'이란 말을 듣고서 깜짝 놀라 두 눈을 휘둥그레 뜬 채 그의 행색을 요모조모 뜯어보았다. 훤칠하게 큰 몸집에 은빛으로 하얗게 세어버린 수염과 머리카락, 불그스레하니 상기된 얼굴에 윤기가 자르르 흐르는데 두 눈을 가늘게 뜨고 빙그레 웃는 모습이 마주 보기만 해도 친근감이 들었다. 그러나 몸에 걸친 푸른색 도포는 지저분하기 짝이 없어 일문의 위엄 높으신 어른으로는 보이지 않았다. 하긴 그랬다. 장삼봉은 자유분방하고 소탈한 성격이라 평소 겉치레 따위에는 전혀 신경 쓰지 않았다. 그래서 장년 시절부터 강호 사람들이 맞대놓고 얘기하지는 않았으나 뒤에서 그더러 '납탑도사邋遢道士'라고 흉을 보곤 했다. '납탑'이란 말은 '깔끔하지 못하다, 지저분하다'는 뜻으로, 심지어는 아예 '장납탑'이라고 부르는 사람까지 있었다. 그러나 나중에 가서 그의 무공이 날로 높아지고 위엄과 명성을 떨치게 되자, 비로소 그런 지저분한 별명으로 부르는 사람이 없어졌다.

아무튼 두 젊은 승려는 눈앞에 미소 짓고 서 있는 노인을 바라보면서 도무지 믿을 수가 없었다. 장삼봉이라면 무당파의 대종사요, 무당파는 자기네 소림파와 평소 화목하지 못한 사이였다. 그런데 그 장문인 되는 사람이 이렇듯 홀몸으로 불쑥 찾아오다니 혹시 뭔가 생트집을 잡아 싸우러 온 것은 아닐까 하는 생각이 들었던 것이다.

하나 꼭 그런 것 같지도 않았다. 노인 곁에는 얼굴이 푸르뎅뎅하고 비쩍 마른 열두어 살 먹은 소년이 서 있지 않은가. 두 사람 모두 생김새가 놀랄 만한 구석이 없는 데다 위세를 부리는 기미도 전혀 보이지 않았다.

승려 둘 가운데 한 사람이 물었다.

"도인께서 정말 무당산의 장…… 장 진인이십니까?"

미심쩍게 묻는 말에 장삼봉이 빙그레하니 웃으면서 대꾸했다.

"물건은 틀림없는 진품이오. 진짜 장삼봉이 가짜 노릇을 할 리 있겠소?"

우스갯소리로 대꾸하는 말에 두 승려는 더욱 믿지 못했다. 아무리 뜯어보아도 하는 말투나 옷차림새가 일파의 대종사로서 장엄한 기백이라곤 눈곱만치도 보이지 않았다.

"농담하시는 건 아니겠지요?"

"하하! 장삼봉이 뭐 그리 대단한 인물이라고 가짜 흉내를 내겠소?"

두 승려는 믿는 둥 마는 둥 고개를 갸우뚱하면서도 쏜살같이 절간으로 달려가 통보했다.

한참 만에, 아주 한참 만에 드디어 산문이 열리고 방장 스님 공문대사가 사제 공지, 공성과 함께 모습을 드러냈다. 그들 세 사람 뒤에는 황색 승포를 걸친 노승 10여 명이 따라붙었다. 장삼봉은 이들이 달마원의 장로들이라는 것을 이내 알아보았다. 항렬이 방장보다 높은 데다 사찰 안에서 무학 연구에만 전념하고 바깥일에는 일체 간여하지 않는 원로들인데, 오늘은 무당파 장문인이 찾아왔다는 소식을 듣고 심상치 않게 여겨 방장을 따라서 마중 나온 것이 분명했다.

장삼봉이 얼른 정자 바깥으로 나서서 허리 굽혀 인사를 건넸다.

"방장 스님과 여러 대사님들께서 번거롭게 영접을 나오시다니, 송구스럽기 짝이 없소이다."

공문 방장을 비롯한 여러 스님도 두 손 모아 합장했다.

"장 진인께서 이렇듯 먼 길을 왕림하시다니 소승으로선 뜻밖이로소이다. 하온데 무슨 일로 오셨는지요?"

"한 가지 부탁드릴 일이 있어 찾아왔습니다."

공문 방장이 정자를 가리키며 안내했다.

"자, 들어가 앉으시지요."

장삼봉은 권하는 대로 정자 안에 자리 잡고 앉았다. 스님 한 사람이 찻잔을 받들어 올렸다.

그는 슬그머니 부아가 치밀었다. '좋든 나쁘든 간에 나는 일파의 종사요, 누가 뭐래도 자기네들보다 선배 아닌가. 그런데 절간에 모셔 대접하지는 않고 산허리 중턱에 앉혀 차 한 잔 마시게 하다니, 이렇게 문전박대를 할 수가 있단 말인가? 나는 둘째로 치고 보통 손님을 맞이하더라도 이렇듯 무례하지는 않을 거다.' 하나 성격이 소탈한 장삼봉은 이내 생각을 바꾸고 마음에 담아두지 않았다.

공문대사도 어색한 느낌이 들었는지 변명조로 한마디 했다.

"장 진인께서 어렵게 저희 산을 찾아주셨으니 공손히 절 안으로 모셔야 마땅한 줄 압니다만, 장 진인께서는 소싯적에 위에 여쭙지도 않고 스스로 소림사를 떠나셨기에 안으로 모시지 못하는 점 양해해주십시오. 장 진인께서도 아시겠지만, 수백 년 동안 내려온 본파의 규범에 따르면 본파에서 내친 제자나 반역도, 말없이 본파를 떠난 자는 종신토록 절간 문 안에 두 번 다시 한 발짝도 들여놓지 못하게 되어 있으며, 절간에 들어선 자는 마땅히 발목을 자르는 형벌을 받아야 합니다."

이 말에 장삼봉이 껄껄대고 웃었다.

"하하! 법도가 그랬군요. 빈도는 유년 시절 비록 소림사에서 각원대사님을 모셨소이다만, 고작 하는 일이 마당 쓸고 차 끓이는 잡일이나 했을 뿐 머리 깎고 정식으로 스승을 섬기지 않았으니 소림 제자라고 말할 건더기도 없지 않소이까."

그러자 공지대사가 냉랭하게 쏘아붙였다.

"하나 장 진인께선 소림사의 무학을 훔쳐 배우지 않으셨습니까?"

이 한마디에 장삼봉은 화가 불끈 치밀었다. 그러나 또 생각을 바꾸었다. '우리 무당파의 무공은 비록 내가 전심전력으로 연구해서 창안해낸 것이기는 하지만, 뿌리를 따져본다면 각원대사님이 〈구양진경〉을 전해주시고, 곽양 여협이 소림사 철 나한 한 쌍을 선물해준 덕택이 아닌가? 그러지 않았던들 우리 무당파의 무공은 모조리 근거할 데가 없다. 그렇다면 우리 무공이 소림파에서 나왔다는 공지대사의 지적도 지나친 말은 아니리라.'

이렇게 생각한 그는 마음을 차분히 가라앉히고 용건을 꺼냈다.

"빈도가 오늘 찾아뵌 것도 바로 그것 때문입니다."

공문 방장과 공지대사가 서로 눈빛을 교환했다. '그것 때문이라니, 무얼 하자는 말인가? 아무래도 호의적으로 찾아온 것 같지는 않은데, 혹시 장취산이 죽은 문제를 놓고 분풀이를 하겠다는 것은 아닌지 모르겠군.'

"좀 더 자세히 말씀해주시지요."

공문 방장이 묻자 장삼봉은 차근차근 용건의 핵심으로 들어갔다.

"공지대사께서 지적하신 대로 빈도의 무공은 본디 소림사에서 나왔습니다. 빈도가 소년 시절 각원대사님을 모시던 중 〈구양진경〉을 전수받았으나, 그 경전의 내용이 워낙 너르고 심오한 까닭에 어린 나이에 그것을 완전히 배우지 못했고, 지금까지도 그걸 깊이 유감으로 여기고 있습니다. 그 후 각원대사님이 황량한 산중에서 경문을 암송하시고 원적하셨는데, 다행히도 세 사람이 그 내용을 듣게 되었습니다. 한 분은 아미파를 창건하신 곽양 여협이셨고, 또 한 분은 귀파의 무색선사, 나머지 한 사람이 바로 빈도였습니다. 당시 빈도는 나이가 가장 어렸고 자질 또한 미련하고 아둔한 데다 무학의 기초마저 없었기에 결국 소림, 아미, 무당 세 문파 중 터득한 바가 제일 적은 셈이었습니다."

그때 공지대사가 또 야멸치게 반박했다.

"꼭 그렇지만은 않을 거외다. 장 진인께선 어릴 적부터 각원을 섬겼으니까 그 사람이 아무도 모르게 진경의 요체를 가르쳐주지 않았겠소이까? 오늘날 무당파가 천하에 명성을 드날리게 된 것도 알고 보면 각원의 공이라 하겠지요."

각원 스님의 항렬은 공지대사보다 세 배나 높았다. 엄밀히 따져서 이들 신승의 태사숙조太師叔祖가 되는 셈이었다. 그러나 각원은 소림사에서 도망쳐 나왔기 때문에 버림받은 제자로 지목되고 소림파에서 제명당한 인물이었다. 그래서 공지의 말투가 무례하고 불손했던 것이다.

각원의 이름이 거론되자 장삼봉은 숙연한 기색으로 자리에서 일어났다.

"선사의 크신 은덕을 빈도는 한시도 잊은 적이 없습니다."

사대 신승 가운데 가장 덕망 있고 자비로운 이는 공견대사였다. 그러나 안타깝게도 일찍 세상을 떠났다. 방장 스님인 공문대사는 심지가 아주 깊어 희로애락의 감정을 얼굴에 드러내는 법이 없었다. 공성대사는 천진난만할 정도로 어수룩해 세상 물정 돌아가는 것을 몰랐다. 반면 공지대사는 기량氣量이 편협하고 성질이 급했다. 그는 장삼봉이 소림사에서 무학을 훔쳐 배워 나가서 무당파를 창건했다고 단단히 믿고 있었다. 또 무당파의 명성과 인망이 순식간에 소림파의 기세를 능가하고 있는 데 대해 늘 분한 마음을 품고 있었다. 그는 오늘 장삼봉이 소림사를 찾아온 목적이 장취산의 죽음을 보복해 분풀이를 하기 위한 것이라고 단정하고 있었다.

그러잖아도 소림사 측은 그날 은소소가 죽기 직전 공문 방장에게 사손의 행방을 거짓으로 '귀띔'해준 일로 말미암아 적지 않게 골머리를 썩고 있던 참이었다. 그것은 실로 악랄하기 짝이 없는 '이화강동移禍江東'•의 계책이었다. 사손의 행방을 소림파 공문대사만 알고 있다는 소

• 자신에게 닥칠 재앙이나 보복을 남에게 떠넘긴다는 뜻. 삼국시대 오나라 손권이 장강 북방의 요충지 형주를 차지하기 위해 그곳을 지키고 있던 촉한 장수 관운장을 습격해서 잡아 죽였다. 그리고 관운장과 의형제를 맺고 생사를 같이하기로 맹세했던 촉한의 황제 유비와 그

문이 퍼지자, 지난 2년여 세월 동안 사흘이 멀다 하고 무림계 인사들이 소림사를 찾아와 소동을 피웠던 것이다. 공개적으로 찾아와 윽박지르는가 하면 남몰래 숨어 들어와 엿보기도 하고, 강압적인 태도로 묻는가 하면 통사정을 하며 매달려 끈덕지게 사손의 행방을 캐묻기도 했다.

공문대사는 실제로 모른다고 부인했으나 소용없는 일이었다. 심지어 하늘에 걸고 독하게 맹세까지 했어도 사람들은 그 말을 믿어주지 않았다. 무당산 자소궁에서 일이 벌어지던 날, 은소소가 귓속말로 공문대사에게 '사손의 행방'을 일러주는 장면을 모든 문파 사람 수백 명이 두 눈으로 똑똑히 보았는데 그게 어떻게 거짓일 수 있겠느냔 말이었다. 공문대사가 아무리 모른다고 해명해도 믿어주는 사람은 하나도 없었다. 결국 이 문제로 말미암아 소림사에서는 한 달에 두세 차례나 싸움이 벌어졌다. 외부에서 온 무림계 인사들도 죽거나 다친 사람이 많았고, 소림파 고수들 역시 사상자가 적지 않았다. 그 모든 불상사의 원인을 미루어보자면 역시 무당파가 심어놓은 화근이 아닌가?

절간의 승려들은 위아래 사람을 막론하고 지난 2년 동안 속에서 부글부글 끓어오르는 울분을 꾹 눌러 참고 오늘날까지 살아왔다. 그런데 오늘 무당파의 장문인 장삼봉이 제 발로 직접 찾아왔으니 그야말로 한번 크게 모욕을 주어 분풀이할 수 있는 절호의 기회가 생긴 셈이었다.

장삼봉의 말이 끝나기가 무섭게 공지대사가 재빨리 빈정댔다.

아우 장비의 보복이 두려워 관운장의 머리를 위나라 조조에게 보냄으로써 그 책임을 전가하고 복수의 화살을 위나라 쪽으로 돌리려 했다. 즉 강동 지역에 있는 오나라에 쏠릴 재앙을 제삼자인 조조에게 전가시켰다는 뜻이다.《삼국연의》 제77회에 나오는 대목이다.

"장 진인께서 소림사의 무공을 훔쳐 배우셨다고 자인하셨는데, 다른 사람들이 이 말씀을 듣지 못했으니 애석하군요. 그렇지 않았다면 이 사실이 강호에 널려 퍼져서 모르는 사람이 없게 되었을 텐데요."

장삼봉도 지지 않고 대꾸했다.

"겉모양새는 달라 보여도 천하 무학의 근본은 하나일 뿐이지요. 한 뿌리에서 나온 것을 1,100년 동안 각 문파들이 서로 장단점을 보완해 내려왔으므로 진정한 본원本源이 어디에 있는지 분별해내기란 불가능합니다. 그러나 소림파가 무림의 영수領袖라는 사실은 지난 수백 년 이래 모든 사람에게 공공연히 인정받고 있습니다. 빈도가 오늘 찾아뵌 뜻은 바로 귀파의 무학을 충심으로 흠모해 빈도 스스로 미치지 못한 바를 여러 대사님들께 가르침을 받고자 해서입니다."

공문 방장과 공지, 공성, 그리고 여러 승려들은 "가르침을 받고자"라는 이 한마디를 도전의 뜻으로 알아듣고 저마다 얼굴빛이 싹 바뀌었다. 이 늙은 도사는 100년에 가깝게 수련했으니 그 무공의 깊이를 헤아릴 수 없을 지경이요, 현세에 어느 누구도 적수가 되지 못할 것이 분명했다. 더구나 홀몸으로 찾아왔다면 뭔가 믿는 구석이 있을 테고 두려워할 바가 없다는 증거 아닌가? 그리고 지난 2년 동안 또 어떤 지독하기 짝이 없는 무공을 단련해 성취를 보았을지도 몰랐다.

한동안 소림 신승 세 사람은 섣불리 대꾸하지 못하고 침묵을 지켰다. 그러나 마지막에 가서 공성대사가 입을 열어 응수했다.

"이 늙은 도사가 담보 한번 크시군! 당신이 우리와 한판 겨뤄볼 모양인데 나 공성은 당신 같은 자를 두려워하지 않소. 게다가 1,000명 넘는 소림사 승려들이 한꺼번에 달려들면 당신 무공이 아무리 높다

하더라도 우리 소림사를 뒤엎어놓지는 못할 거요."

입으로야 "두려워하지 않소"라고 말했으나, 속내는 보통 겁을 먹고 두려워하는 게 아니었다. 그래서 여차하면 우선 소림사 승려 1,100명을 동원해 한꺼번에 덤벼들겠다고 선언한 것이다.

상대방이 자기 말뜻을 잘못 알아들었으니, 장삼봉은 당황할 수밖에 없었다. 그는 재빨리 해명하고 나섰다.

"여러 대사님, 오해하지 마십시오. 빈도가 대사님들께 가르침을 받겠노라고 청한 말은 진정으로 지도를 받겠다는 뜻이었소이다. 빈도는 돌아가신 스승께서 전해주신 〈구양진경〉을 수련했습니다만, 그 내용 가운데 이해하지 못한 부분도 적지 않거니와 또 여러 군데 빠진 부분이 있어 온전한 것이 못 되었습니다. 소림파 여러 고승들께선 무공의 조예가 깊고 오묘하시니 가르침에 인색하지 않으시고, 이 장삼봉으로 하여금 큰 도를 깨우치게 이끌어주신다면 감사하기 이를 데 없겠습니다."

그러고는 일어서서 허리를 깊숙이 구부렸다.

그 말은 소림사 승려들에게 천만뜻밖이 아닐 수 없었다. 장삼봉의 무공 실력은 한 시대를 뒤덮을 만큼 높은 데다 하나의 종파를 개창해 무학을 닦은 지 이미 90년의 세월이 흘렀다. 당세 무림계에 명성과 덕망도 두터울 뿐 아니라 그 높은 지위와 신분을 따를 자가 없는데, 그런 그가 소림사까지 찾아와 허리 굽혀 가르침을 청할 줄이야 꿈에도 생각지 못했던 것이다.

당황한 공문 방장이 급히 답례하면서 겸양의 말을 건넸다.

"원, 별말씀을 다 하십니다. 저희 같은 후배 천학淺學들이야 타산지

석의 뜻조차 깨우치지 못했는데, 어찌 장 진인 같으신 분께 가르침을 내릴 수 있겠소이까?"

장삼봉도 이 요구가 너무나 황당해 상대방에게 쉽사리 믿음을 주지 못한다는 사실을 알고 있었다. 그래서 무기가 어떻게 현명신장에 얻어맞았으며, 아무리 온갖 수단 방법을 다 써도 체내의 한독을 몰아낼 길이 없다는 실정을 낱낱이 얘기해주었다. 그리고 이 아이가 죽은 장취산의 외아들로 어떻게 해서든지 목숨 하나만큼은 보전해주고 싶다는 뜻을 밝히고, 구양신공을 완전히 익히지 않고서는 달리 치유할 길이 전혀 없다는 사실을 말했다. 마지막에 가서 장삼봉은 자신이 배운 〈구양진경〉을 전부 소림파에 넘겨줄 것이니, 소림파 측도 익힌 바를 일러주면 쌍방이 서로 연구하고 깨우쳐 결함을 보완하자고 간청했다.

장삼봉의 말에는 진솔함과 성의가 가득 담겨 있었다.

공문대사는 묵묵히 얘기를 다 듣고 나서 한동안 깊은 생각에 잠겼다. 그러고는 한참이 지나서야 무겁게 입을 열었다.

"우리 소림파의 일흔두 가지 절기는 800년 이래 승적僧籍에 몸을 담은 제자나 속가 제자를 막론하고 열두 가지 이상을 수련한 사람이 없었소이다. 장 진인께서 배우신 무학은 고금을 통틀어 으뜸이십니다. 그러나 저희 소림파는 선대 조사들께서 전해 내리신 무공이 너무나 많아 그 10분의 1도 익히지 못했거니와 그것마저 극히 어려워 통달한 이가 별로 없습니다. 장 진인께서 무당파의 신공을 저희 문파의 무공과 교환하자는 후의는 고마우나, 본파로 말씀드리자면 배워야 할 무공이 너무 많지 않을까 싶습니다."

그는 잠시 뜸을 들인 다음 말을 계속했다.

"무당파의 무공은 그 연원이 소림에서 나왔습니다. 이제 만약 쌍방이 무학을 교환한다면 훗날 진상을 모르는 강호 사람들은 무당파가 소림사의 무공을 그대로 옮겨 쓰면서도 소림파 역시 무당파 장 진인의 손에서 장점을 얻어 썼다고 뒷말을 하겠지요. 소승은 소림파의 장문인으로서 그런 유언비어를 감당하지 못하겠습니다."

장삼봉은 속으로 탄식을 금치 못했다. '무림에서 으뜸가는 대문파의 장문인이요, 사대 신승의 하나라고 일컫는 사람이 어쩌면 이렇듯 편견이 심할 수 있단 말인가? 흉금이 너무 좁구나!'

하지만 장삼봉은 남한테 간청하러 온 몸이라 공문대사의 그릇된 생각을 직접 반박하지 못하고 다시 한번 간곡한 말씨로 청했다.

"세 분께서는 당세의 신승이시니 부디 자비를 베풀어주십시오. 이 아이의 목숨이 경각에 달려 있습니다. 아무쪼록 세상을 구원하시고 중생을 제도하시는 부처님의 마음을 생각하시어 제 소청을 들어주신다면 빈도는 그 높으신 뜻에 진정 감사하겠습니다."

아무리 입술이 타들어가고 혀가 닳도록 간청했어도 소림 신승들은 시종 완곡한 말로 거절할 따름이었다.

끝에 가서 공문 방장은 이렇게 말막음을 했다.

"당부 말씀을 받들지 못하는 점, 부디 나무라지 마시기 바랍니다."

그러고는 곁에 있는 승려를 돌아보고 분부를 내렸다.

"주방에 가서 최상급으로 소식素食 한 상을 이리로 차려내 장 진인께 대접해드리도록 하라."

"예!"

방장 스님의 분부를 받은 승려가 한마디로 응답하고 달려갔다.

장삼봉이 암울한 기색으로 손을 내저었다.

"정 그러시다면 이 늙은 것이 공연히 번거로움만 끼쳐드렸소이다. 성찬은 사양하리다. 여러모로 심려를 끼쳐드린 점 용서하시오. 이만 작별하겠소."

그는 허리 굽혀 작별 인사를 건넨 다음, 무기의 손을 잡고 표연히 그 자리를 떠나갔다.

〈3권에서 계속〉